|当代中国小说榜|

母亲

刘玉萍 著

中国文联出版社

图书在版编目（CIP）数据

母亲 / 刘玉萍著. --北京：中国文联出版社，2017.5（2023.3 重印）

ISBN 978-7-5190-2747-6

Ⅰ.①母… Ⅱ.①刘… Ⅲ.①长篇小说—中国—当代 Ⅳ.①I247.5

中国版本图书馆 CIP 数据核字（2017）第 086353 号

著　　者　刘玉萍
责任编辑　王　斐
责任校对　李佳莹
装帧设计　中联华文

出版发行　中国文联出版社有限公司
地　　址　北京市朝阳区农展馆南里 10 号　　邮编　100125
电　　话　010-85923025（发行部）　　85923091（总编室）
经　　销　全国新华书店等
印　　刷　三河市华东印刷有限公司

开　　本　880 毫米×1230 毫米　1/32
印　　张　12.25
字　　数　393 千字
版　　次　2023 年 3 月第 1 版第 2 次印刷
定　　价　78.00 元

前言 Preface

回忆童年泪滂滂，

豺狼当道家难存。

妈妈撑起一片天，

养育之恩比海深。

墨汁和着泪水写，

十年耕耘献母亲。

序言 Preface

退休老教师刘玉萍，经过几年的艰辛努力，创作出一部长篇小说《母亲》。作为这部作品的第一读者，深深被她的精神打动，禁不住拿起笔写几句读后的感受。

这部小说以母亲为主题，以20世纪中叶中原儿女的民族斗争和生产生活为背景，描写了一代人在艰难岁月里坚强不屈地为生活、为成长、为未来而自强不息的故事。小说浓缩了社会生活的片段，展现了社会进步的方方面面。透过作品，我们看到了母爱的伟大，也看到了因伟大母爱而建立起的家庭的温暖。

这部四十余万字的长篇小说，不仅是一部人生之史，也是一部反映时代变迁的史诗。它在塑造一位伟大的女性的过程中，也画出一幅民族画像。小说的字里行间处处闪耀着母性的光辉，同时也喧嚣着对民族的叹息和呐喊。

从创作技巧上说，这部作品所反映的主题不是单一的，传递给读者的信息，像珠子一样散射着线性的光。故事、情节，甚至细节、对话，给读者的感知和意向都是叠加的、多指的、多意的。这使读者的思维得以拓展和外延。从而，获得更多的美学享受，并引导读者从更深层次去思考。

从作品的含量上看，这部作品无疑有着丰富的内容，表明了作者对生活细致入微的观察能力和经历时代风风雨雨后的深切感悟。初读这部作品的时候，思维一直沿着母亲这条线索行走。随着阅读的加深，越来越多的意向、暗示、隐喻、象征，一簇簇、一团团逐浪般地扑打而来，思维的原始静态被打乱了。就在重新选择另一种思维轨道的时候，你会吃惊地发现，这部作品不单单是写母亲的，而是写一个民族的。甚至，母亲只是这部反映民族作品中的一个人物，贯穿整个作品的有关母亲的故事，也只是作品中的一条线，一条引领读者走进这部作品核心的路径。有关母亲的情节、细节只是盖在这幅民族画像表面的一块色彩，是这幅画像醒目的标志。当我向着标志走去，长久凝视之后，在转瞬之间，才看到藏在三维图里的真正的图像。这才是作者让读者真正审视的，才是这部作品的核心思想。

组成这幅民族画像的元素，是作品中的一系列人物。在这幅民族画像中，我们既看到了民族的脊梁和钙质，也看到民族的病毒和烂疮。为抗日牺牲的卫清正；善良、娴熟、顽强而睿智的柳皑雪；深明事理主持公道的卫长老；与日本侵略者勾结，杀害、欺负乡邻的汉奸卫池；忘记国仇家恨，麻木愚钝，并与汉奸串通，侵占亲人财产，逼人于绝路的卫清财；面对汉奸横行猖獗而敢怒不敢言的乡邻们……所有这些，让我们清晰地看到了这个民族的希望和忧患。

这是一部厚重的作品，因而阅读起来会非常沉重。但是，作者扎实的语言叙述功底，结实的故事韧带，使这部作品阅读起来令人轻松、舒服。

总之，这是一部成功之作。

河南省作协会员，河南三门峡市文联主席兼书记

孟国栋

自序 Preface

为了报答母亲的养育之恩，报答党的救命之恩，报答社会和老师的培养，也为了给人生留个纪念，在梦想和信念的支撑下，墨汁和着泪水，撰写了这部小说化的一段家史——长篇小说《母亲》。

故事以母亲柳皑雪把三孩子抚养成人的艰难经历为主线，叙述了柳皑雪的丈夫被日本侵略军和汉奸杀害了，乡亲们对她充满了同情，对敌人充满了仇恨，可是，她的亲伯伯子哥不顾国仇家恨，愚钝贪财，丧失天良，乘机霸业，并与汉奸勾结，施展出种种阴险毒辣的手段；写了母亲遭受的一般人难以承受的磨难，忍受的一般人难以忍受的凌辱，奉献的一般人难以舍弃的个人幸福，历尽沧桑，把孩子安全地带到了解放以后，最终完成了母亲的神圣职责。在表现母亲的大爱、善良、坚强、睿智以及对丈夫的情深意切的同时，揭露了日本鬼子和汉奸以及贪财小人的罪恶行径。展现了新旧社会两重天，善恶不同结局为必然的史实。

为了写好这部长篇小说，十年独居于宛，笔耕不辍，先后修改多次。其中，前五次都是修改一遍，抄写一遍。为了慎重起见，2014年3月，将文稿打印成了版本，请作家审阅指导。中国作协会员南阳作协副主席殷德江老师肯定地讲："作者把她心中的神——母亲的神迹记录下来了，她就是写了一部圣经。"我遵照他的指导和几位读者的反馈，在电脑上修改。2015年11月，又一次打印了书稿，并请家乡的作家审阅指导，再次进行修改。文稿现已定稿，献给社会，献给读者。

希望大家多读书，勤动笔，为祖国的伟大复兴，为我们中华民族文化的繁荣而尽心尽力。

文稿即将出版，我怀着激动的心情，感谢河南省作协会员、三门峡市文联主席兼书记孟国栋对文稿的赏识、作序，感谢中国作协会员南阳市作协副主席殷德江老师的指导和鼓励，感谢诗剧作家吴云龙老师的亲笔修改，感谢三门峡报社原主编汤有国老师的指导。并向阅读文稿版本，提出宝贵建议的舒阳、徐桂芹、刘春香、温秀丽等读者致谢！

2016年6月

目 录 Catalog

第一章

恐怖之夜

农历三月间，春花欲放，寒流突然袭来，天气骤然变冷。百年不遇的狂风卷起沙尘、杂草在豫西一带肆虐，发出鬼哭狼嚎般的叫声。

这样反常的天气，使人们一吃过晚饭就闭门熄灯，早早睡去。只有北邙山岭下边的卫家寨村的一所深宅大院里有个房间亮着灯，昏暗的灯光中晃动着一个身影。

她，名叫柳皑雪，是这家主人卫清正的妻子，32岁，中等个子，小脚，身材窈窕而丰满。白净而聪慧的脸上嵌着一双水灵灵的大眼睛。乌黑的头发编成的小辫子盘成了梅花形的发结，上边插着一个银亮的发卡，月亮一样，让人心生明朗。高高竖起的衣领和那附在三寸小金莲上的裤脚，把她陪衬得犹如洁玉挺立的荷花一般。这一切都使她的气质显得更加稳重而文雅，即使右眼下角那颗黑色的泪痣，也没有消去她那仙女般的漂亮。

此时的柳皑雪却是眉头紧锁，一脸愁云。她在屋子里走来走去，一会儿来到床前，给睡着的女儿拉拉被子，一会儿耳贴窗户，希望听到丈夫回来的脚步声。可是，入耳的只有院子里被风摇曳的石榴树枝的响动。

柳皑雪忐忑不安地坐在椅子上，摁着“嘣嘣”乱跳的胸口，回忆起丈夫卫清正离家之前的情景。

早饭以后，她和平时一样，在屋子里看《上林喻》。忽然卫清正从外边回来了，一进屋就说：“可能要出事啦。”

“要出啥事啦？”柳皑雪急切地问。

“刚才，我在街上听到传言。有人听说清源哥刨什么古董，弄到了一对金娃娃、银娃娃。真是无稽之谈。清源哥在县城里照看着竹匠铺，别说他没有时间，就是有点儿空闲，也挖不到那种稀世珍奇。我看是造谣的人在向盗匪们昭示抢劫的目标，他们暗中作祟，把罪名嫁祸于无名之卒，可恶极了。”

“天哪！这可咋办？他家跟咱家一样，又不是地主老财，有什么可抢的？”

卫清正讲：“我下午进城一趟，让他有个防备。”柳皑雪点了点头。

卫清正气愤地捶了一下桌子，又说：“还有一个更坏的消息。日本人扬言要炸平咱们村。说咱们这里学习解放区减租减息，缴的公粮太少了。大家一致认为，小日本一个劲儿地扩军进犯，他们想多征粮食，还要找个借口，把大家往死路上逼。”讲到这里，停了一下，接着说，“缴纳夏粮多少是去年的事，现在提及可能另有原因。我估计日本鬼子又要杀人了。刚才卫池建议让保长领头，叫上几个人，去日本兵营一趟，强调一下旱灾，进行调解。关于炸村的传言不管是日本鬼子放出来的烟幕弹，还是误传，也不管是因为公粮之事，还是其他原因，我都同意卫池的意见。”

柳皑雪一听到卫池的名字就想起那个人的长相和德性，说：“不知道你发现没有，他的眼神儿里隐藏着一股凶气，特别是最近，他一看见我就往一边溜，的确有些反常。”

卫清正说：“别多心了。你知道他家四五口人，只有二亩多地，是个穷人。再说，他家生活困难，咱总是给以帮助，所以他不会有二心，他也不敢有二心。”

柳皑雪听罢，急得站了起来，说：“你别忘了，他跟其他的穷人不一样。他家原来可是个大地主，长工们都叫他小少爷。是他爹吸毒、进赌场，葬送了家业才变穷了。我听说卫池家的家业败落以前，他经常牵着一只大黑狗，咬人逗乐，死不讲理。他现在见人低头哈腰装温顺，本质好不了。对于这种人，特别是现在，一定要防着点儿。”

卫清正强调着说：“俺俩在一块儿这几年，从来没有闹过别扭，你不用担心。另外，日本侵略军正在向其他的地方进犯，兵力分散，他们就是想炸咱们村，也不可能见风就有雨。现在小日本已经知道中国人不好欺，不敢随便杀人了。”

柳皑雪更加着急，说：“人心隔肚皮。因为大意而栽倒在心腹人手里的，时有发生。还有你曾讲过的，日本人很狡猾，他们不敢像刚来时候那样随便杀人，暗杀的越来越多了。你一定要警觉一点。另外，我今天的感觉不好，两个眼皮都在跳，会不会真的要出事儿啦？不管怎样，你现在就进城，早点和清源哥商量一下应付的办法。我希望你们到外地避一避。”

卫清正听罢，心里“咯噔”了一下，好像也有一种不祥之兆，说：“你讲得也对。至于下一步咋办，等我见了清源哥再做决定。”说完，他拉妻子坐下，接着说：“皑雪，现在的情况的确不比往常。日本鬼子扬言炸平咱们村的原因不明，也就是说可能冲着许多人，也可能只冲着我一个人，所以这次进城，可能很快就回来了，也可能直接到外地去。如果去外地，啥时候回来也就不一定了。你一个人带着三个孩子，肯定有很多困难。要是生活过不下去的话，可以卖地、卖房。只要是为了孩子，你的主意就是我的主意。等到社会平稳了，要让她们上学。将来女孩子和男孩儿一样，只要有文化，也能干国家大事，也能赡养父母。”

柳皑雪说：“你讲这些干啥？是不是不打算回来啦？”

“不是。”卫清正说，“咱们心里都得有两方面的准备。”

柳皑雪担心丈夫的安全，同时，也舍不得他离开，含着眼泪，催促道：“你不要多说了，赶快进城找清源哥商量。”

卫清正拉住妻子的胳膊，说：“我还得啰唆几句。现在日伪军的便衣特务很多，我万一被他们抓去了，万一回不来了……”柳皑雪连忙捂住丈夫的嘴，说：“没有万一。咱家要是没有你，我也不活了。”

“不行！”卫清正斩钉截铁地说，“不管发生什么意外，你都得给我挺住，一定要撑起这个家。孩子们不能没有妈妈，老娘也需要你的照顾。贤妻，你一定要坚强地应对一切，一定要把孩子养大成人。”

柳皑雪擦了一下眼泪，摸着右眼下边的那个泪痣，说：“我害怕是我的命不好，对你不利。你快去吧，别再磨蹭了。”

卫清正说：“不要迷信，泪痣和命运没有关系。我刚才讲的只是万一，你不要多想，也不要担心。另外，我现在向你透漏一点消息，日本鬼子快完了，咱母亲过去讲的那些新鲜事、顺口溜，将来都会变成现实，你一定要等到那一天。”

柳皑雪第一次听到丈夫讲这些，觉得他不是一般人，问：“你是怎么知道的？你是不是共产党八路军的人？”她见卫清正不肯回答，又问：“哎，你告诉我，我怀咱小三儿那年，就是快要收割麦子的时候，一群国民党中央军追捕你，闯进咱家，幸亏你藏到了慈娃儿家的红薯窖里，才逃脱了那次劫难。那天夜里，你把俺娘儿们送到她舅家避难，一直到中秋节以后，孩子满月了，你才回来。从那时候起，我就想知道你的身份，那四个多月你是不是去延安了？”

卫清正迟疑了一下，说：“我过去对你讲过，不该知道的，不知道更好。”

柳皑雪生气地说：“你不告诉我也行，我总有一天会知道的。你快去吧！”

卫清正恋恋不舍，拉住柳皑雪的手，端详着漂亮而贤惠的妻子，说：“皑雪，孩子们交给你啦。记住：黑夜再长，天总会亮的——坎坷终有头！”柳皑雪坚定地说：“我能带好孩子，你放心去吧！”

正在这时，一个身穿补丁衣服的中年农民进了院子，结结巴巴地唤：“清，清正！在，在家吗？”

卫清正从卧室里出来了，问：“勤哥，啥事儿？”卫勤说：“卫池让我来叫你。他说，现在就去日军的驻地，保长和他们几个在村口等你，让你快点儿。”卫清正说：“知道了，你先去吧。”

卫勤说：“他让我和你一块儿去。”说完，退到了二门跟前。

卫清正回到屋子里，妻子拉住他的胳膊，说：“卫池让勤哥来叫你，我觉得的确有问题，你千万别去。”卫清正满不在乎地说：“别想恁多……”

柳皑雪打断话，说：“鬼子兵营虎狼窝，你们要是都被关押了，村里的人可以去救，但是，对于卫池必须提防。清正，我以前总是听你的，今天你得听我一句，甩掉卫池，赶快去找清源哥。”柳皑雪看见丈夫摇头，又急又气，厉声厉色地说：“今天你要是不听劝告，我就不再理你了。”

卫清正说：“咳，我现在才知道你是一个外柔内刚，颇有主见的厉害女人，孩子交给你，我放心啦。”

卫清正见妻子含着眼泪，把脸扭到了一边，心里也很难受。说：“你别怪我不听你的，因为这事可能关系到全村人的生命财产的安全。我一个人逃脱了，把灾难留给大家，还是个人吗？再说，去日军驻地是保长领的头，卫池只是充个数，他怎么不了我。我呢，也想借着这个机会，了解一下鬼子军营的情况，你就答应我吧！”柳皑雪紧紧搂住丈夫，含着泪说：“咱家不能没有你，我害怕……”

卫清正说：“咱们要有两种思想准备，如果真的出事了，你不能害怕，也不要太难过。这些年，咱们国家多少人为了抗日，为了民族不惜牺牲一切。我这个无名小卒要是为国家，为乡亲被杀害了，也值。你说呢？”柳皑雪扒着丈夫的肩膀，泪如泉涌。

卫清正说：“贤妻，坚强一点！我刚才讲两种准备，要是没有什么意外，我一办完事就去找清源哥，争取天黑以前赶回来，向你交个底儿。另外，我们要是被鬼子扣押了，有人会去营救，你尽管放心。走吧，咱俩去看看老娘。”说完，从抽屉里取出两把手枪，卡在了腰里。接着，给妻子擦了一下眼泪，一起向上房屋走去。

卫老太太年迈多病，经常卧床不起。卫清正见母亲睡着了，没有打扰。小声说：“皑雪，母亲醒来以后，你告诉她一下。”然后，他们两个来到了外间的阁房。卫清正对孩子们说：“我现在出去办点事，你们要听妈妈的话。”大女儿巧云点了点头，说：“一定。”二女儿彩云问：“爹爹，您啥时候回来？”卫清正讲：“如果顺利的话，天黑以前就回来了。”说完，抱起小女儿白云，和家人、卫勤一起来到街上，亲了一下小女儿，才放在地上，与家人摆手告别。白云在后边追着喊：“爹爹！您早点儿回来！早点儿回来！”

屋门“咕咚、咕咚”的响声，打断了她的回忆。

柳皑雪以为丈夫回来了，高兴地说：“来啦！我给你开门。”她打开屋门一看，发现外边没有人，而是狂风糊弄，只好把门关紧，没精打采地回到内室，心里更加不安了。

月亮在乱云飞渡之中惊慌失措地奔跑着。被树枝撕碎的月光碎片在床前乱蹦乱跳，房间里忽明忽暗。柳皑雪影影绰绰地看到外屋有个人影，那影子一会儿向她走来，一会儿又去门口，一会儿站在书桌旁边，一会儿不见了。她觉得奇怪，便端起油灯来到了外屋。四下一瞧，空荡荡的啥也没有。心里想，一定是巴望着见到丈夫而产生了幻觉。然而，她还是把那幻影与丈夫的安危连在了一起。自言自语地说：“难道他已经出事了？阴魂回来了？”她越想越焦急，情不自禁地跺了下脚，喊着丈夫的名字，说：“清正，你在哪里？你千万不能撇下我们不管啊！”

正在这时，村子里突然响起了枪声，村民们被惊醒了。大家以为日本鬼子又来抢劫了。年轻的妇女们连忙把自己打扮成脏兮兮的傻男子；男人们急急忙忙地藏粮食。也有的以为土匪团伙前来抢劫大户人家，吓得大气不敢出一声。柳皑雪更是心惊肉跳，她听着那枪声由东而起，估计清正他们逃回来了，日本鬼子追进了村子里，连忙吹灭油灯，准备到大门口给亲人开门。

她出了卧室，还没走到石榴树的下边就被崖上的人发现了，“叭叭叭”的枪子在她的周围炸开。她连忙转身，返回卧室。过了一会儿，她又一次出去，营救丈夫。这一回她刚刚迈出门槛，歹徒们一齐向她射击，她只好又退了回去。

柳皑雪站在屋门里边，听到远处的枪声越来越近，越来越密。心急如焚，双手合十，向神祈祷：“老天爷，请您保佑清正，保佑他平安回来！老天爷，俺家不能没有他，孩子们不能没有父亲……”

柳皑雪正在一遍又一遍地祷告着，枪声突然停了。她冷静地想了一下，以为盗匪们抄了隔壁的那个大户，丈夫可能在清源的竹匠铺里住下了，心里也就平静了一些。外边究竟发生了什么不幸，她没再多想。

夜深了，月亮落了，到处黑得像墨汁泼了一样。柳皑雪安慰自己：“不要总往坏处想，也许他明天早上就回来了。”想到这里，觉得很困，便躺在床上，刹那之间，迷迷糊糊地睡着了。

过了片刻，柳皑雪哭着从梦中醒来，而且哭得特别伤心。不禁追溯其梦里的情景：卫清正跟平时一样，从外边回来了，她高高兴兴地迎上前去，正要说话，突然一个巴掌伸了过来，她被丈夫狠狠地打了一个耳光，委屈地痛哭起来。

柳皑雪哭醒后，心里想，为啥做了这样的绝情绝意的噩梦？自己嫁到卫家十六年来，他们小两口没有吵过嘴，没有红过脸，更没有挨打受气的事。特别是近几年，清正一有时间就教她读书、写字。她自言自语地说：“难道他真的出事了？”

柳皑雪想到这里，害怕极了。她坐在椅子上，就像坐在针毡上似的，没过两分钟就站了起来，在屋子里踱步。她来回走了一会儿，觉得头重脚轻，晕乎乎的，好不容易等到了鸡叫。

窗外有点亮了，柳皑雪简单地梳洗了一把，急匆匆地来到了前院。“呯、呯”地敲开了兄嫂的屋门，讲了缘由，托付长兄卫清财找卫勤或者卫池，打听消息。卫清财听罢，想起夜里的枪声，吃惊地睁大了眼睛，说：“你先回吧，我现在就去。”

柳皑雪回到卧室等候回音，度日如年。过了一会儿，房门“唧哼”一声被推开了。她知道平时只有丈夫进屋不打招呼，于是转忧为喜，眉开眼笑，一边往屋门口走，一边说：“可把你给盼回……”她的话还没有说完，发现进来的是大女儿巧云，脸唰一下变得苍白。

巧云看见母亲憔悴而沮丧的样子，问：“我爹怎么还没回来？”

柳皑雪含着眼泪，说：“因为日本鬼子炸村的传言，他和卫池、保长几个去日本兵营了。但愿老天保佑，保佑他们平安无事。”停了一下，接着说，“我刚才让你伯父去外边打听消息，现在还没回来，真是急死人啦！”

巧云心里本来也很焦急，听到这话，急得心都快要跳出来了，说：“妈，您昨天为啥不拦住他呢！”

“哪能拦得住？”柳皑雪说，“我劝他编个理由，不要去。他说鬼子扬言炸平咱们村的事，关系到全村人的安危，是大事。不管是真的，还是误传，也不管是因为交公粮的事情，还是因为其他原因，他都得去。”

巧云又问：“我爹讲的其他原因，指的是什么？”

柳皑雪说：“他没有告诉我。昨天，我问他是不是共产党八路军的人，你爹和以前一样，总是瞒着我，说我不该知道的，不知道更好。唉！他这次外出，真是凶多吉少啊！”

巧云听罢，更加担心了，说：“他为了大家，不顾自己的死活，真是明知山有虎，偏向虎山行。我看他一定是共产党人。不过，这次情况特殊，他应该向你透露一点儿，以防不测。咱们也好找一找他们的人，报个信儿，好去救他们。”停了一下，又问，“妈，我爹还对您说了些什么？”

柳皑雪把丈夫临走之前讲的事情和嘱托告诉了女儿。巧云听罢，大吃一惊，含着眼泪，说：“他对你讲这些，好像生死离别的交代一样，有那么严重吗？”

巧云看见母亲拭泪，只好控制着自己的情绪，说：“妈，我爹讲的是万一，是从坏处着想，您别当成真的。说不定再过一会儿，他就回来了。”

柳皑雪把毛巾递给了女儿，说：“我后半夜做了一个不可思议的噩梦。说是你爹从外边回来了……”巧云听着，不禁打了个寒战。她正想说什么，看见母亲担心害怕的样子，只好改口，说：“妈，十梦九不准，您不要胡思乱想，自己吓唬自己。再等一会儿，我伯父要是还不来，咱俩亲自到外边打听消息。”柳皑雪点了点头。

第二章

鬼子汉奸是豺狼

早饭以后，空中飘起了零星小雪，不大一会儿，大雪飞扬，成团成团地往下涌。顿时，山川、河流、房舍、树木都被雪花笼罩了，到处闪着冷凄凄的寒光。

这时，卫清财和四个年轻的农民抬着担架从岭上下来了。担架上直挺挺地躺着一个盖着一条白布单子的中年男子。这个男子就是卫清正。

这一行人深一脚浅一脚地走在雪地里。不时一阵白毛风迎面扑来，呛得他们喘不过气，只好放慢了步子。

走在前排的卫冬子满腔义愤，问他身边的人："卫平叔，你知不知道清正叔被谁杀害的？什么原因？他可是个好人啊！"

卫平心里正在难过，听到问话，想起卫清正为人处事的情况：勤劳善良，秉性耿直，有文化而不贪图功名利禄。1928年秋天，他在外地上学，没有毕业就回到了故里。当时，华西县政府聘请他从政任职，他讨厌官场上的明争暗斗，尔虞我诈，不愿意与那些鱼肉百姓的人同流合污，断然拒绝了。这些年，他农忙季节在田间劳作，农闲的时候，到外地做生意。说是经商，可也没有见他发财，更没有见他添置什么家产，凭着祖辈留下的耕田过日子。粮食宽绰一些，就补贴他那吸毒卖地的长兄卫清财，也经常接济卫池和其他揭不开锅的穷人。僧人进村化斋，或者乡土艺人前来卖艺，他都慷慨大方，乐于施舍。灾年的时候，他曾积极地陪着父亲在村口起火垒灶，救助灾民，人们一提到他，就跷起大拇指。七年以前的一个冬天，日本侵略军在我国东北各省烧杀抢劫的消息传来了，他忧国忧民，义愤填膺。并召集村民，发动大家加固了寨墙、寨门，还在村子里修筑了六座炮楼，暗地里组织了民间抗日武装，准备配合国民党中央军，阻击日寇入侵，就地消灭侵略者。去年四月，日军进犯他们这里的时候，卫清正发现当地的驻军看着日寇肆意洗劫县城，不但不抵抗，还为敌人派了皇协军，肺都快要气炸了。他在抗日民众的大会上，拍着桌子，讲："侵略军就要打到咱们这里了，中央军都是吃干饭的，县里的守城部队更是熊包。咱们这里就要变成沦陷区了，单靠咱们的一百多条枪难以抵挡凶恶的日本侵略军。怎么办？我们只有掩护老百姓先到大山里避难，打日寇的事，以后再说。"他刚刚回忆到这里，两个月前，他们在北邙山岭痛击日伪军的激烈战斗在脑海里闪了一下，接着前前后后的情况也像电影似的展现在眼前。

那是腊月中旬的一天夜里，卫清正把他们的民间抗日武装召集到了晒麦场上，高兴地说："乡亲们，打鬼子，清算他们滔天罪行的机会来了……"并告诉大家，"共产党华西县的地下组织被破坏以后，刚从县城转移到东乡，就被日本鬼子发现了。日本人和皇协军正在兴师动众，前去围剿，共产党的地下组织今天夜里要紧急转移。我们只要提前埋伏在北邙岭上的一个地方，到时候对日伪军突然袭击，肯定旗开得胜。日伪军的装备好，胜利以后，把缴获的枪支弹药卖掉，钱按人头平分。"他还告诉大家，为了胜利更有把握，要去镇上动员大地主史二生，让他带着家丁一起参战，条件是共分战利品。

次日早上，听说姓史的不愿意帮助共产党的地下组织紧急转移。不过他想借此机会发财，勉强答应了。

那天中午，卫清正率领着二百多人，埋伏在北邙岭上边的通往新平县的岔道旁边。下午四点多钟，两军在他们埋伏的地段展开了激战。他们突然向日伪军开火。敌人以为中了八路军的埋伏，丢盔弃甲，连忙逃窜。

之后清理战场，打死、打伤日伪军二十多人，县抗日武装大队把日本人的武器带走了。卫清正让他们把围歼一个团的皇协军所得到的武器清点了一下，装在两辆车上，派卫清源押送，直接运往黄河北边的山西省境内，然后卖掉。第三天，卫清源空手而归，他说那两车武器被盗了。当时抗日民众相信被盗之事，仍然为痛歼敌人而高兴。但是大地主史二生怀疑卫清源把钱独吞了，也怀疑是卫清正下的圈套——让卫清源把武器送给了山西境内的八路军，非常恼火。卫清正出面调解，承诺三个月内凑钱奉还，谁也少不了，矛盾才得到了缓解。

卫平回忆到这里，热血沸腾，对卫清正钦佩有加，为卫清正惨遭杀害更加悲痛。他擦了一下眼泪，认为是史二生打的黑枪。转念一想，又觉得姓史的既然为了发财，那么钱还没有到手，不会犯傻。自言自语地说："清正哥这么好个人，为什么被杀害了？凶手到底是谁呢？"

停了一会儿，他想起了卫清正的母亲，怀疑是她老人家无意之中招惹的灾祸。想起近几年来，卫老太太经常卧病不起，好多人前去看望的时候，听她讲过一些新鲜奇怪的事情。她说她一闭上眼睛，就看见天兵天将举着红旗在云里走；看到男女老少欢天喜地，敲锣打鼓扭秧歌。还说，再过些年，大家也就不分穷富了，都能过上好日子等等。她还哼唱一些人们从来没有听过的顺口溜，什么"分了地，分了房，还分几件花衣裳"；什么"拖拉机犁地水上山，灯头朝下不流油"；"楼上楼下，电灯电话……"听的人不懂得什么是拖拉机，为什么灯头朝下油不洒，她就给解释，说拖拉机就是会犁地的铁牛。到那时候有了电灯，也就不用油灯了。还说她是老天爷的闺女，啥都知道。好奇的人们都不相信，有的说她是神说胡诌。可是人们都很爱听，有的跟着哼唱，有的传到了外边。卫平猜想，一定是戴着政治墨镜的坏蛋知道了，怀疑卫清正是共产党八路军的卧底，把他告发了，才被日本的便衣特务暗杀的。他又往深处想了一下，认为卫老太太不识字，平时大门不出，二门不迈，编不出那些新鲜词语和新鲜事情。于是怀疑卫清正去过解放区，而且，是一位共产党的地下工作者；卫老太太说的、唱的，一定是他这个孝子为了给有病的母亲解闷，像讲神话故事一样，透漏了一点儿见闻。而老太太一想起来就高兴，一高兴就忘记了保密。不过他的这种揣测刚刚升起，又觉得理由不足。

卫平想来想去，一会儿认为卫清正是共产党八路军的人，一会儿又认为不是。过了一会儿，他自言自语地说："清正哥如果不是的话，华西县共产党的地下组织迁到东乡的当天晚上就被日本鬼子发现了，要立即向西转移，而东乡离他们这里有七八十里，他在村里，怎么知道的？日军驻地离他们这里也很远，日伪军兴师动众，前去围剿，他又是怎么知道的？还有转移经过的路线，在什么地方展开激战，他为啥也那么清楚？展开激战的时候，县抗日武装大队对付鬼子兵，他们围歼一个团的皇协军，没有商量，怎么配合得那么默契？”一连串的问题让他认定卫清正在关键时刻，与共产党的地下组织有着密切的联系，他应该是共产党派在沦陷区做地下工作的。想到这里，他又问自己：“卫清正如果是的话，为什么从来没有透漏过一点儿呢？”

卫平分析来分析去，还是肯定不了。最后认定一点：不管他是什么身份，被杀害的原因都与围歼日伪军的事情分不开，一定是出了叛徒。只是不知那个叛徒究竟是谁。

卫平侧转着头，大声问：“清财哥，你弟弟惨遭杀害，你知不知道为什么？凶手是谁？”

卫清财正在挖空心思算计着，如何借着办理丧事，索取买鸦片的巨款；如何借着这个机会，为他的儿子们霸占家业，所以没有回话。卫平对卫冬子说：“他可能也不知道，或者心里过于悲痛，不想吭声。”

卫清财想发灾难财的思考被打断以后，立即想起早晨到卫勤家里打听消息的一幕。

他一进到卫勤家，那个忠厚老实的农民就慌慌张张地来到跟前，跪在地上，结结巴巴地哭着说：“清财哥，对不起！清财哥，我真的不知道，不知道卫池起了歹心，当了日本人的汉奸；不知道他让我把你的弟弟叫出去，是想……”卫清财打断话，急切地问：“到底出啥事了？卫池是不是把我的弟弟出卖了？啊？清正现在在哪儿？”卫勤泣不成声，哭了好大一会儿，才说：“我们走到关沟村附近的桥头跟前，卫池和他雇佣的凶手章继，突然把手枪对住了清正。卫池把他打死了，还把清正的遗体推到了沟里。”

卫勤讲到这里，一边磕头，一边哭着强调，说：“我真的不知道卫池当了汉奸，我不该听他的，把你弟弟骗出去！我该死！”

卫清财悲愤交加，大声喊：“报仇！一定要报仇！”喊罢蹲在地上，哭着喊，“清正！你死得好惨啊！好弟弟……”哭喊了几声，他猛地站了起来，一把揪起卫勤，问：“你说！卫池为啥要害他？”卫勤擦了一下眼泪，说：“保长质问卫池，他说，清正想霸占他的妹子。大家都不相信，逼着让他说实话。卫池才说，日本人已经知道清正是共产党八路军的人，是组织抗日民众，帮助咱们县的共产党组织向西转移的头头。日本鬼子命令他暗杀清正的，皇军一会儿还要来验尸。”卫清财又问：“卫池还说了些什么？”卫勤说：“他告诉我们，镇上的大地主史二生也投靠了鬼子，昨天夜里，卫清源被满门抄斩，就是史二生按照日本人的旨意，带着家丁干的。他还说，昨天下午西坡村的兄弟两个也被日本鬼子杀害了。”卫清财听到这里，吓得哆嗦，当即打消了为弟弟报仇的打算，转身要走。卫勤又跪在地上，抱住他的大腿，哀求着说：“清财哥，俺全家人的性命都在日本人和汉奸的手里，我对你说的都是实话，千万不要告诉别人。”

卫清财连忙离开了。回到家里以后，对家人简要地说了两句，然后给三个儿子分了工，便到外边找了几个壮男子，带着担架，向事发地点走去。

卫清财想把真实情况告诉卫平，然而为了自己和卫勤一家人的安全，只好把弟弟被杀害的秘密压到了舌根底下。

大雪下个不停，路断人稀，万物悲哀。空旷的田野里只有他们几个踏雪行走的“嚓嚓嚓”的响声。过了很长时间，他们才进了村子。

一位白发苍苍的老人拄着拐杖，站在自家的大门里边，望着百年不遇的倒春寒雪，自言自语地说：“唉！六月雪是因为窦娥冤，而现在下这么大的雪，不知道哪个好人又要遭难啦。”他刚说完，发现有人抬着担架从门前走过，忙问：“清财，你们抬的谁呀？出啥事啦？”

卫清财一边走，一边说：“我弟弟被人害啦。”

老人吃惊地望着他们的背影，吓得不知如何是好，眼睛湿润了。老爷爷越想越难过，越想越气愤，情不自禁地呐喊：“乱杀无辜，这叫什么世道！”

白发老人回到家里，他的儿媳妇袁娟看见公爹含着眼泪，扶他坐下，试探着问：“父亲，您咋哭啦？”

老人气愤地说：“祸从天降！清正被王八羔子杀害啦。这么好个人，才三十多岁，说没就没啦。这叫什么世道？这叫什么世道？！”

袁娟是柳皑雪的知心朋友，听到这个不幸的消息，跺着脚，喊：“天哪！这可咋办啊？多么好个家庭被毁啦！”

袁娟来到屋门口，望着外边，泪水汪汪，视线在迷蒙之中，仿佛看到了卫清正和柳皑雪那对天设地造的好夫妻，看到了令人羡慕的好家庭，看到了曾经让她激动，让她难忘的事。

去年初冬的一天，她拿着一块花布，兴冲冲地去找柳皑雪帮助裁剪衣服。一进二门，听到了琅琅的读书声：“子曰：学而时习之，不亦乐乎？

有朋自远方来，不亦乐乎？不知而不愠，不亦君子乎……”她舍不得打断朋友的学习，站在石榴树下等候着。过了一会儿，读书声停了。她往门口走了几步，听到卫清正说：“读得很好，找时间把它背会。今天我教你写字。因为学文化不仅要会读、会背，还要会写、会用，达到‘四会’才有用处。”

袁娟悄悄地来到门外，看见男主人把文房四宝放在了桌子上。柳皑雪往一边推了一下，说：“算了吧，我这手只会做针线活，不会拿笔写字。”卫清正认真地说：“我手把手地教，你一定能学会。”说着坐在了妻子的身边，横竖撇捺地教起来。袁娟站在外边偷看着，悄悄地高兴着，心里想，自古以来都是男尊女卑，妇女们只有围着锅台转，只有侍候人的权利。而这两口子平起平坐，丈夫教妻子写字又是那么耐心，不禁有些激动。

卫清正教她写完了一页大字，微笑了一下，问：“哎，我这个家庭教师兼书童的，侍候得咋样？还满意吧？”柳皑雪放下毛笔，一把搂住丈夫的脖子，在他的脸上亲了一下，说：“你是天底下最好的男人。”

袁娟看在眼里，喜在心里，忍不住“咳”了一下。两位主人听到声音，立即站起来，迎了出去。柳皑雪红着脸，说：“哎哟，原来是你，快进来！”

袁娟回忆到这里，从那美好的情境之中回到了残酷的现实，哭着说：“这么好个家庭被毁了，她娘儿们往后指靠谁啊？无依无靠，怎样过活？”说着蹲在地上，失声痛哭起来。

她哭了好大一会儿，才擦干了眼泪，说：“父亲，我去安慰安慰清正嫂。”老爷爷锁着眉头，阻止道：“现在不能去。清正被人杀害了，是灭顶之灾。只有等到她的娘家人来了，才能告诉她。”

白发老人擦了一下眼泪，接着说：“日本鬼子横行，兵荒马乱，孤儿寡母没了依靠。她的小三儿还不到五岁，难养大啊！”

第三章

雪上加霜

卫清财把帮忙的人领到了他家大门对面的园子里，担架放在临街房的两条长凳子上。卫平抖去了盖在卫清正遗体上的白布单子上的雪花，又立即给盖上了。卫清财从口袋里掏出四份辛苦费，说：“劳驾你们了，拿着吧。”抬担架的人接过以后，向不幸遇难者三鞠躬，含着眼泪默默地离开了。

雪停了，房子上边融化的雪水好像眼泪似的，顺着房檐，“扑嗒、扑嗒”地往下滴。真乃：

鬼子汉奸逆天理，
肆意杀人狂至极。
漫天飞雪护英灵，
房檐滴水亦哭泣。

卫清财的大儿子卫富有踏着两脚泥泞进来了，说：“孝布、寿衣……该买的东西都买了，放在客厅里。陪葬用的各种纸马已经交过订金，明天上午去取。”卫清财说：“你没有什么事了。现在他们都在忙乎，我也有许多事情要办。你在这里守灵。”说完便离开了。

街上稀稀拉拉地有人走动。他们看见卫清财的二儿子卫富海和几个年轻人正在大门外边搭灵棚，听说卫清正被杀害了，都很吃惊。他们来到园子里，望着死者的遗体，义愤填膺。一个说：“要是知道凶手是谁，非得千刀万剐不可。”一个说：“清正叔叔会双手打枪，怎么保护不了自己？”

另一个说："明枪易躲，暗箭难防。我看他被杀害与鬼子炸村的传言有关，一定是日本鬼子唆使清正身边的人打了黑枪，毫无戒备，才遭到劫难的。"小学教师徐文气愤地说："这么好的人被杀害了！把杀人凶手剁成肉泥都不解恨！"一位老爷爷拄着拐杖来到跟前，说："唉！清正年轻轻的，死得又这么惨，可怜啊！往后他的妻儿老母没了依靠，日子可咋过呢！"在场的人无不黯然泪下。

卫清财一回到家里烟瘾就犯了，他到卧室里取出仅有的鸦片，吸了两口，好受了一点儿，然后来到客厅，绞尽脑汁寻思着如何糊弄弟妹及其娘家的人，达到既霸业，又能落好的目的。

不大一会儿，卫清财的老三儿子卫富德领着柳皑雪的弟弟柳存泰、妹妹柳皑菊进来了。卫清财又是让座，又是递茶。两位客人含着眼泪，把杯子往一边推了一下。

卫清财装着十分悲痛的样子，抹了一下没有泪水的眼睛，说："我弟弟不幸遇难的事，你们已经知道了。他是被汉奸卫池杀害的。因为家里有长辈，所以，他的遗体安放在园子里，这事还没有告诉你们姐姐。"停了一下，接着说，"现在有很多事情要办，怎么办，需要尽快定下来。一是料理丧事由谁承头？是你们大姐？是你们？还是让我代办？二是费用问题。要是让我操办，我家里仅有的钱，已经支出了。我知道你姐姐手里不会有几个钱，也就是说，必须卖地。我想把她西岭上的二亩坡地卖了。这两件事应该跟你姐姐商量。可是，她如果知道你姐夫被杀害了，恐怕难以承受，商量不成。你们得替她拿个主意。"

柳存泰的心里清楚，卫清财已经插手了，他讲这些只是走个过场。再说操办丧事需要人力物力，自己是个外人，不可能经办。就是协助姐姐来操办也不行，因为晴天霹雳来得太猛、太凶，姐姐听到这个惨绝人寰的噩耗，不知道会悲痛成什么样子，根本顾及不了其他事情。再说这种大事，娘家人不应该做主，怎么办呢?

柳皑菊也有这种想法，她见弟弟左右为难，说："存泰，我看，就让他们代办吧。如果同胞兄弟袖手旁观，外人会耻笑他，责怪他的。"

柳存泰点了点头，说："卫兄，现在你们已经着手准备，那就让你操劳了。等我姐姐稍微平静以后，再征求她的意见。如果中午以前不给你回话，我大姐就是同意了。"

卫清财“咳”了一下，说：“如今兵荒马乱的，为了防止日本鬼子和汉奸的骚扰，我打算今天下午入殓，明天殡葬。棺材来不及准备好的，就先借用你太婆的柏木棺。这样，明天就可以殡葬了。”停了一下，接着说：“你们知道，你姐没有男孩儿，应该要个过继儿子，继承香火。她如果同意的话，我的三个儿子，让她随便挑。”

柳存泰听了，想起卫清财吸毒的事。前几年，他姐夫曾经两次把他送进戒毒所都没有戒掉，这是个指靠不住的人，他说：“要不要过继儿子？我把这话也给你带到。不过，得让我姐亲自告诉你，才能定下来。现在，去看我姐姐吧。”

卫清财的老伴朱氏来了，几个人一起向后院走去。

他们到了柳皑雪的卧室外边，卫清财对客人小声说：“你们等一会儿再进去。”说罢，敲了两下屋门。

柳皑雪在屋子里盼着卫清财的回音，急得心都快要跳出来了。她正要出去打听消息，看见兄嫂进来了，迫不及待地问：“哥，你咋这会儿才来？清正在哪儿？他没啥事吧？”说完，她见兄长哭丧着脸不回答，又问：“他们是不是被日本鬼子扣押了？”卫清财仍然不说话。柳皑雪急得拉住朱氏的胳膊，催问：“嫂子，清正在哪里？是不是出啥事了？你快说呀！”

朱氏带着哭腔说：“弟妹，我们告诉你，你可得挺住！”卫清财说：“卫勤告诉了真实情况，你要挺住，也要为他和家人的生命安全暂且保密。清正被日本鬼子和汉奸卫池杀害了。遗体刚刚抬回来，放在园子里。”

柳皑雪没有听完就被吓蒙了。她不相信自己的耳朵，更不敢相信是真的，使劲拽住朱氏的胳膊，连声问：“他说的啥？说的啥呀？”

朱氏重复道：“卫池当了汉奸，他听日本鬼子的指挥，雇了帮手章继，把清正骗到村外，开了枪。”

柳皑雪最担心害怕的事果然发生了。她被这个突如其来的噩耗吓蒙了，身子像散了架子一样站不住了。她扶住桌子，哭着喊：“清正！我的天哪！报仇！我一定为你……”话没说完，就昏过去了。

两位客人听到姐姐声嘶力竭的哭喊声，立即跑进屋里，把柳皑雪搀扶到床上。柳皑菊见姐姐的脸色苍白，不省人事，连忙掐住她的“人中穴”进行急救。屋子里的人都在呼唤着：“姐姐，你醒醒！”“姐姐，你一定要挺住啊！”朱氏也说：“弟妹，你快醒醒！”

三个姑娘在上房屋里听到母亲悲惨的哭喊声，立即跑了出来。卫老太太在窑厦的内屋里的床上躺着，忽然听到了动静。她往外边瞅了一下，忙问："孙女儿，啥事儿跑恁快？别摔着啦！"

朱氏见巧云姐妹们慌慌张张地跑来了，挡在门口，说："你爹被杀害了，刚刚抬到园子里，快去吧！"三个孩子转身就往外跑。

她们到了前院，接过卫富有妻子李氏递给的孝布，飞也似的向园子里跑去，白云落在后边。

巧云和彩云看见父亲的遗体，扑了过去，跪在担架跟前，哭喊起来："爹爹！您不能走啊！""爹爹！您说话啊，你不能撇下俺们啊！""好爹爹！我不让您走……"在场的人们听着两个姑娘悲痛至极的哭号声，都在抹眼泪。名叫兰兰的姑娘看见她们哭得上气不接下气，劝劝这个，劝劝那个，忍不住也号啕起来。

这时，远处传来了小炉匠的喊声："钉盆儿——锢漏锅！"两个炉匠，一长一少，长者40来岁，外貌忠厚而睿智，是隐蔽在城关一个铁匠铺里的中共地下工作者，名叫田耕。他早上从解放区开会回来，听到了那两个传言，估计出了叛徒，便带着徒弟到乡下侦察情况，想找到卫清正，通知民间的抗日骨干，尽快地隐蔽起来。徒弟姓赵，十七八岁，长得壮实而利落。他挑着货担，走在后边。村子里没有人让他们干活，师徒二人也就径直地向着哭声的方向走去。

白云系着孝布来到了园子里，看见姐姐跪在地上哭喊着爹爹，却不相信爹爹死了。她围着担架走了一圈，看着白布单子盖着的人一动也不动，扯着嗓子喊："爹爹！爹爹！你咋不理我呢？爹爹……"

白云喊了几声，仍然不见回答，想起昨天上午，她们送爹爹外出，来到街上，父亲抱着她亲了一下，才放在地上。她望着亲人远去的背影，喊着："爹爹，您早点回来！早点回来！"白云想到这里，好像看到了爹爹鲜活慈祥的面容，根本不相信他会死去。然而，又见姐姐哭得那么悲痛，便想看看到底咋回事。她伸出颤抖的小手，抓住单子的一角，猛地一掀，发现爹爹的头上、脸上、衣服上都是血，吓得"哇"的一声哭起来。

徐文老师连忙拉住白云，一边往园子外边走，一边说："别怕！别怕！"一位老奶奶说："可怜啊！小三儿还不懂得人死是怎么回事，她的爹爹就没了。”一位中年妇女说：“是啊！清正遭到杀害，孩子们都那么小，孤儿寡母可咋活下去？”说着，泪水直往外涌。

柳皑雪听到丈夫被日本鬼子和汉奸卫池杀害了，悲愤交加，只哭了两声就昏过去了，在大伙的急救和呼唤声中，过了好大一会儿，才清醒过来。她一睁开眼睛就挣扎着去见丈夫。两个娘家人只好搀着她向外边走去。到了前院，卫清财对两位客人说：“你们照看着她，我们有事儿。”说罢，便和老婆向客厅走去。

柳皑雪走着哭着，哭着喊着：“清正！我的人啊，你不能走啊！孩子他爹！你不能撇下俺们不管啊……”她走两步，停一下，弯着腰，拼命地哭喊着亲人，嗓子都沙哑了。

柳皑雪来到担架跟前，拉住卫清正的胳膊，一声接一声地哭号：“孩子他爹，你答应啊！清正！咱家不能没有你啊！清正！你让俺娘儿们咋活哩啊？孩子他爹！你把俺们带走吧……”

孤儿寡母悲凄凄、痛切切的哭号声，震得风云飞渡，震得瓦楞作响，震得万物悲哀，震得天旋地转。那一字字、一板板的哭诉是孩子对父亲的呼唤，是妻子对丈夫的挽留，是中国人对日本侵略者和汉奸的控诉，是百姓对黑暗社会的声讨！

乡亲们听着那撕肝裂肺的哭喊声，看着孤儿寡母血泪交流、悲痛欲绝的样子，无比同情，心都碎了。

突然，柳皑雪的哭声停了，她又一次昏厥了。两位客人连忙搀住，才没有倒下。他们架住姐姐，哭着把她送回家。

人们在这目不忍睹、耳不忍闻的悲惨情境中，泪水纷纷，有的泣不成声。田耕擦了一下眼泪，忍着悲愤，望着担架，自言自语地说：“清正同志，国仇家恨一定要报，安息吧！”然后，拉了一下小赵，向大路对面搭灵棚的地方走去。

田耕看见徐文老师携着白云的手，问：“先生，死者有没有其他亲人？”徐老师回答：“领着搭灵棚的那个是他的侄子，那位长者是卫清正的亲哥哥。”接着，把田耕领到卫清财的面前。田耕说：“大哥，我是清正的朋友。你弟弟是被谁杀害的？”卫清财四周瞅了一下，小声说：“被他身边的人——卫池杀害的。我今天早上听说卫池和镇上的大地主史二生都是日本鬼子的便衣特务。昨天夜里，史二生按照鬼子的旨意，带着家丁把俺村卫清源的家给抄了，他们夫妻两个死得也很惨。清源有个儿子叫卫义生，现在是死是活，下落不明。还有，昨天下午，日本鬼子把西坡村的兄弟两个也给杀害了。”

田耕悲愤不已，喘了一口气，说：“希望你帮助你的弟妹带好孩子，渡过难关。”说完来到了路边，让徒弟吆喝着向村子的东头走去。

他们出了小寨门，小赵说：“师傅，你都看到了，多可怜啊！”田耕含着眼泪，说：“昨天，日本鬼子和汉奸杀害了我们四位抗日骨干，又多了几个不幸的家庭。唉！咱们中国人要想过上安宁日子，只有赶走日本侵略军。现在，咱们回县城，想办法找到卫清源的儿子。”

徐老师回到家里，为卫清正不幸遇难而悲愤交加，大声喊：“这么好的人被杀害啦，这叫什么世道？！”他望着窗外，想起三年前卫清正帮他解危的情景。

那年的一天上午，县里警察局的人突然来到学校，说他散布反动言论，非要把他抓走不可。当时他心里清楚，自己的确对人讲过：“日寇入侵，烧杀抢劫，是因为国民党政府腐败无能，中央军几百万，都是吃干饭的……”他当时为了躲避灾难，一口否认，说没有那事。警察局的人不听他的，拿出了手铐。坐在他们办公室里看报纸的卫清正，立即替他开脱，说：“逮捕人应该证据确凿，请你们核实以后再抓人。大家都知道，吃的东西越嚼越少，闲话可是越嚼越多，越传越走样。我向你们担保，徐老师是个老实本分的教书先生，他绝对不会有什么反动言论。”说着，从口袋里掏出几枚大洋，把那群恶狼打发走了。

徐老师回忆到这里，自言自语地说：“大恩人惨遭杀害，我却无能，不能为他报仇雪恨。”说罢提起毛笔，在纸上写了一首《长恨歌》：

天苍苍，地惶惶，
鬼子汉奸是豺狼。
满腹义愤难倾吐，
笔下呐喊怨老蒋。
恨，恨，恨！
国无圣主民遭殃！

昼夜黑，黑漫长，
人间正道在何方？
孤儿寡母无依靠，
力不从心难相帮。
恨，恨，恨！
何时才能见阳光？

快到中午了，巧云姐妹和两位客人仍然守在柳皑雪的身边，巴望着她快点醒来。又过了好大一会儿，柳皑雪才慢慢地睁开眼睛。巧云说：“妈妈，您终于醒过来了！”柳皑菊害怕姐姐再次昏厥，连忙说：“姐，你是个明白人，一定要听劝告，想开点儿。”柳存泰也说：“大姐，人死不能复生，咱们就是再哭，他也活不过来。你不顾自己的身体，也得为孩子们想一想，一定要挺住！”

柳皑雪擦了一下眼泪，坐了起来，说：“为了我没有父亲的孩子，一定要活下去，一定要撑起这个家！”说着，泪水“簌簌”地往外涌。停了一下，她擦干眼泪，对孩子们说：“巧云，你们记住，三月十七，是你爹遇难的日子；记住，你们父亲是被日本鬼子和汉奸杀害的，一定要报仇！”巧云姐妹点了点头。

柳存泰说：“姐夫的仇一定要报！现在咱们这里是沦陷区，报了案没人管。大姐，君子报仇，十年不晚，你放心吧！”

柳存泰见姐姐忍着悲痛不哭了，转告了卫清财操办丧事、花钱卖地，以及要不要过继儿子的事，然后，说：“你如果另有安排，我现在就去回话。”

柳皑雪想了一下，说：“你姐夫生前待他不薄，料理丧事就让他代办吧。唉！你姐夫死得太惨，要办排场一点儿。我同意把岭上那二亩多地卖了。钱花不完，让他留用。另外，要不要他的儿子过继，等我想好了再告诉他。”柳存泰说：“咱们的意见一样，不用给他回话了。”然后接着讲，“卫兄还说，兵荒马乱的，早入土，早安宁。他建议今天下午入殓，明天殡葬。你看行不行？”

“可以。让我准备一下。”

柳皑雪说着，来到箱子跟前，把丈夫的单衣、棉衣、长衫、鞋袜，一件一件从箱子里拿了出来。巧云帮着往包袱里放了一件又一件，说：“妈不要再拿了，包袱装不下啦。”

柳皑雪擦了一下眼泪，说：“你爹一个人待在荒郊野外，夏天那么热，冬天那么冷，还有两件衣服，都让他带去吧。”说完，趴在箱子上泣不成声。

屋子里的人也都跟着哭起来。巧云和彩云一边哭，一边呼唤着父亲。柳皑菊擦了一下眼泪，劝柳皑雪，说：“大姐，不哭了，身体要紧！”柳存泰说：“巧云，你们听话，都不要哭了。”

傍晚时分，朱氏到后院通知，马上入殓，让他们把陪葬的衣物拿去。巧云扛起包袱，领着妹妹出去了。

朱氏看见柳皑雪也往外走，拦住了，说：“你就不要去了，我知道你承受不了。”

柳皑雪说：“我一定要去，这是最后一面。”朱氏对两位客人说：“你俩劝劝她，我先去了。”

柳皑菊拉住姐姐的胳膊，劝了好多，不起作用，只好讲条件，说：“你执意要去，必须答应我，告别完了，立即回来。”柳皑雪没有回话就往外走，两位客人只好陪着前往。

灵堂已经布置完毕，横幅写着：“沉痛哀悼卫清正先生千古”，两侧的挽联是：“驾鹤仙逝音容在，恩德永存日月辉。”灵堂里边的正中位置放着一口棺材，棺材旁边是从园子里抬过来的灵床，上边躺着卫清正的遗体。床头放着一张方桌，上边摆着供品，香火缭绕。

朱氏站在灵堂外边，接过巧云拿来的包袱，看着他们向着灵床走去，便把包袱背到了灵堂的一个角落里，接着，慌慌张张地挑出新一些的衣物，藏在了一边。白云来到朱氏的身后，问：“娘，你拿出来干啥？我妈说，都让我爹爹带走。”朱氏做贼心虚，一个小孩子就把她吓了一大跳。她愣过神儿以后，撒谎说：“棺材里放不了恁多。”说完，把剩下的旧衣物包好，提到了棺材旁边的凳子上。站在远处的一个中年妇女看到了这一切，大声说：“哎！你咋多长了一只手？想发灾难财不是？”朱氏红着脸，装着没听见，溜到别处了。

过了一会儿，前来吊唁致哀的人们来到供桌的前边，他们一个接一个地跪在地上，烧了些黄裱、金箔银箔，磕了头，然后，来到哭喊着亲人的群体中间，参加入殓仪式。

柳皑雪哭喊着丈夫来到了灵棚里。她走到灵床跟前，咬着嘴唇控制着揪心的悲痛，给丈夫整了一下衣领，接着，轻轻地抚摸着卫清正头上的伤口，问："孩子他爹，还疼吗？你睁开眼，看看我吧！也看看咱们的孩子。你看她们哭成啥样啦。"说着，用手帕擦了一下滴在丈夫脸上的泪水。

她正要俯身拥抱永别的亲人，被弟弟、妹妹拦住了。两位客人担心姐姐再次昏迷，连忙拉住，使劲儿地往外边拽。柳皑菊说："大姐，告别了啦，咱们回家。"

柳皑雪刚刚离开，听到主持人喊："入殓啦！"急得她一边挣脱着要拐回去，一边哭喊着："清正！我不让你走啊！孩子他爹！你不能撇下俺们不管啊……"

在场的人都在哭泣，都在为不幸遇难者而痛心，更为孤儿寡母以后的生存而忧心。有的说："人生最大的不幸，莫过于少年丧父（母），中年丧偶，老年丧子。卫清正被杀害了，往后，他的老娘、妻儿依靠谁啊？"有的说："种地是男人们的事，顶梁柱倒了，身单力薄而又缠过脚的柳皑雪在那坷垃地里站都站不稳，怎么干得了耕种犁耙的农活？要是打不下粮食，孩子们咋活下去？"

街坊邻居们站在路旁看着卫清财父子来来往往忙着办理丧事，各有所思，各有所虑，也在小声议论着，一个说："我看，卫清财没有忘记他弟弟的好处，一家人都在帮忙，有良心。往后，柳皑雪有困难，他会管的。"一个说："不一定。吸大烟的人烟瘾一发，什么都顾不了啦。那种人敢把家业挥霍一空，连老婆都敢抵债。卫清财代办丧事，是不是想大捞一把，难说。"一个说："他是不能依靠。如果柳皑雪要个过继儿子，也就有了帮手。"又一个说："如果卫清财是个正道上的人，要他一个儿子过继，当然好。不过，卫清财要是别有用心，从中挑拨，也就更糟了。"一位白发老人皱着眉头，说："你们讲的都有可能。唉！卫清财什么鬼点子都能想出来。柳皑雪不管让不让他的儿子过继，日子都不会好过。我真担心她的三个孩子难以养大成人。"

夜幕降临了，到处黑洞洞的，卫家寨村沉浸在悲痛与恐怖之中。

卫清财在客厅里抱着水烟袋，"呼噜呼噜"地吸了几口，晃了一下脑袋，又开始考虑怎样乘机讹诈霸业，怎样独吞父母的养老地，也考虑着柳夫人要是不同意让他的儿子过继的话，就在晚上的家族会上，利用家族的权威，逼迫她答应。他见家人都来了，放下水烟袋锅，对朱氏说：“老婆，清正遇难的事，要对老娘继续保密，每一顿饭都要按时端去。从今往后，不要再让姓柳的管饭了。”朱氏说：“知道。我一直没有让妹子去后院，就是为了避免老太太问起。这两天，巧云姊妹陪着她妈，白天不会在上房屋里待。其他人我都交代过了，放心吧。”

卫清财转过身子，问小儿子：“富德，条子上写的几个人名，你通知到了没有？”

“都说过了，吃罢晚饭来咱家里开会。”

卫清财听了，仍然皱着眉头。朱氏问：“啥都安排好了，你还在想啥呢？”卫清财歪着脑袋，诡秘地说：“我在考虑怎样乘机发财，怎样为咱的儿子们请业，巧取硬夺……”

卫富德没有听完就恼火了，说：“请什么业？现在，你应该为我的叔叔婶婶多想一点才是。”卫清财没有理会。卫富德又说：“我叔父死得那么惨，这仇一定要报，我非杀了卫池不可！”

屋子里的人都被吓呆了。卫清财拍着桌子，大声说：“你疯了不是？卫池当了汉奸，手里有枪，别说你走不到跟前，就是真的把他给砍了，日本鬼子也饶不了你，到时候，咱全家人都得跟着遭殃，知不知道？”卫富德气得站了起来，说：“我不管恁多！”说罢，向外边走去。

卫清财连忙拉了一下大儿子，说：“你快去拦住，别让他犯傻。”

“他现在不会去。”卫富有说着，出去监视弟弟了。

卫清财的心里窝着气，看见老婆含着泪，说：“你是哭啥哩？我又没有打他。”朱氏擦了一下眼睛，吞吞吐吐地说：“当家的，你知道巧媳妇难做无米粥。现在，弟弟不在了，往后，谁能补贴咱？咱家六七口人，就那十来亩地，日子可咋过啊？”

卫清财看见老婆还在抹眼泪，冷笑了一下，说：“原来为了这个。不要发愁，不用担心，我不会让你们饿肚子。往后，咱家的日子只能过得更好。”

朱氏和两个儿媳妇都愣了。老二媳妇粗声粗气地问：“父亲，你是不是让富德给气糊涂了？”

卫清财又冷笑了一下，说：“糊涂不了。我已经想好了，往后，咱家吃饭的人少了，良田增多了，肯定富足，富得流油。”老二媳妇不知道咋回事，说：“不可能吧！”老大媳妇李氏为人精明，她见公爹不说话，喊着妯娌的绰号，说：“大洋马，你真是四肢发达，头脑简单。父亲讲的是过继请业，知不知道？”

大洋马茅塞顿开，不过，她担心让她的丈夫过继，说：“我不想让富海当过继儿子。本来嘛，公公、婆婆就不如亲生父母，婶娘更加不如。要过继，让给你们好了。”李氏捧着大肚子，想到婆母是个看小孩儿的帮手，反驳道：“哪有长子给叔叔过继的？”大洋马竭力推托，说：“我婶儿那么干净利落，我可侍候不了。要不，让富德过继也行。”

卫清财翻了一下白眼，说：“这事儿，你当不了家儿。我告诉你们，不管让谁过继，都吃不了亏，我不会让你们侍候姓柳的。现在，我已经下定决心，想办法把你婶儿赶出卫家。她只要不在了，你叔叔的那些家产也就全成咱家的了，就连她那‘三朵花’也得由我安排。到时候，我给你妈弄个丫鬟使使。”大洋马傻笑了一下，问：“真的？”卫清财胸有成竹似的说：“你们等着瞧！”

第四章

双“过继”

晚上，没有月亮，世间好像被墨汁浸染了一样。卫清财请来议事的人接踵而至。客厅里的上座是一位德高望重的卫族长老卫公。他70多岁，相貌蕴藉斯文，气宇轩昂，是一位学识匪浅而又与世无争的老学究。当年这位学者在翰林院就职，由于才气压人，提前告退返乡了。他每天以书为伴，过着隐居般的生活，如今年纪大了，便像懒散的浪花似的打发日子。卫公是卫族大家庭中唯一的长辈，威望颇高，村子里的红白大事都离不开他。卫清财让大伙商议儿子“过继”之事，当然要他到位了。

卫公身边坐的是一位教师模样的中年男子，他是卫长老的儿子卫清廉，在外地的一所中学任教。日军入侵以后，学校停课，只好回家。卫清廉在家里照顾父亲，有时候看点书，或者下地干些农活。被请来的人还有本家族的卫清瀛、卫清凯和小学教师徐文。另外，也有一个不请而来的瘦猴——卫清炎。卫清炎排行老六，人们叫他小六子。小六子30来岁，早年染上了毒品，后又嫖赌，脸色蜡黄，看起来比四十开外的人还要老。如今他毁尽了家业，从寨内的深宅瓦房搬到了寨外边的一个破院子里，成了又偷又骗，大家讨厌的人。

朱氏给大家上了茶，坐到一边的小凳子上。卫清财凑近卫公，说：“三叔，您老是咱卫家的权威，请您先讲几句。”

长老摆了摆手，说：“不需要开场白，我也不愿意喧宾夺主。”卫清财“咳”了一下，对大家说：“各位都知道我的弟弟不幸遇难了，今天下午已经入殓。现在社会不宁，入土为安。我们打算明天殡葬。因为我的弟弟没有男孩子继承香火，所以，我决定让我的二儿子给他过继。当然我这样做也是为了我的弟妹和侄女们。兵荒马乱的，孤儿寡母没有人照顾不行。今天请大家来，表表态，也做个见证。”

小六子站了起来，抢着发表意见，说：“我同意！我支持！”在场的人白了他一眼。卫公对卫清财说：“你能为你的弟弟及其家属操心，很好！不过，过继儿子不是白当的，而要继承家业。这种大事，你跟你的弟妹商量了没有？”

卫清财听到他最不爱听，也最害怕听到的话，心里“咚咚”直跳，不肯吱声。在场的人都在等他回答。卫公又问：“你咋不说话呢？”

卫清财不敢回答，他心里清楚柳皑雪根本没有同意，才采取这种以族威带权的招数。过了一会儿，他不耐烦地说：“我让她的弟弟柳存泰问过她，她没有回话。不回话就是同意啦。”

徐文老师讲：“过继之大事，必须让主家亲自表态，才能算数。咱们村里有好几个寡妇，有的要了过继儿子，也有的让闺女抱牌位、打幡儿的，还有妻子为丈夫送终，领到地里的。”卫清廉接着说：“过继儿子既有继承家业的权利，也有养老送终的义务，是要双方签合同、立字据的。我们不能根据一方的意愿，随便表态。”

卫清瀛看到大家点头，说：“现在，赶快落实一下，看看柳皑雪什么打算？”

卫清财原来想着，请来的人都会因时度势，拥护他的决定，起码有半数向着他，没有想到他们哪壶不开提哪壶，一时不知如何是好。他偷偷地推了一下瘦猴，小六子心领神会，说：“找那麻烦干啥？柳皑雪妇道人家，头发长，见识短，不应该让她来当这个家。我认为，池里没鱼，虾米为大。清财哥说的应该算数。”卫清财觉得比喻有些欠佳，反驳道：“什么虾米？真难听。”小六子连忙改口，说：“山中无老虎，猴子称大王。行了吧？”

卫清凯蔑视地瞅着小六子，说：“你玩什么嘴皮子？五毒俱全的人，也有脸在这里说话。”小六子自讨没趣，那张又黄又瘦的长脸更加难看了。

卫族长老捋了一下白胡须，对卫清财说：“侄儿啊，你既然出于好心，就按照大家的意见办吧。”

卫清财担心柳皑雪拒绝他的要求，可又无奈，想了一下，对妻子说：“你去问一下，一定让她知道我的好意。”朱氏去了。

柳皑雪正在和孩子们商量此事。她对巧云说：“你伯父提出让你二哥给咱过继。我想，你们没有父亲了，耕种的农活需要一个帮手。可是你二嫂不像你大嫂有修养，我担心你们姑嫂合不来，以后生闲气。到那时候，生米做成了熟饭，也就不好办了。唉！把神请进庙里容易，请出去可就难啦。可是我如果不同意他的意见，他会恼火。因为他不会真心实意地关心别人，而是看上了咱家的这点儿家业。他要是反目为仇，想些歪门儿，也就没有咱娘儿们的活路了。他家人多势众，惹不起啊！你们说说，咋办为好？”巧云说：“妈，咱们村里给婶娘当过继儿子的有好几个，有的像亲生儿子一样，善待老人；也有的过不到一块儿，把寡人气病、气死的；还有的急于霸业，把人家逼到绝路上，自尽的也有。要我说，你不要过继儿子更好。关于耕种犁耙的重活咱们干不了，可以找人帮忙。您老了有我们关照，另外，我有舅家给咱撑腰，我伯父就是再孬，也不敢把咱们怎么样。谁都知道，我父亲生前对他家帮助那么多，他只要多少有点儿良心，也就不会算计咱了。”彩云说：“我二嫂看人总是歪着头，斜瞪眼，像个母夜叉似的。妈，你不知道，她还在背地里骂你是个绝户头，您千万不要收留她。”柳皑雪说：“你们讲的有道理。明天，你们抱牌位、打幡儿，把你爹送到地里。不过，我仍然担心你的伯父暗中整治咱们。唉！不管怎样，也只能走一步说一步啦。巧云，你现在去给你伯父回个话，就说我不要过继儿子。你也告诉他，让他把咱北岭上的二亩多地卖啦，办完丧事，钱花不完，让他留着。”

巧云刚站起来，看见朱氏来了。

柳皑雪说：“嫂子，我正要让巧云去找你们，快坐。”

朱氏站着讲了老头子的意愿，紧接着问：“你打算要富海？还是要富德？现在，好多议事的人都在等着你的回话。”

柳皑雪讲了她娘儿们的意愿。朱氏没有听完就恶狠狠地说：“你们当不了这个家儿。真是敬酒不吃吃罚酒！”说着，气呼呼地走了。巧云大声回了一句：“不要欺人太甚！”

卫清财看见老婆像个丧门神似的吊着脸回来了，估计事不顺心，问：“她咋说的？是不是不同意我的意见？”朱氏点了点头。

卫清财的脸色“唰”地一下变得铁青而狰狞，拍着桌子大骂：“他妈的，这家儿我当定了！她敢不听，我就让两个儿子过继，请她两份儿家业。”

在场的人都被这种蛮不讲理的举动惊呆了。卫清廉指着卫清财的鼻子，大声讲：“你敢！”卫清瀛也气愤地说：“清财，你今天是咋的了？胡言乱语，你还有没有理性？”

卫族长老担心卫清财孤注一掷，到了殡葬的时候，他们兄弟两家及其亲朋好友闹腾起来，让他骑虎难下，不好收场，决定耐心开导，说：“清财，你先冷静冷静。说心里话，你开始讲的几句，谁都爱听。可你现在讲的，的确不够仁义。你说，你弟弟生前对你家怎样？”

卫清财抢白了一句：“好着哩，那还用说？”

卫长老讲：“你没有忘记就好。如今你的弟弟惨遭杀害，撇下孤儿寡母够不幸、够可怜了。我们本家族的绝对不能让她们雪上加霜。说话、做事都得有个分寸，要对得起自己的良心。你弟妹不让你的儿子过继，一定有她的考虑。事情应该商量着办，不可鲁莽、逼迫。你明天去柳庄一趟，请示一下柳公，看他能不能劝说一下他的女儿。他老人家要是没有意见，你的弟妹也会同意的。顺理成章，岂不更好？”大家一致认为是个好办法。卫清财也点了点头。卫公又说：“清财，我得提醒你，一定要做好两种思想准备。如果柳公也不答应的话，你得服从。回来以后，尽心尽力地帮助她娘儿们把你的弟弟安葬啦。你的弟妹是个明白人，料理丧事的一切支出，不会让你贴钱。”

朱氏插话：“对了，她说，让你把她北岭上的二亩多地卖啦，钱花不完，让你留用。”卫清财听到这话又发火了，说：“留个屁！二亩多地能卖几个钱？啊？你告诉她了没有？她那河湾里的二亩水田也卖了啦。”

大伙又是一阵惊诧，纷纷质问卫清财。一个说：“你咋能这样做？人家只有那块儿旱涝保收的好地，你必须给赎回来。”一个说：“在咱们这里，办一桩丧事一亩地就够用了。要是办得排场一些，两亩旱地花不完。你趁火打劫，真是太贪财，太缺德啦！”徐老师皱着眉头，说：“卖地容易赎回难。现在木已成舟，要我说，只有一个挽救损失的办法——把卖水田的钱全部交给柳皑雪。”大家都说只有这么办。

小六子听着，没有吭声。他想，烟友有了钱，肯定买鸦片。到时候自己可以沾点儿光，过把瘾，不禁偷偷地高兴。

卫公看透了卫清财的贪图用心，控制着忍无可忍的愤怒，耐心地讲：“侄儿啊，你做事太出轨啦！现在我让你表个态，大家讲的这些，你能做到不能？”卫清财犹豫了一下，阴阳怪气地回答：“能！能！”卫族长老语重心长地说：“清财，你一定要照办，不要忘了你姓啥叫啥，不要败坏咱卫家的声誉。”说完站了起来，大伙一起离开了。

卫清廉搀扶着老人一边往家走，一边问：“父亲，柳太公要是拒绝了，我清财哥会不会变本加厉，真的让他的两个儿子过继？”长老摇了摇头，说：“你柳太公精明豁达，考虑问题只能比我们更加周全。所以我估计他会同意让富海过继的，你清正嫂也只有委曲求全啦。”

卫清财乘机讹诈是铁了心的，他把族里的人请来走走过场，掩人耳目，根本没有把族长放在眼里，其他人的话，更是当成了耳旁风。这会儿他气呼呼地回到了客厅，像驴转磨道一样，踱过来，踱过去，心里烦躁得坐不下。

朱氏说：“别转捣啦。这事儿，你想咋办就咋办，谁也管不了。”卫清财站住了，说：“是的。不过，为了减少麻烦，我明天早上要去柳庄一趟。不达目的，誓不罢休！”

次日，卫清财一大早就急匆匆地出发了。他大跨着步子，一边向柳庄的方向走着，一边挖空心思，想着说服柳太公的办法。

柳庄处在一座山坳里，依山傍水，住着几十户人家。那里的农民虽然都很穷，可也勤劳善良，团结和睦，而且，喜爱整洁。家家户户挨着山崖挖掘的窑洞住宅随着地势排成了一个弧形，多数垒砌了土坯院墙。稍微富一点的人家盖起了临街的瓦房，也喂了看家报信儿的家犬。

卫清财一进村子就害怕狗咬。他一边小心翼翼地往前走着，一边四下瞅着。当他正在提心吊胆的时候，一只黑狗从一个大门里边出来了，那只狗一看见他就“汪汪汪”地叫着奔将过来。卫清财立即想起一句民谚：“狗怕摸（拾石头），狼怕拖（一拖长的棍儿）”，连忙弯下腰，捡起一块儿石头，想把黑狗吓跑。可是那只大黑狗硬是后追前截，就是不肯放过他。卫清财把石头砸了过去，连忙往前跑。大黑狗往一边躲了一下，又扑了过来，并且咬住了他的裤腿。卫清财被吓得手忙脚乱，毛骨悚然，一边挣脱，一边喊叫：“快来人啊！谁家的狗？救人啊！”一个老农民出了大门，把狗叫走了，才给解了危。

卫清财擦了一把冷汗，瞧了一下被扯烂的裤子，小声骂：“他妈的，真倒霉！”转念一想，没有被狗咬伤，得不了破伤风，也算幸运。他喘息了一下，自言自语地说：“儿子！我为你们霸取家业，才来到这里，受这种惊吓，遭受这样的罪，你们知道吗？”他往前走了几步，嘴唇又动了几下，说，“乘机霸取，也为自己。”

柳公是一位勤劳睿智、干净利落的老人，习惯早起。这会儿，他拿着笤帚正在院子里打扫卫生，不时用袖子擦一下眼泪，心里想，清正这么好个女婿被杀害了，闺女和外孙女可咋过啊！他想到这里，情不自禁地说出声来：“皑雪，你小时候没了娘亲，如今又失去了丈夫，你的命咋恁苦啊！”

柳存泰从卧室里出来了，看见柳公拭泪，来到跟前，说：“父亲，我来扫吧。”他接过笤帚，一边扫地，一边劝慰：“您别太难过了，身体要紧。”

年轻人“呼啦呼啦”地扫起来，几下子也就扫完了。他说：“父亲，我姐夫今天上午殡葬，我和皑菊得早点过去。”柳公说：“也行。我有几句话，给你大姐带去。”

他们来到客厅，柳公讲：“你大姐要不要过继儿子的事，我考虑了一宿。我知道卫清财戒不了鸦片，他家的地快卖完了。这种人不可相信，不能依靠，也不能沾惹。可是，这年头日本鬼子横行，国民政府瘫痪，在这有天无日的年代，弱肉强食，谁想害死谁，就跟踩死一个蚂蚁一样，无人过问，有冤难诉。你大姐要是不答应人家的要求，她和孩子们的安全都成问题。咱家离得远，无法保护。我也知道，你姐姐如果同意了，也有隐患。我想来想去，还是要个过继儿子好些。卫富海虽然没有本事，可也没有什么坏点子。他们小两口要是跟你大姐成了一家人，应该一心一意地过日子。如果富海不听别人的教唆，你姐姐不但有了帮手，也没有啥气可生。唉！世道黑暗，形势逼人。到底要不要过继儿子，希望她慎重考虑。”

正在这时，卫清财来到了客厅的门口，热情有加地唤：“太公好！”说着便进了客厅。

主宾坐定以后，柳存泰递上了茶水。卫清财对柳公说：“太公，我来找你，是因为遇到了难题，请您老赐教。”

柳公望了一下卫清财，问：“是不是有关过继的事？”

卫清财说：“太公英明。”他奉承了一句，便把他昨天晚上在家族会上讲的几句人话重复了一遍，并且，强调了两句：“俺弟弟不幸遇难了，我弟妹的负担太重，我不能袖手旁观。您说，应该咋办？”卫清财见主人不肯回答，接着说，“太公，请您和存泰劝劝她，让她了解我的好意。我保证让富海两口子像对待亲娘一样关心她、孝敬她，绝对不会让她娘儿们受苦，生气。要是富海两口子无礼，我决不答应。”

柳存泰问：“你的话算数吗？”

卫清财立即表态：“我说到做到。别说我的弟弟有些家产，就是啥也没有，我也得照看你姐和她的孩子，这是我义不容辞的责任。”

柳公听到这里，心里想，他讲这些，也许出于诚心，也许纯属欺骗，不管怎样，都得给个回话，说：“你讲得很好，要能落到实处，我们也就放心了。清财，你的弟弟是被日本鬼子和汉奸卫池杀害的，国仇家恨一定要报。你是清正的亲哥哥，做事可不能让亲者痛、仇者快。”

卫清财听到这话，认为事成八九，望着柳公，毕恭毕敬地说：“您老讲得极是，我保证说到做到。否则让我全家人不得好过！不得好死！”

柳公讲：“你既然把话说到这个份儿上，等一会儿，让存泰把你的承诺转告皑雪。至于要不要过继儿子，应由我的女儿定夺，不能勉强于她。”卫清财满口答应：“一定！您老尽管放心！”

柳存泰叫上妹妹，和卫清财一起向卫家寨走去。

卫清正的灵堂庄严肃穆。陪葬的纸马（纸扎），应有尽有，全部摆在灵堂的外边。主管办事的人正在招呼着吹鼓手们吃饭。他看见卫清财和两位客人走来，迎上前去，说：“应该准备的，都准备好了，客人也到齐了。你说，几点起殡？”卫清财望了一下太阳，说：“再等一个时辰。”柳存泰说：“卫兄，我们先去家啦。我大姐什么意见，马上告诉你。”卫清财见客人离开了，恶狠狠地说：“啰唆！”

卫清财查看了陪葬的纸马：童男、童女、金山、银山、摇钱树、明静楼等等，然后进了灵堂，他摸了一下绣着八仙过海图案的棺罩和百镜组合的龙头花圈，责备主管，说：“你也太会花钱啦。像这两样东西，只有大财主才配用。”主管说：“就这样，办完丧事，二亩旱地的钱也用不完。再说，你弟弟这么年轻，死得又这么惨，办排场一点，无论对死人，还是对活人都是一种安慰。别小气啦！人生一世，花这种钱，也只有这么一次。”卫清财恨得咬了咬牙，转身回家去了。

柳皑雪正在担心卫清财违背她的意愿，独断专行。忽然，看见娘家人来了，拉住亲人，急切地说：“我想让巧云她们把你姐夫领到地里。可是现在不早了，不知道咋回事，她伯父也不来说一声。”

柳存泰说：“再等一会儿。”他把卫清财前去动员之事，以及父亲的思想倾向讲了一遍。巧云含着眼泪，说：“妈，我外爷为咱们考虑了恁多，咱就退让一步吧。”柳皑雪勉强地点了点头，说：“你和彩云先去灵堂吧。”柳存泰说：“我现在去给卫兄回个话。”说完也出去了。

院子里人来人往，都在忙乎。卫清财坐在卧室里，一边吸烟，一边算计着：一个儿子过继没有问题，但是，要是分家，只能得到五亩地、两间房子。如果让两个儿子过继，就能增加一倍。这种不费吹灰之力，便可多得到的机会必须抓住。过了一会儿，他又想，乘机横发弟弟家的灾难财，等于投石下井，会遭到众人非议、责骂的，同时，自己的名声也完了。他的心里矛盾了一会儿，自言自语地说：“名声可以不顾，这个发财的机会决不能放过。”

卫清财决心已定，便把富海、富德叫到跟前，糊弄他们，说：“你们叔叔生前待咱不薄，每年都补贴咱家不少粮食。逢年过节，他家买啥，总是忘不了你们。今天是尽力、尽心、尽孝的时候了。你俩互相关照着，不能离开半步，明白吗？”两个儿子都说知道啦。

殡葬之前的祭奠仪式就要开始了。大家遵照当地的风俗：死者的儿孙和其他晚辈的男性们披麻戴孝，拄着“扩丧把”，跪在供桌的前侧，准备祭奠。妇女们都在灵堂里边，围着灵柩哭着亲人。殡葬的路上也是男的领头。除了抱着老盆的儿媳以外，其他妇女全都跟在灵柩的后边送殡。

司仪站在供桌旁边，按照亲疏远近和辈分，有条有理地指挥着祭拜。卫富海是过继儿子，第一个来到前边，听着司仪的号子祭拜：“跪哇儿！一叩首，二叩首，三叩首，起哇儿！”他祭拜以后，立即被搀了过去。接着其他孝子孝孙们祭拜，最后是前来吊唁的人们分组进行群拜。

祭奠结束了，司仪大声喊：“起灵啦！”他敲了一下锣，吹鼓手们立即高奏哀曲，来到大路上，一群孝子跟了过来。八个壮男子立即把灵柩抬出了灵堂。卫富海一只手举着灵幡，一只手抱着牌位，领着家族里的孝子们走在乐队的后边，灵柩的前边，走着哭着。他的媳妇抱着老盆，提着食品罐儿，陪伴着卫富海。

送殡的队伍缓缓地向前移动着。悲痛的哭号声和那高昂的哀乐响成一片，汇成了震天撼地、催人泪下的交响曲。路边的观众们肃然站立，目送着殡葬的队伍，听着巧云、彩云一声接一声地哭喊着爹爹，眼泪直往外涌。

一位白发老人含着眼泪，说：“清正年轻轻的，就被夺去了生命，太可惜，太可怜啦！”一位大娘哭着说：“他走啦，撇下的孤儿寡母依靠谁啊！柳皑雪又当爹，又当妈，世道又这么乱，不知道她能不能撑起这个家？能不能把三个孩子养大成人？”接着，对她的女儿说：“兰兰，你婶儿的日子不好过，抽空多去看看，安慰安慰，千万不能再有什么不幸了。”

旁边一个老媒婆姜小丝看见兰兰姑娘点头，撇了一下嘴，说：“柳皑雪的日子能不能好过，要看她有没有当婆婆的福气。我看她那么年轻，那么漂亮，说不了哪一天，一拍屁股改嫁了。”兰兰气愤地说：“不用你多嘴！”姜小丝很不高兴，恶狠狠地说：“你这个黄毛丫头，懂个屁！”

“你啥都懂，就是不知道说长道短的羞耻。”姓姜的听到骂声，转身一看，是婆家的弟弟，不敢反口，“哼”了一声，离开了。

卫清财随着送殡的人们走到了寨门外边，看见路边的观众少了一点儿，猛地一下把卫富海手中的灵幡夺了过去，说：“让你弟弟帮你拿。”说着，当即塞到了卫富德的手里。两个儿子不明白父亲为啥这么做，当他们愣过神，想问清楚的时候，卫清财已经走远了。兄弟俩只好糊里糊涂地哭着，走着。

跟随着送殡队伍看热闹的孩子们发现了这一切，觉得奇怪，立即大喊起来：“快来看呀！灵幡被夺啦！”“快来看呀！两个过继的！”

后边的观众纷纷来到前边，想看个究竟。大家一瞧，果然真有其事，不禁指指戳戳地议论起来。一个说：“一个过继为啥变成了两个？太稀奇啦，我第一次见到这种怪事儿。”一个说：“我看，一定是大烟鬼为了额外霸取，有意这样安排的。他真的不要脸啦。”又一个说：“卫清财能来这一手，真够心狠手辣的。”

卫富海兄弟两个听着大家的非议，感到十分尴尬。卫富德想把灵幡还给哥哥，却不知道父亲是让他为叔叔尽孝，还是别有用心。

卫清财在人群里走着，同时，暗暗地监视着两个儿子的举动。当他听到有人骂他的时候，厚着脸皮，装聋作哑，把脸扭到了一边。

卫清廉一把揪住卫清财的衣服，大声质问："你说，这到底是咋回事？你想发灾难财，连你弟弟也不放过，是不是？你不顾自己的脸皮，也得为你的儿子们想想。走！你必须把灵幡还给富海。"

卫清财瞪起大眼，说："狗捉老鼠，多管闲事。我这样安排，碍你啥事儿？"说着，猛地一下挣脱了。

徐老师气愤不已。他把两个学生叫到一边，教了几句顺口溜。不大一会儿，一群半大的孩子在送殡的队伍里找到了卫清财，一起大喊起来：

老财迷，老财迷，
机关算尽坑弟媳。
两个过继真稀罕，
为霸家业舍脸皮！

他们喊了一遍又一遍。卫清财恼羞成怒，指着孩子们大骂："滚！都给我滚！"孩子们不但不听他的，反而喊声越来越大，参加的人也越来越多。卫清财无奈，想溜到别的地方躲一会儿。可是，哪能脱身，孩子们好像被捅了窝的马蜂似的，他走到哪里，喊声追到哪里。卫清财气得发蒙，捡起一块石头砸了过去。

徐文老师在一边又教了孩子们几句。那群娃娃立即来到送殡队伍的前边，冲着两个过继儿子喊起来：

老财迷，小财迷，
串通讹诈伤天理！
两个过继为贪图，
投石下井真卑鄙！

卫富海和卫富德听到那刺耳的骂声，感到无地自容，也觉得委屈。他们两个都在想，不管父亲的用意如何，一个人过继就只能是一个，绝对不能改变。

跟在灵柩后边送殡的卫巧云和其他女士们哭着，走着。她们隐隐约约地听到孩子们喊着什么，没有在意。她们谁也没有想到送殡途中，竟然发生了这种意外。

柳皑雪在家里等候起殡的消息，快到中午了，还不见动静。她擦了一下眼泪，问弟弟：“存泰，已经不早了，为啥还不起殡？走，咱们去外边看看咋回事。”柳皑菊拉住柳皑雪，说：“姐姐，卫兄交代不让你去送殡，害怕你再昏迷过去。”柳皑雪说：“你姐夫走了，送他也是最后一次，我一定要去。”说着，就往外走。两个客人只好陪着前往。

前院除了忙着做饭的厨师和朱氏以外，没有其他人。柳皑雪急急忙忙地出了大门。一看，灵堂里空荡荡的，送殡的人们没影了，便坐在大门口的台阶上，拼命地哭喊起来：“清正！我要送你！孩子他爹！我想送你一程，他们为啥不让啊……”

街上的人们听到悲痛沙哑的哭号声，立即围了过来，你一言，我一语地劝说着。兰兰姑娘说：“婶儿，你没有送叔叔，他不会怪你。”一位大娘说：“不哭啦，孩子们只有你一个亲人啦，一定保重啊！”

柳皑雪好像没有听见似的，仍然一声接一声地哭喊着丈夫。柳存泰和妹妹看到姐姐快要支撑不住了，硬把她搀了回去。街坊邻居们含着眼泪目送着，无不同情。

送殡的人们安葬了卫清正以后，返回大院。厨师已经备好了饭菜，大家在大厅里就餐。

巧云和彩云来到母亲身边，讲了她们在坟地里看到的情况。柳皑雪和两位客人大吃一惊。柳皑雪被气得脸色苍白，嘴唇发乌，说：“卫清财不让我去送你们父亲，原来别有用心。走，我现在就去找他，要他对着所有的客人，说说他到底想干什么？”

柳存泰拦住了，说：“姐姐，你先不要着急，更不能生气。卫清财敢在众目睽睽之下这样做，就是为了霸业而不要脸了。你现在去找他，他可能溜到别处不照面，也可能吵闹一阵，解决不了问题。我想不管他让几个儿子过继，你只承认一个就行。”柳皑菊也说：“事有事在，咱要阻止他的讹诈，只有让你们的家族出面。”巧云说：“大烟鬼的心黑了，他不是人。我看这事儿只有依靠我三爷他们啦。”

柳皑雪气得无奈，哭着喊：“清正，你看到了没有？你哥操歪心啦！

不让俺娘儿们活啦！”

卫族长老戴着老花镜在家里看书。忽然，听到孙子唱着责骂卫清财的顺口溜回来了。老人觉得不可思议，问：“凌志，两个过继，你听谁说的？”

“我亲眼看到的。”他的孙子回答，“清财伯把我富海哥举着的灵幡夺了，塞到了富德哥的手里。你不知道，好多小孩儿都在喊这个。”

卫长老又问他的儿子：“清廉，凌志讲的可是真的？”卫清廉本来打算下午告诉父亲，听到问话，只好提前禀报。

卫老听罢，气愤地说：“昨天晚上，我以为清财只是说说气话，没有想到他真敢胡来。不行！这事儿我不能不管！”

卫清廉见老人气呼呼地站起来，要往外走，连忙说：“父亲，你是族长，应该出面干预。不过，我觉得现在不是时候。大家都看到了老财迷为了霸业，已经失去了理智，失去了人性。我当场也已劝阻啦，让他把灵幡还给富海，他像饿狼一样根本不听。所以，咱要打抱不平，也得等到该出手的时候。我会全力支持您的。”

卫族长老气愤不已。他来到屋门口，大声喊：“是可忍，孰不可忍！卫清财，老天饶不了你！”

下午，卫老太太心里十分不安。她接连两天没有看见二儿子卫清正了，也听不到孙女们的说笑声，连送饭的人也换了，不知为什么，心里想，以前清正经常外出，孙女们照样在外间的屋子里高兴。就是柳皑雪走亲戚了，也没有让大儿媳妇送过饭。这一回奇怪，是不是出啥事了？

老太太越想越焦急，便拄着拐杖来到了门口。她撩起竹帘一看，发现小孙女身穿白衣，头上裹着孝布，无精打采地坐在台阶上。老人家觉得更加奇怪，也觉得很突然，她不敢相信自己的眼睛。她正要问个清楚，朱氏来到了跟前，挡住了老人家的视线，说：“母亲，外边凉，进屋喝点儿水吧。”老太太把她推到一边，唤道：“白云，你过来一下。”朱氏无奈，只好搀扶着婆母，让白云跟着，一起进到了屋子。

卫老太太坐在椅子上，拉住小孙女的手，问：“乖娃儿，你给谁戴的这么重的孝？”白云哭着说：“给我爹爹。他们把我爹爹埋了。”

老太太听到这话，不禁打了个寒战，老泪“簌簌”地往外涌，刹那间，就被吓晕了。

朱氏连忙呼叫：“母亲，你想开点儿，你不敢这样啊！母亲……”老太太刚刚清醒一点就哭喊起来：“清正！你在哪里啊？！好儿子！你不要老娘啦？啊！”老人哭号了两声，突然停止了。她揪住朱氏的衣服，质问：“你说！清正好端端的，为啥说死就死了？”朱氏不敢回答。老太太逼问：“你说！你为啥说他外出啦？为啥骗我？”朱氏见婆母不肯放过她，吞吞吐吐地说：“我们，我们害怕您老人家接受不了，承受不住，才没有说真话。”卫老太太听罢，又哭喊起来：“儿子！你不能走啊！好儿子，妈妈不能没有你啊！清正！你让我指靠谁啊！好儿子！你把我给带走吧！我不想活啦……”老太太本来就体弱多病，加上极度悲伤，又昏厥过去了。朱氏害怕再出人命，大声呼喊：“快来人啊！快救人啊！”

柳皑雪和孩子们在卧室里听到老人的哭声，立即跑了出来，急急忙忙地来到老太太的跟前，进行抢救。柳皑雪掐住老人家的“人中穴”，巧云她们不停地呼喊着：“奶奶！你醒醒！”“奶奶……”

卫清财和他的妹子卫淑贞在前院闻声而至。大家望着老太太苍白的面容，呼喊着，巴望着老人快点醒来。

过了好大一会儿，卫老太太才“哼”了一声，接着，又哭喊起来。大家你一言我一语地劝说着：“母亲，不哭啦，身体要紧！”“母亲，清正已经不在了，你得想开一点儿。”“奶奶，不哭了……”卫淑贞见老娘越哭越痛，对柳皑雪说：“二嫂，你和孩子们回避一下，母亲看见你们，心里更加难过。”柳皑雪哭着点了点头，对老太太说：“母亲，您多保重！”说罢，领着孩子们离开了。

老太太在劝说声中擦了一下眼泪，抓住卫清财的胸襟，厉声厉色地质问：“你说！你弟弟是怎么死的？你为啥不让我见他最后一面，就把他给送走了？”卫清财低着头回答：“我弟弟是被日本鬼子和狗汉奸卫池杀害的。我担心您接受不了，才没敢禀告。”

卫老太太万万没有想到卫池投靠了日本侵略者，更没有想到清正能死在他身边人的手里，悲愤交加，咬了咬牙，说：“报仇！清财，一定要为你的弟弟报仇！”说完，老泪纵横，泣不成声。

大家又是一阵劝慰。老太太心里想，人死不能复生，眼前最重要的事是料理好后事。她擦干了眼泪，说：“清财，你父亲去世好几年了，我一直跟着你弟弟家吃饭，他们对我很好。从现在起，还让他家管饭，你们就别给我送了。”

卫清财听到这话非常敏感。他心里清楚，由于自己吸毒、偷卖良田，把父亲给气病了，分了家。他也清楚父亲咽气之前的遗嘱：“你们母亲想跟着谁过，就跟着谁过，要让她自己做主。谁把她养老送终，养老地就归谁。”连忙说：“那可不行！你已经跟着我们吃饭了，咽下去的，总不能再吐出来吧？”卫淑贞气愤地说：“大哥，你咋能这样说话？母亲含辛茹苦把咱们养大成人，你家管了她两天饭，吃亏啦不是？”

卫清财说：“不是。我是说我要尽孝心，既要养老，也要送终。养老地也就不用分成两份了。”

卫老太太气得嘴唇发紫，上去一个巴掌，打在卫清财的脸上，说：“原来你是为了独吞养老地，才给我送饭的。我不能让你把它也给变成大烟灰。从现在起，我不会再吃你家一口饭。”

卫清财瞪了老娘一眼，气呼呼地出去了。

卫老太太无奈地摇了摇头，问朱氏：“大儿媳妇，谁把清正领到地里了？”

朱氏迟疑了一下，说：“是富海。我弟妹让富海过继啦。”卫淑贞问：“既然那么定的，我哥为啥在送殡的路上，把幡儿从富海的手里夺过来，交给富德，让你的两个儿子过继？”

老太太听到这话，知道大儿子要乘机发他弟弟家的灾难财，想灭门霸产，朝着门外大声喊：“清财！你这个没有人性的东西，黑心烂肚肠！你不让她娘儿们活啦？你也不怕报应？唉！我咋养了这个孽种啊！”喊罢，又哭喊她的小儿子清正，说她不想活了，她没法活了。卫淑贞一边哭，一边给老娘拭泪，不停地劝说着。

卫老太太从那天开始，不吃不喝，一直昏迷到第六天的下午，忽然醒过来了。她对女儿淑贞说：“扶我起来。”柳皑雪和淑贞扶老母亲坐了起来。老太太含着眼泪，拉住柳皑雪的手，说：“老二家的，清正被杀害了，也苦了你和孩子们。”

柳皑雪看着婆母泪流满面，担心老人家过度悲伤而再次昏厥，故意把话引开，说：“母亲，您好几天没有吃东西，一定饿了。您想吃点儿什么？我给你做。”

老太太摇了摇头，探着身子往院子里瞧了又瞧，不知道她在看什么。

卫淑贞知道，这是寿终正寝看归途，也叫回光返照，吓得心脏“咚咚”乱跳。她按着胸部，小声对柳皑雪说：“二嫂，母亲可能不行了，让前院的人都过来吧。她一定有话要说。”

柳皑雪擦了一下眼泪，对巧云说：“你快去，把他们都叫来。”

“行。”巧云答应了一声，立即去了。

过了一会儿，一大家子聚集在上房屋里。卫老太太看了一眼孙男嫡女。

然后，对卫清财说：“儿子，把大烟戒了吧！你知道你的父亲就是因为你吸毒才气病、气死的。你不为别人考虑，也得为你的身体想一想，为你的子孙后代留条活路！”

卫清财撒谎说：“我早就戒了啦。”

老太太摇了摇头，接着说：“清财，做事要对得起良心，对得起你父亲给你起的名字。我走了以后，你把我送到地里。记住，我和你父亲的养老地分给你弟妹一半。”

卫清财吊着脸没有表态。老太太喘了两口气，含着眼泪又一次拉住柳皑雪的手，吃力地叮嘱：“孩子，再苦再难，你也得把我的孙女养大成人。咱卫家忘不了你的恩德。”

卫老太太看见儿媳妇点头，脖子一歪，与世永别了。

第五章

夜里行盗

卫家大院里接连去世了两个人，震天撼地的悲痛的哭声还在人们的心中回荡，前庭和后院的气氛就截然不同了。

卫清财得意扬扬地坐在客厅里，吸了几口鸦片，精神了许多。他跷着二郎腿，心里想，天有不测之风云，人有旦夕之祸福。自己只奉养老娘了两天，父母的养老地就全部到手了。往后且不说每年的收成，就办完弟弟的丧事剩下的钱，也足够花它一年半载。他想着眼下的轻松，想着讹诈的钱财，想象着子孙后代坐享其成的好日子，高兴得笑出声来。过了一会儿，他又皱起眉头，寻思着：怎样才能把弟妹早点儿气病、气死，灭门霸产一锅端，怎样才能早日住进冬暖夏凉的上房——窑厦屋。

卫清财财迷心窍，钻进了钱眼儿里，一心想着怎样继续发财，怎样巧夺硬取。对于刚刚遇难的亲弟弟及其家属不但没有一点同情心，而且自己的名声坏到哪种地步，也毫不顾及了。就连他那突然去世的娘亲也不思念，不悲哀，不自责，不懊悔，完全忘记了母亲的养育之恩；忘记了同胞兄弟的骨肉亲情；忘记了“礼义诚智信”的祖训；忘记了自立自强才是发家致富的正道；可能连他姓啥叫啥也记不得了，真乃不该忘记的，全都忘记了。

这些天，人们都在议论卫清财，认为他也是读过私塾的人，应该懂得老天“酬勤罚懒”的含义；懂得“赐善惩恶”的天道；懂得“坐吃山空”的哲理；懂得上行下效，家长对子女潜移默化的作用；懂得为孩子霸业的行为，既毁了孩子们自立自强的潜在能力的环境，也为自己的风烛残年遭到不幸埋下了隐患。然而他应该懂得的，全然不懂，而把弟弟家破人亡的灾难当成了发财的良机，变成了利令智昏、六亲不认的蠢才。他，在那弱肉强食的沦陷区，没有谁能管住，只有等着报应。

卫清财走在街上，发现人们对他横目冷对，有的在背后戳他的脊梁骨，还有的向他吐唾沫，他只好厚着脸皮，像行尸走肉似的装着没事的样子，丝毫没有痛改前非、立即收敛的打算。这会儿他一个人坐在客厅里，一边吸烟，一边仰着奸诈、卑鄙的老脸傻高兴，嘴里小声哼着："别人有，不如自己有；自己有，不如怀里揣。"

卫清财的小儿子卫富德秉性耿直，有些叛逆精神。自从殡葬了叔叔以后，心里闷闷不乐。他站在卧室门口，望着外边，送殡路上的情景浮现在了眼前：那群半大孩子喊的顺口溜，也隐隐约约地响在耳边：

老财迷，小财迷，
串通讹诈伤天理！
两个过继为贪图，
投石下井真卑鄙！

他回忆着那刺耳的喊声，羞得无地自容，脸色一会儿白得失去了血色，一会儿又红到了耳根儿。他越想越气愤，越想越窝囊，越想越觉得没脸见人。他决定离开这个罪恶的家庭，到县城好歹找个活干，只要能顾住自己的生活就不回来了。年轻人办事果断，他回到卧室，整理好了行李以后，便气呼呼地向客厅走去。

卫富德看见老当家得意的样子，更加恼火了，说："父亲，我想到城里当学徒。"卫清财听了，很是吃惊，问："你疯啦？现在兵荒马乱的，只有待在家里最安全。现在，咱家的田地多了，不缺吃，不缺穿，去外边受那苦干啥？"

卫富德瞥了父亲一眼，说："我为啥要出走，你应该清楚！乘人之危，发灾难财，咱家的名声让你给毁尽啦，我们几代人都挽回不了。"

卫清财听到这话，气得瞪大了眼睛，说："名声，名声，能吃能喝吗？"停了一下，接着说，"我为你们霸业，你小子不但不感恩，还敢埋怨，真是个傻瓜！是个混蛋！”

卫富德越听越气愤，大声说：“人怕没脸，树怕没皮。我不稀罕那些不义之财。现在，我郑重地向你声明：我不是过继儿子，我啥也不要！”

卫清财听了，怒发冲冠，大声号叫：“人不为己，天诛地灭！你知不知道？”卫富德说：“这话你讲过一百遍啦，我一听到就恶心。”卫清财怒不可遏，拍着桌子大骂：“你他妈的，狗屁不通！”

卫富德忍无可忍，大声说：“谁都知道为自己着想，但是人非禽兽，为自己必须符合公德，符合人情。我为你感到羞耻！”说罢向外边走去。

卫清财恼羞成怒，暴跳如雷，气势汹汹地追到了门口，歇斯底里地喊：“你他妈的，敢教训老子？滚！永远别进我这个家！”

各个屋子里的人听到了吵骂声，都出来了。朱氏拽着老头子的胳膊，劝道：“你不要跟孩子一般见识。等一会儿，我让他给你认错。”话音未落，卫富德背着行李从卧室里出来了，一边气呼呼地往外走，一边说：“卑鄙小人！我没有你这个爹。”

卫清财抓住一把笤帚要打卫富德。朱氏一边使劲儿地阻拦，一边拼命地喊叫儿子：“富德，你给我站住！他吵你两句，你少说点儿不就行啦！”卫富海和他的媳妇也劝弟弟，一个说：“你回来！外边不安全。”一个说：“你不能走，好在外不如赖在家。”

“这个家没法待！”卫富德说着，倔倔地向大门外边走去。卫清财跟在后边大骂：“让他滚！滚得越远越好！”

大洋马偷偷地笑了一下，说：“又少了一个吃饭的。”朱氏正在为小儿子出走而着急，听到这话，白了大洋马一眼，说：“你不吭声儿，没有人把你当哑巴。”

卫富海拉住大洋马回卧室，大洋马边走边说：“我咋错了？我说的都是实话。”

老两口回到客厅，卫清财因小儿子出走而有些后悔。可是话已出口，在家人面前，无法收回驱逐令。朱氏见老头子长吁短叹，说：“当家的，别生气，他过不了几天就回来了。”卫清财说：“这个傻儿子，说他打幡儿不算过继，你说，要他还有啥用？”

卫清财冷静下来以后，对老伴儿说：“夜长梦多，咱俩现在就去后院，找姓柳的说事儿，让富海两口子早点搬过去。还有，养老地的接管时间；富德打幡儿过继以及办理丧事卖了她那水田的事情，都需要对姓柳的说清楚，早点儿落实，早心静。”

后院里，悲凄冷落。孤儿寡母沉默寡言，都在思念亲人。就连五岁的小姑娘白云，也高兴不起来了。她们姐妹三个在上房的闺房里，围坐在桌子跟前。巧云捧着书本看了一会儿，停了下来，心里想，要不是日本人侵略，学校也就不会停课，父亲更不会惨遭杀害。她越想越恨鬼子、汉奸，眼睛向外喷射着仇恨的怒火。卫彩云趴在桌子上练习小楷。她写完了一页，放下毛笔，说：“要是咱爹和奶奶都健在的话，该多好啊！”她在回忆着，家庭原有的温馨和快活。白云摆弄着用枕头扎成的布娃娃，无精打采地玩了一会儿，放到了床上。以前小姑娘爱听故事，猜谜语，也爱学儿歌，剪纸花。这些日子，所有的兴趣都消失了。

柳皑雪孤苦伶仃地坐在卧室里，一边给孩子们做鞋子，一边想心事。她思念丈夫，也思念婆母，泪水不时模糊了视线。由于心不在焉，手指被扎住了好几回。她擦了一下眼泪，想起居心叵测的亲伯子个哥哥卫清财，估计最近会来找她说事儿。她知道不好对付，所以希望过继儿子和儿媳妇早点搬到后院，和她们住在一起。更希望富海大胆地站出来，遏制一下他父亲的贪图欲望和讹诈行为。她自言自语地说：“唉！啥时候才能不受欺负？啥时候才能过上安宁日子？”

柳皑雪听到敲门声，抬头一看，正是兄嫂两个，冷言冷语地说：“进来吧！你们找我有事？”说着，给他们拉过来了两把椅子。

朱氏假惺惺地说：“没事儿也得来，我们听说你吃不下饭，睡不好觉，早就应该过来看看！”说着，她发现弟妹眼眶下陷，白净而漂亮的容颜变得又黄又瘦，装着同情的样子，接着说，“唉，几天没见，你咋一下瘦成了这样？好像换了个人似的，你一定要保重啊！”

柳皑雪听了朱氏的甜言蜜语，知道是黄鼠狼给鸡拜年——没安好心，瞟了对方一眼，心里说：“佛口蛇心，只要你们高抬贵手，让俺娘儿们将就着过下去就行啦！”

卫清财见主人冷落，感到尴尬，可也无奈，说：“来，肯定有事儿。弟妹，我知道你的心情不好。咱家接连失去了两位亲人，大家都很难过。可是人死不能复生，都得想开一点儿。事情要办，日子要过，咱们应该往前。”他见主人仍然不肯理睬，“咳”了一下，接着说，“我们今天来，有几件事要跟你商量，你如果没有意见，就定下来了。”柳皑雪说：“不用绕圈子。啥事？你就直说吧。”

卫清财又“咳”了一下，说：“富海现在已经是你的儿子了，他们两口子想住到后院，跟你一块儿过，你看行不行？”柳皑雪立即表态，说：“可以。他们不管啥时候搬过来，都行。”

卫清财说：“第二件事是办理丧事的费用。当时急于用钱，我把二亩坡地卖了。因为地薄，没有卖几个钱，所以我没有顾上给你商量，把你的水田也卖啦。你不会有啥意见吧？”

柳皑雪没有听完，就气得站了起来，理直气壮地说：“你要趁火打劫？办理丧事，二亩多旱地足够啦。你擅自做主卖水田，不行！你必须给我赎回来！”

卫清财做事理屈，不敢硬顶，压低声音说：“料理丧事一共花了多少钱，你并不清楚。等一会儿，我把账本给你拿来，你看一下再说赎地的事，也不迟。”柳皑雪知道对方使的缓兵之计，大声讲：“办理丧事花了多少钱，你可以随便写。但是，水田你必须给我赎回来，否则我请族里的人解决。”

朱氏按照老头子事先交代的话，说：“别吵吵了，这个以后再说，你讲第三件事吧。”

卫清财继续说：“父母的养老地，我马上接过来，你种上的麦子，等到收割以后，我把种子还给你。”

柳皑雪气得听不下去了，质问道：“你怎么能独吞？老人家临终之前的遗嘱，谁也不能违背！”卫清财厚颜无耻地说：“你别忘啦，是我又养老，又送终的。我告诉你，管一天饭，也叫养老，只要是在最后。”

柳皑雪本想据理争辩，可是气得喘不过气来。心里想，跟这种不讲理的人无论说什么，都没有用。停了一下，她大声讲：“你不讲理，还有讲理的地方。”

卫清财硬着头皮往下说：“最后一件事，富德给他叔‘打幡儿’的事，你是让他也跟着你过？还是把房子、田地分给他一份？”

柳皑雪气得拍了一下桌子，说：“你真是厚颜无耻！”

卫清财狠狠地瞅着柳皑雪，说：“你尽快决定。要是今天不回话，就这么定啦。”说罢和他的老婆一起离开了。

柳皑雪气得颤抖着手，来到院子里，指着他们的背影，大声喊：“卫清财！你不让俺娘儿们活啦？你还有没有良心？”

姐妹们在上房屋听到母亲的喊声，连忙跑了出来。巧云问：“妈妈，他们是不是又欺负您了？”她见母亲被气得脸色苍白，说不出话来，劝道：“他们的心都黑了，您别生气。”说完，搀扶着母亲回到了卧室，又问，“妈妈，他们找你说啥啦，把你气成这样？”

柳皑雪坐在椅子上，喘息了一会儿，说：“孩子们，你们没了父亲，任人欺负。你伯父想尽法子讹咱，他说……”柳皑雪把卫清财讲的无理要求告诉了孩子。巧云气愤地说：“妈，他贪得无厌，你不要着急，也不能生气，咱不同意就是了。”

柳皑雪含着眼泪，说：“现在日本鬼子横行，世道太乱了，谁想讹诈，谁想杀人，官府不管。你伯父的良心坏了，想把咱娘儿们往绝路上逼。现在就看你二哥能不能顶门事儿，站出来说话。我打算等他们搬过来以后，一起去找你三爷，请他老人家为咱做主。”巧云说：“行！”

朱氏一到前院就拐到卫富海的屋子里，说：“你婶儿刚才说了，让你们搬到她那里住，房子都给准备好啦。”卫富海说：“搬不搬都一样，她有啥活，我去干就是了。”大洋马也说：“我不想搬。我婶儿那么干净利落，我学不来，也看不惯。再说，在咱家跟我嫂子轮流做饭，还有个清闲的时候。打打麻将，走走亲戚，都挺方便。”

朱氏眨了两下眼睛，说：“别说傻话，过继就是为了请业，你这大房子让给小三儿住。你看不惯你婶儿，可以不看。随时都可以来咱客厅里打麻将玩。巧云不小了，她不做饭干啥？”停了一下，又交代儿子儿媳，“你们现在收拾一下，明天搬过去。另外，你们不要太老实。一开始就厉害一点儿，别让人家给捏下啦，以后不好翻身。记住，该歇就歇，该玩就玩，有我们撑腰，她娘儿们怎么不了你们。”

过继媳妇大洋马听了婆婆的这番纵容，得意忘形，搂住朱氏的肩膀，说：“妈，咱们不吃一锅饭，也是一家人。有你这样的婆母真好！”

次日，巧云和彩云为了帮助哥嫂搬家，一大早就起来了。她们把房间打扫得干干净净。然后帮助搬东西，白云更是乐得合不拢嘴，不到中午也就搬完了。

柳皑雪把孩子们叫到跟前，说：“从今天起，你二哥、二嫂和咱们就是一家人。记住，你们跟你哥哥、嫂子要互相关心，互相体谅，和和睦睦过日子。”

柳皑雪又对大姑娘说：“巧云，他们刚搬完家，做饭和其他小事就别依靠他们啦。三天以后，你俩轮换着进厨房。谁有事情，我来顶替。”巧云说：“妈，你身体不好，她若有事儿，我替她做饭就是了。”

三天过去了，大洋马不但不做饭，而且早上不叫不起床。每天一吃完饭就去前院打麻将。柳皑雪提醒他们小两口按时起床，轮流家务。然后把卫清财无理霸业的情况和解决办法也讲了。卫富海听罢，态度消极，支支吾吾地说：“去找族长的事儿，晚两天再说吧。”

七八天过去了，小两口照样睡懒觉，只有吃饭的时候，才能照面。柳皑雪认为他们这种表现，可能是卫清财老两口的教唆，心里又着急又生气，可也想不出办法。

这天上午，柳皑雪本想让富海跟她一起去找族长，可是，心情不好，加上着急上火，嗓子疼痛而沙哑了。她想，富海办事老往后拖，媳妇啥活也不干，这样下去怎能行?

这时，巧云来到母亲面前，嘟囔着嫂子太不像话。柳皑雪只好规劝女儿，说：“她可能怀孕了，懒得动弹。”

巧云说：“不可能！她的饭量不小，也不呕吐，一点怀孕的反应都没有。再说，无论谁怀孕了，也不能老歇着，更不能天天打麻将。我看她是想当少奶奶，我可不想给她当丫头。”

柳皑雪理解姑娘的心里难受，说：“你别生气，等我和你二哥找了族长以后，再跟你二嫂好好说说，她会通情达理的。”

巧云说：“妈，好马被人骑，好人受人欺。你早把话说明了，我二嫂不但不听，而且得寸进尺。咱就是再忍让，也感动不了她。你想将来依靠她，没门儿。要我看，他们早已跟我伯父串通好了，合伙整治咱们。从明天开始，她必须和我一起做饭。”柳皑雪还要迁就，说：“她正在火头上，这事儿过两天再说。”

晚上，柳皑雪的喉咙疼得像刀割一样，咽口水都困难。巧云知道母亲被气病了，很着急，说：“妈妈，你有病了，找个大夫看看吧！”柳皑雪说：“不要紧，明天就好啦。”

次日，巧云端着早饭来到母亲的卧室，问：“妈妈，喉咙轻点了吧？您先喝点小米粥。”柳皑雪摇了摇头。

巧云来到床前，发现母亲脸颊通红，嘴唇干裂，还起了水泡。她摸了一下母亲的额头，热得烫手。她皱着眉头，又看了一下母亲的嗓子，忙说：“您发烧了，喉咙也化脓啦，赶快让大夫看看吧！”

柳皑雪艰难地说：“行！你舅家的村子里有个老中医，我去那里买几副中草药。让小三儿跟我去，你和彩云在家里看好门儿。现在你给白云梳洗一下。”巧云领着小妹去上房屋了。

柳皑雪要换衣服，打开箱子，看见丈夫的一件旧长衫，抱在怀里，泪水像断了线的珠子似的直往外涌，喃喃地说：“清正，你撇下俺们不管了，让我好作难啊！”她的话音未落，对面的房子里传来了过继儿媳哈哈的狂笑声。

巧云给小妹打扮完毕，来到母亲的卧室，看见娘亲悄悄地拭泪，十分心疼，说：“妈妈，别难过了，你已经有病，不能再生气啦。”

白云站在院子里，问彩云：“二姐，你看我漂不漂亮？”彩云端详着小妹妹白白净净的小脸，乌黑的头发，扎着的蝴蝶结好像真的一样，翩翩起舞。一双明媚的大眼，荡着天真和快活的秋波，印堂上的红点儿，脖子上的银项圈，以及镶着边儿的花衣服，使得小姑娘显得更加活泼可爱了。便夸奖说：“真漂亮！简直像个小公主！”

巧云来到门口，说：“你们别高兴了，咱妈有病。”

过了一会儿，柳皑雪收拾好了。巧云提着个小包袱，彩云拉着妹妹的手，送母亲去看病。出了大门，柳皑雪说：“彩云，你先回去看着门儿，让你大姐再往远处送送。”彩云应了一声，目送了一会儿，转身回家去了。

朱氏在院子里拦住了彩云，问：“你妈上哪儿去了？”彩云说：“去柳庄看病了，都是我二嫂给气的。”朱氏听罢，转身来到卫富海的屋子里，把彩云讲的情况告诉了他们。大洋马幸灾乐祸，说：“活该！看她以后还敢不敢训我。”卫富海说：“不要没事儿找事儿。”

朱氏问：“你们是不是和她吵架了？”大洋马点了点头。朱氏纵容道：“绝户头还敢厉害，不行！以后她要再敢训斥，你俩就一起对付她。老当家说过，把她给气死也没事儿。”大洋马听了这番教唆和纵容，说：

“我一定要让她知道我的厉害！”

朱氏煽风点火以后，回到了老头子的身边，把老二媳妇讲的，以及弟妹去看病的事情说了一遍。卫清财一听，“嘿嘿”地笑了，说：“太好了！我就盼着她离一离这个窝。”朱氏不明白什么意思。问：“为啥？”卫清财眯缝着眼睛说：“机会来了，到时候你就知道了。”朱氏好像悟出了什么似的，高兴地说：“我想看看她的箱子。”卫清财说：“这个容易。到时候你想要啥就要啥，随便！”

晚上九点多钟，卫清财让家人聚集在客厅里。他一边吸烟，一边说：“你们听着，今天你婶儿打扮得花枝招展，走亲戚啦。实际是去干啥呢？不说你们也能猜到。真是的，你叔叔去世还没有过‘三七’，她就守不住啦。俗话说，先下手为强，咱不能让她把东西倒腾出去，好过了外姓人……”

卫富海打断话，说：“父亲，你不能胡猜。我婶儿走亲戚，换换衣服，很正常。”

卫清财瞪了他一眼，说：“你知道个屁！”停了一下，接着说，“过去，一到春天，咱家缺的粮食都由你叔叔送给。现在我不想向你婶儿讨要，就是开口了，她也不一定给咱。所以今天晚上趁她不在，把她家多余的粮食弄过来。”

卫富海说：“父亲，吃昧心食，肚子会疼的。我看，还是等到我婶儿回来了，跟她说一声，她不会看着你们饿肚子。”大洋马也说：“你把她的粮食掏空啦，让俺俩咋办，吃风屙沫？再说，她就是改嫁了，还有三个累赘，我们用啥养活？”

卫清财生气地说：“你们都傻了不是？到她没有粮食的时候，咱们还吃一锅饭，不会让你们挨饿。她的三个姑娘怎么安排，我早已告诉你们了。今天我采取这种办法，是想逼迫你婶儿早点儿改嫁，知不知道？”

大儿媳说：“父亲，你把人家的良田霸走了恁多，现在又想这个法子，是不是太绝情，太狠毒啦？”卫清财又听到了反对意见，十分恼火，说：“更绝更狠的还在后头呢！你跟你的娘家妈一样——菩萨心肠。你别忘了，人不为己，天诛地灭。你婶儿才32岁，她早晚都会改嫁的。现在，我的主意已定，半夜动手。”卫富有说：“父亲，我听你的。”

散会以后，大儿媳妇李氏在卧室里有些不安，对丈夫说："父亲这样做的目的是逼人家早日改嫁，独霸家业。可是，我觉得太狠毒啦。人做天看，我相信报应，你还是不去为好，免得老天爷惩罚。"

卫富有和他的父亲一样自私贪婪，听到妻子的劝阻，很不高兴，说："要是有报应，先报应我，我不怕。"李氏无奈地摇了摇头。

半夜时分，一弯残月被云笼罩，天昏地暗，万籁俱寂，人们也都进入了梦乡。卫清财用自制的钥匙打开了柳皑雪卧室的门锁，便和他的老婆进到了屋里，燃亮了油灯。卫清财说："你拿完东西出去的时候，把门给它锁上。"接着，他把箱子、柜子上的小锁也扭掉了。朱氏说："我在这儿，你们去弄粮食吧，越多越好。"

卫清财领着其他人来到柳皑雪家的仓库门口，撬开大锁以后，趁着烛光，瞅了一下放在地上的几十斤粮食，对两个儿子说："她家的粮食绝大多数藏在这个屋的木棚上边，你俩把梯子抬过来。"卫富有和卫富海出去以后，他又对大洋马说："你先把这缸里的粮食弄走。来，我张开袋子，你往里边装。"不大一会儿，麻袋装满了，四肢发达的大洋马扛起来就往外走。

卫富有兄弟俩把梯子抬来了，靠在木棚的出口处。接着，卫富有先上去，把木棚的挡板弄到了一旁，然后，他们一个一个上到了木棚里。卫富有扒开了遮挡粮食的一层层谷秆儿，看到了麦圈、谷囤和几条装满粮食的麻袋，高兴得嘴都咧到了耳根儿。卫清财小声说："太好了！这么多的粮食，没有被日本鬼子弄走，现在全成咱家的了。"卫富有得意忘形，晃着脑袋，说："这些粮食够咱全家人吃到年底了。"说完，他们装的装，运的运，好像夜盗粮食的蚂蚁精似的，一趟一趟地上楼，下楼，穿梭在两家的仓库之间。

朱氏一只手端着油灯，一只手在柳皑雪的箱子里翻腾着，不管是床单、被面，还是衣物、布料，只要她想要的，都往外边拿。

过了一会儿，月亮落了，院子里黑洞洞的，伸手不见五指。偷盗粮食的人放慢了脚步。他们小心翼翼地上台阶、下台阶、过门槛，个个累得满头大汗，不时，举起袖子擦一下额上的汗水。

卫清财在柳皑雪的仓库里装粮食，眼看剩的不多了，可他仍然觉得不够，让儿子再跑一趟。

卫富海两口子累得气喘吁吁，蹲在前院休息。卫富有觉得两腿发软，可是，心里还有一股贪劲儿，又一次扛着粮食出了仓库。突然，听到上房屋里的说话声，他吓了一跳，回头一看，那个屋里的小油灯亮了。彩云要解手，让姐姐把灯点着的。

卫富有做贼心虚，以为被小主人发现了，连忙加快了步子。他一边侧着身子往前走，一边回头张望。不料已经走到了二门跟前，把眼前的台阶当成了平地，“扑通”一声摔倒了，脖子正巧磕在了台阶的棱棱上边，肩上沉重的麻袋压在他的脖子的一侧。他用另一只手使劲儿地推那麻袋，可是吃奶的力气都使出来了，仍然无济于事。

巧云在卧室里听到外边的响声，大声问：“谁？”接着，靠近窗子，细听了一会儿，不见动静。彩云说：“可能是咱嫂子拉肚子，上茅房，被什么东西绊倒了。”说完，吹灭了油灯，姐妹俩又睡下了。

卫富有一直被沉重的麻袋压在台阶上边，脖子上的伤口像刀割一样疼痛。他站不起来，也不敢呼救。

朱氏刚刚把包袱系好，听到院子里的响声，也吓了一跳，连忙熄灯，大气不敢出一声。

过了好大一会儿，在前院歇息的卫富海和他的媳妇来到了二门跟前，隐隐约约地看见台阶上的黑东西。当他们知道是他的大哥倒在那里的时候，才把麻袋抬起来，向前院走去。

卫富有含着眼泪，慢慢地爬起来，歪着脖子往家走。他一回到卧室就喊叫起来：“哎哟，疼死我啦！我的脖子快要断了。”他的媳妇看见丈夫歪着脑袋，龇牙咧嘴的惨状，急切地问：“你是咋的啦？”

朱氏在柳皑雪的卧室里待了好大一会儿，才蹑手蹑脚地来到门口，伸长脖子往外边瞧了一下，没有发现什么，便提着沉甸甸的包袱出来了。

卫富有的惨叫声把他的家人招来了，大伙凑着油灯，想看一下伤得怎样。卫富有夹着膀子，说：“别动！疼死我啦！”卫清财和老伴儿好像热锅上的蚂蚁似的，急得不知如何是好。

卫富有媳妇吊着脸，埋怨公婆，说：“都是你们给害的。他要是有个好歹，我和孩子都得跟着倒霉，倒霉一辈子。”

大洋马说：“父亲，赶快找个大夫吧。”朱氏不同意，说：“深更半夜，去哪里找？你们在这儿等着，我去熬点艾蒿水，熏一会儿就好了。”

卫清财跟着老伴儿出去了。

卫富有歪着脖子，不能躺下休息，只好坐在椅子上，咬着牙，忍着疼痛。他的妻子又心疼，又怨恨，不停地抱怨："我不让你干缺德事，你就是不听。这下可好，现做现报，你受这罪，谁也替不了；要是落个后遗症，一切都完了。"说罢，"呜呜"地哭起来。大洋马说："嫂子，你先别担心，艾蒿祛风消肿。咱妈说啦，熏一熏就会好的。"

过了一会儿，朱氏把艾蒿水端来了，几个人帮助熏洗。卫富有的脖子不敢直起，热气熏不到磕伤的地方，只好用热毛巾敷。可是被磕破的皮肤和那胀起的脖筋一见热气，疼得更加厉害了。卫富有连声喊叫："哎哟，疼死我啦！疼死我啦！"大伙只好住手。

卫清财在卧室里，想着大儿子摔伤的事，气得对着窗户骂："他妈的，要是熏熏不顶用，就得找大夫，又花钱，又丢人，真倒霉！"说完端起水烟袋，使劲地吸了一口，不料忘记了应有的吸劲儿，一下把烟袋锅里的烟油汁吸进了嘴里，顿时感到满口苦辣，恶心极了。他连忙往外吐，又把手指头伸进嘴里，一边扒拉，一边使劲儿地呕，眼泪都憋出来了。呕了一会儿，仍然不解决问题，他便张着大嘴，跑到厨房，用凉水漱口。可是他的嘴里刚刚好受了一点儿，肚子却"呼噜、呼噜"地响起来，而且隐隐作疼，越来越疼，只好向厕所跑去。

卫富有夜盗粮食而摔伤的疼痛，使他难以入睡。那"妈呀、妈呀"的喊声闹得怀着大肚子的媳妇李氏心神不宁，好不容易熬到了天明。李氏来到公婆的卧室门口，催着去请医生。

卫清财来到了镇上，找到一位外科医生，说他的儿子落枕了，脖子疼得不能动弹。医生听罢，胸有成竹地说："这好办，保证手到病除。"然后带上药箱，跟着卫清财来到了家里。

医生看见病人坐在椅子上，脸色苍白，歪着头，缩着脖子，立即来到跟前。仔细一瞧，他发现病人脖子的一侧肿得厉害，而且上边还有一绺紫红色的淤血斑，愣了一下，心里想，这个并非落枕，而是外伤所致。他皱着眉头寻思着：这个年轻人可能夜里外出，干了什么见不得人的事情，被人发现以后，慌慌张张地往外逃，摔到了什么东西的棱上，或者，被什么条形的东西猛地击了一下，才伤成了这样。到底咋回事？必须弄清楚，才能确定治疗的办法。他小声问病人："你真的是落枕了吗？"卫富有不耐烦地说：“那还有假？”

医生看病最忌讳的是病人不说实话。他忍着怒火，打算按照落枕问题，敷衍一下了事，然而治病救人的医德使他打断了这个念头。他又耐着性子，对卫清财说：“你让我来给他看病，只有弄清病因，才好对症下药。他真的是落枕了吗？”卫清财迟疑了一下，说：“他不是落枕，是……”卫富有的媳妇害怕公爹说出实情，太丢人，连忙插话，说：“我知道。昨天夜里，他迷迷糊糊地上厕所，一不小心摔倒了，脖子磕在了台阶的棱沿上。”

医生听了，觉得有些奇怪。据他了解，一般人摔倒的磕伤不在脖子上，即使在脖子上，伤势也不会这么严重。他估计这里边有隐情，没再多问，对当家的说：“他的脖子不能再歪到一边了。否则伤长好以后，脖子上的筋就疤瘌，也就直不起来了。”接着，又对病人说：“你忍着点，我先帮你矫正一下。”说完，双手抱住病人的头。还没有扳直，病人就“嗷嗷”地叫起来。在场的人都被吓了一跳。卫富有含着眼泪，骂：“你滚！我不让你给治啦。”

医生气愤地训斥道：“混蛋东西，如果现在不给扳正，以后就成了歪脖。”卫富有仍然拒绝治疗，说：“我受不了，你走！”

卫清财看见医生准备离开，连忙赔不是，说：“大夫，我儿子虽然已是成年人了，可他不太懂事，说话没有分寸。大人不记小人过，请您多多原谅。另外，我觉得他这种磕伤没有多大要紧，你一定能给治好。”

医生宽宏大量，叹了一声，说：“唉！伤筋动骨一百天才能痊愈。你儿子的皮肤有伤，脖子一侧的筋也受伤啦，情况比较严重，你还是把他送到大医院，多花俩钱，免得留下后遗症。”

卫清财舍不得花钱，同时认为医生是在推脱，摇了摇头，说：“先用你的药试一试。只要见轻了，也就不用去医院来回折腾。”

医生想了一下，从药箱里取出一瓶正骨水，两盒跌打丸，交代了用法。临走的时候，又嘱咐了一句：“当家的，我希望你把他送到大医院看看。”卫清财没有回答，付了药钱，一起出去了。

第六章

慈母恪守

柳皑雪由于喉咙发炎发烧了，便带着小女儿来到柳庄，请医生看病，晚上住在娘家。她刚喝完一副药，病就轻了不少。

次日上午，柳家这所依着山崖建造的窑院里，阳光和煦，处处亮敞。白云和表姐小瑛、表弟小强，还有几个邻居的小孩儿正在丢沙包，他们欢腾雀跃，玩得十分开心。

柳皑雪坐在卧室里，寻思着家里不顺心的事情，是因为过继媳妇太放肆引起的？还是由于自己处理不当？还是另有原因？

这时，柳皑雪的嫂子张氏把煎好的药端来了，问："皑雪，嗓子轻点了吧？"她接过碗，说："轻多啦，烧也退了。"张氏一边往杯子里倒开水，一边说："你讲话的声音还是沙哑的，就是完全好了，也别急着走，免得反复。"

柳皑雪高兴地说："回到娘家的感觉真好！"张氏说："只要感到好就行。你喝完药继续休息，我去磨面啦。"

过了一会儿，柳公来看望女儿了。他听说病情好转，十分高兴，说："你的病只有彻底好了，我才安心。"柳皑雪听了，心里有些内疚。说："父亲，我都30多岁的人了，还让您操心，真不应该。"柳公"哼"了一声，说："你可不能这么说，也不能这么想。你就是再大，在我眼里也总是个孩子。你把这药吃完以后，再买几副。病好啦也不要急着回去。"停了一下，柳公问："皑雪，富海小两口跟你合伙吃饭了没有？对你咋样？"

柳皑雪本想把实际情况禀告父亲，也好有个讨教，转念一想，不可。家庭锁事，不应该让老人忧心，说："他们刚搬到后院十来天，慢慢就适应啦。"柳公说："我看你的心情不好，是不是他们惹你生气了？你可要想开一点儿。人们常说，婆媳关系和姑嫂关系都不太好处。过继的就更加难了。不过好的还是多数，两好搁一好。对于年轻人，该关心的时候关心，该指教的时候指教，一定要互相谅解。唉！过一家子不容易。"柳皑雪说："我也是这么想的，您放心吧！"柳公点了点头，又交代了两句就走了。

柳皑雪望着父亲的背影，心里想，继母为啥没有和父亲一块来呢？是因为正在忙着什么？还是嫌弃她娘俩在这里吃闲饭？

人在病中易悲伤，受到冷落易多心。柳皑雪想起丈夫在世时候，每一次回娘家都要带些礼品，而这一次来啥也没有买，这样做不够礼数。她担心因为自己而使两位老人不愉快，便悄悄地来到父母的卧室门口，探听一下情况。要是听到他们拌嘴了，就找个借口，提前回家。

继母正在讲话："今天晚上，让她娘儿俩盖上这床厚被子就不冷啦。"柳皑雪往屋子里一瞧，继母正在做棉被，激动地说："母亲，我们盖的不薄，不用换新的了。"继母抬起头，微笑了一下，说："我一听到你说话的声音，就知道你的嗓子轻了不少。你要继续吃药，每天多喝点儿水。"柳皑雪说："行！"说着，来到了跟前，要帮着做被子。继母说："没有几针活了，你快坐下歇会儿。"

"不坐了，我去那屋休息。您慢点儿做。"

柳皑雪一边往回走，一边想：自己家破人亡更加穷了，继母不嫌弃，对她和孩子还是那么好。真是"斗转星不移，船走岸不动"，跟亲娘一样。

孩子们在院子里玩了一会儿沙包，又玩"丢手绢"，欢声不断。正在这时，一位留着平头的中年男子进了大门。

他，名叫水泉，三十四五岁的样子，是个土里生、土里长的农民，读过几年书，学过书法，还会打算盘，看起来，既忠厚又聪慧；既粗犷又文雅。

水泉是柳家的远门亲戚，也是常客。以前，一到农忙季节，他们两家就互相帮助。农闲的时候，也经常来往。这会儿，他来到柳庄，找表弟柳存泰聊天、下象棋。当然，谁也不晓得这个重情谊的男子心里还揣着一个秘密：希望看到他年轻时候爱上的一个人——表妹柳皑雪。

水泉一进院子就习惯地往他表妹曾经住过的屋子看了一眼，才向柳存泰的卧室走去。到了门口，敲了两下屋门，唤了两声："存泰！存泰！"里边没有回音。当他正要离开的时候，那群小孩子围了过来，"叽叽喳喳"地乱喊乱叫："表叔，你举举我吧？""你举举我！"他喜欢孩子，以前来到这里，经常和他们玩一会儿，也常常抱起他们，一个一个地举过头顶，孩子们乐了，他也特别开心。

水泉面对一群娃娃，发现一个小姑娘的脖子上围着孝布，穿着刚用白布裱过的鞋子。仔细打量了一下，觉得那个小孩儿长得很像表妹柳皑雪，心里惊了一下，他弯下腰，问："小姑娘，你给谁守孝的？"白云说："给我爹爹。他被坏人杀害了。"小瑛说："她是我姑妈的小女儿，叫卫白云。"

水泉一听到那个"卫"字，就知道表妹家里遭到了天大的不幸。他可怜失去父亲的孩子，也想去安慰表妹几句。可是，孩子们拽着他的衣服，不停地喊着要他举高，只好装着高兴的样子，把孩子们一个一个地举几下。当他抱起白云，刚刚举过头顶的时候，柳皑雪想知道谁在逗孩子们玩，便从屋子里出来了。一瞧，原来是十几年没有见过面的表哥。

水泉抱着白云来到柳皑雪的面前，一时不知道说啥好，吭哧了半天，才说："皑雪，我终于见到你啦！现在，你咋瘦成这个样子？"

柳皑雪苦笑了一下，没有正面回答。她望着热情而成熟的故友，正想问："你现在过得咋样？"可是，还没有开口，水泉又说话了："我是你的表哥，忘了没有？"柳皑雪说："哪能忘？"

水泉深情地望着表妹，说："我永远也忘不了你。"

他的话音刚落，柳公在客厅门口看见了他们，大声说："水泉，你来啦！我给你准备了上好的茶叶。"他听到老当家唤他，只好放下白云，说："皑雪，我去去就来。"

水泉来到客厅，问："表舅，近来身体好吧？"柳公递上了一杯红茶，微笑着说："好着哩，你父母的身体怎样？"

"也很好。"

柳公又问："你是来找存泰的吧？他进城办点儿事，下午就回来了，你晌午在我这里吃饭。"水泉说："不用啦。我今天在家里没事儿，想找存泰聊聊，也想问问您这里有没有什么事情需要我帮忙。”柳公捋着胡须，高兴地说：“现在没有啥活，让你操心啦！”

水泉说：“表舅，我刚刚知道白云的父亲不幸遇难了，皑雪的担子够重啦！”

老人长叹了一声，说：“唉！好端端的一个家庭，被日本鬼子和汉奸给毁了，她的命苦啊！”

水泉非常同情，说：“表舅，犁地、播种是男人们的事，我想帮助皑雪干些地里的重活，不知道她让帮不让？”柳公说：“谢谢你的关心。不过，她要了个过继儿子，所以不用麻烦你啦。”

水泉站了起来，想去安慰一下表妹，同时，也想诉一诉自己这些年来的苦衷。柳公也站了起来，说：“你现在就走，我送送你。”水泉忙说：“不用送……”

柳公没有听完就说：“一定要送。”说着，领先向着大门口的方向走去。水泉本想把自己的打算说完，也就是看罢表妹再走。可是，老当家已经走远了，他只好跟了过去。临别的时候，水泉说：“表舅，您转告存泰一声，说我来过了。也告诉皑雪，我一直没有成家。过两天，我再来看她。”说完，若有所思地离开了。

柳公看着水泉远去的背影，琢磨了一会儿，自言自语地说：“好小子，你的话里有话，我明白你的意思。”

老人家回到客厅，一边吸烟，一边想，是个好缘分。接着，他开始考虑怎样转告女儿，怎样进行开导。

柳皑雪坐在卧室里回味着水泉刚才对她讲的那句话——“我永远也忘不了你”，心里有些激动，不禁想起了他们年轻时候的激情萌动的岁月。

她16岁那年，已是聪明伶俐的大姑娘。水泉十八九岁，是一个英俊的小伙子。当时，他们两家的关系很好，水泉一到农忙季节，就来她家帮忙，一住就是好几天。他们经常一块儿下地干活，一块儿在田间歇息，回到家里吃的一锅饭。

那年夏收的一天，大伙在地里割麦子，水泉的虎劲儿上来了，他握着镰刀，割得比谁都快。柳公夸奖说：“你们看，水泉干活，一个顶两个。”大家正在暗暗佩服的时候，水泉挥了一把汗，说：“我要是再加一把劲儿，就能像铡麦刀似的，一个能顶你们十来个。”逗得大家笑着喊：“吹牛！吹牛！”

过了一会儿，他们在田间休息，柳皑雪用绿豆茶慰劳大家。水泉一接住碗就“咕咚、咕咚”地往嘴里倒，一口气就喝完了。柳皑雪开玩笑，说：“表哥，你像一头大水牛！”水泉满不在乎，乐呵呵地说：“大水牛就大水牛，你说我是个大头大嘴的大河马也行。”说完，对着柳皑雪，“哞”地叫了一声，闹得大伙笑得肚子都疼了。

秋收秋种，水泉也是及时赶来。当时，柳皑雪和妹妹天天下地摘棉花，家里的其他人收割谷子，水泉帮助犁地。收工的时候，水泉总是拐到棉花地边，替她们姐妹两个扛着沉重的棉花包，又苦又累，却乐呵呵的。柳皑雪认为水泉不但长得聪明端庄，勤劳和善，助人为乐，而且讲话幽默，心里暗暗喜欢。

次日，夕阳西下，飞鸟归巢，水泉又来帮助扛棉花的时候，向她流露出了爱慕的目光，羞得她心里“咚咚”乱跳，同时萌发了爱恋的情丝。

这一天，她一个人下地摘豆角，往篮子里放了两个馍馍，拐到了水泉耕作的地边，摆了摆手，把馍馍塞到了水泉的手里，说：“半晌饿了吃。”

水泉又高兴，又激动，红着脸儿，紧紧拉住她的手，眼睛里迸发出炽热倾心的火花，说：“表妹，我爱你！你愿意嫁给我吗？”柳皑雪羞答答地点了点头，转身跑着走了。从那一刻起，两个人恋爱了。

柳皑雪回忆着使她兴奋而难忘时刻，心里一阵激动。接着，她又想起那年冬天发生的意外——父亲把她许给了卫家。她知道以后，在卧室里转过来转过去，想找父亲表明自己的选择，可她没有打破封建礼教的勇气。后来，她想悄悄地去找水泉，得以挽救，由于大雪纷飞，上山下坡，小脚难行，去不了。后来，她曾经焦急地揣测：水泉的父母迟迟不来提亲，可能不同意这门亲事，或许，他俩的缘分不够。

一个月以后，卫家的花轿把她抬走了，卫清正对她关爱备至，她也想做个忠贞于丈夫的好妻子。于是，她与水泉的情谊也就消失了。后来，她回娘家，听说那年冬天，水泉顶风冒雪，天天到县城里出苦力，一心想着多挣点钱，等到开春，备份厚重的聘礼，再去柳庄提亲。也听说水泉发现她被卫家的花轿抬走了，气得大病一场。柳皑雪知道这些情况以后，心里十分难受。不过她认为姻缘是老天的安排，只有认命。

柳皑雪与水泉的偶然相遇，心思在那淡忘了的记忆中，待了很长时间才回到了现实。她想，水泉可能早已成家了，往后尽量少和他接触，免得人们说闲话。

柳公在客厅里思考了一会儿，来到院子里，唤："皑雪，过来一下，我有话要说。"

"好！"柳皑雪应了一声，便从卧室里出来了。

父女两个坐在客厅里，柳公把水泉交代他的话和他的分析全都讲了。柳皑雪听了以后，心里热乎乎的，说："父亲，我了解表哥，也很敬重他，他是个好人。我知道，他当年喜欢我，现在他又可怜我，同情我的不幸，想帮助我耕种，是真心实意为我好。您替我谢谢他。至于他的暗示，我也明白。的确，我很需要这样的依托。但是，我没有心思考虑这些，我也不打算改换门庭。父亲，你知道清正生前对我很好。现在他刚刚去世，我应该忠贞不渝。当然，更为重要的原因是我有三个孩子。做母亲的，应该一切为了孩子，应该一心一意、尽心尽力地把她们养大成人，这是我的天职，也是我的夙愿。"

柳皑雪讲到这里，见老人微微地摇了摇头，接着说："父亲，我要为孩子恪守，是我的职责。当然还有别的原因。你知道我只会干家务活，没有其他本事。也就是说，要是改嫁了，俺娘儿们的生活都得依靠别人。水泉有父母、兄弟，人家会嫌弃的。我不能让孩子跟着当"带犊儿"，受歧视。再说，我现在不是当年的黄花女，也配不上表哥。他就是不嫌弃，他的家人也不会同意，外人也会笑话他。我已经下定决心，再苦再难，只要能凑合着活下去，我都要为孩子撑着这个家。请您把我的想法和决心，转告水泉，希望他能理解。"

柳公听罢，认为女儿讲的虽然合乎情理，可与现实的需要不符。说："闺女，我了解你，性格坚强，凡事先人后己；我也完全理解你恪守护犊的决心。可是，不知道你想过没有，你才32岁，孤守青灯到何时？当然你为了孩子，可以不在乎这个。但是，你的担子太重了。现在咱们这里是沦陷区，国民政府瘫痪，日寇随便抢劫、抓人，加上汉奸的威胁，还有大烟鬼卫清财不择手段地讹诈霸占，你怎能应付得了？他要是跟卫池串通一气整人，教唆富海两口子跟你胡闹，内外夹击怎么办？咱家离得远，远水不解近渴。你想凑合着过下去，在那样的环境里，如何凑合？你要是有个三长两短，孩子们岂不是更加苦了？所以，从长计议，你带上孩子，换个地方为好。”

柳公见女儿没有表态，接着说：“闺女，你要是喜欢水泉的话，将来和他组成新的家庭。到那时候，你肩上的担子有人帮助挑；累了，可以靠一靠身边的大树；心里烦闷了，可以向知心的人诉一诉，化解苦恼。当然，你有顾虑也不奇怪。他家的人多，不一定对你们好。要是有人歧视孩子，可以分家。现在，水泉三十四五的人了，他的父母不会看着儿子打一辈子光棍儿，也就是不会反对。还有，这事是水泉主动提出来的，说明他还在喜欢你，当然也喜欢孩子。你们原来的印象不错，以后的日子一定会好。另外，巧云和彩云都能自理，她俩要是不愿意跟你去的话，就常住在咱这儿，你只带上小三儿就行了。希望你能珍惜这个缘分。”

柳公讲到这里，看见女儿拭泪，摇了摇头，心疼地说：“皑雪，我讲了这么多，仅供参考，不要为难。不管你怎样决定，我都同意。遇到困难，或者难以解决的问题，都要告诉我，咱家会尽力帮助的。”

柳皑雪擦干了眼泪，给老人递了一杯热茶，说：“父亲，您想得这么周全，是对我的关心。你和表哥都是为了我好。眼下我能过得去，我家藏在木棚上边的粮食，没有被日本鬼子抢走。只要孩子们有口吃的，就能活下去。您老放心！”

她讲到这里，停了一下，又说：“父亲，说心里话，我不管怎么做，都觉得对不住水泉哥，是我让他心灰意冷，30多岁了还是个单身。你劝劝他，成家吧，不能再拖了。”

柳公微微点了点头，惋惜地说：“缘分，这事儿让老天安排。你在咱家多住几天，要是着急了就到附近转转，散散心。”柳皑雪说：“父亲，您也保重身体，别为我操心啦。”

柳公看着女儿去了，心里像刀割一样难受。心里说：“可怜的孩子，我能不操心吗？”

水泉出了柳庄，来到了山岗上，望着柳家大院，嘴里重复着表妹的那句话“哪能忘？”心里仍然激动。这会儿，他既为表妹惨遭不幸而同情得揪心，又为自己有幸见到巴望见到的人而感到欣慰。心里是喜是悲，连他自己也说不清楚。过了一会儿，水泉开始揣测着，表舅一定把他的意愿转告了，皑雪一定会动心的。如果她现在的心情不好，暂且不想考虑再婚之事，以后也会表示同意的，晚几天就来柳庄提亲。想到这里，他情不自禁地喊道："表妹！我爱你！"

柳皑雪在卧室里，心里一直难以平静。她觉得父亲讲的没有错，而自己为孩子恪守、为丈夫厮守的决心也没有错。她的心里矛盾了一会儿，又想到了表哥水泉，想象着父亲把话转告给他以后，他会多么难受，自言自语地说："泉哥，你一定要理解我、谅解我。"接着，她的心思又回到了故居。

柳皑雪寻思着，富海两口子虽然搬到了后院，和她们吃的一锅饭，却没有把这个家当成自己的家。儿媳妇贪吃贪玩，让人伺候，更不把她放在眼里，怎么办呢？要是卫清财真的教唆他们闹下去，如何是好？她越想越着急。过了一会儿，柳皑雪想起丈夫生前讲的一句话"坎坷终有头"，自言自语地说："车到山前自有路，到时候另想办法。"

水泉一回到家里就钻进自己的卧室，打开日记本，目光停在以前写给柳皑雪的含着泪珠的诗句上。他看着看着，那些文字纷纷乱蹦乱跳起来，变成了这样的诗句：

冰山融化浴春风，
苍天茫知应动情。
愈与佳人再牵手，
白发偕老度终生。

水泉的母亲站在厨房门口，唤水泉吃午饭，看见儿子喜气盈盈地从卧室里出来了，觉得奇怪，问："儿子，好久没有看见过你的笑脸儿。今天笑眯眯的，是不是遇到好事啦？"

水泉忍不住笑出声来，说："时间真是一把双刃剑，既能把我最喜欢的人推到天边，也能把她从天边给我送回来。飞了的又要飞回来，我能不高兴吗？"

他父亲听了，忙问："你今天去柳庄了吧？"

他的母亲看见儿子又在偷笑，说："水泉，这些年来，你一直不让提亲，原来是忘不了柳皑雪。”

老头子收敛了笑容，说：“别瞎想啦！她是个寡妇，还带有孩子。再说，咱又不是找不来黄花女。”

水泉瞅了一下父亲，说：“我不嫌弃。你们要是不愿意，我就到卫家寨落户。”

老俩听罢，都感到意外。他父亲气愤地说：“水泉，你今天是咋的啦？竟然顶撞、要挟老子？”他的母亲也说：“儿子，你平时那么孝顺，今天是不是入魔了？我告诉你，你就是想娶柳皑雪，人家也不会答应，因为卫清正的遗体还没有凉呢！”

水泉说：“当年，要不是提亲晚了一步，皑雪早就成咱家的人了。这一回，你们要是再拖拉，我就自己去提亲。现在，我不但还像以前那样喜欢她，而且，也很同情她和孩子。所以，只要她愿意，无论再等多久，我都心甘情愿。”

老两口更加生气了。他的母亲讽刺道：“柳皑雪是仙女下凡，让儿子迷上啦！”

水泉说：“情人眼里出西施。人，不是因为漂亮才可爱，而是因为可爱才漂亮。说心里话，不管她长得好看不好看，不管她像不像仙女，我都喜欢。”两位老人愣了半天，不知说啥为好。

第七章

泼妇欺天

午饭以后，柳皑雪担心家里的姑嫂关系恶化，来到了客厅，对柳公说："父亲，我想把药带回去吃，以后想来再来。"柳公心里有些纳闷，问："为啥急着回去？不是说好啦，在咱家多住几天？闺女，是不是我上午讲得太多，让你生气啦？"

"不是，绝对不是。"柳皑雪害怕父亲多心，连忙说，"我知道您完全是为了我和孩子。"

柳公又问："究竟为啥？你得让我知道。"柳皑雪只好把家里最近的情况禀告给父亲。

柳公听罢，说："这事不能怪罪孩子，是他们太不像话。皑雪，没有规矩不成方圆，有些情况单靠迁就、忍让是不行的。我听说富海媳妇是个大咧咧，不会有什么刁钻的心眼。他们这样放肆，会不会有人在背后教唆？人们常说，'搁住百人劝，搁不住一人捣'。我看你兄嫂明知这种情况而不管，就是暗中支持和纵容。你先回去也行。到家以后，先找富海他们，把道理讲清楚。他们要是能听进去，就好好过日子。要是油盐不进，不听劝告，就分开过。亲生儿子过不到一块儿的，也得分家。记住，事情应该咋办就咋办，生气没用。"柳皑雪说："我回去试试看，尽量不让外人看笑话。"

下午柳皑雪领着小女儿进了卫家大院。白云发现卫富有坐在卧室门门槛的里边，歪着头看她，问："妈妈，他咋那样看我？"柳皑雪扫了一眼，小声说："别管他。"

白云一进二门就唤："姐姐！俺们回来了！"两个姐姐立即从上房屋里迎了出来。一个问："妈妈，您的嗓子好些了吧？"一个说："妈妈，我正在盼您回来呢。"柳皑雪说："轻多啦！"说着，母女一起进了柳夫人的卧室。

白云高兴地说："大姐，我在舅家看到一位叔叔，名叫水泉。他可喜欢我们小孩子啦。他把我们一个一个地抱起来，举过头顶，特别好玩儿。他说他永远也忘不了咱妈。"彩云好像要说什么。巧云连忙拉了她一下，她把嘴给合上了。

柳皑雪有些不好意思，解释道："水泉是你们的表叔，他有事儿去找你小舅的。我们十几年没有见过面，他还记得我。"停了一下，接着说，"巧云，你把白云的衣服换一下，这新衣服等到过年的时候再穿。"孩子们听了，都到上房屋里去了。

柳皑雪也要换上旧衣服。她一进到内室，发现箱子和柜子上的锁都被撬过，附在上边，觉得奇怪，打开箱子一看，里边的东西被翻得乱七八糟，而且少了很多。她连忙扒拉了几下，放在箱子底儿的两条新被面和一条床单，还有几块花布和新一点的衣服都不见了。她急切地来到门口，朝着上房屋，大声问："巧云，你们动我的箱子啦没有？"

"没有！"姑娘们说着，来到了跟前。她们看见箱子里乱成那样，都傻眼了。因为她们了解母亲一贯爱整洁，无论什么东西，总是放得有条有理。巧云说："妈，一定是小偷进来了。"

柳皑雪皱着眉头，说："锁被撬了，丢了别的东西不要紧，可你父亲生前给你结婚准备的两条被面和床单也被偷走了，咋办？！"

巧云看着母亲焦急的样子，安慰道："妈，您的嗓子刚刚好些，您千万别着急，别生气。我有没有那东西无所谓。再说，咱们就是急下病了，小偷也不会把他偷走的东西送回来。"

彩云说："妈妈，昨天夜里，我们听到院子里有动静，以为我嫂子夜里上茅房被啥东西绊倒了，没有想到会有小偷进来。"巧云说："要不是我二哥他们搬过来，我一定到外边看看，也许能把小偷吓跑。"

柳皑雪换了衣服，来到院子里，听到对面的屋子里"咯咯嘎嘎"的笑声，大声说："富海，我的东西被偷了！"大洋马没有好气地喊："你跟他说这干啥？他又没偷。"

柳皑雪埋怨女儿，说："我刚刚出去了一天，箱子就被撬了，你们太不知道操心，连个门儿也看不住。"大洋马立即来到卧室门口，声色俱厉地说："我们看不住，谁能看住，你让谁看。"

巧云说："我妈的东西丢了，说两句，你厉害啥哩？"

大洋马来到门外，指着巧云的鼻子，大声嚷嚷："我就是厉害啦，你要是看不惯，就早点儿出嫁！"

柳皑雪听到这话很生气，说："我想知道昨天晚上有没有外人进来，只是问问，你不应该这样抢白你的妹子。"说罢，拉着孩子们回屋里去了。

柳皑雪见大女儿气得脸色苍白，嘴唇发紫，劝道："巧云，你别在意，她生就的麦秸火脾气，让她多说两句，过一会儿也就没事了。"

巧云含着眼泪，说："妈，你要个过继儿子，我就成了他们的丫环。每天侍候着人家，还得受这种窝囊气，真倒霉！"柳皑雪说："好闺女，别难过。以后，我不在家的时候，你和彩云多操点儿心。等一会儿，我找他们谈谈。唉！凑合着过吧！"

白云心疼地说："大姐，你别哭了，咱妈一会儿就去训她。"

巧云擦干了眼泪，说："妈，快该做晚饭了，我和彩云去井上抬一桶水。"柳皑雪点了点头，白云也跟着出去了。

柳皑雪歇了片刻，忽然想起了粮食，便来到仓库门口。一看，门上的大锁也被撬了。她连忙推开屋门，发现放在里边的几十斤粮食没有了，大缸里的红薯干儿，也只剩下了一点儿。她来到门后，发现木棚进出口的挡板被推开了，预料藏在上边的粮食也被盗走了，不禁失声大喊："天哪！这可咋办啊？几口子人，以后咋过呀？"接着，她急切地来到过继儿子的卧室跟前，说："富海，你快出来！你们快去看看，咱家的粮食也被小偷偷走了，咱们以后吃啥呢？"

卫富海明明知道咋回事，装聋作哑不吭声。大洋马想起卫清财的教唆，来到门口，大声呵斥："你咋呼啥哩？一会儿这个丢啦，一会儿那个丢啦，谁欠偷你的？！"

柳皑雪又急又气，站在院子里喊："谁偷俺的东西啦？谁偷俺的粮食啦？你们不让俺活啦？"

大洋马没有听完就从屋子里冲了出来，指着婶娘，连声质问："你喊啥哩？烦死人！"柳皑雪说："谁偷我的东西，谁偷咱的粮食，就喊谁。"

大洋马红着脸扑了过来，怒目指着柳皑雪，破口大骂："绝户头！你出去喊，我不想听！"柳皑雪又喊了一句。大洋马气势汹汹地来到跟前，使劲儿揪住婶娘，一边往外边推，一边大骂："绝户头，你滚出去吆喝！滚出去！"她想把婶娘推到前院，让前院的人处置。

柳皑雪使劲地挣脱，可是一个弱不禁风的小脚女人，怎么也抵不过大洋马。她被拉过来、推过去，几乎站不住了。

卫清财和朱氏闻风而至，他们看见儿媳妇揪住柳皑雪，暗暗高兴。朱氏捣着柳皑雪的头，骂："绝户头，你瞎喊啥哩？啊？"柳皑雪说："我喊偷我东西的人，你为啥发热？我丢的东西，是不是你们偷啦？"

卫清财恼羞成怒，咬牙切齿地说："我看，她是想挨打啦！"

大洋马看见公婆攥着拳头暗示，扳住柳皑雪的肩膀，"扑通"一声，放倒在地，接着，骑在柳皑雪的身上，双手齐下。她一边打，一边骂："绝户头，我叫你敢骂。东西就是我们偷的，也不准你吆喝！"

柳皑雪拼命地招架，却招架不住，她的发髻被打散了，脸上被打得青一块，紫一块，鼻子往外淌着血。"

卫富海从屋里出来了，看见媳妇正在殴打婶娘，想去阻拦，却被他的父亲推到了一边。

卫平媳妇袁娟从磨坊出来了，她大步流星地向柳皑雪家走去。正在大门外边聊天的人们看见了，一个问："袁娟，啥事慌慌张张的？"袁娟一边走，一边说："借一张细罗，给俺父亲收过去一点最好的白面。"

袁娟的出现，使大伙有了新的话题。一位白发老人频频点头，说："袁娟是个孝顺媳妇。她的公婆比我的年纪都大，身体还是那么硬朗。我看，一个媳妇三代人，真没说错。"

袁娟穿过前院，刚刚走到二门跟前，发现大洋马正在行凶，她的公婆袖手旁观，非常吃惊，连忙跑了过去，一边搂住大洋马的两只胳膊，一边质问："为啥打人？你敢打你婶儿？太欺天啦！"

大洋马还要继续发野，抬头一看，给她助威的家人都走了，才收敛了一点，接着，狠狠地踢了柳皑雪两下，离开了。

袁娟看见自己的好朋友被打成这样，同情极了。她一边扶起柳皑雪，一边说："他们不是人，是一窝畜生！"

巧云姐妹抬着水回来了。她们在前院看见卫清财和朱氏幸灾乐祸地从后院走过来，估计出事了，加快了脚步，还没有走到跟前就发现母亲倒在地上，披头散发，满脸是血，袁娟正在扶起，吓得连忙放下水桶，来到母亲身边，吃惊地问：“妈妈，谁打您啦？”“妈妈，您说呀！”小白云搂住母亲，吓得“嗷嗷”地哭喊着。

柳皑雪见孩子们不停地哭着问，心如刀绞一般。她喘息了一会儿，说：“被你嫂子打的。”

巧云听罢，怒不可遏，拿起抬水棍儿，气呼呼地去找大洋马算账。袁娟知道一个女孩子对付不了人家夫妻两个，连忙拉住，说：“不能去，你现在要照顾你妈。”巧云只好丢下棍子，和袁娟一起把母亲搀扶到屋子里。

彩云端来了洗脸盆，巧云哭着给母亲梳洗着。袁娟含着眼泪，问：“嫂子，他们为啥这样欺负你？”柳皑雪擦了一下泪眼，说：“我昨天嗓子疼，去看医生，在柳庄停了一天。今天回来，发现我的箱子被撬了，仓库的粮食也被盗走了。我喊了两句，‘谁偷俺的东西啦？’他们一家人都不让我喊，富海媳妇把我按在地上……”

袁娟没有听完，就愤愤不平地说：“欺人太甚！他们都是贼羔子，都是大混蛋！你一定要让咱们的族长狠狠地处治他们。”说罢，她想起磨坊里的事情，说：“嫂子，你要想开一点儿，我得赶快去磨坊，等一会儿再来看你。”接着，对巧云说：“你要照顾好你妈，我先去了。”

大门外边的人看见袁娟空着手出来了，一个问：“你借的罗呢？”袁娟说：“别提了。大洋马把清正嫂摁在地上，骑在人家身上，把柳皑雪打得满脸是血。卫清财老两口都在跟前站着，谁也不拉一下。要不是我赶到那里拦住了，不知道大洋马要打到啥时候才能住手。”

大伙都很吃惊。袁娟说：“清正嫂昨天去看病，今天回来了，发现她的两个屋的门锁都被撬了，东西和粮食都被偷走了。她喊了两句，人家不愿意，又打又骂。”袁娟简要地讲了几句，急急忙忙地向磨坊跑去。

大伙气愤不已。有的说：“丢了东西喊两声，有啥错？不让人家吭声，说明什么？说明盗贼就是卫清财一家子。”有的说：“大洋马敢打她的婶娘，太猖狂！太欺天啦！”有的说：“柳皑雪的粮食被盗了，她娘儿们以后怎样过活？”

白发老人听着大家的议论，义愤填膺，可又无奈，长叹了一声，说：“世道混乱，恶人无法无天。唉！清正不在了，孤儿寡母受尽欺负，可怜啊！”

巧云帮助母亲梳洗了一下，说：“妈，这事不能算完，这仇非报不可！”

柳皑雪拉住巧云，说：“孩子，咱可不能鲁莽。要解决问题，只能按照你卫平婶儿讲的办法，找咱的老族长。我想，你嫂子今天竟敢这样撒野，以后就敢更加放肆，更加疯狂，我不能再留他们了。”说着，委屈的泪水夺眶而出。

巧云一边给母亲拭泪，一边说：“妈妈，赶他们出继，我完全同意，越快越好。咱们现在就去找我三爷吧？”

柳皑雪擦了一下眼泪，说：“今天不早了，明天再去。到时候，我把你伯父企图讹诈咱的事，一件一件都说出来。请咱的老族长主持公道。”

彩云说：“妈妈，我三爷能不能叫我伯父退给咱点儿粮食？”她见母亲摇头，接着说，“咱家没有粮食了，也没有钱，日子咋过啊？”

柳皑雪看着孩子们都在发愁，都在哭泣，说：“不哭啦！卫清财绞尽脑汁整治咱，是不让咱们活下去。咱娘儿们只有更加坚强一点。要相信，天没有绝人之路。”

泼妇撒野，殴打婶娘的事很快传开了。村子里的人都在议论，谴责过继儿媳妇虐待长辈的不法行为。卫平拿着棍子，要找卫清财，整治大洋马，被街上的人挡住了。

傍晚时分，卫族长老从儿子那里得知这个消息以后，气得拍着桌子，大声呐喊：“欺天！是可忍，孰不可忍！”正在这时，徐文老师领着一帮人进了院子。他们是来请求卫族长老严惩泼妇的。卫长老立即表态：“这事儿我管定了。我打算先征求一下受害人有哪些要求，然后通知卫清财。我要让他说说处置富海媳妇的办法。他如果不肯接受柳皑雪的要求，我就召开家族会，让大家讨论决定，你们放心吧！”

次日上午，柳皑雪正要出门，白云在院子里唤：“妈妈，我姨妈来了！”她拉着客人的手，进了母亲的卧室。柳皑雪一看到亲人，泪水就往外涌。柳皑菊看见姐姐痛哭不止，以为她的病又重了，说：“姐姐，你别难过……”她还没有说完，发现亲人的脸上到处是伤，关切地问：“姐呀，你这是咋的啦？谁把你打成这样？”巧云接过话，说：“被过继嫂子打的。”

柳皑菊怒火中烧，说：“姐姐，儿媳妇敢打婆母，我第一次听说，太欺天啦！我现在就回去叫人，非把那个忤逆虫打个半死不可！”

柳皑雪摇了摇头，说：“不行！这事不能让父亲知道，免得他老人家挂心。”停了一下，接着说，“皑菊，你先歇一会儿，我和巧云去找找俺的族长，请他主持公道。”柳皑菊说：“快去吧，我在家里等你们。”

卫族长老看见她们母女两个来了，立即出门迎接。

卫清廉递上了热茶。柳皑雪把杯子往一边推了一下，含着眼泪对长辈说：“三叔，您老这般年纪了，我还给您添麻烦，心里实在过意不去，可我没有别的办法。请您给俺做主。”

卫长老看着柳皑雪消瘦、痛苦的脸上青一块，紫一块，伤痕累累，十分同情，说：“这是我分内的事，再麻烦也得管。我听说清财为他的儿子们霸业，企图讹诈的事有好几件，非常气愤。昨天晚上，又听说你的衣物和粮食被盗了，让人吃惊。你吆喊几句，本在情理之中，却被富海媳妇打得浑身是伤。你兄嫂眼睁睁地看着泼妇猖狂而不管，说明他们心里有鬼，我真想扒了他们的皮。这一回，要是不严惩富海媳妇，难以平民愤。”

柳皑雪听了长辈的一席话，满腹的悲愤和委屈直往外涌，好像受了欺负的小孩子见到了爹娘一样，泪水夺眶而出，哭出声来。

卫长老含着眼泪，劝道：“不要过于难过，身体要紧。现在，我想先听一听你有哪些要求？”

柳皑雪擦干眼泪，说：“三叔，我有四个要求。一是让富海‘出继’，我不能再留他们了，叫他们另过日子，我按人均分给他们五亩地，过厅的两间房子也给他们，不过，有个前提条件，富海媳妇无法无天，他两口子必须向我认错，永远不再撒野。二是富德在殡葬的半路上给他叔叔打幡儿的事，是他父亲别有用心策划的，没有跟我商量，所以，不能按过继儿子对待。三是关于我公婆的养老地的分配，谁都知道，我公爹逝世以后分了家，这么多年，婆母一直都是我来关照。卫清财只是送终的时候操劳了。我们养老，他给送终，所以，养老地应该遵照老人的遗嘱办理，一家一半。最后的要求是，让卫清财把他自作主张，卖掉俺家的水田赎回来。”

卫族长老听罢，立即表态，说：“你提出的四个要求都在情理之中。我补充两点：富海媳妇行凶的欺天行为应该严惩，我本想叫她和富德给你跪下，承认错误，低头认罪。而你只让他们认个错，表示永不撒野，并按人均分给他们田地、房屋，真是宽宏大量。你提出的前三个要求一定照办。另外，你要让清财赎回他额外卖掉你家的水田，也是合情合理的，只是有些难办。因为卖地容易赎回难。你不知道，殡葬清正的头天晚上，参加议事的人已经提出来，让他赎回水田，他硬是要赖。最后，大家认为赎地的事牵涉到买主的利益，所以，一致责令，让他把自作主张卖掉水田的钱全部交给你。可是，至今没有落实，我打算再次提出，催他清账。不管他的态度如何，我都把你的四个要求提出来，并表明我的态度，遏制他的讹诈行为。等一会儿，我把他叫来，能定下来的先定下来。他要是要赖，有的不肯接受，我今天下午召集咱族里的几个代表性的人，开个会，讨论决定，逼迫他照办。关于出继的手续，办好以后给你送去。往后，你们各过各的，井水不犯河水。他们要是再敢欺负，你还来找我。你看行不行？”

柳皑雪听了，十分感激，说：“谢谢三叔。我没有其他意见，一切全靠您啦。”

卫长老说：“不用谢。咱们卫家出了这个孽种，我应该站出来主持正义。”讲到这里，长叹了一声，接着说，“唉！清正遇难不在人世了，你又当爹，又当妈，加上萧墙内的祸害，你的日子不好过。希望你想开一点，保重身体，挺起腰杆儿，为孩子们撑起这个家。”柳皑雪含着眼泪点了点头。巧云说：“三爷，我们永远忘不了您老人家的大恩大德。”说罢，深深地鞠了个躬。

卫长老拉住巧云的手，说：“好孩子，你妈妈的担子重，你是个大的，要学会操心，为你妈妈分忧。”巧云哭着说：“我记住了。”

她们母女走了以后，卫清廉很快就把卫清财叫来了。卫清财望着态度威严的族长，说：“三叔好！”卫长老冷落了他半天，才说：“坐下吧，站客难打发。”

卫清财清楚自己的缺德行为，眨巴了两下眼睛，装着若无其事的样子，皮笑肉不笑地说：“您老叫我来，啥事儿？我洗耳恭听。”

卫长老蔑视地看了他一眼，反问：“啥事？难道你真的不知道？”

老族长见卫清财不作声，厉声质问：“你弟妹家被盗之事，你知不知道？她喊两句，有啥不对？富海媳妇把她婶娘摁在地上，打得到处是伤，而你和你的家人眼睁睁地看着富海媳妇撒野而不管，有这事没有？盗贼是不是你们？如果不是，为啥不让人家吭声？为啥发热？又为啥行凶打人？

你说！”

卫清财被这几个问号击中了要害，急得一时说不出话来。

卫清廉说：“儿媳妇殴打婶娘的事，要是放到别家，不休了她，也得把她打个半死。你必须让她给柳皑雪跪下认错，否则，天理不容。”

卫清财想了一会儿，装腔作势地说：“三叔，真有其事？我怎么不知道？这样吧，等我回去问问清楚。”

卫清廉气得站了起来，指着卫清财的鼻子，说：“别装了！有人亲眼看见你们老两口都在跟前站着而不管。不管就是支持，就是纵容！”

卫清财说：“你厉害啥哩？有话应该好好说。”

卫长老不想耽误时间了，说：“清财，不要再绕圈子了。我今天把你叫来，是要解决你的弟妹柳皑雪提出的四个要求。现在，我就直说了，你听完以后，必须有个说法。

第一，把富海赶出继……”卫清财刚刚听了一句就想插话，被长老愤怒的目光击了一下，只好把嘴闭上。卫长老把受害人的四点要求讲完以后，狠狠地瞅了一下卫清财，掷地有声地说：“这四个要求，合情合理，我完全同意和支持。”

卫清财迫不及待地说：“姓柳的提出的要求，我只能接受第一个，让富海两口子回到我的身边。其他三条，都不同意。因为富德为他叔叔打幡儿尽孝，已成事实。我没有征求她的意见，可以按半个过继儿子对待，房子不给可以，五亩地是一分也不能少。关于我母亲的养老地，应该全部归我。虽然我家只管了老人两天饭，但是，是在最后。应该说是又养老，又送终。我母亲临终时候的遗嘱，是因为她老糊涂了，所以只能作为参考，不能作为定论。还有，给清正办理丧事花了很多钱，记的有账。我让姓柳的查看一下，她不看，说我是随便写的。现在，账本找不到了，卖水田的事，以后就不要再提了。另外，我还要说两点。第一，你责令我看着富海和他的媳妇给他的婶娘跪下，赔礼道歉，就是刮我的脸皮。打狗欺主，我不同意。我认为，她赶我儿子‘出继’的本身就是一种惩罚，我们接受也就等于低头认罪了。”

卫族长老气愤地说：“谬论！你要是这种态度，只有放在家族会上讨论决定。”

卫清财说：“让家族会上讨论，也不能不考虑我的意见。现在，我想不明白，你们为啥总是替姓柳的说话？我不知道你们想过没有，柳皑雪才32岁，少妇熬寡，能坚持多久？我不能让她把咱卫家的财产，便宜了外姓人。再说，她没有男孩儿，田地、房产早晚都是我的。所以，我希望您养老处尊，少管闲事。"

卫清廉见父亲气得嘴唇发乌，大声呵斥："清财哥，你还在绞尽脑汁，讹诈你弟弟家的那点儿家业。我问你，柳皑雪要是为了孩子而固守，就剩下那几亩地，怎么生活？你用你的想当然做讹诈霸业的借口，把她们孤儿寡母往绝路上逼，你还是个人吗？"

卫清财说："不是人是啥？我应该有我自己的主见。现在，我已经下定决心，养老地和富德应该得到的，她只要敢种，我就敢收，让她白搭种子，得不偿失。"

卫长老听到这里，气得七窍生烟，真想给卫清财两个耳光。然而，转念一想，对于这个财迷心窍的东西，只来硬的不行。于是，想以卫家祖先白手起家，艰苦创业的史实劝阻他的贪心，他缓和了语气，说："清财，我不希望你固执下去。现在，我想问，你知不知道，咱们卫家这么大的家业是怎么来的？你知不知道……"

"知道，知道！"卫清财不愿意用祖辈勤劳致富的美德鞭挞自己，打断话，说"都是老黄历啦。"

卫清财不想听下去，可是，祖先艰苦创业，由穷变富，后来又由富下滑的历史事实，却在他的脑海里闪了一下：

一百年以前，祖先的原籍——河南省红通县连年大旱，他的祖爷挑着铺盖卷儿，带着妻儿逃荒到了这里。当时，没有栖身之地，就住在村子东头，如今做了磨坊的破窑洞里。一家四口，一边乞讨，一边开荒种田。一年以后，生活有了转机。后来，他们农忙的时候下地干活，农闲的时候做小生意，也就是晚上推磨做豆腐，白天挑到城里卖，农商兼顾。经过十几年的勤俭持家，拥有的耕田越来越多了，也由担担挑挑的小买卖变成了商店经营。接着，经过祖辈三代人的不懈努力，他们的一般生意逐渐发展成了大本经营。到了卫清财的父辈，姓卫的大家庭中人财两旺。不但盖起了一砖到顶的雕门绮窗的东四院、西四院，而且在外地设立了好几个钱庄。可是，在蜜罐里长大的卫家后代，素质下降了，加上清政府的腐败无能，军阀混战，外敌侵略，鸦片输入，中国社会混乱，卫家寨村和其他地方一样，有的守业者蜕化堕落，染上了毒品，还有的五毒俱全，挥金如土，祖辈几代人用汗水和智慧创办的家业开始败落。如今，已经有两所宅子改成了外姓的人。

卫长老见卫清财拒绝开导，只好说："你既然知道，那些事我就不再讲了。现在，我问你，什么叫勤劳致富？什么叫坐吃山空？'人以正为贵，穷以志为贵'的含义是啥？"

卫清财又是没有听完就说："我懂！我啥都懂。"

卫清廉实在听不下去了，大声骂："你都变成吃人的兽了，知不知道？"

执迷不悟的卫清财拍了一下大腿，梗着脖子，说："你再骂，我就不客气了。"

卫清廉面对这个不可救药的家伙，还想再训几句，转念一想，吵架不能解决问题，说："你还是客气一点儿，因为你不懂得我和你三叔苦口婆心讲了这么多，不仅为了你弟弟的家人，也为了你和你的子孙后代。"

卫清财不相信，鼻子里"哼"了一声。

卫清廉没有理会，接着讲："清财哥，你要是啥都懂得，就应该明白，家长应该怎样为孩子，怎样才能让子女拥有终生受用不尽的财富，也就是说，怎样教会他们做人、做事，让他们拥有立身之本，具备创造财富的能力。你要是啥都懂得，就应该想到，为孩子而巧夺强取，既祸害了别人，自己也好过不了几天，更发不了家。而且，等你到了风烛残年的时候，你的儿子一定比你更加自私贪图，恐怕连碗饭都不想让你吃。"

卫清财只听进去了最后一句，说："我现在做的一切都是为了他们，他们看在眼里，记在心里，不会不孝，更不可能虐待我。"

卫清廉面对这个不可救药的卫清财束手无策，瞪了他一眼，说："言传身教，潜移默化的作用客观存在，信不信由你，咱们等着瞧！"

卫长老看见卫清财站了起来，说："侄儿啊，我们的嘴皮儿都磨破了，希望你回去好好想一想。下午见。"

卫清财没有回话就走了。

卫族长老又气愤，又无奈。他不明白卫清财为什么这样缺德，问儿子："清廉，你说说，他和清正是一母同胞，品性为何天壤之别？"

卫清廉说："这个也不奇怪。我听说我六娘生了三个女孩儿以后才有了他。娇生惯养，使他从小就自私任性，专横跋扈。现在，咱们想让他改邪归正，脱胎换骨，太难啦。”

卫长老叹了一声，说：“唉！往后，她们孤儿寡母怎么生活下去？孩子们能不能长大成人？白云还不到五岁。”

卫清廉见老人拭泪，安慰道：“父亲，您别担心。柳皑雪不是一般的家庭妇女，她贤惠而坚强，再苦再难，也不会放弃母亲的责任。现在，咱们应该做的是，如何在家族会上制止卫清财的讹诈行为。”

卫族长老摇了摇头，说：“唉！咱们这里是沦陷区，日本鬼子横行，国民政府瘫痪，国法都行不通，家族家规更难生效。不管怎样，咱们都得为正义尽心尽力。”

卫清廉说：“父亲，您讲得对，我听您的。现在卫清财依靠讹诈的手段，让他的儿子们享受不义之财，让他等着报应吧。”说完，回到卧室，以笔墨倾吐满腔的义愤，在纸上写道：

鸟为食亡属无知，
人为财迷精神痴。
无知可为众理解，
唯利是图太可耻。
祸福轮回客观在，
恶有恶报待史实。

第八章
送 穷

狂妄欺天的儿媳妇出继以后，柳皑雪的家里平静了许多。可是，衣物和粮食被盗了，她和孩子们只有勒紧裤带过日子。

吃罢早饭，彩云在院子里教白云跳绳。她们一边跳一边数，姐姐让妹妹玩中有学，挺有意思。柳皑雪坐在走廊下边做针线活，大女儿巧云蹲在旁边磨镰刀，准备收割麦子的时候使用。

柳皑雪一边穿针引线给孩子做鞋，一边考虑着以后的生活。她皱着眉头，说："巧云，咱家的耕田，加上你爷、奶的部分养老地，一共三十多亩，转眼之间，只剩下几亩了，还都是些石头坡地，收成比以前少多啦。加上日本人暴征夏粮，麦子恐怕吃不了两个月就完了，所以一割完麦子就得赶快种秋。"

巧云说："我三爷答应为咱主持正义，让我伯父退还讹走的十五亩地。可是，家族会已经开过了，只解决了出继的问题。他是不是害怕人家？"

柳皑雪说："不是害怕，是因为你伯父死不讲理，不服从。如今世道乱了，正义行不通。你三爷那么大年纪了，还在为咱家操心，他已经尽心尽力了。"说罢，泪水模糊了视线。

巧云看见母亲擦眼泪，说："妈，我爹要是活着，就不会这样受欺负。我想明白了，因为社会黑暗，正气才压不住邪恶。您别难过，也不要发愁。要是再病了，损失更大。"

柳皑雪长叹了一声说："唉！我尽量想开一点儿。现在咱已经种了一亩多红薯，还有谷子，等割完了麦子，再在麦地里种些玉米，到时候有粗粮，也就断不了炊了。"

柳皑雪想起丈夫，心里更加难过，说："你爹被日本人和汉奸杀害了，你伯父又乘机作恶，咱们只有吃大苦，流大汗，忍受委屈，挺起腰杆儿过下去。我相信你父亲生前讲过的话，坎坷终有头，天总会亮的。"

巧云说："我也相信。妈，您很坚强，是我们的依靠，我们一定能长大成人。"

麦子成熟了，田野里金灿灿的。微风一吹，麦浪滚滚，散发着浓浓的清香，慰藉着沦陷区饥寒交迫的人们。

农民们一到夏收的时候，总是男女老少齐上阵，男的下地割麦子，妇女、儿童捡麦穗，干杂活。有些大户人家种的麦子多，又有壮劳力，就用安装着三尺长的"铡麦刀"工具收割，一会儿就能割去一大片。只是多数农民都得使用镰刀，一把一把地割麦子。

柳皑雪家的山坡地里，麦子只有一尺多高，麦穗儿只有半寸来长，像个火香头似的，看见的人们都替她家发愁。这会儿，她和两个大女儿手握镰刀，像蚕吃桑叶似的，一点一点地割着。白云年龄小，不会割麦子，可也不闲着。她把割下来的麦子弄到一块儿，聚成了一堆堆。

快到中午的时候，火辣辣的太阳炙烤着大地，处处都像蒸笼一样，闹得人们汗水淋淋。许多农民收工了，有牲口的人家，开始用牛车往晒麦场上运麦子；没有牲口的，用扁担往麦场上挑。她们孤儿寡母已经累得腰酸腿疼，还在地里弓着腰不停地忙乎着。

正午时分，柳皑雪忽然眼冒金星，晕得蹲在了地上。孩子们连忙把她搀到地头的树荫下边，喂了点水，她才慢慢地缓过来。巧云说："彩云，你在这里看着麦子，咱妈身体不行，我把她送回去。等一会儿，我给你送饭。"

"行！"彩云说，"这里太热，让白云也回去吧。"

巧云在家里做好了饭，给母亲和小妹端去以后，便提着饭罐儿去地里了。

她和彩云一吃完饭就拿起镰刀割麦子。两个姑娘脸朝黄土背朝天，再热再累不说难。她们被晒得满脸通红，汗流浃背，也舍不得到树荫下边歇一会儿。

彩云用袖子擦了一把汗，望了一下麦田，担心进度太慢，麦穗被晒焦了。说："姐姐，咱家两块麦地，啥时候才能割完呢？"

巧云也想到这些，嘴里却说："不用发愁。夜里凉快了，咱们借着月光，继续收割。一天，两天……总会割完的。"彩云哭丧着脸，说："要是咱爹活着该多好！”

这时，地头出现了一群人。她们抬头一看，亲人柳存泰带着一帮小伙子助收来了。两个姑娘喜出望外，一边喊着舅舅，一边迎上前去。

巧云高兴地说：“小舅，您咋带来这么多人？”柳存泰说：“麦熟一晌，龙口夺食。人少了不行。”

彩云问：“你们的麦子咋办呢？”一个客人接过话，说：“咱柳庄的麦地在山岭的北坡，晚几天才能成熟。”停了一下，接着说，“彩云年龄不大，就能考虑到别人，真是个好闺女。”

柳存泰对巧云说：“你俩现在回家，告诉你妈，给大家准备点晚饭。”

巧云说：“好的。”然后，指了一下树荫下边的罐子，说，“那里边有绿豆茶，你们渴了喝。”说完，提着饭罐儿，和彩云一起回家去了。

帮忙的人们放下扁担，挥起镰刀，立刻大干起来，“嚓嚓嚓”的声音响成一片。不大一会儿，就割了好多。

傍晚时候，柳皑雪和孩子们抬着一桶稀饭，提着一篮子烙饼，给帮助她们收割的客人送饭来了。

她们站在地头，望着那块儿麦地快要割完了，喜出望外。姑娘们一齐喊：“喂！饭来了！吃饭了！”柳皑雪也高兴地唤：“你们快来吃饭！该歇会儿了！”

柳存泰带着大伙围了过来。他们姐长、姑短地唤着柳皑雪，主宾亲热得像一家人似的。柳皑雪说：“你们帮大忙了，我不知道怎样感谢。”大家都说，应该的，不用客气。

柳存泰端着饭碗，一边吃，一边说：“大姐，你的两块麦地，天不亮也就割完了。等一会儿，我跟你们回去看一下晒麦场在哪儿。割完麦子，我们一人挑几担，帮你运回去。”柳皑雪微笑着说：“太好了！我和孩子们不用发愁了。”

第二天早上，柳皑雪到晒麦场上请客人们去家里吃饭。一看，娘家的人都走了，麦子已经摊在晒麦场上。邻居们都为她高兴。卫平说：“嫂子，我帮你碾场。粮食背到家里，就不怕雷阵雨了。”卫冬子也说：“我来帮你扬麦糠，扛麻袋。”

卫清财见大伙围着柳皑雪又说又笑，心里嫉妒，斜着眼瞅着。卫平讽刺道：“哎！你家今年的麦垛，一下子变得那么大？你要小心一点儿，别憨吃，撑着了不好受。”说完“嘿嘿”地冷笑了两下。卫清财装着没有听见，溜到一边去了。

收完麦子，柳皑雪和孩子们来到麦茬地里，点种玉米。两个过路的老头子看见孤儿寡母艰难劳作，十分同情。一个说：“大妹子，犁一犁再种，庄稼长得好。你家没有喂牲口，可以让卫清财帮一帮。你家清正原来没少帮助他。”

柳皑雪一听到那个讹人贼的名字就气愤，说：“俺躲还怕躲不及，哪还敢粘惹？”

另一个老头说：“老兄，你不知道卫清财没良心，趁着战乱横发他弟弟家的灾难财。他为他的儿子霸业，不择手段。很多人都在一边叫他卫黑财。”

冬天到了，沦陷区的农民们家里只有一些粗粮。有的一日三餐，水煮红薯，碗里一粒米也没有。孩子们面黄肌瘦，衣服褴褛，天天巴望着过年。想在过新年的时候，换身儿新衣，吃个白馍，或者跟着家长走亲访友，多少挣点儿压岁钱。

祭灶节那天，柳皑雪烙了几个祭灶饼，放在灶神的画像前边，燃了香火以后，双手合十，小声祷告着：“老灶爷，你姓张，你在家里把家儿当……”还没有说完，孩子们来了。白云觉得好玩儿，像背儿歌那样，陪着母亲，大声说：“好话你多说，赖话你少说，剩两句话你别说。”然后，好奇地问：“妈妈，你咋知道老灶爷姓张？是他告诉你的吗？”她见母亲摇头，又问巧云：“大姐，你见过灶爷、灶奶了没有？”巧云说：“谁也没有见过。”柳皑雪说：“你们快吃饭吧。等一会儿，要去送穷呢。”

“送穷”是历史悠久的民间活动。这种活动就是把家里象征着“穷”的炉渣、柴木灰一类的垃圾送到村口的大路上，请灶神把“穷”带走，把“富”带来，是人们的美好愿望。至于这种活动是从什么时候开始的？是谁倡导的？能不能把穷送走？谁也不知道。不管怎样，受尽苦难、盼望温饱的人们都会参与。

吃罢晚饭，下弦月被云遮得朦朦胧胧，大地上的一切影影绰绰可以看见。巧云提着“穷”从家里出来了。她领着妹妹走在络绎不绝的送穷的人流之中。

到了村口，坑坑洼洼的土路上已经倒了一堆又一堆的“穷”家伙。有的人把“穷”一送到那里就回家了，有的放几个小鞭炮，还有的给灶神磕头、祈祷。白云看见身边的一位老爷爷跪在地上，小声说着什么，凑近细听，什么也听不清楚。过了一会儿，那位老人慢慢地站了起来，提起空筐子，揣着把“穷”送走的希望，慢慢地离开了。

巧云倒掉了“穷”，带着妹妹往回走。路上，两个衣着褴褛的农民走在她们的前边。那个50多岁的老头问他的同路人，说：“大康，你读过两年书，比我知道的多。你说说，咱们年年送穷，送了多少年，多少代，还是缺吃少穿，特别是日本人来了以后，大家更加贫穷啦。这两年春节，俺家没钱买肉，连豆腐也买不起了。今年过春节，我想让孩子们吃上个白馍。因为家里早就没有白面，也就蒸不成了。唉！咱们想把‘穷’送走，咋恁难呢？是不是因为穷人太多，穷根太深了？”

卫大康说：“是的。不过，我认为年年送‘穷’，送不走，根本原因是外有侵略，内有地主老财。地主的田地太多，农民的地太少了，还有的地无一分，依靠当长工、打短工过日子，咋能不穷呢？特别是日本鬼子一会儿征粮，一会儿抢粮，大家咋能不穷呢？”

那个老头又叹了一声，说：“唉！要是哪路神仙发发慈悲，管一管人间的不平事，带领咱们拔掉穷根，不愁吃，不愁穿，该多好啊！”

卫大康说：“要是真的有神仙，又能显灵的话，咱们早就不用吃糠咽菜，也不用穿补补丁的衣裳了。”停了一下，他对着那个老农民的耳朵，小声说：“我在县城里看到一张传单，上边写着：共产党、八路军为咱穷人打天下。现在，他们正在抗日。上边还写着，老百姓要想不受压迫、剥削，就得推翻压在人民头上的三座大山——帝、官、封。我看，大家要想过上好日子，只有等到共产党来了。”

老农民问：“你说，共产党啥时候才能来呢？”

卫大康摇了摇头，说：“不知道。我认为早晚都会来的。”

巧云她们跟在后边，走着，听着。彩云说：“姐姐，大家‘送穷’‘穷’不走，以后就别送啦。”

巧云想了一下，说：“不管怎样，别人送，咱也送，图个吉利。”白云问：“姐姐，咱们要能吃上白馍，该多好啊！”巧云肯定地说：“快了。那一天一定能到来。”

第九章

思念亲人

除夕晚上，卫家寨村的几十户人家，买得起鞭炮的寥寥无几。卫清财和卫池发了国难的不义之财，让家人穿上了新衣，蒸了白馍，还煮了很多大肉，香气弥漫。这会儿他们两个提着鞭炮，厚颜无耻地站在自家的大门外边放鞭炮。许多小孩子围着，等到鞭炮声一停，便抢着捡那没有开花的，准备带回家去，放“溜花炮”。那里充满了热闹而悲哀的气氛。

中国人历来就有过年回家的习惯，谁都希望阖家团圆。然而，卫清正被敌人杀害，孩儿想念父亲，妻子思念丈夫，却永远见不到了。这会儿，柳皑雪的家里冷冷清清，没有一点过年的气息，个个心里感到孤寂而难受。厨房里亮着灯，柳皑雪一边包饺子，一边自言自语地说：“孩子他爹，今天晚上是除夕之夜，你不要一个人待在野地里。回来吧！回来吃顿团圆饭。我和孩子们都很想你。”说完，眼泪直往外涌。

这时，巧云进来了。她看见母亲悄悄地拭泪，想安慰两句，可又担心母亲更加难过，便装着没有看见，说：“妈，我和您一块儿包饺子吧。”说着，卷起袖子，动起手来。

过了一会儿，饺子做好了。柳皑雪盛了三碗，说：“巧云，先给你爷、奶和你父亲端去。记住，把香炉往外边挪一下，阴间的人隔香不收供。”巧云说：“我过去以为香炉放在桌边，是为了插香方便，原来还有这个讲究。”说完，端着饺子出去了。

她来到安放灵牌的屋子里，摆好了碗和筷子，插好了香火，跪在地上磕了头。然后，望着卫清正的牌位，含着眼泪，说：“爹爹，您可知道，您走了以后，我们过的啥日子？我们遭受了多少磨难？您可知道，我妈妈天天都在想您，天天夜里都在悄悄地哭？爹爹，血债要用血来还！日本鬼子和汉奸把咱害成这样，这仇一定要报！爹爹，我好想您！”说罢，泪如泉涌，趴在地上“嗷嗷”地哭起来。

柳皑雪又煮好了一锅饺子，站在厨房门口，唤：“巧云，你咋还不过来？该吃饭了！”巧云忍住悲痛，站了起来。她擦了一下眼泪，一边去厨房，一边自我劝说着：“不哭了，大过年的。”

一家人坐在一起吃晚饭。彩云问：“妈妈，咱们还没有叙旧迎新，咋就开始吃饺子了？”白云也说：“是呀，以前的除夕，总是熬到瞌睡了，才让我们吃饺子。”巧云心里想，父亲不在人世，叙旧只能引起悲痛。她一边摇头向妹妹示意，一边说：“现在不早了，吃完饺子就睡觉。明天五更，咱们还要在院子里迎新年——燃柏枝儿呢。”

柳皑雪心里清楚，往年全家五口人，团团圆圆、欢欢喜喜的情景永远不会有了。她为了让孩子们高兴，控制着自己的情绪，附和着说：“也是。春节这天不睡懒觉，早睡早起，就为新的一年开了个好头。明天早上，你们燃柏枝儿，迎新年，我给你们做‘头脑儿’。”

白云问：“为什么新年的第一顿饭要吃‘头脑儿’呢？”

彩云说：“这是咱们这里的风俗习惯。‘头脑儿’不但很香，而且提醒自己，一定要做个有头脑的人。”白云说：“知道了，肯动脑筋才叫有头脑。我们不能像猪那样。你们说，对不对？”大伙都笑了。柳皑雪表扬白云，说：“咳，我的小妞妞快要变成巧嘴八哥儿了。”

大年初一的凌晨，村子里零零星星的鞭炮声把睡梦中的人们唤醒了。柳夫人在厨房里忙着做饭，巧云和彩云来到母亲的卧室，唤醒了小妹。

白云揉了一下惺忪的眼睛，坐了起来，高兴地说：“新年到，新年到，穿新衣，戴新帽……”

她还没说完，看见巧云拿着一件半旧的衣服让她穿，噘起小嘴，问：“姐姐，为啥不让我换新衣裳？”

彩云反问：“你不知道咱家的箱子被撬了？妈妈没有钱，咋做新的？”

巧云见小妹妹被抢白得一愣一愣的，连忙说：“白云，你二姐说话直来直去，别生气。”然后，抖了一下那件花衣服，说，“你看，它跟新的差不多。你穿上它，比画上的小姑娘还漂亮。这么好的衣服，一定要赶快穿，免得长高了，穿不上了，扔了多可惜！”

“是啊！”白云认为大姐讲得对，立即穿上衣服，高兴得在床上又蹦又跳。

彩云心里想，同样的事情，不同的说法，能让人生气，也能让人高兴，以后一定想好了再说。

白云下床的时候，一只手摁住了母亲的枕头，发现枕头又湿了一片，说：“你们快来摸摸，咱妈夜里又哭了。她总是悄悄地流泪。有一回，我听见她在睡梦中，呼唤咱爹的名字呢。”

巧云含着眼泪，说：“妈妈和父亲的感情那么好，能不思念吗？妈妈为了咱们硬撑着这个家，那么艰难没人帮，那么委屈不能诉。日本人坏，卫池当了狗汉奸，伯父也那么坏，咱妈不但负担重，还得提防着一切不测，咱妈就是在刀刃上过日子。她是想咱爹爹忍不住才流泪的。她白天不哭夜里哭，是不想让咱们看见了，跟着难受。”说完，“呜呜”地哭出声来。

两个妹妹见大姐泪流满面，跟着哭起来。巧云连忙忍住悲痛，说：“不哭啦！别让妈妈听见。”停了一下，又说，“记住，以后在妈妈面前，多说点儿高兴的事，不要提及父亲，免得她伤心难过。”

白云没有顾及巧云讲了些什么，哭着喊：“我想咱爹，我想爹爹！”彩云哭着说：“咱爹要是活着该多好啊！”巧云害怕母亲听到她们的哭声，擦干眼泪，厉声劝阻，说：“都别哭了！快点，该去外边迎新年了。”

姐妹们来到了当院，点燃了柏枝，情绪渐渐地好起来。她们一边翻弄着，一边瞧着星星点点的火光和那袅袅升腾的浓烟，闻着那柏叶燃烧时候发出的香味儿，不大一会儿，也就忘记了一切不愉快的事情。

巧云问：“彩云，你从哪里弄来这么好的柏枝儿？”

彩云说：“咱三哥送给我的。他见我提着篮子去摘柏枝儿，说，祠堂前边的柏树快成秃的了，去也够不着，所以把他弄的给我抓了两大把。”白云说：“三哥真好，比他家里的其他人都好。”

柳皑雪端着“头脑儿”从厨房里出来了。巧云立即上前，替母亲端到了上房屋的餐桌上。然后姊妹三个站在柳皑雪的面前，异口同声地说：“妈妈新年好！”接着，又给敬爱的母亲磕头拜年。柳皑雪拉起可爱的孩子，激动地说：“咱们新年都好！快起来，吃饭吧！”

太阳出来了，柳皑雪在巧云的帮助下，洗刷完毕。说：“我给祖先做了五碗供，咱们端去祭奠一下。”

一家老小来到了灵屋，摆好了供品，烧了一些金银箔币。接着，她们跪在地上，磕头拜年。而后，彩云带着妹妹到院子里玩了，巧云来到门外等候母亲。

柳皑雪站在供桌的前边，望着卫清正的牌位，好像看到了丈夫亲切的面容，小声说：“清正，我和孩子们天天都在想你，你知道吗？”说完泣不成声。真乃：

每逢佳节倍思亲，
只缘夫妻情爱深。
春节盼望人团聚，
黄泉路上无归魂。
谁最深知寡妇愿？
唯有丧偶苦命人。

巧云听见母亲悲痛的哭声，来到跟前，含着眼泪说：“妈妈，不哭了。我爹一定知道你天天都在想他，一定知道你的艰难和委屈。现在咱们只有把悲痛和思念化作战胜困难、战胜邪恶的力量，好好地活下去，我父亲在天之灵才能安心。”柳皑雪点了点头，停止了哭泣，含着眼泪向卧室走去。

十点以后，大街上热闹起来，到处可以听到“新年好！”的祝福。

巧云对母亲说：“妈妈，您在家里休息，我们出去拜年了。”柳皑雪说：“去吧，代我问你三爷好！还有隔壁你大娘和婶婶们。”

巧云领着妹妹先到卫族长老的家里拜年。卫长老一看见她们就高兴得合不拢嘴。他拉住白云的手，说：“好孩子，你们快进屋，里边暖和。”姐妹三个问了好，磕了头，也给卫清廉夫妇拜了年。卫长老说：“大家新年都好！你妈妈也好吧？”

“好着呢。”巧云回答以后，转达了母亲的问候。

卫清廉像招待客人一样，忙着给她们沏热茶，他的妻子端着食品筐，往她们的口袋里装糖果、花生。已经装满了，还要往里边塞。卫长老抚摸着白云的头，说："小三儿又长高了。快点儿长！等你们都长大了，你妈也就不用作难啦。"

巧云领着妹妹一起走东家，串西家，给本家族的伯娘叔婶拜了年以后，向邻居的盲大娘周氏的家里走去。

周氏40多岁，也是个苦命人。十年以前，她的丈夫在外地干活，由于水灾，不幸身亡。她含辛茹苦，将一双儿女养大成人。女儿出嫁以后，儿子被日本人抓去做苦工，一去两年，杳无音信。她想念儿子，天天流泪，哭得看不清东西了。如今，她的女婿帮助种田。粮食不够用，她的女儿省吃俭用，帮补一些。现在，她只能瞎摸着做碗饭，勉强自立。

巧云她们一进院子就唤："大娘，俺们给你拜年来啦！"主人听到有人来看她，非常高兴，扶着墙壁来到门口，说："太好了！我现在是个没用处的人，你们还在惦记着。"

巧云搀扶着大娘进到屋里。她们磕头拜年，掏出了糖果。大娘只要了一点儿，就推辞着说："够了，够了！"接着，她从桌子上边的一个罐子里掏出两把柿饼，说："我家没啥好吃的，尝尝这个吧。"

彩云无意之中看到桌子上的饭碗里有几个红薯面窝窝，问："大娘，过年了，您还吃这饭？没有做'头脑儿'？"盲大娘说："这也不赖。我早上煮了几个黑窝头，没有吃完，剩下的晌午吃。"停了一下，又说，"你春花姐祭灶那天来了，给我送了点白面，我想等她们来了，一块儿吃。"

姐妹们望着孤苦伶仃的老人，十分同情。巧云说："大娘，我们想帮您干点什么，缸里有水没有？"说着，便向厨房走去。一看，只剩下个缸底儿了。她立即动手，把水缸洗干净以后，和彩云一起来到井台上。她们来回跑了好几趟，一直到水缸和水桶都是满满的，才停了下来。

周氏感激地说："你们这样关心我，我真的不知道怎样感谢才好。"巧云说："应该的。以后，缸里没有水了，或者有其他的事情需要帮忙，你在院子里喊我们一声，保证随叫随到。"

周氏拉着巧云的手，说："那就麻烦你们了。"接着，她询问了柳皑雪的情况，最后，叮嘱巧云，说："你们要听妈妈的话，多给她宽心。等到你们长大了，一定让你妈过上好日子。"三个孩子都说记住啦。

姑娘们回到家里，争着给妈妈掏糖果，也汇报了外边的情况。柳皑雪听了以后，说："你三爷全家人对咱都好，永远不要忘记。还有，咱的邻居可怜。你们以后多操点心，把她用水的事包下来。"停了一下，又说，"巧云，你把咱厨房里的那碗饺子给你大娘端去。告诉她，眼睛有病，不能再哭了。我过两天再去看她。""好！"巧云应了一声，去了。

大年初二至初五是人们走亲访友的日子。彩云在院子里听到喜鹊的叫声，对白云说："喜鹊叫，客来到。咱们去外边接客人吧？""行！"两个小姑娘兴高采烈地出去了。

她们走出大门不远，看见姑妈一家三口来了，立即迎上前去，一边喊着姑妈、姑父新年好，一边接住了礼品。白云拉住表哥的手，和大家一起高高兴兴地进了院子。这时，姑妈看见朱氏迎了过来，猛然把礼品夺了过去，笑着交给了朱氏。彩云和妹妹看着姑妈狠狠地甩开她们，和伯父家的人亲亲热热地进了客厅，十分尴尬，愣了一会儿，没精打采地回家了。

小姐妹满腹委屈，一看到母亲就告状。白云哭丧着脸儿，说："妈妈，我姑妈看不起咱。"彩云气愤地说："我姑妈是个'势利眼儿'，不打招呼就夺篮子。"巧云生气地说："以后不认她这个姑妈啦。"。

柳皑雪说："都别生气。你父亲和你奶奶在世的时候，她总是先到咱家，然后，才把礼品给前院送一份。如今，情况变了，他们先到你伯父家也是应该的。她是你们的长辈，该认还要认，只是不要帮她拿礼品，免得把她吓坏了。"停了一下，又说，"孩子，穷，并不可怕，也不丢人。咱要穷得有骨气。等到你们长大了，出息了，让他们眼红。"

巧云一边点头，一边对妹妹说："你们听见了没有？咱妈无论对待什么事，总是跟一般人不一样。"

这时，有人在院子里唤："大姐，我来看你们啦！"是柳存泰的声音。柳皑雪和孩子们又惊又喜，立即出门迎接。客人把礼品递给了巧云，高兴地说："都在家，太好了！"白云像只快活的小鸟似的，拉着舅舅，蹦蹦跳跳地进了上房屋。

柳皑雪递上了热茶，说："存泰，按规矩，大年初二初三都是闺女回娘家拜年的日子，我应该带着孩子回去给咱父母拜年，看望你们。我也打算明天就去。你为啥提前来了？咱父母的身体可好？"

柳存泰说："好着哩，都很硬朗。咱父亲母亲都说，现在世道乱成这样，啥规矩都被破坏了，所以让我提前来看你们。母亲还说，现在天寒地冻的，白云年龄小，等到暖和一些再去也不迟。到时候，让你带上孩子们，在咱家多住些日子。”

白云偎依在舅舅的怀里，说起姑妈夺篮子的事。柳存泰说：“她瞧不起你们，不讲礼数。舅舅瞧得起，一百年不变。”大家都乐了。

巧云想让母亲和客人唠话，自己去厨房做饭，问：“妈，我舅来了，中午做点啥饭？”白云抢着回答：“别做菜窝窝，那饭不好吃。”

柳皑雪连忙给白云示意别说了。可是，客人已经听到了，问：“大姐，过年了，也不蒸点儿白馍？是不是没有细粮？”彩云接过话，说：“俺只有一点白面，除夕晚上，包了一顿饺子，昨天中午又吃了一顿长寿面。我妈说，剩下的留着给我外爷祝寿用。”说完，领着小妹出去玩了。

柳皑雪对大女儿说：“你去擀点面条。”

柳存泰见巧云去了，皱着眉头埋怨，说：“大姐，你这么困难，为啥不早说呢？”他见姐姐不回答，接着说，“咱家的人都以为你和孩子们不缺粮食，因为我姐夫在世的时候，你们经常接济别人。就凭你们的老底儿，也不应该困难成这个样子。到底咋回事？”

柳皑雪忍不住哭了。在弟弟的追问之下，只好把卫清财霸业讹诈，以及被盗、挨打的情况如实讲了。柳存泰没有听完就气得站了起来，含着眼泪，说：“大姐，卫清财投石下井，心狠手辣，我现在就回去禀告父亲……”

柳皑雪忙说：“不行！这事千万不能让他知道。我已是有家的人了，再让他老人家操心，就是不孝，我也于心不忍。现在我虽然艰难一点，可也能过得去。比上不足，比下有余。你知道，世上的穷人很多，有的逃荒要饭，连窝窝头也吃不上。”

柳存泰说：“大姐，你什么苦都能吃，什么气都能忍，真的让人想不通。我真想收拾卫清财。这样吧，现在先不告诉父亲也行。等到初六，粮店开门了，我用私房钱在镇上买点粮食，给你送来。以后无论有什么事，什么困难，都要及时告诉我。”

柳皑雪点了点头，说：“弟弟，现在兵荒马乱的，卫清财又有汉奸撑腰。为了孩子，咱们能忍的，就尽量忍着点儿。我相信日本鬼子长不了，世道会变的。”

第十章

鬼子汉奸是畜生

元宵佳节到了。以往这个时候，各村一定是张灯结彩，锣鼓喧天，社火尽展舞姿，人间一片欢腾。自从日本鬼子来了以后，人人都是提着心吊着胆地过日子，再也没有心思玩什么社火了。

卫池为了借着元宵佳节讨好日本人，也庆祝自己由伪保长升到乡里的治安团团长，找了几个人，搭起了戏台。

日本驻军的头头龟田接到了看戏的请帖，十分高兴，心里想，天皇为了扩张他们帝国的势力，把大部队调往前线占地盘去了。他这里只剩下一个团的兵。为了自身安全，最近很少到外边劫取，明天是个机会。他决定带上一个班的护卫前去看戏，顺便抓两个中国姑娘玩玩。

卫池为了让群众为他捧场，到处宣传他要请大家看戏了。沦陷区很长时间没有唱过戏，连原来的皮影戏和大鼓书的娱乐活动也都停止了。人们听到这个消息，都挺高兴。不过，他们谁也不会相信汉奸会有什么好心，即使来看戏的，也都时刻关注着日本鬼子的一切动静和不测。

上午，卫家寨和远近各村的老百姓聚集在祠堂前边的广场上，有的坐在台子下边的石头上，有的站在一排桌子的后边。他们望着戏台，巴望着早点开演。卖糖葫芦、甘蔗和糖果的小商小贩围在广场的边缘，不失时机地喊着，打破了偏僻农村的沉寂。

彩云对母亲说："妈妈，听说祠堂外边演戏，咱们也去看看吧？"

柳皑雪知道元宵节演戏是卫池的主意，估计鬼子会来的，说："我不想看戏，你们去吧。"接着，对巧云说："你要留个神儿。要是日本人没有来看戏，你们看到散戏了，再回来；要是鬼子来啦，赶快离开。”巧云说：“知道了。”说完，带着妹妹高高兴兴地出去了。

柳皑雪孤身只影，坐在宁静的卧室里，倍感惆怅。她望着半年以来没有动过的书本和练习簿，想起丈夫生前教她读书写字的情景，不由一阵心酸。朦胧之中，丈夫好像站在她的身边似的。她含着眼泪，说：“孩子他爹，你被日本鬼子和汉奸卫池杀害以后，我无依无靠。你说，俺娘儿们这苦日子啥时候才能熬到头呢？”话音未落，她隐隐约约地听到卫清正临别时候对她讲的那句话：“坎坷终有头。”她擦了一下眼泪，直起身子，四周看了一下，什么也没有。这时，她才完全清醒过来，知道这是思念丈夫，又一次产生的幻觉，哭着说：“清正，我相信你的话，一定坚强地活下去，把咱们的孩子养大成人。将来，也一定要为你报仇。”

巧云姐妹们迎着锣鼓弦乐来到了祠堂前边的广场上，看到前来看戏的人挺多，而且还在不断地增加。她们来到广场一侧的柏树跟前，站在了稍高的地方。

卫清廉看见她们，说：“巧云，你们再往这边来来，这里更高一些。”白云发现卫族长老坐在清廉叔叔身边的椅子上，正在向她们招手，便跑了过去。说：“三爷好！”卫长老高兴地拉住白云的手，说：“好孩子，站在椅子的靠背这儿，能看清楚。”说着，站了起来。卫清廉把白云抱到了上边，让她站好了，便扶父亲坐下。

这时，卫池来了。他的身后跟着一个又矮又胖的八字胡。他正是日军的团长龟田。再往后边，是个40多岁的面目狡诈的翻译，还有许多扛着枪的小鬼子和保安团的人。他们好像大灰狼的尾巴一样，拉了一长溜儿，向戏台跟前靠近。卫池梳着油亮的分头，戴着墨镜，腰里插着壳子枪，不知道他是狐假虎威，还是耀武扬威，样子有些滑稽。龟田一边走，一边瞅着观众。他看见一个个年轻漂亮的大姑娘、小媳妇儿，满脸堆笑，高兴地咧着血盆大嘴，竖起大拇指，对卫池说：“花姑娘，大大的有！大大的好！”

看戏的人们发现日本鬼子也来看戏了，立即不安起来。站在戏台前边的女青年悄悄地往边缘的地方移动，准备撤离。

巧云说：“三爷，我不想看戏啦。”老人知道啥原因，说：“你和彩云先走吧。散戏以后，让你叔叔把白云送回去。”

“好的！”巧云说了一声，便和彩云离开了。

姐妹俩回到家里，把情况告诉了母亲。柳皑雪预料到面临的灾难，立即让她们去柳庄躲避了。

汉奸卫池把龟田领到了一排桌子跟前，坐下以后，吩咐保安团的人到一边放哨。然后，他给龟田沏茶，低三下四地说："这些水果和点心都是给你们准备的，不成敬意。"龟田听了翻译以后，摇了摇手，说："这个，不稀罕。"卫池又说："您有什么需要？尽管吩咐。"

龟田咕噜了两句。翻译对着卫池的耳朵，说："刚才，太君看见那些年轻女子，频频点头。你应该知道他现在想些什么？"

卫池点了头，说："小事一桩。这是篦子上抓蒸馍，手到就来。"他转过身子，又对龟田说："太君，你们先看戏，等一会儿，我给你领来两个漂亮的姑娘。"龟田欣喜若狂，拍着卫池的肩膀，说："我最喜欢中国的大姑娘，越多越好。我会重重赏你的。"

卫池听罢，点头哈腰地说："我一定说到做到，让您高兴。"旁边的观众听到了，都很气愤，有的小声骂他们是一群衣冠禽兽，有的到别处报信儿去了。

卫池向戏台上的班主挥了挥手，大声说："开演吧！"

戏班子发现日本鬼子也来了，都想打退堂鼓。班主更是烦恼。他想，如果罢戏，麻烦就来了；如果演出，的确感到违心。无奈，他只好劝说演员们："开始吧！老百姓也想看戏。"

乐队里的一位拉二胡的师傅气得把弦"咯嘣"一声，弄断了一根，悠扬动听的二胡音乐立即变得不堪入耳。

演员出场了。戏台下边的许多观众仰着脸看戏。不过，年轻一点的妇女都在鬼子刚刚坐下的时候，悄悄地离开了。她们有的打算到亲戚家里躲一躲，有的准备回到家里化装成脏兮兮的男子，隐藏起来，以免遭到劫难。

日本鬼子听不懂《西厢记》的唱词，有的交头接耳地说闲话，有的不停地往嘴里塞东西，龟田更是心不在焉，想入非非。戏刚开演十来分钟，他就对卫池说："不想看戏了。"

卫池说："太君，这戏是我特意为您点的。现在，还没有演到热闹的地方就不看了，是不是太可惜？！"

龟田厉声反问："你敢强制我吗？"

卫池连忙说："不敢，不敢！您看戏，我让治安团的人把美女给您领过来。"说完，站了起来，对旁边的两个随从说："你们现在通知下去，两人一组，把好三个路口，年轻女子一个也不准离开。然后，你们俩就在戏台下边挑选漂亮的姑娘，就说太君想请她们到前边坐一会儿，千万不要让她们跑掉。记住，凡是不愿意的，就给拉过来。"

保安团的人清楚日本鬼子祸害人的本性，已经预料到龟田前来看戏的意图，所以，看着年轻的女子们悄悄地离开了，心里暗暗高兴。这会儿，他们听到传令，都说遵命。

保安团的几个人一边装着行使职责，一边小声嘀咕。有的说："替日本人抓咱们中国人，就是侮辱咱们自己，我才不干呢。"有的说："日本鬼子走到哪里，坏事做到哪里，都是畜生！"另一个往四下看了一下，说："伙计，你瞧瞧广场上还有没有一个女青年了？等一会儿，一定会有好戏看呢。"

"是的。我估计龟田抓不到人，饶不了狗汉奸卫池。"说罢，两个人捂着嘴偷偷地笑着。

卫池往龟田的杯子里加了热水，又把放着点心、糖果的盘子往龟田的面前挪了一下。然后，目光转向看戏的人们，一瞧，傻眼了。观众不但少了许多，而且，一个年轻的女子也没有了。他急得像热锅上的蚂蚁似的，皱着眉头，一只脚在地上乱跺。

龟田看见卫池焦急不安的样子，问："哎，你怎么啦？"说着，也站了起来。他朝观众那边看了又看，瞅了又瞅，发现刚才看到的花姑娘不翼而飞，怒形于色，凶狠的眼睛盯着卫池，急得眼珠子都要憋出来了。

卫池弄巧成拙，把事情办砸了，非常害怕。对他身边的一个随从说："人都跑掉啦，挡住路口也没用。你去告诉他们，撤到原位放哨。"接着，点头哈腰地对龟田说："太君，您不要着急，我一定……"

龟田怒不可遏，还没听完就指着卫池的鼻子，大声嚷嚷："你敢耍我？"

"不敢，不敢！"卫池的话音未落，龟田的巴掌打在了他的脸上。卫池学着日本人挨打时候的样子，连忙立正，挨一个耳光，"咳！"一声。他顾不得数一共挨了多少个嘴巴子，只觉得脸上火辣辣、疼津津的。

有些观众想看汉奸的笑话，立即围了过去。他们瞅一眼龟田凶狠的样子，看一下卫池唯唯诺诺、无耻卑鄙的可怜相，心里又气愤，又高兴。一个小青年对朋友说："色狼来咱村的意图落空了，好！汉奸挨嘴巴，活该！"另一个小伙子握着拳头，说："我要是手里有枪，一定把他们送上西天。"

翻译看着亀田痛打卫池，上前劝说："太君，别太累了。戏班子里也有花姑娘，我带您到台子上边挑一个，行不行？"亀田这才停下来，点了点头。

徐文老师听到这话，连忙到戏台上边报信去了。

戏子的班主知道以后，连忙对三个女演员说："你们女扮男装，赶快到外边躲避！"女演员们连忙卸妆，换了衣服，洗了脸，穿上了男的衣服，从帐篷后边出去了。三个男演员见机行事，男扮女装。他们戴上了假发，穿上了女的戏装，脸上草草地抹了一点儿胭脂，准备糊弄小鬼子。

亀田的身子肥胖，半天才从一排桌凳中间走出来。翻译领着他们上了台子。戏班班主热情相迎，问："我们唱得怎样？能听懂吧？"翻译没有理会，一边往后台走，一边说："太君想把你的女演员带走两个，过几天还给你。"班主忙说："我这个戏班子里只有男的。"

翻译不相信，领着亀田他们来到后台。指着男扮女装的演员，质问班主："这是什么？"

亀田又一次喜形于色，立马上前，伸着拇指夸"盈盈"和"烤红"，说："漂亮！我都喜欢。"说完，张开双臂，哈哈笑着把他们搂在了怀里。那两个男演员一边挣脱，一边说："我们不是花姑娘！"

亀田听到粗壮的男嗓音，松开手，呆若木鸡似的愣愣地看着。三个男演员把假发一摘，露出了光头。那群畜生目瞪口呆。

亀田的美梦落空了，恼羞成怒，歇斯底里地大喊大叫："怎么都是些和尚？"翻译说："刚才，咱们都看见他们的身段，听到他们的唱腔，真的都是女的，怎么都成了男人呢？"说完，他跑到后门那里，往外边窥视了一下，不见一个人影。

卫池想站出来揭底儿。转念一想，这回轮到翻译挨打了，立马退到了一边。翻译拉住卫池，问："你说咋办？太君还说重重地赏你呢！"

卫池想到奖赏，立即回答："对了！卫清正的大女儿长得很漂亮，亀田一定喜欢。"

翻译说："人家要是躲起来了怎么办？总不能再次抓瞎吧？"卫池

说："你说的也是。我先派几个人去她家里看看。她要是不在，咱们就去附近的村子里，总能抓到一两个。"

亀田听不懂他俩说的什么，脸朝一边，想着一连两次的倒霉事，气得脸皮铁青，牙齿咬得"咯吱、咯吱"地响。卫池望着色狼生气的样子，还想献殷勤、领赏钱，笑眯眯地来到跟前，说："太君，我另有办法……"

亀田认为卫池还要耍他，没等翻译开口，就嚷起来："你高兴不是？再赏你几个！"说着，两只巴掌齐下，"啪！啪！啪！啪！"地打在卫池红肿未消的脸上。卫池吓得来不及立正，就开始说："咳！咳！"他被打得晕头转向，眼冒金星，牙齿也被打掉了一个，鲜血直流。老百姓看着，心里暗暗高兴。

老奸巨猾的翻译站在远处，心里想，打吧！打累了，免得自己挨揍。亀田痛打卫池一直到筋疲力尽，手臂酸疼，才停下来。

日本的士兵扶着亀田下了戏台。演员们你一句我一句地骂着日本鬼子，都是禽兽不如的东西。有的朝着鬼子"呸，呸！"地吐唾沫。班主说："幸亏有人及时报信儿，否则咱们赤手空拳，非吃大亏不可。你们记住，以后有人联系唱戏的事，一定要问清楚给谁唱的。要是给日本人演戏，就找个理由推脱。如果推脱不了，女演员一个也不要参加。"

一帮畜生在戏台上闹腾完了，卫池带着他们来到他家的大门外边。他的媳妇隋小花打扮得妖里妖气出现了。她想玩一个既不失身，又能让丈夫青云直上的把戏，便喜笑颜开地来到亀田的面前，献媚取宠。说："长官！您好！欢迎您到我们家里做客。"

亀田高兴地说"咕叽咕叽！咕咕咕咕！"隋小花对日语一窍不通，以为叫她姑姑，高兴地频频点头。卫池连忙用身子护住老婆，说："不可，不可！太君，这是我的家人。"

翻译看见亀田把卫池推到了一边，想把卫池的话翻译一下，又怕引火烧身，急得向隋小花连连摇头。隋小花像个傻瓜似的，仍然微笑着。卫池看见亀田拉住妻子的手不肯放开，急得直冒冷汗，想不出解救的办法，只好再次向翻译求救。

翻译想到卫池以后的用处，对亀田说："太君，这个女人是卫池的老婆，她没有听懂你的意思。请您高抬贵手，放过她。"亀田说："我只带走两天，很快就给他送回来。”说罢，抱起小花，放到了马背上。

这时，隋小花如梦初醒，大声喊叫：“我不跟你去！我要回家！”龟田按住她不许往下溜。卫池含着眼泪，苦苦哀求着，说：“太君，你不能啊！请你开恩，我给你找个年轻漂亮的，行不行？”他见龟田还在使劲儿按住隋小花，不肯放手，大声呼唤翻译：“老哥！你快来救救我的老婆。他让我送去几个美女都行！”

翻译看见龟田正要上马，忙说：“太君，请您放开她。卫池说了，他尽快给你选一个更加漂亮的花姑娘，亲自给你送去。你就答应了吧。”

龟田听罢，又生气，又尴尬。他转过身子，怒气冲冲地看着卫池，拔出刺刀，说：“两天以内，如果不给我送去，死拉死拉的！”

隋小花吓得魂不附体，乘机从马背上溜下来，跑回家了。龟田吊着脸，骑上马，带着小鬼子们走了。

卫池一回到家里，隋小花就搂住他，一边打，一边说：“都怨你，都怨你投靠了日本人，不但害得清正家破人亡，连我也差一点儿给搭进去！”

卫池一脸沮丧，说：“要是不投靠皇军，哪能弄到恁多钱？你今天虽然受了点儿惊吓，可也有惊无险。我呢？为了让你吃香的、喝辣的，被龟田打了几十个嘴巴子。现在，我的脸上还是火辣辣，疼津津的。”

隋小花一看，丈夫的脸颊虚囊囊得红到了耳根儿，明显胖了许多。她摸了一下凸起来的指头条纹，说：“龟田真坏，你别给他找大姑娘了。”卫池说：“你没看见龟田拔出了刺刀？他会要我命的。”

午饭以后，一个名叫翠翠的小姑娘来找白云，说：“咱们村里有秋千，去玩吧！”白云领着小姑娘来到上房屋，请示母亲。柳皑雪说：“打麦场上只架设了一个高大的秋千，是让大人们玩的。你们就在院子里玩儿吧。”

彩云说：“我听说寨外边的晒麦场上，有个‘转轮’秋千，她们两个正好一拨。”柳皑雪说：“彩云，你现在没事，就带上她俩去吧！”两个小姑娘见彩云点头，高兴地喊着：“好！好！”

巧云一边给妹妹围围巾，一边问：“坐在秋千上，如果头晕了，秋千又停不下来，怎么办？”白云说：“知道。我原来荡秋千的时候试验过，只要闭上眼睛，就不太晕了。”

彩云领着两个小妞妞，很快出发了。她们走到高大的秋千旁边，看见那里围了许多人。有青年小伙子，也有壮年男子和半大的男孩儿，几乎都是男的。一个年轻人正在秋千上边用力登高。其他人有的站在那里观看，有的排着队，有序地等候着。不时喊着“加油！”十分热闹。

彩云她们本想拐到那里看一会儿，发现卫池带着两个随从走过来。只好直接去寨外边的晒麦场上玩“转轮”秋千了。

卫池挨了耳光，老婆又差一点儿被龟田抓走，心里窝着一股恶气，想借着秋千发泄一下。他们一到那里就要插队，一个随从就像横行的螃蟹一样，双手叉腰，命令道：“下来！这秋千不是给你们搭的！”

正在荡秋千的小伙子心里想，惹不起，还能躲不起？他立即停止了登高。卫池横眉竖眼地看了一下周围的人，抓住秋千的缰绳，大声骂：“滚！都离我远一点儿。”说完，上到了秋千的踏板上。

那些正在玩秋千的人们遇到卫池这伙人，只好忍气吞声，有的转身回家了。徐文老师把他的几个学生领到了路边。一个学生愤愤不平地说：“欺人太甚！”徐老师说：“好鞋不踩臭狗屎。等一会儿他们走啦，你们再玩儿。”

卫池站在秋千的踏板上，刚刚荡动了两下，随从们就忙乎起来。他们一齐用力，把卫池往前边推，帮助秋千升起。卫池借着外来的推力，使劲儿地往前上方登高。荡了几个来回以后，便升腾起来。不大一会儿，卫池好像飞人一般越升越高。随从们不停地喊着：“加油！加油！”

过了一会儿，一个随从看见卫池离开地面很高了，担心摔下来，大声喊：“行了！快平梁了！”

卫池得意忘形，觉得还没有过瘾，大声说：“登峰就得造极！我非与横梁荡平不可！”接着，使出了吃奶的力气，一个劲儿地往上登。不料，秋千往后荡的时候，一条腿颤抖了一下，身子失去了平衡，两只脚出溜一下，滑到了踏板的一端，踏板成了直立状态。刹那之间，秋千上边的两根绳子迅速地扭在了一起，加上惯性，卫池的身子就像挨了鞭子的陀螺似的，“呼噜噜”地转起来。

随从们被吓得直打哆嗦，连声喊叫：“抓住它！”“抓住绳子……”可是，他们害怕碰伤自己，只动嘴，不动手，谁也不肯伸手去拦。

卫池正要呼救，忽然觉得头发被绳索拧住了一撮，断发发出“咯嘣、咯嘣”的响声，疼得揪心。他害怕观众们耻笑，咬着牙忍耐着。没过一会儿，他实在忍不住了，才拼命地喊："快！快救我！"

两个随从不敢近前，眼睁睁地看着两条绳子借着惯性在飞转，扭成了一根"大麻花"；眼睁睁地看着卫池在那秋千上边承受惩罚。观众们看着，听着，心里都说："活该！"

徐老师和同学们听到秋千那边的喊声，都去看热闹了。

卫池被卷在秋千绳子拧成的"大麻花"里，一会儿正转，一会儿倒转，一直转到快要停止了，随从们才抓住绳索，把他扶了下来。卫池蹲在地上，双手抱着头，觉得头皮被揪掉了许多，疼得眼泪直往外涌。

他喘息了一会儿，睁开眼睛，四下瞅瞅，看见观众得意的样子，恼羞成怒，想报复一下。可是，头晕眼花，无能为力，只好对他的随从们说："回去。"两个随从搀扶着卫池，在众目睽睽之下，狼狈不堪地离开了。

晚上，街上更加宁静，到处黑洞洞的，没有一点元宵节的气氛。卫清廉拿着自己写的一首诗去找同行徐文老师了。两个人一见面，犹如久别重逢的朋友一般，亲热极了。

他们坐在小小的书房里，亲切地交谈着。卫清廉问："今年的春节过得怎样？还好吧？"徐老师叹了一声，说："唉！都成亡国奴啦，好得了吗？"

卫清廉说："今天，我父亲听说祠堂那里唱戏，十分高兴。结果，只看了个开头，就被日本人给搅黄了。老人家很生气，连晚上的汤圆儿也没吃。我心里也很烦闷，所以找你聊聊。"说完，从口袋里掏出了一张纸，递了过去，说，"我刚才写了一首不成体统的小诗，请欣赏。"徐老师接住以后，立即来到油灯跟前，朗读起来：

日本鬼子是畜生，
抓人落空乱闹腾。
汉奸挨打说咳咳，
可耻汉奸像狗熊。
狼狈表演恶心人，
打入地狱十八层。

徐老师读完以后，笑着说："好解恨！好极了！"接着，他从抽屉里拿出一张纸，递到卫清廉的面前，说："卫老师，我是'苔花如米小，也学牡丹开'。请你这位中学教师多多指导。"

卫清廉展开信纸，看了一下，说："别谦虚了，你写的是一首五言律诗。"说罢，小声吟诵起来：

元宵节日里，看戏见闻多。
鬼子要抓人，三次皆失落；
汉奸挨嘴巴，荡秋转绳索。
预兆豺狼运，为时已不多。
切盼驱日寇，还我大中国！

卫清廉读罢，把最后一句重复了一遍，问："荡秋千转绳索，咋回事儿？"

徐老师把卫池霸占秋千，使劲儿登高的时候，忽然失去平衡，被绳子卷住头发的情景绘声绘色地讲了一遍，两个人"嘿嘿"地笑起来。

笑声一停，他们仍然忧思重重。徐老师说："要想太平，首先得把日本侵略军赶出中国。唉！咱们的笔杆子要是能顶枪杆子用就好啦。"卫清廉说："是呀。枪杆子里出政权，笔杆子只能保政权。现在日本鬼子猖獗至极，汉奸为虎作伥，国民政府又那么腐败，咱们写的诗只能代表老百姓的心愿，造个舆论。"

徐老师说："我认为要拯救民族危亡，要改变咱们中国人的命运，只有依靠共产党。我要是二三十岁，一定去解放区参加八路军。"卫清廉说："我的想法跟你一样。国家有难，匹夫有责。"

徐老师说："你刚才提到造舆论的事，我认为舆论能唤醒国人，共同抗日。我想把平时写的小诗发表出去，只是咱们这里不是解放区，没有地方刊登。"

卫清廉想了一下，说："这样吧，我有个朋友在报社。过两天我去一趟，让他帮助印成传单，撒在街上，你看行不行？"

"能行！"徐文老师高兴地说，"咱们再写几首，为早日赶走日本侵略者做点努力。"

第十一章

沦陷区无宁日

阳春三月，桃红柳绿，燕子飞舞。然而，在这兵戈战乱、民生凋敝的年代，人们没有心情欣赏美好的春光。

柳皑雪家的院子里十分萧条冷落。她坐在卧室里的方桌跟前，一边给孩子补衣服，一边自言自语地说：“清正，明天三月十七，是你的祭日。我和孩子们一起去坟上看你。”说完，泪水汪汪。

巧云和妹妹坐在上房屋的闺房里。她正在教小妹学写阿拉伯数字。彩云捧着书本默默地看着。过了一会儿，白云自己做练习，巧云也打开了课本，小声朗读起来。

说也奇怪，爱学习的孩子对于书本别有一番兴趣。她和彩云读着读着，竟然忘记了周围的一切，忘记了人吃人的社会，越读越有兴趣，声音也越来越大，简直把闺房当成了教室。

白云写完练习，放下铅笔，仰着脸儿，津津有味地听着琅琅的书声，望着两个姐姐专心致志，颇有乐趣的样子，十分羡慕。她拉了一下巧云，说：“大姐，我也想读书，你教教我吧！”

巧云说：“这些课文都很长，你只认识几个字，教不会。”停了一下，又说，“你已经七岁了，要不是日本人侵略，就可以上学了。”彩云也说：“是的。要不是日本鬼子打来了，咱爹也不会死，咱们也不会失学。唉！原来天天上学，没有感到多么幸福。现在一直待在家里，真不好受，烦死人啦。不知道啥时候才能复课。大姐，要是再耽搁两年，咱俩的年龄越来越大，想上学也就上不成了。”

巧云说：“每个人的学龄都有期限，很多人的上学权利都被日本人剥夺啦。”

白云问：“大姐，是不是因为鬼子有枪有炮，大家害怕他们？”巧云说：“不是。我听说八路军不怕。他们专打鬼子兵，非把侵略者赶出中国不可！”彩云忽然想起了母亲的一个故事，说：“咱妈也不害怕拿枪的坏兵。”

巧云接过话，说：“没错。咱妈不仅勤劳善良，而且胆识过人。我记得白云出生那年，一群全副武装的国民党中央军气势汹汹地闯进咱家，要抓咱爹。我亲眼看见，妈妈装扮成‘月子婆娘’的样子，来到卧室门口……”

小妹妹正在聚精会神地听着，忽然大街上传来了“哐啷！哐啷！”的锣声。那是沦陷区的老百姓为了躲避日本鬼子抢劫发出的信号。

柳皑雪看见孩子们从上房屋里出来了，说：“巧云，日本人要来抢劫了，你快去街上看看，村长让大家去哪里避难？”巧云立即向外边跑去。

柳皑雪看着彩云和白云惊慌害怕的样子，说：“别怕！妈妈保护你们。”说完，来到了厨房。她用手在铁锅下边抹了一些黑灰，往彩云的脸上擦了几下，接着，到卧室里拿出两件破旧的男装，准备让两个女儿穿上。

不大一会儿，巧云气喘吁吁地跑回来了，说：“敲锣的叔叔说，鬼子快要进村，跑不及啦，他让我赶快藏起来。妈妈，时间这么紧，我和彩云藏到哪里呢？”

在这危急关头，柳皑雪一边给巧云的脸上抹黑灰，一边说：“卫池和日本人不会放过咱。你和彩云只有藏到隔壁你大娘的家里。”说完，来到院墙的一个通道口，也就是伪装成两家共同使用的小厨房的门口，用力敲了几下平时关着的小木门。巧云一边换衣服，一边喊：“大娘！快把小门打开！快点！”

大娘周氏听到喊声，扶着墙壁，连忙来到通往她家院子里的小屋，拉开了门闩。柳皑雪说：“大嫂，日本鬼子来了，让巧云和彩云在你家避一避。你没有闺女，畜生们不会去你那里抓人。”周氏连声说：“行，行。快进来吧！”

巧云担心母亲的安全，说：“妈，他们向你要人，咋办？”柳皑雪说：“放心，我自有办法。”

柳皑雪拉着小女儿的手回到了卧室，小声交代了两句。她见白云点头了，那颗剧烈跳动的心才平静了一些。

不大一会儿，卫池果然领着一群鬼子，闯进了二门。卫清财不希望侄女被日本鬼子抓走，紧紧跟着他们来到了后院。

龟田看见柳皑雪，“叽里哇啦”了一阵。翻译讲：“他要见你的大女儿，让她出来，有赏！”

柳皑雪不慌不忙地说：“她和二妞去她的姥姥家了。她外爷有病，我让她们去瞧瞧老人家。”

龟田听了翻译，想起元宵节那天的倒霉事，怒目指着卫池的鼻子，又“叽里哇啦”地叫唤了一阵。卫池害怕再挨耳光，连忙说：“不可能。她肯定藏起来了。”

龟田挥手，命令搜查。然后，掏出一把水果糖，来到白云的面前，问：“你的姐姐藏在哪里？告诉我，这个给你。”白云听罢翻译，按照妈妈的嘱咐，说：“她们真的去我姥姥家了。”卫清财也说：“是真的，我早上看见她们提着礼品出去了。”

日本鬼子搜查了半天，一无所得，只好到其他的地方抢人了。卫池把那些日本人带到了附近的村子里，抓到了两个年轻女子，其中一个被逼得跳井自尽了。

过了两天，柳皑雪来到上房屋，对大女儿说：“巧云，媒人来找我了。她说，你婆家打算中秋节前后，把喜事儿办啦，问我意下如何，还问咱有哪些要求。等咱回话，我想听听你的意见。”

巧云觉得突然，一时不知说啥为好。柳皑雪又说：“你三岁那年，你父亲给你订了娃娃亲。婆家住在咱们镇上，女婿比你大两岁，以前上过几年学，现在在家里种地。他的家人勤劳忠厚，人缘挺好。你过门以后，不会受啥委屈。只是你现在还不到18岁，到了婆家，要顶大人使唤，我真的有些不放心，也舍不得让你走。”

巧云想着母亲抚养她们的艰难，想着沦陷区的混乱，认为早点完婚也行，说：“我知道，女孩子订了亲，早晚都是人家的人，所以，早一天，晚一天都行。要求嘛，啥也不要，我最讨厌买卖婚姻。至于家务活，我都会干，您尽管放心。只是我也舍不得离开您和妹妹。”

彩云领着白云从外边回来，在门外听到了两句，说：“妈，如果我们长大一个，走一个，将来就剩下您一个人了，咋办？”柳皑雪说：“我没事儿，只要你们都长大了，都能过上安稳的日子，我就放心啦！”接着她又嘱咐巧云：“到了婆家，一切都要按照大人的标准要求自己。一定要孝敬公婆，关心丈夫，要学会忍让和谅解。”

巧云说：“放心吧，女儿跟你一样，差不了。不过，我关心他们家的人，他也得有个表示——主动帮助咱家犁耙耕种。一个女婿半个儿，应该名副其实。”柳皑雪看见大女儿羞得满脸通红，微笑着说：“闺女好，女婿肯定差不了。”

这天上午，许家送彩礼的来了。他们只晓得卫富海是过继儿子，不了解早就“出继”，加上封建社会的男尊女卑，一般妇女都不接待客人的风俗习惯，一进大门就直接去见卫清财了。

卫清财把客人领进了客厅，一边沏茶，一边想，嫁闺女陪送嫁妆是吃亏的事情，自己不能承担这个义务，想立即推脱，便让妻子去后院通告了。

过了一会儿，柳皑雪整装完毕，便和朱氏一起向前院走去。住在前院对厦屋里的媳妇们，正在卧室门口伸头探脑地张望着客厅，想看一看聘礼多不多，看一下姑爷来了没有，长得漂不漂亮。

柳皑雪见到客人，热情大方地讲了几句客套话。许家的代表恭恭敬敬地递给她了一张聘单，说：“亲家母，我们前两天听到了您的回话，十分高兴。现在，我们那边为孩子们办理喜事，一切准备停当，选定的良辰吉日在这上边写着。您看看合适不合适？”

柳皑雪接过帖子，看了一下，说：“能行。就按照你们订的日子办吧。”客人又说：“孩子们的终身大事，本应操办得隆重一些，排场一点。可是现在世道太乱，鬼子半路劫持花轿的事，时有发生。所以，准备采取简单而时尚的婚礼仪式：不坐花轿，骑马迎亲，您看行不行？”

柳皑雪是个明白人。她立即回答：“行！你们想得挺周到。骑马也很喜庆。”

柳皑雪和卫清财夫妇送走客人以后，回到了家里。彩云急切地问：“妈，我姐夫来了没有？他长得咋样？”柳皑雪说：“不论长得咋样，都是你的姐夫。自古以来，都是嫁鸡随鸡，嫁狗随狗，嫁给棒槌抱着走。凡是娃娃亲，不管长得怎样，都得嫁给人家。”彩云以为姐夫长得很丑，吓得伸了一下舌头。

坐在旁边的巧云急坏了。以前，她只知道有这门亲事，也曾想象过自己的夫婿，一定是个文质彬彬、气宇不凡的帅哥。这会儿，不禁有些疑虑和担心，情不自禁地拉了母亲一下，红着脸，问："妈，您就直说了吧！他是不是像个丑八怪？"

母亲摇了摇头，说："放心吧！你父亲早就看中了的，能让你看不上吗？我两年以前见过你的夫婿，长得挺端庄，有气派，比一般的小伙子漂亮。"巧云听罢，高兴得偷偷地笑了。

柳皑雪说："良辰吉日已经定了，你马上开始做嫁妆。等到收完麦子，家里有了细粮，我请个好木匠，给你做一套家具。"

夏收夏种结束以后，张木匠和他的儿子在她家的院子里做箱子、柜子，柳皑雪忙着送茶水、做饭。巧云在上房屋里，一边做绣花鞋，一边看着小妹妹写练习。过了一会儿，白云说："大姐，我的作业写完了，该你讲故事啦。"

"什么故事？"

"你忘了？那天你给我讲妈妈不怕坏兵的故事，只讲了个开头，日本鬼子进村被打断了。我现在想听。"

巧云想起来了，说："可以。你学习主动、认真，我把那个真实的故事讲完，就算是对你的奖赏吧。"

巧云放慢了针线活的速度，一边回忆，一边讲述：

"六年前的一天，我在街上突然看见父亲飞奔过来。他路过咱家的大门口没有进来，而是向着村子的东头跑去。我吃惊地望着他的背影，还没有来得及说话，他已经跑远了，其他的人也被吓了一跳。不大一会儿，一群全副武装的国民党中央军追了过来，大家惊慌失措地连忙躲开。一个大个子兵揪住铁蛋儿，问：'刚才跑过来的那个人你看见了吧？他家住在哪里？'铁蛋儿战战兢兢地指了一下咱家的大门，说：'在那儿，他家住在后院。'那群恶狼立即闯进院子。几个小孩儿又害怕，又好奇，所以也跟进来了。我知道咱爹没有进家，可也担心把咱妈妈抓走。我紧紧地跟着那群当兵的，回到了家里。

"那个大个子兵站在当院，大声喊：'八路的，出来！要不，我们就开枪了。'"

"当时，我为咱妈捏着一把汗。"

"咱妈在卧室里听见粗野的叫声，预料出事了，立即拿起一条白毛巾，搭在头上，来到了门口。”

“大个子兵上前质问：‘你的男人在屋子里没有？’咱妈耷拉着眼皮儿，镇静地回答：‘没有。这是月子婆娘屋。’”

“那个兵又问：‘小孩儿呢？’”

“咱妈装着悲伤的样子，说：‘死了。’”

“大个子兵半信半疑，可也不愿进去看看。他挥了一下手，大声命令士兵，让他们到各屋里搜。”

“那群拿枪的忙乎了半天，都说没有搜到。这时，一个士兵从上房屋里出来了。他拿着好多相片和底片，递到大个子的面前，说：‘排长，你看看这个。’排长胡乱翻了几下，问咱妈：‘你说！哪个是你的男人？’咱妈说：‘都不是。’”

“排长恶狠狠地瞪着眼睛，又问：‘你家为什么有这么多的相片？你看一下，哪个是你男人的朋友？’”

“我曾见过那些相片和底片，有咱爹的，也有不认识的。吓得我不知如何是好。可是，咱妈呢？还是那么冷静沉着。她说：‘我家原先开过照相馆，那相片上的人，我都不认识。’”

“国民党军的排长急得跺了两下脚，又追问了一句：‘你说！你男人长的啥样？’”

“咱妈不耐烦地回答：‘个子不高，一脸麻子。’”

“我听到这话，心里想，妈妈太会编了，心里又高兴，又佩服。我记得当时有个男孩儿转过脸偷偷地笑了一下，幸亏没有被坏蛋们看见。

“那个排长无奈，大声喊：‘走！到外边搜查！’”

“咱妈有胆有识，真了不起，儿句话就把那群国民党兵打发走了。”

白云听着听着，由担心害怕转为兴奋和自豪，问：“后来呢？”

巧云说:“后来,听说咱爹跑到了慈娃儿家里,藏到了红薯窖底下。那些兵搜到了那里,发现红薯窖口的边沿上有脚印,便质问慈娃儿的奶奶:

”这下边有人没有？”

“老太太刚从屋子里出来，没有看见有人下去，一点也不害怕。她摇了摇头，肯定地说：‘没有。你们要是不信，就下去看看。’”

“排长犹豫了一会儿，在红薯窖边‘咋呼了’一阵，又朝下边打了数枪。不见动静，才撤走了。”

“到了夜里，咱爹悄悄地跑回来，换了衣服，连夜把我们送到咱姥姥家里避难。当时咱爹说他要到外地去些时间，要去什么地方，去多长时间？一个字也没有透漏。那时候，妈妈怀着你，我们在姥姥家里住了好几个月。记得是中秋节以后，风声平息了，爹爹才回来，把咱们接到家里，所以你出生在柳庄。”

白云听到这里，心里平静下来，微笑着说：“妈妈真厉害！”接着，又问，“大姐，你说，妈妈为什么不怕拿枪的兵呢？”

巧云说：“妈妈讲过，她从记事的时候开始，军阀混战，世道就不太平。老百姓经常逃到深山里避难。他们都知道，豺狼来了，害怕只能误事，一点儿好处也没有。也就是说，只有想方设法对付，才是最好的办法。”白云听到这里，收敛了笑容，说：“你讲的故事太好啦，能不能再讲一个？”

巧云说：“歇一会儿吧，我的嗓子都哑了。”

白云立即跑到厨房，给姐姐端来了半碗水，说：“你喝一点儿，我让你猜谜语，行不行？”巧云点了点头，说：“我最爱猜谜语，讲吧，越多越好。”

白云望着巧云的脸庞，说：“黑面，白面，满当当两瓦罐。你猜是啥？”巧云眨了眨眼睛，说：“这个。”

白云又讲：“山半腰住着一家猴，小猴出来要要，拈住尾巴摔死了。你猜！”巧云装着不知道谜底，胡乱说了几个。后来，她见妹妹急了，才指着她的鼻子，问：“这个，对不对？”

白云觉得奇怪，又问：“你咋知道的？”巧云说：“咱妈早就让我猜过这些谜语。咱妈在我上学以前，经常让我说儿歌、猜谜语、学数数和简单的口算方法，我已经养成了仔细思考的习惯。后来，咱妈还给我讲过许多有趣的故事，例如：《牛郎织女》《女娲补天》《包公下陈州》《三国演义》里的故事，还有我给你讲过的《花木兰从军》，多着哩。往后，我不在家，你让妈妈给你讲。当然，你也可以讲给其他的小朋友。等到日本鬼子被赶走了，你去上学，保证聪明，学啥会啥。”

这时，白云看见巧云把针在头发上擦了一下，说：“大姐，我看见大姑娘、小媳妇们跟你一样，头发都是这么短，跟男孩儿的一样。现在，你都快要当新娘子了，头发这么短，多难看啊！以后，别再乱剪了。”

巧云一想起她的短发，日本人乱轰乱炸的枪声、炮声就隐隐约约地响在耳边。同时，乡亲们逃难的情景也浮现在了眼前，说：“我再给你讲一个亲身经历的故事。”白云高兴地说：“好！你快讲。”

巧云说：“两年前的一天上午，我和同学们正在安静的教室里上课。突然，听到飞机‘嗡嗡’的响声，声音由远而近。飞机掠过校园上空的时候，震得门窗‘呼扇、呼扇’地乱响。我们还没有愣过神儿，不远处又传来了‘轰隆、轰隆’的爆炸声。老师停止讲课，大家也都吃惊地站了起来，紧接着，放学的钟声响了。我们知道，这是紧急集合的信号。钟声一停，校长就在院子里喊，立即放学！日本鬼子打来了！立即放学……我们拿起书包就往外走，各班的学生也都出了教室，平静的校园一下子沸腾起来，简直像个滚油锅似的。同学们有的惊慌失措地找妹妹，有的哭着喊哥哥。在纷乱之中，我拉住你二姐的手，急急忙忙地出了校门。

“大街上，几个伯伯叔叔神色十分紧张，他们正在聚首商量着带领大家逃到哪里避难。一位叔叔拿着话筒，沿街喊着：‘日本鬼子来了，快逃难啊！’一位伯伯对我说，快回家准备，鬼子的飞机先轰炸，接着他们的步兵就来了。

“我一回到家里，妈妈就把父亲的两件旧上衣递了过来，让我和你二姐穿上。接着，她又拿起一把剪刀，说：‘把头发都得剪啦。日本鬼子一看见年轻的女孩子，就抢，就糟蹋。’说着，抓住我的头发，‘咔嚓、咔嚓’地剪起来。妈妈把我们的头发剪完以后，又去厨房抹了两手锅灰，一边往我的脸上抹，一边说：‘只有打扮成脏兮兮的臭小子、丑八怪，才能安全一点儿。’

“我们正要往外走，咱爹回来了。他抱着你，提着包袱，你二姐拿着几个馍馍，我和咱妈搀着奶奶，慌慌张张地往外走。

“一出大门，哎呀，街上都是逃难的人。他们有的扛着包袱，有的背着孩子，有的牵着牲口，有的赶着老人和小孩儿坐的牛车……个个吓得脸色苍白，恐怖极了。我们随着逃难的人们，急切地向村子外边走去。”

巧云讲到这里，彩云进来了。她记得逃难的经历，说：“是的，我一想起来就紧张，就害怕。”

巧云“咳”了一下，接着讲：“我在逃难的人群里走着走着，发现所有的大姑娘、小媳妇的头发都变成了长短不齐的短发。乱哄哄、毛扎扎的，像个刺猬似的。她们的脸上也是黑一块儿，白一块儿，比铁匠铺的伙计们还难看，简直像个老狸猫。”

白云听到这里，好奇心压住了恐惧感，她用手捂住小脸儿，“嘿嘿”地笑出声来，嘴里重复着：“老狸猫！老狸猫！真好玩儿。”

“好玩个啥？”彩云说着，推了白云一下。巧云说：“你别抢白她。那时候，她还小，没有留下记忆，体会不到多么可怕，多么可恨！”白云早已收敛了笑容，气愤地说：“日本鬼子真坏！”

巧云说：“从那天开始，我们留长发的权利就被剥夺了，从那天开始，咱们这里的老百姓再也没有安宁过。”

她讲到这里，想起了两桩惨案，说：“我们逃难那天，咱们村里有两个老人走得慢了一点儿，被日本鬼子追上以后，杀害了。还有西乡……”

彩云插话，说：“我也听说西乡大屯镇的人被日本鬼子打死了很多。”

“是的。”巧云接着讲，“一天夜里，日本侵略军偷偷地潜入了大屯镇。天亮以后，他们拿着长枪，藏在路边，把那些前去赶集的农民当成草靶子打，看见一个打一个，拿咱们中国人的生命做儿戏。后来，一个赶晚集的农民发现路上只有去的，没有回的，觉得奇怪。过了一会儿，隐隐约约地听到了枪声。这个赶晚集的叔叔猛然惊醒了，连忙转身往回走。他一看到赶集的人就拦住，告诉他们，鬼子在镇上杀人，让他们分头到镇外边的各个路口报信儿。可是，已经有二十几个农民无辜地倒在了血泊里。我还听说有的日本军官更为残忍，他们占领了大屯镇以后，把百姓们赶到晒麦场上，见谁愤怒地瞅着他们，就挖心剖肝，当众煮着吃。要是哪个小孩儿被吓哭了，他们就抓住两条小腿，一撕两半。在场的妈妈们只好用手帕塞住孩子的嘴。老百姓空手赤拳，义愤填膺却无能对付。”

白云听到这里，想着被日本鬼子残杀的中国人，特别是被一撕两半的那个小孩儿，吓得直打哆嗦。

巧云放下针线，紧紧搂住小妹，气愤地说：“日本侵略军杀害了咱们无数的同胞，咱爹也是死在他们手里的。记住，日本鬼子的滔天罪行不能忘！国仇家恨不能忘！”

彩云和白云含着眼泪，点着头，心里回答着：“一定！”

第十二章

贼妇被揪

柳皑雪请来的木匠不但做活认真细致，而且技术高超。张木匠和他的儿子用了六天时间，把陪送巧云的家具做好了，上了漆以后，油光发亮，非常漂亮。老木匠端详了一会儿，唤柳皑雪："当家的，家具做好了，你来验收一下。"

柳皑雪和孩子们从屋子里出来了。她们抚摸着崭新的箱子、柜子、椅子和洗脸盆架，十分满意。柳皑雪说："做工细腻，式样也好。你们辛苦啦！"

小木匠讲："说实在的，我们往常给别人做这么一套家具，最多五天也就完工了。你家的木料是东北榆，木质硬，难锯，难刨。我们加班加点，干了六天才做完。"柳皑雪说："要不，我给你们加点儿工钱。"老木匠说："不用啦。这活结实，你做的饭也实诚。不知你这些上好的木料是从哪里买来的？我也想买几方，给儿子做一套这样的家具。"

柳皑雪说："这是她父亲生前在外地买的，一下就把三个女儿需要的木料都准备齐啦。不过，在哪儿买的我不清楚。他现在已经不在人世了。"

巧云补充了一句，说："我父亲是被日本鬼子和汉奸杀害的。"

老木匠听了，不由想起自己心爱的女儿，难过地说："我的闺女也是死在日本人的手里。俺闺女为了逃脱强暴，用剪刀自尽了。"小木匠看见父亲落泪，握着拳头，气愤地说："要不是您阻拦，我早跟他们拼啦。"

老木匠看见柳皑雪也在拭泪，叹了一声，说："唉，当家的不在了，你们孤儿寡母的日子不好过，应该要个过继儿子，生活有个依靠。"彩云抢过话头，说："要啦，我伯父让他的儿子给俺过继，嫂子是个母老虎，打我妈妈。他们一家人看着，谁也不管。所以，只好让他们出继了。”

老木匠摇了摇头，说：“兵荒马乱，世态炎凉，只有想开一点儿。”接着，木匠父子帮着把家具抬到了屋子里。

老木匠临走的时候，说：“以后有啥木工活，捎个信儿就行。”

柳皑雪送走了木匠，回到了卧室。她从一件旧衣服的口袋里掏出一副金耳环，递到了大女儿的面前，说：“巧云，这个是我出嫁时候你外爷陪送的。现在，你就要成家了，妈妈没有什么值钱的东西，把它送给你，结婚那天戴上。”

“我不要。”巧云说，“这一套家具也就足够啦！”

柳皑雪强调着说：“箱子、柜子都有啦。可是，里边只有几件衣服和被褥，没有陪送什么布料。你拿着，我的心里好受一点儿。”巧云推辞了半天，只好收下。

过了几天，巧云结婚的良辰吉日到了，她婆家的人前来迎亲。新郎官儿穿着一身蓝色的中山装，胸前佩戴着大红花，骑着马，和一行人进了村子。乐队们立即举起喇叭，朝天吹着《百鸟朝凤》的曲子，声音嘹亮而悦耳。接着，热闹的鞭炮声响了起来。不大一会儿，巧云家的大门外边也就聚集了很多人，他们喜气洋洋，笑容满面。

巧云在上房屋里化妆好了。她没有按照坐花轿应该穿的婚服打扮自己，而是穿着一身紫红色的镶着金边的时尚服装。她那白里透红的脸上，只轻描淡抹了一点胭脂，戴着一副墨镜。看起来，既漂亮，又庄重；既文雅，又潇洒，代表着当时潮流的婚礼趋向。

新郎官儿捧着一束鲜花，献给了新娘子，高兴得合不拢嘴。一对新人来到柳皑雪的面前，鞠躬告别。巧云恋恋不舍，搂住母亲，含着眼泪，说：“妈妈，我会经常回来看望你们的，您要多多保重！”柳皑雪说：“孩子，今天是你们的大喜日子，要高高兴兴的。放心去吧！”

一个月过去了，柳皑雪日夜牵挂着大女儿。这天上午，她站在院子里，望了望晴朗的天空，把二妞叫到跟前，说：“你大姐在她的婆家，不知道适应不适应？我挺想她。”彩云说：“我跟你一样。昨天夜里，还梦见她回来了呢。”柳皑雪说：“你和白云去瞧瞧她吧。这钱你拿着，在镇上买点礼品。”

“好的！”彩云爽快地答应了。换了衣服，带着白云出发了。

她们走到前院，发现几个陌生的年轻人气势汹汹地进来了，不知道发生了什么事情，便停住脚步，想看个究竟。

原来，那一帮人是邻村的农民，其庄田与卫清财家的搭界，因为玉米穗儿被大洋马偷去了好多，气愤不已。于是，两个男失主带着他们的媳妇，拿着两棵被掰了穗的玉米秆儿，来找小偷算账了。他们一进院子，就你一声我一声地喊："大洋马！滚出来！""贼羔子！滚出来！"

大洋马正在厨房里烧地灶，煮着刚刚偷来的玉米穗儿。她闻着那鲜嫩的玉米香味，馋得口水都流出来了。她正在得意，忽然听到院子里的喊声，吓了一跳，连忙把灶里的火给熄灭了。她不敢接腔，也不敢露头，夹着脖子，好像缩头乌龟似的，接着，四下乱瞅，想找个地方藏起来，可是，怎么也找不到，急得一边搓手，一边就地打转。

失主们闻到玉米的香气，更加恼火了。两个女失主又在大声喊："贼羔子，滚出来！""三只手，滚出来！"

卫清财和老伴在客厅里听到院子里的叫骂声，觉得情况不妙，只好硬着头皮出来应付。

老两口摆出正人君子的样子，理直气壮地来到失主们的跟前。朱氏说："哎！你们咋呼啥哩？谁是贼羔子？"卫清财怒目指戳着失主，大声喊："你们必须给我说清楚，谁是贼羔子、三只手？"

失主们听到连声的质问，怒火中烧。一个男失主说："你的儿媳妇大洋马偷了俺的玉米穗儿，你们知不知道？叫她滚出来！"

卫清财心知肚明，但是硬要抵赖，说："你有啥证据？你们信口雌黄，冤枉好人！"另一个男失主举起两棵玉米秆儿，说："你看清楚！这就是证据。你敢说她没有偷？"

一个女失主接着说："我在远处看见你的儿媳妇慌慌张张地从俺家的玉米地里出来，立即赶到那里。一看，玉米穗被她掰掉了许多。有的太嫩不能吃，她也给剥开了。你说，应该咋办？"

卫清财也闻到了玉米的香气，他害怕纸里包不住火，更害怕把事情闹大了，不好收场，眼珠子转了两下，大声狡辩："种早玉米的，就你一家吗？你们凭啥来我家胡闹？"

另一个女失主问："你家种的晚玉米还没长穗儿，能吃了吗？你说，她煮的玉米穗儿是从哪里偷来的？"说完，顺着玉米的香气来到了厨房门口，看见大洋马圪蹴在墙角里，大声喊："你们快来！贼羔子在这里！"

卫清财看着街坊邻居们进了院子，只好装着与自己无关，悄悄地溜进客厅回避了。失主们立即来到厨房。两个女失主架住贼妇的胳膊，一边往外拉，一边骂："贼羔子，你们一家子都不讲理，就让你们村里的人评评理吧！"

大洋马一边挣扎，一边喊："我没有偷！冤枉！"她使出了吃奶的力气，可是，怎么也挣不脱。

朱氏看着儿媳妇被人揪住不放，非常着急。她一边使劲儿地撕拽着失主，一边喊："松手！放开她！"可是，一点儿作用也没有。就这样，贼妇就像被蛛网缠住的一只苍蝇似的，身不由己地被拖到了大门的外边。

卫清财站在窗户里边，眼睁睁地看着儿媳妇脱不了身，眼睁睁地看着老伴喊着、拽着而不起作用，心里又急又气。他恨失主的突然到来，也恨老二媳妇他丢人现眼，小声骂："蠢货！四肢发达、头脑简单的蠢货！不知道你有多馋，偏要现在煮着吃！"骂完以后，坐在椅子上发呆。顿时，半个小时以前的情景浮现在了眼前：

富海媳妇扛着锄头从地里回来了，腰里鼓鼓囊囊的，像个草包一样。她把锄头放在客厅门口，高兴地说："你们看，我弄了些什么？"说着，撩起衣服，把插在裤带里的玉米棒，一个一个地往外掏。他和老伴又惊又喜。朱氏说："太好啦！你从哪里弄来的？"

"在别人家的地里弄的。"朱氏听了，高兴得合不拢嘴。

婆媳俩坐在小凳子上，一边帮着剥玉米苞子，一边聊。朱氏说："我和你爹最爱吃嫩玉米穗儿。等一会儿，你先煮一点儿，咱们尝尝鲜。剩下的，晚上做成玉米粥。"大洋马说："你们爱吃，我明天再去弄点儿。"他点了点头，说："明天再去弄，让你妈给你放个哨。"

卫清财回忆到这里，摇了摇头，自言自语地说："真是太大意了，应该先让她们把玉米穗藏起来，晚上再煮。唉！我怎么也有糊涂的时候。"

朱氏保护不了贼妇，只好来到客厅，埋怨起老头子，说："当家的，咱的两个儿子都不在家，你也不去管一管。"

卫清财气急败坏地说："咋管？她要是不煮玉米穗儿，我还可以狡辩。现在，让人家抓了个正着，有啥办法？只有让她一个人扛着。"朱氏说："你讲的也是。唉！我怎么没有想到人家能找上门来！"

失主们连推带拉地把大洋马拖到了大街上。一个男失主对观众们大声讲："你们都来看看，她就是偷俺玉米穗儿的贼羔子！三只手！"另一个男失主举起玉米秆儿，说："大家过来瞧瞧，这是俺地里的玉米。能吃的，她给偷走啦不说；还有好多太嫩不能吃的玉米穗儿，她也把苞子给剥开了。咱农民们都知道，那些刚刚长出嫩籽儿的玉米穗儿被剥开以后，很快就被风干了，多可惜啊！大家说说，应该怎样处置她？"

街坊邻居们听了，都很气愤。有的说："让她赔。"有的说："打！"大洋马一边挣扎，一边喊："我没有偷！你们诬赖好人！"一个女失主说："我在远处亲眼看见你从俺的玉米地里慌慌张张地跑出来。你说，你去俺的地里干什么？你说！俺刚刚丢的玉米穗儿是谁偷走的？"另一个失主揭着大洋马的头，质问："你说，你煮的玉米穗儿是从哪里偷来的？你是不是贼羔子？"

围观的人里三层、外三层，好像观看耍猴似的，没有一个替她讲情解围。

一群半大的小孩儿很有正义感，他们像去年看到卫清财让他的两个儿子过继的霸业行为而打抱不平那样，学舌似的大声喊："大洋马，你说，你煮的玉米穗儿是从哪里偷来的？你说！你是不是贼羔子？"

大洋马在众目睽睽之下，听着刺耳的喊声，恼羞成怒，像疯狗似的大声喊叫："我没有偷！姑奶奶没有偷！你们诬赖好人！"

一个男失主怒不可遏，指着大洋马的鼻子，气愤地说："你还敢嘴硬？你还敢骂人？"说着，狠狠地给了她两个耳光。大洋马的嘴角流血了，牙齿也被打活络了两个，"嗷嗷"地哭起来。人们痛恨小偷，心里暗暗高兴。

那群半大的孩子在一边听了一个小青年编的顺口溜，立即跑了过来。他们蹦着跳着喊：

贼羔子，馋嘴鸭，
偷人玉米挨嘴巴；
三只手，该挨打！
不打还会偷别家。

大洋马早就犯了众人恶，如今又成了人人喊打的过街老鼠，再也不敢吭声了，但是，心里恨之入骨。她痛恨失主揪住不放；痛恨街坊邻居们袖手旁观，看她的笑话；也恨她的公婆，心里说："给你们偷来了玉米，高兴；被人揪到这里，不管。两个混蛋！老混蛋！"

观众们看着大洋马狼狈不堪的样子，想起卫清财霸业讹诈柳皑雪的事情，也想起了柳皑雪被盗以后，遭到大洋马毒打之事，更加愤愤不平。有的说："三只手早就该挨打啦。应该狠狠地打！"有的说："她一家人都是贼羔子。这一回，丢人现眼，彻底亮相啦。"还有的说："我看，卫清财一家子没脸见人了，他们只有把脸装到裤裆里。"

这时，一个绰号叫"是非货"的中年妇女，一扭一扭地来到跟前，逞能似的说："哎哟，杀人不过头落地。她偷了你们家的玉米穗儿，骂也骂啦，打也打啦，人也丢尽啦，应该了啦吧！"一个男失主瞟了她一眼，说："了啦？你说得轻巧。"

是非货还想为大洋马解脱，又说："哎哟，你说还要咋办？要不，加倍赔偿，行不行？"站在旁边的徐文老师看穿了她的缓兵之计，说："你说赔偿就能赔偿了吗？我看，要赔，必须让老当家出来说话。"

大家听了，都知道这样做，是在众人面前刮卫清财的脸皮，也知道卫清财是不会出头露面，嘴里却在附和着说："是的，是的，应该让她的公爹出来说话。"

大洋马的哭声小了一点儿。一个女失主说："大家听着，这个贼妇偷了俺家的玉米穗儿，赔与不赔，凭她的良心。为了让她长记性，往后我们都要叫她贼羔子，'三只手'。"

那群小孩儿又听小青年说了几句，来到大洋马的跟前，一起喊：

"贼羔子，不要脸，
挨了嘴巴没人管。
贼羔子！三只手！
看你还敢偷不偷？"

人们听着孩子们喊的顺口溜，看着贼妇狼狈不堪的样子，心里觉得挺解恨。

彩云听完喊声，拉了白云一下，说："时间不早了，咱们赶快去吧！"小姐妹立即向村外走去。

第十三章

日本投降了

巧云看到妹妹来了，非常高兴。她的公公、婆婆见了两位小客人，热情接待，问长问短，亲切得像一家人一样。

吃罢午饭，巧云把妹妹领到洞房里休息。白云说："大姐，我给你讲个新鲜事儿，大洋马又多了两个名字，叫贼羔子、三只手。"

巧云问："她又偷人了吧？"

白云把大洋马被人揪到街上，挨训、挨打的盛况讲了一遍。巧云高兴地说："贼有三只手，不偷不摸急得慌。这一回，可让这个贼妇尝尝厉害，也给咱们出口气。"

彩云说："大姐，我也告诉你一个好消息。"

"啥好消息，快讲！"

彩云微笑了一下，说："今年，咱家的秋庄稼长势特别好。妈妈说，都是你们的功劳，我姐夫给咱犁的地又深又密，真是最可靠的人，应该谢谢他。"巧云说："这是他的分内事，应该的。咱家只要不缺粮食，妈妈就可以少作一点儿难，我也就放心啦。不过，我得告诉你们，你姐夫不能再帮咱家犁地了。因为日本鬼子三天两头抓人，给他们挖战壕。以前抓去的，一个也没有回来，不知是死是活。所以，为了躲避灾难，他去外地了。"白云气愤地说："日本鬼子真坏！坏透啦！"

这时，彩云想起日本人抢粮的事，说："秋庄稼的长势虽然不错，可是，咱家的粮食照样吃不了多长时间。前几天，卫池领着一群鬼子兵来到咱们村，又让缴公粮。凡是不主动往外拿的，他们就抢。咱家的麦子只剩下一点了。我听说河西村的姚二因为给他们讲理，当场就被打死了。”

巧云皱着眉头，说：“现在离秋收还有一个多月，咋办呢？”

彩云说：“咱妈打算提前刨红薯，能过得去，你不要担心。”巧云听了，更加发愁，说：“红薯应该等到霜降以后才收，现在，它那么小，正在长着就刨着吃，太可惜啦。再说，要是秋粮欠收，到了明年春天，没有粮食，也没有红薯，怎么办？”她想了一会儿，又说，“我想把俺婆家的粮食送给咱家一点儿，可是，一大家子人，我没有这个权力。真是的，我们女孩子小的时候和男孩儿一样拖累父母，长大了去婆家，只能洗衣做饭，干家务。没有其他权力。不知道啥时候才能男女平等。唉！如今鬼子汉奸横行霸道，没完没了地抢劫，不让人活了。你们回去以后，告诉妈妈，我让你姐夫想想办法。”

彩云说：“大姐，别着急。你知道，咱家的仓库里有一缸谷糠。妈妈说啦，秋收以后，买一只小猪娃，用谷糠喂到明年春天，卖了钱，青黄不接的时候，买些粮食。”巧云说：“都是日本人给害的。”姐妹们巴望着日本鬼子早点滚回他们的老家。

忽然，大街上响起了鞭炮声。那声音“劈啪啪”地响成一片，简直比办喜事还要热烈。巧云她们正在倾听，她的婆母大步流星地从外边回来了。老太太一进院子就高兴地唤：“巧云，你们快到街上看看，日本鬼子投降啦！”

“好！俺们现在就去！”

婆母听到回音，转身出去了。

姐妹们得知这个天大的好消息，喜出望外，她们一边往街上跑，一边喊：“日本鬼子垮了！”“日本投降了！”

大街上，人山人海，喜气洋洋。学校师生排着整齐的队伍，打着鼓，吹着号，举着横幅标语，喊着口号，正在昂首挺胸地在街上游行。人们站在道路两旁，听着震撼心弦的鼓声和口号声，高兴得合不拢嘴，巧云姐妹更是高兴得热泪盈眶。

巧云擦了一下兴奋至极的泪水，大声念着条条横幅上的大字：

打倒日本帝国主义！

日本鬼子滚回老家去！

日本侵略军投降啦！

不忘国仇家恨！

向抗日英雄学习！向抗日英雄致敬！

白云越听越高兴，说："大姐，我们现在就走吧，我想把这个好消息告诉妈妈。"

巧云说："日本发动侵略战争，以失败而告终了，这个惊天动地的好消息，一定会像闪电一般传遍祖国大地，传遍全世界，咱们村里一定也在游行了。"

卫家寨小学的师生正在举着校旗和横幅在街上宣传，男女老少站在路边观看，个个扬眉吐气，甭提有多么高兴啦。

柳皑雪望着横幅上边的大字，高兴地哭出来。她擦了一下激动的眼泪，唤着丈夫的名字，说："清正，你快来看看，日本投降了！"

游行队伍打着鼓，吹着号，继续向前走着，许多人跟在队伍的后边，和学生们一起喊口号："打到日本帝国主义！日本鬼子投降啦！不忘国仇家恨！"整个街道变成了一条热烈激荡的欢乐的长河。

卫池的老婆隋小花看到游行队伍，吓得直打哆嗦，急急忙忙地回家报信儿去了。

卫池坐在屋子里，眯着眼睛，正在做着飞黄腾达、横发国难财的美梦。忽然，听到了街上的动静，想出去看看。他刚刚来到院子里，看见老婆上气不接下气地跑回来了。

隋小花一看见卫池，就连声嚷嚷："不好了！不好了！日本投降了！你也完蛋了！以后咱可咋过啊？"卫池听罢，头颅里"轰"地响了一下，好像被炮弹炸裂了一样，魂不守舍。过了好大一会儿，才清醒了一点儿。他吃惊地拉住老婆，问："你刚才喊的什么？再说一遍。"隋小花哭丧着脸，说："日本投降啦，大家正在街上游行。"

卫池听了，惊恐万状。他没有想到凶恶的日本侵略军，说垮也就垮了，更没想到他的末日来得这么快，耷拉着脑袋，和老婆向卧室走去。

卫池的母亲从街上回来了，路过他的门口时，说："儿子，日本鬼子垮了，你作孽也该作到头了。"卫池捂住耳朵，大声骂："糊涂虫，皇军投降，你也高兴不是？"说完，抱着脑袋，贼溜溜的眼珠子不停地转动着，不知在想什么？

过了一会儿，卫池忽然抬起头，冷笑了一下，拍着老婆的肩膀，说：

“哎，刚才我一听说日本投降了，心里特别害怕。现在想了想，觉得也没啥。往后，我可以投靠国民政府的官员，做他们的便衣特务，咱们该吃啥，还吃啥。”

隋小花摇了摇头，不肯相信。卫池又说：“你知道，皇军侵入咱们这里的时候，守城的国民党不但不抵抗，还给他们派了皇协军，所以他们是一回事儿。现在，日本完蛋了，国民政府没有完，咱们啥也不用害怕。只要共产党八路军来不了，咱都没事儿。”

隋小花听了，悬在喉咙眼儿的那颗颤抖的心，才平静了一点儿。她问：“要是共产党，八路军来了，国民党也完蛋了，你依靠谁呢？”

卫池最害怕听到这样的话，还没有听完，就像吃了枪子儿一样，说：“要是要是，你就会说‘要是’。”

游行的队伍远去了。兰兰姑娘对柳皑雪说：“婶儿，日本鬼子投降啦，咱们再也不当亡国奴啦，我们女孩子可以留长发，也可以梳辫子啦。”

柳皑雪高兴地说：“是啊，小日本完了，汉奸也该受到惩处了。”

兰兰说：“应该把汉奸抓起来，有血债的，应该枪毙。可是，咱们这里不是解放区。你可能不了解，八路军北上抗日，国民党坐山观虎斗。所以，我估计国民政府不会为咱老百姓惩处那些坏人。”

柳皑雪想到共产党，八路军，心里充满了希望，说：“我相信共产党快来了，惩处汉奸是早晚的事。”说完，两个人会心地笑了。

游行队伍路过卫池家的门前时，鼓声、号声震得卫池的心里发慌。他想，今日鬼子垮，明天挨着谁？要是国民党也完了，怎么办呢？想到这里，不禁胆战心惊，脸色苍白，好像丧家犬一样耷拉着头。

第十四章

圣经典故的启示

深秋，村内村外的树叶变黄了，金灿灿的。秋风一吹，树叶翩翩飞舞着往下落，大地上好像铺了一地黄澄澄的金子。每天早上，树下、路上和一些地势低凹的地方聚集了许多树叶，饥寒交迫的人们没有心情观看美丽的秋色，欣赏那五彩缤纷的树叶。他们为了生计，除了把玉米秆儿、红薯秧一类能够当柴烧的东西储存备用以外，还要到外边扫树叶、捡柴火，以解决烧火做饭需要的燃料。

这天上午，雾霾升腾，世间万物被笼罩在迷蒙之中。

柳皑雪在厨房里一边洗碗，一边对女儿说："彩云，咱的柴火烧不了几天了。现在，山坡上的圪针已被刹完，等一会儿，咱俩到外边扫些树叶回来，烧火做饭用。"

彩云感到为难，说："村子里的树叶一落到地上，就被扫走了。这样吧，我带上白云到村子外边搂点落叶，您就不要去了。"说完，立即找了一个大麻袋，放在了篮子里，又从门后拿起一个竹筢子，离开了厨房。

姐妹俩出了大门，站在街上四下一瞧，发现雾气浓得看不到五十米远。白云说："二姐，雾气这么大，看不清哪里有柴火。咱们等一会儿再去吧！"彩云说："别打退堂鼓。咱俩走到地方，雾气可能散了。再说，趁着潮气，落叶湿润，装在麻袋里才能弄不碎。"

她们出了村子，雾气果然开始消散，万物渐渐地清晰了。彩云向远处望去，看见两个拾柴火的人正在路边忙乎着。大的是个女孩，年龄与她相仿，小的是个半大的男孩子，十二三岁，长得挺结实。姐弟俩一个搂落叶，一个正在往麻袋里装。

彩云领着妹妹超过他们一段距离以后，停了下来。拿起竹筢子，“呼啦，呼啦”地搂起来。她刚刚搂了一小堆，不远处拾柴火的女孩大声喊：“喂！你们不能在这里捡，这个地方的树叶都是我们的！”

彩云说：“野地里的柴火，谁都能捡。”那个男孩子见彩云不肯离开，双手叉腰，气势汹汹地喊：“你听见了没有？这里的柴火是我们占住的。你们就是装到了麻袋里，也别想拿走！”

彩云听到这话，没有理睬，轻蔑地笑了一下，又埋头忙起来。捡柴的男孩子粗声粗气地喊：“你们要是不走，等一会儿，看我的！”

“我看你敢来抢？”彩云顶了一句。

白云往麻袋里装着树叶，心里想，要是打起架来，也就捡不成柴火了。怎么办呢？她寻思了一会儿，说：“二姐，有柴火的地方多着呢，咱们换个地方好不好？”

彩云正在气头上，瞪了妹妹一眼，说：“你真是个胆小鬼。他们想把咱们撵走，没门儿！”白云问：“要是人家真的来抢，咋办？”

“我也不是好惹的，咱们拾不成柴火，他们也别想拾。”

白云见姐姐的态度强硬，歪着脑袋想办法。过了一会儿，她想起了母亲讲过的《圣经》里的一个故事，说：“二姐，我给你讲个故事好吗？”彩云没有听完就抢白了她一句，说：“哪有时间听？你快装柴火吧。”白云只好装柴火。

忽然，白云发现杨叶里边有一片又大又厚的柿子树的叶子，立即想起三亩地头的一排柿树，想到圪垠下边的小沟壕，好像看到了被风刮到那里的柿树的落叶，心里一阵高兴。

她捡起那片红黄斑斓的落叶，又一次来到彩云面前，说：“二姐，你看，柿叶儿厚墩墩的，比杨树叶耐烧。我领你到一个地方，保证一会儿就能拾很多。”彩云停了下来，半信半疑地说：“真的？要是找不到，就得白跑一趟。到时候，我可饶不了你。”

“跟我走吧，你到那里就知道了。”白云相信自己的判断。不过，也觉得有些悬乎。心里想，万一有人起了个早，把夜里落下来的柿叶捡走了，就得到更远的地方碰运气。小白云没有足够的把握，害怕姐姐埋怨，打算到时候再说。

她张开了麻袋，让彩云把篮子里的树叶倒了进去。然后，一齐撤离了是非之地。

远处的男孩高兴地说：“姐，你看，她们害怕咱们，走啦！”大女孩望着彩云和白云远去的背影，心里又高兴，又内疚，说：“人家是忍让，知不知道？唉！咱家要是有钱买煤的话，就不会强霸这个啦。”

过了好大一会儿，姐妹俩来到了三亩地头的圪垠下边。一看，那里果然有很多又大又厚的柿树的落叶。彩云高兴地说：“哇！太好啦，秋风已经帮助咱们拢到一块啦。”这时，白云才感到有些轻松，高兴地微笑着。

彩云拿着竹筢子，只搂了几下就弄了一大堆。随着“呼啦，呼啦”的响声，那条长长的小沟壕里的落叶被拢成了一堆又一堆。白云撑开麻袋，让姐姐往里边装。不大一会儿，麻袋装满了，篮子也装满了，彩云高兴得合不拢嘴。她拉住妹妹的小手，说：“柴火捡好了，坐下歇一会儿。”姐妹俩并排坐在柿子树的下边，甭提有多么开心。

彩云说：“你要给我讲故事，什么故事？现在讲吧！”白云说：“刚才想给你讲，你却抢白了我一顿，我不讲啦。”

“对不起！你讲吧，我现在有时间听。”

白云平时爱听故事，也爱讲故事。听到姐姐道歉，讲故事的兴趣油然而生。说：“可以。”她咳了一下，学着大人讲故事的样子，津津有味地讲起来：

“从前，有个大力士，谁也斗不过他。有一天，他的主人派他进山办个急事儿，大力士立即出发了。他来到山口，正要进山，忽然跳出来了一个一尺多高的小人。那个小人儿伸开双臂，挡住了他的去路……”

彩云刚刚听到这里，就知道这是《圣经》里的一个故事，情不自禁地笑了一下。白云听到“嘿嘿”的笑声，停住了，问：“二姐，你笑啥呢？我没有讲错吧？”彩云不忍心打断妹妹的兴致，决定再听一遍，说：“没有错，你接着讲。”

白云又开始有声有色地讲起来：“我刚才讲的那个小人儿不让他进山。大力士耐心地说：‘小家伙，对不起，我没有时间跟你玩儿。’说着，便从路边通过。可是，那个小人儿还是不肯放过他，大力士走到哪里，小人儿就阻挡到哪里。大力士急着进山办事，气急败坏地说：‘不自量力的东西，滚一边儿去！’说完，把那个小人儿往一边推了一下。顽皮的小人儿不服输，又扎起双臂，左堵右拦。大力士更加恼火了，飞起一脚，踢了过去。小人儿好像个橡皮人似的在地上蹦了一下，个子突然长高了。大力士见小人儿还要耍赖，又踢了两下。那个小人儿蹦了两下，个子又长高了一大截。大力士觉得奇怪，但也并不害怕。他冷静地想了一下，觉得和小人斗个胜负，不如绕道进山，完成任务要紧。他决定不再浪费时间了。”

“大力士放弃了这条近路，决定走远路进山。他走了几步，回头一看，那个小人变矮了许多。他又往前边走了一会儿，回过头来，发现那个小人儿就像原来那么低。他没有理会，很快地来到了另一个山口，按时到达了目的地。我的故事讲完啦。”

彩云说：“这个故事，咱妈早就给我讲过了。而且她还告诉我，那个大力士能够退让，是因为识破了小人的心。他以屈为伸，以招拆招，也就是以退为进，属于明智。你才七岁，就能把故事中的哲理用到捡柴的事上，真了不起！”

白云说：“我不懂得什么叫‘以招拆招’‘以屈为伸’，只知道跟那个不讲理的斗来斗去，耽搁了拾柴火的时间。咱们要是真的和他们打起来，就得空着手回家，所以不如换个地方，你说对不对？”

“很对，很对，大人不跟小人斗。以后，我也得学会动脑筋。”白云说：“不累了，咱们回家吧！”她们站了起来，扛的扛，提的提，高高兴兴地往回走。

仍然在村口捡柴的两个大孩子看见她们满载而归，十分羡慕。男孩儿说：“姐，你看她们，一会儿就弄了那么多。你去问问，她们在哪里捡的？”大女孩说：“咋问？咱们把人家撵走啦，我可没脸儿去打听。”

姐妹俩乐滋滋地进了村子。街上的人看见了，有的夸她们能干，有的打听在哪里捡的？彩云说：“在三亩地头，现在已经没有了。你要想捡的话，傍晚时候再去。”

这时，一位叔叔走了过来，说：“彩云，你家的地我已经帮助犁过了。你和你妈抓紧把坷垃打一打，我抽空把地耙好，在‘寒露’之前，把麦子种上。”彩云十分感激，说：“我记住啦。”

彩云她们一进院子，就高兴地唤：“妈妈，我们回来了，捡了好多柴火。”柳皑雪从卧室里出来，喜出望外，微笑着说：“哎哟，你俩真行！

还没到晌午，就捡了这么多。”说着，一只手接过了小女儿的篮子，另一只手帮助二妞抬着麻袋，向厨房走去。

彩云放下柴火，说：“今天捡柴，多亏《圣经》典故的启发，也有白云的功劳。要不是她的提醒，我现在可能正在开仗呢。”

柳皑雪一边给孩子们打洗脸水，一边问：“开什么仗？要跟谁开架？”彩云把她们受到干涉和威胁的事情告诉了母亲。

柳皑雪处事公平，从不护短。她先肯定了孩子们的退让行为，说：“你们做得对，退一步，天高地阔。你们要是真的打起来，你撕我拽的，误了应该做的事，对谁都没有好处。”停了一下，接着说，“孩子，你们能从争斗中退出来，另找地方，不但捡了这么多柴火，还悟出了道理，太好啦。”

彩云洗罢脸，心里仍然有气，说：“那两个拾柴火的不讲理，我当时真想跟他们拼个鱼死网破，让他们也……”柳皑雪没有听完，就说：“不要生气。那两个孩子有点霸道。不过，人家是先到那里的。再说，都是因为家里穷，缺烧的，才稀罕这些落叶，咱要谅解才是。”彩云说：“你总是让我们谅解别人。我虽然为了拾柴火，退让了一步，但是，一想起来就有气。”

柳皑雪帮助小女儿擦了一把脸，又把脸盆里的脏水泼到了厨房的外边。她为了让彩云消气，也想让孩子们从这件小事中，明白“忍让”的作用，说：“生活中摩擦到处都有。生气、赌气只有坏处，没有好处。你父亲生前讲过，对于大事，要认真一点；对于小事，要糊涂一点，该忘掉的就把它忘掉。还说，只有理解，才能谅解；只有谅解，才能解脱；只有解脱，才能避开不必要的无休止的纠纷，也才能有更多的时间和精力，去办真正应该办的事情。你说，是不是这个理儿？”白云抢着回答：“是的，是的。您讲得很好。”彩云也心悦诚服地点了点头。

午饭以后，光秃秃的田野里一个干活的人也没有，柳皑雪和二妞扛着打坷垃的锤子出了寨门，来到了刚刚犁好的地里，把盛着凉开水的罐子、篮子放在了地头。她们看着满地的土坷垃，决定大干一场。

彩云高高地举起了打坷垃的木头锤子，“啪啪”地砸起来，一下或者两下，就把一个硬邦邦的土坷垃打得粉碎。柳皑雪也想那样，可是小脚站不稳，她把坷垃锤子举高了，身子往后仰，直打踉跄；举得低了，使不上劲儿，三四下才能砸碎一个大坷垃。母女两个累了半天，只打完了一小片。彩云挥了一把汗，发愁地说："妈妈，咱这地里的坷垃啥时候才能打完呢？要是我爹活着就不用咱俩作难啦。"

她的话音刚落，村里一个过路的小伙子名叫卫冬子的来到了跟前，说："清正婶儿，我帮你们打一会儿吧？"

"好！"柳皑雪高兴地说。小伙子接过坷垃锤，"啪、啪、啪"地砸了起来。那些坷垃不管大的、小的，坚硬的、松软的，全是点一下，碎一个。彩云高兴地说："冬子哥，你真厉害，坷垃一见到你，就被吓酥了。"卫冬子听到这话很得意，咧着嘴，憨笑了一下，说："一下一个，这块地我包啦。"停了一会儿，又说，"这种出力活，应该是男人们干的，你家的亲戚也不来帮一帮。"彩云说："我姐夫去外地干活了，我舅也出远门了。今天幸亏有你帮忙。"小伙子听了，心里更加高兴，坷垃地里"啪啪啪"的响声连成了一片。不到半个小时，那块地里的坷垃只剩下一小片了。

柳皑雪看见小伙子的脸上直冒热汗，端来了茶水，说："冬子，歇会儿，喝点水。"卫冬子接过碗，"咕咚、咕咚"喝了几口。然后，用袖子擦了一下汗珠，打算继续大干。忽然，发现卫池带着两个狐朋狗友从外村向这边走来。

卫冬子心里想，卫池狠毒，还是回避一下为好。他来到柳皑雪的面前，说："婶儿，我有点事要办，你们慢慢打吧。"说完，立即走了。彩云瞅着卫冬子远去的背影，说："冬子哥说话不算数，亏他还是个男子汉。"

柳皑雪递了个眼神儿，彩云才看见杀害父亲的仇人卫池向着她们这边走来，明白了什么似的，说："妈，我知道了。"然后，怀着满腔仇恨，举起锤子，好像对着汉奸的头颅似的，狠狠地砸起来。

第十五章

庙会大乱

一年一度的重阳节来到了，日本也已投降了，老百姓再也不用担心日本鬼子抓民夫，抢民女，肆意作祟了。人们开始盼望着庙会的恢复。卫家寨的村民在岭上的寺庙前边搭起了戏台。

起庙会、唱大戏的消息很快传遍了四乡八村。大家都想在会上看看戏，转悠转悠，买点生活用品，或者求神拜佛，以了心愿。小商小贩和乡土艺人更是不约而同地提前来到了这里，做着应有的准备工作。

九月九日上午，天高气爽，云翳飘逸。附近各村的农民纷纷走出了家门，通往庙会的路上，行人络绎不绝。他们有的抱着孩子，有的搀扶着老人，有的挑着农产品，有的牵着牛羊、提着小猪娃，还有的拿着香火、供品，兴致勃勃地向庙会的方向汇聚。最为引人注目的是打扮得花枝招展的姑娘，她们有说有笑，风趣极了。还有一些半大的孩子也很招人喜欢，他们三人一伙，五人一群，手拉着手，昂首挺胸，踏着歌拍，唱着："日本投了降，百姓们喜洋洋……"到处充满了欢乐的气氛，就连南飞的大雁也高兴得不停变换着队形，"啊啊，啊啊"地和北方的乡亲们再见。

柳皑雪提着一个竹篮，领着两个孩子也来赶庙会了。她打算到畜牧交易场上买一只小猪娃，养大以后变换成粮食，来接济生活。

不大一会儿，她们走到一个小山坡下，白云看见几个男孩儿争先恐后地超过了她们，心里有些着急，提起精神，大步流星地上到了坡顶。她站在平坦的地方，向远处眺望，发现庙会上人山人海。同时，隐隐约约地听到戏台上的二胡、三弦的曲子。这种繁华热闹的景象与她们平时生活的环境相比，显然是两个世界，不禁又惊又喜，大声说："太好啦！"她深深地吸了一下饭摊儿那边飘来的香味，便转身朝着坡下，大声喊："妈妈！二姐！快来看呀！"

彩云搀扶着母亲，立即加快了步子。不大一会儿，来到了坡顶。柳皑雪朝着前边望了一下，说："赶会的人真多！"

母女三人随着彩色的人流之河来到了庙会上，在那两米宽的通道上边走边看。两侧搭起许多帆布棚子，垒起了一些野营似的炉灶，炸油条的，烙水煎包的、卖胡辣汤的、炒凉粉的、吹糖人儿的，还有卖冬茶糕、花米桃、冰糖葫芦的，民间的风味小吃应有尽有。有些小孩儿看着看着，口水都流出来了。

白云拉着母亲，在一家炸油条的摊位跟前站住了，说："妈妈，你看！"柳皑雪说："这家的油条真大。"白云像馋猫似的，试探着问："能不能买一根儿尝尝？"

柳皑雪没有责备孩子馋嘴，她心里清楚，这种油食对于农民来说，属于上等食品。每年只有端午节才能吃上一次。她摸了一下口袋，说："走吧！等我买了猪娃儿，回头再买。要是剩的钱多了，给你俩一人买一根儿。"白云蹦跳着说："好！好！"旁边的人们看见小姑娘高兴的样子，加上两个发结一起一落，像翩翩飞舞的蝴蝶似的，都乐了。

母女三个离开了那个摊位，卖油条的掌柜田耕认出了她们，心里想，卫清正为了抗日牺牲了，撇下的孤儿寡母够艰难的。他立即来到案板跟前，故意炸了几根不规范的油条，放在一边待用。

柳皑雪领着孩子继续往前走着。快到寺庙跟前，"一"字通道变成了"十"字，把庙会上的场地大致分成了四大部分——庙宇、戏台、生意地摊儿和娱乐场。她们的左侧摆的是五颜六色的衣物、布匹和针织品，很多人站在那里买东西。右侧的空阔场地是表演木偶戏和耍猴的地方。那里卖儿童玩具的颇多，有"拨浪鼓""响棒槌儿""皮老虎""布娃娃""会跳舞的螳螂模具"，还有细管大头的"琉璃咯嘣儿"。货郎们摆弄着自己摊儿上的玩具，想法子吸引买主。那"咕咚咚""叮当当""叽叽哇哇"的响声，好像吸铁石一般吸引着许多小孩儿，抱着孩子逛游的年轻父母和白发苍苍的老人也在那里停住了脚。白云看见一个货郎对着"琉璃咯嘣儿"轻轻地一吸一吹，便响起来，那清脆悦耳的声音，好像高山流水的乐曲一般。她欣赏了一会儿，连忙追上了母亲。彩云拉住妹妹的手，在那应接不暇的玩具摊位跟前，边走边看。白云和其他的小孩儿一样，又好奇，又眼馋。不过，她知道自家的情况，从不缠着母亲，要这个，买那个。

她们又往前边走了几步，路上的人多得水泄不通。彩云朝着娱乐场的方向踮起脚一看，发现前边竖立着一个长方体的布幔小屋，转过脸，说：“妈妈，咱们去看木偶戏吧！”柳皑雪说：“看一会儿也行。”

她们来到跟前，隐身于布屋里边的表演艺人，正在举着模具演“三簧”——癞蛤蟆想吃天鹅肉。观众们仰着脸，看得津津有味。不大一会儿，小剧目就演完了。艺人休息一会儿，准备着重新开演，好让另一班儿的人们前来观赏。白云说：“你们听，那边有锣声，咱们去看耍猴吧！”

说去就去，她们来到了耍猴的场地。那里的两只猴子正在一个接一个地翻跟斗。围观的人们不停地喝彩：“好！好！”“再来一个……”热闹极了。

柳皑雪说：“你俩在这里看耍猴，我买了猪娃儿，来这里找你们。”彩云说：“行，你去吧！”

柳皑雪又叮嘱了一句，说：“你要看好妹妹，走散了不好找！”彩云说：“放心吧，丢不了！”

白云自信地说：“丢了也不要紧，我能找到咱家。”

彩云严肃地说：“别逞能！丢小孩儿的事经常发生，有的再也找不到了。世上没有后悔药，知不知道？”她讲这话不是吓唬妹妹，而是亲眼看到过一个触目惊心的事。耍猴的敲着锣引导着猴子爬竿表演了。彩云一边看，一边想，这两只猴子都能迅速地爬到顶端，说明是真猴。想到这里，一只“人猴”浮现在了眼前：

三年前的庙会上，人们听说有一只表演的“猴精”不但会拉车、更衣、翻跟头，还会跳舞、做数学题，纷纷前来看稀奇。当时，她就坐在这个地方看耍猴。

那只“猴精”表演了几个节目以后，耍猴的老板递给徒弟翟小民一块小黑板。小翟会意地点了点头，然后，对大家说：“算算术的表演马上开始！”接着，又对“猴精”说：“4加5等于几？”“猴精”立即把式子和得数写出来了。小翟接着出题：“3加6等于几？”“猴精”又写出来了，而且准确无误。耍猴的老板听着喝彩声，十分得意，便让他的老婆端着盘子向观众们收钱。

过了一会儿，小翟让观众们随便出一些十以内的算术题。站在彩云旁边的一个中年男子大声说："我出个题目，算对了有赏。"

"猴精"弓着脊背，拿着小黑板爬到了那个人的面前。那个人说："3加7是几？""猴精"睁大着眼睛听着，看着。但是他没写算式，而是泪水夺眶而出，丢下小黑板，猛然扑了过去，双手搂住那个男子的大腿，"嗷嗷"地哭喊起来。要猴的连忙说："快过来！写完算对才能领赏。"

那个男子不知道"猴精""嗷嗷"的是为什么？非常害怕。他一边推脱，一边说："你搂住我干吗？我是从南方来的，不是你的主人。""猴精"摇着头，泪如泉涌，就是不肯松手。要猴的急了，"哐啷！哐啷！"地敲了两下铜锣，大声命令："松手！你再不过来，我就打了。"说着来到跟前，举起了鞭子。

给出数学题的那个中年男子看着"猴精"被吓得直往他的身后躲，不知如何是好。一位观众觉得这只"猴精"有些反常，怀疑里边有问题。他一边抓住鞭子，一边问"猴精"："你会写字不会？"他见"猴精"点头，接着说："把你的名字写出来。""猴精"上过半年学，立马在黑板上写了三个字——王小丰。那个南方人一看见这个名字便想起他的外甥——王小丰，六岁那年丢了，至今没有找到。

他吃惊地看着"猴精"，心里想："难道这个猴子就是他吗？他怎么长了一身猴毛呢？"姓翟的了解底细，害怕露馅儿了，连忙把观众们的注意力引到一边而趁机逃跑。他指着远处，撒谎说："王小丰是俺老板给他起的名字，你们要是不信，就去那边问问。"

那个南方人没有听他的，蹲下身子，问"猴精"："你是不是猴子？""猴精"摇了摇头。那个人又问："我是不是你的舅舅？""猴精"哭着点了头。然后，呜呜啦啦地说了两句话，人们谁也没有听出说的什么。那个南方人立即认定这个猴子就是他丢失的小外甥。

他抱起孩子，揪住要猴的，说："走！找你的老板。"翟小民只好一同前往。可是，老板早已逃之夭夭。那个南方人怒火中烧，"啪啪！"给了小翟两个耳光，接着，大声质问："你说！这到底是咋回事？我的外甥为啥变成了这个样子？"

观众们看着、听着，个个义愤填膺，摩拳擦掌。几个小伙子看见那个姓翟的吞吞吐吐，扑了过去，拳打脚踢，仍然难解心头之恨。小翟招架不住，抱着头，哭着喊：“都是老板干的，不怨我。救命！救命啊！”大家停了下来，命令翟小民老实交代。

原来，那年的正月下旬，耍猴的老板在南方的一个庙会上捡到了迷路的王小丰，骗到家里以后，便起了歹心。次日晚上，他给他的一只猴子和这个小男孩儿使了蒙汗药。麻醉以后，用刀子在孩子的身上乱刮。接着，他把剥下来的那张猴皮贴到了孩子的血淋淋的皮肤上，还把孩子的舌头剪掉了半截。王小丰醒过来以后，浑身疼痛得哭爹喊娘，死去活来。当他发现身上的猴毛，也说不成话的时候，吓得阵阵昏厥，大病一场。

耍猴的老板为了发财，心狠手辣，丧尽天良，只假惺惺地安慰了两句。他等到王小丰的伤好了以后，开始教他学猴艺，做简单的数学题。从此，这个丢失的孩子也就成了老板的摇钱树。老板不敢再在南方耍猴，就带着这个“猴精”来到北方，给他挣大钱了。

王小丰的舅舅还没有听完，就已怒不可遏，心如刀绞一般。他搂着孩子，恨不得把那个凶手剁成肉泥。可是，世道混乱，无法抓到那个耍猴的。无奈，只好抱起全身猴毛的小外甥，哭着喊：“小丰！可怜的孩子！这可咋办啊……”

彩云回忆了这个惨绝人寰的一幕，不寒而栗。她紧紧拉住小妹妹的手，一会儿也不敢松开。

柳皑雪和女儿分手以后，提着篮子向大庙后边的畜牧交易场走去。她走到庙门跟前，戏台上边的乐声更响了，《包公下陈州》的古装戏即将开演。戏台下边有很多观众，他们有的坐在石头上，有的坐在地下，后边和两侧的人们多数站着，只有个别的老年人在儿女的陪同下，坐在椅子上看戏。他们个个仰着脸，望着台子，希望早点开演。几个男孩子等急了，一齐大声喊：“快开演吧！快开演吧！”

柳皑雪往庙里看了一下，里边香火缭绕，松香气味弥漫。正面的大殿和两侧的耳房，人们进进出出。有的正在烧香、上供，有的跪在佛像面前，默默地祈祷着。她也想进去磕个头，转念一想，买猪崽儿去迟了，挑不到好的。

她想到这里，一边向前走着，一边自言自语地说着庙里柱子上的一副对联“善良者不拜无妨，邪恶人烧香何益”，然后，迈着大步向前边走去。

过了一会儿，柳皑雪来到了河边的草地上，那里有流水的潺潺和柳枝摆动的微响，几只可爱的小羊羔在母羊旁边，一会儿追逐着嬉玩，一会儿“咩咩”地叫两声。还有几头瘦骨嶙峋的黄牛和毛驴，也有卖小花狗和猪崽儿的。畜牧交易场上的人不多，他们有的坐在草地上等待着买主，有的正在讨价还价地做买卖，也有的无所事事而随便转悠的。柳皑雪往前边走了一会儿，来到了卖猪崽儿的箩筐跟前，看了一下，讲好了价钱，就把挑选好的那只小猪娃放到了篮子里，付了款，也就转身返回了。

她又一次经过庙门前边的时候，大戏已经开演一会儿了。戏台下边看戏的人们一个挨一个，好像不透风的墙似的。她看不到戏台上边，可也隐隐约约地听到包公气壮山河的唱腔和观众们不断叫好的喝彩声。她没有止步听戏，直接向耍猴的地方走去了。

耍猴场上，仍然热闹着。耍猴的叫一只大猴子表演猪八戒娶媳妇。可是，那只猴子就是不听指挥。耍猴的把面具给猴子戴上，猴子立即抓掉，并且要往主子的头上扣，猴子和人斗来斗去，惹得观众哈哈大笑。有的想看看他们的胜负，有的已经厌倦，到别处去了。

柳皑雪来到了孩子们的身边。彩云说：“买好了，让我看看。”她接过篮子，抚摸了一下猪仔儿，说：“胖乎乎的，挺好。”白云不以为然，反驳道：“好个啥？你看它，小眼睛，大鼻子，皱皱巴巴地跟嘴唇连在一起，难看死了！”

柳皑雪接过话，说：“你别看它长得丑，可它全身都是宝，作用更不用说了。到了明年春天，这只小猪娃长成了大猪，卖了钱，可以买米、买面，咱们吃的就不用发愁了。”

彩云说“妈，我帮你炖猪食儿，清理猪圈。”白云说：“我也帮你喂猪。”柳皑雪高兴地说：“该回家了，走吧！”彩云说：“等一会儿行不行？我想看戏。”白云也说想看。柳皑雪摇了摇头，说：“我听说戏班子要连唱三天。今天看戏的人太多，站在后边，啥也看不见。你们两个要想看戏，明天早点来，占个好位置。”说罢，她们一起离开了耍猴场。

赶庙会的人越来越多了，到处都是叫卖声。

这时，汉奸卫池也来庙会上逛游了。他戴着墨镜，拄着黑漆拐杖，大摇大摆地走着。他的一胖一瘦两个随从一个在前边开路，一个在身后保镖。

日本投降以后，他们仍然这么放荡。

行人看见他们，往边缘靠了一下，免得惹事儿。

卫池一边走着，一边贼眉鼠目地窥视着身边的人们。到了十字路口，他用拐杖指了一下卖衣物的地方，说：“到这边转转。”胖子说：“戏台在那边，已经开演了，咱们还是先去……”瘦子心眼多，知道卫池当了汉奸以后，不但想法讨好日本鬼子，多次抢民女，而且经常借机猎奇，早就成了大流氓。如今，日本虽然投降了，卫池已经成了丧家犬，可是狗改不了吃屎。这会儿，卫池不去看戏而要转悠，一定是想寻欢作乐。便对着胖子扬了一下棒槌似的长脸，暗示旨意——走吧，主子自有安排。

卫池一边走着，一边瞅着人们。不大一会儿，发现一个漂亮的年轻女子，正在一个货摊跟前购买绣花用的丝线，心里一阵高兴，立即加快步子，迫不及待地挤了过去。

那个姑娘十八九岁的样子，长得窈窕聪慧，如花似玉。一条长长的马尾辫子搭在肩头，显得腼腆而大方。卫池靠近姑娘，上下打量了一下，小声问：“哎，哪村的？”姑娘只顾专心挑选彩色的丝线，什么也没有听到。

卖丝线的货郎发现了色狼，想让姑娘在他这里多待一会儿，也就是等到恶棍们走了以后再离开，说：“我这里的丝线不但颜色齐全，而且质量好。你慢慢地挑，多挑几支。”姑娘抬起头，说：“哪有恁多钱？我挑几支够用就行啦。”

卫池嬉皮笑脸地说：“多买一点儿，我这里有钱。”他一边说，一边抚摸姑娘的辫子。那个姑娘转脸一看，发现苗头不对，连忙放下手里的丝线，说：“我不买了。”

她正要走开，卫池抓住了她的胳膊，小声说：“小娇娥，爷喜欢你，能跑得了吗？”这时，两个随从按照主子的旨意，立即上手。他们一个拽，一个推，嘴里不停地喊着：“回家！回家！”硬把那个女子往寺庙后边的小路上拉。姑娘又急又气，一边挣扎，一边喊：“放开我！救人啊！”

卫池装作生气的样子，大声说：“瞎喊啥哩？回家！”

在场的人听到“回家”二字，以为那个女子是卫池的小妾。他们听着呼救声，心里虽然同情，可也只能围观，什么也不敢说，更无一人上前阻拦。一刹那间，姑娘就被拖了很远。

在这决定姑娘命运的危急时刻，他们村里前来赶庙会的几个小伙子迎面走了过来。一个说：“大勇哥，你看，他们抢的是不是小翠？”大勇定睛一看，连声说："是的，是的，快救人！"他们立即扑了过去，一边拦住歹徒的去路，一边喊："你们为啥抓人？放开她……"这几个小伙子七手八脚地揪住了那两个帮凶，很快掰开了他们的手，小翠向着另一个方向撤走了。

卫池看见那个姑娘逃跑了，大声命令随从："给我追！"

大勇使劲儿搂住胖子，对着小翠喊："你快走！"

那个瘦子没有跑出几步，就被大勇拦住了。卫池大喊大叫："给我打！"

大勇没有防备，一下被两个穷凶极恶的爪牙摁在地上，被打得满脸是血。三个年轻小伙子连忙上手，双方扭打在了一起。

卫池看见他的帮凶正在厮打，而且占着上风，便去追那姑娘。小翠逃离以后，看见卫池向她这边走来，连忙蹲下，从人堆里移到了另一处。一个商人摘下帽子，对小翠说："戴上这个，坏蛋就看不见你在哪里啦。"姑娘在大家的掩护下，终于逃脱了危险。

卫池东瞅西瞅，看不见他要抓的人，只好回到原来的地方。几个商人已经撤离了摊位。两个爪牙一会儿揪住这个乱打，一会儿脚往那个身上乱踢，打过来，打过去。不过，卫池的两个随从占不了上风，不大一会儿就被那四个正义的小伙子打得晕头转向。卫池看见他的帮凶寡不敌众，胖子的鼻子流血了，瘦子也被压在地上，翻不了身，歇斯底里地喊："住手！你们不想活了？"

见义勇为的年轻人本想收场。可是，卫池的喊声给那两个帮凶助了威，壮了胆，他们站起来以后，又一次穷凶极恶地揪住他们，拳脚齐下，又打起来。卫池眼睁睁地看着他的人挨打，无法靠近，更无法上手，便拔出了手枪，大吼大叫："住手！再不住手，我就开枪啦！"

周围的人吓得连忙躲开。一个老汉担心出了人命，忙说："不能开枪！不能开枪！"

卫池恼羞成怒，满脸横肉涨得铁青，他想杀害大勇。可是，双方扭打在一起，他的手枪指过来，指过去，怎么也找不到开枪的机会。

柳皑雪领着孩子往回走着。不大一会儿，来到了卖油条最红火的摊位跟前。她掏出了仅仅剩下的那点儿钱，说："买一根儿油条。"老板微笑了一下，接过钱，说："有几根儿炸得不好，算是添的。"说着，用纸包好，塞到了彩云的手里。白云高兴地说："谢谢叔叔！"老板点了点头。

柳皑雪忙说："不行，不能要这么多。"可是，老板已经去一边忙乎了。

柳皑雪心里想，人们都说商人奸，可是，这个商人为什么这么好呢？她想不明白，便从彩云手里接过油条，正要唤那老板，突然听到"叭叭"的枪声。那是汉奸卫池为了他的帮凶而朝着天上放的两枪。

田耕预料庙会上出事了，立即带着小赵，急匆匆地朝着事发地点走去。柳皑雪只好收起那包油条，急忙带着孩子往家走。

赶庙会的人有的来得早，有的来得晚，还没有走到庙会上的人们听到了枪声，大吃一惊，以为日本鬼子又来了，连忙转身，惊慌失措地往回跑。

卫池的枪声把庙会炸乱了。小商小贩们急急忙忙地收起货物，准备离开；玩木偶戏的、耍猴的，立即停止了表演；唱戏的演员也迅速退到了后台，开始卸妆。

戏台下边的观众更是惊慌失措，乱作一团。有的家长找孩子，有的孩子喊家长。哭声喊声响成一片，恐怖极了。一个老头子一边挤着往外走，一边喊："快跑啊，日本人又打来了！"

一个中年人听到喊声，想起了日本侵略军在西原镇把赶集的中国人当作靶子，随便枪杀的惨案，大声说："乡亲们，枪声在庙后，千万别往那边跑！"正在这时，一位老奶奶被吓得两腿发软，想逃而站不起来。那个农民连忙扶起，说："大娘，不要害怕，我送你回家。"

热热闹闹的庙会一下变成了滚油锅似的，赶庙会的人们摩肩接踵，慌慌张张地往家走。

卫池公开抢民女，以及肆意撒野的强盗行为，激怒了他身边的群众。可是，他们只敢小声说几句解恨的话："大流氓，老天饶不了你。""狗汉奸，我要是有枪，非崩了你不可。"

卫池看着混乱的场面，想杀害解救小翠姑娘的大勇，一直无法下手，心里窝着一股难以忍受的怒气。他在离开的时候，朝着救人的小伙子们狼嚎般地大喊大叫："我饶不了你们！"

在场的人们朝着卫池的背影吐唾沫，田耕更是气愤不已，对小赵说："秋后的蚂蚱，蹦跶不了几天了！"说罢，一起向他们的摊位走去。

第十六章

饥荒遍野

连年战乱，旱灾歉收，农民们在那滴水成冰的数九寒天更是饥寒交迫，挣扎在死亡线上，巴望温饱而难得。

这天早上，柳皑雪正在打扫院子，忽然听到小女儿在呻吟。她放下扫帚，来到卧室，发现白云趴在床边儿，一看见她进来又不作声了，心里想，近一个月来，家里没有米，没有面，天天都是水煮红薯。正在长身体的孩子们和她一样，顿顿吃这没有多大营养的东西，经常引起胃酸过多，烧心反胃，加上饿得快，引起肚子疼。这会儿，白云一定是肚子又疼了。

她来到跟前，拉住孩子，问："你的肚子又疼了吧？让妈妈给你揉一揉，会好受一点儿。"

白云本来不想让母亲知道，免得为她而难过。这会儿，一听到母亲关切的问话，忍不住哭起来。她一边哭，一边说："妈妈，不知道为啥，没到吃饭时候，我就饿了。只要一饿，肚子就疼。"

柳皑雪听着孩子的哭声，揪心般的难过。她抱起骨瘦如柴的孩子，说："乖娃儿不哭，我先给你揉一揉肚子，等你好受一点儿，我就去做饭。"说着，把白云放到了床上。

柳皑雪含着眼泪，一边给孩子轻轻地按揉，一边自责，说："都是妈妈不好，没有本事，才让你们跟着我忍饥挨饿。"白云停止了哭泣，说："不是您不好，也不是因为您没有本事。是因为日本鬼子太坏，把我爹爹打死了，还有我的伯父也坏。"柳皑雪听了这话，点了点头，泪水直往外涌。白云给母亲擦了一下眼泪，劝道："妈妈，你也别哭。"柳皑雪擦干了眼泪，说："你小小年纪就这么坚强，我得向你学着点儿。"

过了一会儿，白云肚子疼痛缓解了一些，高兴地说："妈妈，我好了。你听，它在'呼噜呼噜'地唱洋戏呢。"柳皑雪苦笑了一下，说："好孩子，你再歇一会儿，我去做饭了。"

早饭做好以后，全家人和往常一样，端着热腾腾的水煮红薯，大口大口地吃起来。彩云刚刚咽下两口就被噎住了，她拍打着胸部，说："真是的，咽着噎人，咽下去了又烧心。唉！我一辈子不吃红薯也不想。"

这时，白云也被噎住了，她采取了另一种办法——深呼吸了两下，也就好了。她们吃完了饭，白云说："妈妈，要是往锅里放点小米，或者荡一点面粉，做成红薯稀饭，就好咽了。"柳皑雪看着孩子们还在难受，说："我出去借碗面。"

过了一会儿，她端着面粉回来了。彩云上前接住面碗，高兴地问："妈，在谁家借的？真是装得不能再装了。"柳皑雪说："在你大娘家借的。她说，再借给咱十五斤豌豆。你把面粉送到厨房，拿个袋子把豌豆提回来，我好把它收拾干净，咱们后晌去磨坊推磨。"

彩云听到"推磨"二字站住了，说："借用牲口多好，石磨那么沉。"柳皑雪说："借用别人的牲口，应该留些麸子做酬谢。十几斤豌豆，只能簸出两把皮儿，不好向人家开口。"白云说："妈妈，我帮你们推磨吧。"彩云说："好吧，我现在就去取粮食。"

午饭以后，母女三个来到了磨坊。一个中年男子正在扛着磨杆，让他的媳妇用小笤帚清理磨盘下边遗留的麸子。柳皑雪说："秋生，你们磨完啦！"秋生说："刚推完。你们来得正巧，趁我抬起上磨，赶快把你们的粮食摊到里边一点。"

彩云捧着豌豆往石磨的底座上边摊了一层，秋生才把上下两扇磨盘合拢了，说："这磨盘沉着哩，我推着都很吃力，你们身单力薄，三个人顶不了一个。来，我帮你们推一会儿。"柳皑雪忙说："不用。你们已经很累了。再说，我这十几斤碗豆，一会儿就可以磨完。"

秋生两口子走了以后，柳皑雪掂起斗，把粮食倒在了石磨上边。两个姑娘握住磨杆推起来。圆圆的豌豆被压碎了，发出"咯嘣咯嘣"的响声。白云推了一圈儿，就被彩云甩掉了。她站在磨道旁边，看着姐姐那么轻松地推着，微笑着说："推磨真好玩儿！"

不大一会儿，第一遍磨好了。柳皑雪把豆瓣放进簸箕里，除了皮儿以后，又倒在了磨的上边。开始推第二遍。这一回，磨盘一下子变得沉重起来。彩云握着磨杆，全身用力地往前推，可是仍然不能走快。白云看见姐姐吃力的样子，连忙上前帮忙。这一来，石磨转得速度加快了许多。彩云高兴地说："真是添个蛤蟆四两力。"她的话音未落，白云那股猛劲儿就用完了。柳皑雪也来帮助，齐心协力，石磨又转快了。不大一会儿，三个人都累得满头大汗，气喘吁吁。

她们休息了片刻，又开始推起沉重的石磨来。娘儿仨使劲儿地推呀推，已经筋疲力尽，而那石磨只转了几圈儿，再也动不了了。彩云说："妈妈，十几斤粮食都推不了，你说，咱们为啥这么没劲儿呢？"柳皑雪长叹了一声，说："唉！咱吃的啥饭，哪能有力气？"她们勉强磨完了第二遍，只好收工。柳皑雪提着豆瓣儿和一点点面粉，和孩子们无精打采地离开了磨坊。

她们走到大门外边，看见一个衣服破烂不堪的老乞丐带着四五岁的小孙子正在门口讨要。老婆婆朝着大门里边一声挨一声地喊："大娘！给一口吃的吧！大娘！行行好，给俺一点儿吃的吧！"卫清财一家子听到喊声，装聋作哑，没有一个出来施舍。

柳皑雪可怜要饭的，说："来，我给你们抓两把豌豆瓣儿，回去煮煮吃。"说着，捧了一捧，放在了对方的篮子里。老乞丐感激得一边鞠躬，一边说："大妹子，你真是个好人，我忘不了。"

柳皑雪说："我知道，你家要是有吃的，就不会出来讨饭。"老乞丐听到这个理解穷苦人的话，含着眼泪，说："唉！世上穷人多，好人也多。"然后，拉着孙子离开了。

腊月初八那天，人们习惯把各种豆子，加上小米，做成"腊八粥"，并且让孩子们知道"腊八粥"的来历，以传承勤俭持家的美德。柳皑雪的家里只有豌豆瓣儿，她烧火燎灶煮熟了，等孩子们回来了以后再吃。接着，又去煮了一锅猪食，端到了卧室后边的夹道里。

卧在那里的小猪娃一闻到米糠的香气就跑了过来，仰着头，摇着小尾巴，高兴地"哼唧"着。柳皑雪把热腾腾的猪食倒进了盆子里，看着小猪狼吞虎咽地吃着，高兴地说："吃吧！多吃一点儿长得快。"然后，拿起扫帚，打扫起猪圈来。

这时，大洋马站在二门外边的厕所门口，大声喊：“长耳朵的听着，我说个顺口溜：穷婆养猪臭烘烘，小心得了瘟疫病。天天忙乎想得美，养大丢了更高兴。”柳皑雪知道恶媳妇没有文化，编不出这样的顺口溜，她能这样喊，说明卫清财想找事儿，忍了忍没有还口。

这时，彩云挑着一担土回来了，说：“妈，到村外边挖土，真累。我见好多人家都是四五天才换一次土，咱们以后隔一天清理一次猪圈，行不行？”“不行。”柳皑雪说，“咱们累一点，只要前院不来找事就好。刚才……”彩云听了妈妈的诉说，非常生气，要去找他们说理。柳皑雪说：“好鞋不踩臭狗屎，能忍还是忍一忍。”

柳皑雪借来的十五斤豌豆，加上窖里储存的一点儿红薯，三口人省着吃，也只维持了半个月。这会儿，她坐在厨房里，看着仅仅剩下的一碗豆瓣儿，十分发愁，心里想，吃完了咋办？

她打算再借点粮食。可是，掰着指头数了数，与她关系较好的几家都是穷人，几乎都借过了，而且没有还，所以不能再开口了。她锁着眉头，急得坐卧不宁。

过了一会儿，她想去娘家一趟。娘家人只要知道她没有吃的了，再紧巴也会送给一些。转念一想，觉得不妥，因为自己已是30多岁的人，不应该再让父母操心。

柳公天天都在挂念着她。认为女儿一个人带着孩子不容易。可是，万万没有想到孤儿寡母竟然贫窘得揭不开锅。其他亲戚也认为卫清正生前的家庭状况虽然不很富足，可也有些家底儿，再困难也不至于连粗粮也吃不上。他们不了解卫清正生前帮助抗日民众购买枪支，花去了所有的积蓄。也不了解柳皑雪的田地被卫清财讹去了恁多，以及粮食被盗的事。他们要是知道这些情况，是不会不管不问的。

为了渡过难关，柳皑雪打算卖掉库存的木料。她来到厨房的套窑里，抚摸着那又宽又长的一堆木板，丈夫生前说的话响在了耳边：“这些东北榆是我托人买的，将来给三个女儿作嫁妆。”便犹豫了。

过了一会儿，她忽然想起床下边的旧靴子里藏着的一副镀金手镯。便来到了卧室，拉出了落满灰尘的旧棉鞋，掏出了一块旧布裹着的东西。

她正要打开，白云捂着肚子回来了，说：“妈妈，我的肚子胀得难受。”

柳皑雪把孩子搂在怀里，说：“豌豆瓣胀肚子。我明天去城里买点小米、玉米，你很快就会好起来。”

白云说：“难受一会儿不要紧。我知道咱家没钱买。”

柳皑雪认真地说：“孩子，你看，这是什么？”白云看见金灿灿的镯子，又惊又喜，说：“啊！金镯子，谁给你的？”

这时，彩云进来了，问：“啥事儿，你们这么高兴？”白云说：“二姐，你快来看看这是什么？”

彩云一看，也惊叫了一声，说：“哇！太好了。妈，你咋不戴呢？”柳皑雪说：“这副镀金的手镯是你父亲送给我的订亲信物。日本人来了以后，我害怕被抢走了，把它藏在那双旧靴子里，刚才才想起来。我想把它卖了，买成粮食。”

彩云拿着镯子，爱不释手，说：“现在卖了，仨钱儿不值俩钱儿，太可惜。我看，还是把猪卖了，照样可以买粮食。”柳皑雪摇了摇头，说：“咱家的猪太小。等到明年春天长大了再卖，能多买点儿粮食。春天几个月，吃的就不用发愁了。”停了一下，又说，“明天早上，咱俩进城。”

白云说：“妈妈，我也想去。”柳皑雪说：“不行，县城很远，你走不动。再说，咱家里得留一个人，免得小猪被贼偷跑了。”白云歪着脑袋，说：“好吧，我在家里看着猪。”

翌晨，母女两个换上了镶着边儿的大襟上衣，提着买粮用的东西出发了。她们走得很快，一个钟头到了县城。

街上行人稀稀拉拉的，满目苍凉。她们路过一家饭店的门口时，发现一帮混子正在跟营业员吵架。一个大胡子瞪着眼睛，指戳着对方，嚷嚷着：“我没有带钱！你能咋的？啊？实话告诉你，我们就是来这儿白吃的。”

掌柜过来了，和和气气地说：“兄弟，你们赊账五六次了，我们是小本生意，经不起啊！你总不能看着让俺关门吧！今天请你们付了钱再走。”另一个更不讲理的混子挥着拳头，喊：“你们关不关门儿，关我们屁事儿？老子没钱，你要再敢纠缠，我们砸了你的锅。”站在外边的柳皑雪拉了一下彩云，小声说：“快走吧，小心混子们找咱撒恶气。”彩云一边走一边说：“真是世道越乱，坏人越多。”

母女俩走街穿巷，在两家首饰店里问了手镯的价钱，都不理想。只好继续往前走，希望遇到一个好的买主。她们路过菜市街的时候，看见几个卖菜的地摊儿，几个市民在那里买菜，五六个乞丐正在那里讨要而没有人理会。一个衣服破烂的年轻妇女，抱着自己的小男儿，看看这个，望望那个，希望有人收了她的孩子。

彩云瞅着衣领里边插着稻草的小男孩儿，听着“我饿，我饿……”的喊声，拉了母亲一下，说：“妈，你看，那个小孩儿白白净净的，长得多好，他妈也舍得送人，心太狠了。”柳皑雪说：“不是心狠，是没有别的办法。唉！孩子都是娘身上掉下来的肉。母亲忍疼割爱，是为了给孩子找个活路。”

那个妇女看见她们同情的样子，抱起孩子，走了过来，恳求着说：“大婶儿，行行好，收下我的儿子吧！他长大以后，会孝敬您的。”柳皑雪说：“对不起，我家很穷，心里想要，养活不了。你还是找个不缺吃的人家吧！”

她们又往前边走了一会儿，发现一家杂货铺和粮店之间的夹道里摆着一个金银首饰摊位。在那一米多宽的地方，放着一张桌子，桌子上有个玻璃柜。一位戴着眼镜的老银匠坐在柜子跟前。她们走近一看，货柜里有耳环、戒指、手镯、项圈和“长命百岁”的银锁，件件银光闪闪，都很漂亮。

老银匠一看见她们就热情地打招呼，说：“女主人，你想买啥？如果想要金戒指，我去里边给你拿。”柳皑雪说：“不用了。我想卖一副手镯，不知道你这里收不收？”

老银匠瞅了一眼柳皑雪，又看了一下彩云，认为她们急于用钱，才来变卖首饰的，说：“我收与不收？得见了东西才能决定。”彩云瞧着玻璃柜里的银货，接过话，说：“你看一下就知道了，比你这些高级得多。”

柳皑雪从口袋里掏出镀金镯子，递了过去，说：“要不是急着用钱，舍不得卖。你如果要的话，说个实价。”

老银匠看着金光闪闪的珍品，高兴得合不拢嘴。他拿起一只手镯，这样看看，那样瞧瞧，连声说：“好东西，成色不错！”接着，拉了一下镯子的接口，检测了硬度，然后，又用手上下掂量了一番，说：“你这副银镯子大约有80克，上边的一层镀金大约有两克。外观好像一副金手镯，很漂亮，我打算收下。现在你先说说，想卖多少钱？”

柳皑雪根据问过的两个银匠讲的价钱和前几年她所了解的价格，折合了一下，说：“15块大洋，不算贵吧？”老银匠把镯子还给了主人，说：“看来，你很长时间没有买过首饰，不知道当今的行情。要是日本人没来以前，你这副手镯能卖二十多块。要是买成粮食，足够一家三口吃上半年。可是，这年头，纸币贬值，金银首饰一跌再跌；粮食价钱涨了又涨。世道如此，没有办法。”

柳皑雪说：“盛世古董，乱世金银。纸币不顶钱花，这首饰的价钱应该……”老银匠没有听完就说：“你不了解，日本人把咱中国的粮食掏空了。民以食为天，现在的玉米都要变成金豆豆了。你若想卖，我给开个天价——5块大洋。你看行不？”

柳皑雪心里清楚，这个价钱虽然和她问过的多了一点儿，但是，仍然觉得太便宜了。彩云看见母亲犹豫不决，说：“妈，价钱差不多就卖了吧。咱还得买粮食呢。”

老银匠打量着彩云，心里有了想法，微笑了一下，说：“你闺女讲得对，我出这个价钱比其他地方只能高，不会低。”接着，又补充了两句，说：“我干银匠三十多年，从来不会坑人。你看，隔壁是我家开的粮店，顾客不断，这也说明我们是公平交易，凭良心做生意的。”柳皑雪说：“不坑人的好。”

老银匠第三次打量着彩云，说：“你的姑娘长得挺俊，一定能找个好婆家。”彩云羞得脸红，到一边去了。柳皑雪说：“俺闺女才十五六岁，有个子，没年龄。现在不考虑这个。”老银匠说：“世道混乱，女孩子早有婆家，早放心。”

柳皑雪撇开话题，说：“我们到那边转一转再来。”老银匠想拉关系，也害怕其他银匠收购了，连忙说：“你就别跑腿了，我狠狠心，再给加上一块钱，卖还是不卖？”柳皑雪觉得还行，便把镯子交给了对方。她接过钱以后，和女儿一起向老银匠家的粮店走去。

粮店里边有三四个买粮食的，一个30来岁的豁唇男子正在忙着做买卖。付过钱的白发老头提着几斤大米，一边往外走着，一边发牢骚，嘟嘟囔囔地说：“涨，涨，涨！一大把票子，只买了这一点点儿大米。再过几天，这票子都要变成擦屁股纸了。往后，只是勒紧裤带还不行，得把嘴给绑住！”

老银匠进来了。听到顾客正在发牢骚，说：“老哥，我儿子不会坑人。你如果嫌俺这里的粮食贵，可以到别处买。”那个老头子大声说：“在哪里买都一样，商人都是为了赚钱。你说说，前天能买五斤大米的票子，今天只能买三斤，是不是不让人活了？”

老银匠的眼珠子转了一下，好声好气地说：“老哥，我们也不想提价，可是进价贵，有啥办法？”说完，扶着那个老头出了粮店。

彩云张着口袋装玉米。老银匠来到跟前，对他的儿子说：“福娃儿，她们母女不容易，秤给高一点儿。”说着，给儿子使了个眼色。福娃看了一下彩云，说：“这还用你交代？咱啥时候也不会缺斤少两，坑骗顾客。”

正在这时，一个中年妇女提着几斤小米气冲冲地进来了。她一到粮店就大声吆喝：“福娃，兔子不吃窝边草，你连兔子都不如。这米我不要啦！”

福娃正在忙着，听到这话，瞪了对方一眼。老银匠圆滑，连忙接腔，说：“你别生气。到里边坐会儿，说说咋回事。”那个买主说：“就在这里讲，我要让大家知道，你的儿子把陈米当成新米卖。我刚才来你这个粮店买的小米黄黄的，可是，用水一淘……”老银匠担心信誉受到影响，打断话，说：“对不起！对不起！我现在给你换一下，行不行？”说着接过粮袋，倒在了一个空柜子里，换上了新米。称好以后，说：“老邻居，你不了解，大的粮行有时也卖赝品，我们经常上当。你说，我们进了陈米，总得搭配着卖吧？”

那个妇女说：“我不管恁多，你儿子坑我不行！”说罢拿着小米出去了。福娃觉得理亏，翻了两下白眼，没有开口。另外两个顾客一边往外走，一边嘀咕着。一个说：“咱们以后买粮，也得多个心眼儿，免得买了陈米、次面。”另一个说：“你没听说过，买主没有卖主精。不过，多长个心眼儿，可以少吃点儿亏。”柳皑雪一边系口袋，一边对女儿说：“彩云，咱也要那大麻袋里的小米。”

不大一会儿，她们买好了粮食，柳皑雪开始付款。福娃正在收钱，两个小男孩儿从后门跑了进来。大的四五岁，小的两岁多。他们喊着“爹爹”，搂住了福娃的大腿。

老银匠看见老婆追了过来，气急败坏地训斥：“你干啥不看好他们？瞎搅和！”老婆婆抱起小孙子，拉着大的，大声抱怨：“淘气死啦！你赶快给你儿子找个媳妇，我真的看不了他们。”

老银匠正在打彩云的主意，老婆和孙子的出现让他紧张得不知如何是好。他看见柳皑雪和女儿拿着粮食要走了，连忙来到跟前，关切地问：“你们家远不远？要不要让我儿子帮助你们送过去？”

彩云心直口快，说：“可以。我家住在北邙山下的卫家寨村，离县城十几里。”

柳皑雪早就发现了异常，拉了彩云一下，说：“我们拿得了。”

老银匠目送着彩云的背影，默默地重复着：“北邙山岭脚下的卫家寨村，彩云。”

娘儿俩一个扛着玉米，一个提着盛了小米和面粉的篮子，离开了粮店。她们路过一家饭铺的时候，柳皑雪说：“彩云，我去买几个烧饼，让你和白云解解馋。”说罢，放下篮子到饭铺里买了六个烧饼，递给了姑娘一个，说：“吃吧！”彩云掰了一半，递给母亲。柳皑雪推辞不了，只好掰了一点儿，把剩下的烧饼放在了篮子里。

过了一会儿，她们路过菜市街。卖孩子的妇女仍然在那里，她怀里的娃娃缩着身子，还在哭着喊：“妈妈，我饿！我饿！”

柳皑雪看着可怜的孩子，再也走不动了，说：“好孩子，别哭，我给你点儿吃的。”说着，递过去了一个烧饼。小孩子一接住就狼吞虎咽地吃起来。那个妇女跪在地上连连磕头，说：“谢谢恩人！谢谢大恩人！”柳皑雪说：“起来吧，不用谢。”她把篮子里的一小块儿烧饼递了过去。那个妇女接过烧饼，感激不尽。她望着大恩人，眼泪都出来了。

柳皑雪和女儿拿着粮食一起走在回家的路上，粮食沉甸甸的，心情也是沉甸甸的。她们顶着凛冽的寒风，想着城里乡里哀鸿遍野的情景，好像听到谁在低唱：

漫漫长夜吆，盼天明！
寒冬腊月吆，盼春风！
饥寒交迫吆，盼温饱！
战乱难安吆，盼太平！

第十七章

向往憧憬

腊月二十二日那天，风呼呼地刮着，到处冷凄凄的。柳皑雪在上房屋里为孩子们准备过年穿的衣服。因为没有钱买布料，所以，把丈夫生前的一件旧长衫拆了以后，给彩云改做了一件上衣，剩下的布给小女儿剪了一条裤子。她打算把旧布的翻面当作正面，翻新一下，凑合着新年穿。她裁剪完毕，又拿出两个女儿的破得不能再穿的花外罩，剪去了前襟和袖子下边磨破的地方，把可以利用的后背和没有烂掉的袖子上的布，给小女儿拼对着剪了一件小袄。

彩云和白云到村外边挖了一点野菜回来了。从她们的表情可以看出，姐妹俩的心绪截然不同，大的喜气洋洋，一边往家走，一边想着街坊邻居就要迎娶新娘子的喜庆情景。小的噘着嘴，心思停留在野外所见所闻的可怕的情境之中。

她们一进院子就喊妈妈。柳皑雪在屋子里答应了一声，说："你们回来了，快来屋里暖和暖和。"彩云把菜篮子放到了门槛里边，高兴地说："妈，今天咱们村里有两家办喜事娶媳妇，可热闹了。您咋不去看呢？"柳皑雪说："我给你们改做两件衣服，也不想出去。"说着，放下手中的针线活，拉住白云的小手，心疼地说："小乖乖，你的手都冻成冰棍儿了。快！放在我的怀里暖一下。"接着，又对二妞说："彩云，你上床吧，盖上被子，一会儿就不冷了。"彩云说："我比她大，没有觉得多冷。"说完便择起菜来。

白云偎依在妈妈的怀里，感到浑身都热乎乎的，但是，心里还是冷冰冰的。她说："妈妈，我给您讲个真事儿，您可不要害怕。我们在野地里看见一个讨饭的老头，走着走着，忽然倒在地上。一个过路的叔叔呼唤了他半天，还没有醒过来，他断气了。您说，可怜不可怜？可怕不可怕？”

柳皑雪说：“可怜，也可怕。那个老人在外边讨饭，快过年了，也想回家团圆。可是，再也团圆不了啦。唉！在这动乱的年代，逃荒要饭的穷人经常饿死在街头，冻死在路上，太可怜啦！”

白云问：“妈妈，我奶奶讲过的美好的生活，我天天都在盼望。你说，再等多长时间，才能到呢？”柳皑雪把丈夫临别时对她说的话讲给了孩子，说：“黑夜再长，总有天亮的时候——坎坷总有头。你奶奶生前讲过小日本长不了，真的，没过多长时间，日本鬼子就投降了。我相信她生前讲的那些事，还有哼的顺口溜，早晚都会到来。”

白云听罢，好像看到了丰衣足食的美好憧憬，高兴地眯缝着眼睛，说：“到那时候，就不会有人冻死、饿死了，大家都能过上好日子，经常吃白馍，是不是？”

柳皑雪点了点头，说：“到那时候，人人平等，不分穷富。大家都有活干，都有饭吃，你们还能上学念书。”彩云高兴地说：“妈，我在外边听说，共产党要是来了，谁也不敢欺负人。”

讲到这里，母女三个一心向往着美好的生活：分了地，分了房，还有几件花衣裳；山上有水渠，犁地用铁牛，晚上不用油灯用电灯，将来还要住楼房……她们忘记了战火纷飞的年代，忘记了盗匪蜂拥的世道，忘记了人吃人的社会，也忘记了自己家破人亡，深受欺凌、讹诈的现状，忘记了一切不幸。她们面带笑容，好像真的看到了希望，看到了未来憧憬，个个沉浸在幸福之中。

这时，白云的小伙伴秋香姑娘来了。她站在院子里，唤：“白云，看新娘子，去不去？”这声音让她们从美妙的境界里退出来了。白云说：“去，你等一下。”她离开了母亲，说：“妈妈，我不冷了，咱们都去看吧！”柳皑雪一边系扣子，一边说：“你去吧，我在家里做衣服。”两个小姑娘兴高采烈地向外边走去。

彩云看了母亲给她剪裁的衣服，又瞧了一下两件破旧上衣拼凑的花袄，十分惊奇，说：“妈，您简直成了裁剪师，真行！”柳皑雪摇了摇头，说：“妈妈没有那么巧。今年春节，我仍然不能给你们买新衣服，你俩就凑合着过年穿吧。”彩云说：“只要干干净净就行。您做衣服吧，我去蒸点菜窝窝。”说完，提着菜篮子出去了。

第十八章

媒婆骗婚

彩云走到院子里，看见本村的媒婆姜小丝来了，十分反感，没有搭理，便向厨房走去。姜小丝满脸堆笑，在院子里唤：“清正嫂！你在哪个屋里？”

柳皑雪迎了出来。一看，来者不是别人，而是有名的骗婚老手姜小丝，顿感不悦。她心里想，人家既然来了，不管高兴与否，都不能拒之门外，不给一点儿面子，说：“你找我有事儿？屋里坐吧。”姜小丝拉着长腔，油嘴滑舌地说：“看你问的，我是无事不登三宝殿。今天呀，有好事才来找你。”说着，跟着主人进了上房屋。

她看了一下放在桌子上边刚刚剪好的衣服，又瞅了一眼针线筐里的那双新靴子。顺手拿起一只，一边瞧一边问：“是咱二妞做的吧？这活做得真好！”柳皑雪纠正了一下，说：“应该说是一般。这两年，彩云穿的，基本上不让我操心了。”

姜氏趁机奉承，说：“不是我夸奖孩子，彩云这闺女，不仅长得漂亮出众，而且，手也灵巧，真是才貌双全。人们常说‘一个媳妇三代人’，谁要是娶了她，那可是公婆、儿孙都有福气了。”

柳皑雪觉得有些肉麻，冷笑了一下，问：“找我啥事？”

姜氏更加神气了，说：“哎，你先不要着急，我马上告诉你，而且，保险让你和彩云都高兴。”柳皑雪听了，估计姜氏是来说媒的，立即想起她为人的情况：

姜小丝经常说媒，可她不像其他的介绍人，搭鹊桥，讲实情，论匹配，真心实意地为青年人做好事，而是昧着良心，从中牟取钱财。以前，村里的一位老人相信了她的花言巧语，把孙女卫秀花许给了一个白发苍苍的老财主，卫秀花觉得没脸见人，上吊自尽了。还有一个聪明伶俐的姑娘，到了婆家以后，才知道女婿是个差心眼的二百五。她天天伺候着人家，还要挨打挨骂，不到半年就被气病死了。凡是姜氏拉的红线，十有八九不般配，造成了婚姻家庭的悲剧。

柳皑雪想到这里，暗下决心，不管她的葫芦里装的什么药，都不能上当。姜小丝见主人的态度冷淡，往跟前凑近了一点儿，亲切地说："我呀，是来当红娘的——给咱二妞说个好婆家。"

柳皑雪立即拒绝，说："俺彩云才十五六岁，现在不提这事儿。"姜氏连忙说："嫂子，十五六不小了，该找婆家了，咱们村里多少姑娘都是16岁出嫁的。再说，我给介绍的是个好人家，就是彩云知道了，也会满口答应的。"

姜氏讲到这里，仍然不见主人动心，急切地说："嫂子，我讲的你听见了没有？"

柳皑雪说："咋能听不见？要我说，你就别操这个心啦。"姜氏忙说："哎哟哟，我能不操心吗？彩云是你的闺女，也是我的侄女儿，这样好的婆家不能便宜了别人。"

她讲到这里，看见主人厌烦，仍然厚着脸皮，接着讲："嫂子，你不知道，刚才，我城里的表姐来了。说她的一个街坊拜托她，到咱们村里给儿子找个好媳妇。这可是个很难遇到的好人家，是个城里人。我一听到这个消息，甭提有多高兴。所以，立马来到你家。谁让咱们住在一个村里，又是妯娌呢？"

柳皑雪听到"城里人"三个字，不禁愣了一下。心里想，城里人有好的，也有差的。而且，许多城里的人看不起乡下人。以往来乡下寻亲的，除了有亲戚关系的以外，不是男方残疾了，就是媳妇死了，需要后续的。也有的为了传宗接代，继承香火，到农村找一个会生孩子的做偏房。要是没有这些特殊情况，轮不到乡下的姑娘。接着，又想起她和彩云进城卖手镯买粮食遇到的情境。自言自语地说："宁可在农村挑一个勤劳可靠的好女婿，也不嫁给有钱的奸商。"

姜氏见柳皑雪不肯搭理，以为自己没有说清楚而不肯表态，接着说：

"嫂子，说实在的，我给咱二妞介绍的婆家，不但人缘好，而且，家庭十分富足……"

彩云自从看到媒婆进了后院以后，心神不宁。她蒸上了馍馍，然后就悄悄地来到窗户外边，偷听姜小丝说些什么。正巧，姜小丝正在绘声绘色地夸耀着，说："老当家开着银匠铺，不少挣钱。他的儿子经营着一个粮店，生意可红火啦。可以说，家里是要啥有啥，富得流油。我还听说那个小伙子才23岁，比咱彩云大不了多少，年龄也相当。再说，大男人知道心疼小媳妇。嫂子，你没有见过那小伙子，长得一表人才，人们都叫他帅哥呢。二妞要是嫁过去，可真的掉进了福窝里。"

彩云听到这里，才明白那个老银匠几次打量她，还让他的儿子帮助送粮，原来别有用心。这时，她好像看见了那个丑陋的30多岁的奸商，看见两个孩子搂住那个男人的大腿，喊着"爹爹"的情境，也好像听到了买米顾客的骂声。她"呸"了一口，小声说："你这个信口开河的骗婚老手，能把'屎壳郎'说成'香金金'"。

柳皑雪听着离谱离得没边儿没沿儿的胡说乱吹，情不自禁地笑了一下。姜氏以为主人心里高兴，拍着柳皑雪的肩背，说："嫂子，我给彩云提的这个婆家，可是打着灯笼也难找到，你说是不是？你要是同意了，我马上回去，给我表姐回个话，早点把喜事儿办了。"

彩云在外边看不见母亲的反应，急得不停地搓着手，自言自语地说："妈，我不同意，您千万别犯糊涂。"

柳皑雪忍着性子听完以后，想揭露一二，把骗子媒婆赶走了事。转念一想，认为不妥，对于不讲诚信的卑鄙小人，即使拒绝，也得讲究个方式方法，给人家一个台阶下，免得以后惹麻烦。

她控制着厌恶的情绪，望着姜氏那个热乎而得意的样子，先来了个降温，说："男人疼爱不疼爱媳妇，不在年龄大小，而在品质好坏。我听说有的男士因为整年忙乎，或者因为什么意外而没有成家，他们要是娶了媳妇，家庭一定幸福。不过，我也听说有的男人财大气粗，喜新厌旧，把原配妻子当成老丫头。还有的色徒白发苍苍还要娶小。我认为同龄合辈，才叫青梅竹马；条件相当更有共同语言。也就是说，只有德性好，才能善待别人。所以，就是找个穷一点儿的，也比嫁给心术不正，或者，爹不爹、爷不爷的男人好。"

姜氏很敏感。她害怕说合不成，毁了财源，忙说："你讲得很对。不过，我给咱二妞介绍的，只比她大几岁。再说，人品好着哩，绝对不会亏待她。"

柳皑雪又冷笑了一下，说："像你讲的好人家，应该在城里找个大家闺秀，门当户对，岂不更好？"

姜氏听到柳皑雪打岔，急得头蒙，连声说："不行，不行。城里的千金小姐不但看重钱财，也很讲究相貌，还有什么原配夫妻。她们都想挑选家产万贯的巨富，或者，才貌双全的小伙子。谁也不愿嫁给一个一进婆家门槛儿就当后娘的，你说是不是？"

姜小丝这个没有多少智慧而要小聪明的人，这么一急，也就掂起布袋倒豆子，把压在舌根儿下边的东西一下子抖了出来。说罢才发现了失误，顿感尴尬，也很后悔。可是，话已出口，犹如水泼地上，想挽回也挽回不了。她担心柳皑雪听出什么意思，眼珠子转了两下，说："哎哟哟，你看我这记性！老银匠对我表姐说了，他的儿媳妇病故了，撇下一个小男孩子，由他奶奶看着，跟没有孩子一样，不用彩云操心。真的，不用彩云操心！"

她强调了两句以后，仍然害怕柳皑雪忌讳，接着讲："老银匠还说，城里的姑娘没有咱们乡下的实诚、可靠。所以，才降低条件托我表姐前来提亲。当然，我是为了咱闺女，让彩云结婚以后过上好日子。嫂子，你就成全了吧！"

柳皑雪镇静而淡漠，半天没有回答。姜氏更加担心告吹，急得像热锅上的蚂蚁似的，屁股在椅子上拧了几个来回，又说："嫂子，说实在的，人家要不是二婚，前边有个孩子，城里的大姑娘早就排队了，哪能轮到我来跑腿？我可怜你家生活困难，少一张嘴，你就可以少作点儿难。彩云要是嫁过去，不但她不缺吃，不愁穿，就连你和小三儿也有了依靠。另外，男的再娶很正常，你就别搬高台了。"

彩云在外边听着媒婆想着法子哄骗母亲，非常气愤，想闯进屋子里，顶撞几句。转念一想，家里生活的确困难，如果自己委屈一点儿，能为母亲减轻一些负担，也不是不可以。她想到这里，动摇了。过了一会儿，她又觉得那个商人不但年龄太大，豁嘴难看，而且前妻撇下的不只是一个孩子，担心后娘不好当，生闲气。特别是那个商人坑骗买主，心术不正。想到这里，又犹豫起来。此时此刻，彩云既希望母亲答应这桩亲事，又特别害怕自己跳进了苦海。

柳皑雪自有主见，说：“给女儿找婆家，各有所图。有的为钱财，有的为功名、为权势，更多的是要给女儿找个中意的女婿，百年好合。当然，我知道，你想给彩云找个铁饭碗儿，也让我少作一点难，可是，我不能答应。你知道彩云还是个孩子，让她去当后娘，她没有那个能力，我是一百个不放心……”

姜氏听到这里，急得又想插言，这一次，柳皑雪没有给她机会，紧接着说：“我家的生活的确困难，我肩上的担子比谁都重，但是，再穷，再难，也不能把我的女儿许给你所讲的那一家，不能拿闺女的终身大事当儿戏。姜小丝，俺彩云如果是你的女儿，恐怕你也不会点头。你说，是不是？”

彩云在窗户外边听了母亲的表白，特别是最后那个反问，高兴得快要跳起来。她捂着嘴，笑着去厨房了。

姜氏见主人的态度坚定不移，不甘心丢了这个发财的机会，装着理解的样子，拖着长腔，说：“哎哟哟，我知道你是一位贤妻良母，不管自己多么苦、多么难，也要为孩子着想。你看这样行不行？我找彩云谈谈。她不小了，不会有办法而不为家里解忧。”

柳皑雪了解女儿心地善良而单纯，经不住几句好话，就敢答应。于是，斩钉截铁地说：“我说不行就不行。你就是找了她，她也是要我拿主意。”媒婆姜氏见柳皑雪把门儿堵死了，又急又气，想撕破脸皮，大闹一场，可又想不出发泄的办法。那张擦了白粉的驴粪蛋儿脸，一下子变得铁青。

柳皑雪说：“不要生气，你要是口干舌燥想喝水，我给你沏杯热茶。”姜氏横眉竖眼地站了起来，粗声粗气地说：“你不同意拉倒！算我白磨嘴皮儿、白溜腿。我走啦。”柳皑雪客客气气地送到了门外，说：“你慢走！”

媒婆姜小丝骗婚失败，自讨没趣。她出了二门，头往后边勾着，恶狠狠地说：“哼！这亏，我不能白吃！”然后，使劲儿摆了两下屁股，气呼呼、灰溜溜地走了。

彩云端着热腾腾的菜窝窝，兴冲冲地来到母亲面前，说：“妈妈，我要慰劳您，您讲得太好啦！”

第十九章

剑击胸脯苦艺人

立夏的节气已过，青黄不接的饥荒越来越严重，逃荒要饭的人越来越多了。

这一天，背井离乡的乡土艺人进了卫家寨村。领头的50来岁，头发花白，又黑又瘦，显得利落而虚弱。他的左肩上挎着一个一米来长的袋子，袋子里装着几把长剑，沉甸甸的；右手提着一张破锣。他的身后跟着一个20多岁的年轻人，是他的儿子，名叫阿旺。阿旺担着两个箩筐，一个筐子里放着他们一家人夜宿破庙的铺盖卷儿，另一个筐子里放着盛了一点粮食的袋子，上边坐着他那不满3岁的男孩儿。小男孩儿长得白白净净，脸上镶嵌着一双明亮的大眼睛，十分可爱。走在最后边的是一个年轻的妇女，是孩子的妈妈。他们因为家里的房屋被日本人炸了，失去了归宿，只好逃荒要饭，沦落到他乡。为了生存下去，一家人走南闯北，成了江湖上依靠卖艺度日的苦人。

阿旺父子没有其他方面的特长，只好挥动大刀长剑，以拍打胸脯，折磨自己的肉体，引起人们的同情，得到施舍，被大家称为“皮老娃儿”。

他们在晒麦场旁边的一棵大树底下停了脚。阿旺放下担子，妻子把孩子从筐子里抱了出来，坐在一个大石头上休息。老艺人掏出大刀长剑，放在了筐子上边。接着，来到晒麦场上，敲起了铜锣。那“哐啷、哐啷”的声音立即飞向四面八方。

正在玩跳格、斗鸡、滚溜溜蛋儿的孩子们听到锣声，以为要猴的来了，立即围了过去。街上的人们也都凑来看热闹。他们到了跟前，才知道是要大刀的。半大的孩子们朝着远处喊："喂！'皮老娃儿'来啦！快来看呀！

'皮老娃儿'来啦！"

不大一会儿，晒麦场上聚集了许多人，卫池带着两个狐朋狗友也在其中。快要开始表演了，老艺人站在场地的中间，拱着手，先来了个开场白，说："父老乡亲、兄弟姐妹们，你们好！我们父子是来耍大刀的，马上就要开始。为了大家的安全，请诸位往后边退两步。"说罢，鸣锣开道似的在小圈子里走了一周，空地立即扩大了许多。

年轻艺人脱去了上衣，赤裸裸的胸膛上红一条、紫一块，展现在众人的面前。凡是看过"皮老娃儿"表演的都知道，那是这个行当留下的伤痕。

阿旺个子不高，胳膊健壮有力，他抓起两把1米长，20厘米宽，3毫米厚的刀剑，并在一起，大声说："请诸位观赏！"说罢，便在这个临时的演艺场上表演起来。他昂首挺胸，走两步，弓起左腿，挥动刀剑，使劲儿朝着自己胸脯猛击一下，同时，"嗨吆"一声，接着再走两步，再次击打……他在那里转着圈儿，一次又一次地拍打着自己的胸膛。那"啪、啪、啪啪"的击打声和那悲壮的喊声，按着节拍同时发出。不大一会儿，年轻艺人的胸部全都变成了红色，好像凝着鲜血一般。

观众们望着苦艺人挥着寒光闪闪的大刀长剑，不停地击打着胸脯，十分同情。小孩子们更是心惊肉跳。一个小姑娘越看越害怕，用手蒙住眼睛，带着哭腔说："疼不疼啊？还打呢！"她身边的一位长者接过话，说："能不疼吗？身体都是肉长的。唉！他们要是有碗饭吃，就不会出来干这个行当。"

观众里边也有个别人在苦艺人的身上寻刺激，只嫌打得轻了不过瘾。他们一边看，一边兴奋地喊着："加油！加油！"阿旺立即加了一把大刀，三把合并，拍打自己凝着鲜血的胸部。顿时，响声不但更加大了，而且，刀剑横飞碰撞，击起了火花。观众们望着那个年轻人的胸膛成了血红血红的，还在继续表演，个个为之捏着一把汗。有的实在不忍心，大声喊："该歇一歇了！歇一会儿吧！"阿旺一直表演到精疲力竭，胸部疼痛难忍，才退到大树下边。

老艺人说："儿子，你歇会儿，我来登场。"说着，脱了上衣，随即抓起了三把长剑。阿旺望着父亲紫红色的胸脯，听着那"咳咳"的咳嗽声，心疼地说："不行！你的胸膜炎还没有好，绝对不能表演。稍等一会儿，我用两只手交替着挥剑表演就是了。”

老艺人说：“儿子，我不能让你跟我一样，也留下残疾。”说罢，立即登场了。人们望着那刀光剑影，听着那“劈啪、劈啪”残忍至极的击打声和老人吃力的“嗨吆、嗨吆”的喊声交织在一起，惊心动魄。真是让人目不忍睹，耳不忍闻，心生怜悯。

他们为了让苦艺人早点收场，纷纷离开，回家拿施舍的粮食去了。只有卫池一伙还在喊叫：“再加一把大刀！再加一把劲儿！”

白云和秋香只看了一会儿，就来到了大树底下。她们看见绰号叫大洋马的妇女站在苦艺人的小孩儿跟前，“咯嘣、咯嘣”地吃着爆米花，故意引逗人家似的。小孩儿对妈妈说：“我饿了，我饿！”

年轻妈妈知道孩子和大人一样，快到中午了还没有吃早饭，说：“等一会儿，有人给咱们送吃的。”

大洋马瞅了一下小孩子，问：“你想吃吗？”她见孩子点了点头，又说，“把手伸开！”

一双小手刚刚伸出，大洋马突然伸出巴掌，“啪”的一声，狠狠地打了下去。

那个孩子无辜也毫无戒备地挨了一巴掌，小手疼得连忙缩回，“哇哇”地哭起来。年轻妈妈什么也没说，搂住孩子，心疼地抚摸着孩子又红又肿的小手。

大洋马“嘿嘿”地笑着。旁边的人打抱不平，纷纷谴责。有的说：“欺侮小孩儿，太不像话！”有的说：“把人家的孩子打哭了，你的脸儿好看？亏你活了几十岁！”大洋马在众目睽睽之下，面红耳赤，理屈词穷，只好灰溜溜地走开了。

白云对秋香说：“这个小孩儿真可怜！你家有馍没有？”秋香说：“有，我现在就去拿。”

“我也回家看看。我妈妈要是把饭做好了，给他端一碗。”说罢，两个小姑娘各回各家去了。

白云一进院子，就闻到一股香气。心里想，妈妈很长时间没有炸过油食了，哪来的香味儿呢？她大步流星地来到了厨房。柳皑雪见小女儿回来了，微笑着说：“今天改善生活，饭已经做好了。来，你先尝尝这个。”

她从面盆里拿了一片荷花形的油炸食品，递给女儿，说：“吃罢午饭，你跟我去柳庄。你外爷明天六十大寿，咱们提前到那儿。”

“太好了！”白云高兴地说，“妈妈，你先尝一口！”柳皑雪摇了摇头，说：“我和你二姐都尝过了。”白云啃了一口油食，收敛了笑容，说：“妈妈，‘皮老娃儿’的小孩儿饿了。刚才……”她把恶婆娘打那小孩子的事情告诉了母亲。

柳皑雪听了，长叹了一声。然后，盛了一碗面条，说：“快给那个小孩儿送去吧！”白云说：“妈妈真好！”她接过饭碗，立即向外边走去。

艺人父子轮换着在晒谷场上“劈啪、劈啪”地挥剑击胸。一直到气都上不来了，才停下来。阿旺媳妇给公爹和丈夫递来了毛巾，说：“我去收钱了。”她捧着铜锣，在人圈子里一边走，一边说：“行行好，赏一点儿吧！”几个观众投了小钱。卫池说：“钱，有的是。不过，我想等你表演以后再给。”

那个妇女转了一周，收的钱很少。心里想，自己是看管孩子和行李的，可也学过两下剑击表演，决定登场。她来到树下，看见公爹正在喂孩子吃饭，旁边还放着一个馒头，对两个善良的小姑娘说：“谢谢你们！”然后，又对家人说：“我也上场表演一会儿。”说罢，脱了上衣，露出了白生生的肩臂和肚皮，只有乳房用一条白布蒙着。阿旺见妻子抓起两把长剑，说：“我陪你上场。”说罢，小两口一起登场了。

他们给大家鞠了个躬，便开始挥剑表演。观众们既好奇，又吃惊。一个妇女说：“乳房是女人的命根儿，她不应该上场！”一个说：“你没听见那个坏蛋刚才说了些啥？唉！为了养家糊口，真不容易！”

卫池嬉皮笑脸，贼眉鼠眼地盯着女艺人的乳房，大声说：“要遮羞布干吗？扯掉了更好。”他身边的下贱骨头跟着喊：“把胸罩揭掉！让我们看个清楚！”在场的人们听到这话，有的向着贱骨头那边吐唾沫，有的回家取东西了。

这时，卫池发现阿旺停止了表演，怒气冲冲地瞅着他们，觉得扫兴，拉了一下同伙，灰溜溜地走了。

阿旺心里仍然憋着一口气，他举起大刀长剑，“唰啦”一声，在空中狠狠地摔了一下。卫池回头看见了，想带着同伙拐回来撒野，可他想起庙会上自找的没趣，骂骂咧咧地远去了。

在场的观众纷纷点头，有的跷起大拇指。大家认为这苦艺人的举动，是硬汉子不受侮辱的发泄！是对穷人人格尊严的维护！是对邪恶势力的挑战！也是对黑暗社会的鞭挞！心里感到十分解恨。

不大一会儿，大树下边站满了前来施舍的农民。他们有的端来一碗小米，有的拿来几斤杂粮，还有的提了一些红薯干儿。老艺人和儿子张开粮袋，一边接收，一边鞠躬致谢。

下午，柳皑雪在厨房里把油食放到了枣红色的篮子里。心里想，好长时间没有回娘家了，这回给老父亲庆祝六十大寿，带去点油炸食品，还有自已给父亲拆洗好的一套棉衣，总算可以表表孝心了。她眯缝着眼睛，想象着父母大人欣慰的微笑，想象着兄弟姐妹、亲朋好友团聚一堂的欢乐场面，心里乐滋滋的。

彩云来了，说："妈妈，你明天去柳庄给我外爷祝寿，我也想去，行不行？"柳皑雪说："我想今天下午就去，因为客人多，提前到那儿，好帮助他们做一些准备。不过，咱们要是都走了，猪没有人看管，也没人喂食儿，所以，你得留在家里。我一定把你的心意转告给你外爷。"

彩云听了，很不高兴，噘着嘴，小声嘟囔着，说："您走亲戚，总是带着白云，偏心眼儿。"柳皑雪耐心地解释："不是偏心。你比妹妹大几岁，比她能干，要是带你去了，让妹妹留在家里，别说炖食儿喂猪，恐怕连她自己都照顾不了。要是猪被偷走了，咱们白费功夫不说，往后吃的也就没有指望了。"

彩云想通了，说："还是我留下来好。您放心去吧，有我在家，咱的猪饿不着，也丢不了。"停了一下，又说，"妈妈，咱家的谷糠只剩下个缸底儿了，炖完以后，想再喂个猪也喂不成了。"

彩云在她的房间里给小妹妹打扮了一番。柳皑雪也收拾停当了。她拿着礼品，彩云提着包袱送行，母女三个高高兴兴地向外边走去。

朱氏在前院看见她们喜气盈盈地走亲戚了，那张大麦脸一下子拉长了许多。她撇着嘴，斜着眼睛，目送着柳皑雪的背影，嫉妒之心油然而生，小声嘀咕道："哼！打扮得再漂亮，也是一只苦命的孤雁。"说罢，气呼呼地回到了客厅。

卫清财看见老婆吊着脸儿，像个丧门神似的，问：“你咋又变成驴脸了？谁惹你生气了？”朱氏说：“妖精走个亲戚，有啥了不起！你看她打扮得花枝招展，不稀罕。”

卫清财一听到这话，高兴地叫了一声，接着又用烟管儿往桌子上“啪啪”地磕了两下，说：“她出窝了，这是高兴也来不及的好事，你不该生气。”

朱氏没有听出什么意思，问：“你见她会打扮，高兴不是？”卫清财眨巴了两下眼睛，说：“你想到没有？她这一走，那头大猪不就成了咱家的啦？”朱氏听罢，忽然想到了“偷”字。她拍着后脑勺，说：“是呀，咱家又要发财了。今天夜里，你趁着天黑，悄悄地把她家的那头大猪赶到城里，一卖就是钱。嘿！让她姓柳的漂亮，让她姓柳的高兴，让她鸡飞蛋打一场空，欲哭无泪。”

卫清财听老伴儿讲得句句入耳，“嘿嘿”地奸笑了一下，说：“有长进！你现在也成了铁石心肠。不过，这种事情，要干就得干得干脆利落，滴水不露，不能像富海媳妇那样，偷了人家几穗玉米，就被拉到街上，丢人现眼。”

朱氏说：“是的。现在，还有人叫她贼羔子、三只手，难听死了。”卫清财说：“所以，咱家的人谁也不要去赶猪、卖猪，免得碰到了熟人不好办。也就是说，得找一个替咱办事儿的人，给他一点儿好处。万一事情暴露了，让他为咱扛着、掖着。可是，找谁呢？让我好好想一想。”

第二十章

少女上当了

大街上人来人往，有的扛着锄头下地干活，有的在井台上打水，有的坐在大门外边的树下闲聊，也有看孩子、做针线活的。他们看见柳皑雪领着孩子走亲戚，感到既稀奇又高兴，纷纷和她打招呼。

一个说："清正嫂，我们很少见你出门儿。今天上哪去呀？"

"走亲戚。"

又一个说："应该走动走动，散散心。你啥时候回来？"柳皑雪一边往前走着，一边回答："明天就回来啦。"

她娘儿们走远了，背后的人们好像有了新的话题似的，有的说："柳皑雪长得白净漂亮，聪慧利落，稍微梳妆一下，也就更加出众了！"有的心里羡慕，说："柳皑雪真会打扮，你看她盘的发型，有时候是辫子聚花，有时候是眼镜安放，都挺好看，不像咱们老是盘个'火烧馍'。真的，我怎么也学不会。"有的同情地说："人好命不好，她的日子太艰难啦。大人、孩子都挺可怜的。"有的说："都怪她太固执，年轻轻的，没年没月地守寡。要是找个家儿，就可以解脱了。"有的说，"恐怕没有遇到合适的，高难攀，低不就。再说，这年头，带着两个孩子，谁能养活得起？"还有的说："养活起的也有。她那么漂亮，肯定招蜂惹蝶，说不了已经有人看上了。"人们怀着各种心态，你一言、我一语地议论着。

她娘儿们走到晒麦场旁边的一棵大树底下，柳皑雪的堂妹，也是远门妯娌名叫柳叶儿的，放下手中的针线活，站了起来，说："皑雪姐，走亲戚哩吧？"柳皑雪说："去咱柳庄。你要想回娘家，咱们一路。"

“我前天刚去过。哎，让我送送你们吧。”柳叶儿说着，来到了柳皑雪的跟前。柳皑雪说：“不用了，有彩云送我就行。”

柳叶儿的弟妹吕小草爱开玩笑。她眨巴着眼睛，觅绯猎奇似的望着柳皑雪远去的背影，神秘兮兮地说：“你们看她今天打扮得多么漂亮，又那么高兴，是不是有什么好事儿，喜事儿？你要是知道，告诉我，让俺也高兴高兴。”

柳皑雪好像听到了言外之意，站住了，不耐烦地说：“没擦胭脂没抹粉，这也叫打扮？你想知道啥事？就跟我走一趟好啦。”说完，继续向前走去。吕小草是个有名的是非货，也是一个惹不起的人。她没有想到开玩笑过火了一点儿，就碰了一鼻子灰，气得目瞪口呆。

柳叶儿瞥了弟妹一眼，暗暗高兴，说：“不是我说你，只要从你嘴里吐出来的话，总是变味，自讨没趣。柳皑雪是个正经人，以后不要乱说。”

吕小草抹了一下嘴唇，气呼呼地说：“我不应该抬举她。哼！长得再漂亮，也是一个没人要的小寡妇。”

柳叶儿不以为然，反驳道：“你说的不对。上次我回娘家，听说有两个人到她娘家提亲，其中一个还没有结过婚呢。”

“真的？你可不要胡编。”

“我不会撒谎。听说那个人是她家的远门亲戚，他俩从小就认识。不过，柳皑雪不同意，所以，她的父亲只好拒绝啦，好多人为她惋惜呢。”

吕小草很感兴趣，笑着说：“我看呀，她现在可能动心了。她那条件，能不动心吗？你也看到了，她今天喜盈盈的，满面春风。我敢断定，八成是同意了。说不了她今天就是去柳庄相亲的。”

柳叶儿听罢，有些生气，严肃地说：“你不要瞎猜。捕风捉影，无论对谁都没有好处。”吕小草满不在乎，继续逞能，说：“哎，我给你讲个有关女人的顺口溜：三十四五，如狼似虎，见了汉子走不动，坐在……”

柳叶儿没有听完就“呸”了一口，拿起小凳子，回家去了。

这时，依靠骗婚牟利的媒婆姜小丝看到柳皑雪走亲戚，在树下边停了一下，也隐隐约约地听到柳叶儿小妯娌俩争论着什么，嬉皮笑脸地走来了，问：“小草，刚才你和你嫂子高一声低一声地吵啥哩？”吕小草吊着脸儿，瞅了一下姜氏满脸的蝇子屎似的黑斑，说：“刚才，我说了一句笑话，俺嫂子不爱听，抢白我了一顿。”说完，这个有嘴没心的家伙不知道为啥，“噗嗤”地笑了一下。

姜氏问：“你说的笑话是不是伤着她啦？”

“不是，就是有点酸味，可也不是指她。真是的，我说了柳皑雪两句，她也反感。”

“什么酸味儿？”

吕小草又打开了话匣子，说：“我嫂子说，她在柳庄听说有人看上柳皑雪了，托人说亲，她没有同意。我刚才看见她娘儿们高高兴兴地走亲戚，估计柳皑雪想通了，可能是去相亲的。你说，我哪句话讲错啦？”

姜氏听说这种闲话涉及柳皑雪的名声，又想到她给彩云说婆家而扫兴的事，耿耿于怀，心里顿生歹意，说：“你没有讲错，根据柳皑雪的情况，应该同意这门亲事。我和你一样，也认为她一定会同意的。”

吕小草觉得话很投机，又说：“我真的是那么想的，有啥说啥。就是估计错了，她也不应该吵我。真倒霉！”说罢，也回家去了。

姜小丝心里想，柳皑雪相亲，不管是真是假，自己都可以借助这个消息，出一出那口恶气，让她无颜见人。她打算借树生枝，把吕小草讲的话掐头去尾，添油加醋，张扬出去。她自言自语地说：“她破坏了我的财源，我让她不得好过。反正瞎话传的人多了，也就成真的了。只要大家相信，就可以另眼看待她。”说完，便向卫清财的家里走去。

姜小丝和朱氏一见面，就像久别重逢的朋友一样，亲热有加。姜小丝接过朱氏递过来的茶杯，微笑着说：“老嫂子，我来找你，是想告诉你一个好消息。刚才，我听小草说，柳皑雪走亲戚，可能是去相男人的……”

朱氏没有听完就高兴地睁大眼睛，迫不及待地问：“真的？”

姜小丝说：“那还有假？我听小草说……”朱氏听完以后，高兴地咧着大嘴，拍着姜氏的肩膀，说：“谢谢你！姓柳的要是改嫁了，我们老两口就可以住进冬暖夏凉的上房屋里。到那时候，我请你来避暑。”说着，又给来者添了点茶水。

姜小丝喝了一口，说：“我讲的是从吕小草那里听来的，当然，也有我的看法。至于你咋认为，我不管。反正柳皑雪给我过难看，我要趁机报复。咱们都要让这个消息扎上翅膀满天飞，用议论催促她早点离开。”朱氏点了点头，“嘿嘿”地笑了两声。

姜小丝临走的时候，故意大声讲：“你真是个福星。柳皑雪相好了男人，过不了几天也就嫁人了。到时候，前后院全成你家的，你想住哪个屋，就住哪个屋。你这个没有闺女的，还能白白捡个丫头，随便使唤。”

朱氏得意忘形，晃着脑袋，说：“那是一定的，彩云十16岁了，她妈改嫁，不可能带着她。”

彩云把母亲送到了半路上，也就转身回去了。她在前院听到姜小丝和朱氏的那段对话十分吃惊。她不相信是真的，可也有些纳闷。正在这时，听到姜小丝告辞，便向后院走去。

朱氏送姜氏出了客厅，看见彩云回来了，立即来到卫清财的面前，说：“当家的，姜小丝告诉我了一个好消息。她听吕小草说，姓柳的可能去柳庄相亲了。不过，也有一个坏消息——彩云回来了。咱想趁着她家没人，夜里把那口大猪赶出去卖了。现在问题来了，活猪不像别的东西，它一叫唤，可就遭了。”

卫清财听罢，满不在乎地说：“我刚才在里间啥都听见了，姜小丝讲得很好。彩云在家没啥妨碍，我不但让人把她家的猪赶出去卖了，而且，要让彩云参与卖猪的事。我要让她母女俩离心离德——窝里斗。”

朱氏摇了摇头，说：“我看，你在说梦话。彩云不会听你的，她也没有那个胆。”卫清财“哼”了一声，说：“我讲的话都是板上钉钉。你不了解彩云，她外表上看着挺机灵的，其实，单纯得很。她没有见过什么大世面，也没有经历过什么挫折，很容易轻信别人，任人摆布。这一回，我要让姓柳的养了猪，断了炊，把她给逼走，或者给气死。到那时候，咱不费吹灰之力，想要的也都到手了，并且，还能落个清白。”

朱氏望着老头子的得意样，说：“你的想法很好。我看，没有那么容易。就是有人听你的，也难保密。弄不好……”卫清财听到这里，觉得臊气，打断话，说：“你懂个屁！别忘了，有钱能买鬼推磨，有钱也能买磨推鬼。我准备找一下小六子，让他干这事儿，保准一说就成。不过，卖猪的钱得全部归他。”

朱氏急切地说：“不行。咱得多少要一点儿，我想买一身儿衣服的布料。”卫清财说：“你知道这事不好办，所以，只有舍小利，才能发大财。明天晚上，你和两个儿媳妇准备一桌好菜，摆桌酒席。只要内外有人，就会有理想的结果。”

朱氏不理解老头子的用意，问：“人多嘴杂，合适吗？”卫清财眨了一下眼睛，说："你只管照着做就是了。"说完，便去找小六子说事了。

他在路上走着，想起十几年前，他和毒贩子合伙勾引小六子吸毒，占了不少便宜，心里一阵高兴。过了一会儿，他又怨恨小六子太没有节制，不但吸毒、赌博，还逛窑子。到头来，家业挥霍一空，只剩下一个破园子和没有人买的一块坟地，自己再想占他的便宜却不能了。过了一会儿，他的思维转了个弯，自言自语地说："这样也好。现在，他外债累累，像个饿狼似的。否则，我上哪里去找这样的帮手呢？"

小六子的妻子——关爱贞正在厨棚里忙着，看见大烟鬼卫清财来了，很不高兴，来到门口，说："你又来了，找他啥事？我告诉你，俺现在都要喝西北风了，没钱跟你瞎哄。"

卫清财自知不受欢迎，尴尬地笑了一下。说："不是让他买烟土。我是为了俺的侄女彩云才来找他的，请他帮个忙。"说着，便向旁边的土坯房走去。

小六子坐在昏暗的小屋子里发愁。他想，要是能从哪里弄点儿钱，买点儿粮食，再买点鸦片，该多好啊！他刚想到这里，听见卫清财的说话声，无精打采地来到了门口，说："老哥，你找我干吗？我已经沦落到了这个地步，能为彩云帮上啥忙？再说，她有亲娘，用得着咱们操心吗？"

他见来者只管往屋子钻，跟了进去，接着说："哎！你要是有白粉，送给我一点儿，行不行？我实在撑不住了。"

卫清财坐下以后，瞅着尖嘴猴腮的烟友，小声说："我知道你的生活窘迫，才来找你。现在，我想给你提供一个弄钱买鸦片的机会，你说，干还是不干？"

小六子听到这话，像注射了强心剂，一下子精神了许多。他半信半疑地瞅着对方，问："真的？"

"当然。天上要掉馅饼了，想让你接住。就看你敢不敢接？"

小六子回答："敢！只要有这种机会。我能得到的，也给你一份。快说！哪里有？不管是骗，还是偷，我都愿意干。"

关爱贞提着筐子去房子后边拿柴火，从门口经过的时候，看见他俩鬼头鬼脑地小声嘀咕着什么，一看见她就把嘴给闭上了，觉得有些奇怪，大声说："好话不背人，背人没好话。你俩说啥哩，怕我听见？"

卫清财连忙说："说两句闲话，等一会儿，他会告诉你。"

卫清财看着关爱贞离开了，对着小六子的耳朵小声说：“柳皑雪走亲戚了。吕小草说，她去柳庄相亲了，准备改嫁……”小六子听了卫清财加工罢的谣言，问：“这事儿，我能帮上啥忙？”卫清财说：“你知不知道，她家喂了一口大黑猪？我想，咱卫家的一草一木，不能让姓柳的带走，便宜了外姓人，所以，为了俺侄女以后的生活，趁她不在家，请你帮助彩云，把那口大猪卖了。”

小六子听完这话，也就心领神会了。他斜着眼瞅了一下对方，说：“老哥，你葫芦里装的啥药，我很清楚——拿我当枪使。”

卫清财奸笑了一下，说：“你怎么认为都行。现在，你表个态。干还是不干？”

小六子心里想，他讲的可能是真有其事，也可能是无中生有。不管怎样，自己都不应该点头，因为孤儿寡母太可怜了。他正在犹豫，卫清财又问：“干？还是不干？你要是不想发财，我找别人帮忙。”

小六子听到这话，想到自己的困难，觉得这事儿不应该让给他人。于是，横了一下心，说：“干！肯定干。不过，你得告诉我，卖猪的钱怎样分配？给彩云多少？你要多少？让我心里有个数。”卫清财说：“还是我刚才讲的那句话，为了彩云，我一分钱也不要。反正那钱到了你的手里，也就由你支配了。”

小六子暗暗高兴。他想：卖猪的钱可以不给彩云，可也不能独吞。说：“老哥，你是牵底线的主谋人。你关心我，我也得有个表示。这样吧，我把猪卖了以后，买两包白粉，给你一包。剩下的钱，我得买点粮食。唉！要想活着，就得吃饭。我现在一想起你让我尝鸦片的情景，一想到烟瘾犯了的难受劲儿，一想起我气死了父母，又过成了这个样子，就恨你。要不是你把我引到邪路上……”

卫清财瞥了小六子一眼，打断话，说：“我不爱听。记住，那包白粉三天以后再给我送去，免得别人怀疑我什么。”

小六子挠耳抓腮，寻思着可能遇到的麻烦，说：“老哥，你的肚子里有很多招数。我有两个问题，向你讨教。”

“啥问题？快讲！”

小六子“咳”了一下，说：“第一，如果彩云不相信她妈要改嫁的事，或者不相信她妈会丢下她不管，不让我帮她卖猪，怎么办？第二，我要是骗了她，把她家的猪卖掉了，彩云又保不了密，柳皑雪是不会善罢甘休的，咱的老族长也不会放过我。到那时候，我该怎么办？”

卫清财轻蔑地笑了一下，说：“都好办。你没听说，猴子不上树，多敲几遍锣？你找彩云说事，一定让你的媳妇陪着。她的威信比你高，好让彩云相信。我建议你们两个轮换着劝说她，一定能成。关于其他问题，我会安排，你就别管了。”接着，又小声说了几句什么。

小六子听罢，主意更加坚定了，说：“老哥，你想得很周到，也够狠毒，我听你的。”

卫清财站了起来，说：“无毒不丈夫。我为了我的子孙，也为了让你发财，各有所图，都不能手软。我走了。”小六子送到院子里，高兴地说：“你放心，我照你的旨意办。”

关爱贞在院子里听到这话，立即想起卫清财勾引小六子染上毒品以后，他们家开始败落的情境，十分难过。心里说，如今，跟着吸毒的丈夫缺吃少穿，住破院，不但抬不起头，而且随时都有被抵债的危险。她想到这里，担心教唆犯又来动员丈夫赊账买鸦片，恨之入骨，大声质问：“小六子，你照他的什么旨意办？他祸害咱家还不够吗？”

卫清财听见关爱贞故意刺他的脸皮，站住了。他想狂吠两声再离开，可是，心里有鬼，也有亏，嘴唇动了两下，没有出声也就匆匆地离开了。小六子跟在后边说：“别理她，女人就是头发长，见识短。”

关爱贞气愤地说：“你俩的头发短，见识长，还没有让鸦片给毒死？”停了一下，她拉住小六子的胳膊，又问，“你说，他到底要你干啥？”

“回到屋里告诉你，行不行？”

他们来到卧室，横眉怒目不吭声。小六子想了一会儿，觉得不是打别劲儿的时候，好声好气地说：“你别生气，清财哥这一次来，是让我帮助彩云做一件好事。”

关爱贞说：“你是个猪脑子，上当还没有上够。你为啥不想一想，那老奸巨猾的东西叫你做好事，可能吗？你不能再听他的，免得害了别人，也害了自己。”

小六子笑了一下，说：“我不是傻子，不可能。”关爱贞说：“不管怎样，你都不能再跟他掺和在一块儿。”

小六子想到天上即将掉下来的馅饼，想到妻子贤惠正直的品德以及在大家心目中的威信，想到对他行骗可以起到的作用，和声和气地说："我知道你是个大好人，跟着我受苦，心里委屈；我也知道你担心我做坏事。其实，我也会做好事，你就答应吧。"他讲到这里，不见妻子反对，又说，"清财哥告诉我，柳皑雪今天去柳庄走亲戚，实际是去相亲的。过不了几天……"

"造谣！"关爱贞打断话，说，"你都三十岁的人了，还不知道寡妇门前是非多？柳皑雪整天、整年地守在家里，没有一个人提起。今天，走动走动，闲言碎语就来了。你们大爷们儿，背后嘀咕人，有啥意思？哎，你想过没有，要是真的有那事，跟咱也没啥关系。柳皑雪才30多岁，生活又那么艰难，如果遇到合适的人家，再婚也好。现在是民国时代，男娶女嫁，一样合理、合法，你不要插手。"

小六子恳求妻子，说："你让我把话讲完行不行？刚才，清财哥说了，柳皑雪肯定只能带上白云。我们要为彩云以后的生活考虑。他让我帮助彩云把她家的那头大猪卖啦，也就是说，卫家的一草一木，不能让她妈妈带走，也就是不能便宜了外姓人。"

关爱贞听罢，更加反感，说："什么外姓本姓的，你没看到有些本家族的，还不如外人。亲与不亲，关键不在姓啥，而在心眼儿好坏。柳皑雪关心孩子胜于关心自己，她不管走到哪里，都不会丢下孩子不管。卖猪的事儿，你决不能插手。"

小六子说："你讲的也对。不过，你也想一想，端人家的碗，受人家的管。柳皑雪改了门庭，想关心女儿，力不从心，怎么办？"

关爱贞听到这话，附和了一句，说："也是，彩云姑娘可怜！"

小六子连忙说："为了彩云，我答应趁着她妈不在家里，帮助把猪卖啦。你不会反对吧？"

关爱贞忽然想起了什么似的，觉得里边可能有诈，一针见血地说："你们是不是串通好了？想钻这个空子，坑骗人家？"

小六子好像被刀子捅到了痛处似的，急得瞪大了眼睛，过了一会儿，才说："你把我看成什么人啦？兔子不吃窝边的草，难道我连兔子也不如？你说，我过去坑骗过咱本族里的人没有？你要是不放心，我可以对天发誓：小六子要有歹心，花了卖猪的一文钱，不得好死！"

关爱贞听到丈夫发誓的次数多了，这一回，却有点相信，说："彩云恐怕还不知道她妈妈的打算，就是知道了，也想不了恁多，应该提醒一下。她如果同意让你帮忙，你再帮。”小六子说：“你讲得很对，今天晚上咱俩去见见彩云。”

关爱贞虽然有意帮助彩云，但是仍然有些疑虑。她没有表态，便上厨房里去了。

夜幕降临了，到处都像墨汁泼了一样。树木、房舍全都淹没在黑暗之中。彩云孤零零地坐在宁静的屋子里，对着昏暗的小油灯，双手托着下巴，心事重重。

她回忆着白天听到的风言风语，弄不清真有其事，还是小人造谣中伤。她心里想，妈妈不会改嫁的，如果她真的离开了这个家，也不会丢下自己不管。过了一会儿，又想，自己这么大了，要是妈妈真的走了，是不会带上她的。平时，母亲走亲戚，总是让白云跟着，还有，家里的重活、轻活，烧火、做饭、打水、洗衣，基本上都是让她帮着干的，啥都偏向着妹妹。如今，她打算嫁人，要是撇下自己，怎么办呢？

彩云想到这里，感到十分孤独和悲哀，而且有些害怕。过了片刻，她拨了一下灯芯，屋子里亮了一点儿，心里又想，父亲遇难以后，母亲那么艰难，一直守护着她们。前些日子，媒婆前来骗婚，母亲明明知道，要是把她许给那个豁嘴的奸商，就可以减轻负担，然而母亲为了她的幸福，毫不犹豫地拒绝了。想到这里，她觉得母亲走亲戚不带她去，平时让她多干了一些家务活，不是偏心，而是自己比妹妹大了好几岁。

接着，她又想起姐姐在家的时候，妈妈同样让她帮助干活。大姐从来没有怨言，不攀不靠。将来，自己要是去了婆家，她所做的家务事，也就转给了妹妹。想到这里，她自言自语地说：“妈妈，我相信您永远不会为了自己而不管我。”

人在独处的时候容易胡思乱想，彩云心里刚刚平静了一点，又想到了另一个问题：如果妈妈找的那家只同意带着白云，自己依靠谁呢？姑娘又一次陷入了苦闷与无奈之中。

这时候，小六子夫妇进了她家的院子。关爱贞唤：“彩云，我们来看你啦！”

彩云打开屋门，看见本家族的长辈来了。她拉住关爱贞的手，带着哭腔，说：“婶儿，人家都说我妈要走啦……”关爱贞没有听完就说：“你不要担心，办法总会有的。”

他们坐下以后，小六子说：“闺女，我也听说你妈妈要离开咱们卫家，我还听说她找的人还没有结过婚，要是这样的话，人家能让白云跟去就算不错了，你肯定得留在家里。你以后的生活问题，想了没有？”

他见彩云摇头，接着说：“孩子，叔叔为你考虑了很多。我觉得最好的办法是趁你妈妈还没有回来，把你家的猪卖了……”

彩云打断话，说：“不行，不行。我家的猪，说啥也不能卖。我妈妈说了，再等几天，把剩下的谷糠喂完了，能多长几斤肉，多卖俩钱。再说，我妈今天去给我外爷祝寿，是不是也有那事儿，等我妈妈回来了，问问清楚，才能证实。下午，兰兰找我也是这么讲的。”

小六子一听，着急了。他想，刚刚打开的缺口，一下子又被堵住了。怎么办呢？这时，卫清财的话响在耳边：“猴子不上树，多敲几遍锣。”他擦了一下额角上的汗珠，说：“彩云，无风不起浪，如果没有可靠的消息，我们是不会黑灯瞎火地来找你。现在，咱们村里无人不知，无人不晓。可是，你还被蒙在鼓里。都啥时候了，你真的不应该怀疑。”

关爱贞说：“你没听见彩云说，她妈去给她的外爷祝寿了？既然有这种情况，其他的事，不能不信，也不能全信。”小六子听到妻子唱反调，恶狠狠地瞪她了一眼。

彩云说：“你们来以前，我想了很多。我害怕妈妈嫁人，害怕没了依靠。同时，我也想了，我是俺妈的亲骨肉，她有一口吃的，就不会让我饿着。就是不能把我带去，也会安排好的。”

小六子说：“我相信母女之情割不断。我更相信你妈妈的为人。但是，你要想明白，如果现在不卖猪，以后的猪钱你妈拿着。她要是把钱交给了她相信的人，而人家又不肯往外掏，怎么办？到那时候，最可怜的不是别人，而是你啊！”

“不会的，我妈不傻。”

“再聪明的人，也有糊涂的时候，你听叔叔的，错不了。人们常说，别人有，不如自己有；自己有，不如怀里揣。你应该做好两种思想准备。”

彩云问：“哪两种准备？”小六子眨了一下眼睛，说：“先把猪卖了。钱，你拿着。你妈如果不改嫁，或者能带你过去，你再把钱交给她。

如果是另一种情况，你提醒她一下。你妈一定让你保管着那钱，日后买粮食用。你说对不对？”

彩云支吾着说：“让我再想一想，明天答复你。”小六子急切地说：“不要犹豫了，叔叔一切都是为了你好。我考虑再三，卖猪之事，宜早不宜迟。你果断一点儿。明天正好起集，我也正好没事儿，帮你把猪赶到镇上，讨个好价。你放一百个心，叔叔不会花你一文钱。只要钱在你的手里，我们也就放心了。”

彩云思想单纯，不知说什么好，问关爱贞：“婶儿，你说应该咋办？”关爱贞拉住彩云的手，说：“这个，你自己拿主意。要是明天卖猪，你要跟他一块儿去，一块儿回。”小六子听到这话，咬牙切齿，可也没敢再说什么。

彩云无可奈何地说：“按照我六叔讲的，做好两种准备，也行。”

第二十一章

骗子卖猪

次日清晨，天蒙蒙亮，小六子便拿着一条绳子和一根赶猪用的小棍儿，悄悄地溜进了柳皑雪的家里。

他没有叫醒彩云便进了猪圈。一看，大黑猪正在地上睡懒觉，心里一阵高兴。他把绳子挽了两个扣儿，套在猪的两条后腿上。猪被惊醒了，猛地站了起来，看了一下陌生人，便往猪圈的墙角里躲。可是，刚一抬腿，被绳子拽着跑不了。

小六子心里想，一定趁着彩云没有起床，把猪赶出去卖了。他一只手拉着绳子，另一只手挥动着小棍儿，嘴里小声地喊着："嚎！嚎！"赶猪出圈。可是，那头猪就是不往外边走。它一边挣扎着，一边"唧唧"地叫唤。

彩云被猪的叫声惊醒了。她连忙来到猪圈门口，往里边一看，小六子正在赶猪，问："六叔，你咋不喊我一声儿？"小六子没有回答。彩云又问："现在天刚刚亮，去这么早干吗？"

小六子不想让村子里的人看见他去卖柳皑雪家的猪，以免做了手脚而脱不了干系，更没有打算让彩云跟着碍事儿，迟疑了一下才说："应该早点儿动身。赶着猪走路，不一定啥时候才能走到镇上。"停了一下，又说，"你家的猪真不听话，太犟啦！你去外边喊一喊。"

"唠——唠唠唠唠！"彩云的喊声还没有停止，大黑猪以为主人来喂食了，立马昂起头，往外蹿。拴在大猪后腿上的绳子差一点把小六子拉倒。

大街上静悄悄的，没有一个人走动，只有远处的井台上有个人正在打水。小六子出来大门，探着头往街上瞅了一下，小声说："彩云，现在这猪挺顺溜的，我一个人去赶集就行了。”

彩云连声说：“不行，不行！你帮俺卖猪，我应该去。再说，我六婶儿交代过了，我在家里也没有其他事情。”小六子听了很不高兴，反问道：“彩云，你是不是信不过你六叔？放心吧！我一定会讨个好价钱，一分钱也不会花你的。我在午饭以前回来，把猪钱全部交给你。真是的，一个人能办了的事情，去两个人，外人看见会笑话的。回去吧！”

“不行，六婶儿交代过，我一定要去。”

小六子不耐烦地说：“我刚才说过了，你放一百个心。回去吧，回去吧！”

彩云听到一次又一次的阻止，心里虽然想去，可是，她怕伤了帮忙人的脸儿，不好意思继续坚持自己的意见，说：“我不去也行，那就有劳你啦！”

小六子听罢，好像甩掉了一个沉重的包袱似的，挥了一下手，说：“自己人，不用客气，回去吧！”说完，拉着绳子，跟在大黑猪的屁股后边，左一下，右一下地挥着小棍儿，不大一会儿便出了村子。他自言自语地说：“猪赶走，钱到手，买些鸦片梦中游。”

半个小时以后，小六子赶着猪上了一个山坡，心里越想越高兴。他前后瞅了一下，没有一个赶集的人，便得意忘形，摇头晃脑地哼唱起来：

“赶集卖猪受点苦，马上就有高俸禄。
财神爷爷陪伴我，‘丢’字定能作掩护。
有钱任我随便花，天掉馅饼我接住！
天掉馅饼我接住，接住一个大黑猪！
哩根儿、哩根儿、哩根儿楞……”

小六子手舞足蹈地扭着唱着，正在兴头上，一股旋风突然从后边扑了过来。他连忙站住，一只手拽着绳子，另一只手蒙住了眼睛。那头大猪正在往前边走着，忽然走不了啦，加上旋风的袭击，吓得狂奔起来。小六子闭着眼，想让旋风过去以后再赶路。不料，被猪猛地一拉，身不由己，“扑通”一声趴在了地上。大黑猪仍然“唧！唧！”地惊叫着，拼命地挣脱。小六子不敢松手，被拖了好远。旋风过去了，他才狼狈不堪地爬起来。

他一边拍打着身上的灰土，一边骂：“他妈的，扫兴！”

快到中午了，彩云不见小六子回来，心里忐忑不安。她想，赶集的人就要散尽了，六叔为什么还不回来呢？如果价钱不合适，应该把猪赶回来。她从屋子里走到院里，又从院子里走进屋里，不知如何是好。

又一个小时过去了，仍然不见小六子的影子，彩云更加着急了。她来到大门外边，焦急地等候着。街上的人们看见她焦虑不安的样子，投来了关心的目光，一位大娘问：“等你妈妈哩？她没有告诉你啥时候回来？”彩云说：“说了，后晌就回来了。”一个中年妇女接过话，开玩笑似的说：“你妈不回来了，不要你了！”彩云没有心思计较，仍在那里转过来，转过去。

兰兰姑娘老远看见彩云心神不宁，以为她是听到了闲言碎语，急切地希望见到母亲，才提前来到大门外边接迎的，连忙走了过来，问：“彩云，现在刚刚晌午，你妈回来，恐怕要到半后晌了。”彩云说：“不是等我妈。我知道她给我外爷祝寿，下午才能回来。”

彩云说：“那你站在这里干啥？”“等我六叔。今天早上，他帮我卖猪去了。他说他把猪赶到镇上，一定给讨个好价钱。现在，已经中午了，还没有回来，真是急死人。”

兰兰一听到这事儿，睁大了眼睛，吃惊地说：“你怎么让他帮你卖猪？真是太糊涂了。”彩云听到这话才恍然大悟。她想起小六子的为人，非常后悔，说：“昨天晚上，他和六婶儿来我家，说我妈打算改嫁，劝我把猪卖了。哎呀，我只想着他们是长辈，糊里糊涂地点了头。今天早上，我六叔非要一个人赶着猪去镇上，硬是不让我跟。你说，他能坑骗我吗？”

兰兰说：“很有可能。不管怎样，他早该回来了。你赶快去他家取钱吧。”彩云立即向小六子的家里走去。

姜小丝在兰兰跟前站住了，幸灾乐祸地说：“有人钻空子了，有好戏看呢！”兰兰气愤地抢白她了一句：“你高兴不是？哼，啥东西！”姜小丝满不在乎地拉着长腔，说：“啥东西？跟你一样——皮包骨头肉人儿。”说着，一扭一摆地离开了。

彩云一进那个破院子就喊：“六叔！”

关爱贞正在厨房里做午饭，听到彩云来了，立即来到了门口，问：“你六叔没有去你家送钱？都啥时候了，怎么还没回来？”彩云说：“是呀，真是急死人啦！”

关爱贞也着急了，只好安慰彩云，说：“你先到屋里等一会儿，他可能碰到了熟人,拉几句家常,说不定马上就到家了。”说罢,又进了厨房。

过了一会儿,关爱贞端来了两碗面条,说:“咱们先吃吧,他早晚都得回来。你放心,跑了和尚,跑不了庙。”彩云说:“六婶儿,我叔叔就是碰到了熟人,现在也该回来了。不会出啥事吧?”

关爱贞开始怀疑丈夫不轨。转念一想,他发过誓了,就是再困难,也不会昧着良心偷花这个钱。再说,卫清财委托他帮助彩云,他不敢胡来。可是,为什么早该回来而还不回来呢?

小六子在镇上把猪卖了以后,立即进城逛了。他在一家饭店里大吃大喝了一顿。接着,到黑市上买了两包白粉,然后,进了几年前常去品茶、嫖娼的小茶馆儿。

这个小茶馆儿看起来只有两间招待客人喝茶的门面房。其实,里边有许多会客的小屋。屋里是窑姐卖身挣钱的地方。

小六子看见老板娘和几个穿红着绿的妓女热情地招待着前来嫖娼的阔佬阔少,没有一个人理会他,便找了一把椅子坐下了。老板娘见他脏兮兮的穷酸样,撇了一下嘴,便到别处去了。那些曾经拉扯、拥抱过他的窑子小姐更是看也不看他一眼。

小六子心里想,我有的是钱,看你们理不理?他掏出一沓子票子,“啪”的一声往茶几上一放,说:“上茶!”

老板娘见钱眼开,立即换了个人似的,满脸堆笑地走了过来,问:“龙井、茉莉、毛尖、云雾、红茶、绿茶,您喜欢喝啥?”小六子没有好气地说:“红茶。”

提着茶壶的小伙子听见了,应了一声:“来啦!”说完,给他提过来一壶,并且倒上了一杯,说:“您慢用!”然后,拿着钱离开了。

小六子一边品茶,一边瞅着来来往往的妓女。他那两只眼睛不是追着薄衣透裸的妓女,就是盯着色鬼被搀往雅间的浪荡样。他想起当年他被一群妓女争抢接待的情景,心里又眼馋,又嫉妒,可也无奈。

他端起茶杯,一边品着茶味儿,一边回忆着有钱时候享受的热情过火、让他肉麻的款待,想着此时此刻被蔑视、慢待的情景,巨大的反差气得他有些晕乎。为了发泄,也为了解闷,他捏着嗓子寻欢作乐,小声哼唱起来:

外边的姑娘好，不如自家的妻。
你有钱，她见你，欢天喜地；
你没钱，她见你，吊着驴脸儿，
不——理——你！

老鸨走了过来，轻蔑地瞅着小六子，说："穷酸货，瞎唱啥哩？我们这里需要安静。要不，你到外边哼唧吧？"小六子听到驱逐令，十分恼火，可又不敢无理取闹，压低声音，说："一窝千人骑万人摸的臭娘们，有啥稀罕？哼！她们不来缠我更好，免得口袋里的宝贝被你那些红嘴鸭子叼走了。"说罢，他"咕咚、咕咚"一口气把那壶里的茶水喝了个精光。然后，站了起来，一蹶一蹶地离开了。

小六子在回家的路上，一边走着，一边绞尽脑汁寻思着如何瞒过卖猪昧钱的事情。他自言自语地说："关爱贞，你就是再精明，再耿直，只要我把瞎话编圆了，你就得相信，就得配合我继续哄骗彩云。"

过了一会儿，他忽然站住了，心里想，"卖猪的钱是说丢了，还是说回家的路上被歹徒们抢走了？哪个瞎话更好些？"他琢磨来琢磨去，认为"被抢劫"的谎言，最能欺骗妻子和彩云。然后，他从地上抓了两把土，抹在脏兮兮的身上和脸上，怀着侥幸的心理，向卫家寨村走去。

下午，彩云在小六子家里如坐针毡一般，更加焦急不安了。她从院子里走到大门口，又从大门口转到院子里。心地善良的关爱贞看着姑娘不停地踱来踱去，说："彩云，来屋里歇一会儿吧！我见你急成这个样子，心里难受。"彩云无精打采地去了。

过了一会儿，小六子回来了。他在大门口伸长着脖子，偷偷地向院子里瞧了一下，不见一个人，便蹑手蹑脚地来到大门的后边。把口袋里的白粉和钱塞到了墙壁上的一个小窑窝里，并且从地上抓起一把烂草，盖住了那些宝贝。然后，"吱咛"一声把大门关紧了。

小六子抖擞了一下，给自己壮了壮胆，便装着被人抢劫一空的沮丧样子，耷拉着脑袋，慢慢腾腾地向卧室走去。

彩云听到大门的响声，从屋子里出来了。她一看见小六子，就迎了上去，高兴地说："六叔，可把你给盼回来啦！猪的价钱不错吧？"刚说完，发现小六子的神色不对，浑身是土，被吓蒙了。

她愣了一下以后，连忙紧跟着小六子进到了屋子里。又问："六叔，你这是咋的啦？"

关爱贞也进来了。她瞅着丈夫的狼狈相，觉得奇怪，急切地问："六子，你咋现在才回来？你是不是在外边打架啦？彩云等着拿钱，卖猪的钱呢？你说话呀！"

在妻子的追问下，小六子装作极其痛苦的样子，带着哭腔，说："没有打架。我走到半路上，四个人拦住我。不知他们咋知道我卖猪了，非要我把钱掏出来。我拼命地捂住口袋。他们把我按在地上，脚踢拳打，硬把猪钱抢走了。我不敢回来。"说完，蹲在地上，"嗷嗷"地哭起来。

彩云一听到那个"抢"字，就被吓得面如土色，一时说不出话来。关爱贞也被吓了一跳，忙问："都抢走了吗？"她见丈夫点头，大声喊叫起来："天哪！这可咋办啊？我的天哪！"

小六子"扑通"一声跪在地上，一边"嗷嗷"地哭着，一边打自己的嘴巴。关爱贞听着彩云和丈夫的哭声，心急如焚，握起拳头，一边捶打着丈夫，一边抱怨："你呀！你呀！你咋恁倒霉哩？这可怎么办啊？！"

小六子见妻子使劲地打他，抱着头，哭着喊："你就是把我打死，钱也回不来了。"见妻子住手了，接着表演早已想好的把戏，哭着说："彩云，叔叔没有本事，对不住你。闺女，我给你磕头了！"

彩云拉住小六子的胳膊，哭着说："六叔，钱没有了，俺家等着买粮食，这可咋办呢？我妈非打我不可。"说罢，蹲在地上，泣不成声。

关爱贞揪住丈夫的衣服，说："别哭了！哭有啥用？"她拉起了小六子，又扶起了彩云，说，"孩子，你先不要着急，也不要害怕，我让你叔叔转借一下，今天能借多少，就先给你多少。剩下的，我另想办法。"

屋里的哭声小了一点。关爱贞看着丈夫使劲地擦眼睛，眼圈都刺红了，却不见眼泪，心里又开始怀疑了，说："六子，咱既然把好事办砸了，就得负责到底。去吧，你现在就去外边借钱，能借够更好。要是借不了那么多，我明天去俺亲戚家，想办法把猪钱给人家凑齐。"

"好吧。"小六子应了一声，可是，马上又反悔了，说："我上哪里去借呀？谁肯借给我？"彩云听到这话，又号啕哭了起来，急得关爱贞团团打转。

夕阳西下，柳皑雪带着小女儿高高兴兴地回到了家里。一看，屋门全都上了锁，说："你二姐出去了，咱们先到卧室屋里换换衣服。"

她拾掇完毕，来到了猪圈门口，发现她家养的大黑猪不见了，不禁惊了一下，心里想，难道猪被小偷偷走了？不会。如果被偷走了，彩云一定急得不得了，也一定会去柳庄报信儿。过了一会儿，她又想，难道彩云把猪给卖了？她为啥自作主张，提前卖了呢？转念一想，觉得更不可能。因为如果赶集卖猪，早就应该回来了。

柳皑雪疑虑重重地来到了卧室，继续揣测着。过了一会儿，她想到时下青黄不接的年景，想到盗匪白天也曾出没的情况，怀疑彩云卖了猪，在回来的路上被劫持了。想到这里，她又着急，又担心，自言自语地说："天哪，千万别出意外。"

柳皑雪急得心都快要跳出来了。她决定到外边寻找女儿，可是，上哪里去找呢？这个关爱孩子胜于关心自己的好母亲急得两眼泪花。她擦了一下眼睛，来到院子里，对白云说："你在家里玩，我去找找你二姐。"

柳皑雪正要出门，好朋友袁娟和兰兰姑娘来了。袁娟还没有走到跟前就说："嫂子，我们听说你回来了，赶快过来看看。怎么刚到家又要出去？"柳皑雪急切地说："你们看见俺彩云没有？她不在家，我家的猪也不见了。你们说，她会不会到镇上卖了猪，被截路的给抢了？哎呀，猪钱没了，可以另想办法。要是闺女也被劫去了，我可咋活呢？"

兰兰姑娘没有听完就说："婶儿，你昨天走亲戚，好多人都说你打算离开咱卫家，相亲去了。小六子一定是趁火打劫，假装关心彩云，把猪给卖了，又不来送钱，彩云才上他家去的。"

柳皑雪听了，非常生气，说："这孩子太糊涂！她明明知道我去给她外爷祝寿了，咋能有那些乱七八槽的事呢？"兰兰说："婶儿，你去走个亲戚，连寨外边的小六子也能知道，所以，我断定有人捣鬼，造谣生事。"

柳皑雪说："造谣缺德。可是，只要有人造谣，也就有人传谣。我想，一定是别有用心的人趁我不在家，钻了空子，祸害俺娘儿们。"

袁娟说："我也认为有人从中作祟，才让小六子插手的。你千万不要着急，更不能生气。要是气下病了，等于拿别人的过错惩罚自己，损失更大。"

柳皑雪虽然也懂得这个，但是，仍然气不下，堵得慌，说："谁都知道小六子是个什么样的人，俺彩云咋恁迷糊？我看，猪钱难讨回来。唉！现在离麦收还有一个来月，买不成粮食，吃啥呢？真是气死人，真是愁死人！"

袁娟也为彩云的幼稚而生气，可也不能火上浇油。她担心柳皑雪一气之下，打骂孩子。要是把彩云哪里打伤了，或者吓跑了，也就更糟了。想到这里，她听说过的一个真实的故事在脑海里闪了一下。

五年以前，她娘家的村子里有个名叫胡欣的农民，40出头才得了一个儿子。夫妻两个根据孩子九月初九出生的日子，取名“九九”。这两口子把儿子视若掌上明珠，不但关爱备至，而且百依百顺。

九九到了十四五岁的时候，仍然只会享受关心，不会关心别人。每天懒懒散散，随便溜达，啥活也不会干，加上任性的习惯，成了一个吊儿郎当的小青年。胡欣担心孩子以后的发展，开始严加管教。但是，已经有些晚了。由于他不懂得教子的方法，加上老伴儿的袒护，他们父子经常顶牛。

有人提醒老头，长期惯下的毛病，单靠训斥不行。特别是对于半大的孩子，只有讲究方式方法，耐心教育，才有效果。老头子听不进去，认为自己的孩子，骨肉相连，想咋教育就咋教育，反正都是出于好心。于是，强制性的管教和打骂孩子的事情，时有发生。

有一天，胡欣让儿子上山给牛割草。由于天热口渴，九九来到山坡上的一个小院子里讨水喝。这个家里的主妇看见这个讨水喝的割草娃长得忠厚而健壮，十分喜欢，心里想，自己无儿无女，老了无依无靠，要是有个这样的儿子，该多好啊！

老妇把九九领到了屋子里，又是沏茶，又是递蒲扇。接着问长问短地拉家常，九九把自己的名字、年龄、家庭住址、家庭成员和自己名字的来历全都告诉了对方。老妇一边唠话，一边观察。发现九九左耳朵的后边有一块“胎记”，便动了心思。她长叹了一声，说：“唉，我也有个儿子，跟你一般大，也是重阳节那天出生的，名叫阳阳。”说罢，背过脸儿装着想念儿子的难过样子，擦了一下眼睛。

九九觉得世上竟然有人跟自己同年同月同日出生的，有些好奇，问：“大婶儿，你家阳阳在哪里？”老妇摇了摇头，装着十分悲伤的样子，说：“俺阳阳两岁那年，我带他去赶庙会，只一会儿工夫，他就丢了。我在庙会上找呀、喊呀，没有找到。我们的亲朋好友也帮助四处打听，一直没有音信。现在，我的儿子在哪里，是死是活，我都不知道。”说完，捂着嘴哭了起来。

九九听了，顿生怜心，说：“大婶儿，您别难过，我以后会来看您的。”老妇听到安慰，不哭了。她又给九九添了点儿茶水，说：“天气太热，你在俺家歇一会儿，多喝点水再走。我去菜地里拔一点菜，马上就回来了。”“好的，你去吧！”

老妇一到菜地就和老头子订了“讨子计”，然后回到了家里。不大一会儿，老头子也回来了。他装着不知其事，问：“老伴儿，这孩子是？”老妇说：“割草娃。渴了，来咱家找点儿水喝。”老汉看着九九，说：“这孩子的眼睛和鼻子咋恁像咱家阳阳呢？”老妇说：“不但长得有点儿像，而且，他们是同一天出生的。”

老汉对九九说：“我的儿子丢了，一直没有找到。他要是还活着的话，一定跟你一样高了。唉！都是我们的命不好。”停了一下，又说，“我儿子的左耳朵后边有一块胎记。你要是见到他了，给我们送个信儿，一定重谢。”

九九吃惊地点了点头，不由自主地摸了一下他的耳朵后边。老汉立即拿来了止痒水，说：“蚊子咬了吧！来，我给你抹点儿这个，马上就不痒了。”说着，来到九九的身后。九九忙说：“蚊子没有咬，我这里也有一块儿胎记。”

老两口装着吃惊的样子，愣了一下。老汉说：“让我看看。”

他看罢以后，用手摸一下。问老伴：“你说，咋会恁巧呢？难道他就是咱们的儿子——小阳阳吗？”老妇瞧了瞧那块儿胎记，搂住九九，激动地喊：“阳阳！我的好儿子！”说着，哭出声来。老汉也激动地说：“儿子，我们找你找了十几年，没有想到你今天自己跑回来了！真是天意，天意啊！”

九九听到老汉说话带着哭腔，也激动地含着泪花。这时，他想到父亲训斥他的那副严厉的面孔，怀疑自己就是这两位老人的亲生儿子。他想立即认下“亲生父母”，可又觉得太突然，犹豫了一下，说：“我回家问问我爹、我妈，到底咋回事儿。”

老妇说：“儿子，别走了！这里才是你的家，知道吗？”老汉说：“让孩子回去一趟也好，人家把他养大了，不能说走就走。以后，阳阳早晚想回来，都可以回来。”

九九提起装草的筐子要走了，老两口依依不舍，一直送了好远。九九说：“你们回去吧。不管俺爹俺娘咋说，我都会经常来看望你们。”

中午，胡欣看见儿子提着大半筐青草回来了，大声训斥起来：“你去了大半天，就割了这一点儿草？你干啥啦？啊？就知道玩！”

九九本来打算一回到家里，就把刚才遇到的意外情况告诉二老，弄清自己的身世。不料，一进家门，就听到严厉的批评，气呼呼地顶了一句：“你再训我，我去找我的亲生父母。”

老头子听到这话，更加恼火了。说：“你的亲生父母在哪儿？你去找呀！你去呀！”九九转身就走。他的母亲连忙呼喊：“儿子，回来！”倔强的老头子认为儿子不敢远离，激将着说：“让他走！永远也别回来！”

从那天起，九九再也没有回家。胡欣和老伴儿到处寻找，哭死哭活。一年以后才找到了骗走他们亲生儿子的那一家。听说九九被日本鬼子抓去做向导，一到目的地就把他给杀害了。老两口为孩子遭到的不幸而日夜哭啼。胡欣更是悔恨不已，没有多久，也就与世长辞了。

袁娟想到这事，又说：“嫂子，有人操了坏心，把彩云往一边拉。你要是不冷静，不理孩子，就等于把闺女往外边推。所以，假若猪钱要不回来，只当买了个教训。现在，世道这么混乱，没有讲理的地方，你一定要忍住，千万不能对孩子说绝情绝意的话。”

柳皑雪说：“我知道应该怎么做。”

袁娟又说：“你能想开就好。以后有啥事情需要帮忙，喊我一声。”柳皑雪说：“天黑以后，彩云要是还不回来，你跟我去小六子家一趟，让你家卫平也去，接孩子回来，也帮我讨要卖猪的钱。你看行不行？”

“能行。”袁娟说，“多去个人好一些。不管小六子怎样耍赖，能要回来多少就先要多少。”说完，和兰兰姑娘一齐站了起来。临走的时候，袁娟再次叮嘱，说：“嫂子，无论发生什么意外，你可都要挺住！”柳皑雪点着头，说：“放心吧！”

关爱贞见彩云哭得泪人似的，十分同情，说：“孩子，不哭了！”彩云擦了一把眼泪，说：“猪钱没有了，我妈非打我不可。打死我也应该！六婶儿，你快帮我想想办法！”

小六子听到彩云的哀求，心中暗暗高兴，决定施下一个坏主意，说：“孩子，你知道我借不来钱。再说，猪钱被抢，并不是我的错。当然，也不是你的错。都是因为世道太乱造成的。现在，你妈不肯放过你，你说咋办？”

他见彩云摇头，接着说：“我认为只有一个办法，就是请你三爷出面说和，才能解危。他是族长，威信高，说话顶用。不过，还得叫上几个人，你也得帮忙。”小六子讲到这里，担心妻子在跟前碍事，让她去做饭了。

彩云问：“你让我帮啥忙？”

小六子小声说：“你一定得说，你妈怎样虐待你。比如：她要改嫁了，还不让你知道，卖猪是她逼迫的。还有，冬天不让你穿棉衣，晚上不让你盖被子……”彩云打断话，说：“你不要瞎说，我妈从来没有虐待过我。”

小六子气愤地说：“你只有听我的，把你妈说得一无是处，让她觉得输理，前去调解的人才能一开口就把她给镇住。这样，我们再提出保护你的要求。”彩云连声说：“不行不行，我不能诬陷我妈。”

小六子大声训斥：“你还敢犟嘴？你要是不听我的，就得挨打。我看，她不把你打个半死，也得打断一条腿。你想好，照不照我说的做？”彩云憋了两眼泪水，不再言语。

小六子来到厨房门口，对妻子说：“我去三叔那里有点事儿，一会儿就回来。你赶快做饭，我八点多要带上彩云去见柳皑雪。”说完，向外边走去。

小六子到了大门口，不由自主地站住了。他想看看藏在大门后边的宝贝，可是，又害怕被谁发现他的异常举动，连忙转过身子，往背后扫了一眼，才向外边走去。

关爱贞在厨房里发现丈夫走到大门跟前，头往门后歪了一下，连忙回避了。于是，想起了大门后边墙壁上的一个小窑窝，怀疑丈夫卖猪的钱没有被人抢去，而是藏到了那里。她自言自语地说：“你想昧了人家的猪钱，没门儿！”

关爱贞正要到大门后边查看一下，可是，刚走了两步，又拐回来了。她心里想，要是猪钱真的藏在那里，自己取了出来，交给了彩云，而小六子回来以后，发现藏在那里的东西没有了，就会发疯似的向她讨要。到那时候，自己挨了打，卖猪的钱也会被他搜出来。

想到这里，她打算暗暗盯住丈夫，让他没有机会取走那钱。等他带着彩云出去了，再取出来，托人把猪钱转交给柳皑雪，然后，自己连夜悄悄地逃脱，永远不再回来。说不定这回离开了大烟鬼，还能因祸得福呢。

第二十二章

引狼入室

小六子出了家门，直奔卫族长老的家里。德高望重的老人正在上房屋里看书，问小六子："找我啥事？"

小六子刚讲完卫清财告诉他的传闻，卫清廉进来了，说："寡妇门前是非多。这种谣言，你也相信？真是无稽之谈。"

小六子说："消息绝对可靠，不能不信。"卫长老说："柳皑雪改嫁与否，跟你有何相干？你对这事为啥这么热心？"

小六子说："不是热心，因为出事了。昨天，清财哥去我家，说为了彩云以后的生活有个着落，让我帮助把她家的那头大猪卖了。不料，我在回来的路上，被几个歹徒拦住，把猪钱全都抢走了。"

卫长老听到这话，立即想到"欺骗"二字，一时讲不出话来。卫清廉说："你拉屎，让我父亲给你擦屁股吗？你惹的麻烦，你自己解决。"

卫长老"咳"了一下，说："我认为你清正嫂现在不会离开咱卫家。即使真的要离开，也不会丢下孩子不管。你没事儿找事儿，我帮不了。"

小六子忙说："三叔，我不是向您借钱，是想请您出面调解，让柳皑雪谅解，也为彩云解危。"卫长老气愤地说："你和清财还嫌她孤儿寡母不够可怜，合伙坑骗人家。你们想把她娘儿们往绝路上逼。"

卫清廉担心老人气坏了身体，劝道："父亲，生气无济于事。"卫长老缓和了一下情绪，说："小六子，你糊弄别人可以，糊弄我不行！卖猪的钱，必须如数交给人家。你要是一口咬定，钱被抢劫了，就借钱还账。要是借不到钱，就把你的破院子卖了，能卖多少卖多少。"

小六子急切地说：“三叔，照你这么讲，我和爱贞好赖连个窝也没有了，您老忍心吗？我也是出于好心，只是把好事办砸了。您是咱卫族大家庭的长辈，不管不行啊！”

“你让我咋管？”

小六子装着极其为难的样子，带着哭腔，恳求道：“还是那句话，请您出面调解。三叔，卖猪的钱被歹徒们抢走了，我可以想办法转借。现在，我担心柳皑雪一怒之下，把彩云打伤了，让彩云留下什么残疾。所以，才来找您，只有您威信高，能帮上这个忙。今天晚上，我把彩云送回去，麻烦您也去一趟。您就答应吧！我求您啦。”说罢，“扑通”一声，跪在了地上，干哭无泪地“呜呜”着。

卫长老感到有些奇怪，心想柳皑雪孤身负重，加上小人作祟，改嫁的事有可能。问题是太巧合了，况且这种事发生在六子和清财两个人的身上，不能不让人怀疑。不过事到如今，自己不能不管不问，说：“别‘嗷嗷’了。我晚饭以后，去她家一趟。你通知清瀛和清林，让他俩也去。”

小六子暗暗高兴，说：“三叔，今天的事是咱家族内部的大事，我知道您不会知道这事而不管。我和彩云谢谢您！”卫长老说：“为了彩云，也想把问题弄清楚。你要是利用我，画圈儿让我往里边跳，我饶不了你！”

小六子连声说：“不敢，不敢！我要是别有用心，不得好死。”

卫清廉也感到事发突然，的确蹊跷。他同意父亲的决定，对小六子说：“晚上天黑，我陪您三叔过去看看。你走吧。”小六子点头哈腰，感激地说：“那好，那好！只要你们到位，问题也就迎刃而解了。”说罢，便按照长老和卫清财两方面的旨意，找人去了。

卫清廉给父亲倒了一杯茶，问：“您说，小六子葫芦里装的什么药？”

“明摆着的，他欺骗彩云，卖了猪，昧了钱，让我帮他解脱。清财是幕后指挥，他想着早一天霸占他弟弟家的全部家业。今天晚上，他们要演什么戏？你要见机行事。唉！斗转星移，没有几个人敢替弱势说话，所以，就是小六子不来，咱们知道了这事儿，也得过去看看。”卫清廉说：“我也是这么想的。”

小六子回到了家里，担心彩云变卦，把他叮嘱过的重复了一遍。然后又说：“你再想一想，除了我说的以外，你妈还有哪些方面虐待你，到时候都说出来。不要等你被打成了残疾再讲，记住了吗？”

彩云打心眼里热爱母亲，不忍心昧着良心胡说八道。可是，经小六子一次又又次的恐吓，无奈地说：“知道了。”

卫清财来到卫池家里，让他整治柳皑雪，并且许愿说：“事后，一定重谢。”卫池说：“咋谢都行。不过，我也得感谢你给我提供了这次机会，我早就想除掉这个心头之患。放心吧，我一定配合你，想办法把她逼走，或自尽。”

夜幕降临了，万物全被黑暗吞没，天上的繁星俯视着人间，不安地眨着眼睛。

小六子带着彩云姑娘出了大门。可是，没走多远，忽然想到藏起来的宝贝，立马转身往回走。

关爱贞看着丈夫领着彩云离开了，关紧了大门，来到了门后，伸手去摸墙上的小窑窝。突然，一种预感油然而生——小六子要是拐回来了，怎么办？想到这里，立即把手缩了回来。果然，她刚刚离开，就听到“呯呯呯”的敲门声。

关爱贞在屋门口大声问：“谁呀？”

“我！”

“你怎么拐回来了？”

小六子听到妻子的声音由远而近，有些放心了，说：“我想看看你把大门关好了没有？”

关爱贞打开大门，说：“你推一下不就知道了？哼！破烂摊子，没人稀罕。去吧，去吧！早去早回。”说完，“咕咚”一声关紧了大门，插上了门闩。

小六子本想把他那宝贝取出来，带在身上，以防不测。可是，妻子站在跟前，无法动手，只好应付了一下，离开了。不过他这样拐回来折回去，心里还是不踏实，不知为什么，总有一种不祥的感觉。

关爱贞站在大门里边听着小六子的脚步声越走越远，捂着激烈跳动的胸口，心里说，好险啊！差一点儿被抓个正着。她决定先回屋里歇一会儿，再去大门后边，看看卖猪的钱到底丢了没有。

卫清财家的院里弥漫着浓浓的香气，他让家人把做好的八盘菜和一瓶上好的白酒，摆在了桌子上，然后，提着一盏马灯，来到大门外边，迎接他的狐朋狗友。

不大一会儿，卫池带着两个随从和村子里的老实农民卫勤来到了跟前。卫清财说："你们来了，先到客厅喝两盅儿，啥都准备好了。"卫池说："回头再喝，岂不更有意思？"卫清财说："我在客厅里等你们。"

卫池说："收拾她，小菜一碟。你等着好消息吧！"

卫勤听出卫池他们要整柳皑雪，不想去了，可也不敢溜走。他皱着眉头，无奈地站在那里。

这时，小六子领着彩云来到跟前。卫清财说："各位，大家为了俺侄女以后的活路，为了咱卫家的财产不往外流，一定要让姓柳的答应我们提出的三个条件。"卫池一伙没有听完就急着向院子里走去。

小六子小声说："老哥，你放心，那东西我已经准备好了，晚两天给你送来。"说着，也进了大门。

彩云感到奇怪，一边走，一边问："六叔，你为啥让卫池也来了？他是俺的仇人。"

"人多势众，好让你妈答应不打你，知道吗？"

彩云说："我宁可挨打，也不想让他来管这事儿。"

小六子拍了彩云一巴掌，不耐烦地说："你懂个啥？快走吧，别管恁多。"

彩云又问："六叔，你刚才对我伯父讲的，给他的那东西是啥东西？他说的三个条件是什么？"小六子更不耐烦，戗了彩云一句："多嘴！你把你应该讲的记牢就行了。"

卫清财正要回家，卫清廉搀着父亲在远处边走边喊："清财哥，一切安排好了吧？"卫清财害怕露出马脚，说："天黑，我在这里接你们，没有什么安排。"卫清廉说："你真行，提前知道我们要来。其实，我们不用接，天再黑也迷不了路。"

他们一起来到前院，停住了脚步。卫清廉冷笑了一下，说："你们要玩什么把戏？能先告诉我吗？"卫清财忙说："看你说得多难听。刚才，我听到有人敲门，出去看看，正好你们也来了。"说完，向他家的客厅走去。卫清廉听了他那牛唇不对马嘴的回答，没有再说什么，搀着父亲，慢慢地向后院走去。

柳皑雪在上房屋里看着白云睡着了，正要出去找彩云，听到院子里乱哄哄的脚步声。

"有人吗？"小六子看着上房屋里亮着灯，一边喊，一边跟着卫池闯了进去。

柳皑雪看见卫池气势汹汹的样子，新仇归恨涌上心头。卫池横眉竖眼地环视了一下房间，坐下以后，又虎视眈眈地瞅着柳皑雪。

柳皑雪毫不示弱，瞪着杀害丈夫的凶手。她心里想，冤案无人管，如今又来找事，与其在死亡线上挣扎，不如舍身为丈夫报仇雪恨。她拉了一下桌子上的针线筐，想用剪刀刺杀仇人。

卫池警觉起来。他拉了一下随身的打手，暗示他们看住柳皑雪。屋子里气氛十分紧张。

柳皑雪猛地站了起来，抓起剪刀正要刺杀卫池，二女儿出现了。彩云缩着头，跟着小六子，躲躲闪闪地进到了屋子里，站到了墙角。她看见幼稚可怜的孩子，犹豫了。心里想，要是跟仇人拼个鱼死网破，解了心头之恨，可是，孩子失去了唯一的亲人，往后怎么生活下去？她想到这里，极力地控制着自己，右手颤抖着放下剪刀，暗下决心：不管他们玩弄什么花招，也不管他们多么狠毒，自己都要挺住，都要活下去，为孩子撑起这个家。

卫清廉搀着父亲进了上房里。卫长老看见卫池他们，冷笑了一下，说："人还不少哩！"卫清瀛和卫清林跟着进来了，说："还有俺俩呢。"

柳皑雪看到他们几个，心里安稳了一点儿。她给族长让了座位，自己坐到了床边。

小六子的妻子关爱贞在她的住室里坐了片刻，来到了大门后边，划着了一根火柴，伸手扒掉了塞在小窑窝里的烂草，接着，又燃着了一根火柴，发现最里边有一个包着东西的手帕，便掏了出来。她很快回到屋里，打开一看，除了一沓子纸币和几个银元以外，还有两个裹着鸦片的小纸包。她情不自禁地说："小六子，你果然行骗，让老天报应你吧。"

本性善良的关爱贞想到丈夫和卫清财鬼鬼祟祟合伙作孽的卑鄙行为，气愤不已，同时，也更加同情彩云和柳皑雪。她决定把卖猪的钱交给卫清廉的妻子，委托她和家人转交给柳皑雪。转念一想，小六子过一会儿就回来了，他要是发现宝贝没了，自己必须尽快离开。关爱贞想到这里，环顾了一下一贫如洗的小屋，痛苦地想着自己的不幸，缺吃少穿，还经常挨打挨骂。接着，她又想起前些日子，小六子烟瘾发作，揪住她的头发，逼她去娘家借钱，差一点儿把她掐死。还有，前几天老板来家讨债，小六子承诺，再等一个月，要是钱还没有准备好，家里的一切，让人家随便挑。她想起讨账老板下流的眼神，就恶心，就害怕。

关爱贞越想越担心，想越越气愤，越想越觉得必须离开小六子。她下定决心，一办完这事就出走。她往外边看了一下，到处黑洞洞的，又想，这么一走，到哪里落脚呢？想了一会儿，她认为回娘家，会给父母带来很多麻烦，决定先去姨妈家里避一避。接着，她打开了箱子，把自己的几件衣物包在一个包袱里，把卖猪钱装到了口袋里。然后，拿起两包鸦片，自言自语地说："你呀，是用孤儿寡母的血汗换来的，你比金子还要贵。可我不稀罕，也不能留给烟鬼。"说完，提起包袱，向厕所走去。

关爱贞把那两包毒品扔进了茅池里，立即离开了那个破院。

柳皑雪的上房屋里鸦雀无声，充满了火药味，好像燃根火柴就会爆炸似的。卫族长老捋了一下白胡须，扫了一眼龙蛇混杂的场面和各自不同的神态，目光落在双手叉腰的小六子身上，说："看你这个架势，是来打架的，还是来说事的？"

卫池开口了。他怒目指着柳皑雪，大声喊："姓柳的，你清楚你的不轨行为，应该知道我们为什么找你。你要放聪明一点。若敢耍刁，惹恼了大家，看我怎样收拾你！"

卫长老听了，推了一下清廉，让他提防着。

柳皑雪面对卫池的挑衅，蔑视地瞅了对方一眼。

白云被吓醒了，她睁开惺忪的眼睛，发现满屋子都是人，连忙偎依在妈妈的怀里。彩云也很不安，她担心卫池乘机伤害母亲，心里想，小六子原来说找几个人劝解妈妈，免得她挨打。可是，卫池为啥带着几分杀气呢？她后悔了。

小六子仍然狐假虎威地叉着腰，对卫清瀛说："现在，你把我写的东西宣读一下。姓柳的必须当众认错，答应照办。否则，大家饶不了她。"白云听到威胁，挺直了身子，小手一抓一抓的，恨不得把小六子的那撮山羊胡子给揪下来。

卫清瀛"咳"了一下，说："小六子刚才找我，说是为了彩云的安全和以后的生活，让我前来调解。如果这张纸上写的与实际情况没有出入，也就不算过分。现在，柳皑雪听着：

第一条，你现在有两个未成年的孩子，希望收回改嫁的打算。人们常说，‘人留名，雁留声。’俺清正兄弟去世没过三年，你就想另找门庭，不合适。现在，外人说三道四，耻笑你，咱卫家也不光彩。我知道，你过去一贯遵守妇道，希望你能重新考虑。”

卫池听到这里，觉得没有火药味，恶狠狠地瞅了一下卫清瀛，可也不便插嘴。他咬了咬牙，只好硬着头皮听着。

卫清瀛看了大家一下，接着讲：“第二条，不准打骂孩子。我听小六子说，你昨天背着彩云去相男人，还提走了一包袱东西。彩云担心你改嫁不带她，以后的生活没有着落，让小六子帮助，把你家养大的猪卖了。事有不巧，小六子在回来的路上，被一伙歹徒打翻在地，猪钱被抢走了。这一切，都是你的不轨行为引起的，不能怪罪别人。你应该知道，要是一气之下，把彩云打伤了，或者落了什么残疾，损失只能更大。所以，你必须管住自己。另外，你以前虐待彩云，到此为止。”

在场的人听罢，感到意外，卫长老对最后一句更是疑惑不解。卫池和小六子却摇头晃脑，显出十分得意的样子。

卫清瀛停了一下，接着讲：“第三条，你如果不肯改变主意，你走你的，卫家的一草一木全部给彩云留下。她以后要生活。也就是说，卫家的一根断线也不能便宜了外姓的人。你倒腾出去的东西，要尽快地拿回来。”他讲完以后，问小六子：“就这些吧？我读完了。”

小六子站了起来，往柳皑雪的面前靠近了一步，说：“你听清楚了没有？人怕没脸，树怕没皮，你那伤风败俗的事情，全村的人都知道了。你还有脸见人吗？现在，你必须当众认错，答应那三个条件，也叫约法三章。否则，我们立即把你赶出卫家。”

卫清瀛代替别人宣读了三条要求以后，心里打起了问号——柳皑雪是个有名的贤妻良母，对孩子关爱有加，怎能虐待彩云，丢下不管呢？

柳皑雪再也忍不住了。她盯着小六子，理直气壮地说：“我柳皑雪没有什么不轨行为，不会虐待孩子，更不会做什么伤风败俗的事情，你不要血口喷人！彩云知道我昨天走娘家，给我的父亲庆六十大寿。我带的那个包袱，是给老人家拆洗的棉衣，我倒腾什么了？”说完，转过脸对卫清瀛说：“我身正不怕影子斜，希望你不要轻信馋言，上当受骗。我要小六子还我清白！”

小六子听到这话，急得坐卧不宁，大声反驳：“你还敢抵赖不是？我告诉你，证人证言俱在，一叫就到，到时候，看你有啥可说？”

卫族长老了解柳皑雪的人品，说：“小六子，你可不能瞎编，蒙我们啊！”小六子说：“吕小草讲的。你若不信，可以叫来问问。”

卫清瀛心里想，如果柳皑雪没有什么不轨行为，自己岂不成了无事生非人的帮凶？立刻说：“把吕小草叫来，对质一下。”

“行！”卫池一边接腔，一边指使身边的一个随从，说：“你把吕小草叫来，我要看看这个刁妇怎样下台。”那个人立马去了。

柳皑雪相信吕小草不会造谣，更不会和他们合伙诬赖好人，大声讲：“要是真的有什么相男人的事，我永远不再见人；如果是小六子造谣，他就得还我清白！就得跪在地上，向大家认错。”

小六子说：“祸到临头，还敢嘴硬，你不想活啦？”

卫族长老有些担心。他想，吕小草如果实话实说，问题很好收场；如果她欺软怕硬，歪着嘴子说话，柳皑雪就是跳进黄河也洗不净。不管怎样，只要发生意外，就得想办法让柳皑雪解脱，保证她的人身安全。卫清廉和卫清林也在考虑这个问题。一个准备以国民政府的“三民主义”中的民权条例为柳皑雪的隐私行为做辩护，一个打算把他们的家族以外的人卫池及其两个随从撵走。

这时，柳皑雪理直气壮地质问小六子：“你说我虐待孩子，有啥证据？现在，我让你对着大家说清楚。”

小六子拉了一下彩云，说：“你快讲，让大家知道你妈是怎样折磨你的。”彩云低头不语。小六子催促着说：“你快说呀！关键时候，你怎么哑巴啦？”

彩云已经看透了小六子的恶毒用心。她痛恨自己上当受骗，不但葬送了卖猪的钱，还引狼入室，加害于母亲，仍然没有开口。

小六子看见彩云擦眼泪，大声说：“闺女，你害怕什么？有我们在，她不敢打你。快讲！”说完，狠狠地掐了彩云一下，彩云疼得“哎呀”了一声。她害怕小六子以后报复，哭着说：“冬天不让我穿棉衣，晚上不让我盖被子。”小六子说：“还有，你都告诉大家。”彩云又不说话了。

在场的人多数不相信彩云的话，可是，亲耳所闻，又不能不信。卫勤蹦了一句：“天底下竟有这样的母亲。”

卫族长老看出了破绽，说："彩云，你站过来。"然后，问道，"你说的都是实话吗？不要害怕，你说，你冬天穿棉衣了没有？"

"穿啦。"

"棉衣是谁做的？"

"我妈。"

"你晚上盖被子了没有？"

"盖啦。"

卫长老又问："那你刚才为啥那么讲？到底哪个是实话？"

彩云哭着说："都是我六叔教我的。他说，只有那么讲，大家才能镇住我妈，不让她打我。还有，他去我家，劝我把猪卖了，我想跟他一起去镇上，他就是不让。卖猪的钱到底……"

小六子被揭得体无完肤，没有听完，就已七窍生烟，歇斯底里地大喊大叫："你胡说什么，你胡说什么？你敢耍我不是？"他一边逼问，一边气急败坏地要打彩云。卫清瀛拦住了，说："把手放下！"

彩云躲在长老的背后，吓得直打哆嗦。其他人目瞪口呆，心里说："原来是这样的。"

卫族长老气得脸色煞白，训斥道："小六子，你口口声声地说为了彩云，到底是真的，还是假的？要是真的，为什么还要动手打她呢？你对大家说清楚，你教唆彩云说瞎话，究竟什么用心？"小六子张口结舌，面红耳赤，无言答对。

卫池觉得扫兴，如坐针毡，屁股在椅子上拧了几个来回。接着，握着拳头，"咚"的一声捶了一下桌子，说："彩云出尔反尔，不能相信。嘴上没毛，说话不牢，她受虐待的事情不说了。"

小六子见卫池替他说话，又把矛头指向了柳皑雪，嬉皮笑脸地说："姓柳的，我知道你才30多岁，年轻轻的孤守青灯，太寂寞了，所以急着找男人。如果你找的男人看不上你，我在咱们村里给你介绍一个。"

说完，凑到了面前，斜着眼睛，看了一下卫勤，接着说："找个倒插门的。你看他，中不中？"

卫勤的妻子去世两年多了，由于家贫再也娶不起老婆。他听到小六子公开侮辱柳皑雪，忽然明白卫池让他作陪的目的，气得"哼！"了一声，愤愤地离开了。

小六子阴阳怪气地说："你们看，女的还没有发热，男的就害羞了。哈哈！"屋子里的人，有的怒不可遏地盯着小六子，也有的暗自叫好。

柳皑雪愤怒之极，指着小六子的鼻子，大声骂："畜生！你是个禽兽不如的东西。"紧接着，"呸"的一声吐了他一脸唾沫。

小六子愣了一下，举起袖子一边擦脸，一边喊："你敢吐我？你敢吐我？"

卫池认为打狗欺主，拍案而起，怒目指着柳皑雪，威胁着说："姓柳的，你想挨打了不是？"说着就要行凶。

卫长老早有戒备。卫池的"挨"字一出口，他就站了起来，一边摆手阻止，一边喊："哎，不准动手！不准打人！"

卫清廉立即往柳皑雪跟前移了两步，以便护驾。与此同时，卫清瀛和卫清林已经拽住了卫池的胳膊，硬把那个凶煞推到了椅子上，阻止了即将爆发的混乱与悲剧。

彩云和白云睁大着眼睛，十分害怕。可是，当她们觉察到母亲面临危险的时候，立即用身子护住了母亲。她们握着拳头，准备与坏蛋拼。

卫池坐下以后，拉了一下随从，小声说："这口恶气一定要出！等证人来了，一齐上手，非把她打个半死不可。"

小六子擦完脸上的唾沫，恶狠狠地指着柳皑雪，大骂："你这个母老虎，吃我一拳。"说时迟，那时快，他的拳头刚刚举起，就被卫清廉抓住了。

卫族长老说："小六子，你也想撒野？你血口喷人，挨一脸唾沫，活该！"

卫池恶狠狠地瞅着卫长老，正要说什么，刚才出去的人回来了。

卫池忙问："证人呢？"

"人家不来。"

"为啥不来作证？是不是害怕得罪人？"

"不是。吕小草说，根本没有那事儿。她还骂我造谣，说我……"

卫池没有听完，就像挨了当头一棒一样，"啊？"惊叫了一声，再也说不出话来。

卫清瀛质问小六子："哎，你的嘴上有毛，为啥说话也不牢呢？晚饭以前你亲口对我说那事是铁板钉钉，原来纯属造谣，骗我上当。你为啥这么卑鄙？"

小六子尴尬而沮丧地低下头，也觉得委屈，连声说："我没有造谣，我真的没有造谣！"

卫长老气愤不已，大声质问：“你没有造谣，谁造谣了？你说！”他见小六子张口结舌的样子，接着讲，“你可知道，造谣可耻，信谣可悲，传谣愚昧，利用谣言惑众者，可恶至极！”

卫清瀛接着训斥：“小六子，我真没有想到你一个大爷们儿，利用谣言骗骗这个，骗骗那个，还哄骗彩云诬陷她的母亲。你还是个人吗？我看，你说卖猪的钱被抢劫了，也是骗人！”

卫清廉越听越恼怒，大声说：“小六子，我认为卖猪的钱仍然在你手里，你必须交给柳皑雪。就是按你所说的被抢劫了，也得如数归还，因为这一切都是你别有用心，造谣生事，故意伤害无辜而造成的。”

小六子听了，急得像热锅上的蚂蚁，结结巴巴地说：“我，我不能当替罪羔羊。要说造谣，应该是清财哥。他去我家亲口对我讲的，包括怎样哄骗彩云上当、卖猪的钱如何处理，还有让大家来这里围攻柳皑雪，都是他的主意。你们要是不信，可以问他。我现在就把他叫来。”说着，站了起来。

卫清廉见小六子供出了幕后的罪魁祸首，说：“别去叫了。你让他来对质，会来吗？就是来了，他能承认吗？别犯傻了。”小六子强调着说：“我没有造谣。真的，都是他让我干的。”

卫池耷拉着脑袋，不知道说啥为好，更不知道怎么收场？卫族长老气愤地瞅了一下卫池，旁敲侧击地训斥小六子，说：“你30来岁的人啦，长的是猪脑子？你知不知道，造谣中伤，随便侮辱、诬陷好人，还有恶意围攻弱势的，叫作孽？！你这样欺负孤儿寡母，算什么本事？以后不准再有这类事情发生。”

卫清林捣着小六子脑门儿，说：“现在已经真相大白，水落石出，柳皑雪为人清白，根本没有任何不轨行为。你这个祸害人的东西，花言巧语把我们叫到这里，唇枪舌剑，肆意毁伤人家，恨不得一下子把柳皑雪给刺死，你比蛇蝎还要狠毒。你今后还有脸见人？有脸活在这个世上吗？”

卫长老仍然气愤不已，喘了两下，接着说：“小六子，你这个猪狗不如的东西，干这种伤天害理的事情，还把我们拉进来，兴师动众，欺侮落难之人，是可忍孰不忍！你说，让我们怎么走出这个屋门？”

小六子无言答对，自己打起自己的耳光。

卫清瀛说：“光打嘴巴子不行。你得跪在地上，向大家磕头认罪。”

卫池听着，知道那些责骂与训斥也是冲着他的，不但没有愧疚，反而恼羞成怒，拳头又在桌子上捶了两下，大声骂：“真他妈的倒霉。走！”一帮乌合之众灰溜溜地离开了。

卫清财在客厅里听到院子里的动静，提着马灯出来了。他以为卫池他们凯旋，只顾高兴，没有看见卫池铁青的面孔就张开着双臂，笑着说：“屋里请！屋里请！”

卫池气呼呼地把他推到一边，说：“哼！刮了脸皮，挨了骂，你的招数太高了！”

卫清财望着同伙远去的背影，一下变成了土鸡瓦犬，呆呆地站在那里，一句话也说不上来。

卫清瀛原本是个正直人，有生以来，第一次参与这种不道德的事，悔恨不已。他认真地向柳皑雪赔礼道歉，说：“嫂子，你是清白的。对不起！请你原谅我处事不慎。”接着，恭恭敬敬地鞠了个躬。

卫长老说：“清正家的，咱族内部出了这种败类，加上别有用心人的掺和，彩云上了当，受了骗，也让你无辜蒙受冤屈，忍受这种奇耻大辱，还有生活上遭到的巨大损失。不过，还好真相已经大白。另外，小六子要是赖着不给你卖猪的钱，让清廉和清瀛帮你讨要，尽量减少损失。你也想开一点儿，原谅孩子，她会记住这个教训。记住，不做亲者痛、仇者快的事，也不能生气。”柳皑雪点了点头，泪水夺眶而出。

卫清廉说：“嫂子多保重！我们走了。”

卫清廉搀扶着父亲走在回家的路上，心里难以平静。他想，柳皑雪和大家一样，不是水中的月，不是空中的云，不是路边的草，不是泥做的人。她是有刚有性，颇有自尊心的人，让她忍住不生气，难啊！他决定让妻子多去劝慰。

卫长老也放心不下。不过，他坚信，能在坏人面前镇静应对的柳皑雪，一定能像以前那样，为了孩子，尽快地振作起来。

第二十三章

小人得报人财空

快到午夜时候，月亮怜悯无辜挨整的人，以皎洁的亮光透过窗户，减弱屋内的黑暗。

柳皑雪的家里没有人说话，没有人走动。她和孩子们含着眼泪，沉浸在遭受算计、围攻、诬陷和凌辱的悲愤与痛苦之中，个个心里像刀绞一般。

柳皑雪坐在椅子上，面色苍白，泪水汪汪，心里想，幸亏世上还有好人在主持正义，在自己遭到磨难与危险的时候挺身而出，替她这样的弱者说话，呵护她的安全，否则，结局不堪设想。接着，她想到了好不容易喂大的那口猪被骗子卖掉了，接济生活的希望破灭了。要是卖猪的钱要不回来，怎么办？家里一点儿粮食也没有，往后的日子咋过活？她越想越发愁，愁得揪心，阵阵发蒙。过了好大一会儿，才清醒了一些。她看了一下孩子，发现两双泪汪汪的眼睛呆呆地望着她，特别是彩云圪蹴在墙角发憷的样子，既可怜也心疼。她又想，眼下的生活虽然没有了着落，但是，女儿能平平安安地回到自己的身边，就是不幸中的万幸。只要孩子在，其他困难以后再说。她想到这里，泪水直往外涌。柳皑雪为了不让孩子们过于难过，俯在桌子上，

自言自语地说："孩子没了父亲，可怜，都怨我的命不好。"说完，回忆起自己的身世。

她七岁那年，军阀混战，兵痞们结成团伙，乘机发灾难财，到处抢劫，乱杀无辜。老百姓们无奈，只好逃到大深山里避难。有一次，她的母亲为了收藏粮食晚走了一步，被乱兵打伤，推到了枯井里。等到逃难的人

们回到村里的时候，她的母亲已经惨死在井下边的乱石之中。她的父亲带着他们兄弟姊妹四个围在她的母亲身边哭天喊地，悲愤交加。她跪在灵床跟前，更是哭得死去活来，一直不肯离开。安葬的时候，她的父亲为了让孩子们记住他们妈妈死得冤屈，也为了永远纪念自己的贤妻，不惜花钱多少，在那口枯井旁边的大路两侧立了六块石碑，控诉战乱给老百姓带来的灾难。

柳皑雪从小就失去了母爱，后来，父亲和继母千辛万苦，把他们兄弟姊妹几个养大了。她结婚以后，生活稳定下来，可是，好日子没有多久，丈夫就被鬼子和汉奸杀害了。她带着三个孩子，不但生活艰难，而且，不断遭受着汉奸的暗算和本家族的小人的欺负。

接着，她又想到了当下：内外恶煞互相勾结，肆意诈骗、围攻、毁伤，把她娘儿们往绝路上逼。以后还会遭到哪些迫害？难以预料。要是丈夫活着，她们也就不会被整成这样。她想到这里，忍不住哭出声来。

两个小姑娘听到母亲悲痛的哭声，又心疼、又害怕。白云拽着母亲的胳膊，不停地哭着喊：“妈妈！妈妈！”

彩云看着母亲痛苦不堪的样子，后悔极了，心都碎了。她想，千不该、万不该，自己不应该听信小人的话。现在，不但枉送了她们养猪付出的一切，断送了接济生活的来源，也给妈妈带来了致命的伤害，犯下了不可饶恕的罪过。这会儿，母亲痛苦成那样，也不动怒，连骂她一句也没有，心里更加痛恨自己，更加疼爱妈妈了。她担心母亲气下病，担心她们这个不幸的家庭变得更加不幸，擦了一下眼泪，来到母亲跟前，“扑通”一声跪在地上，哭着哀求：“妈妈，我错了！我再也不敢了！妈妈，您打我吧！打死我也应该。”说完，她拽住母亲的手，使劲地往自己的头上、脸上乱打起来。

柳皑雪见孩子下跪认错，心里更加难受，哭得更加悲痛。同时，也更加心疼自己的亲生骨肉——没有父亲的孩子。她想，女儿上当受骗基于心地善良而单纯，是无辜的，她也是受害者，不应该挨打。

彩云让母亲狠狠地打自己，母亲的手却在使劲儿地往一边撤。那情景，那场面，老天看着也同情。

柳皑雪拉起彩云，母女三个抱作一团，血泪交流，泣不成声。在这间小小的屋子里，悲凄的哭声震撼着门窗，震撼着天棚，也震撼着外边黑暗的夜空。

她们哭啊哭，不知道哭了多长时间，泪水才把心里的不平和苦水冲刷了一点。

柳皑雪把眼泪往肚子里咽了一下，又用毛巾给孩子们擦了一把脸，说："不哭了，咱们都不哭了。现在，咱家已经失去的，有人帮助讨要。如果卖猪的钱要不回来那么多，或者，一点也要不回来，咱们也得过下去。失去的，就让它失去了。今后的日子咋办妈妈另想办法。"

小六子和卫池一伙在街上分手以后，心里百味交加，他为自己受到的训斥、责骂，挨的一脸唾沫和自己打自己的几个耳光感到霉气和沮丧，同时也很后悔——不该听从卫清财的教唆。他难过了一阵，又想，丢了脸可也没有丢钱，大门后边的宝贝等着他去取呢，总算也有收获。想到这里，他一下精神了许多，步子也加快了，不大一会儿，便来到了自家的门口，"啪！啪！"地使劲儿拍了两下大门。不料，大门被推开了。

"怎么没有插上门闩呢？"他自言自语地埋怨了一句，便进到了院子里。他瞅了一下卧室的窗户，里边没有亮灯，心里想，她睡着了更好。接着，兴冲冲地来到了大门的后边，去掏藏在小窑窝里的东西。一摸，里边空荡荡的，啥也没有，不禁大吃一惊。他一边往卧室那边跑，一边喊："爱贞！爱贞！我那宝贝呢？你可不能吓我啊！"可是，没人理会。

他急忙来到了屋子里，慌慌张张地燃亮了油灯。一看，妻子不在，便像饿狼一样大喊大叫起来："关爱贞！你给我出来！"接着，端起油灯，把角角落落和床底下全部照了个遍，仍然不见妻子的踪影，急得冒了一身冷汗。他连忙打开箱子一瞧，里边只有他的几件旧衣服，预料大事不妙，火冒三丈，拿起屋门后边的一把笤帚，向厨房跑去。他边跑边骂："关爱贞！滚出来！你敢拿我那东西，看我扒了你的皮！"

小六子以为他的妻子不会摸黑外出，想在厨房里抓住她。可是，找遍了也不见人。他又来厕所找人，把便池旁边的烂秫秆扒拉了两遍，仍然不见关爱贞，急得心慌意乱，眼冒金星，自言自语地说："找不到她，一切都完了。怎么办呢？"

他来到当院，急得一会儿跺脚，一会儿就地打转。冷静了一会儿，他心里想，妻子一定发现了他的秘密，拿着鸦片和剩下的猪钱出走了。可是，深更半夜，她能跑到哪里呢？

小六子想了一会儿，认为关爱贞是到族长家里告他状了，气得咬牙切齿。他放下笤帚，歇斯底里地喊："姓关的！你就是钻进地缝里，我也要把你挖出来。"喊罢，转身向外边走去。

卫清廉搀扶着父亲回到了家里。他的妻子来到上房屋，把关爱贞交给她的东西放在老人的面前，说："父亲，这是小六子骗取柳皑雪的猪钱……"

卫清廉没有听完，就问："柳皑雪的猪已经喂成了，怎么只卖了这么一点儿钱？"妻子说："小关告诉我，小六子用卖猪的钱买了两包大烟，她已经把那白粉倒到了茅池里。爱贞临走的时候交代，让你们把这钱转交给柳皑雪。"

卫族长老捋着银白的胡须，说："爱贞是个正直有良知的人，是个好人！"停了一下，他忽然想起了关爱贞的安全问题，忙问："关爱贞现在在哪儿？她千万不能回家！"卫清廉也着急地说："是呀，小六子要是知道了这事儿，是不会放过她的。"他的妻子说："她没有回家。我让她先在咱们家里避一避，明天再回去。她说，她不打算回去了。趁着天黑，去她的亲戚家了。"

卫清廉松了一口气，说："走了好，走了也就彻底解脱了。"

卫长老讲："树移死，人移活。不过，一个女人无论走到哪里，都不容易。你们明天把这猪钱送给柳皑雪。现在不早了，休息去吧。"

他的话音刚落，忽然听到了紧急的敲门声。长老说："一定是小六子来找人了。"

卫清廉把猪钱藏了起来，然后，来到了大门口，问："谁呀？"

"是我。快开门！"

卫清廉打开大门，取笑着说："你把钱准备好了？真麻利。"

"我要找人。"小六子说着，便进到了院子里。

卫清廉跟在后边，问："你找谁呀？"小六子没有回答，直奔上房屋。他一见到长老就迫不及待地喊："三叔！您快告诉我，俺媳妇在哪儿？"

卫长老冷言冷语地抢白他了两句："你是咋呼啥哩？我咋知道？"

卫清廉的妻子讽刺小六子，说："你连你的老婆都看不住，真能干！你出去干啥事了？"她见来者不回答，又问："你是不是怀疑她来俺家了？难道你不了解，你媳妇从来不串门儿，何况又是夜里。”

小六子半信半疑，他东瞅瞅，西瞧瞧，不敢到其他地方搜查，只好说：“她不在家，东西也丢了。”说完，转身就走。卫清廉跟在后边，问：“你的什么东西丢了？”小六子好像聋子一样，只管往外边走。

卫清廉送走了骗子，关好了大门，回到了上房屋，高兴地说：“竹篮打水一场空，连老婆也给搭上了。真是老天报应，活该！”卫族长老也说：“鸡飞蛋打，他的黄粱美梦做到头了。”

小六子从卫清廉的家里出来，直接去找卫清财。卫富海打开了大门，小六子一句话也没有讲，就急急忙忙地跑到了老当家的卧室。

卫清财绞尽脑汁策划的恶作剧泡汤了！加上卫池抢白他的难听话，心火上升，正想发泄。他一看见小六子闯了进来，就骂：“你咋像个没头苍蝇似的，进来也不打个招呼。”

“因为出事了，你多原谅。”

“出啥事儿了？快讲！”

小六子坐下以后，哭丧着脸，说：“老哥，不好了，我的老婆不见了。”

朱氏担心老头子的身体，连忙说：“偷鸡不成蚀把米。老婆丢了，自己寻。你找他干吗？”

卫清财看着小六子急得油煎似的，“咳”了一声，说：“你应该先到三叔家里看看。”

“我刚才去过了，她不在那里。”小六子说，“我真后悔。早知这样，何必当初？”

卫清财听到这话很反感，吊着脸儿说：“你讲这个啥意思？世上没有卖后悔药的。”停了一下，又，“先别着急，你媳妇没长翅膀，飞不了。你明天早上去她的娘家一趟，保证抓个正着。”

小六子站了起来，正要离开，卫清财又说：“急啥哩？我想问你，卖猪的事，我安排得好好的，你怎么给办砸了呢？”小六子气愤地说：“该说的，该做的，我都尽力了。因为吕小草不肯做证，还骂我是借树生枝，造谣生事。我都替你扛着。还有，彩云这个死丫头在关键时刻变卦了。三叔一个劲儿地训斥我，责骂我。我和卫池他们连头都抬不起来。你不知道，柳皑雪还吐了我一脸。”

卫清财没有听完就气得头昏脑涨，加上来者急于寻找妻子，本想过问一下给他买的鸦片的事，只好往后放一放。

小六子回到了家里，害怕夜长梦多，决定立即到岳父家里要人。说去就去，他一边往外走，一边骂：“关爱贞，你他妈的胆子不小。你要是昧了我那东西，我非把你的娘家抄了不可。”

小六子三步并作两步，飞也似的来到了关沟村，他的岳父一听说女儿不见了，又急又气，指着女婿骂起来：“你这个不正干的东西，我的闺女嫁给你，真是鲜花插在了牛粪上。你说！你是不是又让她来借钱，打她了？”

“没有，没有。”小六子连声说，“我们只拌了两句嘴，她就不吭声出去了。我在村子里到处寻找，没有找到，才……”

关老太太更是心疼女儿，打断话，大声训斥：“你不要瞎编！她夜里出走，肯定另有原因。你说，你是不是让她抵债？把她逼走的？”

小六子忙说：“不敢，不敢！岳母，要是那样的话，我何必来这里找人？”

老太太听罢，哭喊起来：“爱贞！我的好闺女儿啊！你在哪里啊？闺女！我就你这一个宝贝，你千万不能出事啊……”他的岳父愤怒至极，揪住小六子的胸襟，大声呵斥：“混蛋，你要是不把我的女儿找回来，我跟你没完！”说完，也哭起来。

小六子看着岳父岳母老泪纵横，才相信妻子没回娘家，无奈，只好打退堂鼓，说：“你们先别担心，我再到别处找找。我不把她给找回来，死不瞑目。”

小六子返回家里，已过午夜。他坐在椅子上，感到筋疲力尽，想休息一会儿，可是，心里焦躁，六神无主，强打精神在屋子里转起磨道。他想：妻子一定是害怕用她抵债，才带着那些东西出走的。这一走，恐怕不会回来了。他越想越着急，大声呼喊：“爱贞！你不回来，谁给我做饭？我可咋活呀？”说罢，“嗷嗷”地哭起来。

哭了一会儿，小六子来到屋门跟前，想起自身的问题。他擦了一把眼泪，痛恨自己太没出息，不走正道。他也恨卫清财的误导和教唆，想起当年卫清财诱惑他吸毒的甜言蜜语；想起自己上瘾以后，卫清财乘机榨取，要挟他偷卖耕田的凶狠样子；想起他气死父亲，又用房舍抵债，气得母亲上吊自尽的悲剧；想起毁尽家业以后，烟瘾发作时候的惨状；想起卫清财教唆他害人、害己的结局，好像几把匕首一齐捅在胸口一般，难受、后悔、痛心极了，不禁大声呐喊：“卫清财！你害得我好苦！卫清财！你把俺家给毁了！你不得好死！”

小六子喊罢，觉得胸闷气短，心脏隐隐作疼，也有点憋尿，连忙上茅房去了。

他划着了一根火柴，发现茅池边上有一点儿白霜似的粉末，便想到了鸦片。他立即往便池里瞅了一下，看见里边有两个纸团，仔细一瞧，那两个纸团正是包白粉用的。他又划了一根火柴，伸长胳膊，探着身子去捡。可是，捞上来的只是湿淋淋、臭烘烘的烂纸片。可惜地“哎呀”叫了一声，只好扔掉了。

小六子的心里更加难受，更加悲怆，急急忙忙地撒完尿，用手捂着疼痛的胸口，低着头，晕晕乎乎地向卧室走去。

到了门口，他的心脏突然剧烈地疼起来，连忙扶住门框，跨过门槛，想坐在门槛上缓一缓。可是，他还没有坐下去，“扑通”一声，倒在了屋门里边。

小六子瞪着眼睛，倒在地上，呜呼哀哉了。

第二十四章

殡葬奇观

人生坎坷，岁月艰难。柳皑雪遭到这场意外的伤害以后，整天无精打采，不思饮食，犹如大病缠身。尽管她的心里清楚，根深不怕风摇动，树正不怕影子斜；尽管她也明白，生气是拿别人的过错惩罚自己，也曾几次下决心，把那些不幸抛到脑后，摆脱无休止的精神折磨。可是，劝人容易劝己难，不由自主。

这天傍晚，彩云带着妹妹在厨房里做饭，想给妈妈做碗面条，可是没有白面，她只好用开水烫了点红薯面，掺了一点野菜，做成了小窝头。

煮好以后，把饭端到了母亲的卧室。柳皑雪慢慢地睁开眼，有气无力地说："你们先吃吧，我不饿。"

彩云又一次听到了这种回答，十分着急。心里想，妈妈已经两天没有动筷子，这样下去，身体会饿垮的。要是妈妈的身体不行了，这个家庭也就彻底完了。她含着眼泪，说："您已经两天没有吃东西了，咋能不饿？您是不是还在生我的气？妈妈，您要是还不吃饭，我也绝食了。"

白云趴在母亲身边，噘着小嘴，说："妈妈，今天早上和中午，都是我一个人吃饭，你俩要是都不端碗，我也不吃了。"柳皑雪说："那可不行！我现在不想吃饭是因为没有胃口，你们不能跟我一样。"彩云和妹妹看着母亲摆手，急得哭起来。

柳皑雪心疼孩子，说："别哭。我起来吃一点儿也行。"说完，强打精神坐起来，长叹了一声，说："为了我可怜的孩子，只有坚强地活下去，没有别的选择。"彩云和妹妹看见妈妈接住了饭碗，高兴地笑了。

晚饭以后，柳皑雪从枕头下边取出了几块银元和一沓票子，对彩云说："这是你清廉叔叔和你婶儿送来的卖猪的钱。小六子把咱家的猪卖了以后，买了两包鸦片，就剩下这么一点儿了。"

彩云睁大眼睛，吃惊地说："我六叔真是个大骗子，我永远不再理他了。"柳皑雪对孩子们讲了关爱贞为了她们而出走的情况，并交代一定要保密。

彩云听罢，激动地说："我六婶儿真是个好人，咱们应该谢谢她。"停了一下，又说，"妈，咱家的红薯面不多了，我明天就去镇上买点粗粮，也买几斤白面，给您擀点白面条，补补身子。"柳皑雪说："要做就多做一点，你们也是好长时间没有吃过白面了。另外，你到镇上，先去高大夫的诊所买两张止痛散瘀的膏药，然后再去粮店买二斤白面，剩下的钱买成玉米。"

彩云问："买膏药干啥？"柳皑雪说："我左边的乳房里有个硬块儿。我用梳子梳了几次，仍然散不了。"

彩云着急地说："让我看看。"她用手摸了一下，硬块有杏核那么大，外部有些红肿，关切地问："妈妈，疼不疼？"柳皑雪说："跳着疼。我怕化脓了，更不好治。所以，买点膏药贴一贴。"

彩云站了起来，说："我现在就去买。"柳皑雪说："天已经黑了。明天再买。我先用热毛巾敷一敷，不要紧。"

次日，彩云一吃罢早饭就大步流星地向镇上走去。

卫清财在客厅里皱着眉头，转磨道似的来回踱着步子。朱氏看得心烦，停下手中的针线活，问："你来来回回转啥哩，是不是又有头疼的事儿了？"卫清财说："小六子答应过，他来咱家，送给我点东西。五天过去了，还没有来，不知道他会不会跟我耍心眼儿。"

"他要送给你啥东西？是不是卖猪的钱？"

卫清财不愿意向老伴透露真实情况，说："不是，这个与你无关。我现在就去找他。"说完，立即出去了。

大街上人来人往。一位姓贾的老先生88岁逝世了，家人正在准备殡葬。前来吊唁的人一个接一个，有亲朋好友，也有寨内寨外的农民。他们个个虔诚地跪在灵位的前边，给贾老磕头，哭号。执事人把吊唁的客人一一搀起，领到了客厅里。

围观的人一边看，一边议论。有的说，贾老的两个儿子都孝顺，不攀不靠，对老人各尽各心，贾老活得值；有的说，贾老行善积德，总爱做好事。他没病的时候，看见小桥被洪水冲坏了，带着孙子去修；冬天下雪了，为大家扫路，还帮助过穷人。真是活着威望高，逝世了，想他的人也多。

卫清财从家里出来以后，在街上只看了一眼，就急急忙忙地向小六子的家里走去。

他一进到那个破院子里，就发现几只红头绿翅的苍蝇飞来飞去，同时，闻到了一股臭气，可也没有多想。他喊了两声小六子，不见回音，便向卧室走去。

他来到屋门口，看见小六子直挺挺地趴在地上，脸侧着，瞪着眼，面色如土。许多苍蝇围着他的身子，"嗡嗡"地乱叫唤，吓得卫清财两腿发软，连忙后退了几步，然后，捂着鼻子，说："你咋死了呢？"

卫清财本想取走小六子给他买的鸦片，往屋子里的方桌上瞅了一下，看不清楚。他想进去瞧一瞧，可又怯乎乎的，加上臭气扑鼻，只好转身而去。

卫清财慌慌张张地走了几步，忽然觉得小六子的幽灵跟在后边似的，非常害怕。他想快跑，可又不敢，心里想，鬼比人跑得快。他硬着头皮又往前边走了几步，感到毛骨悚然，觉得死者的幽灵快要追上了，只好站住。

卫清财慢慢地转过身子，小声祷告："小六子，我知道你是咋死的，请你不要恨我，更不要去我家闹腾。你放心，我不会撒手不管。等一会儿，我让我的儿子把你送到地里。"说罢，深深地鞠了三个躬，才离开了。

彩云按照母亲的吩咐来到了镇上，进了高大夫的诊所，看见一位面目清秀的老头，戴着眼镜，坐在就诊的桌子跟前看药书。她问："老伯伯，您就是高大夫吧？"

老中医摘下眼镜，说："没错。你找我有事吗？年轻轻的，不会是来看病的吧？"彩云说："我没有病。是我妈妈的乳房里长了一个硬块儿，跳着疼。想买两张治这病的膏药。"

老中医一边听，一边打量着彩云，觉得她长得很像帮助过他家的一个人，问："你是卫家寨的吧？"

"是的。"

"你认识不认识卫清正？"

“他是我的父亲。他被日本鬼子和汉奸卫池杀害了。”

老中医说：“你父亲遇难以后，你的伯父不但不照看你们，还千方百计地讹诈。你的母亲又当爹，又当妈，带着你们姊妹几个不容易。刚才，你们村里的一个人说，你家养的猪也被一个骗子卖掉了。而且，还纠集了一帮人围攻你妈。有这事儿吗？”

彩云一想起这事就惭愧，就难过，含着眼泪说：“有这事儿，都怨我太幼稚，上当受骗了。”高大夫十分同情她们母女的不幸遭遇，说：“要照顾好你的母亲。她得的这种病叫作肿瘤，也叫‘害奶’，是‘气’上得的。这个肿瘤长得不是地方，幸好她能感觉到疼痛，比不疼不痒的好治。”

高大夫见彩云有些紧张，又说：“不要担心。你妈用了我这里的膏药，当天就能见效，过不了几天也就彻底好了。不过，必须加上几副中药才行。”彩云问：“高大夫，两样药一共多少钱？”

“你家困难，所以只收两块钱。”

彩云觉得太少，说：“我妈对我讲过，做人要做个清清白白的人，不但不能偷抢、坑骗，也不能占小便宜。我带的有钱，只是不知道够不够。”

老中医说：“孩子，我们行医的给穷人看病，让富人拿钱。也就是只收你个本钱就行了。另外，你不了解，你父亲生前帮助过俺。那年，我的儿子的腿骨折了，我不会对骨，得尽快送到正骨医院。当时我没有多少钱，只好借。你父亲知道以后，慷慨解囊，连个借条也没有让写，真是急人所急，想人所想，帮了大忙。后来，我的儿子在县医院治好了。姑娘，要是没有你父亲的及时帮助，我的儿子难以恢复得那么好。我记得三年以后才把钱还了，你父亲一点利息也不收。他对人忠厚、仁义，我也想趁着这个机会，为子孙们积点德。”

说罢，他看着彩云的篮子里放着空面袋，又说：“你先去买粮食吧。等一会儿我把膏药配制好了，跟你一块去你家，看看你妈妈的病情，也好交代一下用药的方法。”

“好！”彩云说着，把钱放在了桌子上，高高兴兴地向粮店走去。

过了一会儿，彩云拿着粮食来到了诊所。高大夫挎起药箱，帮助彩云提着篮子，彩云背着粮袋，一起向卫家寨村走去。

卫清财离开了小六子的破院，慌慌张张地回到了家里。他把家人叫到了客厅，说：“我刚才去小六子家了，发现他倒在地上，死了。他家的院子里、屋子里都有很多苍蝇，估计他的遗体已经臭了。”

卫富有歪着脖子，问：“我六婶儿怎么不管？”卫清财说：“我前几天听说他们两个生气，你六婶儿那天夜里就出走了。”停了一下又说，“我想，你们六叔无儿无女，身边没有一个亲人。咱们得把他送到地里。现在他屋子里的臭气呛人，所以，你们去的时候，带一瓶白酒，先洒一下再进去。”

卫富海说：“他的遗体肯定生蛆了，我不去。”说完，甩手就走。卫清财连忙喊：“不能走！你大哥的脖子有残疾，这事儿只能交给你。”大洋马不想让丈夫去送一个生了蛆的死人，说：“管那闲事儿干吗？臊气！”

卫清财也不想管这种事情，可是害怕小六子的幽灵找他算账。他瞪了大洋马一眼，说：“你懂个啥？臊气也得去。”接着，又对二儿子说：“入土为安，尽快把他送走。打墓得花钱，他也没有棺材，所以，你就用他床上的席子卷住，抬到北岭上边经常放死孩子的那个破窑里。然后，找点儿砖头，把窑门儿给堵一下。你现在就到外边叫上两个帮手。”说完，他从口袋里掏了一下，说：“这俩钱你拿着，给帮忙的封份、买酒用。”卫富海不耐烦地接过钱，吊着脸儿，出去了。

快到中午的时候，卫富海提着一瓶酒，带着两个壮男子来到了小六子的家里。他捂着鼻子，先往屋子里和死者的身上洒了点儿酒。他见臭气小了一些，苍蝇也被吓跑了许多，便把床上的单子和席子揭了下来，拉到了院子里，让两个帮忙的把小六子的遗体抬到了席子上。卫富海把床单盖在了小六子的遗体上，而后伸出颤抖的手，隔着那层布在死者的眼皮上抹了两下，说：“六叔，闭上眼吧！该上路了！”

这时，苍蝇一群一群地扑过来。他们顾不了恁多，连忙用席子卷住，用麻绳捆好，让帮忙的人抬起了卷席筒，他扛着一把铁锹，提着剩下的半瓶酒，一起向外边走去。

贾家送殡的队伍浩浩荡荡地出发了。一路上，哀乐高奏，纸钱漫天飞。八个壮男子抬着贾长老的灵柩，风风光光地向风水岭的祖坟移动着。

大街上观看殡葬仪式的人们正要离去。忽然，看到有人抬着卷席走了过来。

一位大娘问：“你们抬的谁呀？”

卫富海说："我六叔死了。"

那个人又问："啥时候死的？他老婆怎么没来送送？"

卫富海说："估计死了好几天啦。我六婶儿不在家，不知道去哪儿了。"

一个名叫二愣的小伙子紧追了两步，问："你们往哪里抬呀？他家的地早就卖完了。"话音刚落，他和围过来的人们看见许多苍蝇扑过来，同时，闻到了臭烘烘的酒气，连忙捂着鼻子躲开了。

大伙到了一边，纷纷议论起来。一个中年妇女说："今天两家埋人，贾老走得那么风光，小六子走得这样寒碜。他也是来世一趟，活没活个人样，死没死个鬼样，黄泉路上没有一个人送他，连个遮身子的匣子也没有。你们知不知道这是为什么？"

一个半大的男孩子说："我知道。因为他吸大烟、偷人、骗人，还经常打老婆。"

一位老爷爷说："为人好歹，天知道，这叫报应！"

徐文老师对于小六子的人生结局又同情，又愤恨。回到家里，提起笔，在纸上写道：

机关算尽为金钱，
自讨没趣丢了脸。
人财两空搭上命，
青蝇吊客更少见。
亡者如若魂未散，
试问来世敢不敢？

第二十五章

孝女要远嫁

这天上午，柳皑菊提着刚刚蒸好的包子，去卫家寨看望日思夜想的姐姐和外甥女儿。

她在路上边走边想，大姑姐昨天来家请她做媒，给外甥梁成说个媳妇。她认为外甥女彩云是最好的人选。要是这门亲事说成了，不但大姑姐的儿子能娶上一个好媳妇，彩云找到了一个好婆家，而且也为艰难的姐姐减轻一点负担。她心里说："彩云和梁成的年龄、相貌、品质各方面都挺般配，只是两家离得太远，来往不方便。就看他们的缘分了。"

柳皑雪正在厨房里忙着。她一边往海碗里装面粉，一边对彩云说："现在，把咱借你大娘家的一碗白面还了，早还早心静。也把咱家的大葱给她拿去几棵，她很少买菜。"彩云接过面碗，抓起一把大葱，高兴地说："我去了。"

白云看着姐姐出去了，拉着长腔说："好借好还，再借不难。"柳皑雪抚摸着小女儿的头，表扬道："说得好，挺顺口的。"白云听到表扬，兴致来了，说："我还会说很多顺口溜。"

她学着外边半大的孩子们骂人的腔调，大声说："姑父姑父，俩眼突兀，戴着按眼，背着包袱，从俺门儿过，拉住套磨。"柳皑雪问："你跟谁学的叫骂客人的顺口溜？"

白云说："那天，一群小孩儿看见一个戴着眼镜的年轻的叔叔来咱们村里走亲戚，一齐喊起来。我只听了一遍就记住了。妈妈，他们看见新女婿、新媳妇都喊，见了老师也喊。”白云讲到这里，又学着调皮孩子们的样子大声说：“赵钱孙李，家里没米，逮个兔子，塞到腰里，掏出来瞧瞧，像……”

“别说了！”柳皑雪打断话，厉声厉色地批评：“骂人不好，骂老师更是缺德。”

白云说：“孬蛋儿他妈见他领头骂老师，还在旁边笑呢。”柳皑雪说：“惯子如杀子，孬蛋儿遇到这样的只养不教的家长，是他的不幸。”

白云望着母亲严肃的表情，说：“妈妈，我以后再也不学骂人的话了。您别生气好不好？”柳皑雪说：“我没有生你的气。记住，凡是看到的、听到的，要想一想。对的，可以学；错的，不要学。”

她见孩子点头，说：“知错就改，是个好孩子。”

柳皑菊进了村子，发现街上热闹非凡。远处的唢呐声、鞭炮声和一顶花轿告诉人们，村东头的一家正在迎娶。迎亲的、送亲的、抬嫁妆的，以及围观的人们个个喜气洋洋，高兴得合不拢嘴。

柳皑菊正要过马路，看见村子西头不远处又有一顶花轿抬过来了。不过，这顶花轿十分特别，除了几个穿着旧衣服的男子跟随着以外，有的人误认为前来贺喜的什么客人来了。路边的人们伸长着脖子张望着，可是，他们只能看到遮挡轿门的布帘。柳皑菊心里想，同是娶亲的喜事，为什么那一家客来人往，欢天喜地，而这一家却是冷冷清清的呢？

轿子倏地一下就从她的跟前过去了，几个人议论开来。有的说：“你们看，罗锅果然把媳妇抢来了。我听说他的媳妇长得很漂亮，嫁给他，真是鲜花插在了牛粪上。”有的说：“这年头，世道混乱，加上娃娃亲，女方不愿意也没有办法。”有的说：“我听说女方的父亲去世了，否则，姓卫的罗锅也不敢到人家家里抢人，这么不讲理。”

骗婚牟利的媒婆姜小丝觉得挺有意思，幸灾乐祸地说：“你们没有听说过一个顺口溜：有好汉，没好妻，丑八怪娶个花嫡嫡。所以，这是常有的事。”柳皑菊没有听完，瞅了姜小丝一眼，离开了。

彩云端着面碗出了家门，没有在街上看热闹，便一溜烟地向邻居周氏的家里走去。她一进院子就唤：“大娘！我来还面了。”周氏正在厨房里蒸馍，听到彩云来了，应了一声，来到院子里。她接过面粉和大葱，高兴地说：“大葱是个好东西，我好长时间没有吃过了。”

彩云发现大娘的眼睛能看见东西了，又惊又喜，问：“您的眼病好啦？”周氏庆幸地说：“没有想到单方治了大病。我能看见东西了，就是没有原来清楚。”

周氏将彩云领到了厨房，把面粉倒进了瓦罐，接着剥了一棵大葱，没有洗就咬了一口，连声说：“好香，好香！”她让彩云就着窝头尝一尝，彩云说：“你吃吧，我家里还有。”

彩云望着大娘吃得那么有味，“嘿嘿”地笑了。周氏说：“你看我多馋。”停了一下，又说，“你妈就爱关心别人。她只要有点儿好吃的，就忘不了我，你替我谢谢她。”

彩云说：“不用谢。俺家要是再买菜，还给您送一点儿。”她一边说着，一边来到水缸跟前，一看，里边没有水了，说：“大娘，我帮你挑两担。”说罢，担起水桶向外边走去。周氏说：“真是个勤快的孩子。”

柳皑菊一进到柳皑雪的院子就大声唤：“姐姐，我来看你了！”

机灵的小白云听到唤声，喜出望外，立即从上房屋里跑了出来。她拉住客人的手，亲切地说：“姨妈好！”柳皑雪也迎了出来。姐妹重逢，甭提有多高兴了。

她们三个一起来到了上房屋。客人说：“我用葛根花、鸡蛋和粉条蒸了些包子，你们尝尝鲜。”说着，递给了白云一个，白云先让妈妈尝一尝。柳皑雪说：“恁多哩，你先吃吧。”白云啃了一口，连声说：“好吃，好吃。”

柳皑菊见白云吃得津津有味，说：“自从日本人侵略咱们国家以后，大家更加贫穷了，走个亲戚没钱买礼品，连几个烧饼也买不起，所以，我只好蒸了点儿菜包馍给孩子们带来。”白云说：“你这素包子比肉馅儿的还要香。”客人说：“你一定是整年吃不上一次肉，把肉的滋味给忘了。”

停了一下，柳皑菊想起街上抢亲之事，问姐姐：“你们这条街上的门楼高，有钱有文化的人也比较多，为啥还有抢亲的？”

“我去看看。”白云一听到这个奇怪的消息，说了一声，便出去了。

柳皑雪说：“心术不正的人，文化程度越高，邪门儿越多。听说陈家的姑娘不但长得如花似玉，十分漂亮，而且读过书。那个才貌双全的姑娘说啥也不愿意嫁给卫罗锅儿。要说，婚姻应该两相情愿，讲究般配。卫罗锅认为，订了娃娃亲，就是他的人。陈家提出解除婚约，罗锅就来了个偷袭硬抢。昨天，他纠集了一帮人，夜里偷偷地摸到陈庄抢亲。真是的，他的家业不薄，另找一个黄花姑娘并不难。但是，这个人财大气粗，越有钱，越不讲理。”

柳皑菊可怜那个姑娘，皱着眉头，说：“强扭的瓜不甜，卫罗锅抢来了人，抢不来心。以后的日子比树叶还稠，两个人别别扭扭，有啥过头？”柳皑雪说：“是的。那两个孩子不到两岁，就给定了终身。卫罗锅是七八岁的时候，掉到了红薯窖里摔伤的，落了个残疾。这俩孩子也就由般配变成了不般配。我认为这种不幸与他们的父母有着直接的责任。”她讲到这里，想到大女儿的婚事，补充道，“巧云也是娃娃亲，不过，女婿挺好。”

柳皑菊叹了一声，说：“唉！家长之间，不管是酒肉朋友，还是情谊之交，都不应该为孩子们订下娃娃亲，以免他们在成长的过程中，条件发生变化而不般配，好心而害了孩子。你说是不是？”柳皑雪点了点头。

柳皑菊又说：“姐姐，我今天来，还有一件事。俺大姑姐托我给她的儿子找个媳妇，我想到了彩云。”

这时，彩云回来了。她在院子里听到客人的说话声，来到了上房屋，高兴地说：“姨妈好！我妈昨天还在念叨您呢！”

客人见彩云笑得像朵花儿似的，高兴地说：“来，尝尝姨妈蒸的菜包馍。”彩云说：“一定好吃。我现在不饿。”停了一下，又说，“你们聊吧，我去那屋了。”

柳皑菊见彩云进了对面的阁房，接着原来的话题，对柳皑雪说：“姐姐，我应该先把男方的情况告诉你。俺大姑姐有三个孩子，两个大的是女孩儿，都已出嫁。现在家里只有他们老两口和宝贝儿子，叫梁成。梁成今年20岁，个子高高的，长得挺俊。上过六年学，聪明勤快，知书达理。现在，他家有十来亩地，一头黄牛。他家的人都会种地，还会做豆腐，属于殷实人家，生活上不缺吃穿，也不缺零花钱。全家人和和睦睦，人缘挺好。大姑姐性格开朗，处事大方，不像俺婆母那么小气。彩云要是同意的话，过门以后，生活上不会受什么委屈。”

她讲到这里，停了一下，又说：“不过，他家住在东乡的梁家庄，离咱们这里五六十里，不知道你们嫌远不嫌？”

柳皑雪想了一下，说：“你讲的情况，我都相信。孩子跟着我，的确太苦了。给她找个好婆家，解脱一个是一个。”她讲到这里，又有点儿犹豫，说：“你知道，彩云刚刚17岁，到了婆家，就得顶大人使唤，我有点舍不得。

另外，你大姑姐家离咱这里的确太远，来回一趟一百多里，靠着两条腿走路不容易。你让我好好想一想。”

彩云站在门外，悄悄地听到了两位亲人的对话，心里想，人活着必须吃饭，但是不是为了吃饭才活着。自已与母亲、妹妹朝夕相处，相依为命，虽然生活清贫，可也苦中有乐，苦中有甜。自已在妈妈的身边，有享受不尽的亲情与温暖。如果讲心里话，宁可与母亲患难与共，也不愿意嫁到他乡，远离亲人。过了一会儿，她又想，母亲那么艰难，自已不能不考虑。如果自已去了婆家，母亲就可以少受一点煎熬。再说，她的同龄人中，也有已经结婚的，还有，这个婆家是姨妈介绍的，肯定可靠。关于路途遥远的问题，她也犹豫了好大一会儿，最后决定为了减轻母亲的负担，答应这门亲事。该走娘家，起个早，不到一天也就到了。想到这里，她红着脸来到对面的房间，说：“妈，你们两个讲的，我都听见了。我认为只要人好就行，我没有意见。您就答应了吧！”说完，红着脸回自已的阁房里去了。

柳皑菊望着姐姐，高兴地说：“闺女愿意，你就不要犹豫了。等孩子成了家，大人也就了却了一桩心事。你说呢？”柳皑雪从彩云的脸上看出她有些勉强，停了一会儿，才说：“也行。”客人见姐姐点头了，微笑着说：“从今往后，咱三家是亲戚摞亲戚，亲上加亲。我现在就回去，给俺大姑姐回个话。”

柳皑菊刚站起来又坐下了，说：“我看，大媒只要说成，很快就可以办喜事。不知道你们有哪些要求？也就是说，除了老规矩的三身布料、十斤棉花，这些女方都要带到婆家的东西以外，还需要什么？你们生活困难，用不用提出，让男方送来点粮食和钱？”

柳皑雪摇了摇头，说：“人再穷，也不能卖闺女。”

柳皑菊说：“你问一下彩云，看她有啥要求和希望。”

彩云过来了，说：“姨妈，你知道我家没有男劳力，耕种有困难。你提前跟他家打个招呼，从今往后，要帮助我家耕种犁耙。我只有这一个要求，他家要是不答应的话……”

柳皑菊知道彩云的意思，连忙说：“没问题。包括收割在内的重活，他家保证满口答应，说到做到。”

白云兴高采烈地从外边回来，在院子里听到了一句，一进屋就问：“姨妈，满口答应什么？”

“好事儿，以后再告诉你。”说罢，她闻到一股膏药气味儿，问柳皑雪：“姐姐，谁不舒服，用膏药了？”柳皑雪说：“我的奶上起了个硬块儿，贴了高大夫配制的膏药，拿了几副中药，现在快好了。”

白云插话说：“俺妈是被气病的。俺家喂的大猪被骗子卖了，钱也没有了。”客人听罢，吃惊地问：“真有这事儿？”柳皑雪说：“过去了的事情，就让它过去吧。我现在已经想开了。”

柳皑菊瞧了瞧柳皑雪的病情，说：“一定要继续治疗。”说着，从口袋里掏出了仅有的私房钱，塞到了姐姐的手里。柳皑雪硬是不要。客人强调着说：“不多，你就收下吧！”停了一下，又说，“现在我要走了，你一定要多多保重！”

到了院子里，柳皑菊对彩云说：“闺女儿，过两天到我家弄一袋红薯。俺家窖里的红薯多着哩。要不是俺那婆婆太小气，我真的想给你们送点玉米、谷子。”柳皑雪接过话，说：“不用，我们能过得去。”

彩云扛起锄头，说：“妈，我送送姨妈，就直接下地干活了。午饭等我回来了再做。”

“行。”柳皑雪应了一声。客人夸奖道：“穷人的孩子早当家，彩云长大了。”

亲人分别，依依不舍，柳皑菊几次回头，才向街上走去。

彩云的婆家很快选定了良辰吉日。这一天，柳皑雪一边帮助做嫁衣，一边交代彩云，说：“到了婆家，要做个好媳妇，也要……”

彩云没有听完就说：“您是有名的贤妻良母，也是孝敬老人的好榜样，在你的影响下，女儿差不了。您就放心吧！”

柳皑雪仍然有些不放心，接着说：“到了婆家，人生地不熟的，慢慢了解和适应。凡事都要想好了再说，想好了再做。人都应该有俩朋友，与什么样的人多交往，要有个选择。”

“妈妈，我听兰兰姐讲过，要以礼相待，以诚相处。少跟心术不正的人来往。我上次上当受骗的沉痛教训，是不会忘记的。”柳皑雪听了，满意地点了点头。

过了一会儿，柳皑雪想到陪送嫁妆的事，说：“彩云，我本来打算给你也做一套家具。咱家里有现成的木料。可是，没有钱请不起木匠。所以我想把我的那套家具和我那张大床陪送给你。我的箱子、柜子旧了一些，再漆一下，跟新的一样。不知道你看上看不上？”

彩云连声说：“不可，不可，都给我了，你们的衣服放到什么地方？你把大床也送给我，你和白云睡到哪里？”柳皑雪说：“这个，你不用操心。我和白云没有几件衣服，随便放到哪里都行。床铺我早就想好了，俺俩睡到你那单人床上。你要是回来了，就在床边加一块木板儿。”

彩云噘着嘴，说：“我不同意。咱家不要男方的彩礼就够了，家具应该让他家准备。”柳皑雪强调着说：“那可不行！娘家陪送家具是咱们这里的风俗习惯。一点嫁妆也没有，就是你的婆家不说什么，外人也会笑话的。再说，我心里也过意不去。你如果不嫌咱那东西是旧的，就这么定了。”彩云心里清楚家里情况，不想要嫁妆，可也不知再说些什么。

下午，白云坐在院子里的台阶上抓石子玩，就要归巢的小鸟在石榴树上跳着、叫着，好像在说话、唱歌似的。她好奇地看了一会儿，发现对面房顶上的阳光只剩下一点余晖了，心里想，天快黑了，妈妈和姐姐也快要回来了，如果自己动手，把晚饭做好，她们一到家就可以吃饭，该多好啊！

她想到这里，收起了小石子，兴致勃勃地来到了厨房。先往锅里放了些水，接着拿着碗来到瓦罐跟前，揭开盖子一看，里边的面粉只剩下一点儿了。她拿起木瓢，探着身子，舀了半碗面，又学着妈妈做饭的样子，往面里倒了一点水，搅成了面糊，放在案板上待用。然后，坐在炉灶旁边的小凳子上，小心翼翼地划着了火柴，点燃了一把麦秸，送进了炉膛。由于柴火潮湿，一股浓烟扑面而来，呛得她咳了几下，眼泪都流出来了。

白云不顾烟熏火燎，连忙去拉风箱。“呼哒哒、呼哒哒”，风箱一响，火苗即起，浓烟也散去了。麦秸是最不耐烧的柴火，它“轰”地一下燃着了，一刹那间也就着完了，她便赶快续柴。刚刚七岁的小姑娘第一次做饭，又是忙着添柴，又是忙着拉风箱，还要看着锅里的水开了没有，真乃手忙脚乱。

过了一会儿，水烧开了。白云冒着热气烫人的危险，小心翼翼地打开了锅盖儿，把生面糊倒了进去。又用筷子搅了几下，盖上了盖子。

她忙乎了半天，稀饭终于做好了，这才松了一口气。她擦了一下额上的汗珠，高兴地跳着、喊着：“我会做饭啦！饭做好了！饭做好了！”

白云来到了厨房外边，等待着妈妈和姐姐回来享受现成的晚餐。她想象着妈妈和姐姐又惊又喜的样子，心里乐滋滋的。

突然，白云闻到了一股煳味，同时，发现一股热气从厨房里边往外冒，连忙跑了进去。一看，糟了，稀饭溢得到处都是。她掀开锅盖儿，发现稀饭少了很多。怎么办呢？

小姑娘非常着急，也有些纳闷，心里想：“柴火熄灭以后才离开的，稀饭为啥还会溢出来呢？现在，锅台上到处都是脏兮兮的，稀饭也只剩下两碗多了，她们回来以后，要是看见锅里的饭不多，推推让让地不肯吃，怎么办？”

白云想了片刻，有办法了。她先端来了半盆水，用抹布开始清洗。洗了锅盖儿洗炉台。收拾完毕，心情也就渐渐地平静下来，她心里想，饭少了，都让她俩人吃，就说自己已经吃过了。然后，她又来到了院子里，希望妈妈和姐姐回来以后，什么也不要发现，更希望她们高高兴兴地把饭吃下去，自己饿一顿不要紧。

太阳就要落山了，彩云扛着锄头往家走。她一进到院子里就闻到一股煳味，便放下锄头，来到了厨房。揭开锅盖儿一看，稀饭不多，问：“白云，你做这一点儿饭，够吃吗？”白云说：“我已经吃过了，那是给你和妈妈留的。”

彩云站在炉灶跟前，好像发现了什么似的。她往炉膛里一瞧，看见麦秸灰里有许多黏乎乎的东西，立刻明白了。她心疼粮食，情不自禁地发起火来。大声质问小妹：“谁让你做饭啦？为啥溢了这么多？可惜不可惜？你知不知道咱家没有粮食了？啊，你没有吃饭，还敢说瞎话骗人。你说！你干吗不看好？去哪里玩了？”

一连串的问号问得白云心慌意乱。她知道，自己最害怕被人发现的事情被发现了，心里想：“不管怎样，我是好心好意为大家做饭，你不表扬也罢，还这样训人。”她没有好气地顶了两句：“我自己想做！我没有出去玩儿，是它要溢的。”

彩云听了，更加恼火，一把抓住白云的胳膊“啪、啪、啪”地朝着她的屁股打了起来。彩云一边打，一边训："我叫你嘴硬。你说，你去哪里玩了？你说，你还敢不敢了？"

白云认为自己没错，忍着疼痛，就是不说软话。

彩云见妹妹宁死不屈，更是气急败坏，非让小妹承认错误不可。她打一下，问一声："你说，你还敢不敢？……"白云被打得疼痛难忍，弱小的身子不停地往前边倾倒，如果不是彩云拽着她的一只胳膊，早已摔倒在地上了。可是，彩云打妹妹的手已经有些疼了，怒气仍然不消。

小姑娘不知道挨了多少巴掌。剧烈的疼痛终于使她忍受不了，"哇"的一声哭起来。她一边哭，一边喊："妈妈！您快来啊！妈妈……"她一声挨着一声地呼喊着，巴望着母亲早点儿回来给她解危。

柳皑雪提着油漆从镇上回来了。她一进大门就隐隐约约地听到白云的哭喊声，便加快了步子，还没有走到后院，就知道小女儿挨打了。她一边小跑，一边喊："彩云，你为啥打她？为啥打她？"彩云见母亲来到了跟前，才停止了。

白云一头扑到母亲的怀里，哭着说："妈妈！我给你们做饭，锅淤了。是它要淤的，我没有去外边玩。她打我！"彩云气愤地说："饭都快溢完了，浪费粮食，不认错。还敢骗我，说她吃过饭了！"说着，靠着门栏，也"呜呜"地哭起来。

柳皑雪疼爱孩子，她听着两个孩子的哭声，揪心般地难受。含着眼泪，说："彩云，你妹妹这么小，就知道心疼大人，帮助做饭，这是难能可贵的。稀饭溢了一些，是因为她没有经验，不了解死灰复燃的厉害。你知不知道，她想让咱俩把饭吃了，自己情愿饿肚子，才撒谎的。你不应该打她！"

白云听了，心里更加委屈，哭的声音更大了。柳皑雪给小女儿擦了一把眼泪，说："好孩子，不哭了。"接着，她又劝说彩云："你也别哭了，我理解你为啥要打妹妹。咱家如果不缺粮食，你也不会因为心疼那一把面而发那么大的脾气。另外，你这些天心情不好，也是发火的一个原因。以后，白云有啥不对的地方，告诉我，让我解决。"

彩云点了点头，为自己不分青红皂白，失手痛打妹妹而惭愧不已。她拉住妹妹的小手，赔礼道歉，说："白云，对不起！我以后再也不打你了。"

两个孩子的哭声慢慢地停止了。柳皑雪仍然很难过。她来到厨房，擦了一下眼泪，心里想，彩云才十六七岁，对于爱情、结婚，没有兴趣，更谈不上成熟。如今她快要出嫁了，一定有些心神不宁，甚至有些恐惧。她望了一下可怜的孩子，说："彩云，世上有许多无奈。我知道你同意嫁到很远的婆家，与其说是心甘情愿，不如说是家里贫窘状况的逼迫。我知道你的心情不好，你是为了减轻妈妈的负担，才这么决定的。"说罢，泪如泉涌。

白云在门外边看见了，问："妈妈，您不让俺们哭了，您为啥还要哭？"柳皑雪擦了一下眼泪，说："我不哭了。"白云又问："您刚才说，我二姐的心情不好，为啥不好？"

柳皑雪说："你二姐为了减轻我的负担，找了个很远的婆家。过几天就不能在咱家了。"

白云恳求母亲，说："妈妈，您别让我二姐走！我不让她走！"说罢，搂住彩云，哭着说："二姐，你别离开我们，好不好？你答应我，好不好？"彩云含着眼泪，说："我刚才打你，你不恨我吗？"

"不恨。我知道你不会再打我了。二姐，你就在咱家，行不行？"

彩云一边给白云拭泪，一边说："妹妹不哭。说心里话，我也舍不得离开你和妈妈。可是，已经答应人家了，说话得算数。再说，这门亲事是咱姨妈给介绍的，人缘挺好。放心吧，我会经常回来帮助咱家干活，经常回来看望你们。"

柳皑雪看着两个孩子互相谅解，紧紧拥抱着的亲密无间的样子，心里才好受了一点。

第二十六章

拦车劫货

立夏已过，麦子快要成熟了。柳皑雪提着半篮子野菜站在自家的麦地边，望着稀稀拉拉的只有一尺来高的麦子，抚摸着麦杆上边半寸来长的麦穗，心里想，种的三四亩麦子，恐怕收不了三百斤粮食，要是缴了公粮，还罢借的几十斤高利贷粗粮，剩下也就不多了，她娘儿俩就是再节俭，也接不住秋收。加上眼下困窘的情况，愁苦不堪，她皱着眉头，自言自语地说："麦收之前缺粮，收罢麦子，吃的也难以接住秋粮。"想到这些，愁得眉头紧锁。

她回到了家里，坐在厨房里择野菜。想到十多天来，小女儿和她一样，顿顿都是高粱面，孩子大便秘结，日趋严重。要是继续下去，会弄下痔疮的。今天做点儿菜窝窝，让她一个人多吃几顿，缓解缓解。想到这里，心里稍微好受了一点儿。

柳皑雪洗完了菜，准备和面。打开瓦罐一看，里边的高粱面吃不了三天也就完了。心里想，还得再到外边去借。如今临近麦收，要好的几个邻居都没有多余的粮食，不能再去紧巴人家。还有上次放给她二十斤高利贷高粱的那个富户，让她收完麦子还给四十斤细粮，及时清账。那个人的心太狠了，不敢再去借了。村子里还有几个富裕的，可是乐于接济穷人的贾老已经不在人世，其他的不是吝啬鬼，就是势利眼儿，不愿帮助。她心里说："宁可饿着，也不能低三下四地向那些人张口。"

过了一会儿，她想到以前曾经想卖而没有卖的几方木材。认为只有用它解决眼下粮食奇缺的问题。

转念一想，又觉得不可。因为两个大女儿结婚都有嫁妆，要是把这木料换成粮食，解决燃眉之急，等到小女儿长大了，用什么陪送她呢？家里只有这么一点儿家当了。

柳皑雪苦苦地思索了好大一会儿，仍然想不出解决困难的其他办法，才下了决心，小声说："卖！只有走一步说一步了。"

白云从外边回来了。她在厨房门口隐隐约约地听到母亲的声音，问："妈妈，您在说啥呢？"柳皑雪说："白云，麦子还不到收割的时候，粮食不好借。我想把咱家的几方木材卖了，买点儿粮食，你说行不行？"

"行！咋能不行呢？"

柳皑雪听到孩子爽快的回答，苦笑了一下，说："孩子，那木料是你父亲生前为你姊妹三个准备做嫁妆用的。已经给你大姐做了一套家具，你二姐出嫁的时候，我把咱的旧家具漆了一下，送给她了。现在我要是把那木料换成粮食，你长大以后，找了婆家，我拿啥陪送你呢？"

白云没有听完就说："我不要嫁妆，我不要婆家，我要永远和您在一起。"柳皑雪把孩子搂在怀里，说："好孩子，妈对不住你！"

"没有，您没有对不住我。"

柳皑雪听到这话，亲了孩子一下，说："我刚才去地里挖了一点儿野菜，中午给你蒸点菜窝窝。听说它能缓解秘结。唉！你小小年纪，千万别弄下痔疮了。"白云说："秀娟和素英也屙不下来，比我还严重。"

柳皑雪叹了一声，说："唉！要是多少有点儿细粮搭配着，或者饭菜里多少有一点儿油水，就不会出现这种情况。秀娟和素英家可能跟咱一样，也是只有高粱面。"停了一下，又说，"咱只有卖了木材，才能解决眼前的困难，也才能补贴一下夏粮歉收的问题，使粮食接住秋收。等我卖了木材，多买一些粗粮，也买几斤白面，给你蒸俩白馍，解解馋。"

白云高兴地说："妈妈，你多蒸几个吧，我想给秀娟和素英一人送一个，行不行？"

"能行。特别是秀娟没有妈妈了，最可怜！"

次日下午，曾经到她家做过家具的张木匠赶着一辆并驾齐驱的双牛压杆车，进了卫家寨村。车上放着一袋玉米，一袋红薯干儿，还有少半袋麦子。他的儿子小张坐在袋子上边。牛车到了柳皑雪家的大门外边停下了。

木匠父子跳下车，正要搬运粮食，几个街坊围了过来，一个问："给谁家送的？”老木匠说：“给后院的柳皑雪。”另一个高兴地说：“真是雪中送炭。她娘儿们最近都是靠着转借过日子，她的小姑娘都瘦成皮包骨头了。”又一个问：“你们是她家的亲戚吧？”老木匠说：“不是。柳皑雪把她家的几方木料卖给我们了，让我们带来点粮食。”说罢，他和儿子扛起麻袋向院子里走去。

柳皑雪请木匠把粮食放到了上房屋。老木匠说：“我了解你的木料，的确是上等货。啥货啥价钱，除了这些粮食以外，还剩下这点钱，你收下吧。”

“你真是个公正处事的好人。”柳皑雪说着，接过了钱，领着买主来到了厨房的套窑里。

小木匠抚摸着平平展展、又宽又厚的东北榆，高兴地说：“父亲，用这种木料做家具，三代人也用不坏。”老木匠赞同地说：“是的。这种好木材在咱们这里很难买到。”说着，两个人抬起一块木板向外边走去。他们抬了一趟又一趟，累得汗流浃背，心里却很高兴。过路的人来到车子跟前，看着木料，赞不绝口。

卫富有和卫富海从赌场里出来了，满脸沮丧地在街上走着。卫富海说：“哥，咱俩输了那么多，人家要是去家里讨账怎么办？”卫富有歪着脖子，胸有成竹地说：“我早就想好了。咱们背着父亲，卖他二亩地，付了债，还能剩下一点儿。说不定好运马上就轮到咱们了，等到赢了以后，把那钱还给当家的。”

卫富海仍然哭丧着脸，说：“赌场上输赢难以预料。卖地的事万一被父亲提前知道了，咋办？我看，咱们不如去外地干活，当学徒，躲一下父亲，也学点手艺。等到出师了，可以挣钱。挣一个，是一个。一年多就可以把账还完。”

卫富有冷笑了一下，说：“父亲知道了，又能怎样？咱家现在有三四十亩地，卖两亩，又不多。再说，咱们赌博能输，也能赢。不像他，卖地买鸦片，肉包子打狗，有去无回。”

卫富海担心越输越多，强调着说：“我看，咱们还是去外边当学徒，学点手艺最好。叔叔生前讲过，家有千金，不如薄技一身。我听说省城那里的铁匠铺、砖瓦场经常招工。”

卫富有这两年变得又懒又馋。特别是夜盗粮食落下歪脖的后遗症以后，再也没有下地干过活。他“哼”了一声，说：“你算了吧！我觉得无论干啥都不如玩儿。你不要自找苦吃。”说罢，他想起一个顺口溜，接着说，“徒弟徒弟，三年奴隶，天天干重活，还得受师傅的窝囊气。”他的话音未落，忽然发现他家的大门外边停了一辆牛车，有人正在往车上放木板，吃惊地说：“二弟，你看，咋回事？”说完，连忙走了过来。

他们来到跟前，看见木匠父子装了一车木料，正要拉着绳子捆绑。卫富有眨巴了两下眼睛，抓住缆绳，说：“别忙乎了，这木料不能拉走。”卫富海好像明白了什么似的，也抓住了绳子。老木匠理直气壮地质问：“为什么不能拉走？我掏钱买下的，你们管得着吗？”说着，把绳子夺了过去。

卫富有兄弟两个明明知道木料不是他家的，但是，见财眼红，又抓住绳子，硬是不肯丢开。卫富有大声嚷嚷：“我说不能拉走，就是不能拉走。我告诉你，我弟弟是过继儿子，他不点头，谁也别想弄走。”

正在这时，一个过路的汉子扛着一根扁担正巧路过这里，便停下脚步，想看个究竟。一位白发老人上前劝解，说：“富有，你这话没有道理，你的弟弟给你叔婶过继了，可是没有几天就殴打你的婶娘，人家让他出继了。你婶儿已经分给他了两间房子、五亩地，并且出了字据，这是众所周知的事。现在，人家孤儿寡母生活不下了，用木材换点粮食，跟你家是井水不犯河水，你们无权干涉。让人家拉走吧！”

卫富海说：“我是出继了。可这木料没有分给我一点儿。”一个中年男子说：“当时你为啥不提出来？如果这个有你一份的话，你屋子里的东西也得分给你婶儿一半。你给了没有？”卫富海张口结舌，无言回答。他本应立即放行，可是，他的哥哥仍然死死抓着缆绳，不肯松手。

又一个街坊说：“你婶儿和孩子没有吃的，天天东借西借，够可怜了。你们不要再仗势欺人，把孤儿寡母往绝路上逼。”卫富有说：“不行！要想把这木料拉走，得等我爹放话。”

卫清廉走了过来，问：“等你爹干吗？你叔叔被日本鬼子和汉奸杀害以后，你爹让你的两个弟弟过继，一下讹走人家恁多良田。你家发的灾难财还没发够？难道你爹也想给人家过继不成？”

卫富海恼羞成怒，大声说：“你敢骂人？我跟你没完！”

“随便！”卫清廉顶了他一句，命令道，“快让人家拉走！”

老木匠说：“原来是这样的。这两个年轻人也够厚颜无耻了。”

卫富有举起拳头正要打老木匠，小木匠挡住了。那位过路的壮士早已怒火中烧，一把抓住卫富有的胸襟，推到了一边。卫富有趔趄了几步才站住了。可是他的心里并不服气，站稳以后，歪着脖子，斜楞着眼，恶狠狠地看着陌生人，大声骂：“狗捉老鼠——多管闲事。滚！”

“混蛋东西，你敢骂老子？”壮士说着，扭住了卫富有的两只胳膊，只轻轻地用了一点儿劲儿，卫富有就蹲在了地上，“哎哟、哎哟”地喊叫起来。邻居们看了，心里暗暗高兴。

卫富海连忙丢下绳子，说：“我去叫我父亲。”卫清廉看见卫富海急急忙忙地向着村西头走去，说：“把他叫来，看他三叔怎样训斥他。”说罢，便回家叫人去了。

木匠父子煞好了车，车轮立即“咕噜噜”地响起来。大家看着牛车启动了，才陆陆续续地散去。

壮士松开卫富有，“呸”了一口，说：“你在光天化日之下，竟敢拦劫你婶儿家的东西，畜生不如，亏你还披了一张人皮。”然后，转身向着村东头的小寨门走去。

牛车快到村口的时候，卫清财领着卫池一帮人气势汹汹地扑过来了。他们站在马路中间，命令似的喊着：“停车！停车！”卫池和帮凶们来到车子跟前，拉住车套，一边喊着停车，一边拼命地往后边推。

说也奇怪，那两头黄牛就是不听他们的。他们越是使劲儿地阻挡，牲口越是拼命地往前边拉。那两个人抵不过牛劲儿，差一点被车子撞倒，碾在轮子下边。

卫清财急了，他揪住老木匠，气急败坏地骂：“老东西，你聋了不是？”老木匠也揪住他的衣襟，气愤地说：“你这个强盗，连我买的木料也不放过。”小木匠见父亲被卫清财卡住了，喊了一声：“吁！”车停了。他来到歹徒中间，一边推卫清财，一边喊：“这木料是俺掏钱买下的，你们为啥拦车？你们讲不讲理？”

卫池气势汹汹地走了过来，张牙舞爪地指着小木匠，反问：“谁不讲理？你知不知道这木料姓卫？老掌柜不发话，休想拉走！你们要是不听，就等于在太岁爷的坟上动土。快给我拉回去！”

小木匠盯着卫池狰狞的面孔，肺都快要气炸了，说：“这木材是柳皑雪的，主人已经把它卖给我们了。”然后，转过身子，对老木匠说：“父亲，别听他们瞎嚷嚷，咱们走！”说着，小木匠来到了牛车前边。

卫清财拉住车辕，歇斯底里地喊：“不准拉走！这木材是我儿子的！”卫池也发疯似的大叫起来：“你敢拉走，就是不想活了！”说完，掏出了手枪，对着小木匠喊：“这木料，你们从哪里拉来，还给我送到哪里！你敢不听，我就不客气了！”

小木匠站在牛车前边，气愤地说：“你拿手枪吓唬谁？这木料是我们买的，我们就要拉走。”围观的人越来越多。卫清财在众目睽睽之下，害怕乡邻们起哄，对卫池耳语了两句。卫池心领神会，采取快刀斩乱麻的办法，用枪逼住老木匠，问：“你说，你们是留下木材，还是留下性命？”说完，朝着天上“叭”地打了一枪。

老木匠心里想，这年头，弱肉强食，无法无天。要是为了这点木料，遭到什么意外，不值得。他决定退货，对小木匠说：“儿子，跟小人争斗，没有意思。车调头吧。”小木匠气愤地说：“不行！我们买下的，一定要拉走。”老木匠又说：“好汉不吃眼前亏。咱想要这种木料，以后再说。”小木匠只好听父亲的。拦劫的强盗看着车子掉头了，跟在后边，恬不知耻地乐着。

卫清廉回到家里，向父亲禀报了外边发生的事情。卫族长老说：“他俩拦车未成，清财知道了，一定会带着卫池一帮再次拦劫。走吧，我跟你出去，劝说劝说清财。”

徐文老师护送放学的学生来到街上，看见卫清廉搀着父亲气呼呼地走过来，问：“你们去哪儿哩？出啥事啦？”

卫清廉把柳皑雪卖木料被拦截的事情讲了一遍。徐老师听了，气愤地说：“岂有此理！老长牙父子又要讹诈了，你们应该出面管一管。”说罢，他们看见卫清财和卫池一帮押着牛车拐回来了，立即加快了步子。

车子在柳皑雪家的门口停下了。老木匠正要解绳卸货，看见一位老人一边走来，一边向他们摆手，喊着：“不要卸车！不要卸车！”估计是来救援的，便放下了绳子。他望着这位德高望重、气宇不凡的老人，心里升起了一丝希望。

卫清财见财起意，根本不把族长放在眼里。他命令木匠：“卸车！磨蹭啥哩？”卫长老怒气冲冲地质问：“清财，你弟妹生活不下去了，才用木材换粮食。你强霸硬夺，有完没完？啊？快让人家把东西拉走！”

卫清财听到这话，铁青着脸，瞪着眼睛，不满地说：“你这个老糊涂，胳膊总是往外扭，对你有啥好处？”

“我让你给你弟弟的家人留个活路。”卫长老说着，看见卫清财把脸扭到了一边，根本不听，便拉住他的胳膊，说，“清财，你和清正是吃一个奶长大的亲兄弟。他生前年年帮补你，送给你家多少粮食？多少穿的？现在他不在人世了，撇下的孤儿寡母那么艰难，你不但不帮助，还阻止她们想办法，度春荒，劫去她们的一线生路。你还有没有良心？你还是人不是？现在你先对街坊邻居们说说，你们两家哪个是里，哪个是外？你不说也行，快让人家把木材拉走！”

卫清廉见卫清财仍然无动于衷，把他拉到了一边，耐着性子讲：“清财哥，不看人面看佛面。你三叔讲了那么多，你就听一句，就算我求你了，让人家把……”

卫清财没有听完，就挣脱了。他梗着脖子，肆无忌惮地嚷嚷着：“你没有问一问，老天爷的面子我看了没有？”

徐老师说：“老哥，你要是想要木材，可以买，要是名声坏了，可就难以收回。你如果真的为了儿子，就给他们留个好名声，也给他们树立个榜样，教他们学会做人，你看行不行？”

旁边的观众也开口了。一个说：“清财，街坊邻居都在看着你，不要阻拦了。”另一个说：“你明明知道你的弟妹家要断炊了，才想这个办法，你是不是想让她娘儿饿死？”

“少废话！”卫池打断话，朝着老木匠喊：“卸车！爷不想再等了。”老木匠气愤地回了一句：“就你这个德性，永远也当不了爷。”

卫池听到这话，握着拳头，正要发野，卫清廉连忙拉住，大声问：“你怎么一点人性也没有了？啊？神龙行九天，蚯蚓霸一穴，无论是谁，都有自己的天地。你为啥总是到我们这里兴风作浪，瞎搅和！你到底想干什么？”

卫池掉转矛头，恶狠狠地说：“我想干啥就干啥，我想搅和就搅和，你管不了。”卫族长老怒不可遏，指着卫池，说：“你作孽吧，总有一天会有人收拾你！”卫池听到这话很敏感，立即想到共产党八路军，想着可能的那一天，说不出话来。

卫清财父子不顾大家的劝说，孤注一掷，亲自动手卸木料。他们一边解绳子，一边催促木匠："你们还愣着干啥？"老木匠看见卫族长老气得嘴唇发乌，估计劝阻不了，只好也去解缆绳。

卫清财看着木匠父子开始搬运木料了，对富海说："你快回去，让他们把货放在过厅屋的路边儿，不要往后院抬。"卫富海点了头，立即去了。旁边的一位大娘想起柳皑雪粮食被盗的事，说："应该抬到人家的屋子里。"卫清财好像听出了那个人的疑虑，忙说："我要他婶儿给俺富海分一点，放在外边方便。"

街坊邻居们面对蝇营狗苟的拦劫行为气愤不已。有的说："卫清财勾结卫池欺负孤儿寡母，没完没了地霸取，他们跟强盗有啥两样？"有的说："我本来也想劝说几句，可他连他的族长都不放在眼里，我说了也没用。唉！卫清财已经变成吃了铁砣子的王八蛋。"有的说："他就是霸占得再多，也不够挥霍，好过不了几天。人做天看，卫清财和卫池都不得好死！"

人们眼睁睁地看着车被挡回来，眼睁睁地看着木匠父子被迫地卸了木材，眼睁地看着强盗们的得意样子，气得攥着拳头，牙齿咬得"咯吱咯吱"响。

一位白发老人见柳皑雪又一次遭到劫难，气得大声呐喊："恶人当道，不让人家活了！"

卫族长老气得脸色苍白，上气不接下气。他喘息了一会儿，提起拐杖，捣着地，朝着强盗们喊："不讲理的东西！你们的心都黑了！卫黑财，老长牙，你们等着报应吧！"

卫清廉连忙劝说："父亲，不能生气。世道如此，什么理都行不通。咱们已经尽力了，回家吧！"说完，搀着老人离开了。

木匠父子卸完了车，到后院找货主。柳皑雪拿着簸箕正要去收拾粮食，准备磨面，看见木匠父子无精打采地来到跟前，以为他们太累了。问："车装好了吧？"老木匠低着头，说："柳夫人，你的木料我们不买了。你孩子的伯父和他的两个儿子，还有一个叫卫池的太霸道了，他们用枪逼着我们退货。俺实在抵不过，别人也劝说不下，所以，只好把木料退还给你。对不起！"

柳皑雪听了，又气又急，说："我的东西，应该由我当家。这样吧，你们先别卸车，我去找找俺的族长，请他管一管卫清财。"

老木匠说："卫族长老已经站出来了，而且讲了很多，强盗们把卫长老和大家的劝告全都当成了耳旁风。刚才的枪声你可能没有听见。我们没办法，才按他们的要求，卸了车，把木材放到了过厅屋的路边。"

柳皑雪听罢，气得半天说不出话来。她冷静地想了一下，放下簸箕，掏出了钱，说："你们先把粮食带走，这钱也还给你。等我想办法把问题解决了，这木材还是你们的。"说完，想让木匠把木料抬到屋里，转念一想，抬来抬去，太累人。同时，她也觉得让买主空跑一趟，有些对不住，所以，没有多说。

老木匠的心里憋屈得厉害，接过钱，嘴唇动了两下，没有出声，和儿子扛起粮食向外边走去。

柳皑雪关上屋门，想到外边看看能不能挽回，紧跟着出去了。她来到大门外边，车子已经启程了。卫池看见柳皑雪，向他的狐朋狗友摆了摆手，说："撤！继续打麻将。"卫清财和他的儿子也溜到一边去了。

柳皑雪瞅着强盗们的背影，她想使劲儿呐喊，也想痛骂几句。转念一想，那些强盗都是丧失人性的东西，他们要是恼羞成怒，借故把木料弄到别处，她和孩子的生活也就没有一点指望了。想到这里，忽然觉得头蒙眼花，天旋地转，她只好依着墙壁，顺势坐在了台阶上。刹那之间，就昏过去了。

大家关切地望着奄奄一息的苦人，急切地巴望着她快点醒来。

白云从秀娟家里出来了，老远就看见大伙围着她的母亲，不知道发生了什么事情，飞也似的跑了过来。当她看到人们正在抢救时，吓得扑到了母亲的怀里，哭着喊："妈妈！您醒醒啊！妈妈……"大家看着可怜的母女两个，心如针锥乱扎一般的难受，个个泪水汪汪。"

过了好大一会儿，柳皑雪终于醒过来了。她"哼"了一声，慢慢地睁开眼睛，看了一下善良的人们，目光落在泪人似的孩子的脸上，心如刀绞一般。

邻居大娘说："你可醒过来了。你一定要保重啊！"袁娟说："为了孩子，你一定要想开一点，不能生气。"

柳皑雪微微地点了点头，颤抖着嘴唇，说："回家！"兰兰姑娘和袁娟搀着她，小白云牵着母亲的衣襟，一步一挨地向大门里边走去。人们看着孤儿寡母的背影，又同情又难过，个个泪水汪汪。

徐老师含着眼泪回到家里，悲愤不已，怜悯而无奈，在纸上又写了一首《长恨歌》：

豺狼帮，狠心肠，
光天化日逞凶强。
霸占无已不知耻，
仗势欺人又一桩。
孤儿寡母难过活，
生存犹如刀刃上。
恨恨恨，恨恨恨，
为何满目尽凄凉？

第二十七章

告状途中隐凶险

在那犹如墨染的黑夜，风不停地摇着窗子外边的石榴树。柳皑雪熄了灯，躺在床上辗转反侧，白天发生的拦车事件，气得她难以入睡。她想到老木匠对她讲的话：卫族长老已经站出来了，讲了很多。卫清财把卫长老和大家的劝告当成了耳旁风。她越想越气愤，越想越发愁。

过了一会儿，她想到了娘家人，自言自语地说：“存泰，你啥时候能来帮帮我呀！”

忽然，白云在恶梦中惊恐地哭着喊：“妈妈！妈妈……”柳皑雪听到那含糊不清的哭喊声，知道白云为她昨天的昏迷做了噩梦，连忙把孩子搂在怀里，说：“不哭，别害怕，妈妈好着哩。”白云睁开泪眼，看了一下，哽咽着睡着了。

柳皑雪抚摸着骨瘦如柴的小女儿，心痛极了。她含着眼泪，小声说：“可怜的孩子，你没有爹爹了，妈妈再苦再难，也要把你养大成人。明天妈妈另想办法，把木料换成粮食。”

午夜以后，卫清财带着家人蹑手蹑脚地来到过厅屋里偷木料。朱氏提着马灯，卫清财和两个儿子，还有大洋马，两人一伙，忙了起来。他们悄悄地把木板一块一块地抬到了三儿子出走以前住的空屋子里，藏到了床底下。卫清财累得龇牙咧嘴，汗流浃背。他擦了一把汗，说：“姓柳的没有别的东西可卖了，过了不多长时间，她就得离开。到那时候，前后院也就全成咱家的了。”这一窝小偷正在高兴，两只蝙蝠突然飞了出去，把他们吓得“哎哟”了一声，个个出了一身鸡皮疙瘩。

天亮以后，柳皑雪用清水煮了点高粱小窝窝头，正要去叫白云吃饭，她的弟弟柳存泰进了院子，唤道：“姐姐！我来看你了。”柳皑雪见到娘家的亲人，满腹的委屈直往外涌。她拉住弟弟的胳膊，“呜呜”地哭起来。柳存泰听着悲伤的哭声，含着眼泪，说：“我刚才在街上听说了，他们拦车劫货，欺人太甚！”说完，扶着姐姐来到了上房屋。

柳皑雪擦了一下眼泪，说：“弟弟，我用我的木材换点儿粮食都行不通，他们硬把我和孩子往死路上逼。”柳存泰说：“天无绝人之路，你遇到这种恶人，就得更加坚强一些。现在你不能着急，也不能生气，免得损失更大。”柳皑雪说：“不由人啊！你说，她的伯父啥都霸占，连我这点木料也不放过，他的心咋那么贪，那么狠？昨天，卫清财仗着狗汉奸卫池给他撑腰，硬逼着买主退货，让木匠父子把咱的木料卸到了过厅屋的路边。等一会儿，你帮我把它抬到屋里，另想办法换粮食。”

柳存泰没有听完就愣住了，说：“过厅屋里放有木料？我咋没有看见？”柳皑雪听到这话，吃惊地睁大了眼睛，说：“一堆木板，你怎么没有看见？走，我带你去看看。”

柳存泰说：“别去了。几方木料不是什么小东西，已经被他们偷走了。”

柳皑雪又气又急，说：“我以为卫清财想让我给他的儿子分一些，没想到这个老长牙竟敢偷偷地独吞了。存泰，你在家里等着，我现在去找俺的族长，请他召集族里的人，一起想办法，讨回咱的木料。”

柳存泰摇了摇头，说：“找也没用。卫清财敢在光天化日之下拦车劫货，就不会把他偷走的东西还给你。”

柳皑雪急切地问：“弟弟，你说我该咋办？”

柳存泰说：“打！我回去找几个人，先狠狠地教训一下卫清财和卫池。”

“不行。”柳皑雪说，“那种办法我早就想过，皑菊也曾说过，我恨不得一刀捅死卫池，为你姐夫报仇。也曾想到让你叫几个人，教训一下卫清财，可我没有那样做。因为那样做虽然解气，也不难，可是不能解决根本问题，还把咱家也给牵扯进来。那帮没有人性的东西要是去咱家闹腾，父母跟着操心，谁都不能安宁。唉！我要是跟他们拼个鱼死网破，孩子也就更难活下去了。弟弟，如今世道黑暗，正不压邪，咱们只有尽量忍着点。”

柳存泰气愤地说：“他们一而再，再而三地欺负你，把人往绝路上逼，这口气我咽不下。”

他讲到这里，见姐姐又在摇头，只好说："这样吧，咱们再忍一忍也行，等到共产党来了，社会变了，也就有了讲理的地方。到那时候，老账新账一起算！"

柳皑雪问："你知不知道共产党啥时候才能来？"

"快了。我听说日本投降以后，蒋介石搞独裁，一个劲儿地发动内战。现在，共产党八路军已经开始反攻了，而且接连不断地打胜仗。"柳皑雪激动地说："真的有盼头了，只是眼下……"

柳存泰了解姐姐的窘迫，从口袋里掏出了六枚银元，放在了桌子上，说："这几块钱你先用着，我现在要去县城办点儿事。"柳皑雪忙说："你得带俩钱，路上花。"柳存泰摆了摆手，说："我还有一块钱，够用了。姐姐，我去了，你要多保重！"柳皑雪目送着弟弟出了二门。

卫清财在前院看见柳存泰，立即不安起来，心里想，他来干吗？难道昨天的事情他也知道了？现在，他是不是去县衙告他的状呢？他心里有鬼，加上怀疑，便急匆匆地出了大门，跟在柳存泰的后边监视着。到了村口，他又爬到了寨墙的上边，继续盯梢，然后，去找卫池报信了。

卫池听了以后，满不在乎地说："不用担心。他想到县衙告垮咱俩，没门儿。我知道官府没有他们的人。我下午也进城一趟，去县衙里打个招呼就行了。"停了一会儿，又说，"柳皑雪要为拦车劫货的事情打官司，进公堂的一定是她自己。干脆在半路上把她干掉算了，她活着，既是你的障碍，也是我的心头之患。"

卫清财咬牙切齿地说："行！一不做，二不休，让她有去无回。不过，一定在偏僻的地方下手，干得利索一点儿，到时候我一定重谢。"

卫池说："干这种事儿，只能雇人，是要花钱的。从现在开始，你监视着那个女人。只要看见她去县城了，就来告诉我。走，我先给赖秃子打个招呼。"

柳皑雪在家里想来想去，认为事态发展到了这一步，族长真的无能为力了。要想讨回自己的木材，只有依靠官府，转念一想，也难。国民党县政府不惜民情，这种民事纠纷不一定管。就是接收了状子，也得交好多钱，自己的口袋里只有弟弟刚刚给的六块大洋。要是法官接了钱，拖着不处理，非把人弄得倾家荡产不可，如何是好？是去告状？还是不去呢？

过了一会儿，她又想，官场不会一个好官儿也没有，万一遇到一个小包公，不让交钱，或者多少交点，也能打赢官司。要是能把卫清财和卫池拘留几天，压压他们的嚣张气焰，不但可以讨回木料，还可以讨回被讹去的田产。如果法官法办了汉奸，为丈夫报仇雪恨，那就更好了。

想到这里，她自言自语地说："去，一定要去。不管怎样，都要去试一试。"

次日早上，要去县衙告状的柳皑雪唤醒了孩子，说："白云，妈妈去县城有事，你等一会儿起来，把饭热一下再吃，剩下的中午吃，我办完事就回来了。"白云揉了一下眼睛，看着母亲，说："知道了。妈妈，您早点儿回来。"

卫清财看见柳皑雪外出，连忙派他的大儿子前去盯梢。一个时辰以后，卫富有回到家里，告诉他的老子，说："她没有走娘家。我见她往县城的方向去了。"

卫清财听罢，急忙从箱子里取出了二十块大洋，飞快地向卫池家走去。卫池站在院子里，看见卫清财慌慌张张，扬了一下手，迎了过去。他收下钱以后，说："不用着急，那个小脚女人走不了多远，小赖就会追上的。""好！一定要利索一点。我走了。"

卫池的母亲看见卫清财递给了儿子一包沉甸甸的东西，也隐隐约约地听到了只言片语，估计没有好事，便来到卫池跟前，说："你不能要他的黑钱。你作的孽够多了，老娘就是把命搭上，恐怕也抵消不了，快把那东西还给他。"卫清财在大门外边听到这话，没敢接腔，连忙离开了。卫池不耐烦地说："我的事情你少管。"说完，也出去了。

柳皑雪第一次去告状，心里没有谱。她一边走，一边想："见了法官，先说什么？再说什么？如果一切顺利，就磕头致谢！如果遇到的是个贪官，一定多说几句好话，恳求开恩。"

过了一会儿，她穿过一条小路，下了一个陡坡，来到了马路上。她往前边看了一下，通往县城最近的五里多长的深沟大坡的入口就在眼前。

正在这时，一个身穿黑色长衫、头戴毡帽的中年男子从她的后边擦身而过。那个男子的右手插在口袋里，好像握着一把手枪。那个人往她的前边跨出了两步以后，猛然回头，透过墨镜，看了她一下，便向大坡口走去。

柳皑雪看着那个人的背影，觉得有些眼熟，可是没有看清面孔，确定不了是谁。不过，从那个人的体形和走路的姿势判断，很像卫池的一个同伙。于是，想到了自己告状牵扯到的仇人，产生了疑虑。

她一边往前走着，一边寻思：这个男子如果也去县城，他转过脸看我干吗？难道他认识我吗？如果认识，为啥不打招呼？他的帽檐压得那么低，是不是怕我认出来？他的右手插在口袋里，握着的东西硬邦邦的，是不是手枪？难道他是卫清财出钱、让卫池雇用来跟踪我的奸细吗？这个人会不会在偏僻的地方打黑枪？一连串的疑问没有肯定的答案。

柳皑雪凭着直觉和观察，基本上认定了那个人，心里说："他很像头上长癣、跟着卫池干坏事的赖秃子。"

赖秃子看清楚了柳皑雪，他握着枪的手在口袋里动了一下，一边往前走着，一边自言自语地说："就是她。"

不大一会儿，柳皑雪走到了大坡的入口处，她往那条蜿蜒崎岖而又坎坷不平的深沟小路上瞧了一下，没有看到多远就被两侧的悬崖峭壁挡住了视线，看不见那个可疑的人了。她心里想，这个通往岭上，通到县城的沟壑小路又窄又长，路边除了放着烂棺材的破窑洞以外，就是猫头鹰"呜哈呜哈"的叫声。以前进城，行人多了不害怕，可是近几年来，县衙害怕共产党八路军的人进到城里，规定：凡是进城的人都得带上贴有自己相片的"通行证"。绝大多数农民因为贫困，花不起照相的冤枉钱，使得路断人稀。这会儿，自己要是一个人走到大坡里边，遇到了意外，呼救也没有人听见。以防不测，她决定站在原地等一会儿，约上一两个同路的，一起前往。

柳皑雪一边等人，一边回忆夜里做的十分奇怪的梦：她站在娘家的一个窑屋门口，看见屋子里的地上放着两个尿罐儿，不知谁把一个弄倒了，尿洒了一地。另一个尿罐儿满满的。她想，要是再有人进来解手，尿溢出来，这个屋里也就没法下脚了。于是，想把它提出去倒掉。进去一看，尿罐上边没有提起的侧耳，她觉得奇怪。正在这时，一个人影影绰绰地来到了门口，好像要去解手，她非常着急。这么一急，也就醒了。她醒来以后，曾经分析了这个"臊气"的梦，担心官司打不赢，有些动摇。过了一会儿，又想着好梦、赖梦都做过，可与现实照应得极少。于是，仍然决定按照原来的计划，一吃罢早饭就进城。

这会儿，她面对不祥的征兆，又琢磨起那个骚气的梦来。想着自己没有儿子以及丈夫已经倒下的情况，认为那是丈夫或者什么神仙托梦于她，向她暗示了什么玄机，应该谨慎行事。

她站在那里等了片刻，不见一个路人到来，心里想不能再等了，当然也不能继续往前走，更不能回家。因为只有告状，才有可能胜诉；才能解决生活上的断炊问题。想到这里，她转过身子，往回走了半里地，拐到了盘山的大路上，绕远道向县城走去了。

赖秃子在那深沟的半坡上一会儿往回张望一下，一会儿站在旁边的破窑洞跟前。他心里想，在这里下手最好，一枪毙命，把她拉到这个破窑洞里，神不知鬼不觉，完成了任务，白花花的银元也就到手了。

他等呀等，两只眼睛都急红了，仍然不见柳皑雪到来，小声骂："他妈的，小脚走得再慢，也应该走到这里了。"他急得正在跺脚，忽然，听到了动静，以为他要杀害的人来了，心里一阵高兴，立即掏出了手枪。来人走近了，他一看，是个老头子，只好把枪装进了口袋，问："哎，你看到一个30来岁的妇女没有？"

"没有。"老头子一边走，一边回答。

赖秃子又等了一会儿，仍然不见柳皑雪到来，更加焦燥不安，心里想，她是不是发现了什么破绽而拐回去了？如果那样的话，卫池承诺的十五块大洋也就泡汤了。他拍了两下后脑勺，忽然想起通往县城的盘山大路，怀疑柳皑雪绕道进城了。他自言自语地说："不管你从哪条路走，我都能追上。"说着，拔起飞毛腿，像兔子滚山坡似的迅速追去。

太阳升得老高了，柳皑雪避开了那个可疑的人，绕大路来到了岭上边的一个小村子。她觉得又累又渴，便进了一个院子。那个院子里有三间平房，一间侧房，里边干干净净，十分安静。

她问："家里有人吗？"

女主人听到声音，从厨房里出来了。柳皑雪看着那个文质彬彬的中年妇女，说："我是过路的，想找点水喝。"她刚说完，觉得女主人在哪里见过似的，愣了一下。

"可以。"女主人说罢，也觉得来人有些面熟。她打量了一下对方，问："你是不是卫家寨的？"

柳皑雪点了点头，说："是的。你是……"女主人没等来人说完，就惊喜不已，拉住柳皑雪的手，激动地说："大恩人，我可见到你了！快进屋里歇一会儿。"女主人搀扶着客人来到了客厅，又是让座，又是沏茶。

柳皑雪说："文静，你变样了，我都快要认不出来了。"女主人说：

“你也是，你现在瘦得跟换了一个人似的，我也差点儿不敢认。”

文静递过热茶，望着客人，心里想，柳皑雪原来那么聪慧标致，怎么变成了颜如黄裱、眼窝塌陷、下巴溜尖的苦难之人，幸好她的气质没有变化，让自己认出来了。

柳皑雪也在想，文静由过门时候漂亮的大家闺秀被折磨成了瘦骨嶙峋、满目苍凉的病人，如今成了健壮乐观、满脸福相的中年妇女。要不是主人先提到她，她也是不敢确认的。

文静说：“大恩人，要不是你和清正兄弟帮我逃出虎口，早就没有我这个人了。”柳皑雪一边喝茶，一边问：“你现在的生活好吧？”

文静微笑了一下，说：“很开心。儿子和他的父亲都在城里上工，下班回来以后帮我种菜，干家务活。他们挣的钱虽然不多，可也够花了。可以说我嫁到这里，也就脱离了苦海。”她讲到这里，不禁回忆起自己的身世。

文静17岁那年，因为水灾毁了她的家园，夺去了父母的生命，书香门第一下子变得一无所有。因为娃娃亲，她嫁给了卫家寨的一个阔少爷——卫聚财。卫聚财又吸毒，又赌博，家庭状况急剧败落。可是，他家原来的封建家规仍然森严。后来，恶婆婆的身边没了丫鬟侍候，就把她当作侍女，经常又打又骂。

有一次，她往餐桌上放筷子，其中一根没有摆整齐，就被拉到了“警戒室”挨皮鞭。她被打得遍体鳞伤，疼痛难忍，还不准哭出声来。晚上，恶少吸过白粉寻欢作乐，她的心里再难过也得赔着笑脸。

一天晚上，恶少赌博输得多了，一进门就揪住她的头发，劈头盖脸地打起来，肆意发泄。文静哭喊着和丈夫讲理，恶少不但不肯收敛，还拿针线笸里的锥子，往她的身上乱扎。简直是人间地狱，她被折磨得死去活来。

文静回忆到这里，泪水直往外涌。柳皑雪看着主人不堪回首的样子，劝道：“别难过，苦难过去了就好。”

文静擦了一下眼泪，说：“你看我，一想起那非人的生活，心就往外淌血。唉！那天夜里，我悄悄地逃到了你家，清正兄弟把我送到了俺的姨妈家，后来嫁到了这里。我觉得住在这个矮墙的小院子里，比地主家的金蒺藜屋强一百倍。柳夫人，我真的不知道应该怎样感谢你们才好。今天你来了，在我这里多住几天。”

柳皑雪说：“不啦，我去县城有事。你现在生活得这么好，就是对我最大的安慰和感谢。”

女主人给柳皑雪添了点茶，说：“我听说清正兄弟被日本鬼子和汉奸卫池杀害了，非常气愤，也为你发愁。现在，你带着孩子一定十分艰难吧？”

“一言难尽。”

文静望着柳皑雪痛苦的样子，又说：“清正兄弟生前没少帮助他的兄长。现在，你们孤儿寡母身处困境，他帮补你家一点没有？”

柳皑雪听到这话，犹如把盐撒在了伤口上，含着眼泪说：“又讹诈又偷盗。我家的耕地只剩下六七亩了。前天，我用木材换点粮食，他和汉奸卫池串通一气，在村子里拦车劫货。昨天夜里，他又把俺那木料偷走了。他们硬把俺娘儿们往绝路上逼。”

文静听罢，气愤地说：“他怎么趁火打劫，恩将仇报？哎哟，你现在是雪上加霜，日子怎么过啊？！”

柳皑雪说：“因为村子里没有人能管住他们，所以我今天要去县衙一趟。”

文静皱起眉头，说：“告状？这年头，浅滩污水王八多。官府里的大官儿小官儿都坏透了，他们能管你这事吗？”

柳皑雪说：“这是没有办法的办法。我想，万一遇到个清官儿，管管那些恶贼，我和孩子才能凑合着过下去。你说，我的命咋恁苦啊？”

文静安慰道：“不是你的命苦，是日本鬼子太坏，是世道太乱。柳夫人，你的孩子只有你一个亲人了，你一定要想开点儿，一定要挺住，把她们养大成人。今天，你执意要去，一定做好两种思想准备。我希望你打赢官司。”

柳皑雪喝完了茶，放下杯子，说：“你讲得对，我该走了。”女主人见客人站了起来，忽然想起她们村里的一个勤劳而善良的单身汉，忙说：“别急着走，再喝杯茶。”

这时，赖秃子路过文静家的门口。他看见大门开着，往院子里瞅了一下，心里揣度着，柳皑雪会不会拐到这里讨水喝？他站在那里等了一会儿，不见有人出来，才继续向前追去。

文静给客人添过茶水，试探着说：“你是俺的救命恩人，你的处境，你的艰难我都看出来了，所以，我想劝你两句。人们常说：‘树移死，人移活。如果遇到合适的人家，你带上孩子，像我这样换个地方，岂不更好？”

柳皑雪听到“合适”二字，立即想起她的表哥——水泉，想起水泉勤劳仁慈，才貌双全，当年向她暗示过爱恋。因为他的父母给他提亲晚了一步，而没能成亲。清正遇难以后，他曾经托人到柳庄提亲，自己没有同意。据说水泉至今未娶。要说“合适”，只有水泉一人。不过，这个念头刚刚升起，就像火星一样，只在脑海里闪了一下也就消失了。

柳皑雪摇了摇头，说：“没有这个心情，也没有这个打算。你知道我是个有孩子的母亲，只要有一线生路，就得为孩子守着这个家。无论吃好吃赖，孩子不当‘带犊儿’，觉得受气。再说，她父亲对我很好，我应该厮守，也免得人们说三道四。”

文静有着磨难之中逃生的经历，不以为然，说：“现在是民国时代，孙中山先生生前提倡男女平等。再娶、再嫁一样不丢人，谁想嚼舌头，随他们的便。你现在才30多岁，孤守青灯不说，孩子没有父亲，跟着你受这样的煎熬，清正兄弟在那边也难以安息。另外，我觉得告状不是个好办法，因为告赢的可能性太小。即使遇到了好官儿，告赢了，那些低头不见、抬头见的孬种们一定会伺机报复。你势单力薄，仍然安宁不了，你说呢？”

柳皑雪说：“我知道你的好意。不过，我还是去县衙一趟，试试运气。”

文静想了一下，说：“只要公堂有明镜，不怕人间有恶鬼。要是在太平年代，肯定行得通。现在世道乱，你想试试运气也行。”

柳皑雪刚站起来，水泉赶着一辆马车在大门外边停下了。这个人一下车就提上一袋农产品，高高兴兴地进了院子，大声唤：“表姐！你在哪屋？我来看你了！”

第二十八章

故友巧遇情

文静正要去送柳皑雪，在客厅里看见表弟来了，喜出望外，说：“水泉，你来啦！”说着，迎了出去，接过袋子，问，“沉甸甸的，这里边装的啥好东西？”水泉说：“嫩豌豆角。”

“你每年都给我送这个，让你妈费心了。”水泉说：“你们城边儿的人只种蔬菜，我妈想让你们尝尝鲜。”

文静边走边说：“我上次交代过，让你把你的媳妇带来，趁她还没有孩子，出来转转，你又忘了吧？”

“没有忘，不想带。”

文静了解表弟一直不愿意结婚，说：“新娘子那么年轻，那么漂亮，你应该知足。”水泉收敛了笑容，说：“都是老人家逼的，没意思。”

柳皑雪听到文静叫水泉，觉得奇怪：他怎么来了？不过，柳皑雪从姑表兄妹俩的对话里知道水泉已经成家了，不禁有些高兴，心里想，既然和表哥巧遇了，就应该照个面，说两句话再走。

文静领着客人进了客厅，说：“这是我的表弟，叫水泉。她是……”水泉看见柳皑雪，又惊又喜，没等表姐说完，就来到了跟前，说：“皑雪，你也在这儿呢？真是太巧了！”

柳皑雪微笑了一下，说：“我去县城办点事儿，拐到这里找水喝，没想到来到了文静家。”

女主人见他们一见如故，高兴地说：“哎哟，原来你们认识。”水泉高兴地说：“何止是认识？她是我表舅的女儿。我和她的哥哥，弟弟不但是老表，也是很要好的朋友。每年大忙季节，我们互相帮忙。一块下地干活，一块在地头休息，我们吃的一锅饭，可以说是一块长大的。你不了解，我和皑雪……”他还想说得详细一点，看见表妹摇头，没有说下去。

柳皑雪站了起来，说：“泉儿哥，你再坐一会儿，我该走了。”水泉说：“你走我也走。我去车站拉货，正好让你乘车。”文静忙说：“你再喝杯茶，让她等一会儿。”

“不用。我本来不渴，喝两口，有个意思就行了。”

三个人来到了大门外边，水泉扶着表妹上了马车，让她坐在车子上的一盘缆绳上边，自己坐在车子的左前边。主宾互相摆了摆手，车轱辘便“咕噜噜”地转起来。

文静看着他们走远了，一边往家走，一边想，这两个人那么亲切，难道她就是表弟当年爱上的人吗？可是，现在一切都晚了。

水泉赶着马车，脸朝着前边，为见到表妹而高兴着，说：“皑雪，你坐好，扶住车帮！”

“放心吧，我知道。”柳皑雪应了一句。然后望着水泉宽大的肩膀，心里说，身体强壮就是好。

不大一会儿，车子出了村子。水泉一会儿朝着前方看路，一会儿转过身子，看一下表妹消瘦的面庞，十分怜悯，心里有好多话想说，可又不知从何说起。柳皑雪和他一样，也有许多话想说、想诉，却张不开嘴。她见水泉的脸朝着前边的时候，悄悄地看他；见他转过脸的的时候，又把目光投向远方，装着啥也没有、啥也没有想的样子。这两个人你悄悄地看看我，我悄悄地看看你，而都不开口，真乃近在咫尺，含情脉脉，一切尽在无言之中。

马车在那平坦的路上向前行驶，田野一片恬静。忽然，他们的目光相遇了。水泉高兴地笑了一下，立即往表妹的身边挪近了一点儿，打开了话匣子，问：“皑雪，你咋瘦成这样啦？”

柳皑雪又把脸扭到了一边，含着泪花，不知是因为受到了故友的关心，有些激动，还是心里的委屈太多。

水泉见表妹悄悄地拭泪，认为一定是她的生活过于艰难，或者精神上的压力太大，不禁泪水盈眶，暗自责备：都是水泉不好。那一年要是早点去柳庄提亲，皑雪也就不会是现在这个样子。他说：“一切都怨我！”

柳皑雪说："咋能怨你呢？我嫁给卫清正也是缘分，是命中注定的事。我在卫家挺好的，要不是日本人发动侵略战争，乱杀乱抢，清正也不会死，我和孩子们也就不会受人欺负、讹诈，过成这个样子。"

两个人又沉默了，他们都在回忆年轻时候愉快相处的日子。水泉更是留恋当年的情谊。

过了一会儿，水泉想到聪明伶俐的小白云。两年以前，他在柳家大院里和孩子们玩耍的情景浮现在了眼前。他好像正在抱起白云，举过头顶，其他小孩子的叫好声也响在了耳边，心里一阵高兴。他转过脸，问："皑雪，你出来了，白云一个人在家行吗？"

"能行。她快八岁了，会做简单的饭。"

水泉又说："白云长得跟你一模一样，真可爱。不过，你让孩子一个人待在家里，够孤独的。"柳皑雪说："没事儿，有几个小姑娘经常到我家跟她玩儿。"

是的。吃罢早饭，秀娟和秋香来到了她家，叫白云去看新娘子。这会儿，她们正在上房屋里欣赏白云的新鞋。秀娟说："这双鞋又结实，又漂亮。你妈的手太巧了。"秋香也说："这上边的花儿毛绒绒的，比丝线绣的还好看。你妈妈是怎么做的？"

白云显得十分自豪的样子，说："我妈妈可会想办法啦。她把两片鞋帮合在一起，在做花的地方夹了一层麻纸，接着用纳底子绳照着画好的图案，一针挨一针地密缝。缝好以后，用裁刀把两片鞋帮分割开来，再用手搓一搓断开的绳头。然后涂上颜色，做到鞋底子上，也就成了。"

秋香说："咱们看完了新娘子，你去我家一趟，让我妈妈瞧一瞧，也给我做一双这样的新鞋，行吗？"

"可以。"白云爽快地答应了。可是秀娟的心里很难过，她想妈妈了，眼圈儿也红了，说："有妈妈真好，我只有奶奶。我奶奶眼花了，做不成这样好看的新鞋。"

白云看见小伙伴落泪了，把新鞋递了过去，说："你先穿一天，我明天再穿，好吧？"她见好朋友点着头笑了，便和秋香一起帮着秀娟换上了新鞋，高高兴兴地去看名叫卫凡的娶媳妇了。

卫凡家的院子里鞭炮声震耳欲聋，到处喜气洋洋，人们都在看新郎官儿和新娘子拜天地。这时，他那久病而昏迷了三天的妻子朴氏被那巨大的响声震醒了。她慢慢地睁开眼睛，有气无力地问身边的人：“何花，外边咋回事？”何花不敢讲实话，说：“我去看看。”她来到院子里，找到了新郎官的大嫂王氏。王氏听说她的弟媳，也是她的表妹活过来了，一阵高兴，接着又为难起来。

一对新人拜完天地，观众们开始议论起来。有的说：“新娘子年轻漂亮，卫凡真有福气。”有的说：“他有妻子、儿女，还要娶。喜新厌旧，不是个好东西。”还有的小声骂：“他的妻子有病，昏迷不醒，他不但不去请大夫，还有心思娶小老婆，一点儿人性也没有。”

一对新人正要入洞房，王氏拉住了新郎官儿，说：“她醒过来了，你看咋办？”

天天盼着病媳妇早点儿咽气的卫凡听到这个消息，一下子就吓呆了。

聪明而胆大的新娘子听到这话，一下明白了什么似的，质问新郎：“哎！你说，她醒过来了，她是谁？”卫凡吞吞吐吐地不敢讲。新娘子气愤地扔掉了拉着的红彩绸，指着新郎官儿骂起来：“姓卫的，你对我的家人说，她已经死了，才让我当后续的。原来你在欺骗姑奶奶！我不活啦！”说着蹲在地上，“呜呜”地哭起来。

客人闻声而至。新娘子拉住她的娘家哥杨阿强，哭着喊：“哥哥，他有老婆，为啥说没有了？你们合伙骗我，我不活了……”阿强“啪！啪！”给新郎官两个耳光。

卫凡忍着疼痛解释：“她病了两个多月了，这几天一直昏迷不醒，我没有想到她还能活过来。请你们……”阿强越听越气愤，揪住新郎官儿的胸襟，“呸！”地吐了他一脸唾沫，然后大骂：“混蛋东西，你让我妹妹咋办？你说！”几个客人围了过来，个个怒形于色，咬牙切齿。

新娘子更加伤心了，一只手拉着兄长，一只手拽着她的叔叔，哭着说：“你们要为我做主！我没法活啦！”

顿时，那个院子里吵吵嚷嚷，一下沸腾起来。新郎官儿像热锅上的蚂蚁一样，红着脸就地打转转，不知如何是好。正在这时，卫凡的舅舅来到了跟前。

这位德高望重的老人瞪了一眼不守道义的外甥，环视了一下难以收拾的场面，大声讲：“亲朋好友们，静一静，请大家静一静！静一静！”院子里静下来以后，他对客人们说：“诸位亲家，对不起！实在对不起你们！我看，现在木已成舟，还是顺其自然为好。你们商量一下，问一下新娘子，看她有啥打算？有啥要求？尽管提出来。”

新娘子擦了一下眼泪，心里想，拜完天地，也就是对天许了愿，成婆家的人了，与其要求退婚，不如将就着过活。她没等娘家的人开口，就哭着说：“哥哥，我不愿意当偏房，可也不能回咱家，我丢不起这人！我要他把我当成名媒正娶的结发夫妻，他的前妻和孩子必须搬出去住。他要是不答应，我就不活啦！”

新郎官儿连忙表态，说：“我都答应，我都照办。”

王氏本来就极力反对他们这桩婚事，只是阻止不了，这会儿，听罢卫凡的承诺，气得大喊大叫起来：“不行！不行！俺表妹才是结发夫妻，凭啥让她搬出去住？”

新娘子听了，又哭喊起来：“我不是找不来婆家，我没脸见人！我不活了……”观众们里三层、外三层地围观着，都在看卫凡怎样收场。有的说：“嗨，两个媳妇的娘家都不好惹。往后，有好戏看呢。”有的说：“真好玩儿，两个媳妇都恨他，还都要让他养活。等他老了，谁也不愿意侍候，把他甩到二股道上，让他老来苦、活受罪。你们信不信？”大家点着头，都说，自找苦吃，活该！

杨阿强听到王氏嚷嚷，又揪住新郎官，逼问：“你说咋办？你说！”卫凡本想站在新娘子的一边，可又不敢惹恼他的嫂子。这时，他才想起父亲生前的教诲——要想安宁，固守本分，珍惜感情，永不娶小。可是如今，生米成粥，后悔晚矣。他红着脸，不知如何是好，举手打起自己的嘴巴。周围的人没有一个替他说话，也没有一个人拉他一把。

白云看烦了，说：“秋香，这个没有意思，不看了。咱们去你家吧。”三个小伙伴从人堆里挤了出来，向外边走去。

水泉赶着马车仍然在岭上行驶。他从口袋口掏出仅有的两块银元，说：“皑雪，我没有想到今天有幸见到你，所以没有准备。这点儿钱你拿着，回去的时候，给孩子买点好吃的。”

柳皑雪推辞着不要，说：“不用。我带的有钱。”水泉生气了，说：“这是给妞妞的，是我的一点儿心意。别嫌少！”说着，硬塞给她了。

马车顺着地势行驶，快到下坡路的时候，减慢了速度。水泉大声说；“皑雪，你要坐稳扶好！”

“知道啦！”

这时，路边的林子里忽然“扑通”响了一声。柳皑雪连忙望去，可是只见树木不见人。她又瞅了一会儿，仍然没有人出来。她想，这声音不像野兔逃跑，到底咋回事呢？柳皑雪立即警觉起来。

原来，赖秃子在她的后边一溜小跑地追了半天，不见踪影。当他路过这里的时候，认为小树林也是个明处作案、暗处隐身的好地方，便走了进去。他靠着一棵大桑树，打算按照卫池交代的第二个方案行事。过了一会儿，他又想，柳皑雪要告状，肯定不会半途而废。等她返回的时候，一定会从这里经过。他正在高兴，忽然看到马车上坐着的柳皑雪，害怕暴露了，连忙往树身的后边躲。不料一只脚退到一个土坑里，猛然蹾在地上，发出了“扑通”的响声，为了隐蔽他一动也不敢动。

车子很快下了那个土坡，再过一会儿，就到城关了。

赖秃子等到车子远去以后才爬起来，他拍打了一下衣服，心里又在嘀咕：柳皑雪返回的路线变了，岂不是再一次空等了？他想到这里，走出了小树林，决定到衙门外边盯梢、跟踪。

马车到了城河边的桥头停住了。水泉扶着柳皑雪下车以后，望着她那憔悴的脸庞，说：“皑雪，我知道你很艰难。以后，早晚需要我帮助，让我表姐转告一声，我会尽心尽力的。”

柳皑雪说：“谢谢！”停了一下，又说，“泉儿哥，希望你善待媳妇，一心一意地过日子。”“没事儿。”

水泉想和表妹握手告别，可又觉得自己没有这个资格，把伸出的手缩了回去，说：“你要保重！”柳皑雪点了点头。

水泉含情脉脉地目送着表妹，一直到看不见了，才坐到马车的前沿，喊了一声“驾！”，车轮启动了。这时，他们庄上比他小两岁的男子看见了，一个问：“泉儿哥，上哪儿去啊？”

水泉以为他们想乘车，让牲口站住了，说：“去货担场拉货。”另一个来到了跟前，嬉皮笑脸地说：“哎，刚才乘你车的那个女的是谁？我看她好像林妹妹似的。”水泉听了，知道这是跟他玩调皮，一本正经地说：“你看女的，总是那么仔细，真没出息！”说罢，扬鞭而去。

那个滑稽的对他的村友说：“我看他俩恋恋不舍，关系不一般。你说呢？”另一个笑了一下，说：“可能吧。不过你别忘了，水泉是个正经人。”

第二十九章

明镜高悬呈玄虚

高大的城门只有单人可以进出的稽查路口，柳皑雪拿着“通行证”，在外边排了很长时间的队才进去了。

大街上，到处是逃荒的乞丐，逛商店购物的人寥寥无几。好几家的门面房都关闭了，贴着转让的告示。卖菜、卖米的小商小贩挑着担子，一边走一边吆喝着，巴望着买主的到来。做苦力的运货工人推着沉重的平板独轮车，带着“唧唧吖吖”的刺耳的响声，不停摆动着头，甩掉额上的汗珠。车轮的响声远去以后，街上显得更加凄凉萧条了。

柳皑雪第一次去衙门，不知道县衙在什么地方，一边向前走着，一边打听地址。过了一会儿，县衙出现在不远处。她看见一个代写状子的摊位，便来到那张桌子跟前。一位戴着眼镜的摊主接待了她。

老先生听罢柳皑雪的诉说，十分同情，讲道：“你一个妇道人家，够艰难的。我先提醒你一下：你现在要告的人，属于家族内部的民事纠纷，同时也牵扯到汉奸暗杀你的丈夫、还在作祟的刑事案。株连的两个人虽然没有后台，也不是什么富翁，但是要想告赢，非花大钱不可。据我了解，现在打官司，除了缴纳诉讼费以外，还得另外入钱，否则当官的不会受理。”

柳皑雪有些不敢相信，问：“照你这么说，县官儿都是老虎大张口？知法而不执法？”

老先生点了点头，说：“县衙大门朝南开，有理没钱莫进来。如今的县官无不假公济私，无利可图的案子是不会受理的。花钱少的当官儿的就‘拖’，或者‘翻烧饼’，榨油水，一直把告状的和被告的弄得倾家荡产，筋疲力尽，最后不了了之。”

柳皑雪听罢，想到自己口袋里仅有的八块多钱，说：“谢谢你的提醒。要不，今天只告卫清财一个人。”老先生说：“能行。你这个案子只要法官受理了，胜诉的可能性也就大了一些。不过，如果你带的钱太少，法官也会敷衍塞责地讲两句好听的话，一推了之。”

柳皑雪说：“老先生，你在这里了解的情况多，县衙里边有没有一个像包公那样的清官儿？”老先生摇了摇头，说：“现在主持办案的有三个法官，两个年龄大的老奸巨滑，既贪财又贪色，不择手段。凡是交不起诉讼费的，他们就找个借口，推出门外。那个年龄最大的瘦法官即将退位。除了那两个年龄大的以外，还有一个年轻的副官，他也说不上廉洁，只是多少还有一点良心。可是，他看到别人经常假公济私，发黑财，心里自然会痒痒。你要是把状子递到他的手里，可能会胜诉。”停了一下，老先生又补充了两句，说：“我替人代写状子，鸣不平，总想让他们告赢。所以对你讲了这么多，让你心里有个底儿。”说罢，拿起毛笔写了起来。

柳皑雪面朝大街坐着。忽然，发现对面的门面房里，有个穿红着绿的老女人搀扶着一个阔老头，喊来了一个叫阿欢的姑娘，说：“好好侍候！”那个阔佬亲热地猥亵着那个姑娘，向后院走去。柳皑雪“呸”地吐了一口唾沫，自言自语地说：“恶心！”

书写状子的老先生停下笔，说：“声色犬马的地方，看不惯吧？现在县城里的妓女院和窑子铺比乡里的臭粪坑都多。有的老鸨为了挣钱，逼着妓女到门外边拉客，世道坏透了。你以后再进城，一定记着带点儿姜。”柳皑雪苦笑了一下。

过了一会儿，老先生把状子写好了，念给柳皑雪听了一遍。柳皑雪挺满意，付了代写费用，便向县衙的方向走去。

两个衙役拖着一个衣服褴褛的白发老头从衙门出来了。老头喊着：“冤枉！我儿子冤枉！”到了门外，一个衙役说：“老糊涂，备好钱了再来这里说话。”

柳皑雪摸了一下口袋，心里说：“如果六块银元不够，把水泉给孩子买东西的两块钱也添上去。”然后，抱着胜诉的希望进了衙门。

门卫的一个警察大声喊：“交钱了没有？这个门儿是你可以随便进的吗？”柳皑雪听到喊声，站住了，把零碎的钱掏了出来。那个警察接过以后，撇了一下嘴，没有好气地说："去击鼓吧。"

柳皑雪来到二门外边的大鼓跟前，坐在旁边的人说："一枚大洋。"她迟疑了一下，只好把钱付了。鸣鼓以后，大堂里传来了通令："带进来！"那个人把她领了进去。

大院里边空无一人，宁静、森严的气氛让人感到紧张。柳皑雪暗暗安慰自己："不要害怕，几年前，国民党中央军闯进家里追捕丈夫，都应付了，这里好歹是个执法的地方，谨慎一些就是了。"

柳皑雪被带到公堂门外，她一抬头，就看见挂在正面墙上的特别醒目的大金匾"明镜高悬"，怀着胜诉的信心进去了。

三位法官坐在公堂上。正中位置坐着的中年胖法官，他宽额方面，满脸横肉，又粗又短的脖子夹在两肩中间，像戏台上的白脸奸臣，也像缩着脑袋的乌龟。他叼着烟卷，吐着浓烟。他的左边坐着一个比猴子还要瘦的老法官，戴着眼镜，三角眼神色诡诈。他的头上有一缕漫过秃顶的头发，看起来有些滑稽。胖法官的右边是一个年轻的副官，绷着脸，向柳皑雪摆手，提示缴纳诉讼费的地方。

柳皑雪来到文书跟前，想到"六六为顺"的六字，掏出了六块银元，放在桌子上。文书白了她一眼，说："就这么一点儿？"柳皑雪只好把剩下的一个银元也掏了出来，然后把状子递给了年轻的法官，接着跪在堂桌的前边，说："法官大人，请您为小民做主！"那个副官在他的上司面前循规蹈矩，不敢逾越官阶的权限，只在状子上边扫了一眼，就推到了堂桌的中间。

瘦法官挺了一下身子，蔑视地瞅了一下柳皑雪，自言自语地说："七块大洋，比官价还低，真是个穷鬼！"说罢，精神忽然振作起来，好像打了一支强心剂似的，也像发现了世外桃源，睁大了眼睛，伸长着脖子望着柳皑雪。他心里说、秀外慧中、高雅淡洁、温柔潇洒于一体，这个女人太少见了。于是邪念即起，打算"收下她"，转念一想，不可，自己马上就要离职了，微薄的薪水养不了那么多的姨太太。于是，两只眼睛色眯眯地盯着柳皑雪。忽然，他想起了汉奸卫池跟他打过的招呼，也想起了十年以前，他去卫家寨村请卫清正到县衙任职，被拒绝的尴尬情境，不禁有些扫兴，心里说："卫清正，当初你如果听从我的劝告，来衙门里干事，也就不会得罪了日本人，丢了性命；你如果听了我的安排，现在不但有了一官半职，而且你这个大美人也能跟着享点儿福；你如果听我一句，活在世上，你那自私愚昧的长兄也就不敢这样放肆，逼得你的妻子前来告状。唉！你没有福气，也让你的家眷跟着倒霉。”

胖法官没有顾及瘦法官在想什么、干什么，也没有看年轻法官推到面前的状子，只从听到柳皑雪缴了那点儿诉讼费以后，怒火油然而起。他扔掉了烟卷，抓起惊堂木，正要借故发泄，突然看清了诉讼人的容貌，愣住了，手也发软了。他把那块惊堂木慢慢地放在了堂桌上，两只眼睛直勾勾地瞅着柳皑雪，眼珠子都鼓得快要掉出来了。他心里想：“世上竟有这么漂亮的女人。如果稍微胖一点儿，就是国色天香，绝世佳人。唉，我怎么没有找到这么标致的女人？”

公堂冷场了。柳皑雪抬头一看，法官不但没有看状子，而且眼神怪怪地看着她，有些不安，心里想，三个审案的就有两个色鬼。她为了尽快办理正事，大声讲：“法官大人，卫清财丧尽天良，灭门霸产，欺骗讹诈。现在又拦车劫货，霸占俺家换粮食的木材，硬把俺孤儿寡母往绝路上逼。请你们以法论处，俺感谢不尽！”

胖法官听罢，笑了一下，说：“言简意赅，口才不错。”

年轻法官看着两个上司下贱的样子，认为太不严肃，可又不敢制止，小声对胖法官说：“她长得虽然不像个农村妇女，可是花季已过。”胖法官说：“她不是闺秀，可也聪慧漂亮，气宇不凡。”

柳皑雪听到法官评头论足，愤愤地瞪了他们一眼，然后心里七上八下，十分难过。年轻法官又说：“你看她。”胖法官小声说：“悲戚时候也耐看。她生气了，没事儿。”

瘦法官看见两个同僚交头接耳，有些心烦，大声催促：“按照以前的规矩了结算了。”

胖法官还想扯皮，摇了摇头，大声讲：“柳皑雪，你告卫清财横行霸道，非法霸取你家的财产，人家告你无是生非，想独吞过继儿子的那份木料。到底谁是谁非？”

柳皑雪得知恶人先告状，大吃一惊，也为法官泾渭不分感到无奈。她想据理辩解，说：“法官大人，俺势单力薄，想避事都来不及。请你们不要听信卫清财的诬告。我的状子若有半点不实，愿受法律惩处。”年轻法官问：“有证据吗？你空口无凭，我们应该相信谁呢？”柳皑雪讲：“卫清财的所作所为，俺全村人都知，请调查。”

瘦法官拉着官腔，说：“调查？我们大案、要案都忙不过来，哪有工夫管你这种鸡毛蒜皮的小事。”

柳皑雪忙说：“法官大人，俺这官司对于你们来说，是小事；对于小民来说，是大事。只有你们为俺讨回公道，我和孩子才能活下去。请你们开恩，我给你们磕头了。”

胖法官见柳皑雪又在磕头，眼珠子转了两下，讲：“柳皑雪，我们惩罚卫清财，为你讨回被讹去的东西并不难。但是我得提醒你，卫清财不会善罢甘休。他如果变本加厉地祸害于你，你再来告状吗？所以我劝你放弃算了。当然你要是带着赔偿远走高飞更好。现在我看你挺可怜的，才想到给你找个地方，帮人家照看孩子。你如果同意的话，保你丰衣足食。”

柳皑雪立即拒绝，说：“不行。我来告状，只图讨回公道。”

瘦法官又一次催促，说：“赶快结案吧，快晌午了。”

胖法官没有理会，接着讲：“柳皑雪，你这个小案子我们管定了。等一会儿，我们商量一下，吃过午饭宣布结果。另外，我看你的确可怜，才给你找个养家糊口的活干。你要认真考虑，先下去吧！”

柳皑雪告退以后，胖法官只顾想心事，忘记了捺住椅子的扶手，就往起站。他还没有站起来，椅子带人“扑通”一声蹾在了地上。年轻法官连忙来到跟前，一边帮助胖家伙脱身，一边献殷勤，说：“明天，我给您订做一把特大号的法官椅子。”

瘦法官乘机取笑，说：“老弟，五六个姨太太把你养成了大狗熊。现在你还吃着碗里，看着锅里，还嫌不肥吧？”

胖法官听到讽刺，毫不客气地揭起对方的短，说：“谁像你，五毒俱全，皮包骨头，想胖也胖不了。要是把你扔到野地里，连狗都嫌你没有啃头。”

瘦法官听到挖苦，“嘿嘿”地冷笑了一下，拉着长腔，说：“你有啃头，让狗啃你！狗爱啃肥的！”

衙役们听了，忍不住笑出声来。胖法官觉得难堪，骂：“有啥好笑的？都给我滚！”衙役们捂着嘴，笑着退出了公堂。三个法官离开了位置，胖的说：“瘦老兄，我看你对柳皑雪也动心了，只是隐蔽了一点儿。”

“我可不敢。”瘦法官说，“我劝你也别犯糊涂。昨天卫池说过，柳皑雪是卫清正的妻子，政治背景那么复杂。她就是个荷花仙子，咱也不能打她的主意。”

胖法官摇了摇头，满不在乎地说：“卫清正已经被杀害了。一个妇道人家，能咋的？再说，我也没有打算娶她。只是看她气质不凡，口才也行，才想把她招到家里，让她当个管理家政的佣人。”说罢，长叹了一声，接着说，“唉！你们不了解，我的太太们又娇气，又刁钻，整天钩心斗角。特别是两个小的，一见到我就缠着，让我为她们做主啊，出气啊！加上孩子们之间的矛盾，烦死人了。如果能让柳皑雪帮我料理料理，岂不自在一点儿？”

年轻法官讲：“我觉得不妥。那个女人的思想跟咱们不在一个道上。现在上边正在千方百计地灭共，你把这号人物弄到身边，对你没有好处。”

瘦法官也说：“我们两个讲的，听不听由你。我希望你继续坐在这把交椅上，不要为了一个女人，丢了乌纱帽。”胖法官想了一下，说：“你们都这么认为，那就算了。现在咱们不用浪费时间研究案子，下午我三言两语，把她给打发走就是了。”说着，三个人一起从后门出去了。

赖秃子在衙门外边的角落里瞅见柳皑雪出来了，本想跟踪过去，转念一想，这条街挺长的，可以打听一下结案的情况，再去追她也不迟。想到这里，他立即来到一个衙役跟前，问：“老哥，那个妇女的官司打赢了吧？”

“还没有结果。法官让她下午再来。”

赖秃子听了以后，好像吃了定心丸一样，溜到一个小饭店里去了。

午饭以后，柳皑雪提前来到了县衙。她站在二门外边，公堂正面墙上的四个大字“明镜高悬”闪现在了眼前，胖法官的承诺也响在耳旁。她想象着胜诉的结果，想象着卫清财低头认罪，退还讹走的田产和木料的情景，心里一阵欣慰。

过了一会儿，三个法官从后门进了公堂。跑堂的通报：“柳皑雪上堂！”柳皑雪又一次抱着胜诉的莫大希望来到了公堂上。她跪在堂桌的前边，专心致志地聆听法官的宣判。胖法官抓起惊堂木“啪”地在桌子上拍了一下，大声讲：“柳皑雪，你听好！你的状子我们慎重地研究过了。大家一致认为，你告卫清财非法占有之罪，毫无凭证，不予授理。所以，等你把证人证言带来以后，再作审判。”

柳皑雪听了这种意外的结果，心慌意乱。不过，很快就镇静下来。她想提醒法官的承诺，转念一想，法官这种宣判不是因为记性差，而是另有变故。她恳求道："法官大人，卫清财所作所为，我们全村的人都知道，都可以做证。可是，他有三个儿子，人多势众，又有汉奸卫池给他撑腰。所以，谁也不敢得罪他。我也不忍心让大家为俺的事情引火烧身。请你们进行暗访和取证，做出公正的判决。我给你们磕头了。"

胖法官听了这些客观情况，想到自己曾经讲过的话，瞠目结舌，一时不知说啥。瘦法官看着柳皑雪跪在地上不起来，拍了一下惊堂木，大声讲："柳皑雪，你让我们去取证，岂有此理！"

胖法官见柳皑雪还不离开，想出了另一招，说："柳皑雪，我认为你的确有理，带来证人也有困难。这样吧，我们再研究一下，想办法为你讨回公道。你回去等着好消息，赶快走吧！"

柳皑雪听到驱逐令，知道这是一种欺骗和搪塞，只好站起来，气呼呼地出了公堂。

她来到衙门外边，细想着奔波了一天，把仅有的钱花完了，胜诉的希望破灭了，怎么办呢？此时此刻，她的心里又难过，又无奈，气愤地说："这就是县衙执法的地方！这就是明镜高悬的含义！"

第三十章

应对凶手险化夷

卫清财和汉奸卫池雇用的杀人凶手赖秃子在大街上看见柳皑雪从县衙里出来了，害怕被她认出来，连忙来到一个地摊儿跟前，买了一顶特大号的大檐毡帽，戴在头上，并把帽檐往下边拉了两下，压过了印堂，打算等一会儿跟踪过去。

柳皑雪在街上走着，想起被她甩掉的那个可疑的人，站住了。她四下瞅了瞅，发现一个戴着大檐毡帽的男子站在不远的地摊儿跟前，认为那个人不像坏人，便放心地向城外走去。

出了城关，道路坎坷不平，路旁杂草丛生。靠着土路一侧的高地边沿有几个小窑洞，里边放着破棺材。一只猫头鹰落在一棵大树上，“呜哈、呜哈”地叫着，使人毛骨悚然。这时起风了，一股旋风扑了过来。柳皑雪连忙用手遮挡了一下，转过身子，避了一会儿灰尘。然后望了一下天空，看到远处的乌云滚滚而来，自我督促着说：“抓紧时间赶路。”

她正要转身往前走，看见那个戴着大檐毡帽的男子跟在后边。定睛一看，那个男子除了帽子以外，穿的长衫，戴的墨镜，以及右手插在口袋里的模样，很像上午被她甩掉的那个可疑的人，立即提高了警惕。她边走边想，如果真的是他，可就不好了。

柳皑雪寻思着：继续往前走吗？不行，因为上了土坡，离小树林也就很近了，那个路段很不安全。拐回县城里吗？也不行，因为城关外边的路上没有其他行人。如果那个人就是盯梢她的歹徒，肯定不会放过她。想到这里，她打算试探一下，看看那个人是不是跟踪着她伺机作祟的人，便加快了步子。走了一会儿，她转过身子一看，那个人离她还是十几米远。接着她装作累了，开始一步一挨地往前走。过了一会儿，她又一次转过身子，发现那个人也放慢了脚步，离她还是那么远。柳皑雪明白了：跟在后边的人就是卫清财和卫池雇用的凶手。想到这里，她不禁打了个寒战。

柳皑雪暗暗告诫自己：不能害怕，不能退缩，沉着冷静，想法对付。转念一想，在这偏僻的荒野里，自己是一个手无寸铁的弱女子，怎能对付得了呢？逃跑，坐等，都活不成。只有智斗，才有可能死里逃生。可是眼看到了土坡跟前，上到坡顶，离小树林也就很近了，处境也就更加危险，怎么智斗呢？

在这生死攸关、穷途末路的危急时刻，柳皑雪想到了她的弟弟，自言自语地说："存泰，你在哪里？你要是来了，把歹徒吓跑，我才能脱离危险。"

说罢，心里仍然没有着落。

忽然，她想起丈夫生前讲过的一个故事——《三国》里的空城计，决定使用此计缓解危险。如果路人走来，歹徒受惊便会逃跑，否则就与歹徒拼个鱼死网破。她小声说："就这么办！也只有这么办！"接着，她把弟弟给她的一个旧手帕扔在了地上，为亲人们留下绝境之中的信号。

赖秃子的右手在口袋里握着手枪，一边走一边想，到了小树林跟前，"叭叭"两个枪子儿，姓柳的也就完了。要是远处有人听到了枪声也无妨，自己钻进树林里，便可逃跑。不过他也有些胆怯，害怕柳皑雪和卫清正的魂魄找他算账，也怕老天报应。不过刹那之间，他又想到即将到手的银元，自我责备起来："顾及恁多干啥？不能犹豫。"

柳皑雪上到了坡顶，看见赖秃子快要跟上来，站住不走了。她侧着身子，镇静自若，好像在等人似的。

赖秃子跟上来以后，超过了柳皑雪几步，也站住了，问："你咋不走呢？"柳皑雪从容不迫地回答："等我兄弟。"说完，往土坡那边看了一眼。

姓赖的听到这话，乱了手脚。他想这年头，有枪的人很多，如果她的弟弟或者还有同伙来了，麻烦也就大了。怎么办？

赖秃子突然决定，提前动手，一打死柳皑雪，就往小树林里跑。不过他仍然顾虑重重，心里想，要是她的弟弟听到枪声，正好来到了坡上，自己窜得再快，也没有枪子儿飞得快，不能为了那几个钱丢了小命。想到这里，他迟疑了一下，匆匆地离开了。

赖秃子钻进小树林，仍不死心。他往外边张望了一会儿，不见路人过来，认为自己可能上当了，立即走了出来，很快来到距离柳皑雪三米远的地方，拔出了手枪。说时迟那时快，他正要举起手枪，突然听到半坡上的说话声。

事有凑巧。正当柳皑雪大难临头的一刹那间，两个年轻的路人来了，他们边走边聊，声音挺大。歹徒以为柳皑雪的弟弟果真来了，吓得魂不附体，拔腿就跑。他钻进小树林里，向着其他方向逃之夭夭。

柳皑雪看见两个路人来到跟前，歹徒也没影了，捡起为亲人们留下的记号——小手帕，连忙下了土坡，走了几步，拐到了长满野草、荆棘的沟壕里，向着尼姑庵的方向走去。

第三十一章

避　雨

柳皑雪担心赖秃子再来行凶，不顾荆棘扎腿，急匆匆地往前走。走着走着，一条圪垠挡住了去路，而且没有绕道可行的小路通到高地上，路断了。幸亏这三米多高的几乎是直上直下的圪垠上，稀稀拉拉地长了些草。柳皑雪立即拽住往上攀。草根扎进土里太浅，她用力一拽，也就拔掉了。无奈只好用手扒了几个脚登的小窝，攀了上去。

到了上边，一块西瓜地展现在了眼前，种瓜的人正在瓜庵旁边拔草。她站在地边喘息了一下，回头望了望刚刚历险的地方，回想着那惊心动魄的境遇，不寒而栗，紧紧地缩成一团。

柳皑雪平静下来以后，心里想，要不是自己急中生智，要不是“三国故事”的提醒，要不是巧遇路人的到来，后果不堪设想。如果自己被歹徒杀害了，倒在了血泊里，孩子依靠谁啊？真是不幸中的万幸。

她来到瓜农跟前，问：“大哥，我要去卫家寨，从哪条路走比较近？”瓜农指着东北方向，说：“卫家寨在这道岭的那边，你应该从这个地方过去。不过，你既然走到这里了，从尼姑庵东边的小路拐上去也行。”

柳皑雪心里清楚，通往卫家寨的两条熟路都有危险，又问：“大哥，从尼姑庵的西边能不能走到卫家寨？”瓜农想了一下，说：“能。从尼姑庵西边的斜坡上去，也可到达岭上边的大路上。不过如果从那里绕过去，要多走好几里的冤枉路。我以前去过那边儿，站在那条路上，可以隐隐约约地看到卫家寨村的寨墙。”柳皑雪说了声：“谢谢。”便按照瓜农的指点，离开了瓜田。

柳皑雪一边往前走，一边想：可怕的劫难躲过去了，可是往后的日子怎么过？在这百般无奈之际，她又一次想到了娘家，打算让亲人们接济一下。转念一想，不可，父母把自己养大了，应该尽孝，不能索取。再说在这青黄不接的时候，他们也不会有多余的粮食。所以要想渡过难关，眼前只有一个办法——乞讨。

柳皑雪暗下决心，挎个篮子出去要饭。要想不让熟人看见，就得早出晚归，每天五更出发，晚上看不见人的时候再回来。只有这样才能既养活了孩子，也不给亲人们丢脸。过了一会儿，她还是觉得不行，心里想，万一被邻居和亲戚的亲友看见了，乞讨的事就会很快传开。到那时候，自己丢人是小事，要是让娘家的人知道了，把父母气下病了，自己就是最大的不孝和罪人。她这样想想，觉得不合适；那样想想，觉得行不通，自言自语地说："人们都说贵人多灾多难，而自己是个草木之人，为什么灾难一个接一个呢？"

柳皑雪痛苦不堪，近两年来遭受的磨难也在心里翻腾起来：丈夫被鬼子和汉奸杀害了，已是天大的不幸。紧接着就是孩子的伯父乘机讹诈，她家的耕田不到十天就被讹走了一大半，粮食也被偷完了。为了接济生活，养了一头小猪，想把它养大以后卖了钱，买些粮食，接济生活，结果养大的猪被卫清财和小六子骗卖了，而且自己无辜地受到了围攻和凌辱。如今为了解决断炊的燃眉之急，动用了家里的那点木料。可恶之极的卫清财和汉奸卫池狼狈为奸，连这条生路也给劫持了。眼下指望打官司解决问题，没有想到法官的眼里没有法律，那么贪，那么狠，不但白白搭进去了仅有的八块银元，而且险些被歹徒杀害。

残酷的现实闪过以后，她的心里又打起一个问号：要是卫清财和卫池见她活着，能不能就此罢休呢？如若不肯的话，她娘儿们不仅生活上没有着落，而且安全难保。怎么办？她在悲愤而无奈地寻思着下一步的路如何走。

这时远处传来了雷声，一抹乌云迅速地向她这边移动。她抬头望去，看到在阳光的照射下，一条条光束好像一把把利剑似的，斜着刺向大地，旋风阵阵，沙尘漫天。她立即加快了步子，不大一会儿，乌云遮住了太阳，天暗了下来。接着雷鸣电闪，空气中充满了雨腥味儿。

两个尼姑抬着一桶水从柳皑雪的身边走过。一个年轻的尼姑边走边说："施主，要下雨了，快到前边避一避！"柳皑雪抬头看了一下，尼姑庵就在不远的半山坡上，便三步并作两步，很快来到了庙门跟前。她刚要上台阶，零星的雨点落在了地上。

柳皑雪连忙来到小小的门楼下边避雨。刚站稳，铜钱大的雨点就"啪嗒啪嗒"打在地上。接着，雷电轰鸣，风雨紧骤，滂沱大雨"哗哗哗哗"铺天盖地下起来，房檐的滴水由断了线的水珠变成了水帘，台阶上的雨水好像瀑布似的往下泻。台阶下边混浊的泥水犹如湍急的河流一样，向着地势低凹的地方奔腾，闹得天上雨茫茫，地下水汪汪。那风声、雷声、雨声、断枝落叶和山崖坍塌的声音交织在一起，犹如当年孙悟空大闹天宫时的激烈的战场一般。

柳皑雪坐在庙门的门槛上，脸朝着里边，看见院子里聚了好多水。无数的雨点"啪啪"地打在上边，激起的亮晶晶的水泡不断地涌现，不断地消失。大雨溅起的水雾浓浓的，整个庙院都是灰蒙蒙的。

过了片刻，雨小了，庙院里的雾气也落了。柳皑雪环顾了一下尼姑庵，院子里没有一间瓦房，只有靠着山崖挖的三孔窑洞。她望着对面打坐念经的堂屋，里边亮着烛光。三个尼姑坐在一尊佛像的旁边。她想，出家真好，无忧无虑，刚想到这里，又想到了可爱的小女儿，暗暗责备自己：当母亲的应该一切为了孩子，不能向往出家人的安逸生活。谁要是为了享清福而抛弃亲生骨肉，不但要到受良心上的谴责，而且是一种不可饶恕的罪过。

过了一会儿，雷阵雨停了，乌云随着远去的雷声向北边转移，太阳也出来了，空中出现了一道彩虹。

柳皑雪看见院子里的雨水都流出去了，心里想，既然来到这里，就应该进去磕个头。

机灵的小尼姑见她来到正堂屋的门外，问："施主，你要拜佛吗？"

"是的。"柳皑雪说着走了进去。

一位相貌文雅而端庄的中年尼姑递给她三炷香。慈祥而庄重的老尼姑见她插了香火，跪下拜佛，敲了一下钟。柳皑雪磕了三个头，虔诚地祷告："请菩萨保佑！保佑俺母女安渡难关。请您显灵，管一管那些可恶的小人！"说罢，又磕了三个头，才站了起来。

中年尼姑看见柳皑雪体弱而沮丧，愁苦而无奈，像个落难之人，想到五年以前，她面临封建族规沉水的灭顶之灾而逃到这里的情景，问：“施主，你想不想进入空门？”

柳皑雪含着眼泪，说：“脱离苦海，我没有这个福分。我那可怜的孩子才刚刚七岁，她没有父亲了，要是再没有我，难活下去。”

柳皑雪讲的“福分”二字，在尼姑们的心里引起了不同的反响。小尼姑的脑海里打了个问号——出家也算福分吗？天天面对古刹青灯，晨钟暮鼓。虽然不愁吃穿，可是没有外边的小孩自由，生活太单调、太寂寞了。中年尼姑认为来到这里吃斋拜佛，修身养性，扬善抑恶，普度众生苦，挺好。老尼姑小声说：“缘由心生，一切随缘。阿弥陀佛！”

柳皑雪来到院子里，正要离开，中年尼姑忙说：“施主，请你等一下，我给你找一根棍儿，好赖拄着，可以防滑。”

柳皑雪等了片刻，接过树枝整的拐棍儿，说：“谢谢！”然后面对正堂，深深地鞠了个躬，向外边走去。那个中年尼姑望着她的背影，暗暗怜悯，自言自语地说：“苦人，你为了把孩子养大，不恋避风港，不进安乐窝，是一位坚贞不屈、尽职尽责的好母亲。”

柳皑雪来到尼姑庵西侧的小路上，看见岭上的雨水仍然往下淌，山路很滑，便借着拐棍儿往坡上边攀登。刚刚走了两步，泥泞就把鞋子给粘掉了。她弯下腰，把鞋从泥里拔了出来，穿上以后继续往前走。由于急着赶路，加上小脚不把滑，一连摔了几跤，浑身上下都是泥巴。不知道她艰难地跋涉了多长时间，才来到山坡上边的大路上。

太阳快落山了，柳皑雪朝着卫家寨的方向望去，只见那里一片昏暗，雷声隐隐约约，时起时伏。她担心孩子在外边淋雨，心里说：“白云，雷阵雨转到咱们那边了，你一定在家里等我。”

白云是个懂事的孩子，她没有去外边玩耍，更没有被雨淋着，而且早把黑窝窝头给煮好了，等妈妈回来以后，一块儿吃晚饭。这会儿她坐在上房屋的前檐下边，听着雷阵雨“轰隆轰隆”“哗哗哗哗”的响声，望着水的世界，为妈妈担心，自言自语地说：“妈妈，你没有带遮雨的东西，千万不要被淋着！”

歹徒赖秃子从树林里仓皇失措地逃跑以后，拐到了回家的那条近路上。他正在又窄又长的大坡里走着，听到了雷声，发现乌云滚滚压将过来，心里想，雷阵雨来得迅速凶猛，不禁有些恐慌，急急忙忙地往家赶。

他走一会儿跑一阵，累得气喘吁吁，满头大汗。可是还没有走到村口，就电闪雷鸣。一个炸雷在他的头顶上方“轰隆”一声巨响，吓得他打了个寒战，差一点滑倒。接着雨点在他的身前身后和头上，“嘣嘣嘣”地砸起来。顿时倾盆大雨劈头盖脸地向他猛泼，赖秃子抱着头，好像逃命的落汤鸡似的，在雨中拼命地奔跑着。

过了一会儿，他跑到了路边的一棵皂角树下，站在露出地面的树根上边避雨，把他那湿淋淋的衣服紧紧地贴着湿漉漉的树皮。他听着一阵阵的雷声，看着一道道的闪电，想到自己的所作所为，害怕五雷轰顶，吓得直打哆嗦，魂飞魄散，语无伦次地喊着：“老天爷，我没有杀人，是卫池让我杀掉柳皑雪的，您千万不要惩罚……”他还没有说完，又一个霹雳在他的右前方“咔嚓”一声炸响了，一条火龙似的白光倏地燎了他一下。赖秃子“扑通”一声跪趴在了泥水里，身体一下变成了炭灰色，他死了。那棵皂角树的树皮被揭去了一绺，断枝落叶纷纷压在了他的尸体上。

卫清财一吃过午饭就到卫池家里等候消息。雨停了以后，卫池说：“天都快黑了，赖秃子还没回来。你说他是不是把那事儿办砸了，不敢来见我？”

卫清财正在怀疑赖秃子背叛了他们，说：“他为了二十块大洋答应了这事，如果姓柳的许愿给他三十块，或者更多一点儿，他会不会改变主意？要是那样的话，他见了你，一定会编个瞎话，说姓柳的拐到城里的亲戚家里，没有机会下手。如果他玩弄这一套，问题就大了，你千万不要相信。”

卫池听了说：“有这种可能。他妈的，如果他敢耍滑头，我非崩了他不可。”停了一下，又说，“也许不会，再等他一会儿。”卫清财说：“赖秃子要是没有除掉柳皑雪，姓柳的一定会回来。天不早了，我得回去盯着。”说完立即离开了。

夜幕降临了，月亮洒着微弱的寒光。柳皑雪在那昏暗泥泞的下坡路上走着，不知道滑倒了多少次，摔了多少跤。当她来到山岭下边的时候，已经变成了泥人。过了好大一会儿，柳皑雪来到宁静的田野小路上，朦朦胧胧地看到了村寨的轮廓。她担心孩子饿了，也担心孩子一个人在家里害怕，吃力地迈着疲惫不堪的步子，不时拍打两下又困又疼的腰部和膝盖，泪水汪汪，仍然不停地往前边走着。她心里想，早上老早出来奔衙门，抱着胜诉的希望，结果折腾了一天，钱花完了，希望变成了失望，而且差一点断送了性命。她想到这里，悲愤交加，那颗受尽伤害的心就像又被捅了一刀似的，难受极了。

白云孤苦伶仃地坐在屋门口，仰着脸望着夜空，有些害怕，也更加想念妈妈了。她等啊！盼啊！不见亲人回来。时间长了，困倦得直打盹，只好摸黑来到了卧室。她趴在床上，眨眼工夫，也就睡着了。

柳皑雪走到村口，已是精疲力竭，再也走不动了。她来到路边的池塘旁边，坐在一个石头上，望着阴暗、幽深的池水，想起了溺水而死的一个人，也想起了民间传说的神话故事——勾魂的小鬼在他要找的替死者跟前所说的顺口溜："死了好，死了好，死了能穿大花袄。"心里想，凡是自寻短见的人，都是百般无奈，以死解脱。自己也是处在这般境地，生不如死，她刚想到这里，丈夫和婆母生前的嘱咐响在耳边："再苦再难，也要把孩子养大成人。"她咬了咬牙，活下去的决心更加坚定了。

夜深人静，茅草瑟瑟的响声好像有人夜行一样。柳皑雪抬起头，正要站起，看见远处影影绰绰的有个黑影，缓缓地向这边靠近。她没有害怕，而是想到了丈夫，定睛一看，黑影不见了。她知道这是头昏目眩，视力发生了错觉，于是，又一次陷入悲痛之中，忍不住哭喊起来："清正！你在哪里啊？孩子他爹！他们这样欺负我，俺儿娘们可咋过下去？唉！我那可怜的孩子啊……"这一字字、一板板的悲凄的哭喊声，震撼着深邃的夜空，震撼着宁静的大地，震撼着村村寨寨人们的心扉。

住在寨外边的破窑里的放羊老头卫阿顺听到悲痛至极的哭号，吓了一跳，立即从床上爬起来，燃亮了小油灯。心里想怎么又有人在那里哭呢？他想到半年以前的一个晚上，他在羊圈里听到一个年轻妇女在寨门外边号啕痛哭。当时他想去劝说几句，转念一想男女受授不亲，自己又是一个一贫如洗的老光棍儿，要是好心做了好事，不知道人们会乱说些什么。要是有人诬蔑自己的清白，就是跳进黄河也洗不净。过了一会儿，哭声停了，他也就放心地休息了。次日他听说村子里的小寡妇回到家里上吊自尽后，后悔极了。这会儿，放羊老头认为救人要紧，连忙穿好衣服，出了羊圈。

当他听出来是柳皑雪的哭声时，眼睛湿润了，连忙加快了步子。走近一看，柳皑雪坐在池塘旁边，不禁想到了"危险"二字。他根据人们的经验教训：凡是到池边或者河里自尽的，一听到有人来救，就会扑进水里。

为了万无一失，他没有直接靠近柳皑雪，而悄悄地绕到了侧面，站在池塘的边沿，然后轻轻地“咳”了一下，说：“不哭了！你就是再哭再喊，清正也听不见。”

柳皑雪听到说话声，哭声小了。放羊老头接着说：“大家都知道你娘儿们过的啥日子。我知道你是实在没有办法，才来这里哭的。不过，你得想开一点儿，为了孩子，也得保重身体。不哭了，回家吧！”柳皑雪擦了一下眼泪，说：“回家！回家！”

放羊老头看见柳皑雪几次起身,都没有站起来,上前帮了一把。这时他模模糊糊地看见柳皑雪浑身是泥,问:“你去哪里了?怎么现在才回来?”

柳皑雪说：“去县衙了。唉！真是上天无路，入地无门！”

放羊老头忠厚老实，可也不糊涂，估计柳皑雪去告状而没有结果，气愤地说：“这年头，战乱不断，坏人当道，没有讲理的地方。你孩子的伯父一心为他的儿子霸业，不顾你们死活，他的良心让狗扒吃了。”停了一下，又说，“卫清财满肚子都是孬点子、鬼点子，往后你要多加提防。”

柳皑雪说：“我只有警觉一些。”

放羊老头透过黑暗，望着柳皑雪拄着拐棍儿，一步一挨地向村子里走着，又同情，又担心，不知道等待她娘儿们的将是什么？

第三十二章

她成了魔怔人

月亮在铅灰色的云中穿梭，大地一会儿微明，一会儿黑暗，村子里无人走动，万籁俱寂。农民们为了节省那点灯油，也都早早地入睡了。宁静的夜里，只有破屋残壁偶尔坍塌的响声。

柳皑雪在那坑坑洼洼的泥路上深一脚浅一脚地向前走着。她路过“经纪”家的门前时，心里想，明天找找他，把岭上的那块儿大秋田先卖一亩，解决断炊的问题。她估计卖地的事牵扯到买主一方，卫清财不敢像拦劫木料那样，明目张胆地站出来阻拦。

过了一会儿她又想，卫清财和卫池知道她告了状，安全地回来了，而且还要卖地，肯定更加嫉恨。他们如果采取更加阴险毒辣的手段伤害她，怎么应付呢？她想到这里，咬了咬牙，打定主意：一方面提高警觉，以防不测；另一方面尽量容忍，避免摩擦。

卫清财从卫池的家里出来，认为天已经黑了，赖秃子还没有返回，一定是暗杀的计划落空了，心里七上八下，一回到家里，就又绞尽脑汁，寻思着继续整治柳皑雪的办法。晚饭以后他把家人叫到客厅，说：“你们都给我听着，姓柳的今天去县衙里告我的状了，等一会儿就会回来。你们一看到她，就群起而攻之，大声辱骂，讽刺讥笑，挑衅诽谤，啥狠骂啥。她若还口，就往死里打。”

卫富有的媳妇李氏觉得公爹太狠毒了，可也不敢反对，说：“你上次叫富有去偷粮食落下了残疾，脖子再也直不起来了。我不想再招报应，俺俩不参与这事儿。”

卫清财没有听完就恼火了，连声说：“你走你走，你俩都走！”卫富有犹豫了一下，跟着妻子出去了。

大洋马说：“父亲，你刚才说，啥狠骂啥，你得教我们几句。”朱氏也说：“你的心窟窿儿多，就教教吧。”

卫清财想了一下，说：“你们一看见她，就扑过去，指着她的鼻子大骂：不要脸的，你去县城找男人了，浪荡够了……”大洋马和朱氏听完以后，立即试演起来。

柳皑雪来到了大门口，又一次叮嘱自己：不管卫清财和卫池怎么使坏，怎样挑衅，都要忍。他们骂我、咒我、欺我、辱我、笑我、羞我，只装没有听见；容他、忍他、随他、怕他、尽他、由他、任他。要把孩子养大成人，就得活下去，就得这么做。

她上了台阶，靠着门框喘息了一下，想起弟弟昨天对她讲的，共产党、八路军快来了，自言自语地说：“一定要等到那一天。”

柳皑雪推了一下大门，发现上着门闩，便“砰砰砰”地敲了几下门环子。过了一会儿，又敲了几下。

卫清财在屋子里听到响声，说：“她回来了，我去开门，你们准备好。”说完，提着马灯来到临街房的过道里。他打开大门以后，发现柳皑雪一身泥巴，迅速回到了客厅，高兴地说：“咳，姓柳的人不人，鬼不鬼的，浑身泥巴，像个土驴似的。所以，我刚才教你们的那几句，再增加一些毁灭她的自尊和人格的辱骂；怎么解恨怎么来；怎样能把她给气死，就怎么喊。”朱氏没有听完就说：“你快教教俺俩。”

“可以。”卫清财说，“她一走到院子里，你们先喊刚才教的。她要是不还口，你们就接着骂：快来看呀！快来看土驴！要是还不还口，你们就追着骂：快来看呀，土驴打滚儿了！发情了……加上你俩想出来的。你们喊两句，笑一阵。不可笑也要拼命地‘哈哈’。”

朱氏高兴地说：“姓柳的是个有刚有性的女强人，你这一招厉害，把她给气不死也差不多。”卫清财恶狠狠地说：“早点儿把她气死，她就再也告不成我了，这前后院也就全成咱家的了。”

柳皑雪一步一挨地走得很慢。她刚刚走到前院，朱氏提着马灯和大洋马立即来到跟前，大喊大叫起来：“不要脸的……”她们见柳皑雪不予理睬，接着大骂："快来看呀，快来看土驴……"这两个女人按照卫清财的教唆，喊两句，狂笑一阵。

卫富有在卧室里听到刺耳的叫骂声，明知故问："土驴在哪儿？"说着，就往外走。他的妻子李氏拉住他的胳膊，说："作孽，你不能去！"

卫富有挣了一下，出去了。他来到院子里，还没有看清柳皑雪，就跟着叫唤起来："土驴！你出去干啥事弄了一身泥巴，真好看，哈哈哈哈……"他们见柳皑雪仍然往前走着，就跟在后边继续叫骂，继续狂笑。

柳皑雪听着那一声接一声的侮辱，和那一阵又一阵的耻笑，气愤极了。不过，她仍然忍着没有吭声。卫清财见柳皑雪穿过前院，进了厅房屋的过道，还不还口，又教唆了泼妇们两句。朱氏和大洋马立即学舌："快来看呀，土驴发情了，哈哈哈哈！土驴急得打滚，全身都是土，哈哈哈哈……"

柳皑雪听到这种忍无可忍的侮辱和毁伤，肺都快要气炸了。她想回奉一句，然而，只把拐棍儿使劲儿地往地上捣了两下，继续向家里走去。

卫清财仍然不肯放过，领着他的人跟在后边，骂得更凶，笑得更狂了。

柳皑雪心力交瘁，气得头昏脑涨，两腿发抖。她扶住二门的门框，跨过门槛，下了两个台阶，艰难地来到了自己的院子里。这时候的她，痛苦得阵阵昏厥，精神控制到了崩溃的边沿，喊着丈夫的名字，说："清正！我咋过成这样了？"说罢，坐在卧室门口的台阶上，血泪交流，忍不住哭起来。

卫清财和他的家人站在二门跟前，继续辱骂和狂笑。

身弱体衰的柳皑雪在那众多的诽谤、讥讽和耻笑声中，理智支撑的身心被撞击得支零破碎，使她忘记了自我，忘记了一切，心里除了委屈和悲伤以外，啥也不知道了。当她号啕痛哭到力尽气绝的时候，不由自主地随着二门跟前的奸笑声"哈哈"地笑起来，笑到气尽的时候，又哭起来。她那悲痛、凄伤的哭号连着无知的憨笑反复着，就这样好端端的一个人，一下子变成了喜怒无常的魔怔病人。

白云在睡梦中被惊醒了，她听到院子里的骂声和狂笑声，也听到妈妈的悲号连着傻笑，连忙从床上下来，向外边跑去。

小姑娘来到母亲身边，看见妈妈哭得上气不接下气，心疼极了，一下扑到母亲的怀里，哭着喊："妈妈！"她刚唤了一声，又见母亲"哈哈"

地大笑起来，被吓坏了。白云吃惊地睁大眼睛望着母亲，哭着问："妈妈，您是咋的了？妈妈，你说话啊？"

卫清财和他的家人看着母女两个的样子幸灾乐祸，大洋马说："哈哈，辱骂真管用，咱们把她给气疯了！"卫富有说："把她气疯了好。她只要得了神经病，折腾不了几天也就完了。"

卫清财恶狠狠地说："这一回，咱们让她受尽磨难丢尽人，再去阎王那里报到。"

白云没有顾及坏蛋们说了些什么，只听了两句，又开始呼唤妈妈了。可是母亲好像没有听见一样，仍然哭声连着笑声，笑声接着哭声，急得她不知如何是好。忽然她想到了求助，立即来到了院墙跟前，大声呼喊周氏："大娘！大娘！你快来啊！大娘！你快来救救我妈！"

卫清财怕邻居来了，把他们的罪恶行为传出去，带着家人撤走了。

周氏正在家里纺棉花。由于小纺车"嗡嗡"的响声，只是隐隐约约地听到了邻居的哭声，她正要出去看看咋回事儿，听到了白云的呼唤，连忙来到院子里，大声应了一句："听见了，我现在就过去。"说完飞快地向外边走去。

周氏在二门外边听到柳皑雪又哭又笑的反常病态，吓了一跳，连忙来到跟前，含着眼泪说："柳夫人，不哭了。你快醒一醒！告诉我到底出啥事了？"

她见柳皑雪没有反应，只好大声地呼唤她的名字："皑雪！皑雪！你醒一醒！"

柳皑雪觉得自己好像没了身子似的浮在空中，又好像听到谁在叫她的乳名，颤抖了一下不哭了，也不笑了。她慢慢地睁开眼睛，看见那位大娘，觉得好像认识，可是只"哼"了一声，眼睛又闭上了。

周氏见病人坐不住了，要往地上躺，连忙搂住，说："皑雪，咱们回屋。"说着，使劲儿架住病人，吃力地站了起来。白云连忙走进黢黑的卧室，点亮了油灯，便和大娘一起把妈妈搀到了里间的床上。

她们两个在那微弱的灯光下，看见柳皑雪脸色苍白，嘴唇干裂，像个木头人似的不省人事，急得哭起来。

白云趴在柳皑雪的身边，泪水"吧嗒吧嗒"地渗入母亲的衣襟。白云望着可怜的母亲，不停地呼唤着："妈妈，您醒醒！您醒醒啊！"周氏也在呼喊："皑雪，你快醒醒！你好端端的，怎么一下成这个样啦？"她和孩子都在巴望着病人早点醒来。

周氏可怜大人，也可怜孩子。她见柳皑雪仍然处于昏迷状态心急如焚，可又毫无办法。她擦了一下眼泪，给柳皑雪换了一身干净的衣服，接着拉住白云的小手，说："孩子，不哭，也不要再喊你妈，让她安静地睡一会儿。"然后把孩子搂在怀里，小声问："白云，告诉我，你妈妈是不是刚从外边回来？"

白云说："是的。她早上去县城了。"停了一下，又说，"大娘，你没来到我家以前，我听见我妈妈在屋门外边又哭又笑，我伯父和他的家人站在二门跟前高兴。大洋马和歪脖都说，辱骂加狂笑真管用，我伯父说，让我妈妈受尽苦，丢尽人，再去见阎王……我只顾唤我妈妈，没听恁多。我伯父他们见我去叫你了才离开。"

周氏擦了一下眼泪，说："你妈妈是被他们气成这样，整成这样，害成这样。唉！像你伯父这样的黑心肠，世上少有。现在你爹不在了，你妈才受这种欺负和侮辱，可怜啊！"

夜里，周氏看着柳皑雪几次犯病，听着那悲戚的哭声和狂笑，不停地劝说，一夜没有合眼，天快亮了，才勉强入睡。

早上卫池一起床就去找赖秃子讨要他的手枪，询问任务完成的情况，并且打算狠狠地训斥他几句，为啥不主动向他汇报。要是赖秃子没有办成事，就把他预支的两块大洋要回来。

他路过皂角树跟前的时候，看见树被雷电击了，树皮被揭了一绺。他往树下一看，发现断枝落叶的下边，有一个身穿长衫、戴着毡帽的男人趴在地上，怀疑是赖秃子，立即扒拉了两下。仔细一瞧，那个人果然是他雇用的杀人凶手。卫池明知人已死了，却也喊了两声："赖秃子！秃子！"然后四下瞅了一下，不见一个行人，便使劲踢了赖秃子两脚，给自己壮了一下胆。接着他把死者口袋里的手枪掏了出来，插进了自己的腰里，又从死者的口袋里掏出了剩下的一点钱，而后对着赖秃子的遗体"呸"地吐了一口唾沫，骂道："坑人贼，没办成事，白花了我的钱。哼！真是个傻瓜！雷雨天敢在树下避雨，找死！"说罢，转身去了。

卫池回到家里，掀开帘子正要进屋，看见卫清财进了院子，扬着手，高兴地喊："好消息！"

卫池的心里烦躁，抢白了一句，说："啥好消息？是不是来报丧的？""不是报丧，她没有死。"

卫池以为对方说的是赖秃子，放下帘子，反问："你说啥？你把他给救活了？笑话！"

卫清财不知道赖秃子被雷电劈了，说："我能救她吗？你不知道，昨天晚上，姓柳的一进到院子里，我们就拼命地辱骂、讽刺、耻笑，她被气得喜怒无常，一会儿痛哭，一会儿傻笑，真的疯了。"

卫池听罢，想高兴而高兴不起来，阴沉着脸，说："咱俩说的不是一个人。刚才有人来报，说赖秃子昨天在村外边的皂角树下避雨，被雷给击了。"

卫清财愣了一下，说："他没有办成事，那钱应该还给我。"

卫池说："你交给我的二十块大洋，我一文没留，全都预付给他了，你去跟他要吧。"

停了一下，他又说："人家把命都给搭上了，你还想着那点儿臭钱？说实在的，要不是你来找我，我就不会雇用赖秃子干那事儿。现在人已经死了，你好歹也得给他准备一口棺材，不然没法向他的家人交代。"

卫清财寻思了一下，认为卫池不但昧了他的钱，还要借故坑骗，想撕破脸皮讲清楚，可是他害怕报复，只好说："他死了，我也破财了。这样吧，我上他家报个信儿，你看行不行？"

卫池听了，心里想，赖秃子已经没有用处了，卫清财既然不肯掏腰包，也不勉强他，说："也行。赖秃子的家人买不起棺材，就用席子卷吧。"卫清财一阵沮丧，转身去了。

周氏醒来以后，看见白云正在揉眼睛，孩子的两只眼都被眼屎糊住了，说："不能使劲儿揉，那样会把睫毛弄断的。你等一下，我去烧点热水，用热毛巾敷一会儿，眵目糊变软了，就能睁开了。"

"行。"白云闭着眼睛，应了一声。

过了一会儿，周氏把热水端到了卧室，用热毛巾帮助白云擦了眼屎，洗了脸。她见孩子的眼睛睁开了，一起来到厨房，准备给她娘俩做早饭。掀开锅盖一看，有一些煮好的黑窝头。她又打开瓦罐、面盆，除了一点点高粱面以外，什么都没有。她心里想，柳皑雪病成这样，不能再吃这个，说："你去我家吧，我给你娘儿俩做点小米粥。”白云说：“不。我要陪着妈妈。大娘，你刚才看到了，我昨天做的晚饭没有吃，热一下就行了。”

周氏说：“你妈病成这样，不能再吃那饭。这样吧，你不要热剩饭，先在家里陪着你妈。我到外边找个人，给你舅家捎个信儿。等一会儿，我把饭做好了，给你们端来。”说完，便向外边走去。

周氏在井台旁边看到了柳皑雪的堂妹柳叶儿。柳叶儿听到堂姐被卫清财一家气成了魔怔病，大吃一惊，又急又气，说：“我马上就去柳庄报信儿。”

柳叶儿在柳公的大门外边看见柳存泰正在牛棚里忙乎，来到他跟前讲了紧急的情况。柳存泰听到这个不幸的消息，觉得很突然，气愤地说：“我大姐被卫清财一家子害成这样，必须尽快医治，我马上送她去医院。”柳叶儿说：“你准备一下，我先走了。”

柳存泰慌慌张张地回到家里，把这个意外告诉了他的二姐柳皑菊。柳皑菊含着眼泪，说：“天哪，这可咋办啊？”柳存泰说：“我现在就去备车，咱俩先去看看。如果大姐仍然疯疯颠颠，或者不省人事，咱们就把她送到县城里的大医院，让最好的大夫给她看病，然后接到咱家。这事儿先别告诉父亲。”

“知道了。”柳皑菊说，“你去套车吧，我拿点钱就来。”柳存泰也去自己的卧室取出了仅有的几块银元，立即向外边走去。

柳公看见儿子急急忙忙的样子，跟了出去，问：“存泰，你现在套车干啥？”

“有点儿事。”

“啥事？”

“回来了再告诉您。”

柳公知道儿子做事从来不背着他，所以听到这种回答有些不放心。他还想问，看见二妞抱着一个被子从家里出来了，估计出事了。他等女儿把被子铺在车子上以后，拉住皑菊，问：“你说，你们到底咋回事？明明出事了，为啥还要背着我？现在你不说清楚，哪里也不能去。”

柳皑菊看了一下弟弟，说：“您问他。”

柳存泰只好如实禀告：“我大姐得了魔怔病，她疯了。”

柳公听了急得揪住儿子胸襟，质问：“你说！你大姐精精明明的，为啥说疯就疯了？”

柳存泰无奈，只好把柳皑雪艰难度日，受尽欺负、讹诈，以及木材被劫持而去告状的几件大事讲了。柳公一边打儿子，一边训斥：“你大姐在刀尖上过日子，你们为啥不早说？为啥不让我知道？啊？”

柳存泰含着眼泪回答：“我和皑菊早就想告诉您，也想狠狠地教训教训卫清财和卫池。可我大姐就是不让。她不愿让咱家受牵连，也怕您老人家挂念。”

柳公听了老泪纵横，哭着喊：“皑雪！我的好闺女！可怜的闺女啊！”

柳皑菊递给老人一条手帕，说：“父亲，您别难过，也不要着急。我们现在就去卫家寨。”

柳公擦了一把眼泪，说：“你们先把她送到县城最好的医院，看完病，接到咱家，让孩子也来。”

柳存泰说：“父亲放心，我们一定去大医院找个最好的大夫给她看病，然后再看看中医，拿点儿中药。”柳公说：“你们等一下，我去取俩钱。”

老人家转过身子，刚走了两步，又拐了回来，对二妞说：“皑菊，你也回去一趟，趁着有车，把咱家的米、面给你大姐带去一点。”

“好！”柳皑菊跟着回家了。

过了一会儿，一家老老少少都出来了。继母也关切地嘱咐儿子：“一定给你大姐找个好大夫，不要怕花钱。”

柳公把钱交给了儿子，说：“快去吧，我在家里等你们。”亲人目送着远去的车子，个个泪流满面。

大娘周氏端着饭碗想让病人吃饭，可是怎么也叫不醒。她对白云说：“孩子，你先吃吧，你妈醒过来了再给她盛，现在我把你妈的泥巴衣裳洗一下。”说完，拿着脏衣服出去了。

她正在洗衣，看见柳存泰姐弟两个进了院子，连忙站了起来，说：“你们来了！”

白云看见亲人，立即跑了过去，搂住姨妈，哭着说：“我妈妈病了，现在还没有醒。”柳皑菊抱起孩子，说：“不哭，你妈妈的病很快就会治好的。”

周氏和客人一起进了卧室。柳存泰把粮食放在了桌子上，来到了床前。他们你一句、我一句地呼唤病人，不见反应。柳皑菊把手放在柳皑雪的鼻子下边试探了一下，发现病人奄奄一息，吓了一跳，忙说：“快！

千万不能让她休克了。”

周氏一看，病人的牙关咬得很紧，说：“哎呀，我怎么把这个情况给忘了。”说着立即用手指掐住病人的“人中穴”。过了好大一会儿，病人才“哼”了一声。

柳皑雪终于醒来了，她慢慢地睁开眼睛。可是一看到娘家的亲人，就痛哭起来，接着又是哭声连着笑声，反复无常。他们呼唤了几声，病人又昏过去了。柳存泰说：“赶快去医院。”

白云哭着说：“我也要去。”柳皑菊一边给姐姐穿鞋，一边说：“可以。”

周氏说：“她不能去。你们操心病人就够忙乎了，孩子我来照看。”

柳存泰背起病姐姐，对白云说：“好孩子，你妈妈的病稍有好转，我就来接你，行吗？”白云哭着点了点头。

柳皑雪躺在车子上，街坊邻居围了过来。他们看见病人处在昏迷状态，都很同情。柳存泰说：“我们要去医院，请让开一下。”说罢，扬鞭而去。白云拉着大娘的手，哭着喊：“妈妈！妈妈！”

大家听着孩子的哭喊声，含着眼泪目送着病人，心里揪心地难受。兰兰的母亲问：“她清正婶儿的身体好好的，怎么说病就病成这个样子？”

周氏说：“被那一家子给整的，气疯了。她昨天晚上又哭又笑，折腾了一夜。”

人们听了，纷纷议论起来。有的说：“老长牙为他的儿子没完没了地霸取，硬把柳皑雪往绝路上逼。他的良心坏了，不要脸了。”有的说：“财迷心窍的人都是黑心，不得好死！”还有的说：“恶有恶报。到他老了，他的儿子一定会像他那样，六亲不认，让他老来苦，活受罪！”

一位白发老人接着说：“卫清财无论遭到什么报应，都没有人可怜。问题是清正媳妇得了这种病，不知道能不能治好。现在她的弟弟把她接去看病了，我知道她娘家不是什么大户，只能暂且帮助。唉！孩子只有她这一个亲人啦，她连自己都顾不住，孩子依靠谁？可怜啊！”在场的人无不潸然泪下。

白云跟着大娘周氏回到家里，哭着说：“你让我姐姐回来吧。”周氏很为难，说：“你妈病成这样，应该让她们回来。可是你二姐家离得远，你大姐去陕西了，更远。这样吧，等你舅来接你的时候，我让他给你二姐捎个信儿。”白云哭着说：“也行。”

彩云在婆家已经半个多月没有回娘家了。她本来打算到了收割麦子的时候，和梁成一起回去帮忙。不知怎的从昨天开始，她的心里焦急不安，总觉得家里出了什么事似的，特别是到了晚上，莫名其妙地被一种不祥之兆威胁着，更是坐卧不宁，不禁想起人们经常遇到的情况：

亲情之间，一方突然出了事故，或者病危，另一方的精神磁场就会产生反应，使之忐忑不安，好像亲人面临着什么危险似的。这种焦躁，虽然有时候是自己的身体不适而引起的，但多数是亲人不幸的征兆，有的人特别灵敏。彩云想到这里，自言自语地说："不管什么原因，都得去娘家看看。"

次日早晨，彩云对婆母讲了自己的感觉和打算。婆家的人都说，快去吧，不管有事儿没事儿，看看也就放心了。

彩云一吃罢早饭，就提着他们自己做的豆腐，匆匆忙忙地出发了。走到中午才来到了卫家寨。她一进村就听说母亲被气疯了，舅家的人已经把母亲送往县医院。她含着眼泪，连忙向家里走去。

小姐妹见面抱头痛哭，在周氏的劝说下，才停止了哭泣。白云含着眼泪，说："二姐，我想妈妈，咱俩去看看她吧？我害怕……"周氏打断话，说："孩子别怕，你妈不要紧。现在不知道她在哪个医院看病，也不知道是住院了，还是在你舅家。你们想去，先要打听清楚。"彩云点了点头，含着眼泪，说："白云，大娘讲得对。明天我带你先到柳庄，妈妈要是不在那里，咱们再去县医院。"

彩云见妹妹不再哭了，问周氏："大娘，我妈妈的身体好好的，咋能得了这种病？"周氏说："都是你伯父一家子给气的、害的……"她把柳皑雪用木料换粮食，车被拦劫，以及木材丢失而去县衙告状的事讲了一遍，也把昨天晚上，卫清财带着家人恶毒地辱骂、讽刺和狂妄地耻笑，告诉了彩云。彩云没有听完就气得直跺脚。她来到屋门外边，大骂："伯父，你黑心烂肚肠！你们这样害俺，不得好死！"

周氏拉住彩云，说："他连畜生都不如，咱还是省口气儿吧。闺女儿，我本来想把你的妹妹领到俺家。你回来了，我就先走了。有事喊我一声。"彩云把豆腐给了大娘一些，送到了二门外边。大娘叮嘱："见了你妈，代我问个好。要多安慰她几句，千万不要提及不高兴的事，你妈不能再受任何刺激了。"彩云含着眼泪，点了点头。

第三十三章

孤儿独处难

清晨，柳家的大院里充满了浓浓的中药味。柳存安的妻子张氏正在厨房里忙乎着。她一边给病妹妹煎药，一边给家里的人做饭。她心里想，大医院的大夫真神，一副药下去，皑雪疯疯颠颠的精神病就给控制住了。

柳皑菊在卧室里整理完卫生，顺便看了一下病姐姐熟睡的样子，心里一阵安慰，便拿起脸盆打水去了。

柳皑雪被那轻微响动的声音惊醒了，习惯地伸手搂抱孩子。可是怎么也摸不到她的心肝宝贝，吓了一跳，连忙坐起来，唤："白云！你在哪里？"话没说完，觉得眼花缭乱，精神恍惚，只好按住床帮。过了一会儿，她觉得好了一点，想去外边找孩子。可是刚一下床，两腿打软一下子蹾在了地上。这时候，她才发现自己住在娘家，觉得奇怪。

柳皑菊端着洗脸水进来了。她见姐姐坐在地上，连忙放下洗脸盆，搀扶病人坐在椅子上，说："姐姐，你刚好一点儿，不能下地走动。"

柳皑雪问："皑菊，我啥时候来到咱家？我怎么一点儿也不记得。"柳皑菊说："你前天晚上病了，不省人事。是柳叶儿姐来报的信……"

柳皑雪听罢，急切地问："俺白云呢？她晚上一个人在家不行，我得回去。"

柳皑菊看着姐姐着急的样子，说："你都病成啥样了，还在操心孩子。放心吧！你的邻居周氏说她先照看两天。等你的病情稳住以后，我把她接过来。"

张氏端来了汤药。她一边喂病人，一边问："皑雪，感觉咋样？轻些了吧？”柳皑雪说：“能张开嘴，牙关不紧了，就是头昏目眩，两条腿没劲儿，站不住。嫂子，我得的是啥病？啥时候才能好呢？”

“很快就会好的。”柳皑菊抢着回答，“大夫说啦，中药、西药合在一起见效快，只要按时吃药，注意调养，不生闲气，过不了几天就好了。姐姐，你一定要遵照医嘱，安心治疗。”

柳皑雪喝完了汤药，已是精疲力竭。她躺在床上，含含糊糊地念叨着：“白云，可怜的孩子！”

柳皑菊给病人擦了一下眼角上的泪水，盖好了被子，小声说：“安心睡吧，白云好着哩，不要挂念。”

早饭以后，柳公和老伴儿一起来看病姑娘。柳皑菊说：“我姐姐轻多了，一夜没有犯病。”柳老太太说：“见轻就好，你们要细心关照。咱家有鸡蛋，给她起个小灶，炒菜多放点儿油。”柳公接着说：“除了按时吃药，注意饮食调养以外，还要多多安慰和开导。你姐姐受了那么多的磨难，受了那么大的刺激，体质和精神都很脆弱，经不起折腾，一不小心，就会犯病。等你姐姐醒了告诉她，我们来看她了，让她安心治病，不要急着回家。下午你把白云接来。买药用钱，到我那里取。”说完，二老来到柳皑雪的床前，关切地瞧了一会儿。柳公小声说：“让她休息吧，我到外边转转。”

张氏进来了，柳老太太说：“皑菊，让你嫂子陪着你姐，咱俩去菜地拔点青菜，中午吃。”皑菊一边答应，一边搀扶着母亲过了槛，她们一起出去了。

彩云帮着妹妹梳洗完毕，来到厨房，说：“咱们现在就去柳庄看妈妈。”白云瞅了一下篮子，说：“二姐，你给咱妈带了些豆腐，我带点啥礼物呢？”“你是小孩儿，啥也不用带。”白云说：“不行！”她想了一下，从腌菜缸里捞出两块芥菜疙瘩，放在了篮子里。

姐妹俩出发了。不到一个小时，她们在柳庄附近的路上看见柳公站在麦田地边，观看他家即将成熟的麦子。白云高兴地唤：“外爷！外爷好！”“好！好哇，你们来了！”柳公说着，便迎了过来。他来到路边，抱起白云，说：“乖娃儿又瘦了。”

彩云问：“外爷，我妈的病好些了吧？”

柳公讲：“好多啦，现在你舅妈在家里陪着她。”彩云说：“外爷，我离俺家太远了，多亏你们关照，把我妈妈及时送到了医院。”柳公说：“关心自己人是应该的。”彩云笑了。

白云不想让老人劳累，站到了地上。拉着柳公的手，说：“外爷，你看！这个篮子里有豆腐，是我二姐拿的礼物。还有两块咸芥菜，是我给妈妈带的，可好吃了！”柳公了解那种咸菜，更了解孩子的孝心。他有些激动，表扬道：“是的，你这么小就懂得关心大人，难能可贵。让外爷亲一下。”白云很高兴。

柳公又对彩云说：“你妈是被气疯的，逼疯的。大夫说，她得的是间歇性的精神分裂症，也叫‘气心疯’，比较严重。这种病需要吃药，更需要长期静养，不能生气，不能再受任何刺激。唉！你的伯父说话不算数。他为他的儿子侵占你家的财产，不择手段，太狠毒了！还有狗汉奸卫池的威胁，你妈妈才成了这个样子。现在你家不利于你妈妈养病，所以你们都不要劝她回去。见到她以后，多说几句宽心的话。你们去吧，我去看看那边的麦田。”

彩云带着妹妹来到了柳庄。她们一进院子就唤妈妈。张氏听到客人来了，迎了出来，接过篮子，一起向卧室走去。

柳皑雪醒来了。她按住床沿坐了起来，靠着床帮向外张望，发现孩子们来看她了，心里又高兴，又激动，同时也很难过，不禁泪水汪汪，遮住了视线。她心里说，要是清正在世，也会来的，想到这里，又昏迷过去了。

姐妹俩跨进门槛，看见母亲躺在床上，连忙来到跟前。白云扑到母亲的怀里，哭着说：“妈妈！我想您。”彩云看见母亲的泪眼闭着，脸色苍白，拉住母亲的手，说：“妈妈，我们来看您了。”

张氏见病人好像没有听到一样，说：“你妈妈又昏过去了。”

白云听到这话，吓得惊慌失措，不知如何是好。她们三个你一声、我一声地呼唤了好大一会儿，病人才开口了。

柳皑雪喃喃地说：“我，我不是你妈，我是你爹。”

白云心里想，妈妈就是妈妈，怎么说是爹爹呢？她立即纠正，说：“您就是我妈，就是我妈！”病人仍然说：“我是你爹，跟着你们来了。”说罢，放声大哭起来。她哭着说着：“唉！可怜的孩子啊啊啊！唉！可怜的贤妻啊啊啊……”姐妹俩听着母亲一字字、一板板悲凄的哭声，知道母亲犯病了，不知如何是好，吓得哭了起来。

张氏信鬼神，她估计卫清正的魂魄附在了病人的身上，借口说话，含着眼泪，说：“彩云，你们别哭了。你快去厨房端碗凉水，我送你爹离开。彩云去了。

张氏拉住柳皑雪的手，顺着病人错乱的思维，说：“妹夫，不哭了！我知道你心疼孩子，可怜皑雪，放心不下。”病人听到这话，哭得更加悲痛。张氏又说：“妹夫，皑雪体弱，你附住她，她受不了。你要是真的关心她娘儿们，就别闹了。你赶快走吧！”

这时，病人的哭声小了一点儿，说：“唉！她受不了，我走！”

张氏接过彩云端来的水，又对病人说：“我送你走。”说完，她按照民间治疗说神道鬼、神经错乱疾病的办法，噙了一口凉水，“噗”地一下，喷到了病人的脸上。柳皑雪打了个冷战，说：“我走！”白云吃惊地看着，又心疼，又害怕。

张氏又喷了两口冷水。病人耷拉着眼皮儿，颤抖着说：“我走！我走！”说完，身子就像散了架似的，靠在床帮上。过了一会儿，柳皑雪才慢慢地睁开了眼睛。大家看见病人清醒过来了，松了一口气。

白云不知道为什么会是这样，心里有许多疑团，可也顾不得询问，她使劲儿地搂住柳皑雪，不停地唤着妈妈，好像害怕她丢了似的。彩云拿来了毛巾，给母亲擦了一把脸上的冷水和泪水。张氏说：“你妈妈的身体太弱了，咱俩扶她躺下歇一会儿。”

柳皑雪浑身瘫软，躺下以后，才有气无力地对孩子们说：“你们来了！”说罢，泪如泉涌，擦都擦不及。张氏看着她们都在哭，难过极了，含着眼泪，说：“都别哭了。你们母女团聚，应该高兴才是。”

彩云停止了哭泣，可也高兴不起来。小白云控制不住自己，还在“嗷嗷”地哭着。彩云担心母亲听到她的哭声心里难过，再次昏厥，拉了妹妹一下。白云看到二姐摇头，忍住不哭了。

彩云蹲在床头安慰母亲，说：“妈妈，您在我姥姥家安心养病。咱家里的事情有我操心，白云有我照看，一切尽管放心。”停了一下，又说，“妈妈，咱家的麦子快成熟了，到时候梁成帮助收割。我打算先栽二亩红薯，等到割完麦子，再在麦茬地里点种一亩多玉米。你看还想再种点什么？”

柳皑雪拉住彩云的手，摇了摇头含着眼泪说：“孩子，啥都依靠你，别累着了。”彩云说：“我们年轻人累了，多少歇一会儿，也就没事儿了。”

柳皑雪想起家里即将断炊的情况，说：“咱家里没米没面，你先去……”

白云没有听完就说：“有！我小舅给咱送了些小米、玉米面，还有白面，家里有吃的。”柳皑雪听罢，有些放心了，可是心里一激动，泪水又止不住了。

彩云一边给母亲拭泪，一边劝慰，说：“妈妈，您现在啥也不要多想，过去的一切，尽量甩到脑后。您只有按时吃药，保持个好心情，病才能早一点好。现在您在我舅家养病，过几天我们再来看您。”停了一下，又说，“对了，我大娘让我代问您好。”柳皑雪点了点头，合上眼睛睡着了。

彩云掏出了三块银元，对张氏说：“大舅妈，等我妈妈醒了，您告诉她，我们走了。也告诉我外爷和姥姥，我们想早点回去，免得我妈妈醒来以后，为我们发愁和难过。这一点儿钱您拿着，给我妈买药的时候添上。”

张氏推辞着说：“不用，你外爷交代过，他那里有钱。你这俩钱，让你妈妈回去以后再花。”彩云只好收回，说：“我妈有病，多亏你们照顾。我忘不了你们的大恩大德。”

张氏说：“应该的。自家人不用客气。”

姐妹俩出了柳庄，彩云看见妹妹走一会儿，回头瞧一下，觉得奇怪，问：“你看啥呢？”白云说：“二姐，爹爹跟着咱们去看妈妈了，我想看看他是不是跟着咱们回家。”彩云苦笑了一下，说：“你胡说啥呀？他早就去世了，怎么会呢？”

白云心里装着的几个问号涌到了嘴边，她问：“二姐，咱妈说的，咱爹跟着咱俩去姥姥家了，到底咋回事？你说说，咱妈就是咱妈，她为什么硬说不是呢？你也听到了，舅妈说送咱爹走，可她又为啥用冷水喷到妈妈的脸上呢？为什么那么一喷，妈妈就赶快说她走，爹爹也就离开了呢？”白云没等姐姐回答，一连提出了几个问题。

彩云说：“咱妈讲的是发病时候的话，因为她有精神病，心里迷糊，嘴不由己，你不要当真。”停了一下，接着说，“我以前看见过，对于这种病，就得像舅妈那样，先顺着病人的意思进行劝解和开导，然后用冷水一喷脸，就把鬼给送走了，病人也就清醒过来。我琢磨着一定是应了人们常说的‘人怕敬，鬼怕送’的那句话。不管用啥办法，只要有用就行。”

白云说："你讲得不对。我认为主要是凉水的作用。你想，没有病的人被凉水猛地喷在脸上，是不是也会吓一跳？我亲眼看见咱舅妈往妈妈的脸上喷凉水的时候，妈妈打了个冷战，我也抖了一下。舅妈喷了三次凉水，妈妈才完全清醒过来。所以，我认为是凉水把妈妈给激醒的。"

彩云听罢，想起挨了毒打而昏迷过去的人，只要被冷水一浇就醒过来了。说："你讲得有道理。哎哟，你才七岁多，就能悟出'送鬼'的奥秘，真聪明。"

白云又问："二姐，世上到底有鬼没有？我和小朋友们听孬蛋儿讲过许多鬼的故事。什么'墓里生子'，什么'吊死鬼找替鬼儿'。他还伸长着舌头，装鬼叫，吓唬我们。你说，吊死鬼是不是长舌头，没下颌，非常可怕？"

彩云说："有人说有鬼，有人说没有。我们老师讲过，人死如灯灭。戏台子上演的淹死鬼、吊死鬼、男鬼女鬼的样子都是人们想象出来的。鬼长啥样？谁也没有见过。所以你认为没有就没有，当然也就不用害怕了。以后，孬蛋儿要是再装恶鬼吓人，你们也装恶鬼吓他，他就没撤了。"停了一下，补充道，"孬蛋儿的心术不正，以后离他远一点儿。"

白云又问："二姐，你说人死如灯灭，那么，为什么还要上坟呢？"彩云回答："因为祖辈们恩重如山，还有他们的好品质，应该学习继承。子孙后代要表达自己的孝心和思念，所以要去上坟扫墓。不过，也有人说灵魂不灭，也许人死了以后，魂儿去另一个世界了。到底是不是这样，我也说不清楚。不管怎样，上坟祭祖，不忘根儿是应该的。"

彩云讲到这里，害怕妹妹再问，自己回答不了，接着说："你要还有不懂的问题，等到社会太平了，你能上学了请教老师。老师啥都知道，比我讲得好。"

白云噘着小嘴，说："咱妈有病，学校又一直关着门，上学不知要等到哪年哪月？"彩云说："日本已经投降了，咱妈的病很快也会好的。至于啥时候才能过上太平日子，我也说不了。"

一年一度的麦收季节又到了，田野里金灿灿的。农民们手持镰刀，挥汗如雨，日夜忙碌在麦田里。彩云和她的女婿梁成白天割麦子，晚上往晒麦场上运，大干了四天，也就收割完了。梁成说："今天上午，把麦子摊开晒着，咱们去柳庄看看母亲。"彩云想了一下，说："暂时不去吧。

母亲现在最需要静养。”梁成说：“以后再去也行，我先回家了。”彩云说：“急啥哩？咱那里的麦子待几天才能成熟。”

梁成听了，犹豫了一下才说：“还是告诉你吧，咱娘骨折了，腿上打了石膏，不能自理。咱那里也快割麦子了，我想早点回去。”

彩云得知这个意外的消息，急切地说：“我也应该回去照顾咱娘，可是……”梁成没有听完就说：“我知道你走不开，麦子摊在场上，白云也需要照看。你别着急，家里有我，还有父亲帮助。”

彩云把她的丈夫送到村口，说：“我抓紧时间打完场，点种点儿玉米，让邻居照看一下小妹，我回去帮你割麦子。你代我问候咱娘好。”

这天上午，彩云挑着一担水向隔壁的周氏家里走去。以前她经常帮助这位孤寡老人打水，这一回她想请人帮忙了。

彩云进了院子，看见周氏的女儿从屋子里出来了，问：“春花姐，你啥时候来的？”

“刚到一会儿。”春花说着，接住了担子，把水放在了厨房里。彩云又问：“你妈在家吗？”

“在屋里，她感冒发烧了。你先进去吧，我去药铺买点儿药。”

彩云来到了周氏身边，询问了病情，安慰了几句。

周氏说：“我这是感冒，不打紧，你妈有病现在回不来。你婆家的麦子也该收割了。我本想帮你照看一下白云。可是，感冒发烧两三天，一直不见好。我害怕传染，所以你要是回婆家割麦子的话，就让你卫平婶儿代看两天。我只要不发烧了，就把白云接过来，你看行不行？”

彩云听罢，想起她在井台上打水的时候，看见卫平夫妇抱着孩子走娘家去了，说：“大娘，你好好治病，白云已经安排好了。”说完，给病人倒了点开水，便离开了。

彩云走在回家的路上，十分着急。她心里想，婆家的麦子已经到了收割的时候，加上婆母骨折需要人照顾，自己应该赶快回去助一臂之力。要是婆家近一点，或者有一辆车，把妹妹带去就行了。可是这两个条件都不具备，怎么办呢？

白云正在院子里和秋香抓石子玩。她看见彩云愁眉苦脸地回来了，问：“二姐，你是不是想姐夫了？”

“不要乱猜。”彩云说，“我婆家该割麦子了，我想把你带去住些天。可是你那两条小腿跑不了远路，我又背不动你。要是不带你去，家里没人照看，真是急死人。”

白云爽快地说：“二姐，你放心去吧，我会做饭。”

小秋香接过话，说：“晚上，我来跟她做伴儿。”

彩云听了，高兴地说：“也行，我一割完麦子就回来，最多五六天。现在我给你们多烙一些耐放的饼馍，你们烧点稀饭就可以了。”说罢，立即向厨房走去。

秋香和白云同龄，人不大，却很讲信用。她每天一吃完晚饭就来到白云家里跟她做伴儿，白天没事的时候也来陪着白云玩儿，两个小姑娘很要好，像亲姐妹一样。

五天过去了，烙饼吃完了，白云开始煮面疙瘩度日。傍晚她的头皮特别痒痒，因为彩云离开以后，她淋了雨而没有及时洗头，头上生了许多虱子，嘴唇外边也长了黄水疮。她一会儿搔头，一会抓腮，痒得难以忍受。秋香瞅着白云不停地抓痒，干着急没办法。过了一会儿，可能是条件反射，秋香也挠起头来。

白云感到尴尬，说：“秋香，我听说虱子和黄水疮都会传染给别人，你赶快走吧。”

秋香支支吾吾地说：“我走了，谁给你做伴儿？”

“我不害怕，你快走吧！”秋香恋恋不舍地离开了。

那天晚上，白云一个人躺在床上，到处黑洞洞的，有些害怕，只好抱着妈妈的枕头睡觉。她的头皮痒痒，下颌也痒痒，她搔搔这里，抓抓那里。搔破的地方，疼津津的，使她心神不宁。加上老鼠在房间里跑来跑去，吓得她起了一身鸡皮疙瘩，怎么也睡不着。

次日上午，白云对着镜子一瞧，面目全非，吓了一跳。她看着自己的头发像个茅草窝似的，下颌上的黄水疮一个挨一个，连成了一片，有的正在往外边流毒水，脏兮兮的。她不敢再看了，放下镜子，两只小手捂着脸，哭着说：“妈妈，二姐，我咋变成这样了？”

正在这时，彩云提着油条进了院子。白云听到有人叫她的名字，擦了一下眼泪，从屋子里出来了。她一看见彩云就扑了过去，哭着喊：“二姐，你可来了。”

彩云听到小妹妹委屈的哭声，十分心疼，含着眼泪说：“不哭，姐姐回来照看你。”她正要抚摸白云，发现蓬乱的头发丝上有许多白色的虮子，问：“你生虱子了？是不是淋了雨以后，没有洗头？”

白云仰起脸儿，说：“你看，我都变成了丑八怪。”

彩云一看，大吃一惊，问：“你吃了老鼠啃过的馍吧？”白云点了点头。彩云说：“哎哟，你长了黄水疮，是因为中毒了。”说完往白云的额上摸了一下，又说：“没有发烧，幸好没有染上鼠疫。”

彩云携着妹妹的手，来到了上房屋。她放下篮子，说：“端午节快到了，我给咱家拿来些油条。你去洗洗手再吃。”白云说：“这两天，我一张嘴就疼，只能喝粥。”

白云看了一下篮子，说：“二姐，你带来这么多的油条，给咱妈妈送去点儿吧。”彩云说：“当然要送。可是你现在这个样子，妈妈看见了会难过的。等你好了再去。”白云问：“啥时候才能好呢？”彩云想了一下，说：“要是单方管用的话，三天也就差不多了。”

彩云拿了一个手帕和剪刀，说：“现在咱们先到村外边摘些莲豆，然后再去羊圈里剪一点儿山羊胡子。莲豆可以毒死虱子和虮子，山羊胡子能治疗你嘴巴周围的黄水疮。”说完，领着妹妹向外边走去。

一个小时以后，她们回到了家里。彩云煮了些莲豆水，准备给白云洗头，闹虱子。但一看，她的头上也生疮了，怎么办呢？

这时她又想起了一个单方，立即在厨房里找了几个杏核。用剪刀把白云头上生疮地方的头发剪掉了，用莲豆水小心翼翼地给妹妹洗完了头，便把杏核放在菜刀的背上，放在火上烤。烤了一会儿，剥去杏核发黑的硬壳，把杏仁油抹到了头上的疮疖上。然后她把山羊胡子放在瓦片上，放在小火上焙成了黄颜色，研成了粉末，用食油拌成了糊状，涂在白云嘴唇周围的黄水疮上。忙完了，她这才松了一口气。

那天夜里，白云几乎没有抓痒。四天以后也就痊愈了，彩云看着妹妹干干净净的小脸儿，说：“你现在好了，我上午把咱家的玉米地锄完，下午就去看妈妈。”

“好的。”白云高兴地说：“我早就想妈妈了。二姐，我跟你一块下地。你锄地，我捡麦茬当柴烧，行不行？”

“不用了。我一个人能行，你去玩吧！”

白云说："我把院子打扫一下。"说完，忽然觉得牙龈痒得厉害，连忙向卧室跑去。

彩云追了过去一看，妹妹拿着一根针，正在对着镜子扎牙床，鲜血流到了嘴角。忙说："不能扎！针上有毒。快，让我看看咋回事儿。"彩云一看，发现妹妹的牙床红肿红肿的，血泡都连成串了，说："牙龈不能乱扎。要是长期感染，牙齿长不牢，会提前掉的。"

白云听了，到屋门外边吐了一口血水，回过头说："不扎不行。你不知道，它一痒起来，就像虫子乱爬似的，比疼痛还要难忍。二姐，你和妈妈不在家的时候，我已经扎过好几回了。扎几下流一点儿血，也就不痒了。"

彩云长叹了一声，说："唉！你这么小，没有大人照看不行啊！"停了一下，又说，"你的牙龈肿得这么厉害，怎么办呢？"

彩云寻思了一会儿，说："这样吧，我给你冲点儿漱口的盐水。每天一吃完饭，就用它漱一漱，盐水能消肿。只要牙龈不红不肿，也就不再痒了。"说完拉着小妹的手向厨房走去。

白云用盐水漱了漱口，高兴地说："以后，我一吃完饭就漱口，一天三次。"

"能行。我去锄地了，你在家里玩儿。"

彩云扛起锄头，带着一根捆柴火的绳子，正要下地干活，看见白云拿起笤帚，打扫院子去了，高兴地说："妹妹是个懂事的好孩子。"

第三十四章

汉奸抢粮

白云扫完院子，去找小朋友们玩了。刚来到街上，看见卫姗姗家大门外边围了许多人，便凑上前去看热闹。

原来是卫姗姗的丈夫接她回婆家，她搂着母亲不肯松手，哭着说：“妈妈，你别让我走，我受不了那种罪。”母亲不作声。

她又恳求父亲：“爹爹，我知道咱家里穷，我少吃饭多干活，您别让我去他家，行不？”卫姗姗的父亲看着女儿和妻子哭得泪人似的，心里非常难受，便来到女婿跟前，说：“你都看到了，姗姗不想走。这样吧，我过两天把她给你送回去，你看中不中？”

那个比岳父的年龄还要大的女婿摸着毛碴碴的络腮胡子，横眉竖眼地瞪了对方一眼，说：“不中。她不回去，谁做饭洗衣？我和我妈都需要人侍候。”

旁边的一个小伙子听不下去了，“呸”了一口，说：“姗姗才15岁，你把她当成大人使唤，当丫鬟对待，你还是个人吗？”那个男人恼羞成怒，可也不敢在岳父家的门口撒野。他指着卫姗姗骂：“贼骨头，你今天要是不走，你和你肚子里的野种，我都不要了。”

在场的人听到这话，不知道咋回事，都愣住了，不过她婶儿了解情况。

原来，卫姗姗去年就被卫池强奸了。她的父母惹不起，只好装着不知道。几个月以后，他们知道女儿怀孕了，只好用药打胎，差一点儿出了人命。卫池狗改不了吃屎，没过多长时间，又让姗姗怀上了。她的父母无奈之下，只好把女儿许给了那个不了解的外地人。

卫姗姗顾及面子，擦干了眼泪，说：“走就走！你瞎说啥哩？”她丢开母亲，把痛苦、羞辱和仇恨使劲地往肚子里咽了一下，跟着那个不相匹配的老男人，一边走着，一边擦着不断涌出的泪水。

卫姗姗的父母目送着女儿远去了，又难过，又羞愧。人们望着身体纤弱的卫姗姗，十分怜悯，可又无可奈何。有的说："多么好的姑娘，嫁给那个老东西，真是活受罪，太可怜了！"有的说："她爹她妈都是怂货、熊包。"卫姗姗的婶儿听到议论，气愤地说："俺侄女都是卫池那个畜生给害的。"大伙听罢，才知道咋回事，愤愤不平，可也没有解决的办法。

站在跟前的徐文老师义愤填膺，他跺了两下脚，说："官府无能，国家遭难；社会黑暗，好人受欺，这叫什么世道！"说罢，气呼呼地离开了。

人们散去了，白云正要回家，忽然，看见母亲提着一个包袱回来了，喜出望外，飞也似的跑了过去。她拉住母亲的手，说："妈妈，我终于把您盼回来了。您的病好了吧？"柳皑雪微笑着说："快好了。大夫说这个包袱里的药一吃完，就不用再买药了。"

柳皑雪一边说着，一边瞧着孩子，发现白云的下颌上边布满了疤痕，关切地问："你这儿是咋的了，那么多的疤瘌。"白云说："我二姐去她婆家收割麦子的那几天，我吃了老鼠啃过的烙饼，长了些黄水疮。她回来以后，用山羊胡子给我治好了。现在不疼也不痒，我二姐还说，再过些日子疤瘌也就消失了。"

柳皑雪拉着孩子的手，问："刚才那边恁多人，出啥事了？"白云说："姗姗嫁给了一个坏男人。她哭着不愿意去婆家，那个坏男人非要她去不可。"柳皑雪听说过姗姗姑娘的不幸遭遇，气愤地说："卫池禽兽不如，是他把姗姗给害的。"

白云听了，以为卫池把姗姗拐卖了，说："妈妈，咱们要小心一点，千万别让那个坏蛋把我也给卖了。"柳皑雪点了点头。

她们进了大门，柳皑雪的心情立即沉重起来。她极力地控制着自己，自言自语地说："为了身体，不想恁多，不能生气。"

朱氏站在院子里，一看见她们就想找事，大声骂："咳，装疯卖傻，啥玩意儿？要是真的疯了，应该跳井、跳崖。要是我呀，疯疯颠颠丢那人，死不了也得自尽。"

白云转过身子，恶狠狠地骂了一句："你是个坏蛋。"朱氏追了过来，喊：“死丫头，你骂谁？”柳皑雪看见朱氏向她们扑过来，拉着孩子快走，说：“别理她。”

母女俩回到了家里，白云给妈妈搬椅子，拿蒲扇。然后偎依在母亲的怀里，享受着清凉的风，像在蜜罐里似的，感到幸福极了。

柳皑雪问：“你二姐呢？”白云说：“去锄地了。她说今天上午把地锄完，下午带我去姥姥家看您。您现在回来了，也就不用去了。”停了一下，又说，“我二姐夫帮咱割完麦子，也说要去柳庄看您。我二姐说您需要静养，所以没有去。”

过了一会儿，白云想起了夏收，高兴地说：“妈妈，我告诉你个好消息，咱家打了好多麦子。缴了公粮和人头税以后，把借别人的粮食也都还清了，我二姐磨了些白面。现在，咱家还有一麻袋多麦子，放在厨房里呢。”

柳皑雪心里想，只剩下几十斤粮食，要接住秋收，只有省吃俭用。她看着白云天真快活的样子，舍不得让孩子扫兴，微笑了一下，说：“很好！”

快到中午的时候，彩云用锄把挑着两捆柴火回来了。她看见母亲，特别高兴。母女团聚，问长问短，甭提有多么开心。

午饭以后，柳皑雪对彩云说：“我听你姨妈讲，你婆母骨折了，伤筋动骨一百天才能彻底长好。我回来了，你是不是回去照看一下。等你婆母能够自理了，再回来多住些天。”

彩云高兴地说：“您想得真周到。可是您还吃着药，我想照顾您两天再走。”柳皑雪说：“不用。你小舅又给我买了十副中药。过两天你姨妈就来看我，帮我干活。现在麦子刚下来，咱家里有吃的，你放心吧！”

彩云说：“我去收拾一下东西回婆家，您要是有啥事需要我回来，让我姨妈捎个信儿。”说罢把妹妹叫到自己的卧室，小声嘱咐了几句。白云点了点头，说：“我记住了。”

太阳快落山了，柳皑雪知道家里没有点灯的油，早就做好了晚饭，天刚黑，一切也都收拾完毕。

夏夜的晴空，深邃奥妙，群星璀璨，常常引起人们美好的遐想。柳皑雪拿着扇子，和孩子坐在院子里乘凉。白云偎依在妈妈的怀里，感到无比温馨，觉得自己是天底下最幸福的人。

这会儿，她好奇地仰望着天空，看看牛郎星，看看织女星，看看北斗星，又寻找南斗星，调皮地学着星星眨了几下眼睛，问：“妈妈，您说天上的星星为什么那么高兴？那么快活？”柳皑雪回答：“因为星星看见你了，它们喜欢你，对不对？”

白云笑着说：“还有一个原因，它们不论大小、强弱，谁也不欺负谁。”停了一下，接着说，“妈妈，孬蛋儿可坏了。那天下午，我们几个小朋友在晒麦场上玩‘老鹰抓小鸡’，孬蛋儿带着两个大孩子硬把大伙给冲散了，我们只好各回各家。还有卫池和我伯父一家子老欺负咱。我想要是人跟星星一样，该多好啊！”

柳皑雪长叹了一声，说：“是啊，要是人间没有剥削压迫，没有欺侮残杀，也就没有痛苦了。”讲到这里，她望了一下深邃的夜空，接着说，“天上的星星和睦相处，一百年是那样，一千年也是那样，真让人羡慕。唉！好人都希望平平安安，像在天堂那样美好。”

白云又问：“您说，咱们这里能不能变成天堂？”

柳皑雪想了一下，说：“能！一定能！”

过了一会儿，柳皑雪问：“白云，我不在家，你二姐也不在的那几天，你晚上是不是摸黑找到床铺的？”白云说：“我一个人在家的时候，遇到的困难可多啦。不过我不怕困难，有的是办法。”

柳皑雪见孩子那么自信，那么乐观，又问：“你都遇到了哪些困难？怎么解决的？说给妈妈听听。”

白云说：“我见灯里没有油了，就在天黑以前做准备。找一根秫秆，用脚把它跺劈。到了该睡觉的时候，把它点着当火把。火灭了，我就拿着它来回乱绕，火星儿也就变成了一绺绺的亮光。我和秋香手拉着手，很快来到床前，然后把那火星儿踩灭。后来我的头上生了虱子，下巴上也长了些黄水疮。我害怕传染给她，不让她来咱家做伴儿了。我一个人在家的时候，还是用秫秆的火星儿引路，没有摔过一次跤。”

白云讲到这里，停了一下，又说：“妈妈，那一天，我见咱家的柴火不多了，就去地里拔麦茬根儿。因为地太硬，我的手都给弄破了，还是拔不出来，怎么办呢？我四下一看，发现远处有一个叔叔赶着牛在麦茬地里犁地。我就到那坷垃窝里扒柴火，不大一会儿，就捡了一篮子，烧的困难解决了。”

柳皑雪听到这里，好像亲临其境似的，她为孩子的自理能力感到高兴，也为孩子的艰辛而难过，抚摸着白云的头，含着眼泪，说："你真行！"

白云说："妈妈，你不知道，我还把大洋马给吓了一跳呢。那天早上下雨了，柴火潮湿得很，我费了好几根火柴还是点不着，只好去上房屋里找了一根儿烂布条，然后来到厨房。我先把布条点着，再用它点燃柴火。大洋马在前院闻到了焦煳的气味儿被吓坏了，她以为咱家失火了，慌慌张张地来到厨房外边大声嚷嚷，叫我去那两个屋里看看什么东西着火了。我没有理她。大洋马急急巴巴地来到我的跟前，看见地上冒着烟的布条，歪着头说，小心一点儿，这房子可是前后连着的。她还说，咱家要是失火了，她家也得倒霉。我说，倒霉就倒霉呗！"白云讲到这里，想起大洋马被气得屁股一撅一撅的滑稽样，忍不住"嘿嘿"地笑出声来。

柳皑雪又问："晚上，你一个人在家的时候，孤孤单单的，害怕不害怕？"

白云听到这话，收敛了笑容，说："我二姐来的前一天，我害怕把头上的虱子和脸上的黄水疮传染给秋香，不让她跟我做伴儿了。那天夜里，我抓痒抓得难受，老鼠也出来闹腾。它们在地下，在天花板上，'咕咕咚咚'地跑过来，跑过去，有的老鼠还跳到床上。我怕它咬我，连忙用被子蒙住，脚在被窝里乱蹬，蹬不了几下，老鼠就被吓跑了。可是不大一会儿，它们又闹腾起来。后来，我知道老鼠也怕人，所以也就不像开始时候那么害怕了。"

柳皑雪搂住白云，说："不简单。你真是个又聪明又勇敢的好孩子。"

白云没有在意母亲的表扬，而是想起自己孤苦伶仃，想念母亲而抱着枕头，哭着睡觉的情景。说："妈妈，我夜里一个人躺在床上的时候，看着到处都是黑洞洞的，心里更加想您了。我睡不着觉，只好把您的枕头抱在怀里，把枕头当妈妈。喊着：'妈妈！妈妈'才慢慢地睡着了。"她讲到这里，情不自禁地哭起来。

柳皑雪更是难过得泪流满面。她紧紧地搂着孩子，责备自己，说："白云，你这么小，应该由大人照看，我没能做到，让你遭受那么多苦，都是妈妈不好。"

白云看见母亲哭了，擦干了眼泪，也给母亲擦了一下，说："您别哭，我知道您有病了，所以不能怨您。妈妈，您的病刚刚好了一点儿就回来陪我，您是我的保护神，是最好的妈妈。"

柳皑雪见孩子这么理解大人，激动地说："白云，妈妈一定注意身体，把你养大。"白云高兴地说："只要有您陪着，我就觉得不苦，啥也不害怕了。”接着，她仰起脸，抚摸着母亲消瘦的脸庞，恳求着说：“妈妈，你一定要保护好身体。我二姐交代过，要我好好陪着您，要听话、勤快。她还讲您只要不生气，就不会犯病。所以不管谁找咱家的事，您都要想开一点，不要生气。妈妈，您知不知道，我最害怕您生病了。”

柳皑雪点了点头，说：“妈妈听你的，不生气，好好地活着。”母女俩在那恬静的月光下，尽情地倾吐着心声，共同感受着亲情团聚的温暖和幸福。

夜里，柳皑雪见孩子老是翻来覆去睡不宁，问：“白云，你咋了？是不是又做噩梦了？”白云说：“我的耳朵跳着疼，已经好几天了。现在疼得厉害。”柳皑雪问：“你是不是害耳朵底儿了？快让妈妈看看。”说着，燃亮了油灯，白云也坐了起来。

柳皑雪一瞧，吓得“啊”了一声，说：“孩子，你耳朵里边化脓了，都流出来了，咋能不疼呢？唉！你咋不早说呢？”

白云说：“我的耳朵白天不太疼。您刚回来，病还没有好，所以才没有告诉您。”

柳皑雪心疼地说：“孩子，害耳朵底儿的时间长了很危险，要是耳膜被脓水憋破了，也就永远听不见声音了。快！让我先给你擦一擦。”她用棉球给沾了几下，说：“耳朵里边的脓水粘不住。明天我带你去找大夫，说啥也不能再拖啦。”

次日，柳皑雪起了个早，一吃过饭就带着白云出发了。她们走在街上，一位婶娘看见了，问：“大清早，你们娘儿俩去哪儿哩？”柳皑雪说：“白云的耳朵有病了，去张村让大夫看看。”

那位大婶说：“张村离咱们这里十几里远，孩子那两条小腿咋能走得了？你等一下，我叫俺小清跟你去，路上背一背孩子。”

“没事儿。白云走累了，我背一会儿，别麻烦他了。”

“不麻烦，你们等一下。”那位真心相助的大婶立即回家了。

不大一会儿，一个十五六岁的瘦男孩儿大步流星地来到了她们跟前，说：“清正嫂，我妈说你去给白云看病，让我也去，路上背背她。”柳皑雪说：“那就劳驾你了。”小清说：“应该的。”

路上，小清一看见白云走累了，立马背起。白云扒在小清的脊背上，说：“小清叔，你要是累啦，就让我下来。”

小清家里贫寒，身体瘦弱，背着白云走了一里多路，就累得气喘吁吁，汗流浃背。白云说："小叔叔，你累了，让我走一会儿。"小清却说："不累，再背一会儿。"

就这样，小清乐呵呵地陪着她们去张村看病，接连几次，都是他把白云背去背回，一直到白云的中耳炎彻底康复。

柳皑雪看见白云活蹦乱跳的样子，说："你小清叔帮助咱们找大夫，累成那样，你可不要忘了。"白云点了点头，说："永远也忘不了。"

这天下午，火辣辣的太阳炙烤着大地。树上的蝉"知了，知了"地拼命叫着，由于水气升腾，热浪扑过来，扑过去，弄得光线忽明忽暗，闹得人心不宁。

柳皑雪在厨房里洗刷锅碗，看见外边起风了，大声唤："白云，外边的灰尘太大，快进来吧！"

"好的。"白云应了一声，立即来到了妈妈的身边。

大街上，坐在槐树下边乘凉的人们，一见尘土飞扬，也都站了起来。他们正要各回各家，发现一辆马车飞奔而来。卫池和几个穿着军装而又不像军人的兵痞坐在车上，到了柳皑雪家的门口，车子停了下来。

一个农民看见他们拿着麻袋下了车，问："你们这是干啥呢？"

一个尖头尖腮的兵痞斜着眼睛，说："征收保安税。每家50斤麦子，赶快回去准备吧！"一位白发苍苍的老人说："田税、人头税都缴过了，你们又要收什么保安税，不让人活了？"卫池不耐烦地说："前方打仗吃紧，壮丁增加了，官府不增收粮食行吗？"那几位农民以为他们是在执行公差，糊里糊涂离开了。

卫池一伙知道日本投降以后，皇协军撤销了，他们在保安团里也不好混，想另找发财门路。这会儿他们打着官府征粮的旗号，伪装成军人，到附近各村征收什么"保安税"。

一个又矮又胖的土匪问卫池："团长，咱们先去哪一家？"卫池见周围没有外人，对同伙说："谁家最穷，就先去谁家，免得他们把粮食藏起来。"接着，他指着远处的两个佃户家，命令似的说："你们六个分成两组，去那两家弄粮食。胖子和斜眼儿跟我来。"而后他带着那两个人一起进了柳皑雪家的大门，他边走边说："后院的那一家是我的心腹之患。她家的粮食有多少就抢多少。”

强盗们一进到后院就大声喊叫：“有人吗？缴公粮了！”柳皑雪听到喊声，从厨房里出来了，说：“俺早就缴过了。”

卫池恶狠狠地说：“不够，再缴50斤的保安税。”

柳皑雪知道来者不善，怒目瞪了狗汉奸一眼，没有搭理。矮胖子来到柳皑雪跟前，大声嚷嚷：“再缴50斤，你听见了没有？”斜眼儿也说：“你要是不主动拿出来，我们就搜了。”

柳皑雪气愤地说：“已经缴过两次了，你们还让缴。俺剩下的一点麦子，连秋粮都接不住。你们有没有王法？”

卫池说：“我们的行动就是王法，知道吗？”说完，挥了一下手，大声说：“各屋里搜！”

白云看见他们要进厨房，连忙伸开双臂，站在门口阻挡。卫池奸笑了一下，说：“此地无银三百两。”说着，把白云拉到了一边，进了厨房。矮胖子看见靠在墙根上的麻袋，扛起就走。白云抓住麻袋的一角，追着喊：“这是俺家的！这是俺的粮食！”

另一个歹徒上手了，他猛地把白云推了一下。白云往后趔趄了两步，蹲在地上。她忍着疼痛，连忙爬起来，还要追去，又被斜眼儿拉住了。

白云挣脱不了，大声喊：“你们抢俺粮食，你们都是土匪！”

柳皑雪在院子里拽住了那个抢粮的胖子，说：“俺家就这么一点儿粮食了，你要是不放下，就把俺娘俩杀了吧！”那个歹徒使劲儿抖了一下胳膊，甩开了柳皑雪，向外边走去。

卫池在厨房里瞅了个遍，发现案板底下的半袋麦子，提出来了。柳皑雪怒不可遏，大声骂：“狗汉奸，你一点粮食也不给俺留，把俺往绝路上逼，你不得好死！”

卫池害怕邻居知道他们把柳皑雪家的粮食抢光了而起哄，没有顾上撒野，便把手里的半袋粮食递给了斜眼儿，一起向外边走去。

母女两个眼睁睁地看着仅有的那点儿麦子全被抢走了，贫穷的家庭又一次陷入了绝境。

白云搂住母亲，哭着说：“妈妈，咱以后咋办呀？”柳皑雪又气又急，可也毫无办法。她坐在椅子上，感到头晕目眩，天旋地转，刹那间就不醒人事了。

第三十五章

娘亲“疯病”复发

白云最担心最害怕的事情发生了。她见母亲的脸色苍白，闭目不语，连忙呼唤：“妈妈，您怎么了？您千万不要犯病啊！”她一边呼唤，一边摇着母亲的肩臂，可是柳皑雪没有一点反应。白云哭着恳求：“妈妈，您醒醒呀，妈妈……”

过了好大一会儿，柳皑雪终于开口了。她有气无力地说：“我不是你妈。我是野鬼，跟着他们来了。”

白云听到这话，立即想起姐姐曾经告诉她的“人死如灯灭”，知道母亲胡说是因为魔怔病犯了。可是，这个时候家里没有别人，怎么办呢？白云继续呼唤母亲，但柳皑雪仍然说她是野鬼。

这时候，白云想起母亲在舅家说鬼话的那一幕，决定学着舅妈“送鬼”的办法，把妈妈从昏迷之中激醒过来。说：“你走！我送你走！”说罢，连忙去厨房端了半碗凉水，来到柳皑雪的面前，立即噙了一口水，准备送鬼。可是她还没有想好怎样把水喷到母亲的脸上，就把自己给吓住了。

她想，妈妈就是妈妈，不应该因为犯病了，就用冷水激她、吓她。于是把凉水吐到了地上。她拽着母亲的胳膊，又一次大声呼唤：“妈妈！妈妈……”接连喊了几声，还是没有作用，无奈只好采取刚才想到的那个不愿意采取的办法。

白云擦干了眼泪，又噙了一口凉水，面对着柳皑雪，想把水喷出去。可是她看着母亲蜡黄的脸庞，紧闭着的眼睛，犹豫起来。她实在不忍心把那凉水喷到妈妈的脸上，忍不住哭了起来，这么一哭，嘴里的水顺着下颌流了一身。

柳皑雪说：“我是野鬼，我想把她给带走。”白云听罢，以为野鬼真的要把妈妈带走，非常害怕，连声说：“不行！不行！我现在就送你走。”她停止了哭泣，下了很大的决心，又一次噙了一口凉水，接着踮起脚跟，用力朝着妈妈的脸上喷去。不料嘴里的凉水没有变成雾状就“啪”的一声吐到了母亲的额上。

柳皑雪打了个冷战，猛地站了起来，说：“我走！我走！”说着，推开白云，弓着腰，大跨着步子，向外边走去。白云第一次学着“送鬼”，第一次看到这种反常的情况，被吓得不知所措。她愣了一下，冲着母亲喊：“妈妈，我是送鬼，您为啥走啊？”

她见母亲不回头，放下水碗，连忙追了过去。

柳皑雪的疯劲儿越来越大，越走越快。白云一边呼唤一边追，一直跑到大门外边，才抓住了母亲。她使劲儿地抱住母亲的一条大腿，哭着喊：“妈妈，您别走！我不要您走！”可是，七岁的小姑娘怎能拦住犯了魔怔病的疯子？

“我走！我走！”柳皑雪一边说，一边用拳头打孩子，小白云疼得“嗷嗷”地哭着，还是不肯松手。病人使劲儿推了一下孩子，挣脱了。

街上的一个妇女看见她们母女俩撕拽着，以为柳皑雪生气了，才这样吓唬孩子的。她想去劝说一下，可是还没走到跟前，柳皑雪已经下了台阶。白云忍着疼痛，连忙站起去追。她一边跑，一边喊：“妈妈，我是送鬼，您为啥跑啊？妈妈……”

柳皑雪根本没有听见，她摇着头，抡着右臂，像脱缰的野马向村子西头跑去。不大一会儿，她的发结散开了。

街上的人们吃惊地看着柳皑雪披头散发地疯跑着，不相信自己的眼睛，更不相信贤慧而文雅的小脚女人竟然不怕丢人，不怕摔倒，跑得那么快、那么猛，不禁愣住了。

白云仍然不顾一切地追着、哭着、喊着，“啪嚓”一下摔倒了，膝盖磕破了，鲜血浸在裤腿上。这时候，大家才明白过来——柳皑雪的魔怔病犯了。那个妇女一边往前追，一边喊：“快抓住她！别让她上了井台！”

人们听到这话，有的从后边追，有的从前边拦截，都往柳皑雪的跟前跑。

白云害怕母亲跳井，不顾摔伤的疼痛，连忙爬起，拐着腿继续追着、喊着："妈妈，您别跑啊！妈妈……"说时迟，那时快，眼看柳皑雪跑到了井台跟前。

正在打水的兰兰姑娘和卫平连忙下了井台，一人拽住柳皑雪的一只胳膊，病人才站住了。

"我走！我走！"病人不停地喊着，使劲地挣扎着。兰兰姑娘几乎拽不住了，大声问："婶儿，你不是好了吗？怎么一回来就犯了？"

柳皑雪好像没有听见似的，眼神直瞪瞪地没有反应。

人们围了过来，你一声，我一声地喊了好大一会儿，柳皑雪才被惊醒了。她看着一双双同情的目光，泪水扑簌簌地往外涌。可是她的心里仍然懵懵懂懂，只觉得有人可怜，不知道刚才发生了什么事情。

兰兰姑娘看见柳皑雪喘息着，有点站立不住的样子，一边使劲儿搀着，一边对卫平说："咱们把她送回家吧？"

"行。"

两个年轻人用力架着病人，慢慢地向前移动。

袁娟从家里出来了，看见白云跟在柳皑雪的后边，拐着腿，哭着走着，十分同情，连忙来到跟前，抱起孩子，问："白云，你妈妈怎么又犯病了？"白云说："刚才卫池带着一帮人去我家，把俺的粮食都抢走了，我妈拦不住，被气成这样。"袁娟抱着白云一边追柳皑雪，一边骂："卫池不是人！卫池该死！"

街坊邻居们目送着孤儿寡母，怜悯极了。有的说："柳皑雪那么贤惠，那么坚强，大灾大难都挺过来了，现在得了这种病，可怜啊！"有的说："她不但生活艰难，还有外来的欺负和威胁，再坚强的人也承受不了！"还有的说："她得了这种病，跟风里的蜡烛差不多。大人病成这样，白云又那么小，大人孩子咋活下去？"

卫清廉听着大家的议论，擦了一下眼泪，说："柳皑雪得了这种病，也许是个好事。"

旁边的一位老爷爷瞪了他一眼，反问："你咋能这么说话？高兴不是？"卫清廉说："不是高兴。我想，精神病虽然疯疯颠颠，经常昏迷过去。但是也有它的好处，什么讹诈欺凌，什么苦辣酸涩也就全都忘了，能让病人从痛苦之中解脱一会儿。如履薄冰还有生存下去的希望，比气下了绝症强。”

那位老人说：“现在只能这么想了。唉！好端端的人被整成这个样子，大人孩子都可怜。”说完含着眼泪离开了。

这时，卫清财从家里出来了。他看见有人搀扶着柳皑雪来到了大门跟前，“嘿嘿”地偷笑了一下。卫平气愤地说：“幸灾乐祸，你还是个人吗？”卫清财厚着脸皮，没有顾及卫平的责骂和人们谴责的目光，又咧了一下嘴，行同狗彘地向他家对面的园子里走去。

卫冬子在卫清财的背后“呸”地吐了一口，说：“恬不知耻的东西，啥都不在乎了，真是死猪不怕开水烫。”

一位老奶奶看见柳叶儿走过来，说：“你堂姐犯病了，刚才在街上疯跑。卫平和兰兰刚刚把她搀回去。”柳叶儿听罢，吃惊地说：“哎呀，她回来没有几天，咋会又犯病了？”徐老师说：“卫池一伙把她家的粮食抢光了，给气成了这样。”柳叶儿急切地说：“她犯病了，没人看护不行，我得去柳庄报信儿。”说完转身向村外走去。

街上的人们正要离去，听到一个佃户家里悲痛凄惨的哭喊声。估计卫池他们又伤人了，便向那里走去。他们一进院子，看见老长工躺在地上，浑身是伤。不问便知，老头子为了阻止卫池一帮抢粮食而被打死了。他的妻子跪在老头子的身边，哭着喊：“孩子他爹，你死得冤枉啊！老天爷，您管管强盗吧……”大家听着撕肝裂肺的哭号，义愤填膺。有的劝说老太太，有的帮助把被害的老头子往屋子里抬。

徐文老师怒火中烧，含着眼泪，气愤地说：“世道坏了，盗匪蜂拥，大家才这么遭罪！”

柳存泰听说姐姐家的粮食被汉奸卫池和一帮兵痞抢走以后，当即犯病了，连忙套上牛车，来到了卫家寨村，又一次把病姐姐背到了车上。柳皑菊携着白云，跟着上了车，一起去县城看病了。村里的人目送着他们，潸然泪下。

一个小时以后，车子到了县城的大医院。主治医生看见他们，问：“你们是柳庄的吧？”

“是的。”

医生又说：“我刚给你家的病人开了十副药，还没有吃完，怎么又来了？是药的效果不好吗？”

柳存泰说：“不是。我姐姐在我家的时候，病一天比一天轻，基本上好了。可是她总是牵挂着孩子，非要回去不可。她回到家里以后，汉奸带着兵痞到她家里抢粮食，把她气成了这样。”

医生听罢，为病人惋惜了半天，说：“你姐姐的病跟环境有关，也是社会问题，咱们管不了。不过我得提醒你，你姐姐由喜怒无常到胡言乱语。现在发展到疯疯癫颠地乱跑，一次比一次严重。如果再发展下去，彻底康复也就很难了。”

柳皑菊忙说：“大夫，请你再开点儿好药，救救俺姐。这一回，我们一定接受教训，等她的病彻底好了，再让她回家。”

医生说：“那药就很好，再开两副也行。你们不了解，精神病是最容易反复的。要想彻底康复，关键在药，也在静养。也就是说，只有生活环境好了，病人的心态正常了，药才有效。”说完他看了一下病人的眼睛，皱着眉头，说：“她要是醒过来，可能还要疯跑，我先给她打一支镇静药，免得你们在路上招架不住。”

打完针以后，柳存泰问：“大夫，您看用不用把她送到精神病院治疗？”医生想了一下，摇了摇头，说：“那是万不得已的办法。你姐姐现在的病情，属于间歇性的发作，所以若有专人护理，按时吃药，也不让她受什么刺激的话，在家里治疗更好。”

柳存泰说：“谢谢您的提醒。这一回我把她和外甥女接到俺家，让我姐姐安心地住下去。”白云说：“谢谢舅舅！”

医生点了点头，说：“病人有你们这样好的亲戚，是她和孩子的福气。不过要想彻底康复，得彻底改变环境。也就是等到天亮了，太阳出来了。”“明白。”柳存泰心领神会地点了点头。然后接过医生又给开的药方，取药去了。

他们看完了病，回到柳庄已经上灯了。柳公带着老伴儿站在病姑娘的床前，看着昏迷不醒的女儿，心疼极了。柳公含着眼泪，说：“皑雪，你一定要安下心来，在咱家治疗。”柳太太对二姑娘和大儿媳妇说：“你们两个好好照看着她，按时吃药，还要多多安慰。记住，她的身边一刻也不能离人。”柳皑菊说：“你们放心，我俩轮换着看护。”

柳公听罢，想起了皑菊的不幸。她刚结婚，女婿就被抓了壮丁。一去三年多，杳无音信，如今不知是死是活。他想到这里，叹了一声，说：“唉！世道乱了，百姓遭殃！”然后抚摸着白云的头，说：“好孩子，你就住在咱家，陪着你妈，她就放心了。你要是着急，就和你的表姐表弟们在院子里玩。”白云说：“我陪着妈妈，不着急。”

柳皑雪的魔怔病又犯了一次就控制住了。三天以后，她白天清醒的时间越来越长，夜里的恶梦越来越少。这两天她能打扫卫生，帮助择菜，干一些力所能及的家务活。一家人看见她的病大有好转，气色也一天比一天好起来，心才放宽了。

这天下午，柳存泰提着一兜中草药回来了。他来到客厅向父母汇报情况，说：“今天，我在县城办了点事，然后又去医院买了几副中草药。大夫说，我大姐把这几副药吃完以后，就可以停药了。大夫交代，一定要继续静养，以防反复。”

柳存泰见父母点头，接着说：“还有一个好消息。我在县城听说国民党的军队在辽沈战役、淮海战役中连吃败仗，蒋家王朝快完了，咱们这里快要解放了。”柳公高兴得连声说：“好！好！真是个好消息。”

柳存泰看着亲人高兴的样子，讲了自己的打算。说：“父亲，您常对我们讲，国家有难，匹夫有责。我今年18岁了，想和几个同学一道，投奔共产党，参加解放军，您俩可要支持啊！”

柳公捋着胡须，立即表态，说：“应该支持。不过，咱们这里一直是国民党的统治区，去延安的路上一定有许多关卡，你们能通过吗？”

“有办法通过。”小伙子颇有把握地说，“我们几个同学商量过了，准备打扮成小商小贩，先到西安，再去延安。”

她的母亲有些不放心，拍了一下柳存泰的肩背，说：“儿子，路上的关卡多，土匪劫路的也多，一定多加小心！”

柳存泰说：“我会的。不过我走了，有些放心不下。我哥也不在家，地里耕种犁耙的重活，一定要请人帮忙。你们除了照顾好自己的身体以外，还得为我大姐操心。她家里情况不利于康复，所以千万不要让她回去。”

“知道。”柳公一边说，一边给儿子递眼色。柳存泰立即对母亲说：“妈，我了解您心地善良，对我大姐跟对我们一样关心，不会嫌弃她，更不会撵她和孩子。不过我还是提醒一下：病人爱多心。我大姐在咱家住的时间长了，大家也就忘了她既是自家人，也是客人。您是继母，一句话、一个眼神儿、一时的喜怒表情，都会引起她的注意。所以……”老人没有听完就说：“放心吧，我不会慢待她。我要等到咱们这里解放了，把汉奸、恶霸给惩处了，她娘俩想走，我才能放话。”

柳公说：“你要出远门，多带几件衣服。跟我来，给你取俩盘缠，路上花。”柳存泰高兴地站了起来，说：“对了，我大姐醒了以后，你们把我刚才讲的好消息告诉她，让她知道解放军快来了，天快亮了。”说完，扶着父母出了客厅。

柳存泰拿着路费来到卧室，想象着推翻压在中国人民头上的三座大山，人民欢天喜地的情境，想象着祖国美好的未来，高兴得像个半大的孩子一样，躺在床上，两条腿上下扑腾了几下，才折起身子坐起来。

他收拾好行李以后，拿出一张白纸，写道：

天上不可没有太阳，
房屋不可没有栋梁。
民族不可没有圣主，
青年不可没有志向。
幸福不可坐享其成，
人生不可没有沧桑！

柳存泰奔赴延安以后，他的家里少了一个年轻力壮的小伙子，秋收秋种的农活除了让水泉帮助以外，基本上都是自家人干的，他们忙忙碌碌，更加和睦了。由于好日子有了盼头，全家人的心情比什么时候都好。

半个月过去了，柳皑雪在卧室里看见妹妹跟平时一样，把两碗香喷喷的面条端来了，便来到院子里唤白云吃饭。这时看见嫂子端着两碗饭从厨房里出来，正要给父母送去，一看见她又拐回去了。她以为嫂子忘了拿筷子，过了一会儿，还不见出来，觉得奇怪，便来到厨房。

她正要问咋回事儿，看见锅里、碗里都是红薯面做的黑乎乎的面条，问：“嫂子，你们都吃这个，为啥让我和白云吃白面？”她的嫂子没有回答。

柳皑雪说：“现在我的病已经好了，不应该再吃小锅饭。再说咱父母恁大年龄，连碗白面条都吃不上，身体咋能受得了？你说实话，是不是咱家的细粮不多了？”

张氏吭哧了半天，只好实话实说：“昨天，我把咱家仅有的半袋麦子磨完了。你有病应该照顾，这也是二老交代过的。”

皑雪听罢，含着眼泪说：“嫂子，你把我那屋的两碗面条端到当中屋，我和白云吃这个，不然我啥也不吃了。”

张氏很难为情，说：“你别让我挨训行不行？”

柳皑雪心里想，娘家的细粮不多了，不应该这样照顾自己，说：“嫂子，你不去我去。”她端起两碗黑面条，和自己卧室里的饭换了一下，给父母送去了。

柳公知道拗不过孝顺的女儿，只好说：“放下吧。从明天起，大家吃一锅饭。隔几天，一起改善一下生活。”皑雪说：“父亲，俺娘儿俩在咱家住了这么长时间，把细粮快要撺掇完了。现在我的病已经好了，所以想明天回去。”

柳公还没有开口，继母就说：“不行！吃好吃赖，就在咱家。等到解放了，汉奸、恶霸被压下去了，没有人敢再欺负了，你再回去。”

柳皑雪说：“也行。”说罢，含着眼泪来到院子里，责备自己：“父母明显都瘦了，怎么没有想到为啥？真是太粗心了。”

柳皑雪的表哥水泉在县城的一家布行当会计，他虽然已经成家了，却时常挂念着生活艰难的她，总想找个机会给以帮助。这一天他去上工，顺路给他的表姐文静带了些红薯。他在那里听说柳皑雪得了魔怔病，披头散发满街跑，心里十分难过。他来到布行以后，提前领取了半个月的工钱，急急忙忙地向柳庄走去。

水泉一边走一边想，表妹病情严重，自己不能再袖手旁观了。从今往后，每月都要给她补贴一点看病买药的钱。过了一会儿，心里又想，表妹秉性耿直，要帮助她，必须找个正当的理由她才能收下。他打算和表弟柳存泰一起想办法。

水泉进了柳家的大门，直接来到柳存泰的卧室门口。“砰！砰！”敲了两下门环，没有回应，便推开了屋门，进去一看，室内空无一人，连铺盖也都卷起来了。他正在纳闷，忽然看见铺盖卷儿下边压着的一张纸，好奇地抽了出来。一看，是一首诗。看完以后，他吃惊地睁大了眼睛，心里想，表弟有志气，有胆量，自己远远不及。以前正是这个原因，才毁了自己美好的梦想。他懊悔了一会儿，决定大着胆子前去看望病中的表妹柳皑雪。

水泉在院子里看见张氏提着菜篮子从外边回来了，明知故问：“表嫂，俺表弟不在家，他上哪儿去了？”

张氏回答：“出远门了。具体上哪儿，我也不清楚。”说完，笑了一下，又说，“我看，你是来瞧皑雪的吧？”

水泉凑近张氏，小声说：“我听说她有病了，现在病情怎样？”

张氏说：“轻多了。不过还吃着药。哎，你咋知道她有病了？耳朵挺长的。”她见客人没有回答，接着说，“我知道，你们年轻的时候……”水泉打断话，一本正经地说：“表嫂，我只是想安慰她两句，帮她一把，你不要扯远了。我想见见她，行吗？”

张氏想了一下，说：“她的病情刚刚稳住，不能见。免得她心里一激动，犯病了，也就不好了。”

水泉觉得言之有理，说：“不见也行。”说完从口袋里掏出几枚银元，递到张氏面前，又说：“表嫂，让她看病买药用。这是我的一点儿心意。”

张氏婉言谢绝，说：“不行，她不会接收。再说，给她看病，俺家有钱。你就别操心了。”水泉见张氏不肯接受，强调着说：“皑雪是我的表妹，曾经是我的朋友。她有病了，我能不管不问吗？麻烦你转交给她。现在用不着，以后回她家了再花。”

张氏摇了摇头，说：“我替俺妹子谢谢你的关心。但是这钱你先拿着，等皑雪的病好了，我把你的好意告诉她。”水泉听了，不知如何是好。张氏又说：“表弟，对不起，你今天大老远来了，应该请你到客厅里歇一会儿，喝杯热茶。可我担心病妹妹听到院子里的动静而醒来。她的身体太虚弱，一激动或者受到刺激就会犯病，所以我今天就不留你了。”

水泉的一片好心就这样被拒绝了，感到十分尴尬，说：“我走了，以后再来。”

他出了村子，站在山岗上，遥望着柳家大院，好像看到了表妹憔悴的脸庞，好像看到了病人在街上疯跑的样子，心情非常沉重，情不自禁地说：“皑雪，你要保重啊！”

第三十六章

解放枪声驱黑暗

春天到了，冰河融化，泥土解冻，杨柳开始吐绿。小燕子衔着泥球，忙着筑造新窝。白云在院子里颇有兴趣地迎来了这一只，送走了那一只。过了一会儿，两只俊俏的黄鹂落在了客厅门前的石榴树上，唱着婉转动听的歌。小姑娘又惊又喜，对着卧室的门口，唤："妈妈，好漂亮的小鸟，快来看啊！"柳皑雪从屋子里出来了，高兴地说："呦！两只小黄鹂，真漂亮。"

柳皑菊提着菜篮子从外边回来，一看见那美丽而罕见的小鸟，就像发现了什么珍奇似的，微笑着说："小黄鹂，好几年没有看到了。"柳皑雪说："今年春来得早，寒气退得快，小燕子、小黄鹂也都提前飞回来了，这可是个好兆头。"柳皑菊也有吉祥的预感，说："没错。时运要转了。"

晚上解放军向华西县城进发，经过柳庄，打算在村子里起火垒灶，吃完饭继续前进。他们一进村子，犬吠四起。已经入睡的村民听到狗的叫声，以为国民党的兵痞们又来抢劫了，连忙起床，提着心吊着胆地忙着收藏粮食。

柳公一家老少聚集在客厅里，个个忐忑不安。柳公说："国民党的兵痞又来祸害人了，他们很快就会闯进咱家。你们不要害怕，不要阻拦，也不要哭。只当他们是一群野狗，啥也别说，让他们随便翻腾，随便抢。记住，安全第一。"

柳皑雪说："我以前见过国民党的兵。他们进村不是搜捕共产党、八路军，就是抢劫东西，害怕没用。"柳皑菊说："大姐，你不知道，去年国民党的部队路过咱们村的时候，跟土匪一样，到各家各户乱翻、乱抢。他们在咱家里翻箱倒柜，没有找到什么值钱的东西，就把父亲的一双新鞋和咱家刚刚磨的一袋面给抢走了。”

张氏好像想起了什么，说：“皑菊，咱俩赶快去厨房，把瓦罐里的米和缸里的面粉装到袋子里，藏起来，让他们这一次抢不成。”说完姑嫂两个出去了。

过了一会儿，狗不叫了，村子里恢复了平静，好像没有发生过任何事情一样。柳公觉得奇怪，提着马灯到外边察看。他一出大门，发现到处都是人。而且影影绰绰地看见都是穿着军装的，吓得“哎哟”了一声，连忙退回。上好门闩以后，那颗受惊的心还在“咚咚咚咚”地乱跳。

“老乡，不要害怕。”一个战士来到门口，大声说，“我们是人民子弟兵，是解放军。”柳公正要回屋，一听到这话，紧张的情绪缓和了，自言自语地说：“是解放军。解放军来了！”他又一次打开大门，问：“你们真的是解放军？”

“是的。我们是共产党领导的军队，不会伤害老百姓，别害怕。”

柳公喜出望外。他往前边走了几步，借着微弱的月光，看见大家的碗里都是黑乎乎的东西，觉得奇怪，又问：“你们吃的啥饭？”一个小战士回答：“红薯饭，用水煮的红薯干儿。”

柳公觉得奇怪，心里想，国民党的军队都吃大米、白面，而且馒头到处扔。解放军也是军人，怎么吃这个呢？

他正在纳闷，一个年轻战士端着两碗饭，对他旁边的一个军人说：“连长，我把你的也给端来了。”连长接过饭碗，蹲在地上吃起来。

柳公更加纳闷，问那个小战士：“哎，你们连长也吃这个？”“当然喽！我们是官兵一致，同甘共苦。”

柳公第一次听到官兵一致，同甘共苦，激动不已。他一边往家走着，一边想，天底下竟有这么好的军队，这样的军队必胜！

老人来到客厅，高兴地说：“孩子们，你们猜猜我刚才在外边看见什么了？听到什么了？”一家人看着老当家欣喜的样子，觉得有些意外，都不知道怎么回事。他的孙子等不及了，催促道：“爷爷，别让俺们猜了，你快讲啊！”

柳公说：“我看见解放军了，他们正在开饭……”大伙听罢老人神秘的讲述，由惊恐转为惊喜。柳皑雪说：“我以前听说过共产党，他们是为穷人打天下的，领导的军队纪律很严，官兵一致。所以他们宁可水煮红薯干，也不动用老百姓的一粒粮食。”

老婆婆问当家的：“你没有打听打听，咱存泰在那里没有？”

柳公笑了一下，说：“解放军几十万，不知道他在哪个军团，没法打听。现在没有危险了，你们回屋睡觉去吧。”接着他又对皑菊说：“你和你嫂子明天早点起来，把咱家刚磨的白面给解放军送去，表表心意。”全家人都说：“行！行！”皑菊说：“我和嫂子现在就去厨房，先把咱家的米面从柴火堆里扒出来，做好准备。”说完，她俩又一次向厨房走去。

柳皑雪回到卧室，高兴得一点儿睡意也没有。过了一会儿，白云从梦中惊醒，她梦见母亲犯病了，正在大街上疯跑，吓得伸着胳膊，哭着喊：“妈妈，你别走！妈妈！”柳皑雪听到孩子含糊不清的惊叫声，连忙来到跟前，搂住小女儿，说：“孩子，别怕，妈妈在这儿。”

白云睁开惺松的眼睛，又哭了两声，才渐渐地入睡了。柳皑雪想起女儿经常被噩梦吓醒的情境十分难过，她给孩子擦了一下眼泪，说：“好孩子，告诉你一个好消息，咱们的苦日子快要熬到头了。”

次日清晨天蒙蒙亮，柳皑雪站在卧室门口，看见嫂子和妹妹抬着一袋面粉，父亲提着半袋小米，一起向外边走去，心里有说不出的高兴。

柳公打开了大门，往外边一瞧，大街上空无一人，说：“哎哟，咱们来晚了，解放军走了。”柳皑菊说：“要是昨天晚上给他们送过来就好了。”张氏想了一下，说：“依我看，解放军就是解放军，咱们就是提前送来，他们也不会收。”

一个年轻农民走了过来，问：“叔叔，大清早，你们上哪儿去呢？”柳公说：“你不知道，我昨天夜里出来打探情况，发现解放军来了。他们正在开饭，我见他们吃的都是水煮红薯干儿，那叫什么饭？所以把俺家的一点粮食送过来。没有想到来迟了。”

那个人听了，高兴地说：“原来是解放军进村了。我说咋跟往常不一样，一夜都没有人敲门。”柳公说：“俺们去晒麦场上看看，他们是不是正在那里集合。”

“别去看了，我刚从那里回来，解放军早就没影儿了。”

柳公听罢，只好对家人说：“皑菊，你们把面抬回去吧。”

那个农民跷起大拇指，说："解放军就是好！悄悄地进村，悄悄地离开。不搜、不抢、不打扰。"

柳公说："是啊！我有生以来，两次见到这么好的军队。第一次是三十年前，孙中山健在的时候的国民党中央军，昨天夜里是第二次看到那么好的军队——解放军。"

几个街坊邻居也从家里出来了，他们你一言，我一语地谈论着昨天夜里的情况。有的说："解放军真好！他们进了村，住在大街上。离开的时候，不声不响。不但不抢咱老百姓的东西，连大门也不进。"有的说："只要解放军的枪声一响，国民党反动派就完了，天就亮了。"人们都在盼望着早日解放。

大家谈得正高兴，忽然听到飞机"嗡嗡"的响声，掠过头顶时，震耳欲聋。他们捂住耳朵，抬头望去，看见都是国民党的侦察机，连忙回家去了。

驻扎在华西县的国民党部队，得知解放军要攻城的消息，惶惶不安。他们连忙封锁了四道城门，全城戒严。司令一方面向上级求援，企图借着他们的空中优势，阻击解放军接近华西县城，一方面派保安团的人隐蔽在城外边的一座破庙里，侦察情况，迎接他们的援军。

不大一会儿，国民党的轰炸机一群一群地飞过来了。紧接着村里村外以及远远近近的山岭上，响起了"轰隆、轰隆"的炮弹爆炸的巨响，到处硝烟弥漫，村子里有几间房子也被炸塌了，十分恐怖。帮助救人、扑火的人们一边忙乎，一边骂国民党反动派。柳皑雪站在大门口，十分不安，自言自语地说："解放军，你们可要避一避，等到飞机看不清地面以后再行军。"

说也凑巧，不到中午空中乌云密布，下起毛毛细雨。国民党的侦察机、轰炸机只好停飞，轰炸声停止了。

晚上雨停了。解放军从四面八方包围了县城。伪司令部的大小军官都知道他们不是解放军的对手。如果援军不来解危，他们就完了。正副司令心急如焚，好像热锅上的蚂蚁似的，在屋子里转来转去。其他小头目锁着眉头，都在思考着如何保命，怎样投降。

汉奸卫池已被国民党指令为华西县的保安团长，他和副职史丙贵带着几十个人待在破庙里执行任务。从上午开始，他们一直巴望着援军的到来。

站在庙墙外边放哨的人又累又饿，希望换班。班长派了两个代表来到团长面前。一个说："卫团长，天已经黑了，我们还没有吃午饭。站在外边的兄弟们，衣服都被淋湿了，又冷又饿。现在啥也看不清楚了，干脆撤哨吧。"卫池说："眼睛看不见，就竖起耳朵听。快去！听到动静，立即报告。"另一个值勤的说："该换班了，找不到人，咋办？"

"这事儿也来找我？滚！"

那两个人被卫池骂得狗血喷头，只好带着怨气去了。

午夜时分，解放军开始攻城了，枪声、炮声齐发，惊天动地。城墙上的国民党兵一听到枪炮声，吓得魂不附体，乱放枪，乱开炮。城内国民党的政要头目和驻军司令感到末日来临，更为惴惴不安。他们听着激烈的枪炮声，好像惊弓之鸟，吓得面如土色，埋怨他们的上级见死不救。

军区司令一边督战，命令部下不惜一切代价守住城门，一边集合早已挑选好的精锐兵团，准备突围。

保安团的乌合之众听到县城方向的枪炮声，更是乱作一团。他们来到庙门外边，望着夜空中的通天战火，不寒而栗，心里都在想，如果援军来不了，他们就得跟城里的国民党兵一样，很快也就完了。

过了一会儿，保安团的人躁动起来。有的说："解放军攻城了！援军来不了，咱们都完了，这可咋办啊？"有的喊："要是县城被攻开了，咱们往哪里逃？团长，你说话呀！"

一个曾经在乡下抢劫粮食的胖子拽住卫池的胳膊，急切地说："团长，我跟着你东奔西闯，干了那么多的坏事。现在得到了这样的下场，流落到这种地步，你说，我们以后吃什么？穿什么？"

又一个同僚见团长恶狠狠地瞅着他们，气愤地说："卫池，我们以前给你卖命，让你发财。现在你可不能翻脸不认人，昧着良心不管我们的死活。"

卫池气急败坏地说："混蛋！你让我咋管？"胖子大声喊："我们要活命，只有远走高飞，不能等着蹲监狱，挨枪子儿。现在你必须把你欠下的半年薪水发给我们。我们有了路费，各回各家。"

他的话音未落，大伙跟着嚷起来，有的说："树倒猢狲散，我们身无分文不行。"有的说："你欠我们的半年工钱，现在不给，啥时候给？你是不是想昧了我们的钱？"

卫池听着接连不断的讨债声，厚着脸皮，缩头乌龟似的低着头，不敢回话。

史团长眨巴了两下眼睛，想到了缓兵之计，说："你们先别着急，俺俩商量一下，等一会儿再作答复。"说完拉住卫池的手，向庙里走去。大伙无奈，只好跟着进了院子。

史、卫二人来到后院，发现僧人的屋子里坐着一个身穿便衣的中年男子，很是吃惊。他们正要退出，那个人说："坐下吧，自己人。"僧人说："我来介绍一下。这位先生是你们的上级派来的特派员。你们在这里说话，我到外边走走。"

特派员见僧人离开了，说："我叫单阿睿，是军统派到华西县的。你们以后叫我单大哥就行了。我今天到这里来，主要任务是……"他自我介绍以后，"咳"了一下，接着说，"我知道你们要来这里商量对策。办法嘛，都是脑子想出来的，有的是。"

卫、史二人看着这个颇有谋略的上司，好像找到了护身符一样。卫池说："太好了。"姓史的说："我们听你的。"

特派员说："我首先提醒你们，不要害怕，也不要为以后担忧。你们已经看到解放军兵临城下，县城很快就要失守。失守也没有什么可怕。今天丢了，明天收复。等到咱们中央军打过来了，大家就是老虎归山，原神回庙。我们都要相信，只要大家同心协力、忠心耿耿地跟着蒋委员长干下去，就能转败为胜。"

姓史的听了，心里说，失败已成定局，干吗还讲这些？哄谁呢？卫池也在想，眼下火烧眉毛，逃命要紧，讲这个算什么办法？可是他们两个谁也不敢反驳，更不敢提及下属人员讨要欠款的事。

姓单的特务看着他们仍然焦虑不安的样子，接着说："当前形势紧迫，你们先让众兄弟们解散，所欠薪水，以后补发。交代他们在家里一方面隐蔽，一方面待命。要让他们积极参与宗教活动，请求神仙的保佑。"

卫池问："这里马上就成解放区了，待什么命？"

姓单的"咳"了一下，说："这个你应该想到。我们要转败为胜，必须趁着红色政权刚刚建立，社会秩序还没稳定下来的时候，抓紧时间，鼓动群众，让老百姓们以爱教、护教的名义进行聚会，为我们的颠覆活动作掩护，准备最近进行大暴动，以此之举，迎接中央军的到来。记住，暴动之事，要绝对保密。另外，你们两个都有血债，不可在家里久留。今天晚上回去安排一下，天亮以前到西山上的寺庙里找我。”

卫、史二人领教以后，来到了前院。他们看见大家聚蚊成雷一般，仍然在吵吵嚷嚷，十分恼火。卫池大声讲：“大家静一静！静一静！”噪音小了以后。他把特派员讲的前几句话，学舌似的重复了一遍，说：“弟兄们，不要害怕，不要惊慌，也不要……”他还没有说完，下边又乱喊乱叫起来。麻子大声吆喝：“赶快把欠下的工钱清了，我们拿到钱才能回家，才能听你们的。”

卫池听着刺耳的叫声，又着急，又生气，歇斯底里地喊：“钱钱钱，就知道要钱。我告诉你们，别说资金紧缺，就是有钱，也不可能带到这里。再吵再闹，有屁用。”姓史的眨巴着眼睛装好人，说：“弟兄们，我向你们保证，应该发给你们的薪水，以后一定补发，一文不少。现在保命要紧，你们必须马上离开这里，各自找个安全的地方避一避。希望你们耐心地等候通知，要积极参加当地的宗教活动，请求神仙的保佑。暂且解散！”

那些涸辙之鲋大失所望。有的想，国民党失败已成定局，还要等待什么？有的想，枪杆子都保不住脑袋，依靠神仙，骗谁哩？有的想到卷土重来，不过觉得十分渺茫。绝大多数人都在想着，既要自谋生路，也要凭天由命。他们像丧家犬一样，消失在四面八方的夜幕之中。

两个伪团长出了庙门，望着县城方向的激战，听着惊心动魄的轰鸣，毛骨悚然，战战兢兢地走在下坡的路上。

半个小时以后，卫池来到了通往卫家寨村的山坡上边，心里想，这个大坡虽然又长又陡，坎坷难行，可也安全。他一边往前走着，一边思考：国民党的军队连吃败仗，以后能不能转败为胜难说。过了一会儿，又想，自己回家安排完了以后，是投靠那个姓单的，准备参加暴动？还是带足盘缠，逃到边远的地方躲藏起来？他寻思了一会儿，认为暴动成功的可能性很小。即使成功了，也是草叶上的露珠，长久不了。不过要是逃亡在外的话，又能藏匿多久呢？等到全国解放了，天罗地网，也就没了藏身之地。到那时候，还得掉脑袋。怎么办呢？卫池越想越害怕，最后他认为逃亡在外，还能多活几天。

正在这时，身后突然“轰隆”一声巨响。他以为解放军扔来了手榴弹，吓得魂飞魄散，猛地一跑，摔倒了。

他趴在地上，晕晕乎乎地喘息了一会儿，从蒙乱之中清醒过来，闻到了峭壁坍塌的尘土的浊味，方才明白过来，自言自语地说："吓死我了，原来不是什么手榴弹。"他擦了一把冷汗，责怪自己，说："哎呦，我咋成了胆小鬼。"说完慢慢地爬了起来，一拍屁股，发现湿漉漉的，尿裤子了。

卫池顿感沮丧，大声骂："他妈的，越是怕，狼来吓。你早不塌，晚不塌，偏偏这个时候……"卫池嘴里还有半句没有说完，思想来了个急转弯，小声说："唉，没有被砸住，也算幸运。要是走得稍微慢一点儿，现在也就成了野狗的肉食。"说完像瞎子一样，在那黑洞洞的深沟泥泞的小路上，小心翼翼地向卫家寨村走去。

第三十七章

汉奸仓皇逃命

午夜过后，卫池偷偷地溜进了村子。他放慢了脚步，瞪大着眼睛，一边慢慢地走着，一边四下窥探，害怕碰到熬夜搓麻将的人。过了一会儿，不见什么动静，便急急忙忙地向他的新宅走去。

卫池原来住在村子西头的破窑院里，现在的住宅是他当了日本的汉奸以后，发了国难财刚买的。他搬到这里的时候，知道后院的墙上有个豁口，打算雇人整修。由于动工之前接到了县保安团长的官差，认为飞黄腾达的机会又来了，并产生了霸占柳皑雪住宅的念头，加固院墙的事也就打消了。

上一次，他应和卫清财，雇人暗杀柳皑雪，就是为了乘机霸占。暗杀未成，柳皑雪被卫清财一家子逼成了魔怔病。他和卫清财都在认为等不了多久，那所宅子就是自己的了。

卫池没有想到柳皑雪在其娘家渐渐地康复，更没有想到他们这里就要解放了。他悄悄地来到大门口，正要敲门，害怕敲门的响声惊动了外人。便溜着墙根儿，向院墙的豁口走去。他边走边想，从那里翻过去，就可以神不知、鬼不觉地回到家了。

他到了豁口跟前，发现父母的卧室里还亮着灯，不知道咋回事，可也没有多想，立即纵身一跃，爬上墙头，接着“扑腾”一声，跳到了院子里。

“谁？”他的母亲以为小偷来了，提起木棍就要出去。她一打开屋门，卫池猛地一下蹿了进去。

“你来俺家干啥？”老太太说着，举起了棍子。卫池连忙举起胳膊护住脑袋，说："是我！"

老太太在那昏暗的灯光下，瞅了半天才看清楚狼狈不堪的儿子，问："你怎么变成了这个样子？啊？你平时总是大摇大摆地从大门进来，今天为啥像个偷鸡贼似的，半夜三更翻墙过来，是不是出啥事了？"

卫池望着母亲吃惊的样子，压低声音说："解放军正在攻打县城，我害怕外人知道我逃回来了，没敢敲门，才翻墙的。"

他见母亲一个劲儿地瞅着他的泥巴衣服，又说："别看了。我在回来的路上，大坡里边的小路很滑，加上悬崖峭壁突然坍塌了一大块，差点儿把我给砸死。我以为解放军扔来了炸弹，吓得蹴在地上，尿了一裤子。唉！真是倒运了。"

老太太听罢，又心疼，又怨恨，说："儿子，你可记得我原先劝了你多少回？不要作孽，不要害人。你要是早听我的，现在也就不会……"

卫池没有听完就说："都什么时候了，你讲那些有啥用？"说完，他看了一眼坐在病床上咳嗽着的父亲，说：我去那屋换一下衣服，马上就走。"

老太太见儿子离开了，来到病床跟前，说："他爹，你病成这样，他连问候一句也没有，忤逆啊！"老头子含着眼泪，说："养儿防老，我没有几天活头了，说啥也不能让他走。"说罢又咳了两下，吐了一口鲜血。

卫池的妻子隋小花一觉醒来，听到有人敲屋门，估计丈夫回来了，立即燃亮了油灯，欢天喜地地来到门口，拉开了门闩，笑着说："快进来！想死我了。"当她看到卫池蓬头垢面、脏兮兮的模样时，一下惊呆了。

卫池一心想着尽快准备一下，早点逃跑，浊声浊气地说："快拿衣服，让我换一下，马上就得走。"隋小花一边取衣服，一边说："屁股还没有挨住椅子就说走，你是急啥哩？"

卫池一边更衣一边说："现在解放军正在攻打县城，他们很快就会来到咱们这里，所以我得马上到外边避一避，这一走不知道啥时候才能回来。你赶快给我打点行李，把我的衣服、鞋袜，新的旧的和盘缠都给包好。"

隋小花说，"咱父亲有病，大夫让准备后事，你不在家行吗？"卫池阴沉着脸，说："解放军来了，我待在家里，就是坐以待毙，就是等死！知道吗？"

隋小花越听越害怕。她翻箱倒柜，慌慌张张地忙了一阵，系好了包袱以后，搂住丈夫，含着眼泪，说："我天天盼你回来，你能不能陪陪我，明天再走？”

“不行！你知道我有血债，必须赶快逃跑。”

隋小花听了，哭着说：“我刚才还在想，等你的官儿做大了，我也到县城里当当阔太太。你现在走了，俺们指靠谁啊？”卫池说：“仓库里的麦子能吃两年。再说过不了多久，蒋委员长就打回来了。到那时候，我让你吃香的，喝辣的，买个丫鬟侍候着。”

隋小花转忧为喜，擦干了眼泪，“嘿嘿”地笑着亲了一下丈夫，说：“我等你回来，我等着你讲的那一天。”

卫池说：“包袱先放在这屋，我去看看父亲，向他们告别一下。”

他们两个来到了二老的卧室。卫池站在病床跟前，说：“爹，你继续吃药。我现在就得走。家里的事情，交给小花。”老头子听了，急得说不出话，又咳血了。老太太把那血手帕递到了卫池的面前，恳求着说：“儿子，你看看你爹病成啥了？他活不了几天，你把他送走以后再走，行不行？儿子，就算妈妈求你了。”

卫池没有听完就推开母亲，说：“我现在不走，以后插翅难飞，你让我等着住监狱、挨枪子儿不是？”隋小花帮腔说：“待在家里很危险，你们还是让他走吧！”说罢便和卫池出去了。

老头子见他们离开了，急得上气不接下气，喘了几下，头往一边一歪，断气了。

老太太见老头子死了，哭着喊：“他爹！你不能走啊！你不能撇下我啊……”卫池在院子里听到母亲的哭号，知道他的父亲不行了，只好转身返回。他来到屋子里，说：“妈，不要大声哭喊，邻居听见了不好。你快点儿，把送老衣拿出来，我给他穿上以后再走。”

老太太取出寿衣，说：“儿子，我只让你在家里待一天，把你爹这把老骨头送到地里，你一定要答应啊！”隋小花想到办理丧事的麻烦，也说：“我估计解放军三两天到不了咱们乡下，你在家里只停一天……”

卫池打断话，说：“解放军说来就来了。我有两条人命，必须尽快离开。”

他和妻子给死者穿上了寿衣，在屋门里边支了一张单人床板，把老人的遗体抬了上去。接着他跪在地上，说：“爹，我对不起你。”他磕了三个头，站了起来，对妻子说：“小花，天亮以后，你赶快到亲戚朋友那里报丧。让他们帮助买一口棺材。一切交给你了。”说着就往外走。

老太太拼命地拉住儿子，哭着说："你一回来，你爹就死了。催命鬼！你不能撒手不管啊！"

卫池心烦意乱，一下子挣脱了，说："老糊涂，你咋不死哩？"

老太太本想追出去，再次挽留，可是，她想着儿子的咒骂，收回了迈出门槛的那只脚。自言自语地说："是啊！我咋不死呢？"接着来到灵床跟前，看着尸骨未寒的老头，锥心注血般的难受，说："孩子他爹，白眼儿狼想让我死，您就把我带走吧！"说完老泪纵横，"嗷嗷"地痛哭了两声，突然停止了。她使劲儿擦了一把眼泪，找了一根绳子，搬着凳子，向院子里的枣树跟前走去。

卫池拉着妻子来到自己的卧室，心乱如麻。他痛恨日本鬼子让他手上沾满了血，痛恨自己为了金钱当了汉奸，痛恨国民党的腐败无能，更恨共产党。此时此刻，他恨天、恨地、谁都恨。

隋小花望着丈夫铁青的脸，说："祸不单行，咱们就是再难过，也无济于事。你马上就要走了，儿子天天想你，你就看他一眼吧。"

卫池听到"儿子"两个字，这个抢劫不手软、杀人不眨眼的凶煞好像还有那么一点人性，立即来到小床跟前，端详着孩子胖乎乎的小脸儿，想亲一下。正在这时，小家伙翻了一下身子。卫池连忙直起腰，对妻子小声说："我得赶快走，别让他醒了。"隋小花点了点头，提着包袱，紧跟着卫池出了屋子。

他们出了屋门，忽然听到枣树那边"咔嗒！"响了一声。卫池不知道怎么回事，拉着妻子连忙退了回去。过了一会儿，他才蹑手蹑脚地出来了。

卫池一边走，一边往枣树那边瞅着，隐隐约约地看见枣树上边吊着一个黑乎乎的东西，便怯生生地走了过去，一看，不禁失声喊叫起来："不好！"他连忙抱住母亲的双腿，使劲儿地往上边擀。隋小花慌慌张张地上到凳子上边，解开吊在老太太脖子上的绳子。弄下来以后，老人已经断气了。

卫池哭着喊："妈，你为啥要上吊啊？你咋恁憨哩？妈，我刚才抢白你的话是急昏了，你为啥当真啊？你是较啥劲儿呢？"

卫池把母亲背到父母的卧室，放在了床上。他看着一下死去的两位亲人，又跪在地上，磕了几个响头，接着"啪啪啪啪"地打起自己的耳光，边打边说："都怨我！都怨我这个混蛋！"隋小花拦住了，说："别打了！他们已经死了，你再打几下，他们也活不过来。"

卫池这个无恶不作的坏蛋本来打算远走高飞，等到国民党的军队打过来以后再回来。这会儿他变得更加狂妄，决定和国民党的残渣余孽一起，搞颠覆活动，丧心病狂地说："暴动！一定要参加暴动！"

隋小花不知道什么叫暴动，可也不敢多问，拉着丈夫的手，一边往外边走，一边催促，说："快点儿，时候不早了。"

三更天，人们进入了梦乡，小偷也开始活动了。前几年，村子里的大烟鬼小六子死了，人们失盗的情况少了一些，但是丢东西的仍然时有发生。这个小偷不是别人，而是游手好闲，外号叫"麻偷"的卫黑虎。

这天夜里，他又夹着一条面袋出来行盗。麻偷路过卫池家的门口时，听到院子里的脚步声，连忙藏在了门外边的马石台的下边，想看看咋回事。

卫池提着包袱，来到大门口，交代妻子说："小花，你一有空就到外边宣传，对大家说共产党来了，要黑七天，黑七夜。不但要平分土地，共产共妻，还要废除各种宗教信仰。你一定要煽动群众，为我们的暴动做舆论准备。"

隋小花说："我记住了，快走吧！"说着，拉开了门闩。麻偷听到这里，非常高兴，自言自语地说："机会来了，我饿不着了。"

卫池出了大门，左右看了一下，黑暗而宁静的街上没有一个人走动，便放心地向外边走去。隋小花挽着卫池的胳膊，依依不舍，说："我不想让你走，我离不开你，真是没有办法。你有空了，一定回来看我。千万别把俺娘儿俩给忘了。"

卫池说："我会回来的。我让你办的事情，一定要记住。另外，无论什么时候，你都不要去找我。"

麻偷心里说："狗汉奸！你的末日到了，我的运气来了。"他看着那两个黑影走远了，连忙溜进了院子，来到黢黑的厨房，摸着了案板和旁边的凳子，找到了面缸。他掀开盖子，发现里边的面粉挨着缸沿儿，高兴得咧着嘴笑了一下，开始拿起瓢，往袋子里装面。

不大一会儿，面袋装满了。他扛起满满的一袋面粉，提着方凳，来到了院墙的豁口处。他先上到了凳子上边，把面袋放到了墙头上，然后跳到了墙外边。

麻偷正要扛起面粉回家，忽然想到了什么似的犹豫了，心里说，卫池有老婆，还经常强奸妇女。我娶不起媳妇，何不趁着这个机会，闻一闻女人味？是的，我应该让汉奸戴戴绿帽子，当当大头龟。

他想到这里，翻过墙头，回到了院子里，把方凳拿到了厨房。接着悄悄地来到卫池卧室门口，他往里边一看，发现没有别人，便一头钻到了床底下。

隋小花在丈夫的劝阻下，送了不远也就站住了，可是她没有立即回家，而是望着卫池的背影完全消失以后，才转过身来，慢慢腾腾地往回走。

她进了卧室，插好了门闩，坐在床上，心里忐忑不安。她一会儿为丈夫的出逃忧心忡忡，一会儿为自己的孤独感到失落，一会儿又为公婆的丧事感到为难。过了好大一会儿，才吹灭了油灯，可是她躺在床上翻来覆去睡不着。

麻偷趴在床下边，不敢动，大气也不敢出，一心巴望着卫池的媳妇快点入睡。不知过了多长时间，麻偷听着床上没有什么响动了，才悄悄地爬出来。他脱光了衣服，倏地一下，钻进了热乎乎的被窝里。

隋小花被惊醒了。她发现一个男人趴在身上，一边挣扎，一边喊："你是谁？"麻偷捏住鼻子小声说："别让孩子醒了。"隋小花觉得这句话很耳熟，以为丈夫想她而拐回来了，说："回来就回来呗，偷偷摸摸，怪声怪气的干啥？"麻偷搂着那个女人，"嘿嘿"地笑了。

隋小花发觉此人不是自己的丈夫，已经晚了，只好含垢忍辱，任人摆弄。麻偷不吭声，只管自己尽兴，把隋小花折腾得苦不堪言。他玩玩停停，一直到筋疲力尽才下了床，点亮了灯。

麻偷穿好了衣服，仍然兴奋不已，嬉皮笑脸地说："小花儿，卫池回不来了，以后我来陪你过夜。你如果有事需要我帮忙的话，说一声，有求必应。"说着，看见女方抹眼泪，顿感不快，他那苍蝇般的猎奇的余兴也一下子消失了，说："没意思！真是强扭的瓜不甜，我以后不再来了。"

说着，就往外走。隋小花连忙说："别走！"

"你不喜欢我，还不让我走？"

隋小花拉住麻偷，没有正面回答，说："你得帮帮我。刚才我的公爹咳血，断气了，俺婆母也上吊自尽了……"

"你说啥？"麻偷一听到这话就被吓了一身鸡皮疙瘩，说："你咋不早说呢？真他妈的臊气！"隋小花低三下四地恳求着说："你吃过早饭过来一下，能叫上几个人更好，帮助我料理料理丧事。你一定要答应。”

“好吧！”麻偷一边说，一边向外边走。他出了屋门，看见隋小花跟在身后，只好从大门出去。他等女主人上好了门闩，才顺着墙跟儿，来到院墙那个豁口的地方，扛起面袋，悄悄地回家去了。

隋小花回到屋子里，越想越倒霉，咬牙切齿地骂起来：“卫池，你为非作歹，让我替你受这种洋罪，我恨你！”说罢，又觉得恨也无用，心里想，他要是真的还能回来，真的还能让她享福的话，一切都会过去的。停了一会儿，她又想，他要是回不来了，或者进了监狱，被枪决了呢？到那时候，我和孩子都得披着汉奸家属的臭名给他收尸，俺娘俩也都成了罪人。

她想到这里，又恨起自己，自言自语地说：“我让他发国难财，咋恁蠢呢？当初要是与公婆一起劝阻，他可能不会害人，也就不会有今天。唉！害人如害己，卫池作孽，也与我对他的纵容分不开。真让人后悔！”

五更快到了，解放军对顽固守城的敌人发起猛烈的强攻，激战了片刻，攻开了北城门，冲锋号角响起。解放军冲向城内，就像打开闸门的洪流一般，所向披靡，势不可当。

国民党的驻军得知解放军进城了，吓得魂不附体。正副两个司令员下令偃旗息鼓。他们在假投降幌子的掩护下，骑上马，带着一个加强团，从西城门突围。他们打开城门，刚要逃窜，就被城外边的解放军打得晕头转向，死伤一片，伪司令员一个被打下了马，另一个的胳膊上中了子弹，带着几个兵，冲出重围逃跑了。其他官兵听到“缴枪不杀”的喊声，纷纷放下武器，全部举手投降了。

解放军打开了各道城门，占领了所有的交通要道，俘虏了城里的全部敌人。嘹亮的号角响彻云霄，震撼着黑暗的夜空，震憾着灾难深重的大地，迎来了晨曦中的曙光！

汉奸卫池逃到了西山脚下，气喘吁吁，可也不敢歇息。他抓住野草藤枝，吃力地往山上爬着，忽然听到庙里的晨钟“当当！”地响了，吓得卫池两腿瘫软，连忙抱住一棵桑树。他心里想，如果这是蒋家王朝的丧钟，灭亡就是天意。他们这伙人负隅顽抗，只能早日进入坟墓。想到这里，他无奈地仰望着天空，大声呼喊：“老天保佑！我不想死！”

上午解放军大部队浩浩荡荡地开进了县城，城里的男女老少兴高采烈地涌向街头。他们举着小红旗，振臂高呼：

“解放了！天亮了！”

“中国共产党万岁！毛主席万岁……”

人们载歌载舞，一片欢腾。

第三十八章

人民翻身做主人

全国解放了，华西县全城的人们和全国人民一样，个个喜气洋洋。他们敲锣打鼓，舞着彩绸扭秧歌，热烈庆祝人民政府成立。这会儿，大家正在县政府的门前，仰望着鲜艳的五星红旗，心里感到无比的安然，无比的欣慰，无比的幸福。

没过几天，各乡镇的人民政府全都建立起来了。劳动人民成了国家的当家作主人，大家扬眉吐气，再也不受压迫剥削了。经过战争洗涤的凄凉萧条的中原大地一下子有了生机，农民们都在盼望着“土地改革”运动的到来。

柳皑雪站在院子里，隐隐约约地听到街上的锣鼓声，又高兴，又激动。她想：盼星星，盼月亮，终于盼到解放了，自己可以回家了。她准备带着孩子回到久别的故里，和乡亲们一起欢庆。

这时，柳皑菊挑着一担水回来了。她放下水桶，气喘吁吁地说：“国民党兵真坏，他们在逃跑的路上，也忘不了祸害百姓，把一挂挂的枪子、一箱箱的手榴弹，还有迫击炮，都扔到了水井里。咱村里的个人冒着危险，轮换着下井打捞，清理污水、污泥，都忙乎两天了，井水还有一股炸药味，不能吃，大家还得到张家沟去挑水，累死人了。”

柳皑雪说：“国民党反动派走到哪里，把坏事做到哪里，是他们的本性。皑菊，我帮你抬吧？”

“不用。”柳皑菊说着，挑起水桶，向厨房走去。

过了一会儿，柳皑雪告别了娘家的亲人，提着包袱，带着孩子回家去。她们走在街上，看见淘井的人们一边干活，一边议论。一个说："国民党反动派坏透了。咱们这里那么多的沟沟壑壑，他们有多少武器扔不了？偏偏扔到水井里。真是该败！该死！"另一个说："国民党中央军原来很好，后来变了，都是蒋介石背叛了孙中山先生的遗愿，把军队给带坏的。"

"是的。"一个教师模样的中年男子接过话，说，"蒋介石当了总统以后，背叛了三民主义，背弃了孙中山先生的'联俄联共扶助农工'的主张，一心想搞独裁，一心想着怎样消灭共产党，又是搞政变，又是发动内战，结果呢？搬起石头砸自己的脚。他的百万大军吃的大米、白面，用的洋枪、洋炮，败在了小米加步枪的八路军的手里。你们知道为什么吗？"

他见大伙还想听他讲，接着说："因为失人心者失天下。蒋介石把军队往邪路上引，天怒人怨，垮台是必然的。"一个拿着铁锨的老农民捋了一下胡子，微笑着说："你讲得没错。现在，老蒋跑到台湾了，那些混蛋兵痞子再也祸害不成咱们了。快干活吧！等一会儿，大家还要参加农会成立大会呢。"

白云站在井台旁边听了几句，连忙追上了母亲，问："妈妈，孙中山先生是谁？"柳皑雪一边走，一边回答："你爹生前讲过，孙中山先生是国民党的创始人。他为了国家，为了让咱们中国人都过上好日子，带领部队南征北战，推翻了清朝卖国政府。我记得那时候的国民党只做好事。我六岁那年，国民党的兵进了村子，没拿过大家一针一线。他们还在大会上讲男女平等，讲缠脚的坏处，强制放脚。当时多数人听从命令，不再缠脚了。也有个别人封建思想严重，偷偷地给女儿缠脚。你不知道，大兵只要逮住了，就让他们用棍儿顶着臭裹脚布游街，丢人现眼。从那以后，小姑娘们再也不受缠脚的折磨了。不过我的脚趾头已经变形，除了大拇脚趾以外，其他四个脚趾都压在了脚板底下，直不了啦！现在共产党来了，咱们往后的日子，一定会一天比一天好起来。"

白云听懂了几句，高兴地说："妈妈，我以后是不是可以上学了？""当然。"

白云又问："妈妈，我奶奶生前哼的小曲儿'分了地，分了房，还分几件花衣裳'；'拖拉机犁地水上山，人人平等有吃穿'；'楼上楼下，电灯电话'，那种好日子，是不是就要到来了？"

柳皑雪说："不会那么快。我相信早晚都会到来的。我估计很快就要平分土地了。

母女俩走着说着，不知不觉来到了卫家寨。她们一进村就听到晒麦场上的歌声。小姑娘秋香迎了过来，说："白云，咱村里的人都在晒麦场上开会，可热闹了，你们也去吧。"

"好。"柳皑雪应了一句。

晒麦场上搭了一个台子，台子下边坐满了人，老师正在指挥着学生唱歌：《东方红》。

她们刚到那里，卫兰兰看见了，立即来到跟前，高兴地说："婶儿，你们回来得真是时候。今天召开群众大会，咱们和周边的几个小村要成立农民委员会，宣布《土地法令》，还要斗争地主恶霸。从今往后，咱们再也不受地主、恶霸的压迫剥削了。不过我听说狗汉奸卫池逃跑了。你放心，不管他逃到哪里，人民政府都能把他抓回来，他欠下的血债一定要还。"

柳皑雪激动地说："这一天终于来到了，感谢共产党、毛主席。"卫兰兰说："等一会儿，民兵把地主恶霸、老长牙卫清财押过来，你一定要诉苦。"这时，民兵队长卫冬子在台子上边喊："卫兰兰同志，你过来一下。"卫兰兰去了。

柳皑雪心里说，称呼"同志"又新鲜，又亲切，真好听。

大会开始了，卫平主持大会，大家欢迎领导讲话。

区政府的田耕区长讲："父老乡亲们、兄弟姐妹们、老师同学们：毛主席，共产党领导我们打垮了国民党反动派，推翻了压在人民头上的帝、官、封三座大山，实行人民民主专政。从现在开始，我们劳动人民都是国家的主人，再也不受地主、恶霸的压迫剥削了。我们贫苦农民几千年来'耕者有其田'的梦想就要变成现实。现在我宣布：卫家寨大队农民委员会正式成立！农会主席卫平，副主席刘斌，民兵队长卫冬子，妇女代表卫兰兰，农民代表关红梅、韩丙午、刘仁杰、徐群、卫清林。从今天开始，一切权力归农会。你们在农会的具体领导下，按照党中央颁布的《土地法令》进行土地改革，并且废除劳苦人民的一切债务。"

区长的话音未落，会场上响起了雷鸣般的掌声，经久不息。大家扬眉吐气，振臂高呼："一切权力归农会！打倒帝官封！无产阶级专政万岁！毛主席万岁！中国共产党万岁……"

农会主席大声讲："把地主、恶霸、老长牙押过来！让他们交代罪行！"

大家看到那些罪恶累累的坏蛋，怒火油然而起，高呼口号："打倒地主恶霸！坦白从宽，抗拒从严，顽固到底，死路一条！"罪恶累累的地主恶霸戴着高帽子，挂着牌子，站在台子前边，听着接连不断的口号声，吓得脸色苍白，直打哆嗦。

卫清财也被揪了出来。他站在那里，看见弟妹柳皑雪，吓得出了一身冷汗。他想逃脱批斗，用手捂着挂在胸前的"恶霸——老长牙"的牌子，大声喊："我不是地主！我是贫农，是穷人……"

田区长对身边的通讯员说："你过去看看咋回事儿。"

通讯员刚刚下了台子，看见一个中年妇女已经从人堆里挤了过来，指着卫清财的鼻子，厉声揭发："卫清财，你还有脸说你是贫农？你弟弟被日本鬼子和汉奸杀害以后，你不但不同情，还乘机讹诈，灭门霸产，夺走了你弟弟家二十多亩良田，把你弟妹往死路上逼。你卖地吸毒，地才少了。

要我说，你跟地主恶霸一样坏。"

旁边一个年轻农民接着揭发："卫清财，你和汉奸卫池互相勾结做坏事，一次又一次地卡断孤儿寡母的生路，把柳皑雪整成了魔怔病人，罪责难逃！"

狡猾的卫清财看见有人还要揭发，只好改变主意，像俘虏那样举着双手，对民兵队长说："我知道错了，让我先坦白吧！"区政府的通讯员狠狠地瞪了卫清财一眼，转身去了。

卫冬子听了两句，觉得卫清财想玩花招，搗着他的头盖骨，大声训斥："你这个老奸巨猾的东西，想蒙混过关，逃脱批斗，没门儿！等一会儿，我非拔掉你的长牙不可。"

卫清财的门牙又黄又长，他以为民兵队长真的要拔掉他的大门牙了，连忙捂住嘴，带着哭腔，说："你饶了我吧！我再也不敢了。我和俺全家人给柳皑雪跪下，磕头认罪，行不行？"

人们看着原来横行霸道的卫清财一下变成的可怜相，个个眉开眼笑。

卫平在台子上唤："柳皑雪同志，请你上来诉苦！"柳皑雪听到农会主席叫她同志，心里又高兴，又激动。她来到台子跟前，指着卫清财，说："卫清财，你违背良心，勾结汉奸，一次又一次地把俺娘儿们往绝路上逼，你就是给我磕头，也抵消不了你的罪责。现在解放了，俺再也不受欺压了，你也不要再想着法子讹人了，好好做人吧！”

旁边的人听了都觉得不解恨，都说柳皑雪应该打卫清财几个嘴巴子。

民兵把一个罪大恶极的地主卫长财拉到了台子前边，几个苦大仇深的农民立即围了过去。一位50多岁的大娘，哭着说：“我家因为没有地，两个人给他家当长工。他心狠手辣，年年克扣我们应该得到的粮食。日本人打来的那一年秋天，我们把活干完了，去领粮食，他昧着良心，硬说给过我家了，我们一家五口没有一点吃的，也没有说理的地方，只好挑着铺盖，含着冤屈到外地逃荒要饭。在逃荒的路上，我的婆母不到一个月就病死了，我的小女儿和孩子他爹在那年除夕的晚上，饿死冻死在破庙里。我和儿子也差一点儿死在外边。”老大娘讲到这里，悲愤交加，指着那个大地主喊：“卫长财！你还我孩子！还我丈夫！你还我婆母！”大家看着老大娘泣不成声，非常同情，心里更加愤恨地主恶霸，更加愤恨吃人的旧社会，又一次振臂高呼：“打倒地主阶级！保卫新政权，无产阶级专政万岁！”

农会主席卫平大声讲：“大家继续诉苦。”

他的话音未落，发现一个中年农民搬着一把椅子走过来，不知道咋回事，问：“有苦诉苦，有冤伸冤，你搬个椅子干啥？”

那个农民含着眼泪说：“我不是诉苦。这椅子是让张老坐的。以前我给他家当长工，人家没有亏待过。我老婆坐月子，粮食紧巴，他家又是给白面，又是送油。那一年我犁地的时候，不小心让牛掉到了沟里，张老心疼得两天没有吃饭，可也没有责怪我一句。还有……”

民兵队长打断话，说：“今天是斗争地主恶霸的诉苦大会，你说这些干吗？”

田区长听到了两句，对卫平说：“那个张老属于开明地主。没有民愤的，应该区别对待。让他坐下吧，也别让他游街了。”张老听到了，含着眼泪，连连鞠躬致谢。

柳皑雪正在听着、看着，一位身穿军装、戴着军帽的解放军来到面前，说：“姐，你看我是谁？”柳皑雪一瞧，原来那个英姿勃勃的军人是她的弟弟，喜出望外，说：“存泰，是你啊！”白云立即丢开小伙伴的手，跑了过来，高兴地喊：“舅舅！舅舅好！”

柳存泰抱起外甥女，亲了一下，说：“孩子长高了。”接着他看着姐姐手里提着的包袱，问："你们刚从咱家回来吧？"

"是的，"柳皑雪微笑着说，"还没到家呢。存泰，咱父母要是知道你回来了，不知能高兴成啥样。"柳存泰说："现在革命胜利了，我打算抽个时间，回去看看他们。姐姐，现在正在开会，我散会以后再来找你。"说着，放下了白云。柳皑雪说："你去吧，我们现在回去，收拾一下屋子，在家里等你。"

街上的两个邻居看见她和孩子往家走，热情地打招呼。一个说："柳夫人，回来了！病好了吧？"一个说："柳夫人，解放了，人民政府为咱们劳动人民撑腰，再也不受剥削压迫了。往后，谁也不敢再讹诈欺负你了。"

柳皑雪点了点头，说："是啊！终于盼到这一天了。"

会场上，诉苦的人一个接一个，口号声接连不断。最后让那些罪大恶极的地主恶霸游街示众，威风扫地，大快人心。

散会以后，柳存泰说："田区长，我想请假，去看看我姐。"区长说："行！刚才和你说话的那位是你的姐姐？"

"是的。我姐夫被日本鬼子和汉奸杀害以后，我姐姐受尽了磨难，被折磨成了魔障病人。现在她的病基本上好了，刚才她拿着几副中草药从我家回来了。以前几次都是一回来就犯病，往后环境变好了，我姐姐一定会彻底康复的。"

田区长点了点头，说："我和你姐的丈夫卫清正是战友，一起隐蔽在咱们县里做地下工作。他曾被国民党的中央军追捕过，幸亏他没有进家，才逃脱了那次劫难。1945年农历三月十八日早晨，我去外地开会回来，听到了两个传言，立即带着小赵，打扮成小炉匠，来到他们村，通知他和几个民间的抗日骨干避一避。可是，他和卫清源夫妇，还有邻村的两个同志，头一天就被日伪军和汉奸杀害了。我看见你姐和孩子们哭得死去活来，你姐姐都昏过去了，真可怜。现在我和你一块儿去看看烈属嫂子。"

柳皑雪看见弟弟领着区里的领导和村干部来家了，高兴得合不拢嘴，说："你们来了，屋里坐。"田区长握住柳皑雪的手，说："老柳同志，你认识我吗？"

白云拉着舅舅的手来到跟前，抢着说："认识，你是卖油条的叔叔。在庙会上，你多给了俺三根油条。"柳皑雪微笑着说："是的。"田区长抚摸着白云的头，说："你的记性很好。"

大家来到简陋的上房屋，坐下以后，田区长一边喝水，一边对柳皑雪说："老柳同志，我叫田耕，和你的丈夫都是打日本鬼子的。现在我们班里的十几个战友，只剩下我一个人了。等到区里的工作就绪以后，我把他和另外几个为抗日牺牲的同志的情况写成材料，报送上级。到时候家属都可以按烈属对待，孩子上学，以及将来参加工作，政府都会管的。"

柳皑雪听了，又高兴，又激动，同时心里有说不出的难过。她擦了一下眼泪，说："区长，我先替清正谢谢您！"

"不用谢！我是他的红色见证人，应该的。"

柳存泰说："田区长，抗日战争时期，凡是在沦陷区和国民党统治区的地下工作者，都是单线联系。幸亏有您了解我姐夫的政治身份，不然的话，他只能做个无名英雄了。"

田耕说："为革命事业鞠躬尽瘁而献出生命的同志成千上万，其中没有留下姓名的不计其数，但是我们都不能忘记。"停了一下，他对村干部们说："卫清正为了掩护咱们华西县党的地下组织紧急转移，带领民间的抗日群众，配合县里抗日武装大队，在北邙山岭阻击了日本军和皇协军的疯狂追击。日伪军死伤二十多个，还缴获了许多武器，他是立了大功的。卫清正是被暗藏在他身边的日本便衣特务卫池骗到村外杀害的。他牺牲的时候，才38岁。"

卫平说："那次围歼日伪军的战斗我和俺们村里的好几个人都参加了，没有想到卫池当了汉奸。"田区长说："卫清正大意了。"停了一下，又对农会的干部们说："在他家追认为'烈属'之前，你们要给予适当的照顾。"卫平立即表态，说："现在是新社会，政权握在咱们手里，没问题。"

临走的时候，柳存泰掏出仅有的两块钱，给了柳皑雪，说："姐姐，不多，你先拿着。另外，我可能调到南方工作。我的工作单位定下来以后，再告诉你。以后有啥困难，给我去个信就行了。"

柳皑雪说："放心吧。以前你和咱家的人为我操心，没少帮助。现在解放了，不会再受欺负讹诈了。你好好工作，有机会找个好姑娘，成个家，不要再挂念我们了。"柳存泰点了点头，说："成家和帮你是两码事，有困难一定要告诉我。"

柳皑雪送走了客人，回到家里，回忆着区长的话，仍然激动不已。她来到卫清正的灵牌前边，含着眼泪，汇报情况似的小声说："孩子他爹，刚才领导们来看我了。田耕区长说，你是为抗日、为革命牺牲的。他还说，过些日子报到上级，给咱办理《烈属证》。清正，你为抗日牺牲了，我为你感到自豪。放心吧，我和孩子以后的日子会好起来的。"

农会成立以后，村干部按照《土地法令》平分耕田，重新立了地界，穷苦农民有了属于自己的田地，个个好像吃了定心丸一样，昔日贫穷凄凉的农村充满了欢声笑语。

全国人民正在积极响应党中央的号召，同心协力，恢复战争的创伤，努力改变祖国一穷二白的面貌。各级政府一方面带领群众发展生产，一方面发展教育，动员所有的学龄儿童上学读书，并且以办"夜校"的形式，开展了全民性的扫盲运动。

这天上午，卫家寨村的干部研究了"贯彻宣传扫盲工作的具体措施"，他们正要分头到群众中宣传，看见学校的师生举着"爱科学，学文化，建设祖国"和"全民动员扫文盲"的横幅，打着鼓，吹着号，来到了大街上，非常高兴。

农会主席卫平握住徐文校长的手，说："你们的行动真快。现在咱们劳苦大众翻身做主人了，就不能再当睁眼瞎。"他指着青年教师刚刚写在墙壁上的大幅标语，表扬道："'治穷先治愚，治愚先教育'这标语写得很好！我们一定要把发展生产和扫盲工作，一起抓起来。你们要多写几条类似的标语，造成声势。"

宣传队把群众带到了广场上。学生们唱起了《扫盲歌》："黑咕隆咚的天上，出呀出星星，黑板上写字，放呀放光明……"唱完歌，两个学生打着竹板，说起了快板："竹板打，响连天，现在听我来宣传……"

广场上的人越来越多。徐校长对着铁皮话筒，大声讲："父老乡亲们，党中央、毛主席高瞻远瞩，号召我们，在大力发展生产的同时，普及文化科学知识，开展扫盲工作。现在许多路口设了'扫盲站'，行人学会十个常用的汉字以后再通过。你们知不知道为什么要这样做吗？因为只有普及文化知识，才能促进生产，才能彻底改变大家受苦的命运，也才能逐步改变我们国家的落后状况，从而逐步走向繁荣富强。西方国家的经济为什么发达，主要原因是人家有科学知识，全民的文化水平高。乡亲们，解放以前，咱们广大的劳动人民没有上学的权利，糊里糊涂地受压迫剥削。如今你们有了学习文化的机会，千万不要错过。凡是学龄儿童，都要到学校里念书；成年人白天干活，晚饭以后要进夜校学习。”

“好！”“讲得好！”观众们又是叫好，又是鼓掌。有的家长当即就把孩子领到了校长跟前，要求报名。白云和秋香都想上学，立即回家找家长去了。

这时两个封建思想严重的妇女仍不开窍，她们在一边小声嘀咕着，一个说：“现在咱们有地种就不错了，有时间多开一点荒地，多打一点儿粮食，比啥都好。”一个说：“是的，学文化应该是男人们的事。妇女们历来都是带孩子，转锅台，识不识字都一样。”

一个青年人听到了，说：“旧脑筋要不得。现在时代不同了，男女都一样，只要有文化，都能干大事——建设祖国，保卫祖国。”那两个妇女听罢觉得也是，都说上夜校，学文化，一定要去。

学生放学以后，徐校长带着宣传队的学生，走门串户，做学龄儿童家长的思想工作。他们来到白云家，柳皑雪迎了出来。徐校长讲：“家长同志，让你的孩子上学吧，我听说白云已经九岁了。昨天农会主席对我说，凡是家庭困难的，可以免缴学费。白云的学杂费你就不用操心了。”

柳皑雪高兴地说：“太好了！我准备好书钱，就带着她去报到。”

校长想了一下，说：“你家困难，一年级的课文也比较简单，我每天抽点时间，帮她抄书，你看行不行？”

正在这时，巧云一家三口回来探亲了。白云一看见就跑了过去，拉着小外甥的手，笑着说：“宝宝，叫小姨。”亲热极了。

柳皑雪把校长的话告诉了大女儿巧云。巧云高兴地说：“徐校长，减免学费就已经照顾了，白云的课本，我来抄。”徐校长说：“可以。”

巧云转过脸，对母亲说：“妈，上学是大事、好事。现在就让白云报名吧。”

“好！”

徐校长见家长那么积极，十分高兴，立即从一个小学生那里借了语文和数学课本，递给了巧云，说：“我们停课两天，要动员村子里的所有学龄儿童入学，后天上午上课。到时候让白云把这两本书给我送去就行了。”

柳皑雪和家人送走校长以后，回到了屋子里。他们想着上学的事，想着命运的转变，都很高兴。女婿说："新社会真好！共产党真好！"

巧云对母亲说："俺们在夜校学了一首歌，唱给你们听听吧？"

"好！"

巧云见母亲和妹妹高兴得合不拢嘴，便和女婿一起唱起来：

"旧社会，好比是，黑洞洞的枯井，万丈深渊。井底下，压着咱们老百姓，妇女在最底层。多少年，多少代，盼的那个铁树把花开。共产党，毛主席，领导我们翻身做主人，领导我们翻身做主人！"

柳皑雪说："没有共产党就没有新中国，没有毛主席，就没有我们的今天，咱们无论什么时候都不能忘。"白云重复了一遍，心里想，等我学会写字了，把这几句话记下来。

第三十九章

镇压反革命

这天晚上，天阴沉沉的，夜幕提前降临了。卫家寨村响起了钟声，那“铛，铛，铛……”的响声说明有紧急情况，需要立即开会。村民们都在揣度着：现在已经解放了，国民党反动派早已窜到了台湾，能有什么紧急的事呢？

村里的人很快来到了会场。农会主席卫平还没有开口讲话，就已含着眼泪，以低沉的声调，说：“同志们，我刚才接到通知，有个不幸的消息——咱们的田区长和保卫科的小赵同志……”他还没有讲完就哭起来。

大家吃惊地望着卫平，预料出了大事。卫冬子连忙问：“田区长和小赵怎么了？”柳皑雪也急切地问：“卫平，到底出啥事了？你快说呀！”

卫平看着大家着急的样子，听着一声接一声的催促，擦了一下眼泪，看着手里的通知，接着讲：“前天上午，国民党的残渣余孽和反动会道门的头头，利用宗教信仰，打着‘爱教、护教’的招牌，煽动群众到区政府的门前闹事。田区长正在给不明真相的群众们讲解宗教信仰自由的政策，暗藏在群众中的敌人突然开枪，在场的领导和保卫人员有六位同志受了伤，送到了医院。田区长和保卫科的小赵同志因为伤势过重，抢救无效，当天晚上就……”

大家没有听完就已义愤填膺，会场上立即暴发了愤怒的声讨声，有的喊：“镇压反革命！”有的喊：“血债要用血来还！”有的喊：“把杀人凶手枪毙了不解恨，应该千刀万剐！”

农会副主席刘斌听着大家愤怒的声讨声，看见许多人都哭了，忍着悲痛，大声讲："大家静一下！现在杀人凶犯已经缉拿归案，人民政府一定会严惩。至于怎样处决暴乱分子，由法律审判。"他讲到这里，泪如泉涌，停了一下，才接着说："同志们，革命胜利了，敌人不甘心失败，要做垂死挣扎，大家一定要提高警惕，团结在党中央、毛主席的周围，保卫无产阶级专政，保卫革命的胜利果实，必须镇压反革命。"

农会主席卫平擦干了眼泪，宣布："根据上级的通知，明天上午开追悼会，同时，公审、枪决杀人凶犯和发动暴乱的主谋，以敌人的头颅，祭奠我们不幸牺牲的田耕区长和小赵同志的英灵。上午八点钟，大家到这里集合。现在散会。"

大家悲愤交加，含着眼泪离开了会场。

次日上午，全区的群众和各个学校的师生带着小白花，举着花圈，怀着沉痛的心情向区政府的所在地汇集。不大一会儿会场上人山人海，静寂而肃穆。前来吊唁的民众望着灵台，望着两位烈士的遗像，望着一条条挽联，心里就像失去了亲人一样，十分悲痛。大家恨不得把那些杀人凶犯处以绞刑。

十点钟，追悼会开始了。鸣枪以后，县委书记宣读悼辞。默哀以后，公安人员把罪大恶极的杀人凶犯——国民党特务、暴动主谋单阿睿，杀人凶手汉奸卫池、史二生、朴大冲和"九宫道""天仙坊""莲花宫"反动会道门的杀人要犯押到了灵台下边，接受人民的审判。群众瞅着那些十恶不赦的汉奸和暴动头领，怒不可遏。

卫平看见柳皑雪站了起来，正要前去诉苦，说："清正嫂，上边有通知，杀人凶犯的滔天罪行，由法院一一宣布，没有安排诉苦的时间。"柳皑雪怒火中烧，咬了咬牙，狠狠地瞪了卫池一眼，才坐下了。

白云拿起一块石头，来到卫池跟前，看见一位大娘握着一把剪刀，正要去刺史二生，被公安人员拦住了。她便连忙出手，差一点砸中卫池的眼睛，接着大声喊："狗汉奸！你还我爹爹！你还我爹爹！"说着，忍不住哭了。一个公安干部劝道："小姑娘，人民政府马上就给你父亲报仇雪恨。好孩子，先下去吧。"

正在这时，一位威风凛凛的端着机关枪的解放军连长对白云点了点头。他是谁呢？白云想了一下，立即去给母亲报信了。

白云拉住母亲，说："妈妈，我刚才看见义生哥哥了，他端着机关枪，站在史二生跟前。”

柳皑雪听了，惊喜不已，说：“你义生哥还活着？他要亲自枪毙史二生，给他的父母报仇，真是太好了！”她讲到这里，想起了五年前的那天夜里，想起了村子里的枪声，想起了歹徒们在崖上对她的射击，想起了丈夫惨遭鬼子和汉奸杀害。那血淋淋的遗体，也想起了卫义生的父母被汉奸史二生惨杀的目不忍睹的遗容，心如刀绞一般，泪水夺眶而出。

白云含着眼泪，说：“妈妈，今天人民政府为田叔叔、为咱家、为好多人报仇，我义生哥还要亲自毙了史二生，咱们应该高兴。”柳皑雪擦干了眼泪，说，“你讲得对，咱们应该高兴。你父亲在九泉之下，可以瞑目了。”

这时卫平来到跟前，问：“白云，你真的看见你义生哥哥了？”白云指了一下前边，说：“你看，从左边起，第三个就是他。”卫平往那里望了一下，说：“好几年没有义生的音信。我听说，那天晚上一百多条枪围着他家，以为他被抓去杀害了。不知道他是怎么逃出魔掌的？”

这个惊心动魄、刻骨难忘的经历，卫义生永远也忘不了，时空也有记载。

1945年3月17日，也就是卫清正被日本鬼子和汉奸卫池杀害的那天上午，卫义生的父亲卫清源在县城的竹匠铺里听到日本侵略军要炸平卫家寨和他家里有一对金娃娃、银娃娃的传言，担心他们围歼日伪军、掩护共产党华西县的地下组织紧急转移的事被叛徒告密了，立即雇了一辆车，带着妻子杨华、儿子卫义生回到乡下。

卫清源本想尽快见到卫清正，商量对付的办法。由于大门外边有暗探盯梢，只好推迟到晚上。

夜幕降临以后，卫清源正要去找卫清正，发现崖上有许多黑影在晃动，知道自己已被敌人包围了。他让妻子和儿子以急事走亲戚为由，从小寨门逃走、嘱咐卫义生：“儿子，记住：君子报仇，十年不晚。你要沉着冷静，想办法摆脱敌人。尽快到延安，找到中国共产党，参加八路军。”

他看着妻子和儿子去了，来到房子后边的夹道里，爬上梯子，沿着房顶瓦楞向卫清正的家里接近。

卫义生跟在母亲后边往外走。他的母亲杨华一打开大门，就被一群歹徒拦住了。卫义生一听到“站住！”的喊声，连忙退了一步，借着过道里的夜色，悄悄地藏到了一扇半开着的大门后边。

歹徒们一边夺去杨华手里的包袱，一边问：“你丈夫和你的儿子呢?”

“不知道。”

卫义生在大门后边听见母亲回了一句，被放行了，心里想，敌人不会放过他，打算另找机会逃脱。

这时，大地主史二生带着家丁和众匪，杀气腾腾地闯进了院子，大声说：“仔细搜查！先抓到的，有赏！”歹徒们搜查了半天，都说：“没有。”

忽然，一个歹徒大喊：“你们快来！这里靠着一个梯子，卫清源是不是从这里逃跑了？”

史二生听到喊声，立即下令追杀。院子里的歹徒一个接一个地爬到了房子上边。他们隐隐约约地看见卫清源的背影，立即开枪了。崖上的匪徒听到同伙的喊声和枪声，虽然看不清楚什么，可也跟着开枪。卫清源在房顶上边弓着腰，加快了步子。

卫义生站在大门后边，听到枪声四起，非常担心父亲的安全。他想站出来，引走敌人，转念一想，不一定有用，同时违背了父亲的意愿，只好站在原地不动。

卫清源在一片枪声中翻越了四所院子，眼看再走几步便可以从隔墙上跳下去，来到卫清正的家里。这时，枪声更加猛烈了。

卫义生心急如焚，决定站出来，缓解父亲的险情。可是他父亲的话响在耳边：“君子报仇，十年不晚。”只好咬着牙，忍耐着。

卫清源又往前边走了几步，不幸中弹身亡，从房子上掉到了那家的院子里。

卫义生正在焦急地搓着手，忽然听到枪声停了。他预感凶多吉少，心都碎了。

史二生和卫池来到了大门外边。卫池问史二生：“皇军叫咱们杀了这两个抗日群众的领头人，我已经把卫清正干掉，推到了沟里。你也把卫清源从房子上打下来了，皇军能给咱们多少赏金？”

史二生说：“为了发那军火财，跟着卫清正参加了围歼日伪军的战斗，客观上起到了帮助共产党的地下组织安全转移。咱俩虽然告了密，可也是戴罪立功。再说皇军让咱们斩草除根，卫义生这小子还没有抓住，估计给不了多少赏赐。”

卫义生听到这话，犹如乱箭穿胸一般地难受。他又一次想冲出去，跟汉奸拼个鱼死网破，可是父亲的叮嘱不允许。他悲愤交加，咬着牙，克制着自己的性子，心里喊着：“报仇！父亲，我一定为您报仇！一定为清正叔叔报仇！”

两个汉奸在院子里看着歹徒们洗劫完了，又来到了大门外边。史二生对卫池说：“遗憾！不知道卫清源的儿子是藏起来了，还是在县城的铺子里没有回来？你今天夜里派两个人，守好这个大门，两个寨门也要派人盯梢，你领着其他人在街上不停地巡逻。我现在带着家丁连夜进城，不信抓不到那个毛孩子。另外，皇军不管能给多少赏金，少不了你一个子儿。”说完带着家丁撤走了。

卫义生怀着刻骨的仇恨，极力地克制着自己。他一边等待着逃脱的时机，一边思考着逃跑的路线，村子的轮廓浮现在了眼前：

卫家寨地势险要。西边是高大的寨墙和坚固的寨门，东边是小寨门和人工挖掘的陡壁，南边是悬崖，崖下边是贫苦农民居住的窑院和门前的一条小街。北边是又窄又深的沟。村子四周根据地势垒有高矮不同的寨墙，南、北和东边的寨墙较矮，只有一米多高。矮寨墙的东南角有个地方与外侧一个土丘相连，从寨墙的垛口到下边只有一丈多高。

卫义生想起他和几个半大的男孩子曾在那里跳下、爬上地玩耍，决定寻找机会，从那里逃脱。

黎明时分，大门外边的两个歹徒去旁边的墙角解手了，卫义生悄悄地从大门后边溜了出来。他顺着墙根儿向村子中间走去。可是没走多远，监视他的歹徒听到了微微的响动，连忙提起裤子。当他们喊叫着去追的时候，卫义生已经穿过街道，向着那个既定的出口处猛跑。

正在巡逻的卫池一听到喊声和枪声，立即带着手下的人，前来堵截，喊着：“抓住他！先抓到的重赏！”他们十几个人追到那里的时候，卫义生早就没影了。

卫池扒在垛口上，望着寨墙外侧的土疙瘩，拍着后脑勺，说：“我怎么把这个地方给忘了？快追！”说着，他和歹徒们一个一个从那里跳了下去。

卫义生听到卫池的喊声，飞也似的跑到了寨下边的街上。他推推这家的门，推不开；瞅瞅那家的院墙，爬不上去。歹徒们离他越来越近了，怎么办呢？

卫义生隐隐约约地看见一个大石头，站到了上边，想翻墙过去，转念一想，觉得不可。他想，要是户主听到有人进了院子，以为小偷来了，就会乱吆喝。到那时候，卫池他们听见了，自己也就更加危险。无奈只好继续往前边跑着、看着，希望发现藏身的地方。他跑呀跑，一直跑到了小街的尽头，也就是寨内和寨外的一段通道上，仍然没有藏身之地。

卫义生站在路边的晒麦场边，一边喘息，一边望着前边，听到大寨门那里的敌人的说话声；他看看身后，卫池他们就要追过来了，真乃上天无路，入地无门。

小伙子面对无法逃脱的危险，想到父亲惨遭杀害的深仇大恨，咬了咬牙，决定跟敌人拼了。同时，他飞脚使劲儿踢了一下，说也凑巧，脚尖碰住了一个硬东西，也就是农民放在晒麦场边的一口铡刀。

卫义生立即想到农民铡麦秸的事，便往跟前走了两步，弯下腰摸了一下，那个硬东西果然是铡刀，并发现一堆没有铡好的麦秸。

卫义生灵机一动，便钻到了只能盖住一个人的麦秸堆的下边。

他刚刚藏好，卫池一帮追到了跟前。歹徒们有的站在路上，有的站在铡刀跟前，卫池离卫义生更近。卫义生心里想，敌人近在咫尺，要是被他们抓住了，就拼个鱼死网破，决不屈服。

几个歹徒觉得奇怪，一个说："就这么大个地方，他能藏到哪里呢？"另一个说："是呀，难道他使了遮眼术不成？"

卫池气急败坏地嚷嚷："他就在这条街上。你们挨家挨户地给我搜！"说罢也恨恨地飞起一脚。卫义生感到身上的麦秸动了一下，可能只差一指就踢住他了。

卫义生听到歹徒们都去住家户搜查了，才松了一口气，庆幸地说："天不灭我。"

卫池一伙挨家挨户地查找，连街上的角角落落和厕所也都查了个遍。可是天快亮了，仍然没有找到他们要抓的人，只好解散。

早晨卫义生听到有人赶着羊群上山去了，慢慢地扒开麦秸一看，周围没有别人，立即向县城的方向走去。他走了几里路，担心碰到史二生的人，绕到了偏僻的山路上。

他坐在山坡上，寻思了一会儿，觉得自己一个人去延安有危险，决定先去城关的铁匠铺，找到田师傅，也就是与卫清正有过来往的铁匠师傅。请他帮助自己投奔中国共产党、八路军。

傍晚卫义生悄悄地来到了铁匠铺，找到了田耕，讲了他父亲和卫清正被鬼子和汉奸杀害的情况。田耕气愤地说：“血债要用血来还！”并告诉卫义生，他的母亲也被敌人杀害了。

卫义生悲愤交加，跪在地上，喊一声妈妈，喊一声爹爹，哭得死去活来。在田耕同志的劝导下，卫义生擦干了眼泪，化悲痛为力量。次日田耕同志让他和两个投奔革命的青年人一起出发了，卫义生参加了革命，才彻底摆脱了魔掌。

卫义生回忆到这里，怒火中烧。他看着那几个罪犯，真想一下毙了他们。

十一点钟，华西县人民法院院长宣布了每一个罪犯的滔天罪行：“国民党特务、暴动主谋单阿睿，杀人凶手汉奸卫池、史二生、朴大冲，参与暴动的“九宫道”“天仙坊”“莲花宫”反动会道门的暴动要犯，罪大恶极，铁证如山，供认不讳，立即执行枪决！”

大家振臂高呼：“镇压反革命！血债要用血来还！保卫新政权！无产阶级专政万岁！中国共产党万岁！毛主席万岁……”

罪犯死到临头，个个吓得两腿发软。公安人员在一片口号声中，架住他们的胳膊，推向刑场。“叭叭叭叭”的枪声，把杀人凶犯送上了西天。

第四十章

孩子上学娘尽心

新中国成立的第一个春天，国民党的残渣余孽进行的颠覆活动很快就被平息了。经过剿匪反霸和镇反运动，社会秩序稳定了。

解放以前，背井离乡、逃荒要饭的穷人回到了故乡。农村顺利地进行了土地改革，他们分了地，分了房，废了债务，分了粮，实现了几千年来“耕者有其田”的梦想，再也没有饿死冻死在街头的人。

勤劳的农民们除了管理好自己已拥有的土地以外，还抽空上山开荒，扩大耕种面积。大家扬眉吐气，干劲儿倍增，苦中有乐。昔日偏僻冷落的穷山村有了歌声、笑声。有的农民整修了破院，有的建起了新宅。许多光棍儿娶上了媳妇，有了温暖的家。就连麻偷也改了偷盗的毛病，快要当爹了。

社会风气更是发生了空前的变化——夜不闭户，路不拾遗。到处呈现出日新月异的景象。

柳皑雪和大家一样分到了土地、粮食和衣物。由于社会发生了翻天覆地的变化，她再也不用担心日本鬼子和汉奸的暗害，再也不受欺压了。大社会的环境稳定以后，柳皑雪没有再吃药，精神病也就痊愈了。她白天下地干活、干家务，晚上在夜校的扫盲班里学习。她的丈夫卫清正生前教过她读书、写字，多少有一点儿文化，便积极协助老师辅导目不识丁的学员们读书、写字。

这天晚上柳皑雪发现好几个中年人总是记不住书写的顺序，对老师说：“我以前多少识俩字，知道写字的规则。我想，如果把写字的方法写在黑板上，随时提醒大家，他们一定学会得更快。”

那位小学教师兼夜校课程的张老师听了，高兴地说："你的想法很好。我也知道写字的规则，只是害怕记得不全。这样吧，你说我写，行吗？"柳皑雪说："可以。我要是说错了，你给改过来。你能加上一些例子更好。"

张老师点了点头，然后，对大家讲："乡亲们，你们没有上过学，写字的时候记不住方法顺序，我现在把它写出来，帮助你们记忆。"说完他一边听柳皑雪讲，一边在黑板上写：

从上到下（三早）

从左到右（八村）

先横后竖（十土）

先撇后捺（人来）

从中间到两边（水永）

先进人，后关门（目回）

多笔收（谢墨），少笔放（大小）

边沿笔画往里让（国医）

柳皑雪见老师写完了，说："我就知道这些。"老师高兴地说："这就足够他们现在用了。"

张老师开始教大家。只教了两遍，学员们也就基本上记住了。放学的时候，大伙怀着感激的心情，向柳皑雪表示谢意。

这年六月，全国人民正在全力以赴掀起生产高潮的时候，美帝国主义发动了侵朝战争，并且战火很快烧到了我国的鸭绿江边。党中央为了保卫和平，保卫革命的胜利果实，号召抗美援朝，保家卫国。各族人民都懂得唇亡齿寒的道理，积极响应，青年人更是一马当先，纷纷报名参加中国人民志愿军。全国各地支援前方军需品的工作，也随之轰轰烈烈地展开了，学校师生除了上课以外，利用课余时间排练节目，担负起了宣传和接送新兵的义务。

一天上午卫家寨村的干部和群众都在根据区政府的安排，做着欢送新兵和支援前方的各种工作。这会儿村干部们开完会，正在给支援前方的妇女小组发放剪裁好的军鞋布料。

柳皑雪提着包袱和大伙一起从村委会的院子里往外走，妇女队长卫兰兰追了过来，说：“婶儿，做军鞋是义务活，平均每人五双，十天完成，时间够紧的。你一下领了十双，要是到时候做不完的话，提前告诉我。我帮你做。”

柳皑雪说：“不用。我多做几双，是因为有些妇女的孩子小，家务忙，让她们少做一点。你放心，我多少熬点夜，也就完成了。”妇女队长高兴地说：“你真行！”

学校放学了，学生们排着队，在街上一边走着，一边唱着歌：“雄赳赳，气昂昂，跨过鸭绿江；保和平，卫祖国，就是保家乡。中国好儿女，齐心团结紧，抗美援朝，打败美帝野心狼。雄赳赳，气昂昂……”学生们个个都像小战士一样，英姿勃勃。

小学生解散以后，白云和秋香拉着手，像说快板那样，唱起老师刚教她们的儿歌：“小墨盒，方又方，天天跟我上学堂。有时它的肚子饿，我研墨水让它尝。学写字，它帮忙，笔在纸上画得响……”

这时，其他同学也跟着一齐说唱起来：“先写一个抗美援朝鲜，再写一个卫国保家乡。”路人听了，有的点头，有的夸他们唱得好。

白云看见母亲提着沉甸甸的包袱往家走，连忙上前帮助拿。她看了一下别人的包袱，问：“妈妈，村干部让您做这么多，是不是因为您的针线活做得最好？”

柳皑雪一边走，一边回答：“大家的手都很巧，是我自己多领了几双鞋料。你知道咱家没有人够上参军的条件，我也只会做点儿针线活，所以想多做几双。”她们说着走着，不知不觉到家了。

白云问：“妈妈，支援前方打仗的事情很多，你还愿意干吗？”

“当然愿意，只要我能办到。你说啥事？”

白云说：“俺们学校为了欢送新兵，成立了宣传队。同学们全部参加，已经分成了好几个小队。有扭秧歌的、打花棍儿的、舞绣球的，还有打腰鼓的，我编在了腰鼓队。因为学校没钱买这买那，所以需要的衣服和道具都得让

自己准备。俺老师说，谁家有柳木板儿，破水桶，或者薄铁皮，捐献出来，让村里的木匠、铁匠师傅加工成腰鼓，涂上油漆，就可以用了。您支持不支持？”

“支持，当然支持。”柳皑雪立即回答，“咱家有一块儿准备做水桶用的冰

铁皮，也叫洋铁皮、白铁皮。你上学时候带去。”说完便向厨房走去。

不大一会儿，她把那块儿崭新的冰铁皮提了出来。白云看着闪闪发亮的腰鼓材料，高兴地说：“妈妈，您挺爱国的，谢谢！”

柳皑雪说：“这还用谢？大艺人常香玉捐献了一架飞机，才应该谢她呢！”

十月中旬的一天上午，卫家寨和李村都去送新兵了。他们两个村里的第一批自告奋勇参加中国人民志愿军的十几个青年小伙子骑着马，胸前十字披红，戴着大红花，满面红光，走在欢送队伍的前边。秧歌队、花棍儿队、绣球队、腰鼓队和民间的旱船表演，还有跟在后边的成年人秧歌队，车水马龙，锣鼓喧天，热闹非凡。

柳皑雪在秧歌队列的前边，和大家踏着音律铿锵的锣鼓声，舞着彩绸，扭着东北大秧歌。通往区政府的大街两旁站满了观众，他们一会儿望着前边，一会儿看看后边，无不振奋，赞不绝口。

他们到了区政府的大门前边，区长和部队的领导已经站在那里迎接。八个农民擂起大排鼓，“咚咚咚咚”震天响。大家振臂高呼：

“抗美援朝，保家卫国！”

“一人参军，全家光荣！”

“我们必胜！侵略者必败！”

鼓声、口号声响成一片。

两年以后，美帝国主义在停战协议上签了字，以失败而告终。全国上下又把精力集中到了经济建设和发展教育方面。

解放初期，国家穷、百姓穷，一穷二白。加上我国的农业生产落后，产量很低。勤劳的农民们虽然不再断炊了，但是一到冬春两季，细粮也就不多了。有些缺乏劳动力的困难家庭，只能以粗粮和红薯作为主食，一日三餐有稀饭、没有馍。

小学生经常不到放学的时间，肚子就“叽里咕噜”地乱叫唤。有的饿得肚子疼，就用拳头顶住，照样坚持上课，从不叫苦。可是有的家长却让孩子辍学了。

柳皑雪坚定不移地支持孩子读书。她知道白云一饿就肚子疼的老毛病，除了操心让她吃上应时的热饭以外，想办法解决课间时候饿得肚疼的问题。她找了一块铁皮，用铁钉砸了几排小孔，然后把红薯放在上边搓碎，烙成小饼，每天上午带两块儿，课间时候补贴。

这天早晨天阴沉沉的，孩子该上学了，院子里还是黑乎乎的。柳皑雪对白云说："冬天昼短夜长，遇到了阴雨天气，天亮得也就更晚了。现在外边黑洞洞的，你等一下，我送你去上早读。"

"不用送。要是去晚了，读书就借不到光了。"白云拿着小书包，一边说，一边向外边走去。

柳皑雪关好屋门，悄悄地跟了出去。她来到祠堂，站在四年级的教室门口，往里边看了一下，发现白云班里的三十多个学生，围着三四个用墨水瓶制作的小油灯，借光读书，围了一层又一层。有的学生站得远，看不清字，只好听读。她瞅着白云拿着课本，踮着脚，勉强瞅见书上的字，慢慢地读着。她心里想，学校没有钱给学生们购买点灯的油，能买起煤油的家长也不多，怎么办呢?

她在回家的路上，忽然想起她去赶庙会的路上，看见半山腰种的一小片一小片的蓖麻，好像看到了零零星星脱落在地上的蓖麻子，心里一阵高兴，自言自语地说："有办法了。"

上午飘起了雪花，柳皑雪招呼着孩子吃罢早饭上课去了，便提起篮子，向村外走去。

她来到那里一看，荒山坡上种蓖麻的地方没有路，除了高高低低的条形土坡以外，就是种蓖麻的小土坑。干枯了的蓖麻棵上光秃秃的，有的在风中摇摆，有的倒在地上。她拽住野草、灌木丛，小心翼翼地来到那里，拿起一根树枝，在地上扒拉，好大一会儿只能捡到几粒蓖麻子。又寻找了半天，才捡了两把，她看了一下篮子，决定到高一点的地方寻找。

这时山风更大了，而且雪花纷飞。她还没有攀上一道圪垠，就被吹得摇摇晃晃，加上雪花裹着沙土扑过来、扑过去，眼睛也睁不开了。

柳皑雪没有泄气。她喘息了一下，心里说，既然来了，就得多捡一些，起码让孩子用上一个月。她擦了一下眼睛，从原路退到了大路上，拐到另一条羊肠小道，然后拽住小树，用力地向上攀登。也巧，那里落在地上的蓖麻子比下边的多。

一个小时以后，柳皑雪捡了半篮子的蓖麻子。她喘息了一会儿，直起身子，用拳头捶了几下酸疼的腰。四下瞅了个遍，看到种蓖麻的地方都找遍了，才决定回家。

柳皑雪在返回的路上，又累又高兴。她想，吃罢午饭把蓖麻子的硬壳剥掉，然后找点儿废旧的竹帘子笑儿穿成串串，让白云每天早上带到学校一支，插在泥巴做的灯座上，早读照明的问题也就解决了。她越想越高兴，步子越走越快。

次日，白云的教室里多了一个亮点。没过两天，这个土办法传开了，各个教室点燃了许多蓖麻子灯，亮堂堂的，学生们再也不用挤来挤去，借光读书，更不用听读了。

过了冬至天寒地冻，教室里没有取暖的火炉。老师见学生们冻得缩着脖子，就让大家搓一搓手，跺一跺脚，活动一会儿再学习。白云和多数学生一样，小手经常冻得像个红萝卜似的。她们写作业的时候，握不住笔，只好把手放在嘴边，哈几下热气，继续写作业。

柳皑雪正在家里考虑孩子过冬需要一双手套的事情。她想，天气越来越冷了，白云放学回来，小手总是凉冰冰的，自己给她暖一暖，也只能好一会儿。要是给她做一双棉手套，问题也就彻底解决了。可是家里一点儿棉花也没有，她想到这里，急得皱着眉头。过了一会儿，她的目光停在了袖子上，微笑了一下，拿起针线筐，准备动剪刀。

第二天中午，白云一回到家里就高兴地说："妈妈，我今天作业写得又快又好，因为手不冷了。您摸一摸，是不是热乎乎的？"

母亲清楚咋回事，说："不冷就好，不用摸。"

白云放下书包，来到母亲跟前，习惯地把手伸了过去。一摸，发现母亲外罩里边的棉袄袖子短了一大截，手和胳膊都像冰棍儿似的，吃惊地问："妈妈，您的棉袄怎么成了短袖了呢？"

话一出口也就明白过来，说："我不戴这个了。"她一边说，一边脱掉了那双手套筒，气呼呼地塞到了母亲的手里。

柳皑雪抚摸着白云的头，说："好孩子，妈妈在家里不冷。你在学校要写作业，手冷了握不住笔，写不好字。要是得了冻疮，几个月也好不了。听妈妈的，快戴上！"

她见白云眼里盈着泪花，小手背在后边，又说："明年，咱也种点棉花，我把咱俩的棉衣加厚一些，我这袖子也就变长了。"白云还是不要手套。柳皑雪只好说："咱娘儿俩一人戴一只，行了吧？"

白云擦了一下眼泪，搂住母亲，说："妈妈，您夏天给我扇扇子，秋天为我赶蚊子，冬天给我暖手、暖脚、暖被窝。晚上我腿疼了，您还得帮我搓揉，一直到我睡着了才休息。您支持我读书，大冷天上山寻找蓖麻子，让我有了照明的东西。现在您又把棉袄袖子剪了一大截。您这样做，让我心里好难受。我坚决不戴！”

“孩子，你戴上它，妈妈心里感到暖和。快戴上！”

“不行！”白云倔强地说，“那是您的棉袄袖，应该把它缝上去。”母亲生气了，说：“小孩子要听大人的话。”

白云只好拿着那只妈妈截下来的棉袄袖子，含着眼泪，跟着母亲向厨房走去。

柳皑雪疼爱孩子，要求也严。她经常到学校拜访老师，了解孩子的情况，听取老师的要求和建议，主动配合学校进行爱祖国、爱人民、爱劳动、爱科学、爱护公共财物的“五爱”教育。

有一次，柳皑雪来到办公室里，班主任告诉她：“白云聪明好学，劳动、团结各方面的表现都挺好，就是性格孤独，不爱讲话，上课也很少发言，建议让她参加学校的宣传小组。现在，农村没有‘有线广播’，消息闭塞。你要是同意的话，就让白云下午放学以后，跟着老校长到寨上广播新闻。”数学老师也讲：“让白云利用课余时间，参加社会活动，为大家做好事，不但不会影响学习，还能培养口才和胆识，对将来有好处。”柳皑雪听了，十分感激，说：“你们当老师的，想得就是周到，我完全支持。”

柳皑雪看着孩子随着年龄的增长，不但养成了主动认真的学习习惯，而且乐于帮助做一些力所能及的家务和农活。特别是节假日的时候，她总是抓紧时间完成家庭作业，和她的同学一起到孤寡老人家里做好事。晚上没事的时候，不是看书，就是给她讲新闻、唱歌，让她了解国家大事、天天开心。柳皑雪为孩子懂得事理，感到欣慰，也看到了希望。

一天下午柳皑雪扛着锄头从地里回来了。她一到村口就看见几个学生在老师的带领下，拿着铁皮话筒站在寨墙上边广播新闻，十分高兴。坐在大槐树下边做针线、聊天的几个妇女见她走来，热情地打招呼，劝她坐下歇一会儿。

吕小草不爱听新闻，眨巴了两下眼睛，说：“清正嫂，你没看看你家白云，都疯成啥样了，你也不管管她。”柳皑雪站住了，说：“她为大家读报纸、搞宣传，是在做好事，应该支持才对。”

吕小草听了，感到十分尴尬，大声喊：“要是我的闺女，非把她给拽回来不可。”

柳叶儿抢白吕小草，说：“要是你的闺女，金凤凰也得变成大母鸡。”

吕小草恼羞成怒，歪着头，质问：“啥意思？你是不是说，跟你同姓的，放任孩子也应该？”另一个妇女“咳”了一声，说：“小草，你真是不懂教育，还要管闲事。”吕小草觉得委屈，说：“我好心说了两句，竟然遭到你们的指责，以后，还是少管闲事为好。”

柳叶儿说：“管闲事有管得对的，也有不对的。你以后会明白。”另一个妇女见吕小草梗着脖子，不服气，接着说：“是的。管闲事管得对的，能受到大家的赞同。我听说清正嫂只要看到孩子们打架了，就上前劝解；只要看到谁在路边折树枝，或者损害集体的事，就立即劝说和阻止。现在她支持孩子广播新闻，正是大家需要的，我们应该向他们学习，关心国家大事，关心集体，关心他人。”

白云在母亲的影响下，学会了为正义而管闲事。不久以前的一天中午，她放学以后，在教室里写了一页大楷才离开。当她路过一个单人教师宿舍的门口时，无意之中听到里边一个女学生和老师在争执。她往里边看了一下，发现皮老师搂着一个名叫阿香的女生，不肯松手，吓了一跳。当时思想单纯的小白云不知道将要发生什么事情，可也预料到不是什么好事。

她悄悄地绕到了远处，然后，转身返回，装着刚从校外来的样子，一边靠近那个宿舍，一边喊：“阿香姐！你在哪儿？你妈妈来找你了！”皮老师听见以后，连忙松手。阿香姑娘带着几分羞涩和愤恨来到了院子里，问：“我妈呢？”白云说：“在大门口，我帮她来叫你的。”

两个小姑娘出了校门，仍然不见一个人影。阿香又问：“我妈呢？”白云说：“刚才，我为了让你解脱，说了瞎话，你不会怪我吧？”阿香感激地说：“你真聪明，谢谢！”

阿香拉住白云的手，一边往家走，一边说：“放学以后，皮老师让我到他的宿舍里学书法，手把手地教我写了两个字，也就停止了。他让我坐在他的怀里，在我的身上乱摸。我觉得不对劲儿，也很害怕。我要走，他就是不让。皮老师是个披着人皮的狼。”

停了一下，阿香又说：“白云，你今天帮我解危，我永远也忘不了。只是这事儿太丢人，你千万不要说出去。”

白云的心事从来都不瞒着母亲，她一到家里就掂起布袋倒豆子，讲完以后，说：“妈妈，这事儿你知道就行了。阿香交代过，要替她保密。咱可不能不讲信用。”

柳皑雪听罢，非常吃惊，平静了一会儿，说：“孩子，你今天做了一件好事，还能及时地告诉妈妈，很好！不过，姓皮的变坏了，应该让校长知道。要是咱们知情不报，就是罪人。如果哪一天有个女孩子被他糟蹋了，你会后悔一辈子的！白云，放心吧，我一定为阿香考虑，不会乱说。”

柳皑雪当天就向校长反映了情况。校长落实情况以后，给那个姓皮的严重警告的处分，上级也把他调离了教育部门，纯洁了教师队伍。

第四十一章

凑学费

光阴似箭，白云小学毕业了，并且顺利地考上了中学。

这天上午，邮递员把录取通知书交给了家长，说："你们村里的十几个考生只考上了两个，其中就有你家一个，给你报喜啦！"柳皑雪听了，高兴得合不拢嘴。街上的人们纷纷围了过来，为她和孩子高兴。

柳皑雪拿着录取通知书一边往家走，一边想：孩子这么争气，再困难也要让她继续上学，再等几年，孩子参加工作了，自己没有遗憾。过了一会儿，她心里又想，上中学要到镇上，离家远，搭不起伙，就让她当个走读生，从家里带着干粮去学校。接着她又想到了学费，家里没有进钱门路，平时用的灯油、食盐，都是用鸡蛋换来的，怎么办呢？

这些困难，刚才为她和孩子高兴的人们也想到了。他们认为，大家的生活都不宽裕，无论谁家，要供应一个中学生到外地上学，都不容易。像她这个缺乏劳动力的特困户，也就更加困难了。

白云看见母亲回来了，接过录取通知书，高兴得又蹦又跳，大声喊着："我考上了！我要上中学了！"她想着将来参加祖国建设的前程，高兴得合不拢嘴。可是，当她看到要缴的学费——17元，一下收敛了。

过了一会儿，她望着母亲兴奋而为难的样子，说："妈妈，您不要发愁，缴学费的事，我有办法。"

柳皑雪皱着眉头，问："你能有什么办法？是不是让你舅舅帮助？"

"不是。"白云说，"我舅在外边工作，他的负担重。还有我外爷有病，两次住医院，花了不少钱，以后还要继续吃药，都得他一个人管，所以不能向他伸手。当然也不能给我大姐去信。她家五口人，靠我姐夫挣的那点儿工资，生活也不宽绰。您上次有病，她寄钱回来以后，把煤火都停用了。我还听说那些日子，她天天去火车站捡煤核儿、拾破烂，把指头都给整破了。这一回，说啥也不能再让她作难。”柳皑雪点了点头，说：“其他亲戚更帮不上忙。要不我去信用社看看，能不能贷点款？如果不行，就先卖一亩地。不管想啥办法，都要让你上学。”

白云摇了摇头，拉着长腔，说：“不用！我自己解决。”她见妈妈有些疑惑，接着说，“以前我看见有人在城边的岭上割草，卖给城关的牛奶场。我明天也去割草，卖钱凑学费。要是一天能挣五、六毛钱，到开学的时候，也就凑齐了。”

柳皑雪听了，高兴地说：“好办法，我和你一块儿去割草。现在我先去准备干粮，烙点儿饼馍，明天早上带上。”

正在这时，村长卫平来到跟前，说：“清正嫂，供应一个中学生，可不是一件容易事。你知道咱们村是个穷村，困难户多，谁也帮助不了。另外以前上级拨下来的救济粮、款，从来没有助学这一项补助。我建议你领着咱们村里参加那次围歼日伪军的证明人，到区政府走一趟，反映一下清正哥的情况，要是上级能通过有关渠道找到红色的见证人，你家就是烈属。田耕区长生前讲过，烈属的子女有特殊的照顾。到时候白云上学，你就不用作难了。”

柳皑雪说：“谢谢村长的提醒。不过我不能去。因为抗日战争时期在沦陷区的地下工作者都是单线联系，咱们的田区长了解情况，可他不幸牺牲了，没了见证人，不好办，另外我也不想给政府添麻烦。刚才我和白云商量过了，从明天开始，俺娘俩到城边儿割草，卖俩钱，缴学费。”村长听罢，很受感动，说：“这样也行。以后有救济的话，尽量多照顾你家一点。”

次日早上天蒙蒙亮，母女两个带着镰刀、绳子和干粮出发了。七点多钟，她们翻过了一座山梁，来到了北关附近的岭上。四下一看，一层层的梯田不是点种的玉米苗，就是光秃秃的麦茬地，田梗边上的草稀稀拉拉的。她们又向远处张望，隐隐约约地看见两道岭的陡坡下边绿茵茵的。白云说：“妈，你看那边，青草多么茂密。”说罢，扶着母亲慢慢地来到岭下，把干粮袋和绳子挂在了小树上，便“咔嚓、咔嚓”地割起来。

柳皑雪正在专心割草，听到女儿“啊”地惊叫了一声，抬头看去，白云拿着镰刀，正在追着扑打着什么。她估计女儿遇到蛇了，连忙喊：“别打！别打！”白云住手以后，捂着剧烈跳动的胸口，来到母亲跟前，说：“妈，我看见一条花蛇，足有一米多长。我已经打住它的尾巴了，您为啥不让我把它打死？”

柳皑雪说：“你不了解，人怕蛇，蛇也怕人。它要是遇到危险而又觉得逃不了，就会勾回头来咬你，很危险。另外蛇吃田鼠，是咱庄稼人的好朋友，所以蛇被吓跑了，不要追。最好在没有看到蛇之前，采取打草惊蛇的办法，放它一条生路。”停了一下，又说，“记住，潮湿的草地上，经常有蛇出没。每一次割草，都要先用镰刀拨一拨草丛，或者拍手、击石，过一会儿，附近的蛇离开了再过去。蛇很机灵，它只要听到声音，就会立即跑掉。现在这里的潮气还没有完全退去，咱们先到那边的坡上割草，免得蛇群出来报复。”

白云听了，不禁有些后怕。她搀扶着母亲，一边转移，一边问：“蛇也会团结起来报复人吗？”

“是的。”母亲回答，“我以前听说过，城里有个工程队到偏远的山区修公路，开着掘土机，把一个大蛇洞掘开了，一条蛇被轧死了，其他的蛇全跑了。下午他们正要上工，发现工地上聚集了很多蛇。大蛇昂着头，向他们示威，小蛇爬进了掘土机的驾驶室，工人们都惊呆了。他们只好回到宿营地，向上级回报了情况。根据指示，他们等到蛇群退去以后，在规划的路段上放了许多鞭炮。第二天才又开始工作。”

白云恍然大悟，说：“哎哟，蛇也会护家，它们还懂得团结起来力量大，真聪明。”

柳皑雪接着说：“人们不管搞工程，还是建民宅，只要是动土的，都要事先放放鞭炮。放鞭炮不是迷信，是让隐居在那里的动物迁走，免得误事、出事。另外我听说毒蛇要是追人的时候，爬得很快。有经验的人遇到这种危险，不走直线，而是绕着反转的方向，转着圈子逃脱，蛇追不上也就不追了。”白云点了点头，说：“我记住了。”

母女俩在山坡上割了一会儿青草，才又来到坡下边潮湿而草多的地方，她们割了一把又一把，累得满头大汗，心里却是乐滋滋的。

快到中午了。一个善良的老头在山坡上赶着羊群回家，看见她们还在大干，喊道：“喂！割草的，天这么热，该收工了！”

“知道啦！”柳皑雪直起腰，应了一声，然后问，“老哥，你知不知道牛奶场在哪里？离这儿远不远？”放羊老头指着东南方向，说：“在那边儿，有三里多。”白云说：“谢谢叔叔！”接着又割起草来。

过了片刻，白云望了望太阳的位置，说：“妈妈，牛奶场收草的人快下班了，咱们要是等到下午一齐卖，这些青草也就蔫了。我现在先把这些背去卖了吧？”母亲说：“可以。这条小路不好走，我帮你抬上去。”白云一边捆草，一边说：“我能扛得了。您先到上边的那棵树下凉快一会儿。”说完，扛起一大捆鲜嫩的青草，顺着羊肠小道，来到了大路上，向牛奶场的方向走去。

过了好大一会儿，白云回到了树荫下边，把卖草的钱交给了母亲。高兴地说：“一块二毛钱，不少吧？”柳皑雪说：“不少。下午再割一些，争取凑个整数。”

母女两个坐在地上，啃着烙饼，喝着防暑降温的绿豆茶，想着劳动的收获，十分高兴。

七月天，流火天。中午一点钟的时候，火辣辣的太阳好像一个大火球似的，不停地向大地喷射着火焰。到处是白光，到处都晃眼。空气也被炙烤得灼热，要是划根火柴，空气就会燃烧起来。偶尔刮来一阵风，风也是热的，让人感到窒息。

白云看见母亲不停地擦汗，热得难受，想起了精神转移法的作用，说：“妈妈，我给您唱个歌吧？”

“天这么热，你还是歇会儿吧。”

“我没事儿。”白云说完，四下看了一会儿，便唱起来：

赤日炎炎哟似火烧，
热风扑面哟尽骚扰。
只缘上学哟凑学费，
娘亲陪我哟割青草。
苦中有乐哟苦暂且，
磨炼意志哟不动摇！

柳皑雪听罢，微笑了一下，说：“唱得不错。我不累了。”她拿起镰刀，又领着女儿割青草去了。

母女两个大干了一整天，上灯的时候，她们才带着挣来的两块一毛钱回到家里。

晚饭以后，白云看见母亲拿着针，在灯下挑脚上的血泡，心里抽搐着疼，说："妈，您明天别去割草了。"

柳皑雪使劲捏着脚，说："没事儿，血水一流出来就好了。"白云望着母亲，不知道说什么好。

第二天东边的天空刚刚露出鱼肚白色，母子两个又去割草了。割到太阳落山，只挣了一元四角钱。第三天她们割的青草还没有卖到一块钱。第四天更少了。白云说："妈妈，你每天和我一起上山割草，每天晚上都得忍着疼痛，挑你脚上的血泡，我都替你难受。反正我也累了，咱们歇两天吧！"

柳皑雪看见女儿有些消极，说："我没事儿，一定坚持下去！"然后，晃了一下手里的钱，又扳着指头算了一下，惊讶地喊："离学费的差额这么小了！"

白云听到这话，立即振作起来，眼里闪出坚毅的光。

半个月过去了，母女俩在井台上打水，一个村民来到跟前，说："清正婶儿，你们母女身单力薄，累死也割不了多少草，挣不了多少钱。你如果把白云的录取名额让给我的侄子，俺哥帮助你家犁三年地。你看行不行？"

"不行！"柳皑雪断然拒绝了。

学费快要挣够的时候，邮递员骑着自行车，追上了去割草的母女俩，送给她们一封信和一张汇款单。白云接过一看，喜出望外，说："我大姐寄钱了，二十块，这么多！妈，她咋知道我考上中学了？"邮递员接过话说："好消息，传得快。这个汇款单本应明天送到，我破了常规。"说罢骑上自行车走了。白云大声说："谢谢！"

柳皑雪说："咱们明天再起早一点，这样再干几天，下学期的学费也有着落了。"白云说："我听您的。"

第四十二章

求医寻药

中学开学了，卫白云背着行李，带着学费前去报到，心里甭提有多么高兴。柳皑雪给女儿提着干粮，送到了村口。白云不让再送了。

柳皑雪把馍兜递给了女儿，说："白云，你能上中学，是咱家的荣幸。我知道你会更加努力。记住喝水，免得上火。"白云说："放心吧，我能照顾好自己。"

柳皑雪又说："我听说咱们村里要整修水库的堤坝，我想报名参加。你放学回来见不到我的话，不要着急。"说完，她见女儿投来了疑惑的目光，接着说，"我抬不了土，干不了重活，给大家烧点茶水、蒸馍做饭还是能行的。"

白云点了点头，说："你要参加义务劳动，为大家做好事，我支持。"

母亲望着孩子远去的背影，不知是恋恋不舍，还是太高兴了，不禁泪水盈眶。

转眼之间，到了冬季。过了"小雪"以后，白云的身体一天比一天瘦弱。由于她在学校里的功课忙，加上一日三餐都是就着开水啃干馍，抵抗力下降了。这些日子经常感冒咳嗽，在水库工地上干活的柳皑雪经常为之着急，时时牵挂。

卫家寨和附近两个村子的干部带领群众在北邙岭上整修水库，大干了三个月，昨天下午完工了。上午，干部、群众仍然提前来到工地上，不停地忙乎着。他们有的收拾工具，有的正在挂横幅、贴标语，搬放桌子、凳子，为庆祝、表彰大会做准备。

九点多钟，堤坝北端的平地上站满了群众，乡政府的主要领导和村干部坐在会场的前边，桌子上放着奖状和一面锦旗。

大会开始了。乡长讲话："父老乡亲们、兄弟姐妹们，为了防洪抗灾，为了农业旱涝保收，你们干群一致，同心协力，把咱们这里失修了几年的水库堤坝加高了，修好了。我代表乡政府向参加义务劳动的一百多个农民同志表示庆贺和感谢！"

一阵掌声过后，乡长接着讲："乡亲们，党中央、毛主席号召我们，兴修水利，发展生产，摆脱贫困，强国富民。明年春天，引黄灌溉的邙山大渠就要动工了。希望青年人积极报名参加。其他人可以在水库两边栽种柳树、杨树，在山坡上种植果树，防风沙，保水土，使咱们的穷山村逐渐变成美丽富饶的家乡。"他的话音未落，会场上掌声雷动，农民们战天斗地的情绪更加高涨了。

接着，工地总指挥卫平同志宣布劳动模范名单，并一一简要地介绍了他们的先进事迹。他大声讲："关兴业、卫智旺、周大仓三位同志勇挑重担，功效最高，被大家评为'青年突击手'。卫兰兰同志，不仅吃苦耐劳，而且，很有科学头脑。她见大家从山脚下边，一筐一筐地往堤坝上运土，劳累多、工效低，就把她的男朋友刘忠民从县里的机械厂请到了工地上，让他献计献策。小刘同志很快通过他们厂里的领导，带着几个工人在堤坝的两头架起了木杆支架，安装了两组铁滑轮，大家再也不用抬着土筐上坡下坡了，解决了大问题。刘忠民同志是咱农民的好朋友，也是技术高参。我代表三个村的群众，表示感谢。等一会儿，还要派代表前往县里，把这面锦旗送到机械厂，表示感谢！"刘忠民听到表扬和大家的掌声，红着脸说："应该的，应该的。"

总指挥卫平接着表扬其他劳模，讲道："劳动模范柳皑雪同志年龄大，又是小脚，可她非要参加整修堤坝的义务劳动不可。她在工地上给大家烧水、做饭。每天早来晚走，还嫌贡献小，抽空学习蒸馍铺子里的揉面技术，她两只手同时揉两个面团，一小会儿就把两个整好了，一人顶两个……"人们没有听完，就鼓起掌来。

工地总指挥把八位劳动模范的先进事迹讲完以后，乡党委书记颁发奖状。大家看在眼里，喜在心里，敬佩之情油然而生，高呼口号："向劳动模范学习！向劳动模范致敬！兴修水利保丰收……"会场上一片欢腾。

白云在学校里写完作业回家了。她放下书包，心里想，妈妈在堤坝上干活，早去晚归，十分辛苦。近一个月来，连星期天也不休息了。他们一定是在赶任务，要在泥土冰冻之前把堤坝修好，才加班加点的。想到这里，她决定自己动手蒸馍馍，让妈妈回来以后，多歇一会儿。

她来到厨房，往面盆里放了一些玉米面和红薯面，掺了一点儿发酵粉，和成了面团。她自言自语地说："妈妈，你会双手齐下，一小会儿就能揉好两个，等你有空啦，一定教教我。"

白云揉着面团，心思飞向了工地，想起上次在工地上接妈妈看到的情景。

那是十月上旬的一个星期六的下午，不到六点钟，她来到了堤坝跟前。红彤彤的太阳在西山峰上照得大地金灿灿的，火烧云在空中变幻着形状、颜色，天地一新。她站在北岭上，望着南、北两座山岭之间的水库，半边瑟瑟半边红，想起唐代诗人白居易的《暮江吟》，情不自禁地说："这里的景色太美了。"接着，她的视线转移到了工地上，看到水库的拦河坝和不远处的半山腰上，有很多参加义务劳动的农民。他们有的在掘土，有的往筐子里边装，有的往堤坝上运，男男女女抬的抬、挑的挑，来往不断。运土的人们把土一倒在堤坝上，平整和行夯的人便快手快脚地忙起来。他们先用铁锹把虚土摊平，然后，抬起石磙子把它砸实。大家齐心协力，干得热火朝天。

"加油呀，嗨哟！修堤坝呀，嗨哟！保丰收呀……"的夯歌号子和那"咚！咚！咚！咚"的行夯的声音有节奏地交替着，震撼着山谷，震撼着平静的库里的水。那小小的工地上热烈的劳动场面，在火烧云的陪衬下，简直是一幅闪光动人的油画，激动着白云的心。

她望了一会儿，想去堤坝上帮忙。忽然，听到妇女队长卫兰兰在不远处唤她："白云，你妈妈在厨房里干活，就在那边的帐篷里，快去吧！"

白云顺着卫兰兰指的地方，看了一眼，说："知道！我以前去过！"说完，便向堤坝上走去。她还没有走到地方就听见收工的哨子吹响了。接着是指挥部的人对着双手掬成的喇叭的喊声："收工了！大家回家了！"白云只好朝着工地上的临时厨房走去。

她来到帐篷跟前，看见门外边放了一堆劈好的柴火，门口里边垒了两个大炉子，两个大蒸笼正在冒着热气，旁边的小炉子上放着一把水壶。再往里边，有五个中年妇女围在一块大案板的周围，专心致志地揉着面团做馍馍。里边的地方不大，可也十分干净。她一进去就问：“妈妈，收工的哨子已经吹过了，你们为啥还在忙乎？”柳皑雪说：“干义务工的人越来越多了，每天中午最少有一百多个人吃饭，单靠上午那几个钟头，做不出来，所以，得提前蒸好两笼才行。”

一个阿姨高兴地说：“你放学了，快坐下歇一会儿。”

“不累。”白云刚说完，发现母亲的双手同时揉着两个面团，说：“妈妈，您上次在镇上的饭铺门口站了恁长时间，原来是偷学人家技术的，教教我吧！”

另一位阿姨接过话，说：“你妈妈这一手难学得很。我照着她那方法学了几次都没学会，你也别学了。”柳皑雪对白云说：“你想干活，就把炉灰清理一下吧。”她的话音未落，其他人开腔了。有的说：“孩子刚回来，走了恁远的路，让她歇一会儿。”有的说：“这闺女不但长得聪明漂亮，还爱劳动，跟她妈一样闲不住。”白云没听恁多，便拿起笤帚和灰斗，来到炉子跟前……

她回忆到这里，嗓子痒得厉害，“咔咔”咳嗽起来，回忆被打断了。

柳皑雪拿着劳动模范的奖状回来了。她一进院子就听到孩子的咳嗽声，连忙来到屋里，放下奖状，一边给孩子捶背，一边说：“白云，你感冒咳嗽为啥还没见好？我那天让你买点药，买了没有？”

白云直起腰来，满不在乎地说：“不用吃药。小病，过两天就好了。”

母亲摸了一下女儿的前额，急切地说：“你现在不但咳嗽，还有点儿发烧，再不重视，会引起其他的病。吃罢午饭，我再给你熬点大葱姜汁汤，出点儿汗。要是还不见好，就必须让医生看看，说啥也不能往后拖了。”她见孩子不回话，接着说，“你要是舍不得花钱，我带你去找大夫。现在工地上的活已经完工了。今天上午总结大会也开过了，我有时间。你先在屋里休息，我去做饭了。”

下午一点多，柳皑雪端来了姜汤。白云刚喝了两口，又咳嗽起来，震得脸颊通红。母亲看着她的难受样，心疼极了。她含着眼泪，一边给孩子拍脊背，一边说：“等一会儿，我先去给你买点感冒药。另外天气越来越冷了，你学习忙，又是天天啃干馍，身体受不了，所以我想到镇上陪你，给你做碗热饭。”

“不行，不行！”白云急切地说，“我们住的是集体宿舍，全班的女同学睡在两排大铺上，你没有地方住。要是在校外赁房子，得缴租赁费，咱哪有那钱？再说我们学校的大多数学生和我一样，都是带干粮的走读生。妈妈，你可记得，咱们解放以前，连稀粥都喝不饱，现在能吃上馍了，我很知足。我觉得能不能吃上热饭是小事，只要能上学就行。”

柳皑雪说：“我知道你能吃苦，可是你的身体太弱。再说我去镇上给你做饭，不是和你住在一起，也不用租房子。”

“那你住到哪儿？”

“这你放心。”柳皑雪说，“前些日子，我在镇上遇到我的一个堂妹，也就是你的秀英姨，她家住在学校旁边。去年她的丈夫去世了，家里只有她和两个孩子。你秀英姨知道你上中学了，非常高兴。她说，我要是农闲的时候，想到镇上给你做饭，她给腾出一间小屋，让我住在那里，也陪她说说话。我等一会儿就去落实一下。要是没有变化，马上就可以搬过去。”白云高兴地说：“如果能行的话，我帮您拿行李。”停了一会儿，又说，“您住在我秀英姨家，是咱们的需要，可也不能勉强人家。”

“这个妈妈知道。”

过了一会儿，柳皑雪见白云睡着了，便到镇上。她先给孩子买了点感冒药，然后向堂妹家里走去。

柳秀英一看见堂姐就迎了过来，亲切地说：“皑雪姐，可把你给盼来了。你先看看这间小屋行不行？我已经打扫好了。里边有一张旧桌子，一条长凳子，就是没有床。要不咱们晚上挤在一块儿，俺那屋里的床板挺宽的。”

柳皑雪站在那间侧房的门口，看着地上的草垫子，说：“有这个就行，比床板软。”

柳秀英指了一下屋檐下边的地灶，说：“那是我给你垒的，俺家的晒麦场上有个麦秸垛，烧火用柴，随便拿。以后有事需要帮忙，尽管告诉我。希望你早点儿搬过来。”

柳皑雪十分感激，说：“给你添麻烦了！我现在就回去拿东西。”

那天下午，母女两个带着米面、铺盖和生活必需品一起向镇上走去。快到学校的时候，柳皑雪指着一个大门，说：“你秀英姨家就在这里。”说完一起进了大门。

主人看见她娘俩来了，笑容满面，接住了白云的包袱，说："闺女儿，欢迎你们，就是咱家太穷，连个床板都没有多余的，你妈只有将就一点儿。"柳皑雪说："你姨让我和她睡在一张床上，我没有同意。"

白云对主人说："您已经给我们方便了，俺还没有谢你呢。"柳秀英说："自家人，不用谢。"

她们把东西放在了那个简陋而干净的小屋子里。白云说："你们聊，我去学校看书了。"

房主离开以后，柳皑雪四下看了一下，满意地微笑着，心里想，只要能为孩子，再大的困难也能解决。没有床板，就睡地铺；没有煤烧，就去野外捡柴火；细粮不多，让给孩子一个人。细粮吃完以后，可以粗粮细做：把红薯面轧成面条；把玉米面做成野菜虚糕；把红薯放在铁礤子上搓成碎渣，烙成小饼。变着花样，让孩子吃饱吃好。只要她的病好了，身体越来越壮实了，就是再苦也值得，再累也高兴。

白云在妈妈的精心护理下，食欲增加了，精神好了一些，可是低烧不退，仍然咳嗽，连感冒药也不起作用了。柳皑雪劝孩子请个假，让医生全面检查一下。白云不想耽误功课，也舍不得化钱，一直往后拖。

这天早上白云放下饭碗，忽然咳得上气不接下气，心脏也跳得厉害。柳皑雪帮助拍肩背，发现白云吐血了，不禁惊叫了一声："啊？"

白云见母亲被吓得脸色苍白，直打哆嗦，说："我喉咙被震得出了点儿血，没啥要紧。"

"你还不重视！"母亲一把拉住女儿的胳膊，急切地说，"快！现在就去看病，不敢再拖啦。"

出了大门，白云说："我请个假再去。"柳皑雪说："先去看病。回来以后，我给你请假。"白云只好跟着妈妈向镇上的诊所走去。

医生仔细检查以后，询问了病人近期的情况，然后把家长叫到了室外，说："你女儿得的是肺结核，也叫痨病。她咳嗽的时间太长了，不但肺部有病，心脏也不太好，心动过速。你要赶快给她治疗，免得引起其他内脏的'并发症'。"

柳皑雪听罢，心急如焚，含着眼泪，恳求医生，说："大夫，你一定要救救我的女儿！"

医生说："你不要害怕，也不要太着急。这种病在过去十有八九治不好，现在只要没到后期都能治愈。咱们诊所有两种进口药：‘雷米封’和‘盘尼西林’。不过这两种药都很贵，‘雷米封’12块钱一瓶，她至少得吃三、四瓶，才能康复。”柳皑雪说：“只要能治好俺闺女的病，再贵也要买。”

白云等她们返回屋子，问：“大夫，我得了什么病，为啥背着我说话？”医生担心病人有思想负担而造成治疗的心理障碍，避重就轻地回答：“你感冒咳嗽的时间太长了，影响到了肺部。不过不大要紧，吃点药，过几天就好了。”

柳皑雪按照医生的嘱咐，买了一瓶“雷米封”。白云从这天开始请了病假，待在家里一边吃药，一边自学。

一天下午老师带着学生来看病人，老师看见白云拿着课本睡着了，对学生们摆了摆手，来到了院子里，对柳皑雪说：“家长同志，白云有病好多天了，一直坚持上课，才病成这样。你一定抓紧时间给她治疗，也要让她好好休息，不要急着看书。耽误的功课以后再补。”

柳皑雪说：“谢谢你们的关心。前天我带她去医院了，买了一瓶‘雷米封’药，等她的病轻一些就去上课。”

老师讲：“不用着急。白云的学习基础扎实，也挺上进。她担任团支部的工作，很负责任。国庆节前学校举行的演讲大赛，她荣获一等奖，你可能知道了。”

柳皑雪说：“感谢老师的培养。这回她耽误的功课，请你们给补一补。”老师点了点头，说：“给学生补课是老师的责任，放心吧！”一个女学生说：“等白云的身体好一些，我来帮她补数学。”

大伙离开的时候，老师怀着敬意，说：“家长同志，你为了孩子，住在这样的小屋子里，真是一位尽职尽责的好家长。”柳皑雪说：“应该的，你过奖了。”

白云吃了三天药，病情开始好转。那瓶“雷米封”还没有吃完，也就不发烧了，咳嗽也轻了许多，她背着书包上课去了。

没过几天药吃完了。柳皑雪想让孩子继续治疗，可是口袋里的钱不够买药。她打算等到星期天，回村子里卖一亩地，再买两瓶“雷米封”。不料药一停，白云的病情突然加重了。这一反复，不但发烧、咳嗽，而且食欲大减，四肢无力。

母亲看见孩子无精打采，一进屋就倒在地铺上，连忙走了过来。她还没有开口，发现白云又黄又瘦的脸上，好像抹了胭脂似的，两颊、嘴唇和眼皮儿都是红的，急得两眼泪花。她抚摸着孩子消瘦的脸颊，含着眼泪，说："白云，你的脸上有色斑，这可是不好的征兆啊！"

白云说："妈妈，不要紧。您别着急，也别担心。"

母亲劝道："孩子，今天不要再去上课了。我现在回村里弄点儿钱，赶快买药。"

白云见母亲泪水汪汪，问："妈妈，有病是正常现象，您哭啥呀？"柳皑雪擦了一下眼泪，心里说："孩子，你不知道，你得的病不是一般的头疼脑热，特别是低烧一直不退，脸上又起了红晕、红斑，是病危的预兆，我怎能不揪心，不害怕呢？"的确，她的心都碎了。

柳皑雪为了不让孩子难过，背过脸，擦干了眼泪，装着没事的样子，把咳嗽药和水递给了白云，说："你先把这药喝了，我一办完事就回来。"

柳皑雪出了院子，三步并作两步，很快回到了卫家寨村。

邻居周氏看见她慌慌张张地走来，老远就开腔了："皑雪，你回来了，是不是有啥急事儿？"说着来到了跟前。

柳皑雪看见知心朋友，拉住手，泪水夺眶而出。周氏关切地问："到底出啥事了？看把你急的。"她见柳皑雪泣不成声，劝道，"不哭，也别着急，先到我家，一会儿再说。"

柳皑雪坐在椅子上，擦了一下眼泪，说："嫂子，俺白云生病了。医生说她得的是痨病。吃了一瓶进口的西药"雷米封"，轻了不少，可是药一停，病就重了。今天早上，她的脸上起了红斑，脸颊、嘴唇和眼皮儿都像抹了胭脂一样。嫂子，你知道她二姑就是得了这种病，17岁就没命了。现在俺闺女咋也得了这种病？我愁得吃不下饭、睡不着觉，只能背着孩子流泪。"说完"呜呜"地哭出声来。

周氏没有听完就被吓了一跳，说："这种病不好治，她的身体本来就很虚弱，加上在镇上上学，用心劳累，吃不好，营养跟不上，才病成这样。现在你别想恁多，也不要发愁，赶快想办法，找个好大夫给孩子看病。"柳皑雪说："我现在就去找咱们村里买卖土地的中介人，先卖一亩多地，赶快买两瓶那药。"

周氏说："卖地，再快也得等两天，钱才能到手。我这两个月给别人纺了几斤棉花，挣了七八块钱，你先拿去。"说完把钱塞到了柳皑雪的手里。又说，"我攒了点鸡蛋，你一会儿拐回来带去，让孩子补补身子。"柳皑雪感激地说："也行。借你这钱，等到卖了地以后，给你送来。"

周氏送柳皑雪出了大门，忽然想起一位老中医，问："哎，你想不想让中医大夫给孩子看看？我听说北乡的高家庄有个老中医，会治这种病……"

"想。"柳皑雪立即回答，"中药治本，路也宽。等我办完卖地的手续，就去高家庄。"

周氏说："我还没有讲完呢。刚才卫明牵着马，把高大夫接来了，他的父亲有病。你等一会儿去卫明家，就能见到高大夫。"

"太好了！我现在就去。"柳皑雪说着，小跑似的去了。

她路过大队部的门口时，书记从里边出来了，高兴地说："清正嫂，我正要找你。昨天上级拨下来了救济粮和救急款，你家的粮食不足，白云又有病，所以特别照顾。队里干部研究决定，给你家二十斤谷子、十五斤小麦，还有三块钱，你现在去领吧。"柳皑雪激动不已，说："谢谢政府，谢谢你们。我现在要去找大夫，明天再领。"

柳皑雪很快来到了卫明家，对老中医讲了女儿的病情。高大夫说："这病能治好。不过，我不见病人，不能开药方。"说完转过脸，对卫明说："你父亲吃完这五副药，再去接我。你也听到了，这位大姐的女儿病得不轻，我现在就去镇上，你就不要送我了。"卫明说："你去镇上，再回到高家庄，得走十几里路，太累。我还是牵着马送送你吧！"

"不用了！"高大夫说着便站了起来。这时周氏也来了，她把鸡蛋递给柳皑雪以后，和他们一起向外边走去。

高大夫跟着柳皑雪来到镇上，给白云号了脉，看了一下舌苔，说："放心吧，医治这种病，我有祖传秘方，已经治好了好几个这样的病人。一般情况下，这种病人吃完我给配制的一剂药，病就好了。只是配药需要一只三年以上的红公鸡，这种公鸡的后爪有一寸多长，很不好找。不过只要多跑几个地方，还是可以买到的。你孩子病得不轻，希望尽快给我送去。另外你先熬点小米汤，滤掉米渣，酿一罐儿黄酒，做药引子。怎么喝，等你去取药的时候，再告诉你。"

柳皑雪问："高大夫，配这一剂药，大概需要多少钱？"说着把钱掏了出来。

高大夫摆了摆手，说："一文不收。你抓紧时间买一只合乎要求的红公鸡，给我送去就行了，药很快就可配制好。"

白云说："大夫，俺不能让你贴钱。"

高大夫风趣地说："我用药材换了鸡汤，可以说没有贴钱。"停了一下，又说，"孩子，治病救人本是医生的天职，不挣钱也得给病人治病。你是个有志气的孩子，就是多少贴一点儿也值得！"

柳皑雪要给医生做荷包蛋，高大夫拒绝了，说："要让你的女儿早点康复，不但要吃药，也要增加营养，鸡蛋就留给她吧。另外，在药还没配制好以前，要让你的孩子继续吃退烧药和消炎药，多喝一点儿温开水，控制一下病情。"

柳皑雪送走了医生，立即到外边寻找配药用的鸡子去了。她走街串巷，角角落落找遍了，也问了好几个人。他们都说没有见过那样的老公鸡，就是有人养了几只鸡，也是以母鸡为主，公鸡一长大，也就换盐了。

柳皑雪不达目的不罢休，上午没有找到，下午又去寻找。她来到附近的村子里，这里瞅瞅，那里问问，这个村子里没有，就到另一个村里寻找。

傍晚时分，她拖着疲惫不堪的腿进了韩庄，忽然发现晒麦场上有一群鸡。一只昂首挺胸的大红公鸡，领着一群母鸡从麦秸垛的后边出来了，她立即来到跟前仔细一看，那只公鸡的后爪，足有一寸半长，喜出望外，情不自禁地拍了一下手，说："太好啦！太好啦！"然后来到了路边，打听那只公鸡是谁家的。路人都说不知道。她想，要是找不到鸡子的主人，也就买不成了，怎么办呢？

柳皑雪望了一下快要落山的太阳，决定等到鸡子上窝的时候，跟过去，也就找到养鸡的人了。她转念一想，不可，鸡子上窝，如果跑得飞快，自己跟踪丢了，也就不好办了。停了一下，她想起平时遇到的情况：在外边找食儿的鸡子一遇到陌生人的追赶或者其他危险，就会往家里跑。她决定惊扰那群鸡子，举起双臂，"呼儿！呼儿！"地喊起来。

那群鸡子立马逃跑了，柳皑雪紧追不舍。

这时一位中年妇女在她家门口看见了，以为柳皑雪是个偷鸡贼，气愤地喊："哎！你抓我家的鸡干吗？啊？大白天你也敢来偷盗，胆子也太大了！”鸡子的主人喊着、骂着来到了跟前，路人也围了过来。他们七嘴八舌地帮着那个妇女说话。有的问：“你是不是偷鸡的？”有的说：“偷鸡的，你是哪里人？品质这么差……”

柳皑雪为人正直，再穷再难，不偷不摸，从来没有人怀疑她是小偷，更没有受过这种窝囊气。她听着那些刺耳的责骂，觉得冤枉。可是顾不上解释，连声说：“可找到你了！可找到主人了！我的闺女有救了！”

大伙听罢，不知道咋回事，鸡的主人更是莫名其妙，问：“找我干吗？你得说清楚，为啥要偷俺家的鸡。”

心里没有鬼，不怕喝凉水。柳皑雪镇静而坦然地回答：“我是卫家寨村的，从来不会偷东西。我今天吃罢午饭出来，去了好几个村子，终于在你们这里找到了三年以上的红公鸡。因为不知道是谁家的鸡，才赶鸡子回家，目的是让它引路，找到养鸡的人。请你行行好，把这只公鸡卖给俺吧！我的女儿得了痨病，中医大夫让我送去这样的鸡子，配药用的。”

大家听完以后，明白了缘由。鸡的主人通情达理，感到很抱歉，说：“原来是这样，对不起！我们错怪你了。”说完，又对大伙讲：“你们帮个忙，把俺这只大公鸡给她抓住。”几个人左拦右挡，前堵后截，不大一会儿，那个妇女就把她家的大红公鸡提过来了。

柳皑雪掏出三元钱，说：“给俺救急了，谢谢！你看这三块钱够不够？”“你配药用的，提走吧，不要钱。”

柳皑雪说：“养鸡也不容易，你就收下吧！这也是我的一点心意。”那个妇女高兴地说：“用不了那么多，你非要给钱的话，我就收下两块。”

第二天，柳皑雪让女儿吃了早饭，喝了西药，便提着鸡子向高家庄走去。高大夫看见那只大红公鸡，高兴地说：“很好！我抓紧时间赶制，你后天下午就可以来取药了。”

白云每天早上和晚上，用温开水送服一汤勺配制的药粉和三汤勺的黄酒，服了三天，病情就控制住了。十天以后，药粉还有一大半，她发烧退了，咳嗽轻多了，脸上的色斑也消失了，而且饭量逐渐增加，可以上学了。

母亲看着孩子的身体一天天地好起来，悬在胸口的那颗颤抖的心才回到了原位。

第四十三章

母爱如磐石

一个月以后，白云把药吃完了，难以治愈的痨病基本上痊愈，背着书包去上学了。可是她的身体仍然虚弱，气色没有复原，柳皑雪又去高家庄拜访了老中医，遵照医嘱跑到更远的地方，买了一只配药用的三年以上的红公鸡，又配制了一包药粉，让白云继续服用，希望孩子彻底康复。这两天她一有空就坐在小纺车前给别人纺棉花，为了多挣俩钱，给孩子增加营养，也为下个学期筹备学费，天天熬到半夜以后才休息。

星期天的下午，白云写完作业，来到纺车跟前，望着母亲消瘦的面容，心疼地说："妈妈，您日夜为我操劳，越来越瘦了，鬓角上的白发也多了。现在我的病好了，您却老了许多。"柳皑雪停下活，抬手擦了擦孩子的眼泪，说："你别难过，我的身体好着呢。"

白云拉住母亲的胳膊，恳求着说："妈妈，我也想纺棉花，您教教我。等我学会了，节假日可以替换你一会儿。"柳皑雪摇了摇头，说："你的病还没有好彻底，功课又忙，不能太劳累了。再说我一个人能挣够你下个学期的学费。"

"不行，我想学。"

当家长的拗不过孩子，只好说："可以。不过，今天不能教，你刚写完作业，出去活动活动。"白云拿起笤帚，打扫院子去了。

次日上午，柳皑雪看着白云上学去了，便提着篮子向县城走去。九点多钟，她在商店里买了五斤小米、三斤大米，半斤肉馅儿，还有两包点心和青菜，高高兴兴地走在大街上。

这时，文静提着东西迎面走来，还没有走到跟前就打招呼，说：“大恩人，几年没见面了，我好想你。”柳皑雪看见故友，迎了过去，微笑着说：“我也想你了。”两个人紧紧地拉着手，亲热地问候了两句，然后互相端详着。

文静问：“你今天喜盈盈的，一定有高兴的事吧？”柳皑雪说：“前些日子，俺小闺女儿有病，很严重，现在好了，我能不高兴吗？你看，我买了这么多的东西，给孩子改善改善生活，这两包点心是去感谢救命恩人高大夫的。”

“太好了。”文静说，“大恩人，你现在去我家一趟，给孩子带回去点大枣、核桃，补补身体。”柳皑雪婉言拒绝，说：“我家也有。现在俺闺女在镇上上中学，我在校外住着给她做饭。时间不早了，我以后有空一定去看你。另外以后见面就叫我的名字，不要大恩人大恩人的，过去的那点儿小事儿，别老记着。”

文静说：“也行。不过我永远也忘不了你们的大恩大德。你要是现在不去我家，我给孩子买点儿东西。”说着来到了路边的一个橱窗跟前。柳皑雪连忙走过去，可也没有拦住，文静硬把买好的烧鸡放在了她的篮子里。

她们一起往城外边走边聊，文静问：“皑雪，你最近没有见过水泉吧？他现在挺可怜的。去年他的妻子有病不在了，撇下一个小男孩儿，才三岁多。现在他白天上班忙，晚上回到家里还得操心孩子。”

柳皑雪听了，顿生同情之心，说：“中年丧偶是人生的极大不幸，他怎么也摊上这个了？”

文静自从得知表弟水泉成了单身以后，就想到了柳皑雪。她认为这两个人早就认识，双方互相了解，年龄、仪表各方面都挺般配，想趁机做件好事，搭个鹊桥，说：“是啊！他上次来我家，我建议他再找一个，你猜他咋说？他说自己看上的，人家不愿意，都怨自己的福分太浅啦。”

柳皑雪听罢，不禁想起水泉曾经两次向她求婚之事，脸唰的一下红到了耳根儿。文静瞅着对方的反应，试探着问：“你想不想找个伴儿？”柳皑雪说：“没有想过。现在俺闺女的病刚好，我的心思全在孩子身上。另外我要供孩子上学，负担重，也不想连累别人。”

文静听罢，心里想，柳皑雪要是和水泉成亲了，表弟不仅娶到了喜欢的女人，也有了帮手。同时，好朋友柳皑雪的负担也能减轻许多。她现在顾不上，可以先拉个红线。于是决定把东西放到家里以后，立即进城，给表弟提亲。

水泉成了单身以后，一直想着，自己要是再成家的话，表妹柳皑雪是意中之人，也是唯一的人选。可他一直没有勇气再去提亲。这会儿他听了文静讲的情况，好像满有希望似的微笑了一下，说："我下午就去看看白云，也安慰安慰皑雪。"文静说："看把你急的。你今天就去探听一下皑雪的心思也行。"水泉高兴地说："她要是同意嫁给我，我就是最幸福的人。"

水泉送走客人以后，在食堂里买了两个烧饼代替午餐，接着到街上买了些礼品，迫不及待地出发了。一路上他一边走，一边回忆他和柳皑雪当年在田间地头干活，说说笑笑的情景；想起表妹的关心，以及那些年倾心神往的苦涩；想象着多年不见即将重逢的激动心情，忍不住"嘿嘿"地笑出声来。

过了一会儿，他开始考虑去到那里，除了问候小姑娘的身体状况以外，对柳皑雪讲些什么？能不能直接向她求婚？如果对方担心两窝孩子生闲气，仍然不肯答应的话，怎么办？他转念一想，认为柳皑雪本质善良，加上他们年轻时候的感情基础，说不了她会欣然答应的。水泉想到这里，不禁手舞足蹈，忘记了自己已是四十开外的人。

水泉来到镇上已是下午一点多钟，正是学生上学的时候。他不晓得柳皑雪的住处，便来到了学校门口，心里想，十一年以前见过的小白云一定大变样了，必须抓紧时间打听。这时一个女学生走了过来，他问："姑娘，你认识卫白云吗？"

"认识，我们是同班同学。"那个学生的话音刚落，看见白云背着书包来上学了，指了一下远处，说，"你看，她来了。"

水泉说了声"谢谢"，便转身迎了过去，问："闺女儿，你还认识我吗？"白云打量了一下客人，说："好像在哪里见过。你是？"

"我是你的表叔水泉。"

"啊！想起来了。"白云说，"我小时候，你在我舅家的院子里，抱着我们几个小孩子举高。表叔，你来这里有事吧？"水泉说："你的记性很好。我听说你有病了，过来看看。你现在好多了吧？"白云说："已经好了，能上学了。现在我妈妈在这里给我做饭，你到她住的地方歇会儿吧？”水泉点了点头，说：“好的。”

白云接过礼品，把客人领到了母亲那里。说，“妈，您看谁来啦？还带了这么多的东西。”

柳皑雪似乎预料到了，说：“表哥，你来了，屋里坐。”水泉说：“我听文静姐说，白云生病了，过来看看。”

他们进了小屋，白云递上了热茶，说：表叔，你和我妈说话，我去上课了。”

“去吧。”水泉应了一声，环视了一下不到八平方米的屋子，问：“皑雪，你吃住都在这里吗？”

“是的。这里挺好，离学校近，白云回来吃饭方便。”

水泉点了点头，说，“为了孩子，以苦为乐，你真是一位好母亲。”停了一下，接着说：“我听文静姐讲，白云病了很长时间，你应该早点儿告诉我。现在她的病虽然好了，可是弱不禁风，必须加强营养。”

柳皑雪给水泉添了点儿热茶，说：“我今天上午听文静说，你是又当爹，又当妈，过得也很艰难。”

水泉从表妹的话里体会到了同情，感到了温暖，说：“是啊，她去年病故了，撇下一个小男孩儿，我白天在县财政局上班，晚上照顾孩子。有人给介绍了，我没有同意，你一定知道什么原因。”

他讲到这里，低下头，停了一会儿，又说：“我这次来看望白云，也想见见你，对你说说心里话。”

柳皑雪是个多愁善感的人，她一看见水泉，就想到他前来的主要目的，不过当她听到暗示，仍然感到突然。过了一会儿，她才说：“我明白你的心事。”水泉说：“皑雪，咱俩从小一块儿长大，不是刚刚认识，我就直说了，你要是不嫌弃我前边的孩子，我对白云一定像她的亲生父亲那样关心她，供应她上学，保证一辈子对你好，希望你能答应。”

柳皑雪不知所措，想了一下，说：“泉哥，我同情你，也可怜你那没有妈妈的孩子。我更了解你的为人，相信你讲的都是心里话，但是我不能答应。”

“为什么？”水泉急切地问，“是不是还有其他顾虑？”

柳皑雪看着水泉诚挚的表情，不好意思挫伤他的情感，推辞道：“你知道我有负担，要供应孩子上学，如果让你替我承担，就会影响你家里其他人的利益。你有父母、兄弟一大家子人，他们会不会都同意？再说这种大事，我得考虑考虑，也得跟孩子们商量一下，你说呢？”

水泉点了点头，说：“你想得很周到。我们家里，我的父亲是掌柜，我和弟弟的收入都得交给他。不过我家有钱，家里有骡子有马。现在我弟弟每天赶着胶轮车在城里运送货物，收入不少。我呢，有固定工资。这几年来，家里盖起了五间临街房和两间对厦屋，打的粮食吃不完，让白云上学，花不了多少钱。再说孩子上学属于正当开支，估计他们都会同意。我想，只要你愿意，你的孩子们也不会反对。不管怎样，我回去先跟俺家里的人打个招呼，晚上开个家庭会，落实一下。我现在就回去，明天给你回话，到时候大家要是都支持，你可不能再推辞了。”

柳皑雪面对曾喜欢自己的痴情的人，想到眼下双方的需要，有些动心。不过一刹那间，又想到水泉的父亲“铁公鸡”的绰号，估计他老人家不可能同意为了她的孩子而付出，同时，自己也不愿意离开卫家，勉强微笑了一下。

她送客人走到大门外边，房东迎面走了来，高兴地说：“皑雪姐，送客人了！”

“是的，俺表哥来看白云了。”

房东瞅着客人，觉得有点面熟，想了一下，说：“这一位我认识，他叫水泉儿，以前经常去你家帮忙。”客人说：“没错，你也是我的表妹。”房东说：“水泉哥，上我屋里坐会儿吧！”

“我回去有事，下次来了一定去。”

房东目送着他们，想起水泉以前去柳庄提亲未成的事，心里想，难道他还没有成家？难道……

表兄妹俩来到了大路边，水泉拉住柳皑雪的手，说：“我明天就来，你等着好消息吧！”

柳皑雪在返回的路上，边走边想：白云上中学，是个走读生，自己农闲的时候，可以来镇上给她做碗饭，要是将来考上了大学，就得住校。到那时候，没有经济来源，困难就会更大。要是让水泉供应，困难也就迎刃而解了。不过他的家人一定反对，或者现在同意，以后找些理由阻止，所以不如趁早想办法推脱。至于孩子考上大学怎么办？到时候另想办法。她又想到早已离开人世的丈夫卫清正，觉得更不应该有离开卫家的想法。

她回到住处以后，心里有些为难。她想，要是直接拒绝水泉，怕他接受不了，自己有点对不住人。怎么办好呢？

傍晚，白云背着书包回到了小屋，看见母亲皱着眉头，问："妈妈，您在考虑啥呢？我表叔今天来看我，是不是还有其他事情让您为难了？"

柳皑雪说："的确感到为难……"她把水泉的情况以及向她求婚的事一五一十地告诉了女儿。

白云听罢，认真地说："依我看，表叔是个国家干部，仪表堂堂，其他条件也挺好，加上你们的亲戚关系，互相了解，你就答应了吧。"

"不行。"

"条件这么好，为啥不行？您是不是害怕继母不好当，生闲气？"

柳皑雪说："不是。我认为人心都是肉长的，只要继父继母善待对方的孩子，也就不会有什么闲气。我不同意有多种原因。我听说他的父亲为了盖房子、买地，把钱捌得很紧，要让人家一直供应你读书，指靠不住。再者，咱们现在的生活虽然艰苦一点儿，可也不至于让你辍学。还有，我要是走了，对不住你死去的父亲。"

白云不以为然，说："我表叔有工资，供应我上学不用别人掏腰包，他家里的其他人不应该干涉。另外，再婚不能只是为了眼前，而要为您后半辈子的幸福安排。我父亲不幸早走了，你为我们苦熬了这么多年，现在我的两个姐姐都已成家，您要是找个合适的人，她俩也就不用操心了。妈，我认为你没有对不起我爹。希望您趁着年轻找个伴儿，互相关照。到老了，身边有个知心人，互相陪着说说话。将来我要是在外工作，家里有了情况，有个报信儿的人，岂不更好。妈妈，您和我表叔这么般配的机缘不好遇，您就别再犹豫了。"

柳皑雪说："你讲的也是。我现在可以住在镇上给你做饭，你要是考上大学了，不能带着干粮当走读生，我也陪不了你，住校吃食堂饭花销大……"白云打断话，说："妈，我知道你还要说啥。我将来上大学，不打算让别人寄钱。俺老师讲过，家庭经济困难的可以考师范。凡是考上师范学校或者师范学院的，国家管吃管住，一毕业就有工作，我打算走这条路。"

白云见母亲点头了，很高兴。过了一会儿，她忽然想到了另一个问题，说："妈妈，我现在刚上初一，根据您刚才讲的情况，要是他的家人不同意我上学，或者犹犹豫豫打折扣，您可千万别答应。"

柳皑雪微笑了一下，没有吭声。

白云以为母亲主意已定，急切地问："妈，您听见了没有？"

母亲见女儿着急的样子，想了解一下她对学习和前途重视的程度，仍然没有回答。

白云更加着急了，她使劲儿地摇着母亲的肩臂，大声讲："说话呀！您是不是不在乎这个？"说完，气呼呼地出去了。

柳皑雪见女儿动了真格，生气了，悄悄地往外边瞧了一下，心里暗暗高兴，自言自语地说："有这股硬劲儿、憋劲儿就行。"然后，做起针线活来。

白云在院子里走来走去，想来想去。一会儿认为母亲应该找个伴儿，现在遇到了这么合适的，自己应该支持，不能成为他们的阻力；一会儿又认为学习深造不仅可以实现自己的美好理想，也是祖国建设的需要，决不能荒废。姑娘思想上斗争了好大一会儿，决定耐心地说服母亲。

她回到屋子里，坐在母亲跟前，说："妈妈，婚姻自由，女儿没有权利干涉，可是您知道我考上中学不容易，咱们村里没有考上的，掏高价学费到县城里上私立中学，我要是半途而废，实在太可惜了。您可知道，国家建设需要成千上万的有文化的人，我的志向是将来建设祖国，或者保卫祖国，要是中学也毕不了业，就是个半文盲，工厂、学校不需要，机关、研究部门更是进不去。再说，我的学龄期限一过，再也没有上学的机会了。妈妈，您知道女孩子不像男孩子那样力气大，能干重活。我要是没有文化，长大以后只能当个家属。到那时候，我想对国家多做点贡献而能力不及；我想多多孝敬您而没有收入，花钱得向别人要。人家高兴了给，不高兴了不给，多作难啊！要是自己有个工作，花钱又自由又有气势。所以我想学习深造，不仅是个人前途的需要，也是祖国建设的需要，不知道您想过这些没有？"

柳皑雪听到这里，忍不住笑了，说："不要上纲上线了，你讲的我都清楚，啥都想过了。孩子，妈妈永远不会为了自己的幸福而不顾你的前程，放心吧。"讲到这里，她看见女儿含着眼泪望着她，接着说："白云，你的表叔的确是个好人，他喜欢我，态度是真诚的。我同情他的不幸，也不忍心伤害他的感情。但是同情不等于和他结婚。他走了以后，我决定不管他的家人怎样表态，都要想法推脱。"

停了一下，又说："孩子，你可知道，我这样做，不仅是为了你，还有另外一个原因——你的父亲在我的心里谁也代替不了。我们夫妻一场，只相伴了十六年，太短暂了。还有，他是为了抗日被日本鬼子和汉奸杀害的，死得那么惨，不能让他一个人一直孤独下去。我打算寿终正寝的时候，一闭上眼睛就去找他、陪他。"

白云听了这些肺腑之言，对母亲更加了解，更加钦佩，也更加感恩。一句名言立即涌上心头：

"世界上有一种感情，洪水冲不垮，大刀劈不开；有一种责任，只要还有一口气，就竭尽全力，锲而不舍；有一种大爱，在贫穷面前不动摇，在富贵面前不转移。"她心里说，这种感情，这种责任，这种坚如磐石的母爱，我都体会到了。她紧紧地搂住母亲，说："你真是一位贤妻良母，是最好的妈妈。"

次日上午，柳皑雪坐在小凳子上纺棉花。白云看着母亲一边摇车把，一边扯线地忙乎着，听着那"嗡嗡嗡"的颇有节奏的响声，说："妈妈，我的作业写完了，您教教我吧！我学会以后，咱俩换着纺线，下个学期的学费很快就可以凑齐了。"

柳皑雪估计水泉快来了，想让孩子回避一下，停下小纺车，说："以后再教，你现在去地里挖点儿野菜，中午做面条用。"

"好的。"白云说了一声，提着篮子出去了。

过了片刻，一辆自行车停在了大门外边。不过车主人不是水泉，而是一个二十多岁的小伙子。他上好车锁以后，提着一兜礼品来到了小屋跟前，问："柳姐在家吗？"

柳皑雪一听到说话声就知道水泉那边出问题了，立即来到门口，说："在家。你是谁？"客人回答："我是水泉的表弟。"

"快进来吧！"主人给客人让了座，倒了一杯热茶，问："是水泉让你来的吧？"

"是的。"客人说，"昨天晚上，我列席了他家的家庭会，因为开砸了，他让我来说一声，免得你着急。"

柳皑雪问："是不是他的父亲坚决反对，闹僵了？"

"不仅闹僵了，而且差点儿出了人命。"客人看着柳皑雪吃惊的样子，停了一下才接着讲，“昨天晚上，水泉的家人来到客厅，那老老少少听我表哥说他要找媳妇了，个个喜笑颜开。当他们听说要供应一个中学生的时候，立马变脸了，也冷场了。除了水泉的弟弟说了一句‘能行’以外，其他人都反对。老当家板着面孔说：‘不行！绝对不行！’讲了些理由，说什么要发家致富，盖房子、买地，必须攒钱。要是供应一个中学生，就得打乱计划，一切都完了。他老人家不允许为了你的孩子，而不顾他全家人的利益。老人家讲了很多，说什么‘只增产，不节约，等于买个没底儿锅；只节约，不增产，等于买个没底碗。’老人家把街上的大标语都搬来了。我的大表嫂也跟着瞎撺掇，她说女孩子多少识俩字就行了，读书再多，将来一出嫁，也就成了别家的人，白花那钱不值得。我水泉哥忍着性子讲了自己的承诺和培养人才于国、于家、于己的好处。老当家听罢，气冲冲地捣着他的鼻子，骂他没有出息，被女人迷住了，并且斩钉截铁地说：‘那闺女就是你的亲生，我也不允许她到外地上学’。水泉哥觉得没有调和的余地，提出分家，还说要是也不允许，他就带上儿子到卫家寨落户。老当家没有听完就气得脸色苍白，嘴唇发紫，拍着桌子嚷嚷：我丢不起这人！喊声未落，他的心脏病犯了，上气不接下气。刹那之间，客厅里乱作一团。大伙连忙呼救，一直到十点多钟才平静下来，激烈的家庭会就这样结束了。”

客人讲完以后，叹了一声，说：“唉！我表哥遇到这么个思想陈旧而又固执的父亲，该咋办呢？他今天早上去我家，让我父母劝劝他家的老糊涂，我看见他的眼都哭红了。这不，他买了这点儿礼品，让我转告你，不要着急，等他想办法做通了工作，再来看你。”

柳皑雪听罢惊心动魄的家庭会，十分难过，心里想，这种结局比她预料的更糟，如果早点儿把自己的打算告诉水泉，就可以避免这种意外。转念一想，那样也不好，要是当时回绝水泉，让他立即受到打击，的确于心不忍。

此时此刻，她担心水泉想不开而闹出病来，皱着眉头，一边给客人添茶水，一边考虑缓解矛盾的办法，说：“你回去转告水泉，一定要想开一点。我们知道他的父亲是从旧社会过来的人，穷怕了，也节俭习惯了。老人家一心想着发家致富，轻视人才培养以及重男轻女的思想根深蒂固是自然的，再说，思想固执也是老年人的通病，只能理解、劝说和谅解，不能怨恨，更不能逼迫，免得出了大事，落个忤逆的罪名。到那时候，会后悔一辈子的。另外，你也告诉他，我让孩子上学也是雷打不动的，我不可能为了自己而不顾孩子的前途。要是俺闺女因为我而辍学、而痛苦，我的生活条件就是再好，也不会感到幸福。唉！我知道水泉既要听他父亲的话，又想担当供应白云上学的义务，而两者水火不容。所以我希望他放弃无法实现的愿望，尽快摆脱烦恼，保证身体健康。更希望他尽快地把我忘掉，遇到合适的早点儿成个家。”

客人说：“你讲得很对，只是我表哥太痴情了。他对我说，要是老当家不听劝告，执迷不悟的话，他永远不娶。这样吧，我一定把你的话一句不落地告诉他。现在我走了。”

柳皑雪提起礼品，说：“你把这个带回去，我这里有。”客人说啥也不拿。他们正在推让，房主从外边回来了。她在院子里听到说话声，问：“皑雪姐，水泉哥又来看你啦？”

“没有。他让他的表弟来了。”说着和客人一起从屋子里出来了。堂姊妹俩送走客人以后，房主又问：“水泉哥为啥没来？”柳皑雪说：“没来更好。”房主听了回答，好像从中明白了什么似的，拉着长腔“哦！”了一声，便向厨房走去。

柳皑雪回到屋子里，心情久久不能平静，自言自语地说：“泉儿哥，你恁聪明，怎么没有看出我在推辞？怎么不明白你的父亲已经铁了心呢？”

白云提着半篮子野菜，唱着《社会主义好》的歌回来了。她一进屋就看见桌子上的礼品，也看见母亲含着泪花，问：“妈妈，是不是我表叔的家人不同意让我上学？”

柳皑雪点了点头，说：“他父亲反对，正好给他一个放弃的台阶。不过我觉得你表叔挺可怜。”白云劝慰道：“好事坏事互相转化，您就别想恁多了。”

白云看见母亲仍然愁眉不展，说：“妈妈，告诉您一个好消息吧。刚才，我在外边看到了社会主义的曙光——农业合作化就要到来了。您想不想知道什么叫农业合作化？什么是社会主义？”

柳皑雪一听到新鲜事，情绪很快转过来了，说：“想知道，你快讲。”

母女俩坐在小凳子上一边择菜，一边聊。白云高兴地说：“我在地里看见镇上的农民组织起来了。他们村的干部根据大家的体力差别和技术特长，分别组成小组，你帮我耕田，我帮你除草。每个小组的人数不同。我看见十几个妇女正在一块儿地里锄草，都很认真。她们说说笑笑，挺愉快的。路南边的那块儿大秋田里有四五个男的正在犁地，这种互为协作的形式就是社会主义曙光。等不了多长时间，互助组就会发展成为农业合作社，或者叫集体农庄。到那时候，拔掉了地界，土地连成一片，一家一户的小农经济变成集体经营。到那时候，要用拖拉机耕地，用收割机收割，又快又好。咱们国家就要逐步实现农业机械化、现代化了。到那时候，大家各尽所能，按劳分配，人人有活干，人人有饭吃，共同抵制天灾人祸，防止贫富两极分化。我估计咱们村也已行动起来，往后咱和绝大多数没有牲口的人家就不用再为犁地的事发愁了。”

柳皑雪似懂非懂，听得天花乱坠，问：“你是怎么知道的？”白云说：“俺政治老师在课堂上讲的。他还告诉我们，先建设社会主义，将来还要实现共产主义呢。”

柳皑雪说：“太好了。不过，人们的觉悟高低不同，有的踏踏实实地干活，有的滑头，怎么办？”

白云想了一下，说：“建设社会主义在咱们中国是新生事物，过渡时期肯定会出现各种各样的问题，党中央、毛主席有的是办法。只要朝着有利于强国富民的目标，在实践中不断总结，丰衣足食的好日子一定能变成现实。”柳皑雪想象着美好的未来，高兴得合不拢嘴。

她们择完了菜，柳皑雪看见孩子从书包里拿出一本厚厚的小说，问：“你的功课那么忙，怎么还有时间看这个？”

白云说：“这本书是苏联作家尼古拉.奥斯特洛夫斯基的作品。你看，书名是《钢铁是怎样炼成的》，内容很好，我写完作业以后可以阅读。俺老师讲，要想成为祖国建设的优秀人才，只啃书本不行。他提醒我们，博览群书，不但能提高写作能力，增加知识，开阔眼界，还能陶冶美好的心灵，好处很多。我现在给你念一段作者的名言吧？”她见母亲点头，便朗读起来：

“人最宝贵的是生命，生命属于我们只有一次。一个人的生命应当这样度过：当他回首往事的时候，他不因虚度年华而悔恨，也不因碌碌无为而羞愧。”

读完之后，说：“这段激励人心的话点明了生命的意义和价值，是我们青年人自励的宝鉴。”母亲听懂了一点儿，说：“你们年轻人应该有志气，有理想，长大以后为国家干大事，千万别像我这样碌碌无为，啥作用也没有。”

白云说：“妈，您不能这样评价自己。我听到好多人夸您勤劳仁慈，坚强容忍，敢与邪恶对抗，品性不一般。说您一个弱女子能把我们姊妹几个从吃人的旧社会带到新社会，了不起。我更了解您一向乐于助人，在集体和国家需要的时候，你都走在前边，尽力而为。妈妈，您的优秀品德、坚毅性格和良好的生活习惯不但感染着我们，也影响到周围的人，这些既是对家里的贡献，也是对社会的作用。我认为一般公民对社会的贡献虽然比不上名人、豪杰，但是只要人品好，讲道德，一辈子只做好事，认真负责地做好自己应该做的事情，同样具有人生的价值和意义，不能说是碌碌无为，啥作用也没有。您知道为什么吗？因为任何一个国家的建设，任何一个民族的振兴，不仅需要高科技的人员、需要高层次的领导者，也需要工农商学兵各行各业的人，就连持家挡风雨，辛苦一肩挑，支持爱人干事业的，也是一种贡献，都应该受到人们的承认和尊敬。要是能像古代的孟母、岳母那样，为社会培养出杰出的人才，还能载入史册，流芳千古呢。”

柳皑雪听罢，高兴地说：“你懂得这么多，真是长大了！”

第四十四章

善恶报应皆客观

晴空万里，金风送爽，云翳飘逸，稻谷飘香，田野里丰收的景象告诉人们，连续三年的困难时期过去了。人们心情愉快，加上舒适的天气，趁着节假日走亲访友、外出旅游的人很多，到处显示着经济回升的势头。

大学毕业刚刚参加工作两个月的卫白云趁着国庆节放假，回家探亲了。白云梳着运动头，穿着一身浅蓝色的服装，提着装满食品的旅行包，高高兴兴上了火车。她坐在车上望着回家探亲的人们，心里想，我们中国人不但热爱祖国，也热爱家乡。不管家在热闹繁华的城市，还是偏僻贫穷的农村；不管自己在外地当了干部，还是在工厂里做工；也不管自己的童年是幸福的，还是苦涩的，都忘不了家乡的亲人。一有时间就想回去走走，回家看看。她想到这里，没等火车到站，心就飞进了村寨，好像看见了许多熟悉而善良的面容，好像回到了亲爱的母亲的怀抱，激动得热泪盈眶。

两个小时以后，白云下了火车，很快坐上了通往她们镇上的公共汽车。

她坐在车窗跟前，一会儿观赏着五彩缤纷的田野，一会儿惊喜地望着银光闪闪的小河，一会儿陶醉般地呼吸着山区清鲜的空气，一会儿又看看车上的人们，听着家乡的方言土语，倍感亲切。汽车开得很快，可她仍然有些着急，巴不得长上翅膀，一下飞到村子里。

上午十点多钟，白云来到了村口，心里说："到家啦！"

她走进村子，看见许多小孩儿在晒麦场上玩。孩子们一看见她就高兴地来到了路边，热情地打招呼。有的说："白云姐回来了！"有的说："白云姑姑好！"白云向他们招手，微笑着说："你们好！你们都长高啦，好好玩儿吧。再见！”

这时，扩音喇叭响了，广播员在广播新闻之前先播放歌曲。这会儿传来的是《歌唱祖国》。孩子们听到清脆悦耳、铿锵有力的歌声，异口同声地跟着唱起来：“五星红旗迎风飘扬，胜利歌声多么响亮，歌唱我

们亲爱的祖国，从今走向繁荣富强………”嘹亮雄壮的歌声在村子里回荡着。

白云转过身子，看见孩子们一边打着拍子一边唱，不禁激情满怀，心声和着歌声，大步向前走去。

白云家的大门外边，坐着几个农民，他们正在说古道今，开心地谈论着。一个说：“今年的秋庄稼不缺雨水，收成不错。‘低标准，瓜菜代’的困难时期就要过去了。”另一个说：“自从食堂解散以后，在家里吃饭，稀稠都能吃饱，许多浮肿病都好了。”

卫清财听着，心里想，吃食堂饭的时候，按人定量，饭菜虽然不好，可也能够领自己的一份。如今在家，一到吃饭的时候，孙子孙女就围到跟前，孩子们说饿，自己忍不住不给。时间长了，浮肿病也就越来越严重。他看了一下其他人的气色，都比自己强，难过得耷拉着脑袋。

卫清瀛看着卫清财瘦骨嶙峋、脸色蜡黄而虚胖的病态，关切地问：“老哥，你的身体怎么越来越差了？还不到60岁就拄上了拐杖，到底咋回事？你是不是胃有毛病，吃不下饭？”，

卫清财不好意思地说：“有些浮肿，没有胃病……”他讲到这里，想把自己忍饥挨饿，引起浮肿病的原因说出来，可又害怕外人笑话儿子不孝，嘴唇动了两下，没有出声。

旁边的一位白发老人看出了问题，问：“清财，你是不是被你家的稀汤寡水涮成这样了？我知道浮肿病都是因为吃不饱。你赶快让医生看看，吃点药，注意增加点儿营养，病很快就会好的。”一位中年人接着说：“是啊，老年人都是凭着那点儿饭力。俺家的细粮基本上都让给了我的父母，所以他们的身体一直很好。清财叔，我听说富德经常往家里寄钱，你就不要舍着老本儿存钱了。”

卫清财苦笑了一下，说：“存啥钱呢？富有和富海困难得跟啥似的。”卫清瀛说：“要说困难，大家的口粮一样多。他们对你不好，你还为他们包着、掖着。咳！你没看看咱们村里的老年人，哪个身体像你？”

卫清财心里想，自己的两个大儿子不但不知道关心他，而且小儿子每次寄来了钱，他们总是想方设法，编些理由讨要，要不完不罢休。自己是一个生活最苦而又不能诉说的老人。他想到这里，更加难过，不禁想起弟妹柳皑雪，她有三个好姑娘，特别是小白云有本事，也有孝心。他羡慕人家母女的日子越过越好，叹了一声，说："唉！我要是有个闺女，该多好！"

正在这时，卫清林看见卫白云向他们这边走来，高兴地说："你们看，谁回来了？"

白云还没走到跟前就跟大家打招呼，说："你们在这里聊天哩！"

那位80多岁的白发老人又惊又喜，笑着说："咳，咱们村里漂亮的状元闺女回来喽！"卫清瀛高兴地说："白云，你伯父刚才还说，他要是有个闺女该多好。要我说，侄女跟闺女差不多。"

白云来到跟前，瞅了一下病恹恹的卫清财，收敛了笑容，从提包里掏出了一包水果糖，先给了老寿星一把，接着递给了卫清财一些，说："你们尝尝。"说着，便把剩下的分给了在座的乡亲。大伙含着甜津津的糖块，心里乐滋滋的。可是卫清财的嘴里却是另一种滋味。

卫清瀛说："这两年，有票证才能买到这个，我已经好长时间没有吃过了。"

白发老人对白云说："闺女儿，你的父亲去世早，你妈妈把你姊妹几个拉扯长大不容易，还供你上学，你可得好好孝敬她。"白云一边"嗯嗯"地答应着，一边向家里走去。

大家又打开了话匣子。一个说："这闺女有志气。为了上学凑学费，她和她妈在三伏天，到城边儿割青草，卖给牛奶场，不知道流了多少汗，吃了多少苦。"一个说："那时候，她家是咱们村里最困难的一户，白云带着黑馍到镇上读书。现在参加工作了，真是草窝里飞出的金凤凰。"一个说："那一年，白云有病，她妈为了照顾她，住在她们学校外边的一间小房子里。寒冬腊月，拾柴捞火，让她吃上热饭，真是下血本啦。"又一个说："我听说清正哥被日本鬼子和汉奸卫池杀害以后，曾经有一个条件很好的人，两次向她求婚，都被拒绝了。一个农村妇女，为了孩子而恪守尽职，主意那么坚定，世上少有！"卫清瀛点了点了头，说："是的。另外，刚解放的那几年，大家都穷。她为了孩子的前途，再困难，也要让闺女上学。一个家庭妇女，那么坚强，看问题那么长远，了不起啊！"

大家越说越来劲儿。卫清林说："解放以前，日本人横行，连年战乱，汉奸威胁，加上……"他本想讲卫清财的讹诈，又有点儿碍面子，停了一下，才接着说："柳皑雪啥苦都能吃，啥气都能忍，真是受尽了磨难。大家知道，她好端端，被整治成了魔怔病人。要不是解放了，她娘儿们难以活到现在。"白发老人捋着银色的胡须，说："这叫苦尽甘来，老天有眼！"

卫清财听着大家的议论，想起自己过去的小人见识和所作所为，感到十分尴尬，有意扭转话题，把他刚才讲的那句话重复了一遍，说："我要是有个闺女就好了。"

卫清瀛说："亲侄女儿跟自己的闺女差不了多少。那些年，你要是有点儿良心，讲点儿仁义，帮助你的弟妹渡过难关，你那三个侄女一定会像对待她妈一样关心你，经常给你送点好吃的。唉！现在说这些，已经晚了。"

卫清财听罢决定离开。一个名叫二愣的年轻人看见卫清财吃力地往起站，上前扶了一把，说："表姨父，你慢走。"

白云姑娘回到家里，母女久别重逢，甭提有多么高兴。她打开了提包，一边往外边掏东西，一边说："妈，想吃啥？您说！"

柳皑雪看着桌子上的大包小包的新鲜食品，微笑着说："这么多！你从哪儿弄来的证券儿？"

"我发的，也有同事们送给我的。"

"花了不少钱吧？"

白云见母亲惋惜的样子，不在乎地说："没事儿，挣钱就是让花的。这个月花完了，下个月还有。"说罢取出一块儿"五仁酥"，送到了母亲的嘴边，说："您先尝尝这个。"柳皑雪啃了一口，说："好吃，又香又酥。"停了一下，又说，"你参加工作了，很多人为你高兴。你带回来了这么多的好东西，咱俩明天去瞧瞧你的外爷、姥姥，也去瞧瞧你姨妈。你大姐离家太远，春节再去看她。你二姐忙，后天上午你去瞧瞧她和孩子们。现在先给你三爷、你大娘送去一点好吧？"

白云立即回答："滴水之恩，当涌泉相报。咱俩想到一块儿了。妈妈，我还想去看看俺的周老师、徐校长，还有我小时候的恩人，就是曾经多次背着我去看病的小青叔。"

柳皑雪说："应该。不过你小青叔的母亲已经去世了，他在外地工作，最好等到放长假了再去，也好帮他干点儿活。"

"行！放寒假了，我也去村委会一趟，看看咱们村里的领导。"白云一边回答，一边看着带回来的东西，大概计算了一下，对母亲说："我这次带回来的食品太少了，只能给您留下一点儿。"母亲说："咱们吃多吃少都一样，给邻居们送一点，主要是表个心意。现在咱俩先给你父亲端去一些，让他尝尝。"

"好。"白云说着，便到厨房拿来了两个盘子。柳皑雪一边装点心，一边说："你父亲生前交代过，要我一定把你们姊妹三个养大成人。现在你也长大了，我得跟他说一声。"

白云一想起父亲就难过。她端起盘子，含着眼泪，和母亲一起来到卫清正的灵位跟前，把供品放在了供桌上，燃了香火。柳皑雪小声唤："清正，咱的小女儿大学毕业参加工作了，你在那边可以放心了。这'点心'是咱闺女孝敬你的。"说罢，泪水直往外涌。

白云跪在地上，磕了头，擦了一下眼泪，默默地祷告："父亲，我知道您是为了抗日，被日本侵略者和汉奸杀害的，国仇家恨，我永远也忘不了。父亲，您可知道，我妈妈把俺们拉扯长大，多不容易！她为了我们，含辛茹苦，历尽沧桑，经受了一般人难以承受的磨难，忍受了一般人难以忍受的凌辱，牺牲了一般人难以舍弃的个人幸福。她是咱们卫家的功臣，是一位平凡而伟大的母亲。父亲，我爱妈妈，也爱您。您要是活着，该多好啊！"说完，"嗷嗷"地哭了起来。

柳皑雪忍着悲痛，说："孩子，你父亲都听到了。不哭了，你还有事要做。"她拉起女儿，向上房屋走去。

坐在大门外边聊天的卫清林看着卫清财拄着拐杖回家了，说："他刚来一会儿就走了，可能是身体支持不住。"

二愣想到他表姨夫难堪的表情，愤愤不平，说："还不是因为你们旁敲侧击，说这说那，揭露人家，硬把他给刺走了？"

白发老人讲："二愣，大家刚才讲的都是事实。他心里有亏，没脸待下去才走的。你小子不了解你表姨父解放以前，为霸业干了多少欺负讹诈人的坏事，不知道白云一家因为日本鬼子、汉奸卫池和你姨夫而遭受了多少磨难。希望你以后不要随便怪罪别人。"

卫清瀛接着说：“二愣，你表姨夫老来苦，过得不如人，完全是报应，知道吗？”

二愣从大家的议论中，对卫清财有了一点了解，也有些气愤。然而亲戚关系让他感到脸上无光，大声说：“就事论事，我不相信报应。”

卫清林反驳道：“因缘果报，自古以来就有。远的不讲，就咱们村里的例子就有好几个。大家知道，卫池当了汉奸，手上沾满了鲜血，罪恶累累，所以，一解放就被公审枪毙了，他的儿子成了反属，抬不起头也没有后代。你们是否记得，他和清财拦车，劫取柳皑雪换粮食的木料时，老木匠说他永远当不了爷，真的照应了。还有，章继为了钱财当了帮凶，刑满释放以后，他的父母、妻子都死了。要不是村干部们做工作，他的儿子都不会认他。另外，解放以前，咱们村里的小寡妇被她那自私刁钻的嫂子逼得自尽以后，家里总是闹鬼，她嫂子整天害怕，没活多久，也就病死了。大家了解，卫清财为他的儿子们霸业，不择手段，那么狠毒。现在，两个大儿子和他一样极端自私，六亲不认。去年他的老伴被浮肿病要了命。他现在也得了这种病，无人关心，活受罪。”

白发老人讲：“关于报应的例子多着哩。人们常说，害人如害己，就是报应，没错！”

二愣不服气，大声嚷嚷：“都什么年代了，你们还讲报应，宣传迷信，就不怕挨批挨斗？”

卫清瀛气愤地说：“我们相信报应，你批呀！你斗哇！”二愣愣头愣脑地站了起来，瞪起大牛眼，指着对方，恶狠狠地说：“我现在就去大队部汇报，你们等着瞧！”

卫清廉和徐文校长到别处有事，路过这里，听到吵声站住了。卫清廉问：“你们争吵啥哩？汇报什么？”

二愣急急巴巴地抢着说：“他们，他们都说我表姨夫有病没人管，老来苦，属于报应。你说，这叫不叫宣扬迷信？应不应该批判？”卫清瀛说：“让两位先生评评，他是不是假积极，太无知了？”

卫清廉讲：“‘报应’是客观存在，不是迷信。大家知道，种瓜得瓜，种豆得豆，种蒺藜的得刺。同样道理，卫清财乘人之危，伙同家人讹诈他的弟妹，把孤儿寡母往绝路上逼。影响到了他的儿子，所以才有了忤逆子，这叫上梁不正下梁歪，是必然的。”

徐校长接着讲："我也举两个例子。希特勒发动第一次世界大战，以闪电战术侵略其他国家，结果呢？很快遭到了失败。他害怕受到国际法庭的审判，和他的未婚妻一起自尽了。还有小日本发动的第二次世界大战，烧杀抢夺，惨绝人寰，结果燃火自焚，不但被赶回了老家，还给他们的民族留下了永远抹不掉的罪名。二愣，你要相信，不管是谁，只要做坏事，不得民心的，都没有好下场。"

卫清廉见二愣把脸扭到了一边，说："小伙子，你可能不爱听，平时也不爱看书看报，所以不晓得因果报应的哲理。我告诉你，毛主席语录上边印有这样一段话：'善有善报，恶有恶报，不是不报，时间未到，时间一到，一切都报。'往后，你不要动不动就拿'批斗'吓唬人，以免闹出笑话。"

白发老人长叹了一声，说："唉！世上要是多一些善良，就可以少一些磨难。希望邪恶者早点儿绝迹！"

卫清廉痛恨卫清财以前的不仁不义的罪恶行为，也同情他现在的处境。他看见大伙站起来要走了，对徐校长说："清财哥的确做了很多坏事，是可忍，孰不可忍！可他现在老了、病了，没有人心疼，得不到应有的关照，也挺可怜。我想去看看他，一会儿就来。"徐校长说："你多安慰他几句。我回家等你。"

卫清廉来到卫清财的卧室，说："老哥，我来看你啦！"

主人看见堂弟来了，打起精神，说："你来啦，快坐！"卫清廉望着病人精神沮丧的样子，说："我听说你有病了，让大夫看了没有？"卫清财摇了摇头，说："老弟，我不怕你笑话。现在别说看病，就连黑窝窝头都难以吃饱。"

卫清廉觉得奇怪，说："现在虽然还在'低标准，瓜菜代'的时期，你也不应该这么受症。听说小三子经常给你寄钱，怎么……"

卫清财打断话，说："别提这个，他就是勒紧裤带，寄得再多，也到不了我的手里。现在两个大儿子分开过了。富海说他给他叔叔过继了，不应该养活我，我只有跟着老大吃饭。每一次汇款一到，两个儿子都想要。一个说，他的孩子病了，伸手借钱。借了几次，都是只借不还。这两回，富有把汇款全都搦在他的手里。前两天我让他给我看病，只花了两块多，他就说花完了。我要是追问，他就瞪眼儿。"停了一下，接着说："不过，他的媳妇心善，有时候，给我单另做一碗白面条。可是老二媳妇只要知道了，就让孩子们围过来。孙子孙女眼巴巴地看着，当爷爷的能咽下去吗？唉，稀汤不耐饥，好一点的饭吃不到嘴里。我现在得了浮肿病，不知道还能活几天？”讲到这里，伤心得落泪了。卫清廉听了，气得不知说什么好。

过了一会儿，卫清财接着说：“兄弟，你不知道，你嫂子得的也是浮肿病，断气以前，恳求着说，“把那糠馍再给我吃一口”。站在跟前的人装着没有听见，谁也不搭理。你说说，他们的心为啥那么狠？我和他妈为啥落到了这个地步？”

卫清廉忍无可忍，气愤地说：“这样下去不行！我得找他们谈谈，让他们明白，人人有老人、人人都会老的规律；让他们明白赡养老人跟父母养育孩子一样，都是应尽的义务和责任。”

卫清财含着眼泪，说：“不可。他们要是知道我说出去了，会恨我的。我害怕他们对我更加不好。”

卫清廉想了一下，说：“不找他们，问题解决不了；找了他们，又害怕起副作用。如果说而无益，还不如省口气儿暖肚子。唉，房子破了可以修复，人品坏的，难以改变。这叫积重难返，你说咋办？”

卫清财摇了摇头，说：“我也没有办法。”说着，从口袋里掏出了两块水果糖，说，“你先别为我着急，吃吧。刚才我在大门外边，白云给的。”卫清廉摆了摆手，说：“浮肿病多吃糖有好处，你留用吧。”

卫清财又想到了白云，想到弟妹家的情况，自愧不如，说：“白云一参加工作，就给她妈妈寄钱。国庆节放假，她又大包小包地往家里拿。还有她的两个姐姐，也都知道孝敬她妈。现在你清正嫂过得比谁都好。唉！我当年太娇惯儿子了，真是只知道让他们吃好的、穿好的，只知道让他们享受，没有严格要求。我要也让他们多上几年学，他们也会像白云那样，知书达理。他们的生活宽余，也就有能力关心我，孝敬我。”

卫清廉不以为然，说：“我认为子女对待老人孝顺与否，能不能做到尽心尽力，主要取决于道德品质的好坏，读书多少和经济条件不起决定作用。要是文凭高，知书达理，又有本事的，会多做一些奉献；没有能力而困难的，会少一点，只是数量方面的差别。我看到很多做儿女的，对父母各尽各心，关心备至。有的还经常帮助外人，捐献于社会。我听说有的乞丐在外边讨到一块儿黑馍，总是要给老爹老娘留一口，只要他们能活下去，就不会让家里的人饿死。还有咱们村的秋香姑娘想给她妈妈看病而没有钱，就悄悄地到县城医院卖血。有一回我去县里办点儿事，发现她晕倒在医院门口。听医生讲，她本身就贫血，还要一次又一次地抽血去卖。”

卫清廉讲到这里，擦了一下眼泪，接着说：“可是，也有的人有文化，生活也不怎么困难，但是自私得只知道索取，不愿意奉献，根本不把父母的养育之恩放在心上。有的在老人有用的时候，往自己的身边拉；在老人没有用处，需要照顾的时候，往一边推。姊妹几个互相攀靠，让老人感到悲伤凄凉，沦落到街头的也有。还有的子女面对健在的亲生父母，就开始考虑遗产的霸取，天天想着怎样和兄弟们争吃祖辈的剩饭，很没出息。所以我认为没有善心，也就不会有孝心。当然，忤逆子只是极个别的。与其相反，既有本事，又有孝心的大有人在。如今，有志气，有能力，对社会做贡献，对家庭尽责任，让父母安享晚年的例子不胜枚举。他们有的是工人，有的是干部，有的经商，也有的在家种地，都懂得怎样做人。就连小学生也知道孝敬老人，关心他人。你认为他们不关心你是因为生活困难，错啦！老哥，你没有看看，咱们村里的老年人，哪个像你？还不到60岁，身体就成这个样子了？唉！营养缺乏，得不到关照；有病了，得不到医治。就连你的小儿子寄俩钱，也到不了你的手里，真可怜。”

卫清财听到这里，想着自己的处境，气愤地说：“兄弟，我们老俩把他们养大成人，没有功劳也有苦劳，没有苦劳也有疲劳，没有对不起他们的地方。想当初，我为了给他们霸取田产、房屋，不顾同胞兄弟的亲情，不顾名声的好坏，不顾这张脸皮，更不顾别人的死活，挖空心思，干了那么多不仁不义的坏事。我那样为他们，他们都忘了。养儿防老，到头来他们竟然不考虑我的死活。唉！我万万没有想到，他们会是这样；我万万没有想到，我能有今天。你说，他们两个为啥这么自私？这么狠心？跟白眼儿狼一样？”

卫清廉听到这里，想到了卫清财的过去，说：“还不是你给教的？”

卫清财有些惊诧，问：“我教什么啦？我不憨不傻，能叫他们这样对待俺老两口吗？”

卫清廉瞥了一眼病老头，说：“有其父，必有其子。我虽然不相信你能那么教唆。但是身教胜于言教，是客观上的必然作用。凡是家长不讲良心，不讲道德，唯利是图，或者不择手段，牟取不义之财的，儿女们长大以后，也就成了他们的翻版，而且还会变本加厉。六亲不认，也是必然的。老哥，不是我要说你，当年你要是有点儿良知，或者听一句大家的劝告，多少帮助你的弟妹一把，她们孤儿寡母也不会艰难到那种地步，我清正嫂也不会得那魔怔病，你的儿子也就不会自私无情得把你这个亲爹当成累赘了。你说不是你把他们教坏了、领坏了，还能是谁呢？”

卫清财反驳道：“照你这么讲，我养的三个儿子，为啥也有好的？”

卫清廉说：“因为孩子们在成长的过程中，人生观的形成，主要受到家长品行和家风的熏陶，同时，也受到社会和学校教育的影响，所以不少孩子的思想觉悟超过了家长。世上背叛罪恶家庭的例子很多。我记得你家富德反对你乘人之危的霸取行为，16岁就离家出走了。幸亏他在工厂里受到了师傅和周围环境的良好影响，本质好，所以节衣缩食给你寄钱。否则，你的晚年生活不但更苦，而且还会遭到人们的唾骂，说你养了一窝赖皮。”

卫清财听得反感，质问道：“你说谁是赖皮？我的两个大儿子虽然自私过火了点，不孝顺，可也和大伙一样，天天下地干活，怎么说是赖皮呢？你不要胡说八道。”

卫清廉说：“我只会讲实话，不会胡说八道。那天，我在街上听到大家的议论。有的说，他们兄弟两个出勤不出力，锄地的时候，只刮破个地皮儿，草根留着。有的说，打坷垃的时候，他们总是把分给自己的任务让给两边的人，又奸又滑，谁都不愿和他们挨着。还有的说，队里干部批评他们几次了，改不了，真是赖皮。你要是不相信的话，可以到外边打听打听他们在生产队里的表现。”

卫清廉见对方不吭声，接着讲：“我想，别人的家风是孝道美德代代传。你们家呢？自私自利的忤逆之风不断头。他俩一无公心，二无孝心，正在影响着他们的孩子。要是一直不改的话，你的子孙后代谁也逃脱不了‘老来苦’的厄运。”

卫清财的耳朵里灌满了刺激，恼羞成怒。他拍了一下桌子，指着对方大骂：“放屁！我告诉你，我现在需要的是关心、是安慰，不需要揭露、数落；也不需要上政治课。你今天来到我家，又是指责，又是挖苦，连我的子孙后代都敢咒骂，你给我出去！你滚！”

卫清廉听到骂声，气得站了起来。他本想回奉两句，一走了之。可是，他发现卫清财的脸色发青，嘴唇发乌，怀疑自己讲得太多，或者有些苛刻，也担心自己走了以后，病人发生意外，只好忍了又忍，缓和语气说："老哥，你别怪我直言。我今天来，不是为了惹你生气，可是我一想起你以前的所作所为，气就来了。我讲的都是事实。不知你是否记得，当初我和你三叔都向你提醒过这种报应，也就是这个必然的结果。说心里话，我现在讲的这些，是想让你把你现在的处境，与你过去的所作所为连在一起想一下，意识到自己的责任，客观地看问题，解除一点儿怨恨，少生点儿气。同时，也为了避免忤逆行为的延续，才联系到你的儿孙们的未来。希望你的两个大儿子能够意识到这些，为他们的孩子树立个好榜样，也好让你少受点儿苦。你既然把我的好心当成了驴肝肺，轰我走，我以后就不来了。"

卫清财见客人要离开，感到自己口吐狂言，太不理智，连忙说："别走，别走！平时没有一个人来看我，就连这些难听的话也听不到。兄弟，老哥糊涂，对不起！"他见客人坐下了，接着说："我现在想起你和我三叔，还有几个邻居对我的劝告，可我财迷心窍，置若罔闻。如今报应果然落到了我的头上，我真后悔！这些日子，我心神不宁，几乎每天夜里都做噩梦。不是富有撵我出去，就是你清正哥气势汹汹地找我算账。有时候梦见一群青面獠牙的凶煞，拿着棍子追我，说是阎王爷要让我下地狱，经常被噩梦吓醒。兄弟，我现在是活受罪！"

卫清财讲到这里，听到好多人又说又笑地向后院走去，不禁感到更加沮丧和痛苦，长叹了一声，又说："唉！当年我为孩子们霸业，总觉得不够。现在，儿子不照面，邻居们从我的门口过去，也不拐进来看我一眼，我成了孤家寡人，成了一堆臭狗屎。报应，真的是报应啊！"

卫清廉看了卫清财一眼，说："你刚才说，夜里老做噩梦，那是因为良心上的亏欠太多，属于精神上的自我惩罚。你说邻居们都去后院看望清正嫂而隔过了你的门槛儿，是因为你以前的所作所为弄得天怒人怨，众叛亲离。你要想不做噩梦，或者少做噩梦，我有一个办法，就是亡羊补牢。也就是找个时间去白云家，赔礼道歉，请人家原谅，你试一下，做噩梦的情况可能得到缓解。另外，你也找一找你的两个儿子，谈谈你的愧疚和你现在对他们的期望。不管他们能听进去多少，都要把话说到明处。"卫清财哭丧着脸，微微点了点头，说："也行。不管有用没用，我找他们谈谈。"

第四十五章

海涵惊人

白云把食品送到了关心帮助过她家的邻居们以后，回到了家里，对母亲说："妈，咱们把一个高兴变成了许多高兴。下次回来，我还要去看望他们。

"很好！"柳皑雪应了一声，拿起桌子上的香烟，说，"你外爷不吸烟了，这个和那一包点心给你伯父送去吧！"

白云听了，感到非常意外，问："妈，您说给谁送去？"母亲重复了一遍，说："你伯父有病，日子过得不如人，挺可怜的，送去吧！"

白云想不通，气愤地说："他过得如何，有病没病，跟咱有啥相干？我父亲遇难以后，他可怜过咱们没有？他把咱们往死路上逼，你是不是都忘啦？真是的，人家对咱是恩将仇报，您却毫不计较。妈，您是不是糊涂啦？"

"妈没有糊涂。"柳皑雪说，"过去，他怎样对待咱，我忘不了。"说罢泪水汪汪，那颗受尽伤害的心也剧烈地翻腾起来，好像在说："饱经风霜，受尽迫害的人，怎能忘记那敲骨吸髓的讹诈？怎能忘记撕心裂肺的凌辱？怎能忘记刀斧刻在心坎上的伤痕？我一想起过去的磨难，心里就疼得往外淌血。我现在之所以这么讲，这么做，是为了把那些不幸置之脑后，为了让那私仇家恨化为和谐。"

停了一会儿，她接着说："孩子，多个朋友多条路，少个冤家少堵墙。人不能总是生活在仇恨里。因为'恨'能伤人，也能毁人。要是一直与私仇老账纠缠不休，无论对谁都没有好处。你伯父不管过去多么对不住咱，他总是你爸爸的亲哥哥，是你的长辈。好孩子，给他送去，对他是个安慰。"

白云说："我在大门外边给别人水果糖的时候，也给他了一把，我已经宽恕他了。但是，这东西无论送给谁，也不能便宜了他，我心里有气。”柳皑雪语重心长地说：“过去的事，就让它过去啦。快送去吧！”白云想了一会儿，觉得母亲的容量那么大，不禁有些感动，说：“妈，您不是宰相，肚子里也能撑船，我听您的。”

卫清财正在自怨自艾，白云敲响了屋门。两个老头子看见姑娘拿着香烟和点心进来了，又惊又喜。卫清廉说：“闺女儿，你回来啦，来看你的伯父呢？”

“是。”白云一边回答，一边把礼品递到了卫清财的面前，说，“伯父，我妈让我送给你的。”

卫清财又激动，又难受，含着眼泪，说：“孩子，你伯父不算人，没脸享受这个，你还是拿回去吧。”白云说：“我妈说，过去的事，就让它过去啦。你收下吧！”说着，把礼品放在了桌子上。

卫清廉说：“我记得鲁迅先生在《题三义塔》中讲过这样一句话：‘渡尽劫波兄弟在，相逢一笑泯恩仇。’清正嫂也能讲得这么好——‘过去的事就让它过去啦。’老哥，人家这么宽宏大量，你就收下吧，别再不好意思。”

卫清财越想越觉得亏心，越想越感到懊悔，越想越恨自己不可饶恕，举起巴掌“啪啪啪”地打起自己的嘴巴。白云连忙拉住，说：“别打了，别打了！”

卫清财擦了一下眼泪，说：“我过去不该那样害你家，我对不起你妈，对不起你们姊妹几个，也对不住你已故的父亲。”

白云说：“你的身体不好，过去的事情，以后不要再提了。”接着，又对卫清廉说：“叔叔，我也给你家送了一份，只是不多。”卫清廉说：“千里送鹅毛，礼轻情意重。现在国家还在困难时期，买啥都得凭证券儿。你就是啥也不拿，你三爷看见你长大了，心里也高兴。”

白云走了以后，卫清廉安慰了卫清财几句，然后又说：“老哥，你也读过私塾，是个有文化的人，应该懂得‘德’是立身之本；懂得家长的言传身教，潜移默化的作用；明白让孩子们学会做人，学些本领，不但于国于民有益，也让他们拥有终身受用不尽的财富，才是做父母对子女的真正关爱。这些连不识字的人都懂得，你却不懂，的确是个既愚昧、又可怜，既可恨、也可悲的人。”

卫清财惭愧地说：“我现在想起我父亲生前讲的：‘我儿胜于我，要钱做什么？我儿不胜我，要钱做什么？’那时候，我根本没有想过那些话的深刻含义，浑浑噩噩恁多年，今天才彻底明白了。真是的，子孙自有子孙福，老子就是给他们霸捞一座金山，也不够他们挥霍，也不耽误他们受穷。现在说啥都晚了。”

卫清廉听罢，一首小诗涌上心头：

大事小事万般事，
不义之事不可施。
善恶报应皆客观，
但凡醒悟于晨时。

卫清财见卫清廉的嘴唇在动，问：“你在说啥呢？”

卫清廉说：“我想说，凡是犯糊涂的人，要是都能及早醒悟就好啦。”说着，站起来要走。

卫清财拉着他说：“兄弟，我现在想请你出面劝劝富有。只要从侧面劝说，不责备他，他也就不会恨我。你叫他给我看看病，把富德寄的钱买点细粮，对我说话好听一点儿。行不行？”卫清廉想了一下，说：“可以。我想办法帮你。”

卫清廉出了大门，看见大队支书走过来，立即上前打招呼，说：“卫平，我正要找你。”卫平问：“啥事？”卫清廉说：“清财哥得了浮肿病，走路都要拄拐杖了，挺可怜的。请你抽个时间，找他的大儿子谈谈，给老人看看病，生活上给点照顾。”

卫平听罢，想起卫清财的过去，说：“害人害己。老来苦，怨谁？”

卫清廉说：“谁都知道怨他自己太自私，把儿子给带坏了。我刚才去看他，他知道错啦，很后悔。你是干部，讲话比我有分量，所以请你开导开导他的大儿子，一定有用。”

卫平说：“不管他以前咋样，现在有病了，我们都应该关心。你就是不求我，我知道了，也要去看看。我从道德和法律两个方面提醒富有，要让他意识到，人人有老人，人人都会老。我们孝敬老人是应尽的义务和责任，同时，也是影响和教育后代的必须。要是一次解决不了问题，我就多去几趟。你放心好啦！”

第四十六章

众星捧月谈家教

白云家里喜气洋洋。柳皑雪把邻居们请进了上房屋，一边让座，一边端起两个盘子，说："你们尝尝，这是俺闺女带回来的点心和水果糖。"卫清瀛和卫清林都说，已经吃过了。刚才白云在大门口给的，口袋里还有呢。

其他人各拿了一块儿糖，放在嘴里，甜在心里。一个叫李凤琴的说："清正婶儿，你家白云一毕业就在省城里上班了，真让人高兴。"卫清林说："嫂子千辛万苦，终于把三个孩子都养大了，熬出来了，往后净享福啦。"

这时，爱说是非的吕小草和老媒婆姜小丝说着笑着进了院子，二愣小子也跟来了。

吕小草一进屋就来到柳皑雪的跟前，拉住手，说："嫂子，我听说白云回来了，过来看看。也想向你讨教讨教教育孩子的方法。还有我以前多有得罪，向你赔个不是，道个歉。你不会烦我，赶我走吧？"

柳皑雪一边让坐，一边递水果糖，然后，问吕小草："你得罪我什么啦？我咋不记得。"

吕小草坐下以后，说："你忘啦。那一年白云和几个同学拿着铁皮话筒跟着老师在寨墙上边广播新闻，我责怪你放纵孩子，说了很多难听的话，真是不懂教育装能人。后来我才知道错了。唉！我现在也想把俺的儿子教育好，可是他太贪玩，不爱学习。我天天劝呀、催呀，嘴唇都磨破了，他就是听不进去。嫂子，你一定要帮我想想办法。"

"哎哟哟，可轮到我了。"姜小丝没等吕小草的话音落地就开口了，说，"清正嫂，我跟她一样，也是来请教的。现在，我先向你认个错。"

她瞅了一下主人不解的样子，难为情地说："你不知道，那年春天，你好不容易养大的猪被卫清财和小六子算计了，那事儿跟我造谣生事，从中挑拨有关。这些年来，我心里一直有愧，请你多多原谅，我给你鞠躬啦。"

在座的人吃惊地睁大眼睛瞅着姜小丝，他们万万没有想到姓姜的能干这种缺德的事。卫清瀛想骂姜小丝，然而看见那个婆娘撅着屁股弓着腰给受害者行大礼的滑稽样，又好气，又好笑。他见大家"嘿嘿"地笑出声来，也就算了。

柳皑雪看着姜小丝站也不是、坐也不是的尴尬样，擦了一下委屈的泪水，说："知错就好。过去的事，就让它过去啦，你坐下吧。"姜小丝悔恨不已，说："大人不记小人过，谢谢！"

她坐下以后，"咳"了一下，接着说："好嫂子，我希望俺的儿子将来也能考大学。可是他的学习成绩比小草的孩子还差。我为了让他读书，家里、地里的活都不让他干，有了好吃的也都让给他。我还经常对他说，读书学到的本领，贼偷不走，也丢不了，一辈子受用，比金子都珍贵。要是将来考上大学，不但能参加工作，找个好媳妇，还能光宗耀祖。我还对他说，只要他将来的日子过好了，不养活俺老两口也乐意。你不知道，我讲了很多，可是一点儿作用也没有。这几天俺那宝贝儿子更不像话了，他一放学就和两个贪玩儿的孩子去野地里逮信鸽，要我给他煮鸽子肉。老师找到家里，说他上课思想走神儿，不认真写作业。我都急得牙疼。好嫂子，你要能帮我想想办法，让俺孩子好好念书，我给你磕头都行。"

二愣没有听完就站了起来，粗声粗气地说："孩子不好，都是你们家长惯坏的。特别是姓姜的，明知儿子捕捉信鸽，损人利己，还要暗中支持，跟我表姨夫以前一样差劲儿。你要是把他拿到家里的信鸽放飞啦，让他吃不上鸽子肉，或者再打他两笤帚，看他还敢不敢馋嘴？哼！他要是还敢的话，我去大队部汇报，开批判会。"

姜小丝听到这话，拍着大腿嚷嚷："批判？你小子就会整人，瞎吆喝。哼！都二十几岁的人了，连个媳妇还没有，能啥哩你？"二愣吃了碰，咬牙切齿，斜瞪眼，梗着脖子想反击，可他一着急，半句话也说不出来。

柳皑雪看见他们僵持着，说："哎，还是和气一点儿好。"然后，对姜小丝说："你别忘了人们常讲的那句话，'打人不打脸，骂人不揭短。'二愣还没有成家是不到时候。"说完，转过脸对二愣说："你小子看问题挺尖锐的，可也不能太相信批判的作用。帮助人的方法很多。尤其是对学生，更应该注意方法，耐心说服。”停了一下，她见屋子里的气氛缓和了一些，对姜小丝说：“你和小草都希望孩子好好学习，我理解你们的心情和难处。现在你们抬举我，我也想帮忙，可我是个一般人，没啥本事。只知道清清白白地做人，认认真真地做事，对人厚道，讲良心，这是我父亲的教导，我对孩子们也是这样要求的。白云能上大学，主要是社会太平，也是老师教得好。你们两个要是想取经的话，就请李凤琴讲一讲。她高中毕业，两个孩子在学校里都是拔尖儿的。”

“好！好！”

李凤琴听到大伙的叫好声，说：“清正婶儿才不是一般人。解放以前，她走投无路硬找路，顽强地与邪恶势力抗争的故事我就不讲了，单说50年代，清正婶儿就懂得知识改变命运，再苦再难，也要想办法供应孩子上学，她为咱们村培养了第一个大学生，让人羡慕。特别是她那耿直与厚道、坚强与宽容的性情更是令人钦佩。关于教育孩子的方法，不知道你们听出来了没有？她在无意之中已经透漏了一点儿。就是‘传家有道惟忠厚，处世无奇但率真’（注：摘于李庆国作品）。也就是以自己的良好品行影响和要求孩子，首先让白云学会做人。我认为清正婶儿根据‘厚德载物’的哲理，（注：摘于《易经》），抓住了培养人才的根本。”

周氏点了点头，说：“你讲的‘厚德载物’我不太懂，可我了解你清正婶，她除了善良厚道、坚强容忍的品性以外，对人一视同仁，从来没有看不起谁。你们知道，我的儿子16岁那年，被日本人抓去做苦工，死在了外边，我想儿子把眼睛哭坏了。她可怜我，经常来家安慰，还让两个大孩子帮我抬水、磨面，啥活都帮助干。她也关心国家大事。我记得抗美援朝那会儿，后方支援前方做军鞋。按规定每一次任务下来，都是平均每家做五双。她总是多领五双鞋料，超额完成。她白天做不完，就熬半夜，思想多好啊！她关心集体，积极参加义务劳动的事更是一个接一个。当妈妈的这么好，孩子也就差不了。柳皑雪疼爱孩子，要求也严。要孩子清白做人，认真做事，助人为乐。我记得这孩子在小学念书的时候，经常带着同学们去我家，又是抬水，又是扫地，还帮我洗过衣服。后来她在外地上学，有空也去我家帮我干这干那。我还记得那一年收割麦子的时候，很多人在地里捡麦穗。当时有几个半大的孩子瞅着主人不注意，就去麦堆上乱抓。我呢，叫白云也去弄一点，她说那麦子是有家儿的。还说她妈交代过，不是自己的东西不能要。我想把我捡的麦穗儿给她抓两把，这孩子一看见就跑远了。还有白云聪明好学与她妈妈的培养分不开。柳皑雪在孩子两三岁的时候，就开始教她们数数、说曲儿。再大一点儿，就让她们听故事、讲故事、猜谜语，还让孩子干家务活。白云喜欢动脑筋是小时候就养成了。”

吕小草听得不耐烦，说：“我们是来取经的，你讲恁多生活小事，跟孩子在学校的成绩好赖没有多大关系。”

周氏认真地说：“关系大啦。你可知道，孩子们只有小事，没有大事。父母要是在小事上让他们懂得啥是对的，啥是错的；坚持对的，知错就改的话，上学就能认真读书，把心思用在正经地方，长大以后也才能有出息。看来你不懂‘从小看大，三岁至老’啥意思。”

卫清林说：“老嫂子没有上过学，能把孩子们的日常小事与他们的发展，以及将来的作为联系起来，不简单。人们常说，树要从小扳直，人要从小教育。的确孩子不能放任自流。要是等到他们长大了，不爱读书、不爱劳动、不懂礼貌，或者走上邪道干坏事，家长就是想管，也就管不住了。”

吕小草想了一下，说：“你们讲的也是，我明白了。”李凤琴说：“你明白了，你的孩子也就有希望了。不过，作为家长，只关注孩子在家里的表现还不够，应该经常和学校联系，听听老师的反映和建议，配合学校，监护孩子健康成长。”

姜小丝问：“你的意思是不是说，孩子学习成绩不好，不怨他们自己，也不怨老师，都怨我们家长？”

李凤琴说：“孩子成绩差的原因很多。其主要原因是家长没有重视孩子的早期教育，或者方法不当，使他们的综合能力偏低而造成的。我在书上看到一位美国著名的心理学家布鲁姆曾在好几个国家的180多所学校里进行过这方面的调查，结果证明了决定学生学习差异的三大因素：

一是他们的前置行为和认知水平占50%；二是情感特征即学生参与学习的动机强度占25%；三是教学质量占25%。认知前提是基础，情感特征是动力，老师的教学质量是桥梁。学生在师资水平良好的条件下，家长又能关注孩子，防止某种意外情况的干扰，95%的学生都能顺利掌握应该掌握的知识，成绩达到优秀程度。”

她讲到这里，发现大家皱着眉头，好像没有听懂似的，解释道：“意思是思想品质、行为习惯是基础，学习目的和兴趣是内动力，老师讲课只能起到桥梁作用。而这些因素中的前两项主要靠家庭的培养，也就是说，只要孩子入学以前的品行习惯良好，又喜欢动脑筋的话，老师教的都能学会，成绩也就差不了。大家也都看到了，在同一个班里上课的学生，学习成绩不一样。现实告诉我们，孩子们学习成绩方面的差别，是因为他们生长在不同的家庭，受到不同的教育，行为习惯、认知能力和兴趣爱好不同而造成的。要是每个家长既能重视家庭教育，又能讲究教育方法，加上言传身教和良好家风的影响，也就为他们刻苦认真、顺利完成学业奠定了基础。”

袁娟高兴地说：“我以前糊糊涂涂，想着只有严格要求，经常训斥，孩子才能专心读书，不走邪路。我儿子有时反感，我以为他不懂事，很生气。现在才知道家庭教育对孩子的成长起到这么大的作用，还有方法问题。”

李凤琴接着讲：“家庭教育不仅关系到他们学习成绩的好赖，也决定着他们的命运。外国教育家斯特娜夫人讲过这样一段话：孩子的心是一块奇怪的土地，播上思想的种子，就能获得行为的收获；播上行为的种子，就能获得习惯的收获；播上习惯的种子，就能获得品德的收获；播上品德的种子，就能获得命运的收获。因此说，孩子的命运将在母亲的手中。（注：摘于《名人家教集锦》第375页）我们做父母的都是自己孩子的第一任老师，其品行习惯、兴趣爱好都在影响着他们，决定着他们的心理发展的趋向和基础能力，不可轻视。也就是说，一定要让孩子在成长的过程中，学会做人、学会劳动、学会思考、学会关心等等，打好积极向上的成才基础。千万不要娇惯，也不能使用家长作风。以理服人和赏识表扬的作用才是长久的。现在，有的孩子已经上中学了，学习基础不好，很难赶上。怎么办？一个字，就是‘补’。让他们的思想认识赶上去，逐步养成主动认真学习的好习惯。知识方面的欠缺也要补。要相信，只要孩子的基础能力赶上去了，学习兴趣和信心足了，提高学习成绩也就成了自然而然的事。”

姜小丝说：“凤琴，你的孩子那么好，你是怎么教育的，能不能举几个例子，俺也好照着做。”

李凤琴回答：“一个孩子一个样，别人的方法只能参考，不能死搬硬套。我刚才讲到孩子们生活在不同的家庭，其思想行为、个性、习惯、兴趣不尽相同。即使对于同一个孩子，在不同的年龄阶段，教育方法也得有所区别，做到因材施教，孩子才乐于接受。而要做到这个，除了听取成功的家教方法以外，还要看一些有关方面的书刊。那里边有理论、有例子，比我讲得好。我们家长只要懂得多了，水平提高了，就能灵活运用，收到良好的效果。”

柳叶儿一边点头，一边说：“有道理。真是有文化，爱看书，讲起话来一套一套的。”

李凤琴摇了摇头，说：“你过奖了。我上次回娘家，替我父亲给学生家长讲了一次家教知识，背会了两段。照你这么说，我以后还真得加强学习。”

吕小草问：“凤琴，我也想看书，你的书是在哪里买的？”李凤琴说：“有的是在县城的新华书店里买的，多数是从俺娘家带回来的。我父亲是一位老教师，他的书架上有各种各样的书刊、报纸。你可以买，也可以到我那里借。现在，我说完了。请清正婶儿再讲一点。”吕小草和姜小丝带头鼓起掌来。

柳皑雪说：“别拍了。我听了大家的议论，认为挺好。现在你们还要让我讲，我就说两句心里话。俺闺女能上大学，感谢党中央、毛主席，也感谢各级政府和村干部的连年照顾。那些年，俺家的生活很困难，没少领取救济粮、救急款。还有，小学老师从来没有让俺白云交过学费。要是在旧社会，日本鬼子横行，连年战乱，咱老百姓的命都难保，孩子们就是再爱学习，我们家长就是再支持，也进不了大学的门。”

卫清林说：“讲得好！没有共产党，就没有新中国。没有毛主席，就没有我们的今天。就说咱们国家的三年困难时期，要不是党中央想办法，政府从各地调拨粮食，用票证保障最基本的供应，不知道要有多少孩子失学，要有多少人逃荒要饭，饿死冻死。这两年，孩子们都能照常上课，主要是党中央领导得好，社会太平。现在‘低标准，瓜菜代’的困难时期就要过去了，往后的日子一定会好起来。”

袁娟接着说：“共产党毛主席的恩情不能忘，日本侵略我国的罪行不能忘，纯粹执着的母爱精神不能忘，家长为孩子的正道也不能忘！”

李凤琴说：“你们讲得很对。我想补充两点。刚才我讲到家庭对孩子成才的深远影响，也不否认社会、学校教育的重要作用。有的教师特别关注后进学生，措施得力，让他们变成优秀的有；有的孩子受到书上和外界的启发，豁然醒悟而奋起直追，迎头赶上，成为佼佼者的也有。还有的孩子成绩不好，从自身找原因，奋起直追，通过自学而大有作为的也有。不过这些都是个别情况，而绝大多数孩子的健康发展，都与家长教育和家风影响分不开。另外，袁娟讲到的‘正道’两个字非常重要。我认为自私是万恶之源，对孩子千万不要放任和误导。一定要让他们心里有家、有国、有他人。只有这样，孩子才能树立远大的理想，才能以苦为乐，产生用之不尽的内动力，将来也才能成为德才兼备的有用的人。我们要是都能把孩子培养成优秀的人才，对社会、对家庭、对他们自己，都是一种幸运，家长光荣，谁都高兴。你们说是不是？”

大家一致赞同，都说：“是的，是的。”

他们谈得正热火，回娘家探亲的卫兰兰来到了白云家。她在外边听到了两句，一进屋就笑着说：“好哇！你们讲得太好啦。”

大伙纷纷和她打招呼，有的说：“你回来看你父母了！”有的说：“在外边干大事的孩子，照样不忘爹娘，真好！”

柳皑雪高兴地说：“欢迎！”卫兰兰拉住她的手，说：“清正婶儿，你是一位成功的母亲！”

柳皑雪说：“谢谢你的夸奖，不过天外有天，比我有能耐的家长多着呢。”

说完，她发现兰兰还在她的脸上瞅来瞅去，便摸了一下右眼下边的泪痣，说：“在这儿呢。我现在胖了点儿，它也失去了象征意义，藏起来了。”兰兰说：“好啊，挺幽默的。”然后，问，“你家白云呢？她不会也跟我捉迷藏吧？”大家都笑了。

柳皑雪说：“去看她的老师了。”

兰兰看见主人去端盘子，说：“不用了，我带回来的也有。”她坐下以后，接着说，“白云不忘恩师，有良心。不知道她啥时候回来。”

说曹操，曹操到，白云大步流星地进了院子。她一进屋就看见乡亲们朝着她微笑，高兴地说：“谢谢光临！”接着，她拉住兰兰的胳膊，说：“兰姐，我可见到你了。”

“我也想你了。”

她们两个紧紧地拥抱在一起，亲热了好大一会儿。白云问：“兰姐，听说你从街道办事处调到了县妇联会，工作一定很忙吧？”兰兰回答：“经常下基层，忙是忙些，可也挺愉快的。白云，你分到哪个单位了？干什么工作？”

白云说：“我师范毕业，自然要干本行，分到省城里的一所中学当老师。”

卫兰兰说：“为国家培养人才，很重要。好好干！”她见白云点头，又问，“哎，见到你老师了没有？”

“见到了。”白云说，“徐校长和周老师还是那么瘦。我离开的时候，他们都说，我妈妈千辛万苦把我们姊妹几个养大成人，很不容易。夸我妈是一位好家长、好母亲。要我多多孝敬她。”

兰兰说：“老师讲得对。”然后，她转过身子，对乡亲们说：“各位亲人，我知道当家长的，都想让孩子多上几年学，将来成就一番事业，这是对孩子命运的关心，也是对祖国建设的支持。希望你们向清正婶儿和一切有经验的父母学习，个个成为成功教育的好家长。”

吕小草拉了一下姜小丝，小声说：“我现在真的明白了，孩子表现不好，主要责任在家庭。”姜小丝说：“是啊，今天有收获。咱俩的老毛病都得改一改，把心思用在该用的地方，争取做个好母亲。”

邻居们要走了，主人送到了大门外。柳皑雪笑着说：“以后常来！”白云也挥手再见。

当乡亲们还没有离开，街上的其他人就围了过来。几个村干部从大队部出来了，也走了过来。卫白云迎上前去，拉住党支部书记卫平的手，说：“你们好！我大学毕业啦，分在省城的一所中学。谢谢你们的关心和支持。”书记和大队长都说：“应该的，应该的。”书记还说：“好闺女，记住，行行出状元，工作走在前边的好。”白云说：“我会努力的。”

她的语音未落，远处传来了“姥姥！”“小姨！”的唤声。人们转身一瞧，卫彩云和女婿梁成骑着自行车，带着一双儿女回来探亲了。白云眼疾腿快，立即跑了过去，说：“欢迎，欢迎！”一位大娘高兴地对柳皑雪说：“你可真有福气。”

彩云和梁成把车子交给了两个孩子，一家四口很快来到了跟前。客人、家人、干部、群众亲热地相互问候，个个高兴得合不拢嘴。

小客人梁杰和他的妹妹梁瑛看见几个同龄的半大孩子来到跟前，便把车子推到了旁边，一个名叫卫建国的中学生抚摸着崭新的自行车，这边看看，那边瞧瞧，羡慕得赞不绝口：“好车子！‘飞鸽’‘永久’都是名牌儿，真棒！”他的堂妹说：“是的。咱们要是也有一辆自行车，进城就方便啦。”

梁瑛说：“你们以后会有的。”梁杰说：“骑自行车方便，坐汽车方便更多人。我们庄上正在修柏油路，直通镇上和县城。”卫建国说：“你们东乡的地势平坦，能用拖拉机犁地，也好通汽车，我们这里是丘陵山区……”

梁杰没有听完就说：“山区有山区的优势，将来可以种果树。我们老师讲过，建设社会主义，就是要实现工业、农业、交通运输和国防四个现代化，包括全国各地。你们这里通汽车也快啦。”小朋友们听了，高兴地拍着手，喊：“好！好！”

人们仍然在亲热地交谈着。卫平对柳皑雪说：“清正嫂，你把孩子们从黑暗的旧社会带到新社会，又培养得这么有出息，先苦后甜，可是不容易，看你多有福气！”大队长接着说：“踏平坎坷呈坦途，老来有福才叫福，更幸福的生活还在后面呢！”

柳皑雪说：“我和大家一样，日子越来越好。这一切，都是托了共产党、毛主席的福呀，现在孩子们都出息了，我也能歇歇了。”

大家听罢，想象着美好的未来，不禁抬头远望。正在这时，一群喜鹊从村子上空飞过，飞向蓝天白云与北邙山岭的绿色之中。

尾声 end

芸芸人生路，意外坎坷多。

风雪报噩耗，灾祸难叙说。

日本侵中华，国难家亦破。

汉奸失人性，小人相掺和。

逼人于绝路，刀山也得过。

母爱如磐石，恪守而拼搏。

太阳驱黑暗，人民皆欢乐。

善恶有结局，哲理自评说。

2016 年 7 月 26 日